MARK BILLINGHAM

Tödlicher Verdacht

W0353555

Maria Biehl

GOLDMANN
Lesen erleben

Buch

Als Donna Langford einen anonymen Brief erhält und ihn öffnet, ist sie geschockt. Sie hält ein ganz aktuelles Foto in den Händen, auf dem ihr Ehemann zu sehen ist – der Mann, der seit zehn Jahren tot ist. Damals fand man nur noch seine verbrannten Überreste im Wrack eines Autos, und Donna wurde verdächtigt, schuld an seinem Tod zu sein. Ihre Strafe dafür hat sie fast abgesessen, als sie das eindeutig erst vor kurzem gemachte Foto ihres eigentlich toten Mannes in Händen hält, auf dem er aussieht, als würde er kein schlechtes Leben führen. Wer hat dieses Foto geschickt, und warum? Und was sie unbedingt herausfinden muss: Lebt ihr Mann tatsächlich noch? Dieser Mensch, den sie mehr als alles andere in ihrem Leben gehasst und für dessen Tod sie einen hohen Preis bezahlt hat? Und falls er noch lebt, wer war dann der Tote in Alans Wagen?

Autor

Mark Billingham, geboren in Birmingham, ist als Autor von Drehbüchern und TV-Serien äußerst erfolgreich und wurde bereits mit dem »Royal Television Award« ausgezeichnet. Die Krimi-Serie um den eigenwilligen Detective Inspector Tom Thorne ist international ein großer Erfolg. Neben dem BCA-Award, dem Theakston's Award für den besten Krimi des Jahres und Nominierungen für den Gold Dagger wurde die Serie um Tom Thorne mit dem Sherlock Award für die beste Detektivfigur im britischen Kriminalroman ausgezeichnet. Sie wird außerdem derzeit von der BBC für das englische Fernsehen verfilmt. Mark Billingham lebt mit seiner Frau und seinen zwei Kindern in London. Weitere Informationen zum Autor unter: www.markbillingham.com.

Von Mark Billingham außerdem bei Goldmann erschienen:

Das Geständnis des Toten. Roman (47020)

Aus der Reihe mit Detective Inspector Tom Thorne:
Der Kuss des Sandmanns (45227) · Die Tränen des Mörders (45537) · Die Blumen des Todes (45730) · Blutzeichen (45913) · In der Stunde des Todes (46095) · Die Geliebte des Mörders (46306) · Das Blut der Opfer (46675) · Die Schuld des Blutes (47327)

Mark Billingham

Tödlicher Verdacht

Thriller

Aus dem Englischen
von Thomas Bauer

GOLDMANN

Die Originalausgabe erschien 2010
unter dem Titel »From the Dead«
bei Little, Brown, London.

Dieses Buch ist ein Werk der Fiktion. Die Personen, Ereignisse und Dialoge entstammen der Phantasie des Autors. Jegliche Ähnlichkeit mit tatsächlichen Ereignissen, lebenden oder toten Personen ist rein zufällig.

MIX
Papier aus verantwortungsvollen Quellen
FSC® C014496
FSC
www.fsc.org

Verlagsgruppe Random House FSC-DEU-0100
Das FSC®-zertifizierte Papier *München Super* für dieses Buch
liefert Arctic Paper Mochenwangen GmbH.

1. Auflage
Deutsche Erstveröffentlichung Mai 2012
Copyright © der Originalausgabe 2010 by Mark Billingham Ltd
All rights reserved.
Copyright © der deutschsprachigen Ausgabe 2012
by Wilhelm Goldmann Verlag, München,
in der Verlagsgruppe Random House GmbH
Umschlaggestaltung: UNO Werbeagentur, München
Umschlagfoto: plainpicture/Arcangel
Redaktion: Ilse Wagner
NG · Herstellung: Str.
Satz: omnisatz GmbH, Berlin
Druck und Bindung: GGP Media GmbH, Pößneck
Printed in Germany
ISBN: 978-3-442-47698-5

www.goldmann-verlag.de

Für Peter Cooks.

Mijas wird uns immer bleiben …

Prolog

Als der Tank explodiert, verfällt der Wald für ein paar Sekunden in Schockstarre.

Zumindest hat es den Anschein, als bedürfe es dieser Momente der Stille und Regungslosigkeit nach dem Knall der Explosion, damit alle Vögel und Insekten und kleinen Säugetiere wieder ausatmen können, nachdem sie die Luft angehalten haben. Damit der Wind wieder durch die Bäume streichen kann, obwohl er auch jetzt nicht mehr als ein Flüstern wagt. Selbstverständlich könnte es auch sein, dass es so lange dauert, bis der Nachhall in den Ohren der beiden Männer verklingt, die das brennende Auto betrachten.

Außerdem hat der Mann im Wagen endlich aufgehört zu schreien.

Als sie ihn zehn Minuten zuvor zu dem Jaguar gezerrt hatten, hatte der jüngere der beiden Männer dem armen Kerl ein paar Mal ins Gesicht schlagen müssen, um ihn zum Schweigen zu bringen. Nachdem sie ihn auf dem Beifahrersitz verfrachtet hatten, war er jedoch nicht mehr ruhigzustellen gewesen. Nachdem er die Handschellen und den Benzinkanister gesehen hatte, die im Kofferraum verstaut gewesen waren.

Nachdem ihm bewusst geworden war, was sie vorhatten.

»Ich hätte nicht gedacht, dass er so ein Theater machen würde«, sagte der ältere Mann.

»Sie machen immer ein Theater.« Der jüngere Mann

schniefte und lächelte. »Bei diesem Teil bist du normalerweise nicht dabei, oder?«

»Wenn es sich vermeiden lässt, nicht.« Der ältere Mann vergrub die Hände tief in den Taschen seiner Barbour-Jacke und blickte nach oben zu den Kronen der Bäume, die sich um die kleine Lichtung drängten. Das Tageslicht begann bereits zu schwinden, und es wurde merklich kälter.

Der jüngere Mann grinste. »Keine Sorge, gleich wird's wärmer.« Er öffnete eine Fondtür und verschüttete Benzin im Wagen.

Der Mann auf dem Vordersitz, der mit Handschellen ans Lenkrad gefesselt war, warf sich vor und zurück. Dabei rasselten die Handschellen an dem Lenkrad aus Walnussholz, und Speichel spritzte auf das Armaturenbrett und an die Windschutzscheibe. Er fing an zu schreien, flehte den Mann mit dem Benzinkanister an aufzuhören. Er sagte ihm, er habe eine Familie, nannte ihm Namen. Er sagte: »Das muss doch nicht sein.« Dann: »Um Himmels willen!«, und: »Bitte …«

Der ältere Mann zuckte zusammen, als habe er starke Kopfschmerzen, und forderte seinen Komplizen auf, die Tür zuzumachen. Um den verdammten Lärm ein wenig zu dämpfen. Der jüngere Mann kam seiner Aufforderung nach und warf den leeren Benzinkanister wieder in den Kofferraum. Dann ging er zu seinem Auftraggeber und bot ihm eine Zigarette an, die dieser jedoch ablehnte. Er holte ein Zippo-Feuerzeug hervor und zündete sich selbst eine an.

»Zufrieden?«

Der Mann in der Barbour-Jacke nickte. »Die Details mussten stimmen. Die Klamotten, weißt du? Der Schmuck und so.«

Der jüngere Mann nickte in Richtung Auto. »Schade um deine Uhr.«

Der ältere Mann warf einen Blick nach unten auf die Umrisse einer Armbanduhr, die sich blass auf seiner Barbados-Bräune abzeichneten. »Das sind doch alles nur ... Sachen.« Er zuckte mit den Schultern. »Uhren, Autos, was weiß ich. Letzten Endes ist das alles bedeutungslos. Was zählt, ist leben, oder etwa nicht?«

Der jüngere Mann inhalierte tief und stieß den Rauch anschließend zwischen den Zähnen aus. Er nahm noch zwei weitere schnelle Züge, dann schnippte er den Zigarettenstummel zwischen die Bäume. Sagte: »Und, soll ich die Sache jetzt erledigen?« Er holte noch einmal das Feuerzeug hervor und zog aus seiner anderen Tasche einen Lumpen, den er zusammendrehte, als er zum Wagen zurückging.

Inzwischen weinte der Mann im Jaguar und schlug mit dem Kopf gegen das Seitenfenster. Seine Stimme klang rau und heiser und war nur so lange zu hören, wie es dauerte, die Tür zu öffnen, das Feuerzeug zu betätigen und den brennenden Lumpen auf die Rückbank zu werfen. Nicht länger als ein paar Sekunden, doch es war deutlich zu verstehen, was er sagte.

Wieder dieselben Namen. Seine Frau und sein Sohn.

Dieses Mal an niemand anderen gerichtet als an sich selbst, und er wiederholte sie mit geschlossenen Augen, bis der Rauch sie in seinem Hals erstickte.

Die beiden Männer wichen zu den Bäumen zurück und beobachteten aus sicherer Entfernung, wie sich das Feuer ausbreitete. Binnen anderthalb Minuten waren die Scheiben geplatzt, und die Gestalt auf dem Vordersitz war nur noch ein schwarzer Schemen.

»Wo soll's denn hingehen?«

Der ältere Mann pflügte mit der Schuhspitze durch den Waldboden. »Wie kommst du darauf, dass dich das was angeht?«

»Ich frage ja nur.«

»Ja, ja. Denk lieber an den wertlosen Müll, für den du deine Kohle verprassen wirst.«

*»*Deine *Kohle, meinst du.«*

»Stimmt. So was kommt nicht alle Tage, was? Wie oft bist du schon zweimal für einen Job bezahlt worden?«

»Ich hatte noch nie einen Job, der auch nur annähernd *so war wie ...«*

Genau in diesem Moment fing der Benzintank Feuer und explodierte ...

Eine halbe Minute später drehen sich die beiden um und gehen dorthin zurück, wo das zweite Auto geparkt ist – weg von den Geräuschen, die nach jenen wenigen leblosen Sekunden in der Lichtung ertönen und widerhallen. Der Wind und die Blätter und das Knarren von Ästen. Das Prasseln und Zischen, mit dem die Flammen Fleisch und Leder verschlingen.

Etwa hundert Meter vor der Straße bleibt der ältere Mann stehen und blickt auf. »Hör mal ...«

»Was ist?«

Er wartet, dann deutet er in die Richtung, aus der das Geräusch abermals zu hören ist. »Ein Specht. Hörst du ihn?«

Der jüngere Mann schüttelt den Kopf.

»Ein Buntspecht, nehme ich an. Die sind am häufigsten.«

Die beiden gehen weiter, während der Wald mit jeder Minute dunkler wird.

»Woher weißt du solches Zeug?«

»Ich lese«, erwidert der ältere Mann. »Bücher, Zeitschriften, alles Mögliche. Solltest du auch mal versuchen.«

»Tja, dafür hast du jetzt ja jede Menge Zeit, stimmt's?« Der jüngere Mann macht eine Kopfbewegung in Richtung des lichterloh brennenden Autos, das durch das dunkle Gewirr von riesigen Eichen und Buchen auch aus einer Entfer-

nung von mehr als einer Meile noch deutlich zu erkennen ist. »Du kannst bis zum Abwinken über beschissene Spechte lesen. Jetzt, wo du tot bist …«

Erster Teil

Ein raffinierter Trick

Erstes Kapitel

Anna Carpenter hatte bislang nur ein Mal Sushi gegessen, als irgend so ein Typ, den sie gerade erst kennengelernt hatte, bei ihr Eindruck schinden wollte, doch das war ihr erstes Mal in einem von diesen Förderband-Restaurants. Sie hielt das für eine gute Idee. So hatte man wenigstens die Chance, einen Blick auf das Essen zu werfen, bevor man den Sprung ins kalte Wasser wagte, und es spielte keine Rolle, wenn man es ein halbes Dutzend Mal vorbeifahren ließ, bis man sich entschied, da es ohnehin kalt war.

Teuflisch clever, diese Japaner …

Sie nahm einen Teller mit Nigiri-Lachs vom Band und bat den Mann, der neben ihr saß, ihr die Sojasoße zu reichen. Er schob die Flasche mit einem Lächeln zu ihr hinüber und bot ihr dann eine Schale Wasabi an.

»Oh, Gott, nein, das ist doch superscharf, oder?«

Der Mann erklärte ihr, es käme nur darauf an, es nicht zu übertreiben, doch sie erwiderte, dass sie es lieber nicht riskieren wolle, da sie noch eine ziemliche Anfängerin sei, was den Verzehr von rohem Fisch anging.

»Haben Sie gerade Mittagspause?«, fragte der Mann.

»Ja. Sie auch?«

»Na ja, ich bin mein eigener Boss, also kann ich meistens selber entscheiden, wann ich Pause mache.« Er pflückte fachmännisch etwas von seinem Teller, das aussah wie eine kleine Pastete, und tunkte es in irgendeine Soße. »Arbeiten Sie hier in der Gegend?«

Anna nickte, den Mund voller Reis, und grummelte ein »Ja«.

»Was machen Sie denn?«

Sie schluckte. »Nur Zeitarbeit«, sagte sie. »Um nicht an Langeweile zu sterben.«

Ein Kellner erschien mit einer Flasche Mineralwasser neben ihr, die sie bestellt hatte, und nachdem er gegangen war, saßen sie und der Mann fast wieder wie Fremde nebeneinander. Anna war es ebenso unangenehm, die Unterhaltung fortzusetzen, wie es ihm zu sein schien, und keiner von beiden brauchte eine Würzsoße vom anderen.

Sie aßen und tauschten hier und da ein Lächeln. Warfen sich Blicke zu und sahen wieder weg. Ein Nicken von ihr oder von ihm, wenn etwas besonders gut schmeckte.

Der Mann war Mitte bis Ende dreißig – etwa zehn Jahre älter als sie – und sah gut aus in seinem glänzend blauen Anzug, der vermutlich genauso viel gekostet hatte wie ihr Auto. Er hatte ein strahlendes Lächeln und hatte bei der letzten Rasur unmittelbar unter seinem Adamsapfel eine Stelle übersehen. Er sah aus, als würde er ins Fitnessstudio gehen, aber nicht zu oft, und sie hielt ihn nicht für einen von den Typen, die häufiger Feuchtigkeitscreme verwendeten als sie selbst.

Als sie mit dem Essen fertig war, saß er noch immer neben ihr.

»Vielleicht bin ich nächstes Mal tapfer und probiere das Wasabi«, sagte sie.

»Wie bitte?« Er drehte sich mit gespielter Überraschung zu ihr, als habe er völlig vergessen, dass sie da war.

Anna ließ sich nicht zum Narren halten. Ihr war bewusst, dass er seit zehn Minuten mit dem Essen fertig war. Sie hatte den Stapel leerer Teller neben ihm gesehen, hatte beobachtet, wie viel Zeit er sich mit seiner Tasse grünem Tee ließ, und wusste ganz genau, er wartete darauf, dass sie fertig wurde.

Sie beugte sich zu ihm hinüber. »Wir könnten uns ein Hotel suchen.«

Jetzt war seine Überraschung echt. Er hatte nicht damit gerechnet, dass sie den ersten Schritt machen würde. Sein Mund ging auf und wieder zu.

»Da Sie Ihr eigener Boss sind …«

Er nickte, brachte es jedoch nicht fertig, ihr in die Augen zu sehen.

»Warum finden wir nicht heraus, ob Sie *tatsächlich* so ein Leckermaul sind?« Das war bewusst vulgär, und sie spürte, dass sie errötete, als sie es sagte, aber es war sofort ersichtlich, dass es seinen Zweck erfüllte.

Er murmelte: »Donnerwetter!«, und sein strahlendes Lächeln verwandelte sich in ein dümmliches Grinsen. Dann winkte er den Kellner herbei und deutete sowohl auf Annas leere Teller als auch auf seine, um ihm zu verstehen zu geben, dass er für sie beide zahlen wolle.

Das Hotel war fünf Gehminuten entfernt. Versteckt hinter dem Kingsway und in unmittelbarer Nähe der U-Bahn-Station Holborn und einer gut sortierten Drogerie. Eine oder zwei Kategorien über der Travelodge-Hotelkette, ohne absurd teuer zu sein.

Als sie zur Rezeption gingen, zückte er sein Portemonnaie.

»Ich bin keine Nutte«, sagte Anna.

»Das weiß ich schon.«

»Ich habe kein Problem damit, wenn wir uns die Kosten für das Zimmer teilen.«

»Schon in Ordnung«, erwiderte er. »Du hast doch gesagt, du machst Zeitarbeit, also …«

»Gut, meinetwegen.« Ihr Blick traf sich mit dem des jungen Mannes hinter dem Empfangstresen. Er nickte höflich, dann sah er weg, da er zu spüren schien, dass er sich nicht anmerken lassen durfte, dass er sie schon einmal gesehen hatte. »Wenn du *unbedingt* protzen möchtest, kannst du uns irgendeine Flasche bestellen«, sagte Anna, drehte sich um und ging durch die Lobby.

Im Aufzug fragte er sie schließlich nach ihrem Namen.

Sie schüttelte den Kopf. »Ingrid … Angelina … Michelle. Was dich am meisten antörnt. Das macht die Sache spannender.« Sie schloss die Augen und stöhnte leise, als er die Hand über ihren Po wandern ließ.

Als der Aufzug in der ersten Etage mit einem Ruck zum Stehen kam, sagte er: »Ich bin Kevin.«

Das Zimmer war größer, als sie erwartet hatte – ein ziemlich geräumiges Doppelzimmer –, und sie vermutete, dass er sich nicht hatte lumpen lassen, wofür er ihr seltsamerweise leidtat.

»Nicht übel«, stellte er fest und zog sein Jackett aus.

Sie steuerte schnurstracks ins Badezimmer. »Bin gleich wieder da.«

Die Mitteilung schrieb sie, während sie die Toilette benutzte. Dann trat sie vor den Spiegel und wischte sich das überschüssige Make-up aus dem Gesicht. Sie hörte ihn auf der anderen Seite der Tür hin und her gehen, hörte die Bettfedern quietschen und stellte sich vor, wie er auf die Matratze drückte, um sie wie ein Sitcom-Gigolo zu testen, während er noch immer dasselbe Grinsen im Gesicht hatte.

Als sie wieder ins Zimmer trat, saß er in Boxershorts auf der Bettkante, die Hände im Schoß.

»Also, wo ist jetzt der Leckerbissen?«, fragte er.

»Wollen wir nicht erst mal was trinken?«

Wie auf Kommando klopfte es. Er nickte in Richtung Tür.

»Champagner hatten sie keinen«, sagte er. »Ich habe stattdessen Sekt bestellt. Der kostet mehr oder weniger dasselbe …«

Anna ging schnell zur Tür und öffnete sie, dann drehte sie sich um und sah, wie Kevin blass im Gesicht wurde, als seine Frau das Zimmer betrat.

»Oh, Scheiße«, sagte er. Während er mit einer Hand seine rasch schwindende Erektion verbarg, tastete er mit der anderen nach Hemd und Hose.

Die Frau beobachtete ihn von der Türöffnung aus und presste sich ihre Handtasche gegen den Bauch. Sagte: »Du armseliger Wichser.«

»Sie hat mich abgeschleppt, verdammt noch mal.« Er zeigte mit dem Finger auf Anna. »Ich war nur beim Mittagessen, und dieses … *Flittchen* …«

»Ich weiß«, entgegnete seine Frau. »Und sie musste dich hierherzerren, weil du dich mit Händen und Füßen gewehrt hast, stimmt's?«

»Ich glaub's einfach nicht, dass du das getan hast. Dass du das arrangiert hast.«

»Was, du glaubst nicht, dass ich dir nicht *traue*?«

Anna versuchte, sich an der Ehefrau vorbei zur Tür zu schieben. »Ich stehe Ihnen besser nicht im Weg.«

Die Frau nickte kurz und trat zur Seite. »Das Geld habe ich bereits auf das Konto Ihrer Agentur überwiesen«, sagte sie.

»Gut, danke …«

»Du Miststück!«, schrie Kevin. Er kämpfte noch immer damit, in seine Hose zu schlüpfen, und wäre dabei fast hingefallen, wenn er sich nicht an einer Kommode abgestützt hätte.

Anna öffnete die Tür.

»Und bilde dir bloß nichts drauf ein, Schätzchen. Das habe ich nur gemacht, weil du so leicht zu haben warst.«

Die Frau hatte Tränen in den Augen, brachte aber trotzdem einen Blick zustande, der irgendwo zwischen Mitleid und Wut lag. Anna kam es so vor, als sei beides ebenso sehr für sie wie für den Ehemann bestimmt gewesen.

»Ich lasse Sie jetzt allein«, sagte Anna.

Sie trat hastig in den Flur hinaus, da Kevin wieder anfing herumzuschreien, und zuckte zusammen, als die Tür hinter ihr zuschlug. Dann eilte sie am Aufzug vorbei und lief die Treppe zur Lobby hinunter, wobei sie immer zwei Stufen auf einmal nahm.

Sie bemühte sich, nicht an sein Gesicht und an seinen blassen, unbehaarten Körper zu denken und an die Dinge, von denen er geglaubt haben musste, sie würden sie miteinander tun.

An die Worte, die er ihr nachgerufen hatte.

»Du machst dir was vor, Schätzchen«, hatte er gesagt, »wenn du denkst, du wärst keine Nutte.«

In der U-Bahn zurück zur Victoria Station hob Anna eine zerfledderte Ausgabe der *Metro* auf und versuchte zu lesen. Gab sich größte Mühe, nicht über ihre Arbeit an diesem Nachmittag nachzudenken.

Du machst dir was vor …

Sie wusste, dass der Mann, dessen Ehe sie vermutlich zerstört hatte, den Nagel in mehr als einer Hinsicht auf den Kopf getroffen hatte; dass fast alles an dem, was sie tat, verkehrt war. Sie hatte einige der protzigeren Websites gesehen und wusste, wie die größeren und besseren Agenturen die radikalere Variante »spezialisierter ehelicher Nachforschungen« handhabten. Bei deren Sexfallen waren immer mindestens zwei Ermittler involviert. Das Wohl und die Sicherheit des Lockvogels standen stets an erster Stelle. Es gab versteckte Kameras und zuvor vereinbarte Geheimsignale.

Pustekuchen.

Sie konnte sich das höhnische Grinsen in Franks Gesicht genau vorstellen, konnte den Sarkasmus seiner barschen Stimme deutlich hören.

»Und, warum hauen Sie dann nicht ab und arbeiten für eine der *größeren und besseren* Agenturen?«

Sie stellte sich vor, wie sie in aller Ruhe konterte. Wie sie, ohne mit der Wimper zu zucken, verkündete, dass sie genau das womöglich eines Tages tun werde. In Wahrheit hätte sie sich allerdings auch dann kein bisschen besser gefühlt bei dem, was sie tat, wenn sie das Sushi-Restaurant mit bewaffneter Verstärkung, einem verborgenen Tonbandgerät und einem Kugelschreiber im Schlüpfer, der Säure verspritzt, betreten hätte.

Wäre nicht glücklicher gewesen mit der Richtung, die ihr Leben einschlug.

Geld hätte vielleicht ein wenig geholfen, hätte ihr Unbehagen möglicherweise gelindert, doch auch davon sprang bei dem Job nicht viel heraus. In einem jener seltenen Momente, in denen Frank Anderson nicht wütend oder betrunken oder grundlos sarkastisch gewesen war, hatte er Anna Platz nehmen lassen und versucht, ihr die finanzielle Situation zu erklären.

»Ich würde Sie liebend gern ein bisschen besser bezahlen«, hatte er gesagt und dabei beinahe, nur für ein oder zwei Sekunden, so geklungen, als meine er es ernst. »*Liebend* gern, aber sehen Sie sich doch mal um. Unsere spezialisierte Branche geht den Bach runter, und diese Finanzkrise beißt uns alle in den Hintern. Verstehen Sie?«

Anna hatte es in Erwägung gezogen, Frank daran zu erinnern, dass sie einen guten Studienabschluss in Wirtschaftswissenschaft hatte, konnte sich allerdings vorstellen, wohin das Gespräch dann geführt hätte.

»Also, warum hauen Sie dann nicht ab und gehen zurück in Ihre schicke Bank?«

Das war eine knifflige Frage, die sich nicht so leicht beantworten ließ.

Weil Sie mir alles Mögliche versprochen haben. Weil ich dachte, das sei eine Herausforderung. Weil ich es stinklangweilig fand, mit dem Geld anderer Leute zu hantieren, und weil Sie mir sagten: Wenn es einen Job gibt, der nie vorhersehbar ist, der immer interessant ist, dann ist es dieser.

Weil Zurückgehen einer Kapitulation gleichkäme.

Anna erinnerte sich an den Tag, an dem sie die Anzeige in der Lokalzeitung gelesen und voller Enthusiasmus bei F. A. Investigations angerufen hatte. Feuer und Flamme war sie gewesen und grün hinter den Ohren. Vor achtzehn Monaten, in einem anderen Leben. Was, zum Teufel, hatte sie sich dabei gedacht, als sie aus einem gut bezahlten Job ausgestiegen war, Freunden und Kollegen den Rücken gekehrt hatte, für … *das*?

Zehn Pfund die Stunde, um Tee zu kochen und sich um Franks Buchhaltung zu kümmern. Um Anrufe entgegenzunehmen und sich an Männer ranzumachen, die ihr bestes Stück nicht in der Hose behalten konnten.

Und dennoch, obwohl sich die Dinge so entwickelt hatten, wusste Anna, dass sie den richtigen Instinkt gehabt hatte, dass an ihrem Ehrgeiz nichts verkehrt gewesen war. Wie viele Leute waren in ihrer Situation gefangen, hatten zu viel Angst, um eine Veränderung herbeizuführen, wie sehr sie sich auch danach sehnten?

Wie viele fanden sich mit ihrem Job, ihrem Partner, ihrem *Leben* ab?

Sie hatte sich etwas anderes gewünscht, das war alles. Sie hatte geglaubt, sie würde sich selbst helfen, indem sie anderen half. Dass sie das zumindest davor bewahren würde, sich in eine jener verbissenen Großstadt-Amazonen zu verwandeln, die den lieben langen Tag in ihren Jimmy-Choo-High-Heels an ihr vorbeistöckelten. Und, ja, sie hatte geglaubt, es sei womöglich ein bisschen spannender als Termingeschäfte und verdammte Hedge-Fonds.

Hatte sich etwas vorgemacht.

Genauso wie damals, als sie ein Flugblatt zum Beitritt zur Armee aufgehoben hatte oder als sie ganze fünf Minuten lang über eine Laufbahn bei der Polizei nachgedacht hatte. Vor anderthalb Jahren hatten einige ihrer Freunde ihren radikalen Berufswechsel von der Bankerin zur Privatdetektivin als »mutig« bezeichnet. »Mutiger als ich«, hatte Angie, eine Triage-Krankenschwester, gesagt. Rob, der Lehrer an einer Schule im Norden von London war, wo raue Sitten herrschten, hatte zustimmend genickt. Anna hatte den Verdacht gehabt, dass sie eigentlich »dumm« meinten, das Kompliment jedoch trotzdem genossen.

Aber Soldatin? Polizistin? *Dafür* war sie ganz bestimmt nicht mutig genug …

Anna stand auf, als die U-Bahn in die Victoria Station einfuhr, und ihr Blick traf sich mit dem der Frau, die ihr gegenübergesessen hatte. Sie versuchte, ein Lächeln zustande zu bringen, musste sich jedoch abwenden, da sie plötzlich und ohne jeden Grund davon überzeugt war, dass die Frau sie durchschaut hatte. Dass sie sehen konnte, was sie war.

Sie fühlte sich überdreht und benommen, als die Rolltreppe sie nach oben zur Straße beförderte, und konnte es kaum erwarten, wieder ins Büro zu kommen und sich umzuziehen. Wollte die bescheuerten High Heels loswerden, in denen sie herumstöckelte, und wieder in ihre Turnschuhe schlüpfen. Sie sehnte sich danach, dass der Tag endete und die Dunkelheit sie umhüllte. Wollte etwas trinken und schlafen. Erst als sie an der Sperre zur Fahrscheinkontrolle ankam und nach ihrer Oyster-Card kramte, fiel ihr auf, dass sie eine herausgerissene Seite der *Metro* in der geballten Faust hielt.

Die Detektei befand sich zwischen einer Reinigung und einem Wettbüro: eine ramponierte braune Tür mit schmutziger Glasscheibe. Als Anna in ihre Handtasche griff, um die Schlüssel herauszuholen, kam eine Frau auf sie zu, die am Randstein gestanden hatte. Sie war zwischen vierzig und fünfzig Jahre alt, und in ihrem Blick lag etwas Aggressives.

Anne wich einen halben Schritt zurück. Bereitete sich darauf vor, »nein« zu sagen. Die typische Londoner Reaktion.

»Sind Sie Detektivin?«, fragte die Frau.

Anna starrte sie nur an. Nein, nicht aggressiv, dachte sie. *Verzweifelt.*

»Ich habe Ihre Anzeige gesehen, und ich brauche ein wenig Hilfe bei etwas, also …«

Hinter der Glasscheibe war kein Licht zu erkennen, und Anna vermutete, dass aus Franks Mittagsdrink mehrere geworden waren. Höchstwahrscheinlich ließ er etwaige Anrufe bei F. A. Investigations auf sein Handy umleiten und würde sich den ganzen Nachmittag nicht mehr blicken lassen.

»Ja«, sagte Anna, »das bin ich.« Sie holte ihre Schlüssel hervor und trat zur Tür. »Kommen Sie herein.«

Zweites Kapitel

Hätten die beiden Männer nebeneinandergesessen oder sich in einem Vernehmungsraum über den Tisch hinweg angestarrt, wäre der entscheidende Unterschied zwischen ihnen womöglich gar nicht aufgefallen. Zumindest nicht dem oberflächlichen Betrachter. Hätte sich nicht einer der beiden auf der Anklagebank befunden und der andere im Zeugenstand, wäre es schwierig gewesen, den Polizisten vom Mörder zu unterscheiden.

Beide trugen einen Anzug und schienen sich darin unwohl zu fühlen. Beide hielten sich einigermaßen still und starrten die meiste Zeit geradeaus. Beide wirkten ziemlich gefasst, und obwohl nur einer von ihnen sprach, vermittelten beide den Eindruck, wenn man ihren Gesichtsausdruck länger als nur ein paar Augenblicke forschend betrachtete, dass hinter der Fassade unerschütterlicher Gelassenheit eine Menge vor sich ging.

Beide wirkten gefährlich.

Der Mann im Zeugenstand war deutlich jenseits der vierzig: stämmig und rundschultrig, mit dunklem Haar, das auf einer Seite etwas stärker ergraut war als auf der anderen. Er sprach langsam und achtete darauf, bei seiner Aussage nicht mehr als nötig zu sagen, wobei er seine Worte sorgfältig wählte, ohne diese Sorgfalt wie Unsicherheit oder Zögern aussehen zu lassen.

»Und für Sie bestand kein Zweifel daran, dass Sie es mit einem Mord zu tun hatten?«

»Nicht der geringste Zweifel.«

»Sie haben ausgesagt, der Angeklagte habe ›entspannt‹ gewirkt, als er erstmals befragt wurde. Veränderte sich sein Verhalten, als Sie ihn nach seiner Verhaftung verhörten?«

Während Detective Inspector Tom Thorne die fünf verschiedenen Befragungen beschrieb, die er bei dem Beschuldigten durchgeführt hatte, gab er sich alle Mühe, seinen Blick unablässig auf den Anklagevertreter zu richten. Das gelang ihm jedoch nicht ganz. Zwei- oder dreimal sah er kurz zur Anklagebank hinüber und bemerkte, dass Adam Chambers ihn fixierte – mit ausdruckslosen Augen und unverwandtem Blick. Einmal sah er für ein paar Sekunden zu den Besucherplätzen hinauf, wo die Angehörigen der jungen Frau saßen, die Chambers ermordet hatte. Er sah die Hoffnung und die Wut in den Gesichtern von Andrea Keanes Eltern. Die Hände, die Hände anderer umklammerten oder zitternd in Schößen lagen und zusammengeknüllte feuchte Taschentücher umschlossen.

Thorne sah eine Gruppe von Menschen, die in ihrer Trauer und in ihrem Zorn vereint waren und für die Gerechtigkeit – sollte sie zu ihrer Genugtuung geübt werden – echt und unverfälscht sein würde. Gerechtigkeit für ein achtzehnjähriges Mädchen, an dessen Tod für Thorne nicht der geringste Zweifel bestand.

Obwohl seine Leiche nie gefunden wurde.

»Inspector Thorne?«

Seine Stimme blieb ruhig, als er seine Zeugenaussage beendete, indem er Daten und Uhrzeiten, Namen und Orte wiederholte: jene Details, von denen er hoffte, dass sie in der Erinnerung der Geschworenen nachklingen würden; dass sie sich als ebenso wirksam erweisen würden wie jene kostbaren und belastenden blonden Haare, wie die Lügen, bloßgelegt von einer Mobiltelefon-Verbindungsübersicht, und wie das lächelnde Gesicht eines Mädchens auf einem Foto, das wenige Tage vor seiner Ermordung aufgenommen worden war.

»Vielen Dank, Inspector. Sie dürfen den Zeugenstand verlassen.«

Thorne steckte sein Notizbuch wieder in die Tasche seines Jacketts und trat aus dem Zeugenstand. Er ging langsam zur Hintertür des Gerichtssaals und ließ dabei eine Fingerspitze über die kleine gerade Narbe an seinem Kinn wandern. Sein Blick wanderte ebenfalls, als er sich der Gestalt auf der Anklagebank näherte.

Er dachte:

Ich will dich nie mehr sehen …

Ich meine nicht in Person, das *sowieso nicht, weil du Gott sei Dank hinter Gittern sitzen wirst, bis du alt und grau bist. Wo du dich ständig umsehen und das Gefühl haben wirst, dass sich dein schlaues Hirn in Brei verwandelt. Wo du dich von Männern fernhalten wirst, die dich, ohne lange zu fackeln, aufschlitzen würden, weil du sie schief angeschaut hast. Weil du bist, wie du bist. Ich will dich nachts nicht sehen müssen. Will nicht, dass du rumhängst, wo du nicht erwünscht bist, und mich belästigst. Will nicht, dass sich deine arrogante Fresse und dein heiseres »kein Kommentar« in meine Träume drängen …*

Als Thorne an der Anklagebank vorbeiging, wandte er Adam Chambers das Gesicht zu. Er blieb für ein oder zwei Sekunden stehen. Suchte Chambers' Blick und hielt ihm stand.

Dann blinzelte er.

Thorne fuhr mit Detective Sergeant Samir Karim zurück nach Hendon. Karim war bei diesem Fall für die Beweiskette und für die Sicherung der Hauptbeweisstücke verantwortlich.

Eine Haarbürste. Ein Mobiltelefon. Ein Glas mit Andrea Keanes Fingerabdrücken.

Es war ein typischer Februartag, der für Thorne damit begonnen hatte, dass er seine reifbedeckte Windschutzscheibe mit einer CD-Hülle freikratzen musste, doch er ließ trotzdem die Seitenscheibe herunter und beugte sich zur Fensteröffnung, als der Wagen im dichten Verkehr langsam aus dem Zentrum von London rollte. Über das Rauschen kalter Luft hinweg hörte er, wie Karim ihm sagte, dass er sich gut geschlagen habe. Dass es nichts gab, was er noch hätte tun können. Dass die Sache so gut wie unter Dach und Fach sei.

Thorne hoffte, dass der Sergeant recht hatte. Ohne das überzeugendste Beweisstück musste der Crown Prosecution Service schon ziemlich zuversichtlich sein, eine Verurteilung zu erreichen, ehe er vor Gericht zog. Darüber hinaus hatten Thorne und der Rest des Teams alles getan, was von ihnen verlangt worden war. Thorne konnte sich nicht erinnern, dass sie jemals härter dafür gearbeitet hatten, jene drei Beweise zu erbringen, die unerlässlich waren, um in einem »leichenlosen« Mordfall eine Verurteilung zu erreichen:

Dass Andrea Keane tot war.

Dass sie ermordet worden war.

Dass sie von Adam Chambers ermordet worden war.

Andrea Keane war acht Monate zuvor verschwunden, nach einer Judo-Trainingsstunde in einem Sportzentrum in Cricklewood. Adam Chambers, der sich bereits zuvor gewaltsamer sexueller Nötigung schuldig gemacht hatte, war ihr Trainer gewesen. Bei der ersten Befragung leugnete er, Andrea nach Ende der Trainingsstunde gesehen zu haben, als später jedoch forensische Beweise in seiner Wohnung gefunden wurden, gab er zu, dass sie in der Vergangenheit mehrmals bei ihm gewesen war. Als Thorne und sein Team begannen, belastendes Beweismaterial gegen Chambers zusammenzutragen, blieb dieser bei seiner Aussage, er sei an dem Abend, an dem Andrea verschwunden war, nicht mit ihr zusammen gewesen, und behauptete, nach dem Training direkt zu seiner Freundin gefahren zu sein. Dieses Alibi wurde von der Freundin gestützt, bis durch Daten des Mobilfunknetzbetreibers nachgewiesen werden konnte, dass er sie an jenem Abend von seiner eigenen Wohnung aus angerufen hatte. Danach hatte er seine Geschichte geändert. Andrea sei nach ihrem Judo-Training doch zu ihm gekommen, aber nur für einen Drink geblieben, bis er sie aufgefordert habe zu gehen. Sie sei ein wenig emotional gewesen, hatte Chambers berichtet, und habe über seine Freundin geschimpft.

Er hatte sich in einem Vernehmungsraum im Polizeirevier von Colindale über den Tisch gebeugt, mit einem anzüglichen Grinsen, an das Thorne sich noch lange erinnern würde.

Hatte getönt: »Sie stand auf mich. Was soll ich sagen?«

Nachdem Chambers und seine Freundin angeklagt und die Anwälte bestellt worden waren, änderte er seine Taktik. Die überschwängliche Angeberei wich einer missmutigen Weigerung zu kooperieren – dem Ganovenspruch aus zwei Wörtern.

Kein Kommentar.

Thorne zuckte ein wenig zusammen, als Karim hupte und über einen Radfahrer fluchte, der vor ihm bei Rot über die Ampel gefahren war. Karim sah zu Thorne hinüber. »Ja, unter Dach und Fach«, sagte er noch einmal. »Ich sag's Ihnen.«

»Und, wie sind die Quoten?«, wollte Thorne wissen.

Karim schüttelte den Kopf.

»Kommen Sie schon, erzählen Sie mir nicht, Sie hätten sie nicht ausgerechnet.«

Karim war ein Spielertyp und nahm häufig Wetteinsätze

entgegen, was den Ausgang wichtiger Prozesse betraf. Offiziell war das verpönt, doch die meisten ranghöheren Polizisten drückten ein Auge zu und versuchten gelegentlich sogar selbst ihr Glück.

»Überflüssig«, erwiderte Karim. »Die Quoten sind *viel* zu hoch. Außerdem, wer würde schon dagegenwetten?«

Thorne wusste, was sein Kollege meinte. Bei einem Fall wie diesem, mit einem Angeklagten wie Adam Chambers, würde niemand auf einen Freispruch wetten oder dabei gesehen werden wollen, wenn er darauf wettete.

Niemand würde das Schicksal herausfordern wollen.

Karim schlug einen Trommelwirbel auf dem Lenkrad. »Die Sache ist gebongt. Definitiv *gebongt.*«

Nachdem die Ermittlungen in Fahrt gekommen waren und sich immer mehr Indizien angehäuft hatten, hatte Thorne sich darangemacht zu beweisen, dass Andrea Keane tot war. Bei sämtlichen medizinischen Einrichtungen in der Stadt wurden Erkundigungen eingeholt. Unidentifizierte Leichen wurden erneut untersucht und für die Ermittlung ausgeschlossen. Telefon- und Bankdaten wurden analysiert, Bildmaterial aus Überwachungskameras wurde gesichtet, und sämtliche Reiseveranstalter vor Ort lieferten die Belege dafür, dass Andrea die Gegend nicht freiwillig verlassen hatte. Während die groß angelegte, landesweite Suchaktion andauerte und alle größeren sozialen Online-Netzwerke rund um die Uhr überwacht wurden, entwarf ein Kriminalpsychologe das detaillierte und glaubhafte Profil einer jungen Frau mit echtem Ehrgeiz.

Einer jungen Frau, die Pläne für ihre Zukunft geschmiedet hatte.

Einer jungen Frau, die keinen Grund gehabt hatte, davonzulaufen oder sich das Leben zu nehmen.

Selbstverständlich war ausgiebig von den Medien Gebrauch gemacht worden, doch wie so oft hatte das mehr Probleme verursacht, als es genutzt hatte. Es war eine Menge Zeit und Mühe dafür verschwendet worden, Dutzenden von »Sichtungen« nachzugehen, die jede Woche nach Aufrufen im Fernsehen oder in den Zeitungen telefonisch in der Einsatzzentrale eingingen. Jede einzelne von ihnen, einschließlich derer aus dem Ausland, musste gründlich überprüft und widerlegt werden, doch das hatte Chambers' Verteidigungsteam nicht davon abgehalten, sie begierig aufzugreifen. Hatte seine selbstsichere Anwältin nicht daran gehindert, vor Gericht zu behaupten, dass es schlichtweg absurd sei, irgendjemanden wegen Mordes an Andrea Keane zu verurteilen, solange diese regelmäßig gesichtet werde.

Thorne hatte sich nicht unterkriegen lassen und die Aufmerksamkeit der Geschworenen auf die sogenannte »Todeserklärung« gelenkt – ein vierzehnseitiges Dokument, das sämtliche Ermittlungen zusammenfasste, die durchgeführt worden waren, um die Behauptung zu stützen, dass Andrea Keane nicht mehr am Leben war. Er hatte sein eigenes Exemplar geschwenkt, Chambers' Anwältin fest angesehen und ihr gesagt, dass es schlichtweg absurd sei zu glauben, Andrea Keane sei *nicht* ermordet worden.

Dann hatte er das Dokument so besonnen wie möglich wieder weggelegt, ohne dass ihm dabei die Bewegung und das gedämpfte Schluchzen und Aufstöhnen von den Besucherplätzen entgangen wäre. Er hatte den Blick weiterhin auf die Erklärung gerichtet und tief Luft geholt, als er an einem farblich hervorgehobenen Absatz hängen blieb:

HOFFNUNGEN UND SEHNSÜCHTE

- Die vermisste junge Frau wurde von verschiedenen Freunden als »glücklich«, »voller Tatendrang« etc. bezeichnet.

- Sie war auf der Suche nach einer Mietwohnung.
- Sie machte eine Ausbildung zur Krankenschwester.

»Machen Sie mal Musik an, Sam.«

Karim beugte sich hinüber und schaltete das Radio ein. Der eingestellte Sender war Capital FM, und Karim fing sofort an, zu irgendeinem eintönigen Remix mit dem Kopf zu nicken. Thorne spielte mit dem Gedanken, seine Autorität einzusetzen, kam dann jedoch zu dem Entschluss, dass er keine Lust dazu hatte. Stattdessen schloss er die Augen und hielt sie für den Rest der Fahrt nach Norden geschlossen, um die Musik auszublenden, um alles andere auszublenden.

Als sie endlich auf den Parkplatz beim Peel Centre einbogen, war es beinahe Mittag. Während Thorne auf dem Weg zum Becke House versuchte sich zu entscheiden, ob er eine Kantinenmahlzeit über sich ergehen lassen oder sich ein Pub-Mittagessen im Oak genehmigen solle, sagte ihm ein Polizist, der das Gebäude gerade verließ, dass jemand auf ihn warte.

»Ein Privatdetektiv.«

»Was?«

»Viel Glück.«

Der Polizist fand das offenbar äußerst witzig, und Thornes Reaktion – er seufzte und ließ die Schultern hängen, als er die Treppe hinauf und ins Foyer von Becke House ging – schien die Sache noch amüsanter für ihn zu machen.

Thorne entdeckte seinen Besucher sofort und steuerte schnurstracks auf ihn zu. Um die fünfzig und ungepflegt, eine Symphonie in Braun und Beige mit ungewaschenem Haar und Hush Puppies. Er bestätigte so ungefähr jedes Vorurteil, das Thorne gegen armselige kleine Männer hatte, die Chevrolet Cavalier fuhren und sich ihr Brot damit verdienten, dass sie ihre Nase in die Angelegenheiten anderer Leute steckten.

»Ich bin Detective Inspector Thorne«, sagte er.

Der Mann sah verwirrt zu ihm auf. »Und?«

»Mit Ihrem Spürsinn ist es nicht weit her, was?«

Thorne drehte sich zu der Stimme um, die von der anderen Seite des Foyers kam, und sah, wie eine junge Frau auf ihn zuging und dabei errötete.

»Ich glaube, Sie suchen nach mir.«

Thorne griff sich instinktiv an die Krawatte, um sie zu lockern. »Entschuldigung.« Er spürte, wie der Mann, den er angesprochen hatte, hinter ihm grinste. »Ich war den ganzen Vormittag bei Gericht, deshalb …«

»Sind Sie davongekommen?«

Thorne starrte die Frau nur an, während sie noch stärker errötete.

Sie murmelte: »Tut mir leid, blöder Scherz« und reichte ihm eine Visitenkarte. »Ich bin Anna Carpenter, und …«

Thorne nahm die Karte entgegen, ohne einen Blick darauf zu werfen, und deutete auf die Sicherheitstür. »Gehen wir rauf in mein Büro.« Er zog seinen Ausweis durch das Kartenlesegerät und zeigte dem Polizisten am Empfang den Mittelfinger, der noch immer vor sich hinkicherte, als er Anna durch die Tür bugsierte.

Drittes Kapitel

Thorne starrte auf die Visitenkarte und das Foto vor ihm auf dem Schreibtisch. Er tippte mit dem Finger auf die verknitterte Karte. »F. A. Investigations«. Darunter der Name »Frank Anderson« und eine Adresse in Victoria. Sie sah aus wie eine von denjenigen, die man sich im Fünfzigerpack von Do-it-yourself-Maschinen an Bahnhöfen ausdrucken lassen konnte. Dünner Karton und ein Schrifttyp, der die Buchstaben aussehen ließ, als stammten sie aus einer kaputten Schreibmaschine. Ein kitschiges Bild von einem Schnüffler mit Lupe.

»Bekommen Sie keine eigene Visitenkarte?«, fragte Thorne.

Die Frau, die ihm gegenübersaß, fummelte an ihrem Daumennagel herum. »Mr Anderson sagt immer, er kümmert sich schon noch darum«, entgegnete sie. »Und er trifft sämtliche Verwaltungsentscheidungen. Ich glaube, momentan muss er sein Geld für wichtigere Dinge verwenden.«

Thorne nickte verständnisvoll. Wie zum Beispiel für Reparaturen an seinem Cavalier, dachte er.

»Das ist allerdings mein Fall.« Sie wartete, bis Thorne aufblickte und sie ansah. »Ich meine, Donna ist *meine* Klientin.«

Thorne konnte Anna Carpenters Entschlossenheit deutlich in ihrem Gesicht lesen und aus ihrer Stimme heraushören. Ihr Bedürfnis, Eindruck zu machen, sich selbst zu imponieren, auch wenn sie in ihrer Jeans und ihrer schwarzen Cordjacke nicht ganz glaubwürdig wirkte. Eher wie eine zu alt geratene Studentin, hätte Thornes Vater gesagt. Thorne schätzte sie auf Ende zwanzig. Sie hatte ein rundes, hübsches Gesicht. Wenn sie gerade nicht an ihren Fingernägeln herumfummelte, zog sie an einer Strähne langen, schmutzigblonden Haars und rutschte auf ihrem Stuhl hin und her, als habe sie Schwierigkeiten, länger als ein paar Sekunden am Stück still zu sitzen.

»Das habe ich nie infrage gestellt«, sagte Thorne. Er senkte abermals den Blick und widmete seine Aufmerksamkeit dem Foto. Es zeigte einen Mann, der mit zusammengekniffenen Augen in der Sonne saß, in die Kamera grinste und ein Glas Bier hochhielt. Er war schätzungsweise Mitte fünfzig, wobei die Haare auf seinem Kopf im Vergleich zu dem grauen Gewirr auf seiner schlaffen, nussbraunen Brust unnatürlich dunkel wirkten. Der Himmel war wolkenlos, im Hintergrund fiel die gezackte Kontur eines Berges schräg zu einem dunkelblauen Streifen Meer ab, und in der Ferne war ein kleines Segelboot zu erkennen. Möglicherweise saß er selbst auf einem Boot oder am Ende eines Piers. Vielleicht auch in einem Restaurant in Ufernähe.

»Griechenland? Spanien? Südfrankreich?« Thorne schüttelte den Kopf. »Florida vielleicht? Ich habe genauso wenig Ahnung wie Sie.«

»Birmingham ist es jedenfalls nicht«, erwiderte Anna. »Weiter bin ich allerdings auch nicht gekommen.«

Der Mann hatte die Augen fast ganz geschlossen, um sich gegen das grelle Licht zu schützen, doch sein Grinsen wirkte ungezwungen, mühelos. »Er macht einen glücklichen Eindruck.«

»Dazu hat er auch jeden Grund«, sagte Anna. »Eigentlich dachte ich, Sie würden ihn erkennen.«

Thorne sah ihn sich genauer an. In seiner Erinnerung regte sich etwas, aber nur ganz vage. »Wie heißt Ihre Klientin?«

Eine Pause, die Spur eines zufriedenen Lächelns. »Sie hat dieses Foto im Dezember zugeschickt bekommen.« Anna rutschte mit ihrem Stuhl nach vorn, bis sie dicht am Schreibtisch saß. »Zwei Monate vor ihrer Entlassung aus dem Gefängnis.«

»Was hat sie denn ausgefressen?«

»Verabredung zum Mord an ihrem Ehemann.«

»Wie lang?«

»Zwölf Jahre. Sie hat zehn abgesessen.«

»*Langford?*« Thorne starrte sie an. Der Groschen war gefallen, doch das Ganze ergab keinen Sinn. »Ihre Klientin ist Donna Langford?«

Anna nickte. »Sie benutzt jetzt ihren Mädchennamen, aber, ja, so hieß sie.«

»Jemand nimmt Sie auf den Arm, meine Liebe.«

»Das glaube ich nicht.«

»Sie wissen, was sie getan hat?« Thorne tippte mit dem Finger auf das Foto. »Warum dieser Mann unmöglich derjenige sein kann, für den sie ihn hält?«

»Sie hat mir einen Teil der Geschichte erzählt.«

»Ich werde Ihnen die ganze Geschichte erzählen«, sagte Thorne. »Dann können wir beide aufhören, unsere Zeit zu verschwenden.«

Thorne hatte in den letzten sechs Monaten an Fällen gearbeitet, an die er sich weniger deutlich erinnern konnte als an diesen, obwohl seit dem Mord an Alan Langford mehr als ein Jahrzehnt vergangen war.

Im Büro hatten sie ihn das »Epping-Forest-Barbecue« genannt.

Langford war immer ein Mann gewesen, der für Schlagzeilen sorgte. Im Lauf der Jahre hatte er etliche Journalisten auf Trab gehalten, sowohl Kriminalberichterstatter als auch Wirtschaftskorrespondenten; sein Immobilienimperium wuchs ebenso schnell an, wie seine Konkurrenten sich plötzlich zur Ruhe setzten, verschwanden oder tragische Unfälle hatten. Als seine verkohlten Überreste im Epping Forest in seinem ausgebrannten Jaguar entdeckt wurden, schaffte er es endgültig auf die Titelseiten. Nachdem dann auch noch ans Tageslicht kam, dass seine Frau seine Ermordung arrangiert hatte, wurden aus wenigen Absätzen ganze Spalten oder sogar Seiten.

Donna Langford, die makellos gekleidete Gattin eines Geschäftsmanns, Schirmherrin mehrerer örtlicher Wohltätigkeitsorganisationen und Dame der Gesellschaft, hatte jemanden dafür bezahlt, ihren Ehemann zu töten.

»Sie hat sich der Kontakte ihres Mackers bedient«, sagte Thorne. »Vielleicht stand der Typ, den sie engagiert hat, sogar in Langfords Adressbuch … unter ›K‹ für ›Killer‹.«

»Sehen Sie sich das Foto noch mal an«, forderte Anna ihn auf. »Das ist er. Sie müssen sich in Erinnerung rufen, wie er damals ausgesehen hat. Sie sehen doch, dass er gealtert ist, oder?«

Thorne warf abermals einen Blick auf das Foto. »Na ja, er sieht auf jeden Fall viel besser aus als beim letzten Mal, als ich ihn gesehen habe.«

»Wenn Sie von der Leiche im Auto sprechen, das war nicht er.«

»Donna hat ihn *identifiziert*.« Thorne bemühte sich, nicht herablassend zu klingen, was ihn jedoch einige Anstrengung kostete. »Es war *sein* Wagen und *sein* Schmuck. Recht viel mehr ist nämlich nicht von ihm übrig geblieben …«

»Sie hat nicht gewusst, dass er es auf die Art und Weise erledigen würde«, sagte Anna. »Der Mann, den sie engagiert hat.«

»Sie hat nie nachgefragt.« Thorne lehnte sich in seinem

Stuhl zurück. »Sie hat in aller Ruhe einem Iren namens Paul Monahan fünfundzwanzigtausend Pfund bezahlt, der dann ein paar Scheine davon benutzt hat, um etwas Benzin und ein Paar Handschellen zu kaufen.«

»Wann wurde Ihnen klar, dass sie beteiligt war?«

»Ungefähr dreißig Sekunden, nachdem ich sie kennengelernt hatte«, sagte Thorne. »Als sie kam, um den Leichnam zu identifizieren. Ich habe Hinterbliebene auf unterschiedlichste Weise reagieren sehen, aber sie stand einfach nur da und ... zitterte. Ich habe sie gefragt, ob alles in Ordnung ist, und sie hat mehr oder weniger an Ort und Stelle ein Geständnis abgelegt, während ihr Macker in der Ecke wie verkochtes Fleisch gestunken hat.«

»Wie haben Sie Monahan geschnappt?«

»Donna gab uns seinen Namen, und wir haben seine DNA einer Zigarettenkippe zugeordnet, die am Tatort gefunden wurde. Alles in allem hätte es nicht unkomplizierter sein können.« Thorne schob Anna das Foto auf dem Tisch hinüber. »Glauben Sie mir, so kinderleichte Fälle wie diesen hat man nicht alle Tage.«

Anna nickte und räusperte sich. »Donna saß zehn Jahre im Gefängnis, Inspector.«

Thorne schwieg für ein paar Sekunden und sammelte einige Unterlagen auf seinem Schreibtisch zusammen. Er setzte dabei dieselbe gelassene Miene auf, hinter der er sich den ganzen Vormittag bei Gericht verschanzt hatte, doch er konnte sich noch immer an den Geruch des Jaguar erinnern, an den Geschmack des Rauchs und der Asche, die nicht nur Asche war, und an die blassen Fetttropfen, die an den Sitzen klebten.

»Wenn Sie mich fragen, ist sie ziemlich glimpflich davongekommen«, sagte er. »Sie hat sich schuldig bekannt, womit man sich immer einen Gefallen tut, und es hat ihr sicher nicht geschadet, dass ihr Macker ein Mistkerl war, der sie vermutlich verprügelt hat, wenn er gerade nicht damit beschäftigt war, anderen Leuten die Beine brechen zu lassen. Ja, irgendwann musste es mit Alan Langford so enden, aber es war trotzdem ein verdammt scheußlicher Abgang.«

»Sehen Sie sich das Datum an«, sagte Anna. Sie schob Thorne das Foto wieder hinüber. »Unten rechts …«

Thorne nahm das Foto in die Hand. Das Datum war von der Kamera automatisch ins Bild eingeblendet worden: etwas mehr als drei Monate zuvor. »So was lässt sich mit Photoshop machen«, sagte er. »Außerdem könnte das ein Foto von *irgendjemandem* sein.«

»Donna sagt, dass es ihr Mann ist«, erwiderte Anna. Sie schüttelte den Kopf, überlegte, was sie noch sagen könnte, doch am Ende zuckte sie nur mit den Schultern und wiederholte es. »Sie schwört, dass das Alan ist.«

»Dann lügt sie.«

»Warum?«

»Weil … Na ja, vielleicht ist sie hinter Gittern ein bisschen komisch geworden. Da wäre sie nicht die Erste. Vielleicht will sie Geld. Vielleicht versucht sie, irgendeine große ›Justizirrtum‹-Geschichte loszutreten.«

»Sie weiß nicht mal, dass ich hier bin«, erklärte Anna. »Sie ist zu mir gekommen, weil sie *nicht* möchte, dass die Polizei involviert ist.«

Thorne war erstaunt. »Okay, und wie wollen Sie dann dieses Gespräch Ihrer Klientin erklären?« Er konnte sich ein Lächeln nicht verkneifen und fühlte sich mehr als nur ein bisschen schuldig, als er beobachtete, wie sie wieder anfing herumzuzappeln und zu erröten.

»Ich werde einfach ehrlich sein und ihr sagen, dass ich nicht weitergekommen bin«, erwiderte Anna. »Dass ich nicht wusste, was ich sonst hätte tun sollen. Ich werde ihr sagen, dass ich zwei Wochen lang dieses beschissene Foto angeglotzt habe und genauso schlau bin wie vorher.«

»Warum *sind* Sie denn zu mir gekommen?«, wollte Thorne wissen.

»Ich dachte, Sie könnten womöglich ein bisschen mehr Informationen aus dem Foto herauslesen.« Sie sah Thorne an, wartete jedoch vergeblich auf eine Reaktion. »Haben Sie nicht Möglichkeiten, um ... Bilder zu vergrößern oder was auch immer? Ich meine, man muss doch irgendwie herausfinden können, wo dieses Foto gemacht wurde. Haben Sie denn kein Computerprogramm, mit dem sich ein geografisches Profil erstellen lässt, oder so was?«

»Wir sind hier nicht bei *CSI*«, sagte Thorne. »Wir haben nicht mal einen Kopierer, der richtig funktioniert.«

»Außerdem dachte ich, es würde Sie vielleicht *interessieren*.« Anna beugte sich plötzlich zu ihm vor. »Dumm von mir, das sehe ich, aber es schien mir eigentlich eine gute Idee zu sein. Schließlich war es Ihr Fall, also hatte ich gehofft, wenn Sie das Foto sehen, würden Sie zumindest denken, dass er vielleicht doch noch nicht ... abgeschlossen ist.« Sie starrte Thorne noch ein paar Sekunden lang an, dann lehnte sie sich zurück, griff nach einer Haarsträhne und zog an ihr.

»Das ist Zeitverschwendung«, sagte Thorne. »Tut mir leid, aber ich muss mich um wichtigere Dinge kümmern. Genau genommen fällt mir nichts ein, was *nicht* wichtiger wäre.« Er schob seinen Stuhl zurück, und nach ein oder zwei Sekunden verstand Anna die Botschaft und tat dasselbe.

»Dann halte ich Sie nicht länger auf«, sagte sie.

Sie ging einen Schritt auf die Tür zu.

Thorne fand, dass sie aussah, als sei sie ungefähr vierzehn Jahre alt. »Hören Sie ... ich werde das meinem Boss mal vorlegen, in Ordnung?« Er sah, wie sich ihr Gesichtsausdruck veränderte, und hob die Hand. »Er wird allerdings dasselbe sagen wie ich, also erwarten Sie sich nicht zu viel.« Dann nahm er das Foto noch einmal in die Hand und nickte. »Davon könnte ich auch ein bisschen was vertragen«, sagte er. »Sonne und Strand.«

»Tom?«

Thorne blickte auf und sah Detective Inspector Yvonne Kitson in der Türöffnung stehen. Sie teilten sich das Büro, und die meiste Zeit war Thorne mit dieser Regelung durchaus glücklich. Sie war ihm inzwischen wesentlich sympathischer als zu ihren Überflieger-Zeiten, und er vermutete, dass es ihr selbst ebenso ging. Genau wie Thorne hatte sie noch immer ein Händchen dafür, andere vor den Kopf zu stoßen, doch es war schwer, ihr keine Bewunderung dafür zu zollen, wie sie ihre Karriere, die nach einer außerehelichen Affäre mit einem Vorgesetzten katastrophal entgleist war, wieder in die richtigen Bahnen gelenkt hatte.

»Wie bei einem Schrank zum selber Zusammenbauen«, hatte sie einmal zu Thorne gesagt. »Eine lose Schraube, und das Ganze fällt in sich zusammen.«

Jetzt warf sie einen Blick auf Thornes Besucherin. Er deutete auf Anna, während er mit dem Foto wedelte, und stellte sie vor.

Kitson nickte eine flüchtige Begrüßung und wandte sich wieder Thorne zu. »Ich dachte nur, es interessiert dich vielleicht, dass die Geschworenen noch nicht entschieden haben.«

»Ja.« Thorne stand auf und ging um den Schreibtisch herum.

Anna knöpfte ihre Jacke zu. »In dem Fall, wegen dem Sie vor Gericht aussagten?«

Thorne nickte und musste daran denken, dass er Adam Chambers' Blick nicht standgehalten hatte. »Der nicht ganz so … kinderleicht ist«, sagte er.

Detective Chief Inspector Russell Brigstockes Büro befand sich auf demselben Flur, ein paar Schritte von dem Zimmer entfernt, das Thorne sich mit Yvonne Kitson teilte. Als Thorne es betrat, war Brigstocke gerade am Telefon, deshalb ließ er sich auf einen Stuhl fallen und wartete. Er dachte an ein achtzehnjähriges Mädchen, dessen Leiche noch immer irgendwo herumlag und auf einen neugierigen Hund wartete, und an einen Mann, der mitten im Nirgendwo schreiend gestorben war, mit Handschellen an das Lenkrad eines Autos gefesselt.

Er versuchte, die beiden Morde, zwischen denen so viele Jahre vergangen waren, voneinander zu trennen. Das Durcheinander von realen und imaginären Bildern zu entwirren.

Er wollte sich über das Richtige Gedanken machen …

Brigstocke legte den Hörer auf und griff nach einem Kaffeebecher. Er trank einen Schluck, zog eine Grimasse.

»Sie wissen, dass die Geschworenen noch nicht entschieden haben?«, erkundigte sich Thorne.

Brigstocke nickte. »Hat keinen Sinn, sich den Kopf zu zerbrechen«, sagte er. »Ich habe gehört, es ist heute Vormittag richtig gut gelaufen.«

»Sam hat Ihnen gesagt, die Sache wäre unter Dach und Fach, oder?«

»Ich sage nur, dass wir alles getan haben, was wir konnten.«

»Alles, außer sie zu finden«, entgegnete Thorne.

Mit einem Mal fröstelte ihn. Ihm wurde bewusst, wie dünn und leicht sein Anzug war, und er vermisste das vertraute Gewicht seiner Lederjacke. Genau genommen waren die meisten Nicht-Uniformierten so gekleidet wie er gerade. Es hatte den Anschein, als würden sich alle, die in eine zivile Einheit befördert wurden, sofort den Modegeschmack eines zweitklassigen Immobilienmaklers aneignen, doch Thorne hatte immer dem Reiz des Marks-&-Spencer-Zweiteilers von der Stange, des bügelfreien Hemds und der schimmernden Krawatte widerstanden.

»Hier drin ist es verdammt kalt«, stellte er fest.

Brigstocke nickte. »Im Heizkörper ist Luft, und keiner hat einen Schlüssel.«

Thorne erhob sich und ging zum Heizkörper hinüber, bückte sich und legte die Hand ans Metall, das bestenfalls lauwarm war. Dann stand er wieder auf und presste die Waden dagegen. Als er das Geräusch hörte, das er kennen und fürchten gelernt hatte, drehte er den Kopf und sah Brigstocke einen Stapel Spielkarten mischen.

»Ich habe einen neuen Trick für Sie.«

»Muss das sein?«

Aus Gründen, die sich keiner so recht erklären konnte, hatte Brigstocke in den vergangenen Monaten ein starkes Interesse für Zauberei entwickelt. Er besuchte einen Kurs in einem Club in Watford und hatte damit begonnen, bei diversen Partys und Konferenzen der Metropolitan Police gegen Biergeld Zaubertricks vorzuführen. Außerdem bestand er darauf, an jedem, der nicht schnell genug flüchten konnte, neue Tricks auszuprobieren.

»Denken Sie einfach an eine beliebige Karte«, sagte Brigstocke und wechselte in den Zauberer-Jargon. »Verraten Sie mir aber nicht, an welche. Ich meine, was für ein Trick wäre *das* denn?«

Der Trick war ziemlich gut, und Thorne gab sich alle Mühe, ermutigend zu klingen, doch er hatte noch nie wirklich verstanden, was die Faszination an Zauberei war. Er hatte kein echtes Interesse daran, es sei denn, der Zauberer erklärte, wie der Trick funktionierte. Russell Brigstocke war kein schlechter Polizist, aber er war ganz bestimmt kein Magier.

»Wer war die junge Frau in Ihrem Büro?«, erkundigte sich Brigstocke und legte die Karten beiseite.

Thorne berichtete ihm von Anna Carpenter und dem »seltsamen Fall der sonnengebräunten Leiche«. Brigstocke hatte nicht an der Langford-Untersuchung mitgearbeitet, erinnerte sich aber trotzdem recht gut an die Ermittlungen.

»Von den Toten auferstanden«, sagte er. »*Das* nenne ich einen raffinierten Trick.«

»Wäre schon beeindruckend.«

»Irgendwas dran?«

Thorne nahm das Foto aus der Tasche und reichte es ihm. »Weiß Gott, was Donna Langford im Schilde führt«, sagte er. »Ich hoffe nur, dieses Detektivbüro knöpft ihr ordentlich Kohle ab.«

»Sieht er ihm überhaupt ähnlich?«

Thorne stand neben Brigstocke und betrachtete nochmals das Foto. Das gefärbte Haar, das Blinzeln, das Grinsen. Die vage Erinnerung wurde etwas deutlicher, doch das lag sicher nur daran, dass Anna Carpenter ihm gesagt hatte, um wen es sich *angeblich* handelte. »Er sieht aus wie viele«, sagte er. »Er sieht aus wie ein schlechter Schauspieler, der einen Gangster im Urlaub spielt.«

»Was haben Sie ihr gesagt?«

»Dass sie ihre Zeit verschwendet und dass wir es uns nicht leisten können, unsere Zeit zu verschwenden.«

»Stimmt genau«, erwiderte Brigstocke. »Nicht, wenn wir die neuesten ›Police Performance Assessment‹-Richtlinien lesen und bis heute Abend einen zwölfseitigen Bericht über standardisierte Arbeitsabläufe fertigstellen müssen.«

Thorne lachte und spürte, wie das das Kältegefühl linderte.

Sie unterhielten sich ein paar Minuten lang über Fußball, dann über Privates. Thorne erkundigte sich nach Brigstockes drei Kindern. Der Detective Chief Inspector fragte Thorne, wie, in aller Welt, seine Freundin es verkrafte, bei der Kidnapping-Einheit zu arbeiten und sich gleichzeitig mit jemandem die Wohnung zu teilen, der Tottenham-Spurs-Fan war und Countrymusic hörte.

»Wie wird sie nur tagein, tagaus mit all dem Schmerz und Stress fertig?«, fragte Brigstocke.

Thorne schüttelte den Kopf und wartete auf die Pointe.

»Und die Entführungen sind bestimmt noch schlimmer …«

Sie plauderten und scherzten. Nahmen sich auf den Arm und redeten Blödsinn. Schlugen Zeit tot und taten so, als verschwendeten sie keinen Gedanken an die zwölf Fremden, die in einem Raum am anderen Ende der Stadt diskutierten.

Viertes Kapitel

Anna schlang ihr Abendessen hinunter.

Es war immer ziemlich komisch, wenn sie mit Megan und Megans neuestem Freund allein war – in diesem Fall der zugegebenermaßen hinreißende, aber augenscheinlich hirntote Daniel –, und es half nicht, dass diesmal Megan gekocht hatte. Annas Mitbewohnerin brachte eigentlich nur Pasta halbwegs zustande und verwendete gewöhnlich das als Zutaten, was gerade im Kühlschrank herumlag. Ihre neueste Kreation enthielt Karotten, Erbsen aus der Dose und hart gekochte Eier, und Daniel dabei zuzusehen, wie er alles mit einer braunen Soße übergoss, war für Annas Appetit nicht gerade förderlich. Ein halber Teller genügte ihr letztendlich, um satt zu werden.

Trotzdem schmeckte es besser als Sushi …

Nach zehn Minuten Small Talk, bei dem niemand fragte, wie ihr Tag gewesen sei, und weiteren zehn Minuten, in denen Anna immer gereizter wurde, als Daniel es sich auf dem Sofa bequem machte, rauchte und sich vor dem Abwasch drückte, ging sie nach oben in ihr Zimmer, legte sich aufs Bett und sah fern. Sie zappte sich durch die Lokalnachrichten, eine Quizshow, aus der sie sich überhaupt keinen Reim machen konnte, und das sinnlose Remake einer Sitcom, die bereits in der Originalfassung sinnlos gewesen war.

Vermutlich war das ein Anzeichen dafür, dass man alt wurde, dachte Anna: Wenn im Fernsehen ein Remake von etwas lief, mit dem man aufgewachsen war. Es musste ein *schlechtes* Zeichen sein. Objektiv betrachtet ließ es ihre momentane Situation für Außenstehende – wie zum Beispiel für ihre Eltern – noch trauriger erscheinen.

Für ein Butterbrot zu arbeiten und wie ein Student zu leben.

Das Haus war nur ein paar Gehminuten vom Büro entfernt, was Anna neben der unterdurchschnittlichen Miete darüber hinwegtröstete, dass sie die Gegend hasste. Es half ihr dabei, zumindest manchmal zu vergessen, dass sie mit ihrer neunzehnjährigen Mitbewohnerin nichts gemein hatte und dass sie viel schöner gewohnt hatte, als sie tatsächlich noch Studentin gewesen war.

Damals waren ihre Eltern natürlich gerne bereit gewesen, ein bisschen etwas beizusteuern und ihr bei der Renovierung zu helfen. Sie waren unangekündigt aufgetaucht und hatten strahlend vor der Tür gestanden, mit dem Radio, das sie sich zu Hause immer ausgeliehen hatte, und einer brandneuen Mikrowelle. Außerdem hatten sie ihr witzige Briefe und Esspakete geschickt. Später hatte sich jedoch alles geändert.

»Was, zum Teufel, hast du dir denn dabei gedacht?«

Ihr Vater verlor nicht oft die Beherrschung, und ihn so fassungslos, so aufrichtig bestürzt zu sehen, als Anna verkündete, dass sie ihren Job bei der Bank gekündigt habe, war äußerst verstörend gewesen. Sie schämte sich schon beim Gedanken daran, brach in kalten Schweiß aus und war den Tränen genauso nahe wie damals, als sie es ihm erzählt hatte.

»Was sollen wir denn davon halten, deine Mum und ich?«

Als Anna damit begonnen hatte, ihre Entscheidung kundzutun, hatte sich ihre Mutter langsam von ihrem Stuhl erhoben, ohne irgendetwas zu erwidern. Sie hatte sie nur angestarrt, mit gerötetem Gesicht und schwer atmend, als kostete es sie große Überwindung, nicht zu ihrer Tochter zu gehen und ihr eine Ohrfeige zu verpassen.

»Es tut mir wirklich leid, dass ihr verärgert seid«, hatte Anna gesagt. Sie hatte im überheizten Wohnzimmer ihrer Eltern gestanden und die Stimme ihrer Mutter in ihrer eigenen Stimme gehört. Den Tonfall, der jenen Gelegenheiten vorbehalten gewesen war, wenn Anna oder ihre Schwester irgendetwas besonders Dummes angestellt hatten. »Aber ich glaube, ich bin alt und hässlich genug, um selbst Entscheidungen zu treffen, meint ihr nicht?«

Ihr Vater hatte den Mund auf- und zugemacht. Ihre Mutter hatte sich nur wieder hingesetzt.

Um selbst völlig bescheuerte Entscheidungen zu treffen …

Detective Inspector Tom Thorne wusste nichts über Annas Vergangenheit und ihre fragwürdigen Lebensentscheidungen, doch er hatte es offensichtlich für dumm von ihr gehalten, sich von Donna Langford engagieren zu lassen. Als sie ihre Unterhaltung auf dem Rückweg auf die Südseite des Flusses hatte Revue passieren lassen, war sie zu dem Entschluss gelangt, dass er eigentlich recht freundlich gewesen war, wenn auch ein wenig herablassend. Nein, sogar mehr als freundlich, da er jedoch mit seiner Skepsis und seinem *Widerwillen* nicht hinterm Berg gehalten hatte, machte sie sich keine großen Hoffnungen.

Als sie die Victoria-U-Bahn-Station verließ, wartete eine SMS auf sie: *»Wie vermutet. Wir können in dieser Sache nicht viel tun. Viel Glück mit Donna.«*

Sie hatte bereits die Hälfte einer Antwort getippt und versucht, eine witzige Bemerkung über Thornes kaputten Fotokopierer zu formulieren, als sie es sich anders überlegte und löschte, was sie geschrieben hatte.

Auf einen glücklichen Zufall brauchte sie nicht zu hoffen, beschloss Anna. Sie konnte sich nicht vorstellen, woher dieser hätte kommen sollen und wie er eine Wende herbeiführen könnte. Er würde sie nicht davor bewahren, den Anruf tätigen zu müssen, vor dem ihr graute; das Geld zurückgeben zu müssen, das sie im Voraus erhalten hatte, und ihrer Klientin – ihrer *einzigen* Klientin – gegenüber zuzugeben, dass ihr die Ideen ausgegangen waren.

Im Erdgeschoss hatten ihre Mitbewohnerin und der bescheuerte Freund ihrer Mitbewohnerin Musik aufgelegt. Anna stellte den Fernseher lauter. Sie ließ sich wieder aufs Bett fallen, murmelte eine Schimpftirade und schlug mehrmals mit den Händen auf die weiche Bettdecke.

Ich muss mich um wichtigere Dinge kümmern, hatte Thorne gesagt. Tja, *sie* musste das nicht. Sie brauchte das Geld, und sie brauchte etwas, das ihr Blut ein wenig in Wallung brachte. Was auch immer Tom Thorne von Donna Langford halten mochte, sie hatte niemanden, an den sie sich wenden konnte, und war sogar noch verzweifelter, als Anna bei ihrem ersten Treffen vermutet hatte.

Außerdem hatte Thorne etwas an sich. Etwas, das ihr sagte, dass sie ihn nicht völlig abschreiben durfte. Sie hatte es in seinem Gesicht gesehen, als sie ihn provoziert hatte, als sie ihm gesagt hatte, sie habe geglaubt, er sei womöglich interessiert. Als sie sich ungeniert alle Mühe gegeben hatte, enttäuscht zu klingen.

Sie setzte sich auf und griff nach der Fernbedienung. Dachte lächelnd an ihren armen, gekränkten Vater. Er war jemand, auf den man sich immer verlassen konnte, wenn es um eine ordentliche Moralpredigt ging, ob diese nötig war oder nicht.

Selbst ist der Mann, geschenkte Gäule und höflich zu sein, kostet nichts. Trag immer frische Unterwäsche, denn du könntest einen Unfall haben, und so weiter.

Jeder ist seines Glückes Schmied …

»Er hat nicht ganz unrecht«, sagte Louise Porter.

»Ja, genau.« Thorne hatte ihr von Russell Brigstockes Scherz erzählt: von den Entführungen und der Countrymusic.

Louise hielt Thorne ihr Weinglas hin, und er schenkte ihr nach. »Ein Wunder, dass ich dich nicht rauswerfe.«

»Das ist *meine* Wohnung.«

»Ich rechne fest damit, dass der Papst mich heiligspricht.«

»Soweit ich weiß, muss man dazu tot sein.«

»Siehst du? Was Russell gesagt hat, ist alles wahr, *und* du bist ein Klugscheißer.«

In letzter Zeit hatten sie mehr Abende miteinander verbracht als sonst, in Thornes Wohnung oder gelegentlich auch bei Louise in Pimlico. Louises Team der Kidnapping-Einheit hatte so wenig zu tun wie schon lange nicht mehr, und Thorne hatte sich keinen Mord eingefangen, der allzu viele Überstunden erforderte. Auf jeden Fall nichts restlos Aufzehrendes wie die Ermittlungen im Fall Andrea Keane.

Er hatte auf dem Weg von Hendon etwas zu essen mitgenommen, hatte das Bengal Lancer, seine übliche Anlaufstelle, links liegenlassen und sich stattdessen dafür entschieden, ein neues griechisches Takeaway-Restaurant auszuprobieren, das sich ein Stück weiter südlich in der Kentish Town Road befand. Das Essen hatte gut geschmeckt, doch als Thorne einen Blick auf seinen Teller warf und sah, wie viel von seinem Huhn-Souvlaki übrig geblieben war, bereute er, so abenteuerlustig gewesen zu sein.

Das war schließlich nicht seine Art.

Sie tranken ihren Wein, und es kehrte Schweigen ein, während Louise den *Evening Standard* durchblätterte und Thorne sich die Zehn-Uhr-Nachrichten ansah. Die Atmosphäre war ungezwungen, wie zu erwarten war, da sie seit über zwei Jahren ein Paar waren. Doch seit Louise im Jahr zuvor ein Baby verloren hatte, betrachtete Thorne nichts mehr als selbstverständlich.

Das Gleichgewicht war wiederhergestellt, aber es fühlte sich instabil an.

Für Thorne hatte es oft den Anschein, als gingen sie zu vorsichtig miteinander um, als umkreisten sie ihren Verlust wie wilde Tiere. Neugierig, aber argwöhnisch. Sie wurde wütend, wenn sie das Gefühl hatte, er behandle sie anders, und er reagierte unverhältnismäßig heftig, lief durch die Wohnung und ließ seinen schlechten Tag, seine miese Laune, seine Trauer an ihr aus.

Es war schwierig.

Die leiseste Unstimmigkeit, ein heftiger Streit, ein Fick …

Manchmal kam es Thorne verkehrt vor, wie schnell das eine zum anderen führen konnte und dass es jedes Mal in Wirklichkeit um hundert andere Dinge ging. Eines Abends hatte er während einer Sportübertragung im Fernsehen versucht, das Phil Hendricks zu erklären – seinem engsten Freund, der auch mit Louise gut befreundet war.

»Ich wette, der Streit dauert länger«, hatte Hendricks gesagt.

»Den Gedanken, dass sie leidet, ertrage ich einfach nicht«, hatte Thorne gesagt, woraufhin Hendricks aufgehört hatte, Witze zu machen.

»Tom?«

Thorne blickte zu Louise hinüber und sah, dass sie ihn über ihre Zeitung hinweg beobachtete.

»Es hat keinen Sinn, dass du dir den Kopf zerbrichst«, sagte sie. Sie legte die Zeitung beiseite und streckte die Hand nach ihrer Katze aus, die zusammengerollt neben ihr auf dem Sofa lag. »Du kannst nichts tun, es sei denn, du versuchst, ein paar Geschworene zu bestechen.«

Thorne seufzte, nickte. Er wusste, dass sie recht hatte,

doch das half nichts. »Ein paar von ihnen sind nicht älter als Andrea«, sagte er.

»Und?«

»Na ja, da fragt man sich, ob sie eine ... reife Entscheidung treffen können.«

»›Reif‹ im Sinn von ›schuldig‹?«

»Ob sie erkennen, wie Chambers wirklich ist.«

»Möchtest du das Mindestalter für Geschworene anheben? Auf was – einundzwanzig? Vierzig?«

»Ich meine ja nur.«

»Glaubst du etwa, ein Achtzehnjähriger wüsste nicht genau, wozu Typen wie Adam Chambers imstande sind?« Sie tippte mit dem Finger auf ihren *Standard*. »Kinder, die halb so alt sind, tun tagein, tagaus schlimmere Dinge. Gehen wegen einem iPhone mit dem Messer aufeinander los.«

Thorne schüttelte den Kopf.

»Komm schon, du hast bereits mit vielen von ihnen zu tun gehabt.«

»Das kann man nicht vergleichen«, widersprach Thorne. »Du hast schon recht ... aber meistens gibt es wenigstens einen Grund. Ich will das nicht rechtfertigen, natürlich nicht, aber man kann es nicht mit dem vergleichen, was Chambers mit Andrea Keane gemacht hat.«

»Du weißt doch gar nicht, was er mit ihr gemacht hat.«

»Sie *genießen* es nicht.«

Louise nahm wieder ihre Zeitung in die Hand und las eine Weile, dann fragte sie Thorne, ob er daran gedacht habe, das übrig gebliebene Souvlaki in Alufolie einzuwickeln. Er war auf dem Weg in die Küche, als es an der Tür klingelte.

Louise stellte die Frage mit einem Blick. Thorne zuckte ein »keine Ahnung« mit den Schultern und ging zur Tür.

»Hören Sie, ich weiß, ich hätte vorher anrufen sollen, und es tut mir leid, dass es schon ein bisschen spät ist ...«

Thornes Wohnung befand sich im Erdgeschoss, doch der Hauseingang lag ein halbes Dutzend Treppenstufen über der Straße. Er blickte um die halb geöffnete Tür auf seine Besucherin hinab, wobei an seinem Gesichtsausdruck mehr als deutlich abzulesen war, dass er fror und alles andere als erfreut war, sie zu sehen.

»Woher haben Sie meine Adresse?«

Sie lächelte. »Ich bin Detektivin.«

Thorne wartete.

»Eine Freundin von mir arbeitet bei der Kfz-Zulassungsstelle.«

»*Hat gearbeitet*«, erwiderte Thorne. »Sie hat gerade ihren Job verloren.«

»Ach, kommen Sie …«

»Was wollen Sie, Anna?«

Sie ging ein paar Stufen hinauf, dann beugte sie sich zu Thorne vor und streckte eine Hand aus. Er nahm den Zettel, den sie schwenkte.

»Das ist Donnas Adresse.«

»Hatten wir das nicht schon besprochen?«

»Schauen Sie einfach mal bei ihr vorbei«, sagte Anna. »Bitte.«

»Das hat keinen Sinn.« Thorne rieb sich die bloßen Unterarme, schüttelte den Kopf. »Hören Sie, ich will sie nicht sehen, und ich habe starke Zweifel, dass sie besonders scharf darauf ist, mich zu sehen.«

»Ich habe sie angerufen. Sie weiß, dass ich mit Ihnen gesprochen habe.«

»Dann rufen Sie sie noch mal an. Sagen Sie ihr, dass ich nicht komme.«

»Schauen Sie einfach mal für eine halbe Stunde bei ihr vorbei.« Anna nahm eine weitere Stufe in Richtung Tür. »Um mehr bitte ich Sie gar nicht. Wenn Sie dann immer noch meinen, es wäre Zeitverschwendung, schön und gut.«

»Das werde ich meinen.«

»Ist das ein ›Ja‹?«

»Heute Vormittag dachte ich, Sie wären einfach nur auf dem Holzweg«, sagte Thorne. »Jetzt denke ich, Sie sind auf dem Holzweg und penetrant.« Er warf einen Blick auf den Zettel. Eine Adresse in Seven Sisters.

»Sie haben sich umgezogen.«

Thorne sah auf. »Was?«

»Heute Vormittag«, sagte Anna und deutete auf ihn, »sahen Sie aus, als könnten Sie es kaum erwarten, aus Ihrem Anzug rauszukommen.«

Thorne fühlte sich plötzlich ziemlich unwohl in seiner schäbigsten Jeans, in Socken und im T-Shirt und erst recht, als er bemerkte, dass Louise neben ihm stand. Er machte die Tür ein Stück weiter auf, damit sie und Anna sich sehen konnten, als er sie einander vorstellte.

»Tut mir echt leid, dass ich Sie störe«, sagte Anna. »Aber ich bin nun mal penetrant.«

»Schon okay«, sagte Louise, die nicht ganz verstanden hatte. »Und Sie dürfen auch gern reinkommen. Ich gehe vielleicht ins Bett, aber wenn ihr beiden was zu besprechen habt …«

Anna murmelte ein »Danke« und senkte den Blick auf ihre Füße.

»Schon gut«, sagte Thorne. »Wir sind fast fertig.«

Fünftes Kapitel

Ein paar unbehagliche Sekunden lang konnte Thorne die Frau, die ihm die Tür geöffnet hatte, nur anstarren, bevor er in die Tasche griff, um seine Dienstmarke zu zücken. Sie hatte kurzes, wasserstoffblondes Haar und eine ausdruckslose Miene, und ihr hageres Gesicht wirkte trotz ihres bronzefarbenen Make-ups und ihrer dunkelbraunen Augen hart.

Thorne gab sich Mühe, sich seine Reaktion nicht anmerken zu lassen, sein Erstaunen darüber, wie Donna Langford sich so stark verändert haben konnte, als weiter hinten im Hausflur eine zweite Frau aus einer Türöffnung auftauchte. Als Thorne sich seines Irrtums bewusst wurde, nickte er zum Zeichen, dass er sie wiedererkannt hatte, und sie tat dasselbe. Sie sagte: »Schon okay«, und die Frau an der Eingangstür trat zurück, um Thorne mit einem verschlagenen Lächeln einzulassen, das ihre Gesichtszüge schließlich entspannte.

»Sie haben sich kaum verändert«, stellte Donna fest.

Die Wohnung befand sich in der Mitte eines zweigeschossigen Blocks an einer stark befahrenen Straße zwischen den Bahnhöfen Seven Sisters und South Tottenham. Entlang des Weges zur Eingangstür und überall im Vorgarten, den eine riesige Satellitenschüssel fast vollständig überschattete, standen dekorative Plastiktiere – Hasen, Schildkröten und Reiher. Die Orthodoxe Jüdische Gemeinde von Stamford Hill war nur eine halbe Meile entfernt, während sich ein paar Minuten weiter südlich die aufstrebende Mittelklasse-Enklave Stoke Newington befand, doch Donna Langford wohnte in einer der wenigen Gegenden Londons, in der man nach wie vor für einen fünfstelligen Betrag eine Immobilie kaufen konnte und wo es noch immer mehr Ein-Pfund-Shops gab als Starbucks-Filialen.

Was soziale Abstiege anbelangte, war sie steiler als die meisten anderen Gegenden.

Donna stellte die blonde Frau als Kate vor und fragte Thorne, ob er einen Tee wolle. Kate ging in die Küche, um die Getränke zu holen, und Donna führte Thorne in ein verrauchtes Wohnzimmer. Während Thorne die Umgebung betrachtete – eine kleine Ledercouch mit passendem Sessel, ein Plasmafernseher, der fast die ganze Wand über dem Gasofen vereinnahmte –, setzte Donna sich hin und griff nach der Zigarettenschachtel, die auf einem niedrigen Glastisch lag.

»Wohnungsgenossenschaft«, sagte sie. »Kate hat sie gefunden.«

Thorne nickte. Ihrer Stimme war noch anzuhören, dass sie in einem Arbeiterklasse-Elternhaus in Essex aufgewachsen war. Genau genommen war es sogar deutlicher zu hören als früher, das Ergebnis eines Jahrzehnts hinter Gittern, wo sie vorgegeben hatte, stärker zu sein, als sie in Wirklichkeit war. Er dachte an das letzte Mal, als er diese Frau zu Hause besucht hatte, in einem Anwesen im Pseudo-Tudor-Stil in einer ländlichen Gegend von Hertfordshire. »Hier drin würden Sie nicht mal Ihre alte Küche unterbringen«, stellte er fest. Er erinnerte sich an das Echo und an die glänzenden, staubfreien Oberflächen. »Ich habe in meinem ganzen Leben noch nie so viel Marmor gesehen.«

Donna stieß eine Rauchfahne aus und warf das Einwegfeuerzeug auf den Tisch. »Ich habe in dieser Küche ungefähr dreimal gekocht«, sagte sie. »Wusste nie, wo was ist.«

»Was ist aus dem Haus geworden?«

»Weg. Wie alles andere auch.«

»Ja, klar.« Thorne setzte sich auf die Couch. Er erinnerte sich, dass Donna die Hauptbegünstigte im Testament ihres Mannes gewesen war, dass das eine Zeit lang als ihr Motiv betrachtet worden war, weshalb sie ihn hatte ermorden lassen wollen. Wie sich jedoch herausstellte, hatte es wesentlich weniger zu erben gegeben, als alle gedacht hatten. Der Großteil von Langfords Vermögen hatte aus Aktien bestanden, und die wenigen materiellen Wertsachen waren noch vor Donnas Verurteilung von der Agentur für Schwere und Organisierte Kriminalität beschlagnahmt worden. »Nicht viel übrig nach Ihrer Entlassung?«

»Mehr als genug«, erwiderte Donna. Sie zuckte mit den Schultern, griff nach einem großen Glasaschenbecher und zog ihn zu sich her. »Meine Prioritäten haben sich geändert.«

Kate rief aus der Küche und erkundigte sich, ob Thorne Zucker wolle. Er rief zurück und verneinte.

»Um ehrlich zu sein«, sagte Donna, »Sie haben ein bisschen zugenommen.«

»Tja.« Thorne lächelte wenig amüsiert. »Wir haben uns alle verändert.«

Auch sie war fülliger, als sie es zehn Jahre zuvor gewesen war, hatte ein aufgedunsenes Gesicht und Hängebacken, während ihr Haar, auf das sie, wie Thorne sich erinnerte, übertrieben stolz gewesen war, inzwischen grau und alles andere als gut frisiert war. Sie hatte noch immer die typische Gefängnisblässe, und abgesehen von ihrer Raucherei hatte sie sich ein Misstrauen angewöhnt, das Thorne schon bei vielen aufgefallen war, die ein paar Jahre Knast auf dem Konto hatten. Sie richtete den Blick alle paar Sekunden auf etwas anderes, die Schatten unter ihren Augen schwarzblau wie ein Bluterguss.

Sie hätte die Mutter der Frau sein können, die Thorne ein Jahrzehnt zuvor zum letzten Mal gesehen hatte.

»Ihre Majestät verpasst einem einen völlig neuen Look«, sagte Donna, die Thornes Gedanken offenbar gelesen hatte. Sie nickte mit dem Kopf in Kates Richtung, als sie mit drei Tassen und einer Schachtel Kekse zur Tür hereinkam. »Aber *so* krass ist es auch wieder nicht.«

Donna beugte sich grinsend vor, um ihre Zigarette auszudrücken. »Sie haben gedacht, sie wäre ich, oder?«

Thorne sah noch einmal hin und erkannte, dass Donnas Freundin mindestens zehn Jahre jünger war, als er sie zunächst geschätzt hatte, zehn Jahre jünger als Donna selbst. Außerdem fielen ihm die feinen blauen Linien auf, die sich aus dem Halsausschnitt ihres T-Shirts nach oben schlängelten. Er konnte gerade noch ein »D« und ein »O« erkennen und sich denken, wie die übrigen Buchstaben der Tätowierung lauteten. Auf den zweiten Blick erkannte er, dass sich die beiden Frauen überhaupt nicht ähnlich sahen. Was ihm bekannt vorgekommen war, war die Ähnlichkeit ihres Gesichtsausdrucks: Argwohn, Provokation, die Aufforderung, sich ein Urteil zu bilden.

Er hatte einfach nur eine ehemalige Gefangene in ihr erkannt.

Kate lächelte Thorne an, als sie ihm seinen Tee reichte, und die Aufforderung war diesmal noch deutlicher. »Donna und ich haben uns im Holloway-Gefängnis kennengelernt, vor ein paar Jahren.«

»Freut mich sehr für Sie«, sagte Thorne.

»Ich wurde vor neun Monaten entlassen. Habe das alles für uns arrangiert.«

»Wirklich hübsch.«

Kate beugte sich hinunter und nahm eine Zigarette aus der Schachtel auf dem Tisch. »Donna hat mir schon gesagt, Sie wären ein Wichser.«

»Tut mir leid, aber das schert mich einen Dreck«, erwiderte Thorne.

Kate zuckte mit den Schultern, als ergäbe das einen Sinn, und zündete ihre Zigarette an. Sie zog zweimal daran und inhalierte tief. »Und, werden Sie ihren Ex finden?«

Thorne hob seine freie Hand. »Hören Sie, ich bin nur hier, weil mich jemand darum gebeten hat, verstanden? Und weil ich ein Idiot bin.«

Kate nahm noch zwei Zigaretten aus der Schachtel und steckte sie in ihre Brusttasche. »Ich lasse euch beide allein weitermachen.«

»Du brauchst nicht zu gehen«, sagte Donna.

Doch Kate war bereits an der Tür, wandte ihnen den Rücken zu und winkte zum Abschied mit den Fingern.

Als die Tür zuging, sagte Donna: »Ohne sie würde ich das nicht durchstehen.«

»Was würden Sie nicht durchstehen?«

»Sie haben doch das Foto von Alan gesehen.«

»Ich habe ein Foto gesehen«, sagte Thorne.

»Kommen Sie schon, Sie wissen, dass er es ist.« Sie beugte sich in ihrem Sessel vor. »Sie wissen, dass Alan noch lebt.«

Thorne schlürfte einen Schluck Tee. Nachdem er beschlossen hatte, dass er ebenso gut bleiben konnte, bis er ihn ausgetrunken hatte, ging er noch einmal einen Teil dessen durch, was er bereits mit Anna Carpenter besprochen hatte. Donna hatte das Foto zwei Monate zuvor im Holloway-Frauengefängnis erhalten, in einem schlichten braunen Umschlag, der an sie adressiert gewesen war und keine beiliegende Nachricht enthalten hatte. Zwei weitere Fotos waren gefolgt, beide auf dieselbe Art und Weise zugestellt. Dann, zwei Wochen nach ihrer Entlassung, war ein viertes in ihrer Wohnung eingetroffen.

Donna zeigte Thorne die drei anderen Fotos. Sie waren

alle zum selben Zeitpunkt entstanden und mit einem drei Monate zurückliegenden Datum versehen, und jede Aufnahme zeigte den Mann mehr oder weniger in der gleichen Pose, wie er sein Bierglas hielt oder daraus trank. Dasselbe triumphierende Grinsen. Dasselbe Meer und derselbe Himmel, derselbe schwarze Berg und dasselbe Boot in der Ferne.

»Kein hilfreicher Poststempel, nehme ich an?«, erkundigte sich Thorne.

»Alle in London abgeschickt«, sagte Donna.

»Haben Sie die Umschläge aufgehoben?«

»Daran habe ich nicht gedacht. Tut mir leid.«

Thorne betrachtete die auf dem Tisch liegenden Fotos und lauschte dem Rascheln und dem Klicken des Feuerzeugs, dem leisen Zischen, als Donna sich eine weitere Zigarette anzündete.

»Warum sind Sie nicht sofort zu uns gekommen?«, wollte Thorne wissen.

»Weil mir klar war, dass Sie so reagieren würden. Argwöhnisch. Ich wusste, dass Sie denken würden, ich rede Scheiße.«

»Aber Sie hatten nichts dagegen, dass Anna zu mir kommt?«

»Sie ist ein nettes Mädchen«, sagte Donna. »Ehrlich gesagt glaube ich nicht, dass sie viel mehr als Handlangerdienste macht. Mir wäre es lieber, ihr wärt nicht in die Sache involviert, da will ich Ihnen nichts vormachen, aber wenn das meine einzige Möglichkeit ist, um was rauszufinden ...«

»Rauszufinden, warum Sie die Fotos zugeschickt bekommen?«

Donna nickte. Sie hatte die Augen geschlossen, und aus ihrem Mundwinkel waberte Rauch.

»Und wer sie schickt?«

»Wo er ist«, sagte sie. »Ich will wissen, wo der Mistkerl steckt.«

Thorne kämpfte gegen die Versuchung an, eine witzige Bemerkung zu machen, dass er *genau* wisse, wo Donnas Exmann stecke, dass nicht viel von ihm übrig sei, nachdem er gewissermaßen zweimal eingeäschert worden war. Er beobachtete, wie Donna aus einem kleinen Sideboard einen weiteren Packen Fotos holte, sie kurz durchsah und ihm dann ein paar davon reichte.

Diese Aufnahmen waren wesentlich älter. Donna und Alan Langford bei einer Abendveranstaltung. Er im Smoking, sie im Cocktailkleid, und beide mit ihrem besten Lächeln für die Kamera.

»Todschick«, sagte Thorne.

»Das war bei irgend so einer Benefizparty.« Donna spuckte die Worte aus, als sähe sie jetzt, was für ein Schwindel ihr damaliges Leben gewesen war. Die glückliche Ehefrau. Der Gangster, verkleidet als Wohltäter. Sie deutete von einem Foto ihres Exehemanns zum anderen; von einer Aufnahme, die vor mehr als zehn Jahren entstanden war, zu der, die nur ein paar Monate alt war. »Sie sehen doch, dass er es ist, oder etwa nicht?«

Thorne betrachtete die Fotos. Die Ähnlichkeit ließ sich nicht von der Hand weisen.

»Alan hatte eine Narbe«, sagte Donna. »Er hat als Teenager ein Messer in den Bauch bekommen, bei einem Handgemenge in seinem Stamm-Pub.« Sie deutete abermals auf das Foto des älteren Mannes, und Thorne sah die Narbe: eine blasse Linie unmittelbar über dem gerafften Bund der Badeshorts, die sich deutlich von seinem schlaffen, gebräunten Bauch abhob. »Ich nehme an, er hat ein bisschen was an sich machen lassen – die Augenpartie ist irgendwie anders, und er hat sich die Haare gefärbt –, aber das ist definitiv er.«

»Also gut, nehmen wir mal rein theoretisch an, er ist es …«

»Allmächtiger!« Sie seufzte und ließ sich in ihrem Sessel zurückfallen. »Ihr Sehvermögen lässt also auch nach, oder?«

»Sehen Sie, *wenn* er das ist, dann stehen die Chancen gut, dass er seine Zeit nicht damit verbringt, zu bowlen und Gartenarbeit zu erledigen, richtig?«

Sie nickte. »Er dreht bestimmt irgendwelche krummen Dinger.«

»Also, ich werde bei den Kollegen vom Organisierten Verbrechen ein gutes Wort für Sie einlegen und fragen, ob sie der Sache nachgehen wollen, okay? Mehr kann ich wirklich nicht tun.«

»Wenn er es ist, möchten Sie dann nicht wissen, *wie*?« Sie klopfte einen Aschewurm von ihrer Zigarette. »Wie er noch am Leben sein und in der Sonne herumgondeln kann, obwohl er vor zehn Jahren im Epping Forest verbrannt ist? Wenn er es ist, möchten Sie dann nicht wissen, wessen Leiche das im Auto war?«

Wenngleich Thorne diese Frage *noch* für hypothetisch hielt, geisterte sie ihm seit Anna Carpenters Besuch im Becke House im Kopf herum. Irgendjemand war mit Handschellen an das Lenkrad des Wagens gefesselt worden, auch wenn es sich nicht um Alan Langford gehandelt hatte. Irgendjemandes Fett war geschmolzen und auf die Ledersitze getropft.

»Ich gebe zu«, sagte Thorne, »dass es Gründe gibt, warum wir Alan Langford gerne finden würden, wenn er der Mann auf den Fotos wäre. Aber warum wollen *Sie* ihn finden? Ich nehme an, Sie haben nicht vor, sich mit einem Kuss zu versöhnen und ihn zu fragen, ob auf seiner Jacht noch Platz für Sie und Ihre Freundin ist.«

»Kate und ich kommen wunderbar zurecht.«

»Das freut mich für Sie. Aber trotzdem haben Sie Grund genug, ein klein bisschen sauer auf ihn zu sein.«

»Das Leben ist kurz.«

»Für manche ist es kürzer als für andere«, entgegnete Thorne.

»Als ich dachte, er wäre tot, war ich wütender auf ihn, als ich es jetzt bin«, sagte Donna. »Ich hätte ihn gut und gern ein Dutzend Mal umbringen können. Darum geht's inzwischen nicht mehr.«

»Worum dann?«

»Ich möchte ihn finden«, sagte Donna, »weil ich glaube, dass er meine Tochter hat.«

Thorne hatte völlig vergessen, dass es ein Kind gegeben hatte. Eine Erinnerung keimte auf und nahm rasch Gestalt an: ein kleines Mädchen, das in der riesigen Küche am Kühlschrank stand, sich etwas zu trinken einschenkte und seine Mutter fragte, wer Thorne sei und was er wolle.

Er kämpfte damit, sich an den Namen zu erinnern. Emma? Ellen?

»Ich höre«, sagte Thorne.

»Ellie war erst sieben, als ich eingebuchtet wurde, und es war niemand da, der sich um sie hätte kümmern können. Zumindest niemand, der sich um sie kümmern wollte. Niemand, den das Sozialamt für geeignet hielt.« Sie beugte sich vor, zerdrückte ihren Zigarettenstummel im Aschenbecher und erzählte Thorne, dass ihre Tochter auf Dauer zu Pflegeeltern gekommen war, da es keine Großeltern gab, die hätten einspringen können. »Meine jüngere Schwester hätte sie im Notfall schon genommen, aber wir haben uns nie besonders gut verstanden. Außerdem war ihr Macker nicht gerade scharf darauf. Die einzige andere Möglichkeit wäre Alans Bruder gewesen, aber der hatte noch mehr Dreck am Stecken als Alan, was ihn auch nicht zum idealen Kandidaten machte. Also …«

Thorne spürte ein leises Schuldgefühl in sich aufsteigen, weil er nichts von alledem gewusst hatte und sich auch nicht die Mühe gemacht hatte, es herauszufinden. Doch so lief die Sache nun einmal. Wenngleich er nicht immer Erfolg dabei hatte, versuchte er, nicht zu viel über die Leute nachzudenken, die er hinter Gitter brachte, und über diejenigen, die sie zurückließen. Sein Augenmerk galt in erster Linie den Toten und deren Angehörigen. In diesem Fall war ihm das Opfer allerdings auch ziemlich egal gewesen.

»Wann haben Sie sie das letzte Mal gesehen?«, fragte Thorne.

»Am Tag meiner Verhaftung.«

»Was? Das verstehe ich nicht.«

»Sie war natürlich viel zu jung, um mich zu besuchen«, sagte Donna. »Mir wurde gesagt, dass sie bei Pflegeeltern ist, dass es ihr gut geht und dass das Sozialamt ihr möglicherweise erlauben würde, mich zu besuchen, sobald sie sechzehn ist. In der Zwischenzeit habe ich Fotos bekommen.« Sie griff nach weiteren Bildern und reichte sie Thorne. »Drei- oder viermal im Jahr. Hin und wieder durfte sie einen kleinen Brief oder eine Zeichnung dazulegen.«

Thorne sah das Mädchen, das er aus Donnas Küche in Erinnerung hatte, auf etwa einem Dutzend mit Fingerabdrücken verschmierten Fotos aufwachsen. Ein schlaksiges Kind mit einer Puppe auf dem Arm. Ein Mädchen mit langem blondem Haar, das mit seinen Freundinnen im Basketball-Outfit posierte. Eine mürrische Teenagerin, jetzt mit kurz geschnittenem und schwarz gefärbtem Haar, deren einstudierter und perfektionierter Gesichtsausdruck irgendwo zwischen Langeweile und Feindseligkeit lag.

»Als sie sechzehn wurde«, sagte Donna, »habe ich einen Brief vom Sozialamt bekommen, in dem stand, sie hätten in Anbetracht der Schwere meiner Straftat beschlossen, dass es nicht gut für meine Tochter wäre, wenn sie mich besucht, bevor sie achtzehn ist. Dann, im vergangenen August …«

Sie hielt inne und holte tief Luft. Als sie fortfuhr, sprach sie kaum lauter als im Flüsterton. »Ich bekam einen Brief, in dem es hieß, sie würde vermisst.«

»Was ist passiert?«

»Sie ist einfach verschwunden. Ihren Pflegeeltern zufolge ist sie eines Abends ausgegangen und nie wieder nach Hause gekommen. Sie waren bestürzt, klar, aber da sie achtzehn war, zeigte die Polizei kein Interesse, und damit war die Sache gegessen.« Sie nahm die Zigarettenschachtel in die Hand, ließ sie dann wieder auf den Tisch fallen. Ihr Flüstern verdunkelte sich. »Die vom Sozialamt haben gesagt, sie dachten, ich wüsste das gern. *Sie dachten, ich wüsste es gern.* Ist das zu fassen?«

»Wenn sie im August verschwunden ist«, sagte Thorne, »war das nur ein paar Monate, bevor Sie das erste Foto bekommen haben.«

»Sie ist nicht verschwunden. Sie wurde *entführt*.«

»Denken Sie nicht, die beiden Dinge könnten was miteinander zu tun haben?«

Wenn Donna die Frage gehört hatte, ließ sie es sich nicht anmerken. Sie starrte Thorne nur an, schwer atmend, und ihre Augen füllten sich mit Tränen, als sie erneut nach ihren Zigaretten griff und die Schachtel immer und immer wieder in den Händen drehte. »Ich muss sie zurückhaben«, sagte sie. »Ich wurde ihr weggenommen. Jetzt wurde sie mir weggenommen.« Sie sah Thorne an. »Können Sie sie finden?«

Thorne hielt ihrem Blick nicht stand. Seine Augen wanderten zur Tischplatte, auf das sich wandelnde Gesicht von Ellie Langford.

»Können Sie das?«

Ein achtzehnjähriges Mädchen, verschwunden. Vermisst. Ein weiteres.

Thornes Handy klingelte in seiner Jackentasche, und er

stand rasch auf. Als er sah, dass ihn Detective Sergeant Dave Holland anrief, sagte er Donna, er müsse den Anruf entgegennehmen, und ging hinaus in den Flur.

»Es geht um Chambers«, sagte Holland. »Keine guten Neuigkeiten.«

»Oh, Gott.«

»Der Mistkerl ist gerade im Fernsehen.«

Thorne ging zurück ins Wohnzimmer und fragte Donna, ob es ihr etwas ausmachen würde, ihren Fernseher einzuschalten.

Tatsächlich redete ausschließlich Chambers' Rechtsanwalt, der auf den Stufen vor dem Old-Bailey-Strafgerichtshof posierte und im Namen seines Mandanten eine Erklärung abgab. Ihm zufolge war »Mr Chambers zu überwältigt, um etwas zu sagen«. Er dankte den Angehörigen und Freunden sowie denjenigen, die den Glauben an seinen Mandanten und die Hoffnung auf ein gerechtes Urteil nicht aufgegeben hätten. Chambers selbst stand ein Stück hinter ihm zu seiner Rechten. Er hielt den Kopf gesenkt, nickte zustimmend und sah nur ein Mal auf, um den Fotografen zuzuwinken, die seinen Namen riefen.

Er lächelte schüchtern. Seine Krawatte hatte er bereits abgenommen.

Kate war hinter Thorne in der Türöffnung aufgetaucht. »Er hat es hundertprozentig getan«, sagte sie und nickte in Richtung Fernseher. »Das habe ich von Anfang an gesagt, nicht wahr, Don? Er hat das arme Mädchen umgebracht und irgendwo versteckt. Schau ihn dir an, man kann es *sehen.*«

»Man sieht gar nichts«, entgegnete Donna. »Man kann sich nie sicher sein.« Sie schüttelte den Kopf. »Nicht alles ist so, wie es scheint, oder? Ich meine, ich dachte auch, Alan wäre tot.«

»Danke für den Tee«, sagte Thorne.

Sechstes Kapitel

Eine unverhoffte Begegnung mit seinem Chief Superintendent konnte bei Tom Thorne ein breites Spektrum an Emotionen hervorrufen. Widerwille, Grauen und Wut gehörten zu den häufigsten davon. Ihn jedoch ausgerechnet heute, die Füße unter Russell Brigstockes Schreibtisch, zu sehen, löste bei Thorne nichts weiter als stinknormales Erstaunen aus.

Thorne wurde entdeckt, als er in der Türöffnung herumstand, ins Büro gebeten und aufgefordert, die Tür zu schließen.

Da Trevor Jesmond jemand war, der normalerweise an Tagen wie diesem durch Abwesenheit glänzte und den Gestank des Misserfolgs ungeniert in die Richtung anderer fächelte, war er der Letzte, mit dem Thorne gerechnet hatte. Wäre das Urteil im Fall Chambers anders ausgefallen, hätte die Sache natürlich anders ausgesehen. Jesmond wäre der Erste gewesen, der den Supermarkt-Sekt aufgemacht und vor Gott und der Welt seinen ausgefeilten Text aufgesagt hätte.

Misserfolg betraf Typen wie Trevor Jesmond jedoch nicht. In keinerlei Hinsicht.

Thorne trat zum Schreibtisch und nickte im Vorbeigehen Brigstocke zu, der in der Nähe des Fensters saß. Noch bevor er Platz genommen hatte, schüttelte Jesmond den Kopf, hob dann die Arme in theatralischer Fassungslosigkeit und setzte seinen besten kumpelhaften »Was soll man da machen?«-Gesichtsausdruck auf.

»Das ergibt keinen Sinn, Tom«, sagte er. »Überhaupt keinen Sinn. Legen Sie es einfach zu den Akten.«

Zu den Akten legen? Du jämmerlicher, feiger Wichser.

»Gut«, erwiderte Thorne.

»Sie haben getan, was Sie konnten. Sie haben fantastische Arbeit geleistet.«

Dann ist es also *meine* Schuld?, dachte Thorne. »Danke«, sagte er.

»Haken Sie es einfach ab. Auf zu neuen Taten.«

Warum bist du eigentlich hier?

»Nun, es liegt auf der Hand, dass ich gekommen bin, um das Team nach dem Chambers-Fiasko ein bisschen aufzumuntern, aber da ich schon mal hier bin …«

Jetzt kommt's …

Jesmond beugte sich vor und blätterte die Unterlagen vor ihm auf dem Schreibtisch durch. Er nickte Brigstocke zu, und Thorne bemerkte, dass die kahle Stelle auf seinem Kopf etwas größer war als beim letzten Mal und dass die Schuppenproduktion sogar noch zugenommen zu haben schien, obwohl er weniger Haare hatte.

»Ich habe mich mit Russell über die Alan-Langford-Geschichte unterhalten.«

Thorne warf Brigstocke einen Blick zu, dessen kaum wahrnehmbares Achselzucken ihm alles verriet, was er wissen musste. Detective Chief Inspector war ein heikler Posten; man war in einem unangenehmen Schwebezustand zwischen seinen Jungs und der Chefetage gefangen. »Wie ein Pimmel im Reißverschluss«, hatte Brigstocke einmal zu Thorne gesagt. »Rauf oder runter, schmerzfrei geht es nie über die Bühne.«

»Von welcher *Geschichte* sprechen wir?«, wollte Thorne wissen.

»Kein Grund, pampig zu werden, Tom«, sagte Brigstocke. »Sie sind hier nicht der Einzige, der schlechte Laune hat.«

Jesmond tat die Einwände des Detective Chief Inspector mit einer Handbewegung ab. Er hatte nicht aufgehört zu lächeln. »Von derselben Geschichte, die Sie heute Vormittag zu Donna Langford geführt hat.«

Thorne beobachtete, wie Jesmonds Lächeln breiter wurde, während er seinen kurzen Moment des Triumphs genoss; sah, wie er den Kopf schüttelte, als habe es nichts zu bedeuten.

»Ich habe im Dienstprotokoll nachgesehen«, erklärte Jesmond. »Kein großes Geheimnis. Ich habe gesehen, dass die Adresse, unter der Sie sich für den Vormittag ausgetragen haben, mit der übereinstimmt, die ich hier vor mir habe.« Er nahm einen Stapel Blätter in die Hand. »Ich habe gestern angefangen, meine Hausaufgaben zu machen, und ein kleines Dossier zusammengestellt, nachdem mich Russell über diese Foto-Sache in Kenntnis gesetzt hatte.« Er begradigte den Stapel, dann legte er ihn wieder weg. »Also, wovon gehen wir aus, Tom? Ist Alan Langford noch immer quicklebendig?«

»Sieht ganz so aus«, entgegnete Thorne. »Entweder das, oder er hat einen Doppelgänger.« Während er sprach, wurde ihm auf seltsame Weise bewusst, dass er schon beim ersten Blick auf das Foto keinen Zweifel daran gehabt hatte, um wen es sich bei dem Mann handelte. Dass es leichter gewesen war, etwas anderes vorzutäuschen, ohne wirklich zu verstehen, warum. Doch auch nachdem er sich diese einfache und anscheinend harmlose Tatsache eingestanden hatte, kam es ihm noch immer so vor, als wäre es womöglich die sicherere Option gewesen, sie zu leugnen. Als stünde er nicht mehr als ein oder zwei Schritte vor dem Abgrund.

»Nun, ich denke nicht, dass es irgendeinen Grund dafür gibt, in Panik zu geraten«, sagte Jesmond. »Russell?«

Brigstocke putzte seine Brille. »Überhaupt keinen Grund.

Eine Klage wegen eines Justizirrtums würde auf keinen Fall durchgehen. Ich meine, unabhängig davon, ob es sich bei dem Mann, den Donna Langford tot sehen wollte, auch um den Mann handelt, der tatsächlich gestorben ist, sie *hat* den Mord an ihrem Ehemann veranlasst. Das hat sie nie bestritten, also ist diesbezüglich nichts zu befürchten.«

»Was ist mit Monahan?«

»Genau dasselbe«, sagte Brigstocke. »Wir wissen, er *hat* jemanden getötet, deshalb kann ich mir auch nicht vorstellen, dass von dieser Seite Berufung eingelegt werden könnte.«

»Sieht also so aus, als könnten wir alle beruhigt schlafen«, sagte Thorne.

Jesmond entging der Sarkasmus, oder er ignorierte ihn. »Ich bin mir nicht ganz sicher, ob das stimmt, Inspector. Angesichts dieser Entwicklungen müssen wir den Fall Langford noch einmal aufrollen, und für mich liegt es auf der Hand, dass wir aus heutiger Sicht womöglich ein oder zwei Dinge anders machen würden.«

Dann geht das also auch auf meine Kappe?, dachte Thorne. Er räusperte sich. »Was, zum Beispiel?«

»Na ja, DNA- und Gebiss-Abgleiche fallen mir als Erstes ein.«

»Sie hat ihn identifiziert, Herrgott noch mal!« Thorne sah, wie Brigstocke warnend die Hand hob. Er hob selbst die Hand, um zu signalisieren, dass er alles unter Kontrolle hatte, dass er nicht drauf und dran war, über den Tisch zu hechten, um den Chief Superintendent zu erdrosseln. »Der Leichnam hatte Alan Langfords Größe und trug Alan Langfords Schmuck. Und Alan Langfords Ehefrau hat ihn offiziell identifiziert.«

»Trotzdem …«

»Und als ob das noch nicht genügen würde, sie wusste, dass er derjenige war, der mit Handschellen ans Lenkrad des Jaguar gefesselt wurde, weil sie jemanden dafür bezahlt hat. Wenn man all diese Kleinigkeiten bedenkt, Sir, abgesehen von Formalitäten wie der Autopsie, schien es damals keinen Grund zu geben, die Jungs in den weißen Kitteln zu bemühen.«

»Wie auch immer es *scheinen* mochte, sich doppelt abzusichern, ist immer ratsam. Und hätte sich in diesem Fall ganz bestimmt gelohnt.«

Thorne konnte ein Grinsen nicht unterdrücken, als ihm etwas einfiel. »Außerdem erinnere ich mich, dass damals ein Memo von Ihnen persönlich zur Einführung eines Kostensenkungsprogramms in sämtlichen Abteilungen im Umlauf war.«

»Moment mal …«

Thorne beugte sich vor, genoss es. »›Jegliche nicht unbedingt erforderlichen Maßnahmen, die Zahlungen an externe Einrichtungen oder einzelne Spezialisten nach sich ziehen, sind sorgfältig zu erwägen und wenn irgendwie möglich …‹ Bla, bla, bla, Bockmist in dieser Art. Bei allem Respekt, Sir.«

Jesmonds Lächeln war längst verflogen, doch dafür sah Thorne eines über Brigstockes Lippen huschen. »Wir müssen uns absichern.«

»Wie?«, fragte Thorne.

»Kümmern Sie sich um den Fall«, sagte Jesmond. »Gehen Sie ihn an, als hätten Sie das Epping-Forest-Barbecue gerade erst auf den Schreibtisch bekommen. Wir müssen den Toten unbedingt identifizieren, und da wir jetzt allen Grund zu der Annahme haben, dass Alan Langford etwas mit dem Mord zu tun hat, müssen wir ihn finden. Worauf ist die ehemalige Mrs Langford Ihrer Meinung nach bei dieser Sache aus?«

Thorne berichtete von seinem Gespräch mit Donna Langford, vom Verschwinden ihrer Tochter und von Donnas Vermutung, ihr Exmann sei dafür verantwortlich.

»Tja, das muss bei den Ermittlungen auf jeden Fall berücksichtigt werden«, sagte Jesmond. »Wir müssen sie bei Laune halten.«

»Müssen wir das?«

»Sie mag rechtlich nichts in der Hand haben, aber sie könnte beschließen, ein paar Pfund zu verdienen, indem sie ihre Geschichte verkauft. Wenn sie zur Presse geht oder ein Buch schreibt, stehen wir womöglich wie Idioten da.«

Thorne biss sich auf die Zunge.

»Geben wir ihr, was sie möchte«, sagte Brigstocke. »Schließlich wollen wir fast dasselbe.«

Thorne hatte keine echten Einwände, zumindest nicht, was die Suche nach Ellie Langford betraf. Die Sorge ihrer Mutter war aufrichtig. Und es war nicht das erste Mal, dass Thorne Fotos von einem vermissten Mädchen betrachtet und ein paar Sekunden lang Schwierigkeiten gehabt hatte, Luft zu holen. »Okay, von mir aus«, sagte er.

Jesmond nickte und knurrte zustimmend. »Aber lassen Sie uns versuchen, so wenig Aufsehen wie möglich zu erregen, verstanden? Die Angelegenheit hat oberste Priorität, aber wir können keine Elefanten im Porzellanladen gebrauchen.«

Thorne musste nicht gesagt bekommen, von welchem Elefanten sein Vorgesetzter sprach. »Was ist mit Anna Carpenter?«, erkundigte er sich. Jesmond warf einen Blick in seine Unterlagen. So gründlich hatte er seine Hausaufgaben offenbar doch nicht gemacht. »Die Privatdetektivin.«

»Ja.« Jesmond dachte ein paar Sekunden lang nach. »Sie könnte uns ebenfalls in Verlegenheit bringen, wenn sie auf die Idee kommt, sich an die Presse zu wenden.« Er sah zu Brigstocke hinüber und erntete ein zustimmendes Nicken. »Was will sie?«

»Diesen Fall«, sagte Thorne. »Na ja, *irgendeinen* Fall, nehme ich an. Sie ist scharf drauf, etwas zu tun.«

»Okay, dann lassen Sie sie mitmischen«, sagte Jesmond. Er sah, wie Thorne den Mund aufmachte, um zu protestieren. »Oder vermitteln Sie ihr den *Eindruck*, sie würde mitmischen. Sagen Sie ihr, sie kann Sie begleiten.«

»Das ist nicht Ihr Ernst, oder?«

»Solange sie weiß, wann sie den Mund zu halten hat, dürfte das kein Problem sein. Einverstanden? Russell?«

»Ich sehe kein Problem darin.«

Thorne schüttelte den Kopf. »Ja, klar, Sie sind ja auch nicht das arme Schwein, das sie an der Backe hat.«

Jesmond erhob sich und sagte, er müsse weiterarbeiten. Müsse in die Einsatzzentrale und angesichts der Ereignisse sein Bestes tun, um die Moral zu heben. Auf dem Weg zur Tür sagte er Brigstocke und Thorne, er freue sich, dass sie sich alle einig seien.

»*Das* kann ja heiter werden«, sagte Thorne.

Das Royal Oak hätte wohl niemanden angelockt, der großen Wert auf freundlichen Service oder auf eine gemütliche Atmosphäre legte, doch es war sowohl vom Peel Centre als auch von der Colindale Station nur fünf Gehminuten entfernt. Von daher – und mit dem Namen eines ehemaligen Detective Inspector über der Eingangstür – würde es immer ein Pub bleiben, in dem die Metropolitan Police in der Mehrheit war. An diesem Abend wäre allerdings jeder Gast ohne Dienstmarke besser beraten gewesen, zu Hause ein paar Dosen zu öffnen.

Es wimmelte von Polizisten.

Die Gäste hätten ebenso gut Biker, Fußballfans oder grölende, betrunkene Investmentbanker sein können. Freunde, Kollegen oder Fremde, es spielte kaum eine Rolle. Irgendetwas in ihrem gemeinsamen Erfahrungsschatz, in der unausgesprochenen Verbundenheit zwischen diesen Männern und Frauen, sorgte dafür, dass die Emotionen überkochten, als sich Fassungslosigkeit in Zorn verwandelte und Sorgen immer und immer wieder in Weißwein, Bier und Whisky ertränkt wurden. Hätten die Toiletten nicht einen noch strengeren Geruch verströmt, wäre das Testosteron, das neben Aggression und Selbstmitleid in der Luft lag, überwältigend gewesen, als Thorne sich den Weg zur Bar bahnte. Auf dem Rückweg zum Tisch mit einem weiteren Guinness für sich selbst und *Lager Tops*, Bier mit einem Schuss Zitronenlimonade, für Dave Holland und Yvonne Kitson wurde er mehrmals von Kollegen behelligt, die scharf darauf waren, der einen oder anderen Emotion Luft zu machen und einen Kommentar zum einzigen Gesprächsthema im Raum abzugeben.

»Dumm gelaufen, Mann …«

»Keine Sorge, der kriegt sein Fett schon noch ab.«

»Diese Wichser!«

Thorne reichte Holland und Kitson ihre Getränke, nahm Platz und fragte sich, wen der letzte angetrunkene Philosoph eigentlich gemeint hatte. Die Geschworenen? Adam Chambers und seine Anwälte? Thorne und sein Team? Sich selbst und alle anderen Polizisten im Pub, weil sie den Fall nicht besser gehandhabt hatten?

Was auch immer es war, Thorne hatte keine Einwände.

»Cheers«, sagte Holland.

Thorne nickte und trank.

»Die sind wie Arschlöcher«, sagte Kitson.

»Wer?«

»Meinungen.«

Holland schluckte. »Jeder Penner hat eine.«

Thorne sah vom einen zum anderen. »Und, welche habt ihr?«

Er hatte einen großen Teil des Vormittags mit Russell

Brigstocke verbracht und darüber spekuliert, was im Geschworenenzimmer vorgefallen sein mochte, doch mit allen anderen, deren Meinung er schätzte, musste er sich erst noch hinsetzen und die Angelegenheit besprechen. Er hatte versucht, Louise zu erwischen, die jedoch den ganzen Tag Besprechungen gehabt hatte und ihm nicht mehr als eine Nachricht hatte hinterlassen können, wie leid es ihr tue.

Kitson war deutlich weniger zurückhaltend als früher, wenn es darum ging, ihre Meinung kundzutun. Und bei Holland, auch wenn er nicht mehr ganz so blauäugig und naiv war wie in der Vergangenheit, konnte man in der Regel noch immer darauf zählen, dass er aussprach, was er dachte.

»Es ist schon unter normalen Umständen schwierig genug, eine Verurteilung zu erreichen«, sagte Holland. »Wenn der Richter die Geschworenen belehrt und ihnen was von berechtigten Zweifeln und der Bedeutung von Beweisen und so weiter erzählt.«

Kitson nickte. »Wenn man keine Leiche hat und der Verteidiger weiß, was er tut, hat man echt zu knabbern.« Sie sah Thorne an. »Haben *wir* zu knabbern.«

»Sie hätten wirklich nicht mehr tun können«, sagte Holland.

Thorne schloss langsam die Augen und stellte sich vor, wie Adam Chambers feierte, wie er es in irgendeiner Bar im West End, in der sich viel weniger Polizisten herumtrieben, so richtig krachen ließ. Er malte sich die jubelnden Freunde und Angehörigen aus und mutmaßte, dass es auch für sie in gewisser Weise wie ein Freispruch sein musste. Es bestand keine Notwendigkeit mehr, Arbeitskollegen anzulügen oder die eigene Lebensgeschichte umzuschreiben. Sie wurden sich nicht mehr vor unangenehmen Fragen drücken müssen, die ihnen gestellt worden wären, wenn jedes Jahr an Andrea Keanes Geburtstag Journalisten bei ihnen angeklopft und darauf beharrt hätten, dass sie doch irgendetwas darüber wissen mussten, was ihr zugestoßen war. Jetzt konnten sie ihre eigenen Zweifel in Bezug auf Adam Chambers' Unschuld vertreiben – und Thorne wusste, dass sie diese hatten –, bis sie ihnen wie etwas erschienen, das sie nur geträumt oder sich eingebildet hatten.

»Wir müssen einfach weitermachen«, sagte Kitson.

»Das Leben ist kurz, habe ich recht?« Thorne kippte ein Drittel seines Pints hinunter und unterdrückte einen Rülpser. »Für manche ist es allerdings viel kürzer als für andere.« Er dachte an die beiden achtzehnjährigen Mädchen. Seine Erinnerung an das eine Mädchen war von Ungerechtigkeit getrübt. Immerhin bestand vielleicht die Chance, das andere zu finden. Dafür zu sorgen, dass er selbst sich um einiges besser fühlte, und sein Gewissen zu entlasten, das von seinem Misserfolg bei der Suche nach dem ersten Mädchen gezeichnet war.

Das Pferd, das er Jesmonds Ansicht nach wieder besteigen sollte.

Sam Karim brachte eine weitere Runde an den Tisch und setzte sich genau in dem Moment zu ihnen, als Russell Brigstocke aufstand, um eine kurze Ansprache zu halten. Der Detective Chief Inspector dankte allen für ihre harte Arbeit, versicherte ihnen, sie seien die Besten, mit denen er jemals zusammengearbeitet habe, und sagte, dass sie es womöglich eines Tages noch einmal versuchen könnten, wenn irgendetwas Neues auftauche. Es waren Beifallsrufe und halbherziger Applaus zu hören, dann stieß der ganze Pub auf Andrea Keane an.

»Gott segne sie«, sagte Thorne. Das war die Art von Äußerung, die ein Polizist in einem solchen Augenblick zum Besten gab, wenn er Alkohol intus hatte. Sogar einer, der kein bisschen religiös war.

Beim Oak handelte es sich nicht um die Sorte von Lokalität, in der man Ärger bekam, wenn man nach Ladenschluss weitertrank, doch es war keine Viertelstunde mehr bis zum Ende der offiziellen Ausschankzeit, als Thorne jemanden aus der Herrentoilette kommen sah, den er kannte. Wenn ihn sein Gedächtnis nicht täuschte, hatte Gary Brand als Detective Sergeant an den ursprünglichen Ermittlungen im Fall Alan Langford gearbeitet und ein paar Verhören von Paul Monahan beigewohnt. Danach war er noch etwa achtzehn Monate bei der Mordkommission geblieben, bis woanders ein Inspector-Posten frei geworden war, und soweit Thorne sich erinnern konnte, arbeitete er jetzt auf der Südseite des Flusses.

Thorne dachte sich, es sei womöglich eine gute Idee, ein paar Dinge mit jemandem zu besprechen, der zehn Jahre zuvor Teil des Teams gewesen war. Als er sich durch die Menge bewegte, spürte er, wie der Alkohol zu wirken begann. Er atmete ein paar Mal tief durch. Mit dem Auto nach Hause zu fahren, kam nicht infrage, doch das spielte keine große Rolle. Er hatte den ganzen Nachmittag am Telefon verbracht und die nötigen Vorkehrungen getroffen, und er würde seinen Wagen am nächsten Tag vermutlich nicht brauchen.

Brand schien erfreut zu sein, ihn zu sehen, und griff sofort zu seinem Portemonnaie. Die beiden gingen zum Tresen. Thorne bestellte ein kleines Bier, obwohl er wusste, dass es für Zurückhaltung schon ein bisschen spät war.

»Wohl kaum noch Ihr Stammlokal, oder, Gary?«

Brand war eins achtzig groß, schlank und ein paar Jahre jünger als Thorne. Er hatte kurz geschorenes Haar und trug eine von jenen Jacken aus dünnem, weichem Leder, die Thornes Ansicht nach Frauen besser standen. »Tja, ich kenne natürlich einige von den Jungs, die bei den Chambers-Ermittlungen mitgearbeitet haben, und ich habe den Fall verfolgt.« Brand stammte ursprünglich aus den West Midlands, was sich noch immer deutlich an den verflachten Vokalen und der absteigenden Intonation am Ende jedes Satzes erkennen ließ. Das sorgte dafür, dass er häufig niedergeschlagen klang, auch wenn er bester Laune war. Brand zuckte mit den Schultern. »Ich wüsste nicht, wo ich heute Abend lieber wäre.« Er hob sein Glas und stieß es gegen Thornes. »Was für eine schauerliche Geschichte.«

»Wir hatten schon ein paar von der Sorte.«

»Kann man wohl sagen.«

»Apropos ...«

Thorne erzählte Brand von Anna Carpenters Besuch und den Fotos. Von dem Fall, der auf ebenso wundersame Weise wieder zum Leben erwacht war wie Alan Langford offenbar auch.

»Er war schon immer ein gerissener Mistkerl«, sagte Brand. »Einer von den Typen, die Spaß daran haben, unsereins dumm dastehen zu lassen.«

»Einer von den Typen, die ihre eigene Tochter entführen würden?«

»Gut möglich.«

»Und was ist mit den Fotos?«

Brand sagte Thorne, er könne sich nicht vorstellen, weshalb Donna sie zugeschickt bekommen hatte. »Und, was haben Sie vor?«

»Ich werde versuchen, ob ich aus Paul Monahan irgendwas rausbekomme.«

»Viel Glück«, sagte Brand. »Ich kann mich nicht erinnern, dass dieses Tier besonders gesprächig gewesen wäre.«

»Vielleicht hat ihn das Zuchthaus umgänglicher gemacht«, erwiderte Thorne. Das war einfach nur dahingesagt. Er hatte am Nachmittag Monahans Akte überprüft und entdeckt, dass dieser alles andere als ein Musterhäftling war.

Seit seiner ursprünglichen Verurteilung war seine Haftstrafe zweimal verlängert worden.

»Ja, ganz bestimmt.«

»Vielleicht ist er einer von denen, die sich fortbilden und in ihrer Freizeit Steppdecken für Oxfam nähen.«

»Ich würde eher auf Krafttraining und selbst gemachte Tätowierungen wetten«, sagte Brand. »Aber lassen Sie mich wissen, wie Sie vorankommen …«

Sie tauschten Handynummern aus, und Thorne ging zu seinem Tisch zurück. Holland erkundigte sich, ob Thorne noch etwas trinken wolle, doch als er vor die Wahl gestellt wurde, sofort zu gehen oder sich später mit der halben Mordkommission um ein Taxi zu prügeln, entschied er sich dafür aufzubrechen. Er verabschiedete sich nur von so vielen Leuten wie nötig, um ungestraft davonzukommen, und ging hinaus auf den Parkplatz, dankbar für die Kälte im Gesicht und die frische Luft.

Auf dem Weg zur Colindale Station rief er bei sich zu Hause an und hörte seine eigene Stimme auf dem Anrufbeantworter. Er vermutete, dass Louise bereits ins Bett oder zurück in ihre eigene Wohnung gegangen war, hinterließ aber trotzdem eine Nachricht.

Dann wählte er Anna Carpenters Nummer.

Als er hörte, wie sich die Verbindung aufbaute, wurde ihm schlagartig bewusst, dass es wahrscheinlich viel zu spät war, um sie anzurufen, dass er sie auf dem Weg *zum* Oak hätte anrufen oder ihr einfach eine SMS hätte schicken sollen. Andererseits hoffte er, dass sie nicht abheben würde oder dass sie die Nachricht nicht bekäme, die er gleich hinterlassen würde, wenn sie nicht abhob.

Als sich Annas Mailbox zu Wort meldete, sprach Thorne etwas langsamer, als er es sonst getan hätte, und achtete darauf, nicht zu lallen. »Hier ist Tom Thorne. Ich rufe nur an, um zu sagen, dass Sie sich morgen früh um acht mit mir vor dem WHSmith am Bahnhof King's Cross treffen können, falls Sie noch Interesse haben. Bringen Sie Ihren Ausweis mit. Und ziehen Sie sich was an, das ein bisschen … *strenger* oder so aussieht.«

Siebtes Kapitel

Obwohl sich an dieser Stelle seit 1595 ein Gefängnis befand, war der Großteil des gegenwärtigen Gebäudes erst zweihundertfünfzig Jahre später errichtet worden, mit einem neugotischen Pförtnerhaus und Zellentrakten, die in einem für die Mitte des neunzehnten Jahrhunderts typischen Sternsystem angelegt waren. Wie die meisten viktorianischen Gefängnisse war Her Majesty's Prison Wakefield ganz sicher nicht entworfen worden, um zu gefallen, doch als Thorne darauf zuging, wie er es schon einige Male zuvor getan hatte, kam es ihm so vor, als sei jeder geschwärzte Backstein und jedes vergitterte Fenster von seinen Erbauern mit etwas Giftigem durchtränkt worden. Mit etwas Unterschwelligem und Dunklem, das aus dem menschenunwürdigen Gebäude in seine Insassen sickerte und langsam jegliche Hoffnung auslöschte, das sie *abhärtete*. Vielleicht war es aber auch umgekehrt. Womöglich waren es die Menschen hinter den Mauern, die diesen Ort so hässlich machten.

Ob es sich um eine viktorianische Monstrosität wie Pentonville oder Strangeways handelte oder um ein Zuchthaus im amerikanischen Stil wie Belmarsh, Thorne fühlte sich nie besonders wohl, wenn er ein Gefängnis betrat.

Er sah, dass es Anna Carpenter genauso erging.

Am ersten der drei Kontrollpunkte, die sie passieren mussten, ehe man sie in den Haupttrakt des Gefängnisses einlassen würde, zeigte sie fröhlich ihren Pass vor.

»Typisch für mich, dass ich wieder mal was missverstanden habe«, sagte sie und nickte in Thornes Richtung. »Als er mir gesagt hat, ich soll meinen Pass mitbringen, habe ich doch tatsächlich gedacht, er will mich spontan in einen romantischen Urlaub entführen.«

Der Gorilla, der ihre Papiere kontrollierte, blickte nicht einmal auf. Anna drehte sich zu Thorne um und verdrehte die Augen. Sie war verunsichert, das sah er, und gab sich übertrieben lässig.

»War nett, mit Ihnen zu plaudern«, sagte sie, als sie ihren Pass wieder ausgehändigt bekam.

Annas Sorge war durchaus begründet. Das Outfit, das sie trug – ein angemessen dezentes dunkles Kostüm –, würde jeden Häftling zu der Vermutung führen, sie sei Polizistin. Sie würde sich ebenso gemustert und gehasst fühlen, wie Thorne sich jedes Mal fühlte. Als Frau würde sie allerdings auch noch andere Dinge spüren, die um einiges unangenehmer waren.

»Das war ja ein ziemlich humorvoller Bursche«, sagte sie, als sie weitergingen.

Anna mochte verunsichert sein, schien aber bessere Laune zu haben als zweieinhalb Stunden zuvor am King's Cross, wo sie eine Minute vor acht auf Thorne zumarschiert war, der im Stehen einen Kaffee zum Mitnehmen schlürfte.

»Ein bisschen früher hätten Sie mir schon Bescheid geben können.«

»Sie sind ziemlich pünktlich«, stellte Thorne fest. »Das mag ich.«

»Und ich mag es nicht, wenn man mir sagt, was ich anziehen soll.«

»Sie können sich glücklich schätzen. Ich war absolut dagegen, dass Sie überhaupt mitkommen.«

»Warum bin ich dann hier?«

»Weil ich tue, was man mir sagt.«

»Warum glaube ich das nicht?«

Thorne blies in seinen Kaffee und ging in Richtung Bahnsteig.

»Wohin komme ich eigentlich mit?«, fragte sie, während sie ihm folgte. »Erfahre ich noch, wohin wir fahren, oder ist das Geheimsache? Ich nehme an, nicht nach Hogwarts.«

Thorne sagte es ihr.

»Verdammt.«

»›Verdammt‹ trifft den Nagel auf den Kopf«, erwiderte Thorne. »Also, das sind die Regeln …«

Nachdem sie die Sicherheitskontrolle passiert hatten, machten sie sich auf den Weg in den Besucherbereich. Obwohl die Route mit ausreichendem Abstand an den Zellentrakten und den Gemeinschaftsbereichen vorbeiführte, verschlechterte sich die Atmosphäre merklich. Wakefield war ein Hochsicherheitsgefängnis für Lebenslängliche, und die Luft schmeckte ein wenig anders, wenn der Großteil derer, die sie atmeten, nichts zu verlieren und keinen Grund hatte, sich einen Dreck um irgendetwas zu scheren. Anna stand allein aufgrund dessen, wo sie sich befand, noch immer sichtlich neben sich und löste auf dem Weg zum Besucherbereich einen fast ununterbrochenen Strom anzüglicher Bemerkungen aus.

»Sie müssen ein bisschen runterschalten«, sagte er.

»Runterschalten?«

»Die Lautstärke. Und zwar ganz. Ich weiß, dass Sie nervös sind, aber …«

»Mir geht's bestens.«

»Und ich will auf keinen Fall irgendein Geschwafel hören, wenn wir Monahan gegenübersitzen. Verstanden?«

»Tut mir leid«, sagte sie. »Ich rede zu viel, ich weiß. Das war schon immer so. Als Ausgleich, nehme ich an.«

»Wofür?«

»Alles Mögliche.«

Sie bogen um eine Ecke und betraten den Wartebereich. Zwei Dutzend Leute saßen da und umklammerten Wartenummern, als stünden sie im Supermarkt an der Delikatessentheke an. Thorne zeigte dem Beamten am Schalter seine Vollmacht, dann gingen Anna und er direkt in den Besucherbereich weiter. Der Raum war groß, hell und luftig, mit mehreren Reihen sauberer Tische und einfacher Metallstühle. An jedem Ende saß in der Nähe der Tür ein Gefängnisaufseher, während ein dritter langsam mit einem gelangweilt wirkenden Spürhund an der Leine zwischen den Tischen auf und ab ging. Der Teppich roch neu, und Thorne fragte sich, ob das dem Hund die Arbeit erschwerte. Förderlich war es bestimmt nicht. Wie vielen Besuchern es in den Wochen, nachdem die Bodenleger da gewesen waren, wohl gelungen war, Crack hereinzuschmuggeln, das sie eingewickelt und sich in den Hintern geschoben hatten?

In einer Ecke befand sich ein überwachter Spielbereich, und ganz hinten gab es ein paar kleinere Räume für Privatbesuche. Als sie auf dem Weg zu einem davon an einer Erfrischungstheke vorbeigingen, fragte Anna: »Wie wär's, wenn wir versuchen, eine Verbindung aufzubauen?«

»Wie bitte?«

»Kein Geschwafel, wie Sie gesagt haben, aber müssen wir nicht dafür sorgen, dass er entspannt ist?«

»*Wir* müssen überhaupt nichts tun«, erwiderte Thorne. »Und glauben Sie mir, mit einem Mann wie Paul Monahan möchten Sie keine Art von ›Verbindung‹ haben.«

Monahan erwartete sie bereits. Er wirkte unruhig, wenn nicht sogar nervös. Sowohl sein Gesicht als auch sein Haar war grauer, als Thorne in Erinnerung hatte, und er war ein wenig fülliger geworden unter dem blau-weiß gestreiften Hemd, das er zu den üblichen Gefängnisjeans und Turnschuhen trug. Er tippte auf seine Armbanduhr. »Sie kommen zu spät.« Die Verärgerung war deutlich aus seinem nasalen nordirischen Dialekt herauszuhören.

»Haben Sie noch was anderes vor?«, fragte Thorne. Er zog seine Jacke aus und legte sie über die Stuhllehne. Anna tat dasselbe.

»Ich habe einen Kurs.«

Thorne nickte. Es sah so aus, als habe er mit seiner Vermutung, was Monahans Zuchthaus-Hobbys anbelangte, näher am Ziel gelegen als Gary Brand. Allerdings konnte es sich auch um einen Kurs in Cagefighting handeln. Wie die meisten Gefängnisse bot Wakefield neben einer verwirrenden Vielfalt an Therapieprogrammen ein enormes Spektrum von Aktivitäten und Fortbildungsmöglichkeiten an. Thorne wusste zum Beispiel, dass Häftlinge, die in der Werkstatt arbeiteten, ihre Zeit damit verbrachten, Sicherheitstore, Gitter und Abzäunungen herzustellen. Selbst *er* musste zugeben, dass sich das wie ein schlechter Scherz anhörte. »Ich dachte schon, Sie hätten ein heißes Date.«

»Sie waren vor zehn Jahren total unwitzig«, sagte Monahan. »Und Sie sind nicht witziger geworden.«

»Freut mich auch, Sie wiederzusehen.«

Monahan sah zum ersten Mal Anna an. »Wer ist das?«

»Detective Carpenter«, sagte Thorne. Keine Lüge. Nicht direkt. Er sah Monahans Blick über Annas Körper wandern und dort hängen bleiben, wo er nicht hätte hängen bleiben sollen. »Dann lassen Sie uns zur Sache kommen, ja, da Sie so beschäftigt sind.«

Monahan zuckte mit den Schultern, lehnte sich zurück.

»Sie wissen, dass Ihr ehemaliger Arbeitgeber herumspaziert, oder?« Thorne ließ das ein paar Sekunden lang wirken. »Ich spreche natürlich von Donna Langford.«

Abermals Schulterzucken. Monahan mochte es gewusst haben, und es war ihm egal.

»Als ich ›Arbeitgeber‹ sagte, dachten Sie da, ich meine Alan Langford?«

Das Zögern war kurz, doch es genügte. »Warum sollte ich das denken?«

»Na ja, schließlich haben Sie für ihn auch gearbeitet, irgendwann mal. Bevor Donna Sie engagiert hat, meine ich.«

»Und?«

»Ich versuche nur, Missverständnisse zu vermeiden.«

»Sie sind derjenige, der hier was missversteht, Kumpel. Wie kann *er* irgendwo herumspazieren?«

»Stimmt. Er ist totes Fleisch, nicht wahr?« Thorne schüttelte den Kopf mit gespielter Verärgerung über seine eigene gespielte Dummheit. »Völlig *verbrutzeltes* Fleisch, um genau zu sein, aber auf jeden Fall tot. Blöder Fehler von mir. Ich weiß auch nicht, was ich mir dabei gedacht habe.« Er fixierte Monahan und beobachtete, wie dessen Blick zu Anna zurückkehrte.

Lust war dieses Mal weniger darin zu erkennen. Eher der Versuch, den Kurs der Unterhaltung zu ändern.

»Ist das nicht irgendwie ärgerlich?«, fragte Thorne. »Donna ist auf freiem Fuß, während Sie hier festsitzen und Ihren Schulabschluss nachholen oder was auch immer.«

»Darüber habe ich nicht nachgedacht«, erwiderte Monahan.

»Ich denke nicht, dass ich Ihnen das glaube.«

»Glauben Sie doch, was Sie wollen.«

»Nicht dass Sie sich selbst viele Gefallen getan hätten. Die zusätzliche Zeit, die auf Ihr Strafmaß draufgeschlagen wurde. Weil Sie auf Gefängniswärter losgegangen sind, Ihre Zelle demoliert haben …«

»Was kümmert Sie das?«

»Es ist mir scheißegal, aber schlau war das nicht, oder?«

»Ich werde provoziert.«

»Einzelhaft macht sicher Spaß.«

Monahan ließ den Kopf ein wenig sinken und zog mit einer Hand an den Fingern der anderen. »Da kann man nichts machen.«

»Wie lang haben Sie noch, sieben oder acht Jahre Minimum?«

Ein Nicken. Sein Kinn sank weiter zur Brust.

Thorne wollte gerade weitersprechen, als Anna ihm ins Wort fiel. »Klingt so, als könnte es noch viel mehr werden, wenn Sie nicht aufpassen«, sagte sie. Falls sie den strengen Blick bemerkte, mit dem Thorne sie bedachte, ignorierte sie ihn. »Sie müssen sich in den Griff kriegen.«

Monahan hob den Kopf und schniefte. Nach ein paar Sekunden wandte er den Blick von Anna ab, lehnte sich auf seinem Stuhl zurück und verschränkte die Arme. Er war sich seiner Sache wieder völlig sicher und wartete darauf, dass sie auf das zu sprechen kamen, dessentwegen sie hierhergekommen waren.

»Es gibt Möglichkeiten, wie sich Ihre Haftstrafe *verkürzen* lassen könnte«, sagte Thorne. »Radikale Idee, ich weiß.«

Auf Monahans Lippen zeichnete sich ein schmales Lächeln ab, bei dem sich sein Gefängnisgebiss nur erahnen ließ. »Jetzt kommen wir zur Sache, oder? Zu dem, was Sie wirklich wollen.«

»Was? Können wir nicht einfach vorbeikommen, um zu sehen, wie es Ihnen geht?«

»Wie ich gesagt habe, völlig unwitzig.«

»Wirklich keine große Sache«, sagte Thorne. »Nur ein bisschen Hilfe bei einem Mordfall, den wir aufklären wollen. Eigentlich nicht mal das, weil wir genau wissen, wer der Mörder ist. Es geht eher darum, das Opfer zu identifizieren.«

»Warum sollte ich irgendwas wissen?«

»Na ja, weil Sie derjenige waren, der den armen Kerl mit

Handschellen ans Lenkrad des Jaguar gefesselt und ihn angezündet hat.«

Monahan starrte ihn ein paar Sekunden lang an, dann schüttelte er den Kopf und zeigte ein paar weitere Zähne. »Sie sind echt nicht ganz dicht, ist Ihnen das klar?«

»Meschugge«, erwiderte Thorne. »Völlig durchgeknallt. Aber schauen wir doch mal, wie verrückt ich bin, okay? Ich meine, denken wir mal kurz darüber nach, wie es gelaufen sein könnte. Ich nehme an, Alan hat herausgefunden, was seine bessere Hälfte vorhatte. Er hat sie am Telefon belauscht, oder sie hat im Schlaf geredet, spielt eigentlich keine Rolle. Dann kommt er zu Ihnen, bevor Sie die Gelegenheit haben, das zu erledigen, wofür sie Sie bezahlt hat, und macht Ihnen ein besseres Angebot.«

Monahan sah Anna an, nickte in Thornes Richtung. »Mit wem haben Sie es sich denn verscherzt, dass Sie *ihn* an der Backe haben?«

»Also mussten Sie jemanden finden, der seinen Platz einnimmt«, fuhr Thorne fort. »War das Ihr Job, oder hat Alan jemanden gefunden? Es musste jemand sein, der ungefähr dieselbe Größe und eine ähnliche Statur hat, nehme ich an. Nicht dass es eine große Rolle gespielt hätte, nachdem Sie mit ihm fertig waren.«

Monahan sah noch immer Anna an. »Ehrlich, Schätzchen, Sie sollten eine Versetzung beantragen.«

»Danke, ich werd's mir merken«, entgegnete sie. »Und jetzt erzählen Sie uns, wen Sie anstelle von Alan Langford in den Wagen gesetzt haben.«

Thorne drehte sich zu ihr, um ihr einen weiteren warnenden Blick zuzuwerfen. Dann sah er Annas Gesichtsausdruck und Monahans Reaktion auf ihre einfache, direkte Frage und beschloss, ihn sich für später aufzuheben.

Monahan gewann die Fassung zurück. Holte tief Luft.

»Alan Langford ist tot, kapiert? Meine Güte, warum, denken Sie, bin ich hier? Seine Alte hat mich bezahlt, um ihn loszuwerden, und ich habe getan, worin ich damals gut war. Alles klar?«

»Tja, das wäre es«, sagte Thorne. »Wenn ich nicht gerade ein Foto von Mr Langford bei bester Gesundheit gesehen hätte.« Monahan schluckte und sah weg. »Er ist quicklebendig, Paul, und das wissen wir alle.«

»Also, Sie brauchen uns keinen Schwachsinn mehr zu erzählen«, sagte Anna.

Thorne nickte und lehnte sich zurück. »Ja, noch jemand, der durch die Gegend spaziert und sich eine schicke Sonnenbräune holt, während Sie hier drin verrotten und aussehen wie eine dreckige Kartoffel. Ich meine, vermutlich hat er dafür gesorgt, dass es sich für Sie lohnt, all die Jahre den Mund zu halten. Irgendwas Hübsches, auf das Sie sich freuen können, wenn Sie rauskommen. Würde mich nicht wundern. Und wahrscheinlich kümmert er sich um Ihre Lieben, habe ich recht? Zahlt die Hypothek ab und so.«

»Das ist doch bescheuert«, sagte Monahan. »*Sie* sind diejenigen, die Schwachsinn erzählen.«

»Aber hat es sich wirklich gelohnt?« Thorne klang beinahe so, als meinte er es ernst. »Ich meine, Sie sitzen doch schon eine halbe Ewigkeit, auch wenn Sie nach Ihrer Entlassung noch so viel kriegen.«

Monahan starrte über ihre Köpfe hinweg, kaute auf irgendetwas.

»Sie haben doch einen Sohn, nicht wahr?«, fragte Anna.

Thorne griff das Stichwort auf, ohne zu zögern. »Wie alt ist er inzwischen, Mitte zwanzig?«

»Wäre doch nett, ein bisschen früher rauszukommen und ihn zu sehen«, sagte Anna. »Meinen Sie nicht?«

Monahan errötete, und als sich seine Hände fester um die

Armlehnen seines Stuhls schlossen, in den Sekunden, bevor er näher an den Tisch heranrückte, war deutlich zu erkennen, weshalb er so viel Zeit in Einzelhaft verbracht hatte. Er beugte sich zu Anna vor und flüsterte: »Ich *meine*, dass ich nachher ein bisschen an Sie denken werde.« Er ließ die Hand in seinen Schoß fallen und drückte zu. »Wenn ich mit meinem Schwanz in der Hand auf meiner Pritsche liege.«

»Das ist gut zu wissen, weil ich auch an Sie denken werde, Paul.«

Thorne hob die Hand. »Anna …«

Falls sie nervös war, ließ sie es sich nicht anmerken. »Und ich werde einen Riesenspaß dabei haben, weil ich mich gerade von einem Typen habe durchvögeln lassen, der tun kann, was er will und wann er will, und nicht in einen Eimer kacken muss.« Ihr Lächeln tauchte ebenso plötzlich auf, wie Monahans verschwand. »Aber nur zu, amüsieren Sie sich.«

Monahan stand abrupt auf, und Thorne erhob sich ebenfalls, um wenn nötig einschreiten zu können. Einen Moment lang hatte es den Anschein, als würde Monahan ausrasten, doch dann atmete er scharf durch die Zähne ein und grinste, als hätten sie nur ein gemütliches Schwätzchen gehalten, ehe er sich umdrehte und zur Tür ging.

Ein Aufseher tauchte auf, und Monahan sagte ihm, dass er fertig sei.

»Viel Spaß im Unterricht«, sagte Thorne.

Achtes Kapitel

Sie erwischten den Halb-drei-Uhr-Zug zurück nach London. Nachdem sie sich einen Platz in einem relativ leeren Waggon gesucht hatten, gab Thorne Anna eine Zehn-Pfund-Note und schickte sie für heiße Getränke und Sandwichs in den Speisewagen. Als sie gegangen war, rief er Brigstocke an.

»Tja, ich glaube nicht, dass wir Monahan irgendwas gesagt haben, was er nicht schon wusste«, sagte Thorne.

»Bis auf die Tatsache, dass *wir* es wissen.«

»Stimmt.«

»Hat ihn das beunruhigt?«

»Ich glaube schon. Wir müssen irgendwann wieder hin und ihn noch mal in die Mangel nehmen, aber bis dahin können wir ein bisschen Munition sammeln. Wir sollten seine Angehörigen unter die Lupe nehmen. Ihre Kontoauszüge besorgen, prüfen, ob sie neue Autos haben, die sie sich eigentlich nicht leisten können, wo sie im Urlaub waren, das übliche Programm.«

»Ich glaube nicht, dass es so einfach sein wird«, sagte Brigstocke. »Wahrscheinlich ist alles in bar gelaufen, nichts, was sich nachprüfen lässt.«

»Das kann man nie wissen«, erwiderte Thorne. »Geben Sie den Leuten mehr, als sie gewöhnt sind, und es ist immer irgendein Idiot dabei, der es sich nicht verkneifen kann, damit zu protzen. Hauptsache, Monahan bekommt Wind davon. Wenn er weiß, dass wir rumschnüffeln, dass wir Druck machen, wird er bei unserem nächsten Besuch nicht mehr so großspurig sein.«

»Wäre natürlich möglich, dass er gar nicht viel weiß«, sagte Brigstocke. »Wenn Langford die Sache organisiert hat, dachte er vielleicht, je weniger Leute davon wissen, desto besser.«

»Monahan weiß etwas, wofür es sich lohnt zu bezahlen. Er hätte vor zehn Jahren irgendeinen Deal machen, uns die Wahrheit sagen und so seine Haftstrafe verkürzen können, aber er hat es für sich behalten. Anscheinend hat ihm Langford eine ordentliche Summe versprochen, wenn er den Mund hält, und ich kann mir nicht vorstellen, dass er das getan hätte, wenn Monahan nicht irgendwas ... Gefährliches wüsste.«

»Wie, zum Beispiel, wer wirklich in dem Jaguar saß.«

»Genau.«

Brigstocke teilte Thorne mit, dass er ein Treffen mit Mitarbeitern der Serious and Organized Crime Agency, SOCA, der Abteilung gegen organisiertes Verbrechen, anberaumt habe, die vermutlich irgendwann miteinbezogen werden musste, wenn Beweismaterial gegen Alan Langford zusammengetragen wurde. Das »britische FBI« hatte die Möglichkeit, jegliche finanziellen Unregelmäßigkeiten aufzudecken und sämtliche Geschäfte, in die Alan Langford – oder wie auch immer er sich heutzutage nannte – seit seinem »Tod« verwickelt gewesen war, mit forensischer Genauigkeit zu untersuchen. Die SOCA verfügte über ausreichend Geld und Personal, erwies sich jedoch nicht immer als einfacher Partner und war berüchtigt dafür, nur langsam in die Gänge zu kommen.

»Wäre um einiges leichter für alle Beteiligten, wenn wir ihn einfach wegen Mordes drankriegen könnten«, sagte Brigstocke.

»Ich tue mein Bestes«, entgegnete Thorne.

»Und dann wäre da noch die Kleinigkeit, ihn zu finden …« Brigstocke erklärte abermals, dass den Kollegen von der SOCA wesentlich mehr Mittel zur Verfügung stünden als jeder Mordkommission, wenn es darum ging, Kriminelle im Ausland aufzuspüren, dass sie jedoch wissen müssten, in welchem Land sie mit der Suche beginnen sollten.

In Ermangelung des Hightech-Fotolabors, von dem Anna Carpenter gesprochen hatte, war Thorne nichts anderes übrig geblieben, als Abzüge der Langford-Fotos einem Mann zu schicken, von dem er hoffte, dass er ihm weiterhelfen konnte. Dennis Bethell war nicht nur ein langjähriger Informant, sondern außerdem eine Art Genie, was Kameras und die Entwicklung von Filmen anbetraf, wenn auch eines, das von seinem Talent lieber für die Produktion von Hardcore-Pornografie Gebrauch machte.

»Ich habe Dennis erklärt, dass wir in Eile sind«, sagte Thorne.

»Wie ist es mit Ihrer neuen Partnerin gelaufen?«, erkundigte sich Brigstocke.

»Wir müssen uns unterhalten.«

»So gut, hm?«

Als Thorne Anna aus dem Speisewagen zurückkommen sah, erklärte er Brigstocke, dass sie gleich in einen Tunnel fahren würden und dass er ihm Einzelheiten nennen werde, wenn sie sich das nächste Mal trafen. Da Brigstocke ihm sagte, er brauche nicht mehr ins Büro zu kommen, versprach Thorne, ihn von zu Hause aus anzurufen.

»Noch viel Spaß mit der jungen Miss Marple«, sagte Brigstocke.

Thorne nahm seinen Tee und die Sandwichs in Empfang und fluchte laut genug, um die angewiderten Blicke eines älteren Pärchen auf der anderen Seite des Gangs zu provozieren, als Anna ihm mitteilte, dass es kein Wechselgeld für seinen Zehner gab. Er zuckerte seinen Tee, senkte die Stimme und sagte: »Also, was, zum Teufel, sollte das vorhin?«

»Was vorhin?«

»Ich hatte Ihnen doch gesagt, Sie sollen den Mund halten.«

»Ach, kommen Sie schon, ich konnte doch nicht einfach wie ein Brett dasitzen«, verteidigte sich Anna. »Das hätte echt komisch gewirkt.«

»Es ist mir egal, wie das *gewirkt* hätte. Ich war dort, um einen möglicherweise wichtigen Zeugen zu befragen, und Sie waren dort, um zu beobachten, das ist alles. Ich wollte nicht, dass Sie sich einmischen.«

»Ich finde, wir haben ein gutes Team abgegeben.«

»Wir sind kein Team«, sagte Thorne.

»Was auch immer.«

»Und was sollte das mit seinem Sohn?«

»Das hat doch gut funktioniert, oder etwa nicht? Es hat eine Reaktion ausgelöst.«

»Es geht darum, die *richtige* Reaktion auszulösen.« Thornes Stimme war laut genug, um abermals die Aufmerksamkeit des älteren Pärchens zu erregen, doch das war ihm inzwischen egal. »Dass Sie mich begleiten durften, war eine Gefälligkeit, und Sie haben das ausgenutzt.«

»Tut mir leid ...«

»Das wird nicht mehr vorkommen.«

»Ich habe doch gesagt, es tut mir leid.«

Thorne lehnte sich zurück und biss in sein Sandwich. Er hob das Brot an und beäugte die Scheibe schwitzenden Schinken. Regentropfen streiften das Fenster, und die Landschaft zog in braunen und grauen Flecken vorbei.

»Vielleicht haben Sie ein Problem damit, mit Frauen zusammenzuarbeiten«, sagte Anna.

Thorne schluckte schnell hinunter. »*Was?*«

»Ist bei manchen Typen so. Bei dem Typen, für den ich arbeite, ist es auf jeden Fall so.«

»Wir *arbeiten* nicht zusammen.«

»Das sagten Sie bereits.«

Thorne sah zu dem älteren Pärchen hinüber und lächelte. Die beiden sahen weg. Er senkte die Stimme. »Egal, das ist auf jeden Fall Blödsinn. Ich habe schon mit vielen Frauen zusammengearbeitet. Ich arbeite *noch immer* mit vielen Frauen zusammen.«

»Sind Sie verheiratet?«

»Was?«

»Ich mache nur Konversation. Ich gehe davon aus, die Frau, die ich neulich abends kennengelernt habe …«

»Wir leben nur zusammen«, sagte Thorne. »Mit Unterbrechungen. Ich meine damit nicht, dass unsere Beziehung Unterbrechungen hat. Ich meine … jeder hat seine eigene Wohnung.«

»Vernünftig.«

»Ich bin froh, dass Sie einverstanden sind.«

»Was macht sie?«

»Sie ist bei der Polizei.« Thorne steckte den Rest seines Sandwichs wieder in die Tüte. »Nicht, dass Sie das was angehen würde.«

Anna hob die Hände. »Entschuldigung.« Sie drehte sich zum Fenster. »*Noch mal.*«

Thorne tat es nicht leid. Es hatte gesagt werden müssen, alles. Trotzdem fühlte er sich ein bisschen schuldig, als er beobachtete, wie sie auf die feuchte und trostlose Yorkshire-Landschaft starrte, während Schweigen zwischen ihnen einkehrte. Sie sah aus wie eine Teenagerin, die älter sein wollte und sich große Mühe gab, sich nicht anmerken zu lassen, dass es ihr etwas ausmachte, gemaßregelt zu werden. Sie wirkte enttäuscht, und Thorne ertappte sich bei dem Ge danken, dass sie es vermutlich gewöhnt war, sich so zu fühlen. Außerdem verspürte er das Bedürfnis, mehr über den »Typen« zu erfahren, für den sie arbeitete. Wünschte sich, sie würde wieder anfangen zu quasseln.

»Sehen Sie, es *war* ziemlich daneben«, sagte er. »Aber Sie hatten vermutlich recht. Die Sache mit Monahans Sohn.«

Sie wandte sich vom Fenster ab.

»Ich will damit nicht sagen, dass Sie so was wieder machen sollen, okay? Aber, ja, sieht so aus, als hätte es funktioniert. Es hat die richtige Reaktion ausgelöst.«

Sie murmelte ein »Danke« und gab sich alle Mühe, nicht so erfreut zu wirken, wie sie es zweifellos war.

»Die kleine Ansprache am Schluss war übrigens auch ziemlich gut. Haben Sie ihn nur auf den Arm genommen oder …?«

»Ich habe jedes Wort so gemeint«, sagte Anna.

»Streng genommen kacken Häftlinge heutzutage nicht mehr in Eimer, aber abgesehen davon war das ziemlich ergreifend.«

Bislang hatte Thorne sie noch nie lachen sehen, zumindest noch nie richtig. Das war der beste Moment eines mittelmäßigen Tages.

Er betrat die riesige Gefängnisküche und steuerte geradewegs auf den Lagerraum am anderen Ende zu. Ein paar Insassen, die er nicht besonders gut kannte, musterten ihn, setzten dann jedoch ihre Arbeit fort – je weniger man sah und sagte, desto besser. Schließlich gelang es ihm, den Blick des Verwalters auf sich zu ziehen, nach dem er suchte. Er deutete auf den Lagerraum und klopfte mit der flachen Hand auf seine Tasche. Der Verwalter nickte und stimmte wortlos zu, gegen irgendeinen zukünftigen Gefallen die Tür zu bewachen.

Die Abmachung wurde nur mit einem Blick getroffen, mit einer kaum wahrnehmbaren Geste.

Er schloss die schwere Tür des Lageraums hinter sich und setzte sich neben ein Metallregal, in dem sich Suppen-, Tomaten- und Kidneybohnenkonserven im Großküchenformat stapelten. Dann holte er sein Handy hervor. Es handelte sich notgedrungen um ein kleines und einfaches Modell, doch für irgendwelchen Schnickschnack hätte er ohnehin keine Verwendung gehabt.

Sein Anruf wurde schnell entgegengenommen.

»Du hast dir Zeit gelassen«, sagte der Mann am anderen Ende der Leitung.

»Ich hatte bis jetzt keine Gelegenheit anzurufen.«

»Viel beschäftigt?«

Vor der Tür ertönten Stimmen. Er bat den Mann dranzubleiben, schloss die Hand um das Handy, wartete kurz. »Entschuldige.«

»Wo bist du?«

»Keine Sorge, hier ist es sicher.«

»Es bringt nichts, leichtsinnig zu werden ...«

»Hör zu, heute waren Bullen hier.«

»Ich weiß.«

»Der Besucherbereich stinkt immer noch nach Polypen.«

»Warum, glaubst du, habe ich dir die SMS geschickt?«

»Und, was soll ich machen?«

Der Mann hielt inne, als würde er einen Schluck trinken. »Ich will, dass du anfängst, dir dein Geld zu verdienen.«

Louise hatte es nicht für nötig befunden, sich mit Thorne abzusprechen, bevor sie Phil Hendricks zu sich nach Hause eingeladen hatte. Er kam, als sie gerade Pasta auftischte, roch noch immer leicht nach Desinfektionsmittel und hatte eine Plastiktüte bei sich, in der Bierdosen schepperten.

Thorne sah sofort, dass sein Freund darauf aus war, ein bisschen auszuspannen. »Harter Tag im Büro, mein Lieber?«

»Ich kann was zu trinken gebrauchen«, erwiderte Hendricks. »Ich habe den ganzen Nachmittag damit verbracht, einen Jugendlichen aufzuschneiden.« Er nahm eine Dose aus der Tüte und öffnete sie. »Ich meine, offensichtlich war er bereits von ein paar *anderen* Jugendlichen aufgeschnitten worden.« Er warf seinen langen schwarzen Mantel aufs Sofa und setzte sich an den kleinen Esstisch.

Was vom Innenministerium zugelassene Pathologen betraf, war Hendricks gelinde gesagt ungewöhnlich. Thorne hatte jedenfalls noch keinen anderen mit kahl rasiertem Kopf, zahlreichen Körper-Piercings und mehr Tätowierungen als ein durchschnittlicher Heavy-Metal-Gitarrist kennengelernt. Ihm war auch noch keiner begegnet, der so geschickt war wie Hendricks und so mitfühlend gegenüber den Opfern, die er sezierte. Seine Scherze – dargeboten mit perfektem Timing in flachem Manchester-Dialekt – waren zwar oft geschmacklos, doch Thorne wusste, was wirklich dahintersteckte.

Er hatte den Schmerz seines Freundes häufig aus nächster Nähe gesehen.

»Das riecht fantastisch, Lou.«

Hendricks hatte sich schon seit Längerem kein neues Piercing gegönnt, was er normalerweise immer dann tat, wenn er einen neuen Liebhaber an Land gezogen hatte, doch er war erpicht darauf, seine neueste Tätowierung zu präsentieren: eine Ansammlung kleiner roter Sterne auf der rechten Schulter.

»Sieht aus wie Designer-Akne«, stellte Thorne fest.

Hendricks kaute gerade, deshalb reckte er nur den Mittelfinger empor.

»Dann war das ›Sodomie‹-Tattoo also nichts für dich?«, fragte Louise.

Ein paar Monate zuvor hatte ein Londoner Geistlicher mit seiner Äußerung Schlagzeilen gemacht, dass schwule Männer wie Zigarettenschachteln mit einer Gesundheitswarnung der Regierung »markiert« werden sollten. Sein Vorschlag, ihnen solle »Sodomie kann Ihrer Gesundheit schwer schaden« auf die Gesäßhälften tätowiert werden, hatte erwartungsgemäß Entrüstung ausgelöst, und der Priester war letztendlich gezwungen gewesen unterzutauchen. »Ich werde dieses gottesfürchtige Großmaul zur Strecke bringen«, hatte Hendricks damals gesagt. »Und *seiner* Gesundheit schaden.«

Jetzt schüttelte er nur den Kopf und grinste. »Ich habe mich letzten Endes doch dagegen entschieden«, sagte er. »In erster Linie deshalb, weil so viele Wörter nicht auf meinen strammen kleinen Arsch gepasst hätten.«

Louise lachte und meinte, sie hätte damit keine Probleme gehabt. In ordentlicher Schriftgröße. In Großbuchstaben.

Thorne berichtete von seinem Ausflug nach Wakefield, von Monahans Weigerung zuzugeben, dass es sich bei der Leiche in dem Jaguar nicht um Alan Langford gehandelt hatte. Von der Notwendigkeit zu beweisen, dass Monahan dafür bezahlt werde, den Mund zu halten.

»Wenn er nicht mit der Sprache rausrückt, weiß ich nicht, was du noch tun kannst.« Louise schenkte sich und Thorne Wein nach. »Du hast nur dann eine Chance, wenn du zurückverfolgst, woher das Geld kommt.«

»Das würde uns aber auch nicht unbedingt weiterhelfen, oder?«

»Tut mir leid, aber du wirst es nicht auf dem silbernen Tablett serviert bekommen, Liebling.«

Hendricks hatte zehn Jahre zuvor die Leiche obduziert, die im Epping Forest gefunden worden war. Oder vielmehr das, was davon noch übrig war. »Du könntest natürlich die

Überreste exhumieren lassen«, schlug er vor. »Womöglich schwirrt in der Asche noch der eine oder andere geschwärzte Backenzahn herum. Aber nicht mal Gebissdaten nützen was, es sei denn, man hat zumindest eine Vermutung, um wen es sich bei dem Opfer gehandelt haben könnte.«

»Die wir nicht haben.«

»Also bist du ziemlich am Arsch, mein Freund. Das wäre ungefähr genauso weit hergeholt wie die Prognose, dass Tottenham unter die ersten vier kommt.«

»Solltest du nicht langsam nach Hause gehen?«, fragte Thorne.

Sie aßen, öffneten eine weitere Flasche und noch ein paar Dosen. Thorne legte eine neue Willie-Nelson-Unplugged-CD auf, von der Hendricks behauptete, sie klinge, als würde jemand eine Katze langsam durch die Mangel drehen. Thorne wies Hendricks darauf hin, dass dieser wie üblich seine Fußballmannschaft *und* seinen Musikgeschmack durch den Kakao gezogen habe, und bat darum, von ihm daran erinnert zu werden, weshalb er sich eigentlich als sein Freund betrachte. Hendricks erwiderte, dass es weniger um »Freundschaft« ginge, sondern vielmehr darum, dass er der einzige Mensch sei, mit dem Thorne nicht schlief, der gewillt war, ihn zu ertragen.

Louise sammelte die Teller ein und schabte die Essensreste ab. »Mit wem bist du denn heute nach Wakefield gefahren?«

»Wie bitte?«

»Männerausflug mit Dave Holland, oder?«

Thorne suchte nach etwas anderem als reiner Neugier in ihrem Gesicht und spürte unerklärlicherweise Blut in sein eigenes steigen. Er zögerte, rieb an einem Abdruck, den sein Glas auf dem Tisch hinterlassen hatte. »Nein, ich habe diese Privatdetektivin mitgenommen«, sagte er. »Die neulich abends hier aufgetaucht ist. *Musste* sie letzten Endes mitnehmen.«

»Die junge Frau?«

Thorne zuckte mit den Schultern, zog ein Gesicht, von dem er hoffte, dass es sagen würde: »Lächerlich, ich weiß«, und erklärte: »Jesmond meint, wir müssen sie miteinbeziehen, damit sie nicht zu den Zeitungen geht und ausplappert, dass wir den Langford-Fall vergeigt haben.« Er wusste, dass er zu schnell redete, dass er klang, als würde er lügen. »Sie hat sich als echte Nervensäge erwiesen, was ich Jesmond gleich gesagt hatte, aber bitte. Da ist mir ganz schön was aufgehalst worden. Was soll ich dir sagen?«

»Du brauchst mir gar nichts zu sagen«, erwiderte Louise lachend. »Ich habe nur eine einfache Frage gestellt.«

Sie trug die Teller in die Küche hinaus und stellte sie in den Geschirrspüler. Thorne sah Hendricks an, der ein »Was?« mit den Lippen formte. Er tat die Frage mit einer Handbewegung ab und stand auf, um die CD zu wechseln.

Louise rief aus der Küche: »Möchtest du einen Kaffee, Phil?«

»Nein, danke«, sagte Hendricks. »Sonst wälze ich mich die ganze Nacht im Bett, aber nicht im angenehmen Sinn.«

Thorne ließ den Blick über das CD-Regal wandern und versuchte, sich darüber klar zu werden, ob Louises Lachen gezwungen oder echt gewesen war. Er kam zu keinem Schluss, war jedoch überzeugt davon, dass das Thema noch einmal zur Sprache kommen würde, nachdem Hendricks gegangen war.

Louise tauchte in der Türöffnung auf. »Bist du sicher?«

»Ich glaube, ich sollte mich auf den Weg machen.«

»Ich habe auch koffeinfreien.«

»Warum bleibst du nicht einfach über Nacht?«, fragte Thorne.

Monahan plagten seit dem Spätvormittag Bauchschmerzen. Seit ihn Thorne mit seinem Miststück von Handlangerin besucht hatte, war er ein Dutzend Mal auf der Toilette gewesen, und was auch immer in der Fleischpastete gewesen sein mochte, die er am Abend zuvor gegessen hatte, machte alles noch um einiges schlimmer. Er lag auf seiner Pritsche, lauschte dem Rumoren in seinen Gedärmen und den Stimmen auf dem Gang vor seiner Zellentür.

Den Tierlauten.

Wenn er sich nicht in Einzelhaft befand, war das der Teil des Tages, den er am liebsten mochte. Die Stunde, die ihm am besten gefiel. Wenn er allein war und las oder rauchte, während sich die anderen Insassen die Zeit auf ihre Weise vertrieben, indem sie Tischtennis spielten, Krafttraining machten oder irgendetwas anderes taten, wenn er sich in seinem friedlichen Mikrokosmos befand, während sich der Rest des Gefängnisses um ihn drehte. Er genoss die Stille – sofern vorhanden, da er sich den Sauerstoff mit sechshundert anderen Männern teilen musste –, doch er wusste, dass Gesellschaft nur ein paar Schritte weit entfernt war, falls er sich jemals danach sehnen sollte. Allein in der Menge zu sein war ihm weitaus lieber, als endlose Stunden echter Isolation ertragen zu müssen, auch wenn er daran jedes Mal selbst schuld war.

Aber es war so, wie er zu Thorne gesagt hatte. Manchmal hatte er sich einfach nicht im Griff.

Wäre doch nett, ein bisschen früher rauszukommen und ihn zu sehen.

Er dachte darüber nach, was Thorne gesagt hatte, seine Bitte um Mithilfe, die eigentlich ein Angebot war. Wie verlockend es auch klingen mochte, ihm war bewusst, dass es kurzsichtig wäre, darauf einzugehen. Das Geld, das jeden Monat bis zu seiner Freilassung auf die Seite gelegt wurde, war sowohl eine Bedrohung als auch eine Verheißung, darüber war er sich schon immer im Klaren gewesen. Es bezifferte den Preis für sein Schweigen, sorgte jedoch dafür, dass er niemals vergaß, was es ihn kostete, den Mund zu halten.

Sein Leben und das Leben seines Sohnes, daran bestand kein Zweifel.

Was zählt, ist leben, oder etwa nicht?

Er dachte an den Mann, der so viel versprach und androhte, und über das Rumoren in seinem Bauch hinweg hörte er das Zischen und Knistern eines Feuers. Den Knall einer Explosion und das Pochen eines Spechts in der Ferne.

»Paul?«

Es klopfte an der offenen Zellentür, und Monahan setzte sich auf. Jeremy Grover war ein Mithäftling, mit dem er sich besser verstand als mit den meisten anderen. Er saß seine Zeit gelassen ab und war für einen bewaffneten Räuber ziemlich intelligent.

»Jez.«

»Ich dachte, du kommst zum Kartenspielen.«

»Tut mir leid, Kumpel, aber mein Bauch macht mich echt fertig.«

»Dann trinke ich einen Tee, wenn du Wasser aufstellst.«

Monahan schwang die Füße auf den Boden und ging hinüber in die Ecke, in der auf einem kleinen Tisch ein Wasserkocher stand. Er erkundigte sich, wer gerade auf der Siegerstraße sei, griff nach einer Tasse und versprach, die Jungs ordentlich in die Pfanne zu hauen, wenn sein Durchfall endlich vorbei war. Dann drehte er sich um, weil er noch etwas sagen wollte, und kassierte einen Schlag, der ihm augenblicklich die Luft aus der Lunge presste, Grovers Atem heiß und herb in seinem Gesicht.

»Jez …?«

Allerdings handelte es sich nicht um einen Schlag, natürlich nicht, und auf dem Boden sammelte sich bereits Blut, als er auf die Knie sank und dann seitlich umkippte. Es fiel ihm schwer, den Kopf zu heben, und er hatte Angst davor nachzusehen, was ihm in die Hände sickerte. Er sah, wie Grover sich mit dem Rücken gegen die Tür lehnte und dann einen Schritt nach vorn machte, als sich ein Aufseher den Weg in die Zelle bahnte. Er sah die beiden miteinander sprechen, während er seine Gedärme warm und glitschig zwischen den Fingern spürte, doch er konnte nichts hören, nicht wirklich, bis der Aufseher wieder gegangen war und von weit her eine Sirene ertönte.

Zweiter Teil

Süß wie Honig
und düster wie die Hölle

Neuntes Kapitel

Der Mann an der Sicherheitskontrolle des Gefängnisses hatte Dave Holland ebenso wenig zu sagen wie vierundzwanzig Stunden zuvor Thornes redseligerer Kollegin. Diesmal hatte es nicht zur Debatte gestanden, dass Anna Carpenter Thorne begleitete, nicht in Anbetracht des Grundes, aus dem er nach Wakefield zurückkehrte.

Brigstocke hatte kurz nach sechs Uhr morgens angerufen und nicht lange um den heißen Brei herumgeredet. »Derjenige, der Paul Monahan dafür bezahlt hat, dass er den Mund hält, kann seinen Dauerauftrag stornieren«, hatte er gesagt.

Die Kriminaltechniker der Polizei von West Yorkshire waren bereits wieder gegangen, doch der Mordschauplatz war noch immer mit einem blauen Band abgesperrt, das von der Zellentür bis zur Ecke des Ganges reichte. Thorne und Holland wurden von einem Gefängnisaufseher in den Trakt begleitet und vor der Zelle von einem finster dreinblickenden Empfangskomitee erwartet. Sonia Murray, eine attraktive Schwarze Anfang dreißig, war die Polizei-Kontaktbeamtin des Gefängnisses. Sie stellte zuerst sich selbst vor und anschließend Andy Boyle, den örtlichen Detective Inspector, dessen Team zum Zeitpunkt des Vorfalls Bereitschaftsdienst gehabt hatte.

Boyle schien ganz und gar nicht begeistert zu sein, seine Kollegen aus dem Süden zu treffen. »Da wir in dieser Angelegenheit zusammenarbeiten müssen«, sagte er, »bleibt uns wohl nichts anderes übrig.« Der Mann aus Yorkshire war alles andere als ein schüchternes Pflänzchen, musste aber dennoch die Stimme erheben, um sich trotz des Geschreis und Gejohles, das im Gang widerhallte, Gehör zu verschaffen. Sämtliche Insassen des Trakts waren vor mehr als fünfzehn Stunden, nachdem die Leiche gefunden worden war, in ihre Zellen gesperrt worden und hatten keine Hemmungen, ihre Gefühle kundzutun. »Ideal ist es allerdings nicht gerade, oder?«

»Wir werden uns Mühe geben, niemandem auf die Zehen zu treten«, sagte Holland.

Thorne mühte sich ein Lächeln ab, ohne sich darum zu scheren, ob es überzeugend wirkte. »Und wenn doch, werden wir drauf achten, dass wir Pantoffeln tragen.«

Paul Monahans Leiche befand sich in der städtischen Leichenhalle und wartete auf die Autopsie. Monahan war am Vorabend auf dem Weg ins Krankenhaus gestorben, nachdem man ihn mit schweren Stichverletzungen auf dem Boden seiner Zelle gefunden hatte. Den Häftling, der bei Monahan in der Zelle angetroffen worden war, hatte man zunächst ins örtliche Polizeirevier überstellt, am Morgen aber mangels Beweisen und in Erwartung des Besuchs von Thorne und Holland wieder ins Gefängnis zurückgebracht.

»Also, hier ist die Geschichte«, sagte Murray. Sie betonte das letzte Wort, um Thorne klarzumachen, dass sie jetzt die bekannten Fakten hinter sich ließen und sich in Gefilde begaben, in denen sie sich mit Möglichkeiten, Interpretationen und Schwachsinn begnügen mussten. Das war ein gefährliches Terrain, aber auch ein interessantes. Thorne gefiel dieser Teil immer am besten. »Ein Gefängnisaufseher namens Howard Cook betrat gestern Abend um kurz nach halb zehn Monahans Zelle.« Murray las aus einem kleinen Notizbuch vor. »Er traf dort den Häftling Jeremy Grover an, der sich blutverschmiert über Monahan beugte. Grover sagte Officer Cook, er habe ihn ungefähr eine Minute zuvor entdeckt, keinen Puls bei ihm festgestellt und deshalb versucht, eine Herz-Lungen-Wiederbelebung durchzuführen.«

»Nett von ihm«, sagte Holland.

»Oh, ja, unser Jez ist ein echter Samariter.«

»Wenn er nicht gerade in Bausparkassen mit abgesägten Schrotflinten herumfuchtelt«, sagte Boyle.

Murray wandte sich wieder ihrem Notizbuch zu. »Cook verließ die Zelle, um Alarm auszulösen, der Notarzt wurde gerufen, und es wurde der Ausnahmezustand verhängt. Binnen zwanzig Minuten wurde der gesamte Trakt abgeriegelt und die Polizei verständigt.«

»Wir waren kurz nach zehn hier«, erklärte Boyle. »Monahan hatte im Krankenwagen bereits den Löffel abgegeben.«

Thorne stieß die Zellentür auf und ging hinein. Abgesehen von der Pritsche und dem Metallstuhl war alles entfernt worden. Das Blut war auf eine Wand zugelaufen, das Gefälle des unebenen Bodens hinunter. Getrocknet sah es auf dem dunkelorangefarbenen Linoleum beinahe schwarz aus. »Wo ist Officer Cook?«, fragte Thorne.

Murray ging zur Tür. »Er wurde nach Hause geschickt und hat einen Tag Trauma-Freistellung bekommen«, sagte sie. »Das ist nach Vorfällen dieser Art üblich.«

Thorne drehte sich um und ging wieder hinaus auf den Gang.

Holland sah ihn an und nickte in Richtung der Überwachungskamera, die hoch oben an der gegenüberliegenden Wand montiert war. »Die sollte uns einen Blick aus der Vogelperspektive ermöglichen«, sagte er.

Thorne richtete den Blick auf Boyle. »Ich nehme an, Sie haben das Bildmaterial überprüft, um zu sehen, ob jemand anderer die Zelle vor Jez Grover betreten hat?«

Boyle zuckte mit den Schultern, war sichtlich zufrieden, dass er mehr wusste als Thorne.

»Die Kamera war außer Betrieb«, sagte Murray. »Das wurde aber erst in den frühen Morgenstunden festgestellt.«

»Heißt das, dass sie kaputt oder nur abgeschaltet war?«

»Keine Ahnung.«

»Sehr praktisch«, stellte Holland fest.

Thorne nickte, dachte nach. »Mordwaffe?«

Boyle schüttelte den Kopf. »Wir haben den ganzen Laden auf den Kopf gestellt«, sagte er. »Haben Grover einer kompletten Leibesvisitation unterzogen, um ganz sicherzugehen, aber nichts gefunden. Vermutlich eine zugespitzte Zahnbürste oder so. Ein Leichtes, so was im Allerwertesten verschwinden zu lassen.«

Holland zuckte zusammen. »Ich nehme an, es sind keine anderen Häftlinge blutverschmiert herumgelaufen?«

»Wir haben keinen gefunden.«

»Dann sollten wir uns am besten mal mit Mr Grover unterhalten«, sagte Thorne.

Murray versprach zu veranlassen, dass Jeremy Grover hinunter in den Besucherbereich gebracht werde. »Sämtliche Besuche wurden abgesagt«, erklärte sie. »Sie können sich also einen Raum aussuchen.«

Thorne bedankte sich, und Holland und er folgten Murray den Gang entlang. Die Insassen vieler Zellen, an denen sie vorbeikamen, machten überaus deutlich, was sie von ihr hielten. Falls die obszönen Bemerkungen und die Anspielungen sie störten, ließ sie es sich nicht anmerken.

Als sie die Treppe hinuntergingen, holte Boyle Thorne ein. »Wir haben Grover bereits in die Mangel genommen«, sagte er. »Aber wenn Sie denken, Sie könnten es besser …«

»So, wie es aussieht, ziehe ich am besten schon mal meine Pantoffeln an«, erwiderte Thorne.

»Dreister Mistkerl.«

Thorne ging weiter und hörte nicht auf zu lächeln, achtete jedoch darauf, dass Boyle ihm direkt in die Augen sah, als er sagte: »Warum verziehen Sie sich nicht nach Hause und führen Ihren Windhund spazieren?«

Es war derselbe Raum, in dem Thorne und Anna Carpenter den Mann befragt hatten, der inzwischen zu einem Mordopfer geworden war. Als Jeremy Grover von einem Gefängnisaufseher hereingebracht wurde, wirkte er nicht glücklicher, dort zu sein, als Paul Monahan gewirkt hatte.

»Meine Güte, das habe ich doch schon hinter mir.«

War nicht glücklicher ...

Grover war größer und schlanker, als man sich einen bewaffneten Räuber vorstellte, doch sein Blick war erwartungsgemäß ausdruckslos. In seinem gepflegten Kinnbart befanden sich rötlich braune Flecken, und sein gelocktes braunes Haar war von grauen Strähnen durchzogen. Er war ungefähr so alt wie Thorne, wirkte jedoch gelenkig und drahtig in seiner Gefängnisuniform aus Jeans und gestreiftem Hemd. Thorne stufte ihn sofort als einen von denjenigen ein, die nicht aus Eitelkeit Sport machten, sondern weil sie es genossen, fit zu sein. Als einen von denjenigen, die es für notwendig hielten, in Form zu bleiben und allzeit bereit zu sein.

Er blickte an Thorne und Holland, die am Tisch saßen, vorbei zu Andy Boyle, der hinter ihnen an der Wand lehnte. »Kann ich meine Turnschuhe vielleicht wiederhaben?«

Boyle reagierte nicht und vermittelte den Eindruck, als sei er nicht gewillt, mehr Energie aufzuwenden, als zum Kauen seines Kaugummis nötig war.

»Das heißt dann also ›nein‹, oder?«

Grovers blutverschmierte Bekleidung war ihm abgenom

men und zur Untersuchung ins Labor des Forensic Science Service geschickt worden. Niemand rechnete mit etwas anderem als der Bestätigung, dass das Blut und die Spuren vom Unterleibsgewebe von Paul Monahan stammten. Grover konnte nicht abstreiten, dass er damit von oben bis unten besudelt gewesen war.

»Die sehen doch ganz gut aus«, sagte Holland. Er nickte in Richtung der blitzblanken weißen Turnschuhe, mit denen Grover ausgestattet worden war. Grover warf einen Blick auf sie und sah dann wieder Holland an, als handelte es sich bei ihm um etwas, das an deren Sohlen klebte.

»Dann haben Sie also ein Erste-Hilfe-Abzeichen von den Pfadfindern, richtig?«, fragte Thorne.

»Wie bitte?«

»Vielleicht haben Sie es aber auch nur bei *Casualty* gesehen. Wie auch immer, echt heldenhaft, dass Sie versucht haben, Ihrem Freund das Leben zu retten.«

»Da denkt man nicht lange nach, wissen Sie? Man tut einfach, was man kann.«

»Warum sind Sie denn nicht auf die Idee gekommen, einen Aufseher zu verständigen? Ich meine, die sind doch wahrscheinlich für so was ausgebildet, oder?«

»Ich habe doch gerade gesagt …«

»Oh, das hatte ich vergessen«, sagte Thorne. »Einer ist sowieso ziemlich schnell gekommen, nicht wahr?«

»So ein Glück«, fügte Holland hinzu.

»Wir haben da nämlich ein Problem«, sagte Thorne. »Und ich bin sicher, es ist dasselbe Problem, das auch Detective Inspector Boyle hat.« Er drehte sich um. »Habe ich recht, Detective Inspector Boyle?«

Boyle nickte.

»Die Sache ist die, dass der Mann, der Ihren Kumpel Paul angegriffen und getötet hat, sich anscheinend in Luft aufgelöst hat. Dass er in einem Hochsicherheitsgefängnis verschwunden ist, ohne auch nur einen Tropfen Blut an seinen Klamotten, *und* die Mordwaffe mitgenommen hat.« Thorne hob die Hände. »Irgendeine Idee? Ich meine, Sie verstehen doch, warum wir ein bisschen verwirrt sind, oder nicht?«

Grover lehnte sich zurück, streckte seine langen Beine unter dem Tisch aus. »Wenn Sie denken, ich erledige Ihren Job für Sie, sind Sie mehr als verwirrt, Kumpel. Dann sind Sie völlig übergeschnappt.«

»Sind Sie sicher?«, fragte Holland. »Sie wissen nichts, was uns helfen könnte?«

Grover schüttelte den Kopf. »Würde auch nichts nützen, wenn ich was wüsste, oder? Sie wissen doch, wie's hier drin läuft. Paul war mein Kumpel, und wenn ich herausfinde, wer ihn abgestochen hat, muss derjenige mir Rechenschaft ablegen. Aber man verpfeift trotzdem niemanden.«

»Das ist echt schade«, sagte Thorne. »Denn sobald wir das hier aufgeklärt haben, können wir uns darum kümmern, Ihnen Ihren Verdienstorden zu besorgen.«

Grover schien das wirklich lustig zu finden, sagte Thorne aber trotzdem, er solle sich ins Knie ficken.

»Außerdem bedeutet es, dass uns nichts anderes übrig bleibt, als voreilige Schlüsse zu ziehen«, sagte Holland. »Ich meine, wir würden das lieber nicht tun, aber wenn Sie sonst nichts für uns haben ...«

»Was für ›Schlüsse‹?« Mit großen Augen und gespielt naiv.

Boyle stieß sich plötzlich von der Wand ab, sichtlich genervt von dem Hin und Her. »Zum Beispiel, dass *du* es warst, du beschissener kleiner Wichsfleck. Du bist in Monahans Zelle spaziert und hast ihn abgestochen.«

»Warum hätte ich das tun sollen?«

»Weil Sie jemand dafür bezahlt hat«, sagte Thorne. »Sie

wurden kontaktiert und beauftragt, Paul Monahan aus dem Weg zu räumen. Wenn Sie uns also verraten würden, wer Sie kontaktiert hat und wie, könnte das einen Unterschied machen, wenn es zur Verhandlung kommt.«

»Sie denken, dass es so weit kommen wird?«

»Ich würde nicht dagegenwetten.«

Grover ließ den Kopf in den Nacken fallen und starrte zur Decke, als erwäge er, was Thorne gesagt hatte. Als seien die Anschuldigungen absolut angemessen und gerechtfertigt. Als er Thorne wieder ansah, wurde jedoch klar, wie wenig es ihn kümmerte, ob sie gerechtfertigt waren oder nicht.

»Ich werde Ihnen verraten, was *Ihr* Problem ist«, sagte er. »Die nicht vorhandene Mordwaffe.« Er war jetzt voller Selbstvertrauen, beugte sich vor und deutete auf Thorne. »Ich meine, womit hätte ich es denn tun sollen? Denken Sie etwa, ich habe Paul erstochen und bin anschließend, von Kopf bis Fuß voller Blut, aus der Zelle marschiert, irgendwohin gesaust, um das Messer loszuwerden, und dann wieder seelenruhig reinspaziert? Glauben Sie tatsächlich, dass es so war?«

»Nein«, erwiderte Thorne, »ich glaube nicht, dass es so war.«

»Tja, solange Sie nicht beweisen können, dass es anders war, können Sie mich mal am Arsch lecken.«

Thorne schwieg, als Grover in aller Ruhe aufstand und zur Tür ging. Er klopfte, dann drehte er sich um und lächelte Thorne und die anderen an, während er darauf wartete, dass ein Aufseher kam und ihn in seine Zelle zurückbrachte.

»Ist es gelaufen, wie Sie wollten?«, fragte Boyle. Er ging um den Tisch herum, bis er in Thornes Blickfeld stand. »Zufrieden?«

Thorne ignorierte ihn und nahm seine Jacke von der Stuhllehne.

»Der großspurige Scheißkerl weiß ganz genau, dass wir nichts in der Hand haben«, sagte Holland.

Thorne erhob sich. »Noch nicht.«

Es war kalt und trocken, und Thorne starrte zum Fenster des Taxis hinaus, als die Straßen schmaler wurden und die Grautöne von Bürokomplexen und mehrstöckigen Gebäuden denen von zerfurchten Feldern und dürren Bäumen wichen, zwischen denen sich das schwarze Band des River Calder hindurchschlängelte. »Was auch immer wir in Sachen Geld bei Monahan ans Licht bringen, ist wahrscheinlich rein hypothetisch«, sagte er. »Angesichts der Tatsache, dass er es nicht mehr ausgeben kann. Also müssen wir Grover ebenfalls unter die Lupe nehmen. Müssen herausfinden, was er dafür bezahlt bekommt, dass er Monahan erledigt hat, und wohin das Geld fließt.«

»Und, mit ein bisschen Glück, woher es kommt«, sagte Holland.

»Ich glaube nicht, dass in der Hinsicht irgendwelche Zweifel bestehen.«

»Auf jeden Fall von Langford, meinen Sie?«

»Muss so sein.«

»Aber wie organisiert er das alles?«, fragte Holland. »Wir gehen doch davon aus, dass er noch im Ausland ist, oder?«

Thorne wandte sich vom Fenster ab und starrte über die Schulter des Fahrers auf die Straße vor ihnen. »Monahan wurde innerhalb weniger Stunden, nachdem ich mit ihm gesprochen hatte, getötet«, sagte er. »Wo auch immer Langford steckt, es muss dort verdammt gute Buschtrommeln geben.«

Bevor sie das Gefängnis verlassen hatten, hatte Boyle Thorne gesagt, dass er und sein Team Jeremy Grover und dessen Familie unter die Lupe nehmen würden, um herauszufinden, ob sie über irgendwelche Gelder verfügten, für deren Herkunft es keine Erklärung gab. Thorne hatte erwidert, dass es womöglich noch eine ganze Menge mehr zu tun gäbe, je nachdem, wie die nächste Verabredung verliefe, die er und Holland hatten. Boyle hatte gesagt, Überstunden kämen ihm gelegen.

Verfolge zurück, woher das Geld kommt, hatte Louise gesagt.

Ansonsten hatte sie am Abend zuvor nichts gesagt, zumindest nicht über Thornes Ausflug mit Anna Carpenter. Sie war früh ins Bett gegangen und hatte Thorne und Hendricks vor dem Fernseher Unsinn reden lassen. Thorne hatte gehofft, dass der Abend genau so ausklingen würde.

Du wirst es nicht auf dem silbernen Tablett serviert bekommen.

Das hatte sie ebenfalls gesagt, kurz bevor die Situation etwas peinlich geworden war, und so ungern sich Thorne es eingestand, er wusste, dass sie recht hatte. Es gab zu viele sture Hunde wie Monahan und Grover und nicht genug Glück. Auf dem silbernen Tablett wäre schön gewesen, aber er war durchaus bereit, den schwierigen Weg zu gehen, wenn er am Schluss das richtige Ergebnis bekam.

Das Taxi fuhr langsamer, als es Kirkthorpe erreichte, eine Ortschaft vier Meilen westlich der Stadt.

»Können Sie sich vorstellen, hier draußen zu wohnen?«, fragte Holland.

Thorne sah wieder zum Fenster hinaus und schüttelte den Kopf. »Ein bisschen zu Rosamunde-Pilcher-mäßig für meinen Geschmack.«

Holland lachte.

»Nicht annähernd schmutzig und laut genug.«

»Ach, ich weiß nicht«, sagte Holland. »Ich kann Sie mir ganz gut vorstellen, wie Sie in einer alten Badewanne auf Rädern einen dieser Hügel runterrollen.«

Thorne sah ihn an. »Sophie versucht immer noch, Sie von London loszueisen, oder?«

»Es ist nach wie vor ein … Thema.«

Thorne fiel auf, dass es Holland wie immer unangenehm war, über seine Lebensgefährtin zu sprechen. Sie wussten beide, dass sie nicht Thornes größter Fan war und dass sie Holland und ihre gemeinsame Tochter Chloe nicht nur von der Stadt weghaben wollte.

»Solange es nur ein Thema ist«, sagte Thorne.

Der Fahrer fand die Adresse, die Thorne ihm gegeben hatte, recht schnell und hielt an. Holland bezahlte den Fahrpreis und eilte hinter Thorne her zur Tür eines modernen Reihenhauses. Thorne klingelte, trat einen Schritt zurück und dachte: Einer von diesen Mistkerlen muss uns doch *irgendwas* liefern.

Howard Cook war älter, als sie erwartet hatten. Thorne schätzte, dass der glatzköpfige Mann, der schließlich blinzelnd die Tür öffnete, in wenigen Jahren in den Ruhestand gehen würde.

In einen angenehmen, behaglichen Ruhestand.

Thorne und Holland zeigten dem Gefängnisaufseher ihre Dienstmarken.

»Ich hoffe, wir stören nicht«, sagte Holland.

»Ich nehme an, es geht darum, was gestern Abend passiert ist.«

Thorne bestätigte das.

»Dann kommen Sie am besten mal rein«, sagte Cook. »Ich habe gerade erst Wasser aufgesetzt.«

»Wenn es Ihnen recht ist, möchte ich das nicht lange ausdehnen, Howard. Ich will nur wissen, wo das Messer ist.«

»Wie bitte?«

Aus dem Haus war die Geräuschkulisse einer Fernsehsendung zu hören, eine Menge Geschrei, Schüsse.

»Das Messer, die angespitzte Zahnbürste ... was auch immer Grover benutzt hat. Ich will nur wissen, wohin Sie die Waffe haben verschwinden lassen, nachdem er sie Ihnen zugesteckt hatte.«

Cook war geschockt oder spielte es erstaunlich gut. Thorne vermutete, dass das weniger an der Anschuldigung selbst lag, sondern eher an der Art und Weise, wie er ihn damit konfrontiert hatte.

»Wie können Sie es wagen?«, sagte Cook. »Wie können Sie es *wagen*, verdammt?«

»Mir ist klar, dass Sie traumatisiert sind«, sagte Holland. »Also, Sie sollten vielleicht mal darüber nachdenken, sich wieder zu beruhigen.«

»Ich bin völlig ruhig.« Cook verschränkte die Arme vor der Brust und schluckte. Seine Lippen waren trocken und weiß. »Und ich *denke* drüber nach, in wie viele Stücke mein Anwalt euch zwei Klugscheißer zerreißen wird.«

»Das wird teuer werden«, erwiderte Holland. »Ich hoffe, Sie haben ein bisschen Kohle auf die Seite geschafft.«

Eine Frau tauchte hinter Cook auf und erkundigte sich, ob alles in Ordnung sei. Er drehte sich nicht um, sagte nur, er müsse sich um etwas kümmern, und forderte sie auf, wieder ins Wohnzimmer zu gehen.

»Wenn wir lange genug graben, werden wir auch was ausbuddeln«, sagte Thorne. »Das sollte Ihnen klar sein.«

»Ist Ihnen eigentlich klar, wie lange ich schon Gefängnisaufseher bin?«

Thorne ignorierte ihn. »Wir werden die Waffe finden. Wir werden jemanden finden, der gesehen hat, wie Sie sie weggeworfen haben oder wie Sie die Überwachungskamera abgeschaltet haben. Wir werden jemanden finden, der bereit ist, Sie zu verpfeifen.«

»Seit dreißig Jahren.« Er deutete in Richtung Stadt. Die

Spitze des Turms der Kathedrale war in der Ferne gerade noch zu erkennen. »Länger als die meisten Mistkerle da drin einsitzen. Glaubt ihr zwei Clowns denn tatsächlich, ich lasse mir das von euch sagen?«

»Sie sind erledigt«, sagte Holland. »Wenn Sie das nächste Mal einen Fuß in ein Gefängnis setzen, kommen Sie nicht mehr zum Abendessen nach Hause.«

»Ich sage gar nichts mehr, also können Sie sich Ihr Gelaber sparen.«

»Wir wissen alle, was mit solchen wie Ihnen im Knast passiert.«

Cook schüttelte den Kopf, als sei alles nur ein schlechter Scherz. Er bückte sich zu einem Blumentopf hinunter, der neben der Haustür stand, und zupfte abgestorbene Blätter von einer Pflanze.

»Alles, womit Sie sich haben schmieren lassen, wird beschlagnahmt«, sagte Thorne, »und Ihre Pension können Sie vergessen.« Er nickte in Richtung Haus. »Wie wird *sie* zurechtkommen, wenn Sie nicht mehr da sind? Was wird sie tun, während Sie angespuckt werden und im Trakt für gefährdete Häftlinge ständig hinter sich schauen?«

»Erzählen Sie uns einfach, was Sie mit dem Messer gemacht haben«, sagte Holland. »Das wäre ein guter Anfang.«

Cook richtete sich langsam auf und musterte sie. Er zerdrückte die abgestorbenen Blätter in seiner Faust und warf die Überreste in ein Blumenbeet. Dann hob er die Schultern an und streckte das Kinn vor. »Nur zu, grabt ruhig«, sagte er. »Macht euch die Stiefel schmutzig. Wühlt im Dreck, dann werdet ihr schon sehen, was passiert. Ich kann euch nämlich *eines* versprechen: Wenn ihr fertig seid, werdet ihr von Kopf bis Fuß voll davon sein.« Er steckte die Hände in die Hosentaschen und wippte auf den Zehenballen. »Ihr werdet rein gar nichts finden, weil es rein gar nichts zu finden gibt. Ihr werdet blöd dastehen, aber nach dem, was ich in letzter Zeit gelesen habe, seid ihr das wahrscheinlich gewohnt.«

»Sind Sie fertig?«, fragte Thorne.

Cook trat einen Schritt zurück und griff nach einer Boulevardzeitung, die auf einem Tisch an der Wand lag. Er deutete auf die Titelseite. »Das wart doch ihr, oder?« Er drehte die Zeitung hämisch um und hielt sie ihnen hin.

Auf der Titelseite befand sich ein Foto von Adam Chambers.

»Wie viel hat dieses kleine Fiasko gekostet?«

Der Tag war heller, und glücklicherweise regnete es noch immer nicht, daher war der Blick aus dem Zug Richtung Süden weniger deprimierend, doch Thorne war genauso frustriert wie am Tag zuvor. Drei Männer, von denen jeder irgendeine Verbindung mit Alan Langford hatte. Einer von ihnen war tot, die anderen beiden hüllten sich – zumindest bislang – in Schweigen. Ob aus Angst oder Starrsinn spielte keine Rolle, was das Vorankommen bei den Ermittlungen betraf.

Mauern, so massiv wie diejenigen, die das Gefängnis von Wakefield umgaben.

Thorne sah zu dem Tisch auf der anderen Seite hinüber. Ein junges Paar saß dort, wo einen Tag zuvor das ältere Pärchen gesessen hatte, und er fragte sich, ob er sich genau im selben Waggon im selben Zug befand. Er schickte Holland zum Kaffeeholen in den Speisewagen und sagte ihm, er solle darauf achten, dass er eine Quittung bekam.

Dann rief er Anna Carpenter an.

Sie klang erfreut, von ihm zu hören. Thorne stellte sich vor, wie sie allein in ihrem Büro saß und gelangweilt eine Zeitschrift durchblätterte. Er sagte ihr, von wo er anrief, wo er den größten Teil des Tages verbracht hatte.

Sie lachte. »Dann haben Sie es mir also nicht zugetraut, es noch mal bei Monahan zu versuchen.«

»Monahan ist tot.«

Sie sagte ein paar Sekunden lang gar nichts, dann stieß sie ein »mein Gott« aus.

»Also, wissen Sie … die Dinge haben sich geändert.«

»Was ist passiert?«

»Darauf kann ich nicht näher eingehen«, sagte Thorne.

»Okay.«

»Ich dachte nur, Sie sollten sich darüber im Klaren sein, dass jetzt alles ein bisschen ernster ist.«

»Ich kann Ihnen nicht ganz folgen.«

»Sie sollten sich überlegen … Anna?« Er stellte fest, dass sie ihn nicht mehr hören konnte, und legte das Handy auf den Tisch. Er starrte es an, wartete darauf, dass das Empfangssignal zurückkehrte, war sich jedoch nicht sicher, was er sagen würde, wenn es so weit war, und warum er sie überhaupt angerufen hatte. Nach einer Minute oder so tauchte das Symbol wieder auf dem Display auf, und er rief sie nochmals an. »Entschuldigung, Sie waren plötzlich weg. Ich wollte sagen …«

»Donna hat mich angerufen«, sagte Anna. »Sie war ziemlich durcheinander.«

»Sie hat wieder ein Foto bekommen.«

»Woher wussten Sie das?«

»Es ergibt einen Sinn, das ist alles. Derjenige, der sie schickt, hat noch nicht, was er will.«

»Und das wäre?«

»Da muss ich passen.«

»Sie ist kurz davor auszurasten. Redet dauernd davon, dass er ihre Tochter hat.«

»Was haben Sie ihr gesagt?«

Sie gab keine Antwort, und nach ein paar Sekunden wurde

Thorne bewusst, dass die Verbindung abermals unterbrochen worden war. Während er das Handy betrachtete, kam Holland mit den Getränken zurück. Er setzte sich und gab Thorne das Wechselgeld und die Quittung. Dann, als Thorne das Geld in sein Portemonnaie steckte, klingelte sein Handy.

»Das ist doch lächerlich«, sagte Anna. »Warum gehen wir nicht einfach heute Abend was trinken?«

»Gut …«

»Wann, ist mir völlig egal.«

»Das können wir später ausmachen.«

»Ich könnte Sie auch zum Abendessen einladen oder so.« Sie lachte. »Solange es billig ist.«

»Was trinken ist okay.« Er sah zu Holland hinüber, der in seinen Tee starrte und so tat, als würde er nicht zuhören.

»Gibt's in Ihrer Gegend einen anständigen Pub?«

»Ich komme zu Ihnen«, sagte Thorne.

Zehntes Kapitel

Wenn es um Bar-Snacks ging, zog Thorne Soleier und Erdnüsse Schalen mit überdimensionierten Oliven für vier Pfund das Stück vor. Und er fühlte sich nie besonders wohl, wenn man unmelodischen Jazz übertönen musste und die Barkeeper aussahen, als gehörten sie auf die Titelseite der *GQ*. Allerdings war das immer noch besser als die Pseudo-Frömmigkeit eines Irish Pubs oder als ein »echter« alter Stehausschank, wo erbärmliche alte Männer am Tresen abhingen und man mit den Schuhsohlen am Boden kleben blieb, wo *Lager Top* als Cocktail galt und wo die Person, die das Bier zapfte, ob Mann oder Frau, aussah, als sei sie einst ein eher mittelprächtiger Schwergewichtler gewesen. Genau genommen fühlte sich Thorne nur im oberen Raum des Grafton Arms wirklich wohl – fünf Torkelminuten von seiner Wohnung entfernt –, wenn er mit Phil Hendricks bis zur Sperrstunde Poolbillard spielte und über Gott und die Welt philosophierte.

Über Fußball und Musik. Über Herzensangelegenheiten und den damit verbundenen Herzschmerz. Über Blutspritzermuster, Leichenstarre und Stichwunden.

Anna Carpenter schien jedoch in ihrem Element zu sein. Sie hatte ihr Haar zu einem Pferdeschwanz gebunden und trug dieselbe Cordjacke, die sie schon bei ihrem ersten Treffen mit Thorne angehabt hatte. Und sie fand sichtlich Gefallen an den Oliven. »Dieser Laden ist nicht so affektiert, wie es scheint«, sagte sie. »Und das Essen ist auch nicht übel. Sind Sie sicher, dass Sie nichts möchten?«

»Ich kann nicht so lange bleiben«, entgegnete Thorne.

»Manchmal hängen schon ein paar Idioten hier herum, aber die gibt's überall, und wenn Sie mich fragen, sind die Leute, mit denen man unterwegs ist, genauso wichtig wie der Laden, in den man geht. Das Praktische an dieser Bar hier ist, dass sie auf halbem Weg zwischen dem Büro und meiner Wohnung liegt. Ich hatte hier schon ein paar echt gute Abende mit Rob und Angie. Das sind meine wahrscheinlich besten Freunde. Wir hatten richtig Spaß, wissen Sie?«

Thorne nickte. Ihm fiel auf, dass sie genauso viel redete, wenn sie locker war, wie wenn sie nervös war.

»Um ehrlich zu sein, hatte ich auch ein paar Scheißabende, aber da war ich mit meiner Mitbewohnerin und ihrem neuesten Freund hier.«

Thorne griff zu seinem Glas. »Was ist mit Ihnen?«

»Was soll mit mir sein?«

»Kein ›neuester Freund‹?«

»Nichts Erwähnenswertes.« Sie schob die auf dem Tisch verstreuten Olivenkerne mit der Handkante in die leere Schale und blickte dann zu Thorne auf.

Punkt.

Thorne trank einen Schluck Guinness. »Also, wie ich am Telefon schon gesagt habe, ich denke, Sie sollten sich von jetzt an aus dieser Sache raushalten.«

»Das haben Sie nicht gesagt.«

»Das habe ich versucht zu sagen.«

»Aber das ist mein Fall«, protestierte sie.

»Nicht mehr.«

»Donna ist zu mir gekommen, und ich habe ihr versprochen, dass ich ihr helfe. Ich habe den Fall angenommen, also kann ich jetzt nicht einfach einen Rückzieher machen, nur weil die Sache ein bisschen heikel geworden ist.«

»*Ein bisschen?*«

Sie zuckte mit den Schultern. »Ich habe den Fall angenommen.«

»Anfangs ging's nur um ein Foto«, sagte Thorne. »Jetzt geht's um einen Mord. Um einen *neuen* Mord.« Er hatte ihr bereits die Eckdaten zu dem Mord an Monahan genannt: der Hauptverdächtige ein paar Zellen weiter, die fehlende Mordwaffe und der Gefängnisaufseher, der vermutlich ein Komplize war.

»Ich verstehe immer noch nicht, warum Monahan umgebracht wurde«, sagte sie. »Wir hatten doch schon mit ihm gesprochen, und er hat uns überhaupt nichts gesagt.«

»Das wusste Langford aber nicht.« Thorne lehnte sich zurück und dachte laut nach. »Und selbst wenn er es wusste, konnte er nicht wissen, was Monahan später noch sagen würde, nachdem er etwas Zeit gehabt hatte, seine Optionen abzuwägen. Monahan war der Einzige, der Langford für den Mord vor zehn Jahren hätte verpfeifen können, oder zumindest für die Verabredung zum Mord. Also konnte Langford kein Risiko eingehen, nachdem er herausgefunden hatte, dass er wieder auf unserem Radarschirm ist.«

»Er hat also einen potentiellen Zeugen beseitigt?«

»Genau.«

Anna nickte, als sie diese Neuigkeit verarbeitete. Sie beugte sich zu ihrem Weinglas vor, dann hielt sie inne. »Aber wie hat Langford es erfahren?«, fragte sie. »Dass wir uns mit Monahan unterhalten haben, meine ich.«

»Das ist eine gute Frage.« Was hatte er zu Holland gesagt? *Verdammt gute Buschtrommeln …*

»Vielleicht hat Grover es ihm gesagt?«

»Möglich.«

»Das würde doch einen Sinn ergeben, finden Sie nicht? Nehmen wir mal an, Grover war sein Spion im Gefängnis und hat Monahan für ihn im Auge behalten. Grover steckt

Langford, dass wir da waren, um mit Monahan zu sprechen …«

»Das wäre möglich, aber …«

»… dann sagt Langford Grover, dass er Monahan töten soll.«

»Das ging aber alles zu schnell.«

»Wie Sie sagten: Er konnte kein Risiko eingehen.«

Thorne war nicht überzeugt. »Typen wie Alan Langford versuchen, sich so gut es geht rauszuhalten«, sagte er. »Wahrscheinlich gab es einen Mittelsmann. Oder sogar mehr als einen.«

»Und was ist mit dem korrupten Gefängnisaufseher? Cook?«

»Ich nehme an, das werden wir bald herausfinden«, sagte Thorne. Er hatte es nicht eilig, sich wieder auf den Weg in den Norden zu machen, hatte gerne delegiert und Howard Cook und Jeremy Grover seinem nicht gerade zimperlichen Kollegen aus West Yorkshire überlassen. So unsympathisch Thorne Detective Inspector Andy Boyle fand, er war sich sicher, dass dieser ganze Arbeit leisten würde, wenn es darum ging, jemandem die Daumenschrauben anzulegen. Er leerte sein Glas und sah das zögerliche Lächeln auf Annas Gesicht. »Was?«

»Das ist gut, nicht wahr?« Sie bewegte die Hand vor und zurück. »Wie wir beide uns Ideen zuwerfen und versuchen, der Sache auf den Grund zu kommen.« Sie trank ihr Glas ebenfalls aus. »So habe ich mir den Job als Detektivin immer vorgestellt.«

Thorne stand auf, um die zweite Runde zu holen. Er wartete an der Bar, wünschte sich, die Hintergrundmusik würde ein bisschen weiter in den Hintergrund weichen, und schaffte es nicht, die Aufmerksamkeit der Bardame zu erregen, die mindestens genauso attraktiv wie ihre männlichen Kollegen war. Schließlich wurde er von einem der *GQ*-Boys bedient und kehrte mit den Getränken zum Tisch zurück.

»Als Sie vorhin sagten, Sie hätten sich das immer so vorgestellt« – Thorne reichte Anna ihr Glas Merlot –, »klang das, als wären Sie enttäuscht.«

»Wahrscheinlich war ich einfach nur naiv«, sagte sie.

»Dann war es also nicht die schlaueste Karriereentscheidung?«

Sie erzählte ihm, wie unglücklich sie mit ihrem Job bei der Bank gewesen sei. Wie sehr sie sich davor gefürchtet habe, auf eine Zukunft zuzusteuern, die vorhersehbar schien, und dass sie das unter immer unerträglicheren Druck gesetzt und sie jeden Tag an den Rand potentiell gefährlicher Depressionen getrieben habe. Wie eine Entscheidung, die so überstürzt und verrückt war wie diejenige, die sie schließlich getroffen hatte, ihr letzten Endes als der einzige Ausweg erschienen sei. »Ich habe da nie reingepasst«, sagte sie. »Nicht wirklich. Ich habe nie das Richtige gesagt, ich hatte nie das Richtige an, ich habe nie das Richtige *getan*.« Sie dachte ein paar Sekunden lang nach. »Das habe ich nie, wenn ich ehrlich bin.« Sie senkte den Blick und rieb mit einem Finger an der Tischkante. »Reingepasst, meine ich.«

»So was wird überbewertet«, sagte Thorne.

»Das Bescheuerte daran ist, dass ich eine Zeit lang tatsächlich dachte, ich wäre auf den Füßen gelandet. Frank Anderson hat gesagt, er bräuchte jemanden wie mich, und ich fühlte mich … bestätigt, wissen Sie? Ich dachte, er meint jemanden, der enthusiastisch ist, der sich einarbeiten möchte und so. In Wirklichkeit hat er nur jemanden gesucht, der sich um seine Buchhaltung kümmert und mal kurz in die Spirituosenhandlung geht, wenn ihm der Scotch ausgegangen ist.« Sie trank einen Schluck Wein und dann noch einen. »Außerdem wusste er, dass sich mit Sexfallen ordentlich

Geld verdienen lässt, und er konnte den Lockvogel schließlich nicht selber spielen.«

»Stimmt …«

»Also hieß es für mich wieder Make-up und High Heels.« Annas Gesicht war nicht ganz so rot wie ihr Wein, aber viel fehlte nicht. »Wer hätte gedacht, dass es etwas gibt, das noch weniger sexy als das Bankwesen ist, hm?«

Thorne lachte.

»Geschweige denn etwas, bei dem ich mich noch mieser fühle, weil ich meinen Lebensunterhalt damit verdiene.«

»Deswegen lasse ich mir schon lange keine grauen Haare mehr wachsen.«

»Also, ja, ich *bin* enttäuscht.« Sie klopfte mit einem Finger gegen den Rand ihres Glases und betrachtete ihren Fingernagel, der abgekaut und eingerissen war, wie Thorne sehen konnte. »Aber nicht so enttäuscht wie manch andere.« Sie blickte auf. »Meine Eltern waren nicht gerade begeistert.«

»Da kann man sie schon verstehen.«

»Aber sie haben mich nicht verstanden.« Ihr Tonfall war beiläufig, doch um ihren Mund war ihre Anspannung zu erkennen. »Vor allem meine Mum. Wir haben uns gestritten.«

Thorne rang nach Worten. Er dachte an die Wortwechsel, die er mit seinem Vater gehabt hatte, sowohl vor als auch nach dessen Tod vor ein paar Jahren. Inzwischen hatte er erfahren, dass es sich bei dem Feuer, in dem sein Vater ums Leben gekommen war, nicht um einen Unfall gehandelt hatte. Jim Thorne war seinetwegen ins Visier geraten.

Thorne wachte noch immer manchmal nachts auf, war schweißgebadet und konnte den Rauch schmecken.

Er sah Anna an und zog in Erwägung »Tut mir leid« oder »Seien Sie froh, dass Sie Ihre Eltern noch haben« zu sagen. Letzten Endes entschied er sich jedoch für ein verständnisvolles Nicken und die Sicherheit, die ihm sein Bierglas bot.

»Ich denke, ich werde Donna morgen mal einen Besuch abstatten«, sagte er.

»Okay, aber ich habe Ihnen bereits alles gesagt, was sie mir gesagt hat.«

»Ja, aber ich brauche das neueste Foto. Und ich möchte mit ihr über Langford sprechen. Mir ist klar, dass sie ihn seit zehn Jahren nicht mehr zu Gesicht bekommen hat, aber sie kennt ihn trotzdem besser als irgendjemand anderer.« Er bemerkte Annas Blick. »Was ist?«

»Sind Sie sich da sicher?«

Das war ein berechtigter Einwand. Donna Langford hatte auch zehn Jahre zuvor nicht allzu genau gewusst, was in ihrem Mann vorging. Sie hatte nicht gewusst, dass er sie durchschaut hatte, dass er geplant hatte, seinen eigenen Tod vorzutäuschen, das Weite zu suchen und sie im Gefängnis verrotten zu lassen. Sie hatte nicht gewusst, dass er Jahre später zurückkommen und ihre gemeinsame Tochter entführen würde. »Okay, aber sie ist meine beste Verbindung zu ihm«, sagte Thorne.

»Klingt nach einem Plan.«

»Das ist es, woraus Detektivarbeit überwiegend besteht: Improvisation.«

»Darf ich Sie begleiten?«

»Ich glaube nicht.«

»Donna vertraut mir.«

»Ich habe doch gesagt, Sie müssen sich jetzt raushalten.«

»Ja, ich weiß, aber …«

»Langford hat herausgefunden, dass wir Monahan einen Besuch abgestattet haben, also wird er auch erfahren, wenn wir mit Donna sprechen.«

»Ich habe keine Angst«, sagte Anna.

Thorne sah, dass sie es ernst meinte. »Dann sind Sie dumm«, sagte er. »Und ich muss nach Hause …«

Als Thorne von der Herrentoilette kam, wartete sie, die Hände in den Hosentaschen, an der Eingangstür auf ihn. Er bot ihr an, sie nach Hause zu begleiten, doch sie erinnerte ihn daran, dass sie nur fünf Gehminuten entfernt wohnte.

»Viel Glück morgen«, sagte sie. »Sie würden bestimmt mehr aus Donna herausbekommen, wenn ich dabei wäre.«

»Bestimmt.«

»Sie bräuchten nicht so viel zu improvisieren.«

»Sie geben einfach nicht auf, oder?«

Sie drückte die Tür auf, und sie schnitten beide eine Grimasse, als ihnen ein kalter Windstoß von der Straße entgegenwehte.

»Das ist etwas, was wir beide gemein haben«, sagte sie. »Habe ich recht?«

Elftes Kapitel

Er nahm eine Flasche guten Wein mit auf den Balkon, setzte sich und schenkte sich ein Glas ein, da er hoffte, dass es ihm dabei helfen werde, sich zu entspannen.

Als er noch jünger gewesen war und in den Pubs von Hackney und Dalston den großen Macker markiert hatte, hatte ihn Alkohol immer angeheizt – hatte seine schlechte Laune verschlimmert und dafür gesorgt, dass er selbst die kleinste Kritik als etwas betrachtete, für das es sich lohnte, das Messer zu zücken. Nachdem er dann die dreißig überschritten hatte, zu Geld gekommen war und sich einen Ruf aufgebaut hatte, fing Alkohol an, sich genau umgekehrt auf ihn auszuwirken. Heutzutage trug ein guter Tropfen eher dazu bei, ihn zu bremsen und zu beruhigen. Er führte das darauf zurück, dass er schlauer war als früher. Oder einfach älter. Vielleicht lag es aber auch an der Qualität dessen, was er heutzutage trank.

So oder so, in der Regel funktionierte es. Und momentan hatte er Beruhigung dringend nötig.

Er trank ein Glas, dann noch eines, und spürte, wie sich seine Stimmung nach und nach ein wenig verbesserte. Er betrachtete die Lichter der ein paar Meilen weiter unten gelegenen Ortschaft, hinter der sich die helle Mondsichel im Meer spiegelte.

Ein bescheuerter Idiot, das war er. Immer noch den großen Macker markieren zu wollen.

Ihm war bewusst, dass er überreagiert hatte. Er hätte nicht

die Hand erheben sollen. Wie dumm war *das* von ihm gewesen? Er würde sich bei dem Typen entschuldigen, die Sache regeln, ihm morgen eine Flasche guten Whisky schicken.

Schließlich war es nicht so, dass ihn überhaupt niemand mehr bei seinem echten Namen nannte oder dass er nicht gelegentlich hörte, wie dieser in einer Bar geflüstert wurde. Was hatte er denn erwartet? Gut, er nannte sich seit zehn Jahren nicht mehr so, und sein Gesicht und sein Haar sahen anders aus, trotzdem war »Alan Langford« nach wie vor derjenige, den er sah, wenn er in den Spiegel blickte.

Nur der Name war tot.

Dennoch wussten alle, die ihm nahestanden, was Sache war, genauso wie diejenigen, die schon seit Längerem hier waren. Sie wussten, dass es an diesem Küstenabschnitt von Bullen und Freunden von Bullen wimmelte wie von Fliegen auf der Scheiße, und selbst so lächerliche Kleinigkeiten wie der Name, den man benutzte, konnten Aufmerksamkeit erregen. Konnten letzten Endes dafür sorgen, dass man geschnappt wurde. Aber ein paar Typen wurden manchmal leichtsinnig. Ältere Bekannte aus Londoner Tagen, die nach einem oder zwei Drinks geschwätzig wurden; oder Neuankömmlinge, die herumlungerten und versuchten, die richtigen Kontakte zu knüpfen.

Heute Abend war es einer von seinen alten Bekannten gewesen. Ein Kerl, mit dem er in den Siebzigern Geschäfte gemacht hatte. Es war keine Absicht von ihm gewesen, nur ein Versprecher, und sein Gesichtsausdruck war wirklich köstlich gewesen, als ihm bewusst wurde, was er gesagt hatte. Trotzdem hatte er einen Denkzettel gebraucht.

Noch vor einer Woche hätte er nicht so reagiert. Eine Ermahnung hätte genügt. Jetzt jedoch, in Anbetracht dessen, was zu Hause los war, in Anbetracht der Fotos, hatte er allen Grund, ein bisschen nervöser zu sein als sonst.

Sich in die Enge getrieben zu fühlen.

Unter ihm zogen Lichter über das Wasser, als an der Landspitze ein paar Boote auftauchten und in die Bucht fuhren. Nachtfischer, vermutlich, deren Netze prall gefüllt mit Tintenfischen und Sardinen waren.

Das ganze Theater wegen eines *Fotos*, Herrgott …

Von seinem Lieblingsclub an der Uferpromenade drang Musik an sein Ohr, zumindest die Basslinie, die wie ein rasender Herzschlag klang. Er wusste, dass ein paar von ihnen heute Abend da waren – verschwitzt und aufgeputscht mit Koks oder Ecstasy. Vor der Tür parkten Mercedes- und Bentley-Cabrios, und russische Edelnutten scharten sich um die Tanzfläche.

Er schenkte sich den Rest des Weines ein und warf die leere Flasche in hohem Bogen in den Swimmingpool.

Hackney war weit weg.

Auf dem Rückweg von Victoria war nicht allzu viel Verkehr gewesen, sodass Thorne vor zehn Uhr wieder zu Hause war. Louise war bereits ins Bett gegangen. Er glaubte, er sei leise genug hereingekommen, doch als er in der Küche stand und aus einer Flasche Mineralwasser trank, hörte er sie aus dem Schlafzimmer rufen.

Er zog sich im Dunkeln aus.

»Ich bin vor dem Fernseher weggepennt«, sagte sie. »Mir sind einfach die Augen zugefallen.«

»Macht doch nichts.«

»Ich rieche Guinness.«

Er legte sich ins Bett und drehte sich auf die Seite. Sagte: »Ich war mit Russell im Oak.«

Wäre Thorne an Ort und Stelle gefragt worden, weshalb er gelogen habe, hätte er es nicht erklären können. Am Abend zuvor, als Louise sich nach seinem ersten Ausflug nach Wakefield erkundigte, hatte er das Gefühl gehabt zu lügen, obwohl er ehrlich gewesen war. Jetzt fand er es einfacher zu lügen, als die Wahrheit zu sagen.

Er redete sich ein, dass er sie beschützen wollte. Dass sie momentan übersensibel war, dass sie seit ihrer Fehlgeburt übersensibel war.

Doch er wusste, dass das Unsinn war.

Wahrscheinlich wollte er einfach einem Streit aus dem Weg gehen. Ja, Louise war in letzter Zeit tatsächlich empfindlicher, fühlte sich angegriffen, auch wenn kein Grund dafür bestand, doch ihm selbst erging es genauso. Seine Nerven lagen noch immer blank, und er war einem Streit einfach nicht gewachsen.

Louise drehte sich um und legte den Arm über sein Bein. »Wie viel hast du denn getrunken?«

»Nur zwei.«

»Sehr vernünftig.«

»Ich war mit dem Auto unterwegs.«

»Wann musst du morgen früh zur Arbeit?«

Ihre Finger senkten sich in seinen Schritt, und ihr Atem war heiß, als sie leise an seiner Schulter stöhnte. Er hatte mehr oder weniger aufgehört, an Anna Carpenter zu denken, als er sich zu ihr drehte.

Zwölftes Kapitel

Thorne holte Anna in der Nähe des Victoria-Busbahnhofs ab, und sie fuhren nach Norden, Whitehall hinunter und um den Trafalgar Square, über die Euston Road nach Camden und weiter.

Dieses Mal machte er sich nicht die Mühe, sie zu warnen oder Benimmregeln festzulegen, die sie vermutlich ohnehin wieder gebrochen hätte. Was diese Befragung anbelangte, hatte er weniger Bedenken als bei der im Wakefield-Gefängnis. Außerdem war er inzwischen der Meinung, dass sie am Abend zuvor wahrscheinlich recht gehabt hatte: Womöglich würde er mehr aus Donna Langford herausbekommen, wenn Anna ihn begleitete.

Vorausgesetzt, es gab überhaupt etwas herauszubekommen.

Sie redeten nicht viel im Auto. Thorne gab sich damit zufrieden, Radio zu hören, und Anna schien die Botschaft zu verstehen. Während Thorne darauf wartete, die Holloway Road überqueren zu können, schob er eine alte Bluegrass-Compilation in den CD-Player: Lester Flatt und Earl Scruggs, die Louvin Brothers, Bill Monroe …

»Oh, ich liebe diese Musik«, sagte Anna.

Thorne drehte das Radio lauter, als er an der Ampel anfuhr.

»Mein Dad hatte früher Unmengen von diesen Platten.«

Er warf ihr einen Blick zu und war erfreut, dass sie sich nicht über ihn lustig zu machen schien. Sie nickte im Takt der Musik und trommelte auf ihren Knien den Rhythmus. Ihre erste Reaktion, als sie seinen BMW gesehen hatte, war ebenfalls genau richtig gewesen. Das war Thorne nicht gewöhnt. Ganz sicher nicht von seinen Arbeitskollegen, von denen die meisten Freude daran hatten, den knallgelben 1975er CSi als »rostige Banane« oder »kotzfarbene Todesfalle« zu bezeichnen. Anna sagte Thorne, sie fände ihn »cool«. Er sagte ihr, sie besäße einen ausgezeichneten Geschmack, fragte sich jedoch, ob sie sich nicht heimlich mit Holland oder Hendricks getroffen hatte und umfassend gebrieft worden war, wie sie ihn am besten auf den Arm nehmen konnte.

»Meine Mum hasst ihn allerdings«, sagte Anna lächelnd. Sie trommelte noch immer zum Rhythmus des Kontrabasses, zur kratzigen Melodie der Geige und den zart auf der Resonatorgitarre gezupften Synkopen.

»This Weary Heart« von den Stanley Brothers, süß wie Honig und düster wie die Hölle, als der Wagen von der Seven Sisters Road abbog und langsamer wurde.

»Das tun die meisten Leute«, sagte Thorne. »Ich glaube, das ist einer der Gründe, warum ich ihn so mag.«

Donna Langford schien nicht besonders erpicht darauf zu sein, Thorne und Anna bei ihrer Ankunft hereinzubitten. Sie war bereits dabei, ihren Mantel anzuziehen, als sie die Tür öffnete, und trat schnell ins Freie. »Kate hat heute Vormittag richtig miese Laune«, sagte sie.

Thorne und Anna tauschten einen Blick, als Donna an ihnen vorbei den Weg hinunterging.

»Das Wetter ist schön. Gehen wir in den Park.«

Der Tag, obwohl heiter und sonnig, war alles andere als warm, und der Park, der sich fünf Gehminuten von Donnas Wohnblock befand, erwies sich als kümmerliche Grün- und Braunfläche, die nicht größer als zwei Tennisplätze war. Es gab dort eine rostige Schaukel und ein Fußballtor ohne Netz. Was früher einmal der Strafraum gewesen sein mochte, war von einem Feuer versengt worden, und im hohen Gras dahinter lagen weggeworfene Dosen und Flaschen.

Sie quetschten sich zu dritt auf eine Metallbank.

»Was war Ihr erster Gedanke«, fragte Thorne, »als Sie das erste Foto von Alan sahen?«

Ein paar Blätter wehten halbherzig um ihre Füße, und in den wenigen Sekunden, die verstrichen, ehe Donna antwortete, beobachteten sie alle, wie ein ramponierter Nissan Micra die schmale Straße entlangraste, die hinter den Torpfosten vorbeiführte.

»Ich dachte mir, das ist typisch«, sagte Donna und lachte. »Nachdem ich den Schock überwunden hatte, meine ich. Ich habe mich gefragt, warum ich nicht schon früher auf den Gedanken gekommen bin, dass er vielleicht noch lebt. Warum ich jemals geglaubt habe, dass es mir tatsächlich gelungen wäre, ihn loszuwerden.«

»Warum ›typisch‹?«

»Alan hat nie halbe Sachen gemacht«, sagte sie. »Er hat alles von vorn bis hinten durchgeplant, alles genau durchdacht, wissen Sie?«

»Dann ist das also alles Teil eines Plans?«, fragte Anna. »Die Fotos …«

»Meine Güte, ich habe keine Ahnung.« Donna wirkte plötzlich ziemlich erschöpft, als sie sich eine Zigarette anzündete. »Wenn er etwas getrunken hatte«, sagte sie, »hat er mir jedes Mal dieselbe Geschichte erzählt.« Sie drehte sich zu Thorne und rieb sich durch ihren dicken Mantel den Bauch. »Erinnern Sie sich, dass ich Ihnen von seiner Narbe erzählt habe, die von einer Stichwunde stammt?«

Thorne nickte.

»Er hat sich jedes Mal darüber ausgelassen, dass das nur

deshalb passiert sei, weil er die Sache nicht durchdacht hatte. Weil er nicht an die Details gedacht hatte. In Wahrheit war er einfach ein großspuriges Arschloch und hat nicht damit gerechnet, dass der andere Typ ein Messer bei sich hat. Aber er hat immer gesagt, dass er dabei eine wichtige Lektion gelernt hätte. Von da an war er regelrecht besessen davon, Dinge zu planen, sämtliche Eventualitäten einzukalkulieren.« Sie lehnte sich zurück und verzog das Gesicht – wegen der Kälte oder wegen einer unangenehmen Erinnerung. »Wie brutal seine Geschäfte auch waren, wie krank einige davon auch erscheinen mochten, sie waren alle ... durchdacht, wissen Sie?« Sie sah Anna an. »Mein Mann hat in seinem Leben nie irgendwas Spontanes gemacht, meine Liebe. Also, ja, ich nehme an, er weiß genau, was er tut.«

»Warum wollten Sie ihn umbringen lassen?«, fragte Anna.

Donna stieß einen langen, langsamen Seufzer aus und schenkte Thorne ein halbherziges Lächeln.

»Das ist eine berechtigte Frage«, sagte er.

Außerdem war das eine Frage, die Thorne selbst Donna niemals gestellt hätte, zumindest nicht direkt. Wie bei so vielen Fällen hatte er sich etwas anderem gewidmet, nachdem er sein Ergebnis in Form von Donna Langfords Geständnis gehabt hatte. Selbstverständlich war über ihr Motiv spekuliert worden, nicht zuletzt in der *Sunday People* und in den *News of the World*. Doch mit einer Verurteilung in der Tasche hatte Thorne weder Zeit noch Lust gehabt, sich viele Gedanken über das »Warum« zu machen. Donna hatte bei der Verhandlung nicht selbst zu ihrer Verteidigung gesprochen, da ihr Anwalt befürchtet hatte, sie werde womöglich einen patzigen und unwirschen Eindruck hinterlassen. Stattdessen hatte er leidenschaftlich von »jahrelanger mentaler Folter und häuslicher Gewalt« gesprochen. Trotzdem hatten sich die Geschworenen letztendlich nicht überzeugen lassen.

Es sei durchaus nachvollziehbar, hatte die Staatsanwaltschaft damals gekontert, wenn eine solche Provokation die Leidtragende dazu verleite, zum Messer oder zum Hammer zu greifen oder im Notfall ihrem Gatten Rattengift in seinen Shepherd's Pie zu mischen. Aber in aller Ruhe eine Hinrichtung im Unterwelt-Stil zu planen und zu bezahlen, stünde auf einem ganz anderen Blatt.

»Wenn es darum ging, seine Fäuste zu benutzen, war Alan durchaus spontan«, sagte Donna. »Aber selbst dann war er in der Regel schlau genug, mich nur dorthin zu schlagen, wo man es nicht sah.« Sie hatte auf ihre Füße gestarrt, doch jetzt blickte sie zu Anna auf. »Mir gefiel nicht, was das Ellie antun würde. Was *er* ihr womöglich antun würde.« Sie schüttelte den Kopf, als wollte sie sich selbst korrigieren. »Ich habe nie gesehen, dass er sie geschlagen hat, aber ich hatte Angst, dass es irgendwann passieren würde. Und das wollte ich unter gar keinen Umständen zulassen.«

Anna legte Donna die Hand auf den Arm.

»Dann ging's Ihnen also nicht ums Geld?«, fragte Thorne. Er bemerkte Annas Blick, hielt ihm jedoch in der Hoffnung stand, dass sie die Botschaft verstehen würde.

Ich kenne diese Frau viel besser, als Sie sie kennen.

»Sehen Sie, ich streite nicht ab, dass ich dachte, ich bräuchte mir keine Sorgen zu machen, wenn Alan tot ist. Dass ich dachte, ich hätte ausgesorgt.« Donna starrte quer durch den Park. Der Micra war inzwischen stehen geblieben, und zwei junge Männer, zwei *Jugendliche*, lehnten sich rauchend und lachend gegen den Wagen. »Das war aber nicht der Grund, warum ich ihn loshaben wollte, das schwöre ich Ihnen. Ich hatte Geld, als ich mit ihm zusammengelebt habe, und war trotzdem todunglücklich.« Sie zuckte mit den Schultern. »Es hat mich auch überhaupt nicht gewundert, dass nichts mehr übrig war. Ich hatte schon immer vermutet, dass er alles ins Ausland geschafft hat, irgendwohin, wo es das Finanzamt nicht findet. Nachdem ich jetzt weiß, dass er noch am Leben ist, bin ich mir sogar verdammt sicher, dass es so war. Noch eine Sache, die er geplant hat.«

»Aber warum der Auftragsmörder?« Thorne erinnerte sich an den Geruch von versengtem Fleisch in der Waldlichtung und an die Fragen, die den Geschworenen während der Verhandlung von der Staatsanwaltschaft gestellt worden waren. Dieselben Fragen, die auch in einem Dutzend Zeitschriftenartikel und in einer besonders anzüglichen Ausgabe von *London Tonight* gestellt worden waren. »Warum haben Sie sich die Mühe gemacht, Paul Monahan zu engagieren? Warum haben Sie nicht einfach zum Messer gegriffen oder ihn im Schlaf erschlagen?«

Donna nickte, als handelte es sich um berechtigte Fragen. »Natürlich habe ich über das alles nachgedacht«, sagte sie. »Über alle meine Optionen. Letzten Endes hatte ich aber einfach Angst, dass ich ihn vielleicht nicht fest genug treffen würde. Dass ich nicht an der richtigen Stelle zustechen würde, dass ich nicht die richtige Dosis erwischen würde oder was auch immer. Ich wollte nicht diejenige sein, die versucht, ihn zu ermorden, und die dann mitansehen muss, wie er überlebt.«

»Ich kann mir vorstellen, dass er nicht gerade begeistert gewesen wäre«, sagte Thorne.

»Die Methode, für die ich mich entschieden habe – jemand anderen dafür zu bezahlen, dass er es für mich tut –, erschien mir am sichersten.« Ihr Lächeln verriet aufrichtige Genugtuung. »Alan war nicht der Einzige, der auf Details geachtet hat. Auf Eventualitäten.«

Thorne sah zu Anna hinüber und fing einen weiteren Blick von ihr ein. Aus ihrem Lächeln sprach ebenfalls Genugtuung.

Vielleicht kennen Sie diese Frau doch nicht so gut, wie Sie dachten.

»Monahan ist tot«, sagte Thorne. »Das sollten Sie wahrscheinlich wissen.«

Donna blinzelte drei- oder viermal und wurde plötzlich blass. Sie starrte Thorne ein paar Sekunden lang an, dann drehte sie sich zu Anna. »Seit wann?«

»Vorgestern«, sagte Anna. »Er wurde in seiner Zelle erstochen.«

Donna hielt einen Moment inne, dann zuckte sie mit den Schultern. »Tja, ich werde nicht so tun, als wäre mir das egal.«

»Das erwarte ich auch nicht von Ihnen«, sagte Thorne.

Sie beobachteten, wie ein Mann auf sie zukam, der einen Jack-Russell-Terrier spazieren führte. Er blieb ein paar Meter entfernt stehen, wartete und blickte unbekümmert in die Ferne, während sein Hund einen ziemlich großen Haufen mitten auf den Weg setzte. Dann ging er weiter.

Als er an der Bank vorbeikam, sagte Anna zu ihm: »Sie sollten das aufheben.«

Der Mann drehte sich um, zog seinen Hund mit einem Ruck näher zu sich und sagte ihr, sie solle sich verpissen.

Thorne stand auf und trat auf ihn zu. »Das war aber nicht sehr freundlich.«

Der Mann seufzte und versuchte weiterzugehen, doch Thorne machte einen Schritt zur Seite und legte ihm die flache Hand auf die Brust. Der Hund sprang an Thorne hoch und scharrte mit den Pfoten an seinen Knien, während er in die Tasche griff und seine Dienstmarke zückte.

»Scheiße«, sagte der Mann.

»Heben Sie das auf.« Thorne hielt dem Mann seinen Ausweis nur wenige Zentimeter vors Gesicht. »Und zwar sofort.«

»Ich habe keine Tüte dabei.«

»Dann nehmen Sie die Hände.«

»*Was?*«

»Schon gut.« Anna stand auf und zog ein verknittertes Päckchen Taschentücher aus der Hosentasche. Sie beugte sich vor und reichte es dem Mann, der seinen Hund auf dem Weg zurückzerrte, den Haufen aufhob und anschließend schnell in die andere Richtung davonging.

Anna sah ihm hinterher, bis er verschwunden war. Murmelte: »Arschloch.«

Thorne atmete noch immer schwer, als sie ein paar Minuten später zu dritt zurück zu Donnas Wohnung gingen. Donna machte eine Kopfbewegung über ihre Schulter in Annas Richtung, die ein oder zwei Schritte hinter ihnen war. »Sieht so aus, als hätte ich die Richtige für diesen Job ausgesucht, oder?«, sagte sie.

Am Ende des Weges, der zu der Haustür führte, griff Donna in die Tasche und holte einen braunen Umschlag hervor. »Das neueste Foto. Londoner Poststempel, genau wie die anderen.«

Thorne nahm das Foto heraus, ohne dabei Vorsicht walten zu lassen. Die anderen Aufnahmen waren am Tag zuvor ins Labor des Forensic Science Service geschickt worden, und falls es irgendwelche Fingerabdrücke gab, war die Wahrscheinlichkeit, dass sich auf den Fotos welche befanden, seiner Ansicht nach ebenso groß wie bei diesem Foto. Den Umschlag wollte er allerdings einsenden. Es wäre nicht das erste Mal gewesen, dass von der Rückseite einer Briefmarke DNA gewonnen wurde.

Das Foto stammte aus derselben Serie wie die anderen. Sonne, Meer, das Übliche.

»Warum, meinen Sie, macht er das?«, fragte Thorne.

»Rache«, sagte Donna. »Ganz einfach. Wie ich vorher

schon gesagt habe, ich wollte nicht, dass Alan überlebt, und er weiß, dass ich versucht habe, ihn zu töten. Tja, genau das ist passiert, nur hat es zehn Jahre gedauert, bis er darauf reagiert hat.« Sie zog sich ihren Anorak enger um die Brust. »Bis er sich Ellie geschnappt hat.«

»Aber warum jetzt?«, fragte Anna.

»Das ist der perfekte Zeitpunkt«, sagte Thorne. Er erinnerte sich an einen Fall, der ein oder zwei Jahre zurücklag. An einen Mann, dessen Freundin und Kind unmittelbar vor seiner Entlassung aus dem Gefängnis ermordet worden waren. Es war der kaltblütigste und brutalste Racheakt gewesen, der Thorne jemals untergekommen war, und er hatte in der Folge noch etliche weitere Leben gekostet.

Donna nickte. »Könnte kaum besser sein, nicht wahr? Er schnappt sie sich kurz vor meiner Freilassung, wenn ich an nichts anderes denke, als wieder bei ihr sein zu können.«

»Denken Sie, das hat er ebenfalls geplant?«

»Oh, ja.«

»Vor zehn Jahren?«

»Sie kennen ihn nicht«, sagte Donna. Ihre Stimme erstickte, als Wut von ihr Besitz ergriff. »Zuerst … *entführt* er sie. Dann schickt er diese Fotos, um es mir unter die Nase zu reiben. Um sicherzugehen, dass ich richtig leide.« Sie hatte eine weitere Zigarette hervorgeholt und kämpfte mit einem Einwegfeuerzeug. »Er zeigt mir, wie toll sein Leben ist, jetzt, wo ich gar nichts mehr habe.«

Anna griff ein und stützte Donnas Hand, damit sie ihre Zigarette anzünden konnte.

»Jetzt, wo er mir das Einzige genommen hat, das mir jemals etwas bedeutete.«

»Wir werden sie finden«, sagte Anna.

»Wenn nicht, bin ich tot, ganz einfach.« Donna saugte gierig an ihrer Zigarette. »Zumindest tot in jeder Hinsicht, die eine Rolle spielt. Wenn man ein Kind verliert, stirbt der größte Teil von einem, daran gibt's nichts zu rütteln.«

Anna trat einen Schritt zurück. Sie vergrub die Hände tief in den Taschen ihrer Jacke und senkte den Blick auf das Pflaster.

»Haben Sie irgendeine Vermutung, wo er sich aufhalten könnte?«, erkundigte sich Thorne. »Darüber haben Sie doch bestimmt nachgedacht ...«

»Spanien mag fast zu offensichtlich erscheinen, aber er kannte dort ein paar Leute. Ehemalige Geschäftspartner von der einen oder anderen Sorte.«

»Erinnern Sie sich an irgendwelche Namen?«

»Da fragen Sie besser Ihre eigenen Leute«, sagte sie. »Von der Abteilung für Organisiertes Verbrechen, oder wie auch immer die sich jetzt nennen. Im Lauf der Jahre haben so viele von denen an unsere Tür geklopft, dass Alan mit den meisten von ihnen per du war.«

Falls Langford sich tatsächlich in Spanien aufhielt, war es durchaus sinnvoll, sich mit den Leuten zu unterhalten, von denen Donna sprach. Heutzutage bedeutete das, mit der SOCA, also machte Thorne sich im Geiste die Notiz, Brigstocke zu fragen, ob er dort schon etwas in Erfahrung hatte bringen können. Anschließend würde er Dennis Bethell Dampf machen und sich erkundigen, ob sein freundlicher Pornograf von nebenan irgendwelche Fortschritte in Bezug auf die Fotos gemacht hatte.

»Wir melden uns wieder bei Ihnen«, sagte Thorne.

Donna umarmte Anna, bevor sie den Weg zu ihrer Haustür hinaufging. Thorne war ihr nicht einmal einen Abschiedsgruß wert. Als er an der Autotür stand, sah er Kate aus einem Fenster im ersten Stock nach unten blicken, war sich aber nicht sicher, ob sie ihn oder Donna beobachtete.

Thorne ließ den Motor an und drehte die Bluegrass-CD

lauter. Dann wandte er den Kopf und sah Annas Gesichtsausdruck.

»Was ist los?« Er schaltete den Motor wieder aus. »Anna?«

Sie hatte keine Tränen in den Augen, aber es sah trotzdem so aus, als würde sie jeden Moment anfangen zu weinen. »Es ist nur wegen dem, was sie über ihre Tochter gesagt hat«, erwiderte Anna. »Das hat mich aus der Fassung gebracht.« Sie schüttelte den Kopf und fügte hinzu: »Dumm von mir«, und sah ihn an. »Ich nehme an, man muss ... abgehärtet sein gegen solche Sachen, bei dem, was man alles zu sehen bekommt. Ich meine, für unsereins sind das nur Geschichten aus den Zeitungen, wissen Sie? Tote Kinder ...«

»Dagegen kann man sich nicht abhärten«, sagte Thorne.

»Tut mir leid, ich bin gleich wieder okay.«

»Lassen Sie sich Zeit.«

»Haben Sie Kinder?«

»Nein«, erwiderte Thorne. Er ließ den Motor wieder an und sagte ihr, er werde sie zurück nach Victoria bringen.

»Das ist doch ein Riesenumweg für Sie.« Sie kramte in ihrer Handtasche und holte ein Päckchen Taschentücher hervor. »Müssen Sie denn nicht zurück nach Hendon?«

»Es ist wirklich kein Problem.«

»Ich komme schon zurecht«, sagte sie. »Setzen Sie mich einfach an einer U-Bahn-Haltestelle ab.«

Die Auseinandersetzung ging genau dort weiter, wo sie aufgehört hatte. Kate ging gerade die Treppe hinunter, als Donna zur Tür hereinkam.

»Wie ist es gelaufen?«

Donna ignorierte die Frage, warf ihren Mantel übers Treppengeländer und ging an ihrer Freundin vorbei in die Küche. Kate folgte ihr, stellte dieselbe Frage noch einmal.

»Warum interessiert dich das?«

»Komm schon, Don …«

»Du hast mir deine Meinung deutlich zu verstehen gegeben.«

Kate setzte sich an den kleinen Tisch. »Ich wollte dich doch nur davor warnen, dass du dir allzu große Hoffnungen machst.«

»*Hoffnungen?*«

»Ich möchte nicht, dass du unglücklich bist.«

»Du machst mich unglücklich, weil du mich nicht unterstützt.«

»Da täuschst du dich«, sagte Kate.

»Ich kann es nicht gebrauchen, dass mich jemand runterzieht.« Donna schlug mit der Hand gegen die Tür eines Küchenschranks. »Das hatte ich *jahrelang*. Ich brauche deine Unterstützung.«

»Ich habe dich immer unterstützt. Ich sage doch nur, du sollst dich nicht reinsteigern. Du setzt deine ganze Hoffnung in den Bullen und dieses sentimentale Mädchen, und wenn du nicht aufpasst …«

»Was?«

»Wirst du vielleicht eine böse Überraschung erleben, das ist alles.«

»Du denkst, sie ist tot, nicht wahr?«

»Das habe ich nie gesagt.«

»Du denkst, Ellie ist tot? Ich werde mir diesen Schwachsinn *nicht* anhören.«

»Du hörst dir *gar* nichts an …«

Donna schaltete den Wasserkocher ein, ging die anderthalb Meter abgenutzten Linoleums auf und ab. »Ich weiß, worauf du hinauswillst«, sagte sie.

»Ich will auf gar nichts hinaus, okay? Ich meine nur, du musst realistisch sein.«

»Du fühlst dich von ihr bedroht«, sagte Donna. »Du fühlst dich von Ellie bedroht.«

»Sei doch nicht albern.«

Donna nickte, war mit einem Mal wieder selbstsicher. Spuckte die Worte aus. »Du glaubst, dass ich keine Zeit mehr für dich hätte, wenn meine Tochter bei mir wäre. Du hast eine Scheißangst davor, die Nummer zwei zu sein.«

»Du bist erbärmlich.«

»Darauf hätte ich schon früher kommen sollen«, sagte Donna. »Das war bereits im Knast so. Du warst schon immer eine blöde, eifersüchtige Zicke.«

»Wie kann ich auf jemanden eifersüchtig sein, der gar nicht da ist? Auf jemanden, den ich nicht mal kenne?«

»Aber ich kenne dich«, sagte Donna. »Ich kenne dich verdammt gut!«

»Du hast doch keine Ahnung.« Kate stand auf und ging zur Tür. »Du hast keine Ahnung, und ich kann dir nicht helfen.«

Die beiden starrten sich ein paar Sekunden lang an, ehe Kate sich umdrehte und hinausging. Donna lehnte sich gegen die Küchenanrichte und spürte, wie ihr Wut und Panik die Brust zuschnürten, während das Poltern des Wasserkochers hinter ihr lauter wurde.

Dreizehntes Kapitel

Bereits wenige Tage nach Beginn der Ermittlungen musste Dave Holland der Tatsache ins Auge sehen, dass sie womöglich nie die Identität des Mannes würden feststellen können, der an Alan Langfords Stelle gestorben war.

Das lag nicht daran, dass die Zahlen entmutigend waren. Jedes Jahr wurden mehr als zweihunderttausend Menschen als vermisst gemeldet, doch nur bei einem Drittel von ihnen handelte es sich um Erwachsene. Die Mehrheit von ihnen wurde binnen zweiundsiebzig Stunden gesund und munter gefunden, und beinahe dreiundneunzig Prozent tauchten innerhalb eines Jahres wieder auf. Also bewegte sich die Zahl derer, die nach *zehn* Jahren immer noch verschwunden waren, eher im zweistelligen als im dreistelligen Bereich. Die Eckdaten, mit denen Holland arbeitete, grenzten die Auswahl weiter ein. Er suchte nach einem Mann, der ungefähr dieselbe Größe und Statur wie Alan Langford hatte und vermutlich innerhalb eines Zeitraums von zwei Wochen vor bis zwei Wochen nach dem Auffinden der Leiche im Epping Forest als vermisst gemeldet worden war.

Bislang stand auf der Liste potentieller Kandidaten allerdings nur ein Name.

Niemand.

Holland war von der Annahme ausgegangen, dass Alan Langford bei der Inszenierung seines eigenen Todes zwei Fliegen in einem Jaguar gegrillt und sich einer Person entledigt hatte, die er tot sehen wollte. Das war die ideale Gelegenheit gewesen, um einen Geschäftsrivalen aus dem Weg zu räumen, oder zumindest, um jemanden loszuwerden, der ihn verärgert hatte. Doch auch die Recherchen im Police National Computer, bei der Dienststelle für Vermisstenfälle sowie auf den Websites sämtlicher relevanter kriminalpolizeilicher Abteilungen im ganzen Land hatten keinen brauchbaren Namen geliefert. Keinen Klein- noch Großkriminellen, keinen seriösen Geschäftsmann, der Alan Langford möglicherweise in die Quere gekommen war, niemanden, der irgendeine erkennbare Verbindung mit ihm gehabt hatte und ungefähr zum Zeitpunkt seines vermeintlichen Todes als vermisst gemeldet worden war.

Das war schade, aber in einem solchen Fall nicht außergewöhnlich. Dave Holland hatte seinen Optimismus schon vor langer Zeit verloren, und heutzutage war er überrascht, wenn sich *irgendein* Aspekt eines Ermittlungsverfahrens als Spaziergang erwies.

Da es keinen offensichtlichen Feind gab, der das Anforderungsprofil erfüllte, mussten alle überprüft werden – die paar Dutzend Männer mit der entsprechenden Statur, die auch noch zehn Jahre, nachdem ihre Angehörigen sie erstmals als vermisst gemeldet hatten, unauffindbar waren. Bereits nach zwei Tagen stufte Holland diese Arbeit als einen der unangenehmsten Routinejobs ein, den er jemals erledigt hatte. Wenn er die Angehörigen der vermissten Männer anrief, achtete er stets darauf, keine Hoffnung bei ihnen zu schüren, indem er andeutete, dass der Verschollene womöglich gefunden worden sei, vor allem deshalb, weil sich diese Hoffnung schnell in Entsetzen verwandelt hätte, wenn er ihnen die Umstände erklärt hätte. Also äußerte er sich nur vage und wich, wenn nötig, aus, bis er zuversichtlich genug war, um die Person am anderen Ende der Leitung zu fragen, ob sie bereit wäre, eine DNA-Probe zur Verfügung zu stellen.

»Es geht dabei allein darum, Ihren Sohn/Bruder/Vater aus unseren Ermittlungen ausschließen zu können ...« In der Regel erfüllte das seinen Zweck. Die Probe konnte dann mit dem Gewebe verglichen werden, das bei der ursprünglichen Obduktion entnommen worden war und jetzt im Labor des Forensic Science Service in Lambeth aufbewahrt wurde.

Viele konnten jedoch bereits vorher ausgeschlossen werden. Der Obduktionsbericht beschrieb detailliert zwei Metallstifte, mit denen die Knochen des rechten Beins des Opfers zusammengehalten wurden, und obwohl von *nichts* viel übrig war, hatte Phil Hendricks keine Spur von einem Blinddarm im Körper des Opfers gefunden. In Anbetracht des Geständnisses von Donna Langford hatte es damals niemand für nötig befunden nachzuprüfen, ob ihr Mann eine schwere Beinverletzung erlitten hatte oder sich irgendwann einer Blinddarmoperation hatte unterziehen müssen.

»Sie sehen aus, als könnten Sie den gebrauchen.«

Holland blickte auf und lächelte erleichtert, als er eine attraktive Detective Constable in der Ausbildung sah, die eine Tasse Kaffee in der Hand hielt. Sie hatte ihm in den letzten Wochen eine Menge Aufmerksamkeit geschenkt, doch er war sich nicht ganz schlüssig, ob sie auf ihn stand oder sich nur bei ihm einschmeicheln wollte. Er war so oder so zufrieden und ganz sicher dankbar für den Kaffee.

»Ziemliche Plackerei, was?«

Holland hatte soeben mit einer Frau telefoniert, deren jüngerer Bruder, ein Soldat der britischen Armee, verschwunden war, nachdem er sich unerlaubt von seiner Einheit entfernt hatte.

»Können Sie mir nicht einfach sagen, dass er tot ist?« Die Frau hatte ausgelaugt geklungen. »Es wäre so viel leichter, wenn wir wüssten, dass er tot ist ...«

»Ja, eine Plackerei«, sagte Holland.

Er hatte sich dabei ertappt, wie er verschiedene Szenarien entworfen hatte, um das oftmals rätselhafte, in den Akten vor ihm dargelegte Verschwinden zu erklären. Ein Achtundzwanzigjähriger, der während eines Junggesellenabschiedswochenendes in Newquay auf dem Rückweg vom Pub verschwunden war, hätte von Alan Langford oder einem seiner Handlanger ins Auto gezerrt worden sein können. Allerdings war es ebenso möglich, dass er im Suff vom Weg abgekommen und von einer Klippe ins Meer gestürzt war. Ein psychisch kranker Siebenunddreißigjähriger, der zuletzt an einer Bushaltestelle in Willesden gesehen worden war, hätte ebenfalls von Langford aufgegriffen worden sein können. Wahrscheinlicher war jedoch, dass er sich in der Dunkelheit verlaufen hatte und später unter banaleren Umständen ums Leben gekommen war als der Mann, nach dem Dave Holland fahndete.

Der Prozess war langwierig und mühsam: Die Verwandten mussten ausfindig gemacht werden, zur Abholung von Proben mussten Polizeibeamte losgeschickt werden, die DNA musste analysiert werden. Ohne Garantie, dass letztendlich etwas dabei herauskam. Unter Umständen hatte Langford bewusst jemanden ausgewählt, dessen Verschwinden überhaupt nicht bemerkt werden würde; jemanden, der bereits durch das soziale Netzwerk geschlüpft war und niemandem eine Vermisstenmeldung wert war. Holland war sich darüber im Klaren, dass das auf makabre Weise einen Sinn ergab und wesentlich weniger riskant war, als jemanden auszusuchen, dessen Angehörige sofort zur Polizei laufen würden, wenn er nicht zum Abendessen erschien.

In diesem Fall würden sie das Opfer womöglich nie identifizieren können.

Würden Alan Langford den Mord nie anhängen können.

Holland nahm den Kaffee entgegen, erkundigte sich, wo

die Kekse seien, und sagte der errötenden jungen Detective Constable dann, dass er nur gescherzt habe. »Holen Sie sich einen Stuhl«, forderte er sie auf. »Ich zeige Ihnen das Prozedere.«

Als Thorne wieder im Büro eintraf, rief er Gary Brand an, den Detective Inspector, mit dem er sich ein paar Abende zuvor im Oak unterhalten hatte. Bevor Brand zehn Jahre zuvor ins Langford-Ermittlungsteam berufen worden war, hatte er in der damaligen Abteilung für Organisiertes Verbrechen gearbeitet. Genau genommen war er wegen seiner Sachkenntnis auf diesem Gebiet rekrutiert worden.

Thorne hoffte, dass sich diese Sachkenntnis abermals als nützlich erweisen würde.

»Ich habe das von Monahan gehört«, sagte Brand. »Klingt so, als hätten Sie da in ein Wespennest gestochen.«

»Es wurde für mich reingestochen.«

»Das macht doch keinen Unterschied, oder?«

Thorne berichtete Brand von seinen Gesprächen mit Jeremy Grover und mit Cook, dem korrupten Gefängnisaufseher. Brand schien nichts davon auch nur annähernd zu schockieren, doch er wirkte überrascht, als Thorne ihm erzählte, Donna halte es für möglich, dass Langford in Spanien lebe.

»Tatsächlich? Ich meine, das war mein erster Gedanke, als Sie mir das Foto zeigten, aber man würde meinen, er wäre ein bisschen einfallsreicher. Die Costa de los Bandidos ist doch verdammt vorhersehbar, finden Sie nicht?«

»Wir würden nie einen von diesen Burschen schnappen, wenn sie nicht *gelegentlich* vorhersehbar wären«, sagte Thorne.

Brand lachte. »Wohl wahr, mein Freund.«

»Sehen Sie, es ist eine Möglichkeit, mehr nicht, aber sie hat gesagt, er würde ein paar Leute kennen, die sich da drüben verkrochen haben. Ich habe mich gefragt, ob Ihnen vielleicht der eine oder andere Name einfällt.«

»Meine Güte, das ist eine ganze Weile her ...«

»Ich weiß, und wahrscheinlich ist es Zeitverschwendung ...«

»Lassen Sie mich ein bisschen herumtelefonieren und sehen, ob ich ein paar alte Akten rauskramen kann.«

»Alles, was Sie finden können.«

»Ich kann nichts versprechen.«

»Wenn Sie das nächste Mal im Oak sind, geht Ihre Rechnung auf mich«, sagte Thorne.

Brand sagte, er werde sich noch im Lauf des Tages bei ihm melden.

Nachdem Thorne aufgelegt hatte, ging er den Flur entlang und betrat Russell Brigstockes Büro. Der Detective Chief Inspector hatte mehrere Münzen vor sich auf dem Schreibtisch liegen. Er nahm sie zuerst in die eine, dann in die andere Hand und schien sich zunehmend über seine nicht gerade beeindruckenden Taschenspielerfähigkeiten zu ärgern. Thorne setzte sich, sah ihm zu und dachte sich, dass Langfords Täuschungsmanöver beinahe fehlerfrei gewesen war. Er war entwischt und hatte an seiner Stelle eine rätselhafte Leiche hinterlassen. Und falls sich Donnas Verdacht bewahrheiten sollte, war er nach zehn Jahren zurückgekehrt, um seine Tochter verschwinden zu lassen.

»Rache«, sagte Thorne. »Donna vermutet, dass es allein darum geht.«

»Glauben Sie das?«, fragte Brigstocke.

»Wenn es so ist, hat es auf jeden Fall funktioniert«, sagte Thorne. »Sie ist am Boden zerstört.«

»Haben Sie heute Vormittag Anna Carpenter mitgenommen?« Auf Brigstockes Gesicht zeichnete sich ein leichtes Lächeln ab, als er seine Frage beiläufig stellte, doch Thorne redete sich ein, das läge daran, dass er soeben eine der Münzen besonders geschickt in der Hand hatte verschwinden lassen.

»Ich hielt es für eine gute Idee«, sagte Thorne. »Sie hat einen ziemlich guten Draht zu Donna. Wirkt beruhigend auf sie, wissen Sie?«

»Klingt logisch.«

»Gut.«

»Ich bin froh, dass alles nach Plan läuft.« Brigstocke öffnete die Hand, um Thorne zu zeigen, dass sie leer war. »Jesmond wird jedenfalls zufrieden sein.«

»Wenn nicht, könnte ich auch nicht schlafen«, sagte Thorne.

Während Brigstocke weiterübte, berichtete ihm Thorne von seinem Telefonat mit Brand und der Möglichkeit, dass Langford einem oder zwei alten Freunden nach Spanien gefolgt sein könnte.

Brigstocke stimmte zu, dass es beinahe ein wenig zu offensichtlich klang, war jedoch der Meinung, dass es sich lohne, der Sache nachzugehen. »Ich werde die Jungs vom Organisierten Verbrechen in Bereitschaft versetzen«, sagte er. »Es wäre allerdings schön, wenn wir ein bisschen was Konkreteres hätten, bevor Sie sich mit ihnen treffen.«

Thorne versprach, sein Bestes zu tun.

»Irgendwelche Neuigkeiten von Bethell?«

»Ich habe heute noch mal zwei Nachrichten hinterlassen«, sagte Thorne.

Brigstocke gab zu, dass er mit dem Labor des Forensic Science Service nicht mehr Glück gehabt habe als Thorne mit seinem Fotoanalyse-»Experten«. »Denen werde ich auch ein bisschen Dampf machen«, sagte er. »Werde ihnen sagen, dass wir bis morgen was brauchen.« Er überlegte einen Moment, dann drehte er sich auf seinem Stuhl um und studierte den Schichtplan an der Wand hinter ihm. »Haben Sie morgen Dienst?«

Samstag.

Der erste Samstag, seit ein längst vergessener und vermeintlich gelöster Fall mit brutaler Wucht zurückgekommen war. Seit ein angeblich Toter als Mörder enttarnt worden war. Seit aus einem Mord zwei geworden waren, zwischen denen zehn Jahre lagen, die jedoch beide derselbe Mann inszeniert hatte.

»Vorausgesetzt, es ist Ihnen gelungen, Überstunden herbeizuzaubern«, sagte Thorne.

»Da würde man doch am liebsten anrufen«, sagte Yvonne Kitson, »und ein paar von diesen Idioten die Meinung sagen.«

»Würde das irgendeinen Unterschied machen?«

»Wen juckt's?« Sie schob schwungvoll eine ihrer Schreibtischschubladen zu. »Aber ich sage dir, die bräuchten ein supermodernes Piepton-Gerät, falls ich jemals durchkommen sollte.«

»Es gibt eine Verzögerung«, sagte Thorne. »Dreißig Sekunden oder so, damit das Gefluche nicht gesendet wird.«

Kitson überlegte kurz, sagte: »Wichser.«

Thorne und Kitson hatten das Radio in ihrem Büro eingeschaltet und lauschten aufmerksam einer Anrufsendung auf 5 Live, bei der über das Rechtssystem und die Unschuldsvermutung diskutiert wurde.

Der Studiogast war Adam Chambers.

Thorne hatte den Eindruck, dass die Moderatorin der Sendung Chambers Honig um den Mund schmierte, als sei er irgendein erfolgreicher Schauspieler oder Popstar. Sie kicherte bei jeder witzigen Bemerkung und gab jedes Mal anteilnehmende Laute von sich, wenn sich ihr Gast darüber beklagte, wie er von der Polizei behandelt worden sei, oder um die Toleranz und das Verständnis bat, die ihm seiner Ansicht nach als Unschuldigem zustanden.

»Das ist ein weiteres Beispiel für einen Medienprozess«, sagte ein Anrufer. »Und die Polizei sieht einfach zu.«

»Adam?«, säuselte die Moderatorin.

»Stimmt haargenau«, sagte Chambers. »Die Polizei weiß sehr wohl, dass die Leute diese Artikel lesen, dass sie sämtliche Gerüchte und Anschuldigungen mitbekommen, und die Wahrheit geht dabei flöten. Selbst *wenn* die Wahrheit ans Tageslicht kommt, wie Gott sei Dank in meinem Fall, hat man trotzdem damit zu kämpfen, dass man ... gedemütigt und verunglimpft wurde. Man ist gebrandmarkt, wissen Sie?«

»Kein Rauch ohne Feuer, nicht wahr?«

Thorne zog eine Grimasse. Diese Redewendung brachte ihn jedes Mal auf die Palme.

»Ganz genau, Gabby«, sagte Chambers.

»Ich glaube, ich muss gleich kotzen«, sagte Kitson.

Thorne fühlte sich hin und her gerissen. Er verabscheute die »Kein Rauch ohne Feuer«-Brigade, die reflexhafte Selbstgefälligkeit ihres klatschpressefreundlichen Mantras. Außerdem wusste er besser als die meisten, dass manche Menschen tatsächlich für Verbrechen verurteilt wurden, die sie nicht begangen hatten. Und er gab sich alle Mühe zu akzeptieren, dass es denjenigen, die in den Augen der Justiz unschuldig waren, zumindest im Prinzip gestattet sein sollte, sich frei und von jeglicher Schuldvermutung entlastet bewegen zu können.

Doch dann war da Adam Chambers.

In seinem Fall handelte es sich nicht um ein Feuer, sondern um ein rasendes Inferno.

Als Sam Karim hereinkam und sagte, Andy Boyle aus Wakefield sei am Telefon, schaltete Thorne das Radio aus und bat ihn, den Anruf durchzustellen.

»Verdammt gute Idee«, sagte Kitson. »Ich hätte jeden Moment mein Mittagessen von mir gegeben.«

Thorne nahm sich vor, sich den Rest der Sendung zu Hause am Computer anzuhören. Um sich noch einmal über alles aufzuregen. Er war sich sicher, dass Andrea Keane mit keinem Wort erwähnt werden würde.

Boyle war geringfügig besserer Laune als beim letzten Mal, als Thorne mit ihm gesprochen hatte, aber man konnte ihn trotzdem nicht gerade als fröhlich bezeichnen. Thorne bezweifelte, dass der Mann aus Yorkshire *jemals* fröhlich klang.

»Ich dachte mir, Sie hätten gerne einen Fortschrittsbericht.«

»Das ist nett von Ihnen«, sagte Thorne. »Und?«

»Es gibt keine Fortschritte«, erwiderte Boyle, und seine Laune verbesserte sich weiter, als er die schlechten Nachrichten übermittelte. »Wir haben Grover noch mal in die Zange genommen, und wir haben den korrupten Aufseher ein paar Mal antanzen lassen, aber keiner von beiden macht Anstalten einzubrechen.«

»Wie wär's, wenn Sie versuchen, das Geld zu finden?«, fragte Thorne.

»Tja, Sie wissen ja, wie die verdammten Banken sind. Die reißen sich nicht gerade ein Bein aus, wenn es darum geht, mit irgendwelchen Unterlagen rauszurücken. Aber ich wette, die Zahlungen wurden bar getätigt und nicht per Überweisung, also verschwenden wir vermutlich unsere Zeit.«

Thorne war bereits zu demselben Schluss gekommen, was eventuelle Zahlungen an Paul Monahan betraf, doch die Untersuchung seiner finanziellen Situation war nach seinem Tod ohnehin auf Eis gelegt worden. Es hatte nicht viel Sinn, einen Zeugen unter Druck zu setzen, der nicht mehr als Zeuge aussagen konnte.

»Selbst wenn wir die Kohle finden«, sagte Boyle, »lässt sich unmöglich zurückverfolgen, woher sie gekommen ist. Vielleicht hat sich Cook häufiger ein neues Auto gekauft als andere, hin und wieder einen Spontanurlaub gemacht oder was auch immer, aber ohne belastende Dokumente besteht nicht die geringste Chance, ihn mit Grover oder Langford in Verbindung zu bringen.«

»Trotzdem haben die beiden noch einiges zu erklären.«

»Auf mehr können wir nicht hoffen«, sagte Boyle. »Möglicherweise wurden sie noch gar nicht für die Monahan-Sache bezahlt, und das Geld, das sie vorher kassiert haben, ist wahrscheinlich längst weg. Man bewahrt die Kohle unter dem Kopfkissen auf und gibt sie nach Belieben aus, oder?«

»Keine Ahnung«, sagte Thorne.

»Heutzutage bekommt man für Geld doch fast alles. Die Leute sind so dankbar, dass sie sich nicht die Mühe machen, Fragen zu stellen.«

Thorne sagte, dass dem vermutlich so sei.

»Ich wette, dass derjenige, der den Zaster aushändigt, so lange wartet, bis keine Gefahr mehr besteht. Die wissen doch ganz genau, dass wir Grover und Cook im Auge behalten, also werden sie auf den richtigen Moment warten, und bis dahin können sich die beiden Arschlöcher einfach rausreden.«

»Grover hat nicht gerade viel zu verlieren, wenn er den Mund hält, oder?«

»Stimmt. Ohne ein Geständnis von Cook wird er nie für den Mord an Monahan verurteilt werden. Und Cook war übrigens so schlau, seine Kündigung einzureichen. Behauptet, seine Frau hätte gesundheitliche Probleme.«

»Tja, das nenne ich ein Schuldeingeständnis.«

»Ja, das wissen Sie und ich …«

Thorne wusste außerdem, dass Boyle zu Recht pessimistisch war. Wo auch immer Alan Langford sich aufhielt, so, wie die Dinge standen, brauchte er sich keine großen Sorgen zu machen.

»Ich werde weiterhin die Daumenschrauben ansetzen«, sagte Boyle. »Mehr kann ich nicht tun.«

»Wir werden schon noch irgendwas finden.«

»Die Sache ist die, selbst wenn ich Cook was anhängen könnte und er uns Grover für den Mord an Monahan ans Messer liefert, glaube ich nicht, dass Sie Ihren Mann bekommen würden. Zumindest nicht sofort.«

Thorne tat sich schwer, Boyles Schlussfolgerungen zu widersprechen. Was hatte Donna über ihren Exmann und seine Sorgfalt in Bezug auf sämtliche Eventualitäten gesagt? Alan Langford war nicht dumm, und indem er Monahan so effizient aus dem Weg hatte schaffen lassen, hatte er bereits bewiesen, wie sorgfältig er war. Er würde sich bestimmt nicht persönlich um Typen wie Jeremy Grover und Howard Cook kümmern.

Es musste einen Mittelsmann geben.

Thornes Handy vibrierte auf seinem Schreibtisch. Er nahm es in die Hand, sah nach, wer ihn anrief, und sagte Boyle, er werde sich morgen wieder bei ihm melden. »Tut mir übrigens leid, mein Windhund-Kommentar«, sagte er.

»Schon in Ordnung. Wenn ich nicht tatsächlich einen hätte, wäre mir womöglich die Hand ausgerutscht.«

»Dann bin ich beruhigt.«

»Ich habe nur einen Scherz gemacht, Sie Idiot.«

Thorne legte auf und ging an sein Handy. »Wird auch höchste Zeit, Kodak.« Sein Spitzname für Dennis Bethell. »Ich war schon drauf und dran, ein paar freundliche Typen von der Sitte bei Ihnen vorbeizuschicken, damit sie Ihre Tür eintreten.«

»Ja, Entschuldigung, aber ich wollte mich erst bei Ihnen melden, wenn ich Ihnen was zu den Fotos sagen kann, wissen Sie!«

Obwohl Thorne verärgert war, musste er lächeln, als er das vertraute schrille Quieken hörte, die Stimme, die so gar nicht zu Bethells Äußerem passte.

»Dann schießen Sie mal los.«

»Am besten treffen wir uns, meinen Sie nicht? Damit wir das Finanzielle regeln können und so weiter.«

»Ich habe keine Zeit für Spielchen.«

»Heute Abend würde mir passen.«

»Ich muss Sie ein andermal bezahlen.«

»Um ehrlich zu sein, bin ich ein bisschen knapp bei Kasse, Mr Thorne.«

Thorne seufzte, sah Kitson an und verdrehte die Augen. »Also gut, wann und wo?«

Vierzehntes Kapitel

Anna konnte nicht behaupten, Frank Anderson jemals sternhagelvoll erlebt zu haben. Sie nahm an, dass er nach jahrelanger Übung eine hohe Toleranzschwelle besaß und eine ganze Menge trinken konnte, ohne dass man es ihm anmerkte, doch ihr fiel häufig auf, dass er etwas getrunken hatte. Sie konnte es riechen, die Süße, die der Kaugummi oder das extrastarke Pfefferminzbonbon nicht ganz zu verbergen vermochte, konnte es nach dem Mittagessen an der Röte in seinem Gesicht nach einem Glas Rotwein zu viel erkennen. An den Liedern, die er vor sich hinsang, und an dem leichten Zittern seiner Hände.

Abgesehen von dem Singen, war es bei ihrer Mutter ganz ähnlich gewesen.

Als Frank eine Stunde zuvor von einem dreistündigen Mittagessenstreffen mit einem potentiellen Klienten zurückgekommen war, bestand kein Zweifel daran, dass eine Menge getrunken worden war. Anna war nicht überrascht, konnte jedoch nicht beurteilen, ob seine Ausgelassenheit vom Alkohol herrührte oder von dem Umstand, dass er den Job an Land gezogen hatte. Frank zog es vor, solche Gespräche in der schicken Bar auf der anderen Straßenseite zu führen, und obwohl Anna Verständnis für seinen Widerwillen hatte, möglichen Klienten das wenig beeindruckende Büro zu zeigen, fragte sie sich oft, ob sein übermäßiger Alkoholkonsum nicht noch abschreckender wirkte und ihn auf lange Sicht womöglich mehr kosten würde, als er jemals verdienen konnte.

Sie hatte sich allerdings nie die Mühe gemacht, ihre Bedenken zu äußern.

Seit vier Uhr nachmittags saß Frank über seinen Computer gebeugt da oder telefonierte, während Anna geschmacklose Werbung im A5-Format in Briefumschläge steckte: »F. A. Investigations: Seelenfrieden braucht nicht die Welt zu kosten!« Er hatte zunächst ein paar verspäteten Zahlungen nachgespürt und dabei vergeblich versucht, grimmig zu klingen, dann hatte er ein halbes Dutzend Konkurrenten angerufen, sich als potentieller Klient ausgegeben und zeitraubende Treffen an entfernten Orten vereinbart.

»Alles, was uns ein bisschen auf die Sprünge hilft«, hatte er Anna gesagt, als sie ihn dabei erwischte.

Sie sah auf die Uhr und stellte fest, dass es fast schon Viertel nach fünf war. »Kann ich jetzt Schluss machen, Frank?«

Er blickte auf, sah ebenfalls auf die Uhr und zuckte mit den Schultern. »Sie hatten in letzter Zeit ziemlich viel frei …«

»Ich war krank.«

»Und was war heute Morgen?«

»Das war eine familiäre Angelegenheit. Das hatte ich Ihnen doch gesagt.«

»Ich denke nicht, dass es unfair ist, wenn ich Sie bitte, die Zeit wieder reinzuarbeiten.«

Anna hatte Frank nichts von Donna erzählt; von ihren Treffen und der Arbeit mit Tom Thorne. Er wäre nicht erfreut gewesen, wenn er herausgefunden hätte, dass sie hinter seinem Rücken eine Klientin angenommen hatte. Wenn sie ehrlich mit sich selbst war, wusste sie eigentlich gar nicht, wie er reagieren würde, doch sie war sich sicher, er würde zumindest darauf bestehen, dass sie einen Großteil des Honorars an ihn abtrat.

Sie starrte ihn von der anderen Seite des kleinen Büros aus an und dachte: Scheiß drauf!

»*Sehr* viel frei.«

»Sie haben sich auch nicht gerade die Hacken abgelaufen«, erwiderte Anna.

Frank nickte langsam und ging zu seinem Computer zurück. Anna steckte zwei weitere Handzettel in Umschläge. Unten war das Logo der Association of British Investigators abgedruckt. F. A. Investigations war kein Mitglied der Vereinigung, und als Klient brauchte man nur deren Website aufzurufen, um das herauszufinden, doch Frank war das egal. Nur wenige würden sich die Mühe machen, hatte er Anna versichert, und außerdem sei absolute Ehrlichkeit weniger wichtig, als das Vertrauen eines Kunden aufrechtzuerhalten.

Was Geschäftliches betraf, war Frank gerne bereit, Schindluder mit dem Prinzip der Transparenz zu treiben. Anna hatte miterlebt, wie er Geld für Jobs angenommen hatte, die er gar nicht ausführen konnte oder wollte. Sie erinnerte sich an eine verzweifelte Witwe, die vermutlich zu viele Krimis gelesen hatte und überzeugt davon war, dass der Tod ihres Mannes bei einem Verkehrsunfall kein Unglück gewesen sei. Frank stellte ihr sein Beratungshonorar und zwei Wochen Spesen in Rechnung, saß vierzehn Tage lang untätig herum und erstattete ihr dann Bericht, dass auch nach ausgiebigen Nachforschungen nichts Verdächtiges im Zusammenhang mit dem tragischen Tod des Mannes ans Tageslicht gekommen sei. Selbstverständlich war er nicht in der Lage, auch nur die Spur eines Beweises vorzulegen, um diese Behauptung zu stützen, doch er versicherte der Frau, dass es »unmoralisch« sei und »gegen die Grundsätze der Association of British Investigators« verstoße, Details seiner Nachforschungen offenzulegen.

Diese Vernebelungstaktik, oder wie Frank es nannte, »sie mit Wissenschaft zu blenden«, erfüllte normalerweise ihren Zweck.

»Es gibt nichts, was Sie mir verheimlichen, oder, meine Liebe?«

»Was zum Beispiel?«

»Keine Ahnung. Nachdem wir unsere Zeit damit verbringen, in den schmutzigen Geheimnissen anderer Leute herumzuschnüffeln, sollten wir selbst keine haben, oder?«

»Sie sind doch nicht ganz dicht, Frank.«

Noch drei Handzettel, noch drei Umschläge.

»Wer ist Donna?«

»Wie bitte?«

»Eine Frau namens Donna hat gestern für Sie angerufen.«

Anna versuchte, sich einen Reim darauf zu machen. Normalerweise benutzte Donna ihre Mobilnummer, war von Anna dazu angehalten worden und hatte sie am Tag zuvor wie vereinbart auf dem Handy angerufen, um ihr von dem neuesten Foto zu erzählen. Offenbar hatte sie davor versehentlich im Büro angerufen. »Keine Ahnung, wer das gewesen sein könnte.«

»Sie klang nicht wie eine Ihrer Freundinnen«, sagte Frank. »Sie klang … älter.«

Anna schüttelte den Kopf, als versuchte sie vergeblich, sich an den Namen zu erinnern. Vielleicht war Frank ein besserer Detektiv, als sie immer geglaubt hatte. Sie zuckte mit den Schultern. »Na ja, sie wird schon noch mal anrufen, wenn es wichtig ist.«

»Dieser neue Klient ist übrigens vielversprechend«, sagte Frank.

»Ach ja?« Anna hatte sich inzwischen an die abrupten Wechsel der Gesprächsthemen gewöhnt. Sie schrieb das dem Alkohol zu. Noch etwas, das ihr bekannt vorkam.

»Der Job ist eine Ehe-Sache, also werden Sie womöglich wieder Ihren scharfen Fummel rauskramen müssen.« Inzwischen grinste er begeistert. »Wenn ich es mir recht überlege, vielleicht sollten Sie mal shoppen gehen und sich noch ein oder zwei Outfits besorgen. Ich sage Ihnen, diese Branche hat Zukunft.«

Eine weitere Sexfalle.

Anna spürte, wie Schweiß an ihrem Hals und auf ihrer Brust zu kribbeln begann. »Kommen Sie schon, Frank.«

Frank hielt ein Schwarz-Weiß-Foto hoch. Eine Portraitaufnahme. Das Gesicht des Mannes war gewöhnlich, nicht erinnerungswert. »Wenigstens ist er kein fetter alter Sack, also alles halb so wild.«

»Mir ist es egal, wie sie *aussehen*.«

»Schön und gut, ich hätte allerdings gedacht, Sie wären ein bisschen wählerischer.«

»Sie können mich mal, Frank.«

Er legte das Foto wieder hin und hob die Hände, als wollte er sich ergeben. »Schon gut, meine Liebe, immer mit der Ruhe.« Er wandte sich wieder seinem Computermonitor zu und murmelte: »Sie haben Ihre Tage, oder?«

Anna streckte die Hand nach ein paar weiteren Umschlägen aus und beobachtete, wie der Sekundenzeiger um das Zifferblatt ihrer Armbanduhr kroch. Überlegte, wie leicht sie den Stecker ihrer Tastatur aus dem Computer ziehen und sie nach ihm werfen könnte und ob er es schaffen würde, seinen fetten roten Kopf rechtzeitig einzuziehen. Fragte sich, wie lange Donna sie noch bezahlen würde, nachdem jetzt die Polizei involviert war und den Fall viel besser handhabte als sie.

Fragte sich, ob »Sie haben Ihre Tage, oder?« etwas war, was Tom Thorne sagen würde.

In Jeans und einem dünnen Sweatshirt stand Donna Langford zitternd vor der Hintertür ihrer Wohnung und starrte auf den billig gepflasterten, briefmarkengroßen Garten, auf die Umrisse der Bäume dahinter und auf die vereinzelten Sterne in der Schwärze darüber.

Das Haus, in dem sie zehn Jahre zuvor gewohnt hatte, war von einem Garten umgeben gewesen, dessen Ende sie nicht hatte sehen können. Es hatte darin Teiche, nachts beleuchtete Statuen und eine Koppel für Ellies Pony gegeben. Und Partys in Festzelten. Donna schloss ein paar Sekunden lang die Augen und versuchte, die Erinnerungen zu verdrängen, die wie Bilder aus einem Film aufgetaucht waren, den sie irgendwann einmal gesehen hatte.

Die Lebensgeschichte eines anderen Menschen.

Die albernen Statuen hatte sie ohnehin immer gehasst, und der Himmel schien jetzt weiter zu sein, als er es in Holloway oder Peterborough jemals gewesen war. Donna fragte sich, ob sie schon immer dazu bestimmt gewesen war, einmal an diesem Ort zu landen. In diesem Leben, irgendwo zwischen Luxus und Gefängnis. Angesichts all der Fehlentscheidungen, die sie in ihrem Leben getroffen hatte, konnte sie mit diesem Ergebnis eigentlich zufrieden sein.

Inzwischen war sie sich sicher, dass die meisten ihrer Entscheidungen – von Ellie und Kate einmal abgesehen – tatsächlich völlig verkehrt gewesen waren. Das galt ganz besonders für ihren Entschluss, dass es ihr und ihrer Tochter besser gehen werde, wenn ihr Mann tot sei. Als sie ihr Sparkonto geplündert und sich an Paul Monahan gewandt hatte.

»Das nenne ich eine Überraschung.« Der Mann, den sie gebeten hatte, einen Mord für sie zu begehen, war aufgestanden und hatte sie gefragt, ob sie etwas trinken wolle. Er hatte gezögert, gelächelt. Hatte gesagt: »Ich weiß nicht, wie ich Sie nennen soll.«

»Ist mir ziemlich egal«, hatte sie erwidert. »Und ich hätte gerne einen großen Gin Tonic.«

Donna konnte sich noch genau an das Datum erinnern,

als sie die Bar in einem anonymen, etwa eine Meile vom Gatwick Airport entfernten Hotel betreten hatte. Es war nur eine Woche nach einer Feier gewesen, auf der sie flüchtig Paul Monahan und etwa einem Dutzend anderen zwielichtigen Freunden und Bekannten ihres Ehemanns vorgestellt worden war. Einer Party, die sie später hatte verlassen müssen, als Alan sich ein paar Drinks zu viel genehmigt hatte. Nach einem Witz, über den sie nicht laut genug gelacht hatte, und einem oder zwei Blicken in eine Richtung, die seiner Ansicht nach die falsche gewesen war.

Er hatte sie in seinem Jaguar angeschrien. Hatte sie eine undankbare Hure genannt. Als sie zu Hause angekommen waren, hatte er eine Vase zertrümmert, und da ihm das noch nicht genügte, hatte er sich Zugang zum Badezimmer verschafft und ihr drei Finger gebrochen.

Sie hatte genau gewusst, *was* Monahan war, als sie ihn dabei beobachtete, wie er Small Talk machte und Cocktailhäppchen verschlang, und es war seine Telefonnummer, nach der sie am nächsten Morgen verzweifelt auf dem Handy ihres Mannes gesucht hatte, während dieser duschte; die sie ein paar Tage später mit einem ihrer unversehrten Finger gewählt hatte.

»Das ist ziemlich starker Tobak, meine Liebe. Sind Sie sicher, dass Sie sich das gut überlegt haben?«

Sie hatten sich an einen kleinen Tisch in einer Ecke der Bar gesetzt. In sicherer Entfernung neugieriger Blicke und einer lärmenden Gruppe von Geschäftsleuten auf Sauftour. Monahan hatte an seinem Guinness genippt, als sei er ganz normal abends ausgegangen, und hatte Süßholz geraspelt. Hatte sich zu ihr gebeugt und mit ihr geflirtet, in der Gewissheit, dass sie nicht zu ihrem Ehemann laufen würde. Als hätte ihn das dazu berechtigt, seinen Preis in die Höhe zu treiben, sobald sie über Geld sprachen.

Dreister Mistkerl …

»Ich habe es mir gut überlegt.«

»Okay, man sollte diesen Weg nämlich nicht Hals über Kopf einschlagen, wenn Sie wissen, was ich meine.«

»Ich brauche keine Ratschläge.«

»So was lässt sich nicht rückgängig machen. Mehr will ich damit nicht sagen.«

»Ich habe es Ihnen doch bereits gesagt.«

»Das ist nicht so wie bei irgendwelchen modischen Schuhen, die Sie einfach umtauschen können.«

»Ich möchte nur wissen, ob Sie es machen.«

»Wenn die Bezahlung stimmt, mache ich alles«, hatte Monahan gesagt. »An Ihrer Stelle würde ich bei dem, worum Sie mich bitten, allerdings nicht versuchen, mich mit der Kreditkarte von Ihrem Alten zu bezahlen …«

Eine halbe Stunde später hatte sie die Bar ebenso euphorisch wie verängstigt verlassen, und obwohl sie sich nie wieder mit Paul Monahan traf, sollte es fünf Monate dauern, bis der Ire den Job erledigte.

Oder es vortäuschte …

Vier Mal gab ihm Donna grünes Licht, und vier Mal verlor sie die Nerven und rief Monahan an, um den Auftrag rückgängig zu machen und ihm zu sagen, dass er die Anzahlung behalten könne. Sie hatte fast schon beschlossen, die ganze Sache zu vergessen, sich eingeredet, dass sie den Verstand verloren haben musste, so etwas überhaupt in Erwägung zu ziehen. Dann war Alan eines Tages irgendein Geschäft durch die Lappen gegangen, und er war nach Hause gekommen und hatte ihr die Hand in einem heißen Haarglätter eingeklemmt.

Sie hatte Monahan noch am selben Abend angerufen und ihm gesagt, er solle die Sache durchziehen.

»Don …?«

Sie drehte sich um und sah Kate in der Tür stehen, mit einer Tasse Tee in der Hand, von dem Donna annahm, dass er inzwischen eiskalt war. Donna entschuldigte sich, sagte, dass sie nur noch ein oder zwei Minuten brauche, doch sie dachte noch immer an Monahan.

Das ist ziemlich starker Tobak, meine Liebe.

Später war sie zu der Überzeugung gekommen, dass Monahan selbst Alan angerufen hatte. Ihn vermutlich sofort angerufen hatte, nachdem er aus der Bar hinausmarschiert war. Sich das doppelte Honorar verschafft hatte.

Sie drehte sich um, ging wieder nach drinnen und stellte sich vor, dass der großspurige Dreckskerl jetzt zugenäht und steif in einer Tiefkühlschublade lag. Sie lächelte und dachte: *Ich bin nicht die Einzige, die es sich nicht gut genug überlegt hat.* Doch das Lächeln verflüchtigte sich, als sie an ihre Tochter dachte. Ihr einziger Trost war, dass ihr Exmann, wozu er auch sonst imstande sein mochte, Ellie zumindest nie etwas zuleide tun würde. Oder? Sie zu entführen, das würde ihm sicher genügen …

Sie spürte, wie Kate sich ihr von hinten näherte, wie die Hände ihrer Geliebten ihre Oberarme rieben. Doch es war nicht mehr die Kälte in der Luft, die Donna zittern ließ. Es war all das, was sie über den Mann wusste, den sie tot geglaubt hatte. Über den Mann, den Paul Monahan hätte töten sollen.

Sie warf einen Blick auf die zehn Jahre alte Narbe auf ihrer Hand.

Dachte, dass die Fotos womöglich erst der Anfang waren.

Fünfzehntes Kapitel

Thorne fuhr kurz vor sechs ins West End und wartete zehn Minuten lang auf der Nordseite der Marylebone Road, um sich die Staugebühr zu sparen. Dann parkte er am Golden Square und ging zu Fuß Richtung Soho. Inzwischen war es merklich milder als früher am Tag – nicht gerade lau, aber erträglich –, und die Prostituierten in den von Neonröhren beleuchteten Eingängen der Bars in der Brewer Street zeigten etwas mehr Haut als in letzter Zeit.

Angesichts der anderen Risiken, die sie tagtäglich eingingen, war ein bisschen Gänsehaut nicht der Rede wert.

Gary Brand rief zurück, während Thorne zu Fuß unterwegs war, und sagte, es sei ihm gelungen, die Namen von ein paar Leuten aus Alan Langfords Vergangenheit auszugraben, die vermutlich irgendwann in Spanien gewesen waren. Es sei alles ein bisschen vage, räumte er entschuldigend ein, aber das Beste, womit er so kurzfristig aufwarten könne. Thorne bedankte sich bei ihm und notierte sich die Namen, sein Handy zwischen Kinn und Schulter eingeklemmt.

»Dann ist Spanien also immer noch der Favorit?«

»Mit ein bisschen Glück werde ich in ein paar Minuten wesentlich mehr wissen«, sagte Thorne.

Er war bereits bei einem von mehreren Läden in der Gegend angelangt, die sowohl bei Schnäppchenjägern als auch bei geilen alten Böcken hoch im Kurs standen. Im Erdgeschoss wurden verbilligte Bücher verkauft, während nur ein paar Schritte entfernt im Keller Unterhaltung für Erwachsene – Zeitschriften, DVDs und ein kleines Sortiment an Sexspielzeug – angeboten wurde.

Thorne blieb bei einem Regal unmittelbar hinter der Tür stehen. Er betrachtete den Einband eines Thrillers, den er für eine geeignete Lektüre in seinem nächsten Urlaub hielt – wann auch immer dieser stattfinden mochte –, und blätterte einen Bildband über die Grand-Ole-Opry-Radioshow durch, der für sechs Pfund neunundneunzig fast geschenkt war. Dann ignorierte er den Blick der Frau an der Kasse und lief die Treppe hinunter ins Untergeschoss, wo die ausgestellten Bücher ein paar Bilder mehr vorzuweisen hatten und Dennis Bethell fast sicher herumschmökern würde.

Er war kaum zu übersehen.

Aufgepumpt und muskulös, über eins neunzig groß, mit wasserstoffblondem Haar und Diamanten in beiden Ohren, wäre Bethell auch aus der Menschenmenge im White-Heart-Lane-Fußballstadion bei einem durchschnittlich gut besuchten Spiel herausgestochen. Im Untergeschoss hielten sich nur ein halbes Dutzend Kunden auf. Fünf Männer und eine Frau.

»Eines von Ihren, Kodak?« Thorne deutete mit einem Nicken auf die Zeitschrift in den Händen des Fotografen.

Bethell blätterte weiter. Er trug enge Jeans und ein noch engeres T-Shirt unter einer silberfarbenen Steppjacke. »Ich hoffe, Sie scherzen, Mr Thorne. Meine Sachen haben *viel* mehr Stil als das hier. Sehen Sie sich nur mal an, wie mies die Beleuchtung ist …«

Thorne betrachtete das explizite doppelseitige Foto, das Bethell ihm hilfreicherweise nur wenige Zentimeter vor das Gesicht hielt, und war sich der Blicke bewusst, die sich auf sie richteten; der Köpfe, die sich gedreht hatten, wie sie es immer taten, wenn Dennis Bethell zum ersten Mal den Mund aufmachte.

»Ich glaube kaum, dass sich irgendjemand wirklich darum schert«, sagte Thorne. Er nickte in Richtung des Kunden, der am nächsten bei ihnen stand. Der Mann sah aus wie der bei Hollywoods größter Casting-Agentur am häufigsten nachgefragte »schäbige Buchhalter«. »Glauben Sie etwa, *ihn* interessiert die Beleuchtung oder die Komposition?«

»Ich weiß, was Sie meinen, aber man muss doch ein bisschen stolz auf das sein, was man macht, oder?«

Thorne stimmte ihm zu und wunderte sich wie immer über die Gegensätze an dem Mann vor ihm: die Türsteher-Statur und die Helium-Stimme; die aufrichtige Leidenschaft für sein Handwerk und die scheinbare Rücksichtslosigkeit gegenüber denjenigen, die sich für seine Fotos auszogen. Bethells eigene sexuelle Orientierung hatte Thorne nie ergründen können, er vermutete jedoch, dass ihn weder das eine noch das andere wirklich interessierte.

Mann, Frau, Fisch, was auch immer. Keines der heraufbeschworenen Bilder war besonders angenehm.

Rechts von Bethell betrachtete die einzige Frau im Laden die Rückseite einer in Plastikfolie eingeschweißten Zeitschrift. Bethell bemerkte Thornes Blick, beugte sich nah zu ihm und senkte die Stimme. »Sie würden sich wundern, Mr Thorne, wie viele Frauen heutzutage auf solches Zeug stehen.«

Thorne deutete auf die Zeitschrift, die Bethell noch immer in der Hand hielt. »Aber doch bestimmt nicht auf *solches* Zeug, oder?«

»Nein, da haben Sie recht, das ist ein speziellerer Markt. Material, das ein bisschen mehr auf Frauen zugeschnitten ist, das ein wenig einfühlsamer ist und so. Ob Sie es glauben oder nicht, die wollen eine *Geschichte,* wenn Sie wissen, was ich meine. Wenn in einem Film der knackige Klempner vorbeikommt, unterhält er sich in der Regel erst eine Weile mit der notgeilen Hausfrau, bevor er es ihr besorgt. Womöglich kuscheln die beiden hinterher sogar.«

»Das ist ja ekelhaft!«, sagte Thorne. »Erklärt er sich dann vielleicht auch bereit, auf der feuchten Stelle zu schlafen?«

Bethell lachte, schrill und unheimlich. Die Frau blickte sich ein wenig beunruhigt um. Thorne lächelte, und sie drehte sich schnell wieder weg.

»Also, lassen Sie mal sehen«, sagte Thorne.

Bethell griff in seine Umhängetasche und holte einen großen braunen Umschlag hervor. »Also, es handelt sich fast sicher um Spanien.«

»Ist das Ihr Ernst?« Thorne musste sich bemühen, nicht zu laut zu sprechen. »Zu diesem Ergebnis sind wir selbst auch mehr oder weniger gelangt.«

»Langsam, Mr Thorne. Vielleicht kann ich Ihnen auch sagen, wo in Spanien.« Bethell zog vier große Farbfotos aus dem Umschlag und reichte sie ihm. »Es ist mir gelungen, den Ausschnitt mit dem Boot zu isolieren und zu vergrößern. Erinnern Sie sich noch an das Boot im Hintergrund?«

Thorne betrachtete die Fotos. »Ich erinnere mich. Fahren Sie fort …«

Bethell deutete auf einen der Abzüge. »Das ist die spanische Flagge. Das Gesetz schreibt vor, dass jedes in Spanien registrierte Boot eine hissen muss. Nun, vielleicht haben wir Pech. Ich meine, es wäre möglich, dass irgendein Spanier zwischen den griechischen Inseln herumgeschippert ist, aber das bezweifle ich. Also, wie gesagt, Spanien ist ziemlich wahrscheinlich.«

»Sie meinten, Sie könnten Genaueres sagen.«

»Tja, ich denke, das können Sie anhand der Registrierung rausfinden.« Er deutete auf einen verwischten schwarzen Fleck auf dem Rumpf des Bootes, dann nahm er einen anderen Abzug zur Hand, auf dem dieser Ausschnitt vergrößert abgebildet war. Jetzt ließ sich eine Reihe von Buchstaben und Zahlen erkennen, verschwommen, aber lesbar. »Man sieht zwar keinen Namen, aber ich nehme an, das müsste Ihnen genügen. Ein Kumpel von mir hatte mal ein Boot auf Lanzarote, und die Spanier sind absolut top, was das Speichern von solchen Daten anbelangt.«

Aus dem Augenwinkel sah Thorne, wie der schäbige Buchhalter sie anstarrte und offensichtlich scharf darauf war herauszufinden, was auf den Fotos zu sehen war.

»Das liegt daran, dass sie halsabschneiderische Gebühren kassieren«, sagte Bethell. »Anlegegebühren, Hafengebühren und so weiter. Sie sollten also in der Lage sein, den Besitzer dieses Boots ausfindig zu machen, und mit ein bisschen Glück kann er Ihnen sagen, wo er an diesem Tag war.« Um seine Hilfsbereitschaft unter Beweis zu stellen, holte Bethell einen letzten Abzug hervor, bei dem es sich um eine Vergrößerung des Datums handelte, das auf dem Originalfoto eingeblendet gewesen war. »Sehen Sie?«

»Sie verschwenden Ihr Talent mit Pornografie, Kodak.«

»Nett von Ihnen, das zu sagen, aber ich glaube nicht, dass ich das Zeug zum Bullen habe.«

»Nein, wahrscheinlich nicht.«

»Einige von meinen besten Kunden *sind* allerdings bei der Polizei.«

Thorne steckte die Abzüge wieder in den Umschlag. »Gute Arbeit, Kodak. Ich denke, das könnte einer der seltenen Fälle sein, in denen Sie sich Ihr Geld tatsächlich verdient haben.«

»Da wir gerade davon sprechen …«

»Tut mir leid, aber ich habe nichts Bares bei mir. Ich dachte mir, ich spende einfach was an eine passende Wohltätigkeitsorganisation.«

»Was?«

»Für Blinde, vielleicht?«

»Sehr witzig, Mr Thorne.«

Thorne griff in seine Jackentasche und nahm die vier Fünfzigpfundscheine heraus, die er zuvor der Informanten-Kasse entnommen hatte. Heutzutage verwendeten nur noch sture alte Säcke das Wort »Spitzel«. Offiziell wurden Dennis Bethell und Konsorten als »verdeckte menschliche Informationsquellen« bezeichnet, ein Paradebeispiel für Behördensprache, wenngleich Kodak nichts auch nur annähernd Verdecktes an sich hatte. Außerdem fungierte er in diesem Fall eher als Sachverständiger. Nicht dass Thorne oder irgendjemand anderer es jemals in Betracht gezogen hätte, ihn in den Zeugenstand zu rufen. Selbst wenn Bethell seine äußere Erscheinung verändern würde und sein Beruf unerwähnt bliebe, wäre jegliche Glaubwürdigkeit sofort dahin, sobald er den Mund aufmachte.

»Wer ist der Typ auf den Fotos überhaupt?«, quiekte Bethell.

»Ein Geist«, sagte Thorne.

Er dankte Bethell abermals, und dieser erwiderte den Dank, erinnerte Thorne daran, dass er immer für Aufgaben dieser Art zur Verfügung stehe, und überreichte ihm eine Handvoll Visitenkarten. »Verteilen Sie die bei Gelegenheit an Ihre Kollegen«, sagte er. »Ich stehe jederzeit für Sachen wie die hier zur Verfügung, aber ich kann ihnen auch alles andere *Material* besorgen, das sie benötigen.«

Thorne steckte die Visitenkarten ein und fragte sich, ob Yvonne Kitson wohl Bedarf an einer »Knackiger Klempner vernascht notgeile Hausfrau«-DVD hatte. Kuscheln inklusive.

»Ich bin äußerst diskret.«

»Sie könnten nicht mal dann diskret sein, wenn Ihr Leben davon abhinge«, sagte Thorne.

Er entfernte sich, blieb am Fuß der Treppe stehen und winkte den schäbigen Buchhalter zu sich her. Der Mann wirkte nervös, konnte der Einladung aber nicht widerstehen. Thorne zog ihn nah heran, dann blickte er sich um und vergewisserte sich, dass die Luft rein war, bevor er provokativ eines der Fotos von dem Boot aus dem Umschlag zog.

»Sehen Sie sich nur mal diesen Mast an!«, sagte er.

Freitagabend, und die Hauptrouten, die aus dem West End hinausführten, waren erwartungsgemäß verstopft. Als Thorne auf der Regent Street im Verkehr feststeckte, rief er Brigstocke an und berichtete ihm von seinem Treffen mit Bethell. Er nannte ihm die Registrierungsnummer des Boots, und Brigstocke versprach, sich sofort darum zu kümmern.

»Ich würde allerdings nicht darauf bauen, dass dort vor Montag jemand zu erreichen ist, selbst wenn es ein britisches Boot war«, sagte der Detective Chief Inspector. »Und wir haben es hier mit Spaniern zu tun, mein Freund. *Mañana, mañana* und so weiter …«

Thorne sagte ihm, dass er ein Rassist sei und dass er ihm Bescheid geben solle, sobald er irgendetwas erfuhr.

Der BMW bewegte sich ein kleines Stück vorwärts, dann kam er wieder zum Stillstand. Thorne hatte talkSPORT eingestellt, lauschte aber nur mit halbem Ohr einer Diskussion über die Fußballbegegnungen am nächsten Tag. Seine Gedanken kreisten um Ellie Langford.

Hatte ihr Vater sie tatsächlich nach Spanien verschwinden lassen?

Thorne stellte fest, dass er so gut wie gar nichts über das vermisste Mädchen wusste. Was für ein Leben hatte Ellie vor ihrem Verschwinden geführt? Welche Pläne hatte sie gehabt? Sie war achtzehn Jahre alt. Hatte sie vorgehabt zu studieren, oder hatte sie bereits gearbeitet? Gab es einen Freund?

Thorne musste über sie Erkundigungen einziehen.

Er hatte es geschafft, die Oxford Street zu überqueren, und wartete an der Ampel beim Broadcasting House. Es hatte angefangen zu nieseln, und irgendein Experte sprach über Arsenals lückenhafte Abwehr, als Thorne einen Blick nach links warf und eine Frau in ihrem Auto weinen sah. Sie hatte ihren blauen Peugeot 405 etwa zwanzig Meter hinter dem Langham Hotel geparkt, und im ersten Moment dachte Thorne, sie würde sich vor Lachen schütteln, nachdem sie irgendetwas Witziges im Radio oder über ihre Freisprechanlage gehört hatte. Dann sah er, dass sie heftig schluchzte.

Er starrte sie an …

Nach etwa fünfzehn Sekunden überkam ihn ein ungutes Gefühl, weil er einfach dasaß und ihr beim Weinen zusah, es gelang ihm aber nicht, den Blick von ihr lösen. Er verspürte das Bedürfnis, am Straßenrand anzuhalten, an ihre Scheibe zu klopfen und sie zu fragen, ob alles in Ordnung sei, vermutete jedoch, dass sie es nicht begrüßen würde, wenn er sich einmischte. Dass sie, obwohl sie an einer belebten Straße parkte, entsetzt wäre, wenn ihr bewusst würde, dass jemand sie beobachtet hatte.

Er sah, wie sie den Kopf schüttelte, als diskutiere sie mit sich selbst, als glaube sie, sie habe Unsinn geredet.

Er beobachtete, wie sie weinte und weinte und weinte.

Als die Ampel vor ihm auf Gelb schaltete, sah Thorne ein Mädchen – fünfzehn, vielleicht jünger – ein paar Häuser weiter aus der Tür kommen und auf das Auto zulaufen. Er nahm an, dass es sich um die Tochter der Frau handelte und dass diese auf sie gewartet hatte.

Holte sie sie von einer Freundin ab? Von einer Party?

Die Frau beugte sich über den Beifahrersitz, um die Tür zu öffnen, und drehte sich dann schnell weg, als das Mädchen in den Wagen sprang. Wischte sich übers Gesicht. Wollte ihre Tränen vor dem Mädchen verbergen oder das Ausmaß ihres Kummers.

Genau in diesem Augenblick, und nur *für* einen Augenblick, traf sich Thornes Blick mit dem der Frau. Durch seine und ihre regennasse Scheibe, bevor sie sich wieder ihrer Tochter zuwandte und er langsam anfuhr.

Auf dem restlichen Heimweg, vorbei an den Nash-Terrassen am Regent's Park und den Parkway hinunter nach Camden, dachte er über sie nach. Fragte sich, wie unvermittelt ihr Zusammenbruch wohl gewesen sein mochte und ob es ihr schon einmal so ergangen war. Was brachte jemanden dazu, in einem geparkten Auto zu sitzen und zu heulen?

Schlechte Nachrichten irgendwelcher Art. Der noch nicht lange zurückliegende oder unmittelbar bevorstehende Tod eines geliebten Menschen. Eine Diagnose …

Oder war irgendetwas Allgemeineres der Grund gewesen? Etwas, das sie nicht vermeiden konnte und womit sie sich abfinden musste? Etwas, wogegen sie nichts anderes tun konnte, als allein dazusitzen und vor Wut und Enttäuschung zu weinen?

Seine Gedanken waren noch immer bei der Frau, als er von der Kentish Road abbog und vor seiner Wohnung hielt. Er sah Louises silberfarbenen Renault Megane ein Stück weiter auf der anderen Straßenseite stehen. Als er gerade aussteigen wollte, ertönte das Mitteilungssignal seines Handys.

Die SMS war von Anna Carpenter: *Tut mir leid, dass ich heute vor Donnas Haus die Fassung verloren habe. War ziemlich albern von mir! Bitte halten Sie mich nicht für verrückt oder so. Sie müssen wissen, dass ich der Sache gewachsen bin. Ich bin stärker, als ich aussehe :o)*

Thorne ließ den Motor wieder an. Er schaltete das Radio aus und die Heizung ein. Dann rief er sie an.

Sechzehntes Kapitel

Freitagabend war der Höhepunkt der Woche, und der Club war wie immer gut besucht. Die Tanzfläche war brechend voll. Auch wenn man sich kaum bewegen konnte, glitzerte Schweiß auf gebräunten Schultern und zeigte sich in dunklen Flecken auf teurem weißem und cremefarbenem Leinen. Er plauderte ein paar Minuten mit dem Besitzer, einem Mann, den er fast schon so lange kannte, wie er im Land war, genehmigte sich an der Bar eine Flasche San Miguel und nahm dann eine Gratisflasche Champagner mit in den VIP-Bereich.

Die Gorillas, die das Samtseil flankierten, ließen ihn mit einem Lächeln ein und steckten das Geld, das er ihnen in die Hand gedrückt hatte, in die Hosentasche.

Er kannte die meisten der bereits Anwesenden und tauschte auf dem Weg zu einer der Sitznischen Lächeln und den einen oder anderen Händedruck. Gelegentlich trieb sich irgendein zweitklassiger Profifußballer mit einem Glamour-Model im Schlepptau herum oder ein Mainstream-Comedian, der es auf die Euros der Touristen abgesehen hatte, doch die meisten von denen, die in dieser Gegend als »VIPs« galten, hatten sich diese Bezeichnung auf dieselbe Weise verdient wie er.

Es gab ganz unterschiedliche Möglichkeiten, um bekannt zu werden.

Er war hier mit Candela verabredet. Sie tanzte gerne, und er zeigte sie gerne her. Ihre Beziehung war eine mit Unterbrechungen, nichts allzu Ernstes, doch er genoss ihre Gesellschaft, liebte, was sie im Bett anstellte, und glaubte, seine Gefühle würden erwidert. Heute Abend würden sie miteinander essen und sich ein paar Drinks genehmigen, ehe sie zu ihm nach Hause fuhren. Sie würden ausschlafen, und nach dem Frühstück würde er mit ihr shoppen gehen und ihr irgendetwas Schönes kaufen.

Es war wichtig, dass manche Dinge unkompliziert blieben, dass man sich trotz allem, was zu Hause passierte, ein Gefühl von Normalität bewahrte.

Eine der vielen bildhübschen Kellnerinnen kam in die Sitznische, um den Champagner zu öffnen und ihm ein Glas einzuschenken. Sie plauderten ein oder zwei Minuten miteinander. Sie war eine Woche zuvor für ihn auf die Knie gegangen, hatte sich an jenem Abend ein *sehr* gutes Trinkgeld verdient, doch er konnte sich nicht an ihren Namen erinnern.

Zu Hause …

Es war merkwürdig, dass er Großbritannien, London, noch immer als sein Zuhause betrachtete. Seltsam, weil er keiner von den sentimentalen Saftsäcken war, die bis in alle Ewigkeit von HP-Würzsoße und warmem Bier träumten. Er hatte sich gerne hier niedergelassen und ein neues Leben begonnen, da er keine andere Wahl gehabt hatte. Trotzdem bestand noch eine Bindung, was nicht verwunderlich war, und er wäre kein Mensch gewesen, wenn er nicht ein paar Dinge vermisst hätte.

Am merkwürdigsten war jedoch, dass er trotz allem, was geschehen war – was noch immer geschah –, nach wie vor mit Zuneigung an Donna dachte.

Er konnte sich noch genau an den Moment erinnern, als alles auseinandergebrochen war. Die hilfsbereite Stimme am anderen Ende der Leitung: »Ich glaube, du solltest wissen, was deine Alte im Schilde führt, Alan. Mit wem sie sich getroffen hat.« Damals war er aufgebracht und wütend gewesen und hatte in Erwägung gezogen, Donna dieselbe Behandlung zu verabreichen, die Monahan letztendlich vor ein paar Tagen bekommen hatte, doch das hätte Verdacht erregt. Womöglich hätte es alle seine Pläne zunichtegemacht und irgendeinen Bullen dazu veranlasst, die Dinge ein bisschen genauer unter die Lupe zu nehmen.

Er erinnerte sich an die Berichterstattung in den Zeitungen, nachdem das Auto im Wald gefunden worden war. Der zuständige Bulle: Thorne. Er hatte den Eindruck gemacht, als sei er einer von denjenigen, denen es Spaß macht herumzuwühlen.

Also ließ er seine Wut verfliegen, und was Donna anbelangte, bewunderte er inzwischen beinahe, was die blöde Kuh getan hatte. Zumindest verstand er es. Während der ganzen Zeit, als sie sich in Schale geworfen hatte und hinter ihm hergetrottet war, hatte sie *dazugelernt* …

Schließlich tauchte Candela auf, atemberaubend wie immer, und sie saßen aneinandergepresst da, während sie ihm von ihrem Tag erzählte. Sie arbeitete für eine der nobelsten unabhängigen Maklerfirmen der Region und war ziemlich aufgeregt wegen eines russischen Geschäftsmanns, der scharf auf eine ihrer Luxusvillen im nächsten Ort zu sein schien.

»Er und seine Freunde wollen sich *drei* Objekte ansehen«, sagte sie und hielt ihre Finger hoch.

Dreimal durfte man raten, in welcher Branche er tätig war.

Als sie den Champagner ausgetrunken hatten, ging Candela tanzen, und er stellte sich an den Rand der Tanzfläche, um ihr zuzusehen. Es machte ihm Spaß zu beobachten, wie die jungen Männer versuchten, sich ihr zu nähern, und wie den älteren – all jenen traurigen Gestalten, die noch immer glaubten, sie hätten es drauf – die Zunge heraushing. Ihm selbst wäre es nicht im Traum eingefallen zu tanzen. Das war noch nie sein Ding gewesen. Wegen der Konkurrenz machte er sich jedoch keine Sorgen. Selbst wenn irgendein Typ nicht gewusst hätte, mit wem sie zusammen war, und versucht hätte, sie anzubaggern, hätte sie ihm nicht einmal die Uhrzeit gesagt.

Ihr war klar, wo es etwas zu holen gab. Außerdem war er der Ansicht, dass er für sein Alter noch ziemlich gut aussah. Er hatte ein bisschen nachgeholfen – hatte sich die Zähne richten und die Haare färben lassen, gerade genug, um seine neue Identität zu untermauern –, doch es ging in erster Linie darum, sich fit zu halten. Nicht wie ein Tier alles in sich hineinzuschlingen, so wie einige andere es taten: jeden Tag ein komplettes englisches Frühstück, wie es langsam aus der Mode kam, und zu allem ein Bier.

Candela schloss die Augen, ließ die Hüften kreisen und fuhr für ihn mit den Händen durch ihr langes Haar. Sie sah umwerfend aus, keine Frage, doch in diesem Alter war Donna auf ihre Weise mindestens genauso attraktiv gewesen.

Und Ellie sah ihrer Mutter sehr ähnlich. Dasselbe Temperament hatte sie ebenfalls, was zur Folge hatte, dass es nicht ganz einfach mit ihr war.

Als er sich umsah, entdeckte er ein paar Gesichter, mit denen er schon seit geraumer Zeit engere Bekanntschaft machen wollte, und beschloss, sich ein wenig ums Geschäftliche zu kümmern, bevor der Abend zu Ende war. Das war der ideale Ort dafür. Ein paar Drinks, ein Handschlag, und die Sache war unter Dach und Fach. So bevorzugte er es. Das Geld und die Ware wurden dann später von anderen ausgetauscht, und er brauchte sich nicht die Hände schmutzig zu machen.

Nach diesem Muster lief es seit zehn Jahren.

Allerdings wurde es immer schwieriger, angesichts dessen, was zu Hause in Großbritannien zu erledigen war.

Candela winkte, und er winkte zurück, doch er war mit seinen Gedanken weit weg. Diese waren mit einem Mal dunkler und beunruhigender, als ihm recht war.

Wenn er seine Freiheit behalten wollte, würde es schwieriger werden, sauber zu bleiben.

Siebzehntes Kapitel

Der Verkehr auf der M25 bewegte sich. Mehr konnte man selbst an einem Samstag nicht erwarten. Thornes Beifahrerin war darauf erpicht zu plaudern – über ihre Mitbewohnerin, über den bescheuerten Freund ihrer Mitbewohnerin, über ihre ehemaligen Kollegen bei der Bank, die Überflieger gewesen waren und alles verloren hatten, als es mit der Wirtschaft den Bach hinunterging –, doch er hatte nichts dagegen, sie den Großteil der Unterhaltung bestreiten zu lassen.

Den Blick auf die Straße zu richten und über andere Dinge nachzudenken.

Es war ihm nicht gelungen, den Anblick der weinenden Frau in ihrem blauen Peugeot loszuwerden. Er fragte sich, wer sie war und was geschehen war, das ihre Welt so unerträglich gemacht hatte – zumindest für jene paar Minuten. Das ging ihm nicht mehr aus dem Kopf, seit er aufgewacht war, und Louise und er hatten während eines flüchtigen Frühstücks kaum miteinander gesprochen.

»Wird's bei dir heute spät?«

»Kommt darauf an, wie es läuft.«

»Okay. Ich habe selber eine Menge zu tun, also …«

Abgesehen davon, dass sie zwei Abende zuvor miteinander geschlafen hatten – flüchtig und unverhofft –, hatte es in den vergangenen Tagen nicht viel Nähe zwischen ihnen gegeben. In den vergangenen Wochen, um genau zu sein. Es hatte weniger Anrufe und SMS gegeben und allem Anschein nach kein echtes Bedürfnis nach Kontakt. Das Interesse hatte nachgelassen.

Wie Louise jedoch gesagt hatte, sie hatten beide viel zu tun …

Nachdem Thorne losgefahren war, um Anna abzuholen, hatte er Russell Brigstocke angerufen, um ihm zu sagen, dass er nicht ins Büro kommen werde. Um ihn über den Besuch in Kenntnis zu setzen, den er stattdessen machen wollte.

»Es gibt sowieso nicht viel, wofür es sich lohnen würde herzukommen«, hatte Brigstocke gesagt. »Wie ich mir schon gedacht hatte, was diese Boot-Sache angeht, lässt sich an einem Samstagvormittag in Madrid nichts ausrichten. *Vielleicht* hätte es ja geholfen, wenn ich zumindest einen verdammten Dolmetscher hätte auftreiben können.«

Thorne hatte Brigstocke versprochen, dass er sich später noch einmal melden werde, und ihm dann noch ein oder zwei Minuten beim Schimpfen zugehört.

»Wissen Sie, wie viele Albanisch-Muttersprachler es in der Kartei des Innenministeriums gibt? Oder Türkisch-Muttersprachler? Oder Urdu-Muttersprachler? Dutzende. Aber habe ich jemanden gefunden, der Spanisch spricht? Ich hätte es ja selber gemacht, aber abgesehen davon, dass ich die Namen von ein paar Barcelona-Spielern kenne und ein Bier bestellen kann, ist es mit meinen Sprachkenntnissen nicht weit her …«

Als Thorne die Ausfahrt erspähte, bei der sie abfahren mussten, betätigte er den Blinker und lenkte den BMW auf die mittlere Spur.

»Anscheinend war es also doch gar keine so schlechte Idee, bei der Bank zu kündigen«, sagte Anna. »Ich meine, wenigstens *habe* ich einen Job.«

»Stimmt«, sagte Thorne.

»Einige von den eingebildeten Schnöseln, mit denen ich zusammengearbeitet habe, leben jetzt von Sozialhilfe.« Sie grinste und blickte hinaus auf die Felder, die sich neben der Autobahn erstreckten. »Das heitert mich manchmal richtig auf.«

Thorne blinkte abermals und lenkte den Wagen auf die Innenspur. Anna sagte noch etwas, aber er war in Gedanken noch immer bei der Frau im blauen Peugeot, als er in die Ausfahrt bog und vor dem Kreisverkehr abbremste.

Cobham liegt zwanzig Meilen südwestlich vom Zentrum Londons im betuchten Herzen der ländlichen Gegend von Surrey und ist eine Pendlerstadt, wie sie im Buche steht. Einige der exklusiven Anwesen werden von Chelsea-Fußballern bewohnt, deren Trainingsplatz sich in der Nähe befand, doch Maggie und Julian Munro waren eher typische Anwohner. Er arbeitete in einem Architekturbüro in Clerkenwell, und sie unterrichtete am örtlichen Privatgymnasium. Ihr freistehendes Haus befand sich gegenüber der Cobham Mill, und beide fuhren Volvo. Sie hatten einen neunjährigen Sohn, der für die Grafschaft Rugby spielte, besaßen einen Flat-Coated Retriever und waren zehn Jahre lang die Pflegeeltern von Ellie Langford gewesen, bis diese vor sechs Monaten plötzlich verschwunden war.

Maggie Munro führte Thorne und Anna in ein großes Wohnzimmer. Sie bot ihnen Tee an, doch Thorne sagte, sie wollten nicht zu viel von ihrer Zeit in Anspruch nehmen.

Irgendwo im Haus bellte der Hund.

»Ich war vermutlich ein bisschen … *hysterisch*, als Sie anriefen«, sagte Maggie. Ihr starres Lächeln und die Art und Weise, wie sich ihre Hände in ihrem Schoß bewegten, verrieten Thorne, dass sie noch immer alles andere als ruhig war. »Aber als Sie sagten, wer Sie sind, dachte ich, Sie hätten sie vielleicht gefunden.«

»Tut mir leid, wenn wir uns missverstanden haben«, sagte Thorne.

Julian Munro kam herein, und Anna und Thorne standen auf, um ihm die Hand zu schütteln, bevor sich alle wieder setzten. Alles wirkte ziemlich formell, obwohl Thorne und Anna aufgefordert worden waren, sich wie zu Hause zu fühlen, und die Munros legere Wochenendbekleidung trugen: er Jeans und ein Rugby-Trikot, sie einen taubenblauen Trainingsanzug.

»Ich muss zugeben, dass ich gedacht habe, Sie wären älter«, sagte Thorne. Es hatte ihn tatsächlich überrascht, dass die Munros erst Ende dreißig waren, da er sich in den Kopf gesetzt hatte, Pflegekinder seien ausschließlich etwas für Damen jenseits der fünfzig, deren eigene Kinder aus dem Nest geflüchtet waren.

»Wir hatten eine ganze Weile versucht, ein Baby zu bekommen«, sagte Julian, »aber aus dem einen oder anderen Grund hat es einfach nicht funktioniert. Deshalb zogen wir eine Adoption in Erwägung, was sich dann jedoch als unglaublich langwieriger und schleppender Prozess entpuppt hat.«

Seine Frau hatte zustimmend genickt und fuhr jetzt mit der Geschichte fort: »Also beschlossen wir, es mit einem Pflegekind zu versuchen, um herauszufinden, ob wir dafür geschaffen sind, das Kind von jemand anderem großzuziehen. So kam Ellie zu uns.« Sie lächelte. »Wie der Zufall es wollte, war ich ein paar Monate später plötzlich in anderen Umständen.«

Jetzt war Thorne an der Reihe zu lächeln. »In anderen Umständen« war eine Formulierung, die nur in gehobenen Kreisen verwendet wurde. Trotzdem glaubte er, bei beiden die Spur eines nördlichen Dialekts herausgehört zu haben, und hatte sich aus keinem besonders guten Grund schnell das Bild von einem Paar gemacht, dem nichts in den Schoß gefallen war. Das hart für alles gearbeitet hatte, was es besaß.

»Ellie war begeistert, einen kleinen Bruder zu bekommen«, sagte Maggie. »Und als Samuel dann auf die Welt kam, waren wir eine richtige Familie.«

»Er ist gerade beim Training«, sagte Julian, um die Abwesenheit ihres Sohnes zu erklären. »Wie jeden Samstagvormittag.«

Anna zog die Schultern hoch und fröstelte theatralisch. Auf der Fahrt war im Radio von Schnee die Rede gewesen. »Der Arme friert bestimmt«, sagte sie.

Julian schüttelte den Kopf. »Er ist ein ziemlich zäher Bursche.«

Die beiden saßen ein Stück voneinander entfernt auf einem großen Sofa, während Anna und Thorne ihnen gegenüber auf passenden Sesseln Platz genommen hatten. Zwischen ihnen stand ein niedriger Tisch, auf dem Hochglanzmagazine verstreut lagen.

Maggie beugte sich vor und räusperte sich, als wollte sie eine vorbereitete Rede halten. »Tatsache ist, wir freuen uns sehr, dass Sie gekommen sind«, sagte sie. »Bislang hat niemand Ellies Verschwinden wirklich ernst genommen. Sie ist achtzehn, also ist sie von Rechts wegen für sich selbst verantwortlich, und uns wurde immer wieder gesagt, dass sie bestimmt mit irgendeinem Freund durchgebrannt ist. Dass sie sicher wiederauftaucht, sobald es ihr langweilig wird oder ihr das Geld ausgeht. Das war unglaublich frustrierend.«

»Hatte sie einen?«, fragte Anna, »einen Freund?«

Maggie schüttelte den Kopf. »Wir wussten von niemandem. Jedenfalls von niemand Besonderem.«

»Die Polizei *hat* sich recht regelmäßig bei uns gemeldet«, sagte Julian. »Zumindest am Anfang. Aber nur, um uns zu sagen, dass es nichts zu sagen gibt, wenn Sie verstehen, was ich meine.« Er biss die Zähne zusammen und atmete geräuschvoll durch die Nase aus. »Es saßen immer irgendwelche psychologischen Betreuer hier herum, wo Sie jetzt sitzen, haben unsere verdammten Kekse in sich reingestopft und etwas von Unterstützung gefaselt, aber keiner hat es geschafft, uns zu sagen, was tatsächlich unternommen wird, um unsere Tochter zu finden.« Er senkte den Blick auf seine Füße, von denen einer wütend auf den Teppich stampfte. Maggie beugte sich zu ihm und nahm seine Hand.

»Erzählen Sie uns von dem Tag, an dem Ellie verschwunden ist«, sagte Thorne.

Maggie warf ihrem Mann einen Blick zu. Er nickte. *Erzähl du es ihnen.*

»Sie wollte ihre Abschlussprüfungen feiern, in denen sie richtig gut abgeschnitten hatte, und ist mit ein paar Freunden in einen Pub in der Innenstadt gegangen.« Maggie zuckte mit den Schultern. »Das war alles. Ein paar Teenager, die etwas trinken und sich amüsieren wollten. Ihre Freunde sagten uns, dass alles mit ihr in Ordnung war, als sie ging, um den Bus zu erwischen. Sie kam nie nach Hause …«

Thorne bedankte sich bei ihr und sagte, er verstehe, wie schwierig es für sie sein müsse, alles noch einmal durchzugehen. Sie sagte ihm, das sei inzwischen zu einer selbstverständlichen Gewohnheit für sie geworden. Sie hätten die Geschichte beide bereits tausendmal erzählt.

»Wie waren ihre Noten?«, fragte Anna. »Sie sagten, sie hätte gut abgeschnitten.«

Maggie wirkte zunächst ein wenig erstaunt, ehe sich ein Strahlen auf ihrem Gesicht breitmachte. Es war klar, dass sich bislang niemand die Mühe gemacht hatte, diese Frage zu stellen. »Zwei Bs und ein C«, sagte sie. »Ein B in Englisch und Geschichte, ein C in Französisch.«

Thorne wusste, dass die Munros mit ihrer Behauptung, die Polizei habe nichts unternommen, ein wenig übertrieben, doch er verstand, warum. Wäre er der Vater eines vermissten Kindes gewesen, hätte er gewollt, dass jeder Polizist im ganzen Land vierundzwanzig Stunden am Tag auf der Suche war. In Wahrheit hatten diejenigen, die für die Ermittlungen verantwortlich waren, ihr Möglichstes getan, bis sie irgendwann gegen eine Wand gerannt waren. Ellie Langford war dann schnell zu einem von mehreren Tausend vermissten Teenagern geworden.

Thorne hatte mit einem für den Fall zuständigen Kollegen gesprochen, der irgendeine Form von Drogenmissbrauch vermutete und gesagt hatte, die meisten Kollegen in seinem Team würden davon ausgehen, dass Ellie irgendwo auf der Straße lebe, höchstwahrscheinlich in London. Als Thorne dasaß und sich mit den Pflegeeltern des Mädchens unterhielt, zweifelte er an dieser Vermutung, aber er war schließlich kein Experte. Er wusste allerdings, dass sie von keiner Überwachungskamera erfasst worden war und dass sie ihr Mobiltelefon seit dem Abend ihres Verschwindens nicht mehr benutzt hatte. Falls sie das Land verlassen hatte, musste das auf illegalem Weg geschehen sein.

»Sie hatte ihren Pass nicht bei sich, richtig?«, sagte Thorne.

Maggie schüttelte den Kopf. »Nein. Das haben wir der Polizei gesagt. Ihr Pass war noch hier, ihre gesamte Bekleidung ebenfalls. Sie hatte nicht vorgehabt, irgendwohin zu gehen.«

Die Schlussfolgerung lag auf der Hand. Sie war entführt worden. Die Munros wussten natürlich nicht, dass Alan Langford noch am Leben war, deshalb bestand für sie kein Grund zu der Vermutung, dass sie von ihrem eigenen Vater verschleppt worden sein könnte. Ihre Befürchtung war viel schlimmer, war jeden Morgen beim Aufwachen viel schwerer zu ertragen.

Die Befürchtung, ihre Tochter sei von einem Fremden entführt worden.

»Sie ist tot.« Maggie richtete diese Worte an Anna. Schnörkellos und ohne Betonung. »Nicht wahr?«

»Warum sagen Sie das?«

»Weil sie mit uns Kontakt aufgenommen hätte, um uns wissen zu lassen, dass es ihr gut geht, wenn sie noch am Leben wäre. Sie würde mit uns sprechen wollen, würde mit Sam sprechen wollen.«

»Wir haben keinen Grund zu der Annahme, dass ihr irgendwas zugestoßen ist«, sagte Thorne. Er wusste, dass die Polizei von Surrey damals sämtliche nicht identifizierten Leichen überprüft hatte und noch immer regelmäßig überprüfte. Außerdem wurde im Rahmen einer allmonatlichen Routinekontrolle in den Notaufnahmen von Krankenhäusern nachgefragt.

»Niemand hat es jemals ausdrücklich gesagt, aber ich glaube, dass diejenigen, die dachten, sie wäre weggelaufen, nicht besonders überrascht waren.« Julian lehnte sich zurück, wirkte jetzt ruhiger. »Als sei damit zu rechnen gewesen, dass sie früher oder später irgendeine Art von Zusammenbruch haben würde. Nach dem, was mit ihren Eltern passiert ist, meine ich.«

Die Überraschung musste sich in Thornes Gesichtsausdruck abgezeichnet haben.

»Wir wussten, wer sie waren.« Munro gab sich Mühe, den Ekel aus seiner Äußerung herauszuhalten, doch seine Stimme verriet ihn. »Wir wussten von Anfang an, wer Ellies Vater war und warum ihre Mutter ins Gefängnis kam.«

Thorne zuckte mit den Schultern. »Mir war nicht klar, dass man Ihnen alles gesagt hat. Sämtliche Details, meine ich.«

»Na ja, sie haben damals ein paar Andeutungen gemacht, und den Rest haben wir uns selber zusammengereimt, als die Sache in den Medien breitgetreten wurde. Vermutlich wollten sie, dass wir die Eckdaten kennen, falls Ellie davon irgendwie … *betroffen* war, wissen Sie? Sie befürchteten, es könnte sich in ihrem Verhalten zeigen, dass sie traumatisiert war.«

»Hat es sich gezeigt?«, fragte Anna

Maggie schüttelte den Kopf. »Man hätte es nie für möglich gehalten«, sagte sie. »Sie war so ein ruhiges Mädchen. Hat nie die Beherrschung verloren, hatte nie einen Wutanfall. Nicht mal, als sie dreizehn, vierzehn war und bei allen ihren Freundinnen die Hormone völlig verrücktspielten.«

»Jungs und Gezicke«, sagte Julian.

»Sie hat sich davon irgendwie distanziert. Als stünde sie über den Dingen.«

»Hat sie nie über die Entlassung ihrer Mutter aus dem Gefängnis gesprochen?«, fragte Thorne. »Was dann passieren könnte?«

Die Munros schüttelten den Kopf.

»Sie wissen Bescheid, dass sie wieder auf freiem Fuß ist, oder?«

Der Gesichtsausdruck der beiden verriet, dass sie nicht Bescheid wussten. Womöglich hatte der Social Service beschlossen, dass sie es nicht zu wissen brauchten. Oder man hatte einfach versäumt, sie anzurufen. So oder so war die Situation peinlich. Als Thorne die beiden ansah, fühlte er sich plötzlich unter Druck, als sei er aufgefordert worden zu verkünden, auf wessen Seite er stand.

»Seit wann?«

»Seit einem guten Monat«, sagte Thorne.

Er blickte durch eine Glastür, die in einen kleinen Wintergarten und den Garten dahinter führte. In der einen Ecke des Gartens stand ein beinahe lebensgroßes Fußballtor, in der anderen ein riesiges Trampolin. Es musste schön gewesen sein, hier aufzuwachsen, dachte Thorne, kein allzu großer Abstieg verglichen mit dem Haus, in dem Ellie Langford zuvor gewohnt hatte. Zumindest nicht so groß wie der Abstieg, den ihre Mutter erlebt hatte. Dann, kurz bevor er sich wieder Julian und Maggie Munro zuwandte, ertappte er sich dabei, dass er an ein anderes vermisstes Mädchen dachte. An das völlig andere Elternhaus, in dem Andrea Keane aufgewachsen war.

Vier Geschwister, die um Aufmerksamkeit und um einen Garten buhlten, der kaum groß genug war, um einen Ball darin aufspringen zu lassen.

»Haben Sie Ellies Computer noch?«, erkundigte sich Thorne.

Maggie nickte. »Wir haben noch alles.«

»Hätten Sie was dagegen, wenn wir jemanden vorbeischicken, der ihn abholt?«

»Sie haben ihn sich bereits angesehen«, sagte Julian. »In der Woche, nachdem Ellie verschwunden ist.«

»Ich weiß, aber wir machen auf diesem Gebiet ständig Fortschritte, also ist es vielleicht einen Versuch wert. Ich schaffe es gerade mal, eine E-Mail zu schreiben, aber inzwischen kann man auf einer Festplatte alle möglichen Informationen finden, deshalb …«

»Kein Problem«, sagte Maggie. »Geben Sie uns einfach Bescheid.«

Thorne nickte Anna zu und griff nach seiner Aktentasche. »Tja, wenn Ihnen noch irgendetwas einfallen sollte …« Er stand auf und schüttelte den Kopf. »Warum sagen Polizisten das eigentlich immer?«

»Haben Sie die Aussage gelesen, die wir damals gemacht haben?«, fragte Julian.

»Ja«, log Thorne. Er hatte darum gebeten, dass sie ihm zugefaxt werde. Wenn er Glück hatte, würde sie im Büro auf ihn warten, zusammen mit den Aussagen von Ellies Freundinnen, die am Abend ihres Verschwindens mit ihr im Pub gewesen waren.

»Tja, dann wissen Sie alles, was es zu wissen gibt.« Julian ging mit Anna langsam zur Tür, Thorne und Maggie folgten ihnen mit ein paar Schritten Abstand. »Über den Pub, ihre Freundinnen, die Frau. Über alles.«

»Welche Frau?«, fragte Thorne. »Ich kann mich nicht erinnern ...«

»Ich habe gesehen, wie sie sich mit einer Frau unterhielt«, erklärte Julian. »Mit einer älteren Frau, ein paar Wochen vor ihrem Verschwinden. Ich hielt sie zunächst für eine ihrer Lehrerinnen, aber dann fiel mir auf ... Na ja, sie sah nicht wie eine Lehrerin aus.« Er lehnte sich an den Türpfosten. »Ich habe die beiden sogar zweimal miteinander gesehen: einmal am Ende der Straße, als ich vom Büro nach Hause kam, und dann noch mal ein paar Tage später in einem Café in der Stadt. Sie saßen an einem Tisch am Fenster, und ich hatte den Eindruck, dass sie sich gestritten haben.«

»Worüber?«, fragte Anna.

»Keine Ahnung.«

Anna beugte sich aufgeregt vor. »Aber sie hatten ganz sicher irgendeine Auseinandersetzung?«

»Sehen Sie, ich bin nur vorbeigefahren, also konnte ich sie nicht lange beobachten, aber es sah ganz danach aus.«

»Haben Sie mit Ellie darüber gesprochen?«, fragte Anna.

»Sie wollte nicht darüber sprechen. Diesen Eindruck hatte ich zumindest, als ich darüber nachgedacht habe. Anschließend, meine ich. Sie sagte nur, dass es eine Freundin ihrer Mutter gewesen sei, und damit war die Sache für mich erledigt. Ich habe erst dann wieder daran gedacht, nachdem Ellie verschwunden war. Man überlegt fieberhaft, ob einem noch irgendwas einfällt, wissen Sie?«

»Ich weiß, dass es in Ihrer Aussage steht«, sagte Thorne, »aber könnten Sie uns eine Beschreibung geben?«

»*Das* ist der Grund, warum ich bei der Bank gekündigt habe«, sagte Anna draußen im Auto. Zur Betonung schlug sie mit der Hand gegen das Armaturenbrett. »Warum ich diesen Job machen wollte. Um dieses Gefühl zu spüren, dieses Kribbeln.«

Thorne sah zu ihr hinüber. Sie hüpfte regelrecht auf ihrem Sitz.

»Ich meine … kommt das oft vor?«

Thorne ließ den Wagen an.

»Ach, kommen Sie schon, sagen Sie mir nicht, dass Sie es nicht auch gespürt haben.«

»Ich habe es gespürt«, erwiderte Thorne. »Und, nein, es kommt nicht oft vor. Zumindest nicht oft genug.«

»Als er die Frau beschrieb, mit der er Ellie gesehen hat, hätte ich mir beinahe in die Hosen gemacht.«

»Tja, dagegen müssen Sie was unternehmen.«

»Ich habe allerdings keinen blassen Schimmer, was das zu bedeuten hat. Dass *sie* mit Ellie spricht.« Sie sah Thorne an, erwartete eine Antwort.

»Keine Ahnung«, sagte er.

»Und was jetzt?«

»Wir fahren zurück nach Seven Sisters und finden es heraus.« Er wendete den Wagen und wartete auf eine Lücke im entgegenkommenden Verkehr. Das erste Auto blendete auf und ließ ihn vorfahren. Es tat gut, außerhalb von London zu sein. »Aber zuerst essen wir was zu Mittag«, sagte er. »Ich glaube, eine Meile oder so in dieser Richtung habe ich einen Pub gesehen, der einen ganz ordentlichen Eindruck gemacht hat.«

»Oh, okay.« Anna klang ein wenig enttäuscht. Als wollte sie den Schwung beibehalten, den sie entwickelt hatten; sich an der ungewohnten Dynamik festklammern, aus Furcht, sie könne sich wieder verflüchtigen.

»Ich denke, Sie sollten erst mal wieder runterkommen«, sagte Thorne. »Außerdem wird das keine angenehme Unterhaltung werden. Die sollte man besser nicht mit leerem Magen führen.«

Achtzehntes Kapitel

Thornes Abneigung gegen typische englische Pubs auf dem Land war ebenso ausgeprägt wie sein Hass auf schicke Bars. Zum Glück waren wenigstens keine Zaumzeugbeschläge oder irgendwelche verschrumpelten alten Knaben mit ihren eigenen Bierkrügen zu sehen, und es kehrte nicht *völlige* Stille ein, als sie den Raum betraten.

Sie setzten sich mit einer Flasche Mineralwasser, zwei Tüten Chips und ein paar Sandwichs vom Vortag an einen runden Tisch mit Kupferplatte. An der Theke sahen sich der Wirt und zwei Frauen mittleren Alters auf einem kleinen, hoch oben in einer Ecke aufgehängten Fernseher eine Folge der Serie *A Place in the Sun* an.

»Sie werden doch bestimmt ständig angelogen«, sagte Anna.

Seit sie vom Haus der Munros aufgebrochen waren, hatten sie ausschließlich über die Frau gesprochen, der sie in Kürze einen Besuch abstatten würden.

»Man muss fairerweise sagen«, erwiderte Thorne, »dass sie eigentlich gar keine unehrliche Antwort auf eine Frage geben konnte, die wir ihr nie gestellt haben.«

»Sie wissen schon, was ich meine.«

»Sie hat es einfach nicht erwähnt.«

»Dann hat sie eben gelogen, weil sie es verschwiegen hat. Sie muss gewusst haben, dass es relevant ist.«

»Warten wir einfach ab, was sie dazu zu sagen hat.«

»Ich werde merken, wenn sie wieder lügt«, sagte Anna. »Darin bin ich nämlich gut.«

»Ich bin ganz Ohr«, sagte Thorne.

Anna beugte sich zu ihm hinüber. »Das Entscheidende sind die Körpersprache und kleinste Veränderungen im Gesichtsausdruck. Wie in dieser einen Fernsehserie mit dem Schauspieler aus *Reservoir Dogs* … Mein Gott, ich habe *so* ein schlechtes Namensgedächtnis. Jedenfalls hilft er der Polizei, indem er sie wissen lässt, wenn jemand lügt. Aber das ist nicht nur eine Gabe, sondern auch ein Fluch, weil er auch merkt, wenn ihn Menschen anlügen, die er mag.« Sie schluckte. »Und das ist nicht immer … eine gute Sache.« Sie griff nach einem Bierfilz und begann, ihn systematisch in winzige Stücke zu reißen. »Sind Sie auch gut darin, Lügen zu erkennen?«

»Früher dachte ich das mal.« Thorne blies die Wangen auf. »Aber ich habe genug Fehler gemacht, um inzwischen ein bisschen vorsichtiger zu sein.«

»Solange man aus ihnen lernt …«

»Leute lügen aus ziemlich simplen Gründen«, sagte er. »Weil sie verängstigt oder nervös sind oder weil sie etwas zu verbergen haben. Manchmal lügen sie, um jemand anderem Schmerz zu ersparen, oder sie reden sich das zumindest ein.« Er sah an ihr vorbei, hinauf zum Fernseher. »Wir lügen fast alle Dutzende Male am Tag. Manche Leute lügen sogar dann, wenn sie gar keinen Grund dazu haben, weil sie nicht anders können. Es ist jedes Mal wie ein kleiner Sieg für sie, wenn sie lügen, ohne dabei erwischt zu werden. Ich nehme an, sie brauchen das, um den Tag zu überstehen. Dann gibt es noch diejenigen, deren Lügen ein bisschen schwerwiegender sind.«

Auf dem Bildschirm wurde ein älteres Pärchen durch ein Gutshaus in der Toskana oder in Carcassonne oder irgendwo sonst geführt. Louise sah sich diese Sendung immer an, wenn sie Zeit hatte, doch Thorne hatte noch nie erlebt, dass jemand tatsächlich eines der Häuser kaufte, die ihm gezeigt wurden. »Die machen nur mit, weil sie einen Gratisurlaub bekommen«, hatte er zu Louise gesagt. Sie hatte erwidert, dass ihr das egal sei und dass er den Mund halten solle.

»Meinen Sie damit diesen Mann, der davongekommen ist?«, fragte Anna. »Denjenigen, der das Mädchen getötet hat? Chambers?«

»Er hat sie nicht getötet«, sagte Thorne. »Nicht in den Augen der Justiz.«

»Aber Sie sind anderer Meinung.«

»Ich möchte nicht darüber diskutieren.« Da Thorne keinen Bierfilz hatte, den er hätte zerreißen können, beugte er sich vor und wischte Krümel vom Tisch auf seinen Teller.

»Ich habe Sie angelogen«, sagte Anna.

»Wann?«

»Im Auto, vor Donnas Haus. Ich habe Ihnen gesagt, ich hätte wegen ihr und Ellie die Fassung verloren, aber in Wirklichkeit war es wegen mir und meiner Mutter.«

»Sie haben sich mit ihr gestritten«, sagte Thorne. »Das haben Sie mir erzählt. Nachdem Sie Ihren Job gekündigt hatten.«

»Es war ernster als das.« Sie lächelte, errötete ein wenig. »Sehen Sie, schon wieder eine Lüge. Die Wahrheit ist, dass wir seitdem nicht mehr miteinander gesprochen haben. Seit anderthalb Jahren nicht mehr.«

»Donnerwetter.«

»Es war schon immer schwierig mit mir und meiner Mum.«

»Und was ist mit Ihrem Vater?«

»Er hat sich inzwischen damit abgefunden. Zumindest *behauptet* er das. Wir sprechen einmal in der Woche miteinander oder so, aber jedes Mal, wenn ich anrufe, weigert sie sich, ans Telefon zu kommen.«

»Das klingt, als wäre sie diejenige, die sich kindisch benimmt. Also warum haben Sie ein schlechtes Gewissen?«

Anna widersprach ihm nicht. »Mir ist schon klar, dass sie melodramatisch ist und dass sie mich eigentlich unterstützen sollte, aber die Sache ist kompliziert. Sie trinkt nämlich, und ich glaube nicht, dass mein Verhalten das Ganze besser macht.«

»Wie schlimm ist es denn?«

»Sie war schon mal auf dem Weg der Besserung. Das ist genau der Punkt. Aber ich habe das Gefühl, meine ... berufliche Veränderung hat sie irgendwie wieder zurückgeworfen. Und mein Dad kommt damit nicht besonders gut zurecht.«

Thorne schenkte den Rest des Mineralwassers ein. »Als Sie vorhin sagten, Sie würden merken, wenn jemand lügt ...«

Sie nickte, da sie wusste, dass er die richtigen Schlüsse gezogen hatte. »Mum war darin richtig gut, aber ich habe gelernt, die Anzeichen zu erkennen. Ich wusste, dass sie vier Gläser getrunken hatte, wenn sie behauptete, sie hätte nur eines getrunken. Ich wusste, wo sie die leeren Flaschen versteckte, das Übliche eben. Wahrscheinlich bin ich doch nicht ganz so gut wie der Typ in der Fernsehserie, aber ich erkenne eine Lüge fast immer.«

»Das werde ich mir merken.«

»Woher haben Sie die Narbe?«

Sie deutete auf sein Gesicht. Thorne hob die Hand und fuhr mit einem Finger an der geraden weißen Linie entlang, die quer über sein Kinn lief.

»Denken Sie daran, ich merke, wenn Sie mich verscheißern«, sagte sie.

»Das war eine Frau mit einem Messer, vor ein paar Jahren«, erwiderte Thorne. »Oder ein Mann mit einem Siegelring, der mir eine verpasst hat, als ich seinen Bruder verhaften wollte. Oder ich bin mit fünf gegen einen Couchtisch gelaufen.«

Sie kniff die Augen zusammen. »Messer«, sagte sie. »Ich habe recht, stimmt's?«

»Ihre Chancen standen eins zu zwei.«

»Ich sollte Ihnen auch sagen, dass mich das zu einer sehr guten Lügnerin macht.« Sie lehnte sich zurück, verschränkte die Arme. »Und zu einer klasse Pokerspielerin.«

»Ist das Ihr Ernst?«

»Das hat mich davor bewahrt, hinter irgendeiner Bar arbeiten zu müssen, während ich studiert habe.«

Thorne nickte, war aufrichtig beeindruckt. Sie war ohne Frage naiv und eine Quasselstrippe.

Aber sie überraschte ihn immer wieder aufs Neue.

Der Gesichtsausdruck, mit dem Kate die Tür öffnete, vermittelte Thorne den Eindruck, dass sie wusste – oder zumindest ahnte –, weshalb er und Anna gekommen waren. Auf jeden Fall wirkte sie nicht allzu geschockt, als er ihr es sagte.

Sie standen zu dritt im Wohnzimmer, und bei jedem von ihnen machte sich Anspannung breit, als von der Treppe Schritte zu hören waren. Donna kam mit einem Handtuch herein, mit dem sie sich die Haare abtrocknete. Niemand hatte sich die Mühe gemacht, sich zu setzen.

»Was ist?«, fragte sie.

Thorne ging für Donna noch einmal alles durch. Dann wandte er sich wieder an ihre Freundin. »Julian Munro hat Ihre Tätowierung gesehen, Kate«, sagte er. »Nicht im Detail, aber der Name hätte ihm vermutlich sowieso nichts gesagt.«

»Uns hat seine Beschreibung allerdings schon etwas gesagt«, fügte Anna hinzu.

Kates Hand bewegte sich zu ihrem Hals, zu den kunstvollen Buchstaben, die sich unter dem Kragen ihrer Bluse kräuselten. Sie nickte. »An diesem Tag war es brütend heiß«, sagte sie. »Ich erinnere mich, dass wir beide schwitzend in diesem Café saßen und dass ich so ein bescheuertes ärmelloses Oberteil anhatte …«

Donna stand einfach nur da, das Handtuch in der Faust, und wurde immer wütender, bis es aussah, als würde sie es jeden Moment benutzen, um die Frau, die sie liebte, zu erdrosseln. »Du hast *Ellie* gesehen? Warum, zum Teufel, hast du mir nichts davon erzählt? Wie bist du darauf gekommen, dass dich das was angeht?« Sie schrie, spuckte zornig eine Frage nach der anderen aus, während Kate den Blick abwandte und verzweifelt versuchte, etwas einzuwerfen. »*Warum* hast du dich mit ihr getroffen? Verdammt, warum erfahre ich das erst *jetzt*?«

»Entschuldige.«

»Der ganze Müll neulich, als du Stein und Bein geschworen hast, dass du auf meiner Seite wärst. Ich hatte recht, stimmt's? Dass du eifersüchtig bist. Wolltest du sie abwimmeln?«

»Nein …«

»Hast du ihr etwa gesagt, dass ich sie nicht sehen will?«

»Meine Güte, *nein*. Warum hätte ich das tun sollen?«

»Woher soll ich das wissen, verdammt? Weil du krank im Kopf bist, vielleicht?«

»Sie sollten versuchen, sich zu beruhigen«, sagte Thorne.

Donna fuhr herum. »Sie können mich auch mal. Ich sehe doch, wie sehr Ihnen das gefällt.«

»Seien Sie nicht albern.«

Donna drehte sich zu Anna und deutete auf Thorne. »Er geilt sich daran auf, sehen Sie ihn sich an.«

»Warum haben Sie sich mit Ellie getroffen, Kate?«, fragte Thorne.

Kate wich zurück, bis ihre Waden das Sofa berührten, dann ließ sie sich auf die Polster fallen. »Das war dumm von mir«, sagte sie. »Das war mir bewusst. Aber mir war auch bewusst, wie sehr du dich darauf gefreut hast, sie zu sehen. Als ich entlassen wurde, wollte ich einfach nur ... ich weiß nicht, den Weg ebnen oder so. Wollte sehen, ob ich helfen kann.«

»Was hat sie denn gesagt?«, fragte Anna.

»Was, zum Teufel, hast *du* gesagt?« Donna ging zu Kate und baute sich vor ihr auf; starrte auf sie hinunter, verlangte Antworten. »Was hast du zu meiner Tochter gesagt? ›Du kennst mich nicht, aber ich habe die letzten paar Jahre im Knast mit deiner Mutter gevögelt‹?«

»Ich habe ihr gesagt, dass ich eine Freundin von dir bin.«

»Eine *Scheißfreundin* bist du.«

Kate blickte zu Thorne auf. »Es ist nicht besonders gut gelaufen, okay? Wie ich schon gesagt habe, es war dumm von mir, und ich weiß wirklich nicht, was ich mir erwartet hatte.«

»Sie haben sich also nicht gut miteinander verstanden?«, fragte er.

»Ich glaube, ich bin ihr einfach auf die Nerven gegangen.«

»Julian Munro hat gesagt, Sie hätten sich gestritten.«

»Das war eine schwierige Phase für sie. Sie hat auf ihre Prüfungsergebnisse gewartet und war deshalb ziemlich nervös. Sie hat sich aufgeregt und ... Sehen Sie, das war einfach schlechtes Timing, okay?«

»War das das letzte Mal, dass Sie sie gesehen haben?«

Kate nickte.

»Sie haben Ellie Langford seit Ihrem Treffen in dem Café in Cobham nicht mehr gesehen?«

»Nein, das war das einzige Mal«, sagte Kate. »Ein paar Wochen später ist sie verschwunden.«

Donna holte plötzlich aus und schlug mit dem Handtuch fest auf das Kissen neben Kate, die erschrocken zusammenzuckte. »Ich habe mich an deiner Schulter ausgeheult, als du mich an dem Tag, nachdem ich von Ellies Verschwinden erfahren hatte, besucht hast. Ich habe geheult wie ein Schlosshund, und du hast einfach dagesessen. Du hattest sie *gesehen* und hast einfach nur dagesessen und nichts gesagt.«

»Sie wissen, warum ich frage, Kate«, sagte Thorne. »Warum ich fragen *muss*.«

Anna sah ihn an. Ihre Verständnislosigkeit war ihr ins Gesicht geschrieben. Thorne starrte Kate weiterhin an.

»Das Mädchen, das Sie getötet haben, war ungefähr genauso alt wie Ellie, nicht wahr?«

Kates Blick traf sich mit dem von Thorne. Aus ihren Augen sprach inzwischen Verzweiflung. »Das ist doch wohl nicht Ihr Ernst?«

»Das war auch ein Fall von schlechtem Timing, oder?«

»Sie sind echt nicht ganz dicht.«

»Noch jemand, der nicht so reagiert hat, wie Sie es erwartet hatten?«

»Das ist fast zwanzig Jahre her.«

»Worüber haben Sie mit Ellie gestritten?«

Kate blickte zu Donna auf, beugte sich zu ihr und klammerte sich an dem feuchten Handtuch fest, als würde ihr Leben davon abhängen. »Don, du nimmst doch hoffentlich nichts von dieser Scheiße ernst, oder? Du hörst doch nicht auf das, nicht wahr? Ellie ist einfach verschwunden, das schwöre ich.« Sie zog an dem Handtuch, doch Donna ließ nicht locker, ihre Knöchel weiß wie die Baumwolle, ihr Blick starr auf den Boden gerichtet. »Sag's ihnen, ja? Sag ihnen, dass das völlig an den Haaren herbeigezogen ist, Don, verdammt noch mal …«

»Sie hat jemanden *umgebracht*?«

Thorne nickte und ging schnell von der Eingangstür weg, die Donna hinter ihnen zugeschlagen hatte. »Wie sie gesagt hat, das ist zwanzig Jahre her. Sie war damals noch ein Teenager.«

»Wen hat sie getötet?«

»Ein Mädchen, in das sie verliebt war, das aber bereits mit jemand anderem zusammen war.« Thorne hatte nach seinem ersten Besuch in Donnas Wohnung einen Blick in Katharine Mary Campbells Akte geworfen. »Kate hat mehr als zwanzig Mal mit einem Fäustel auf sie eingeschlagen.«

»Mein Gott …«

Als sie beim Auto ankamen, hörten sie noch immer das Geschrei aus der Wohnung.

»Und, was denken Sie?«, fragte Thorne. »Lügt sie?«

»Weiß der Geier«, erwiderte Anna. »Bei dieser ganzen Sache hatte ich von Anfang an das Gefühl, dass fast jeder irgendwelche Lügen erzählt.«

Thorne öffnete die Autotür. »*Jetzt* fangen Sie langsam an, wie ein Detektiv zu denken«, sagte er.

Neunzehntes Kapitel

Thorne und Louise gingen zu Fuß nach Camden und schlenderten über den Markt, auf dem trotz Temperaturen nahe dem Gefrierpunkt und drohendem Regen wie an jedem Sonntagvormittag eine Menge los war. Obwohl Louise noch immer einen oder zwei Abende in der Woche in ihrer eigenen Wohnung in Pimlico verbrachte, hatten sie in Erwägung gezogen, Thornes Wohnung ein wenig auf Vordermann zu bringen, und sie war auf der Suche nach Anregungen, was die Einrichtung und Dekoration anbelangte.

»Etwas, das ein bisschen mehr Farbe reinbringt«, sagte sie. »Ein bisschen mehr Pep.«

Ihr fiel jedoch nichts ins Auge, und alles, das auch nur im Entferntesten einem Zweck diente, war schnell wieder vergessen. Sie trotteten fast zwei Stunden lang ziellos umher, während Thorne sich beklagte, dass er friere, aßen frische Donuts von einem Stand in der Nähe der Dingwalls und gingen schließlich in Richtung Chalk Farm, um sich mit Phil Hendricks zum Mittagessen zu treffen.

So nahe sich Hendricks und er standen, noch ein paar Monate zuvor hätte Thorne die Anwesenheit seines Freundes womöglich gestört – sein Eindringen in die wenigen wertvollen Stunden, in denen er seine Freundin für sich allein hatte. Er konnte sich nicht mehr erinnern, wer von ihnen dieses Treffen vereinbart hatte, doch es spielte auch keine große Rolle. Er empfand nicht mehr so und hatte ernsthafte Zweifel, dass es Louise anders erging.

Sie aßen Muscheln mit Pommes frites bei Belgo und tranken belgische Biere mit merkwürdigen Namen: Satan Gold, Slag, was so viel wie »Schlampe« bedeutete, und ein widerliches Gebräu namens Mongozo Banana, das Louise nicht ganz hinunterbrachte. Hendricks war gerne bereit, ihr dabei zu helfen. Er fand es äußerst amüsant, dass einige der Biere mit den fiesesten Namen von Trappistenmönchen gebraut wurden.

»Ich wette, nach ein paar Gläsern von dem Zeug haben sie eine Menge zu sagen«, scherzte er und tauchte ein Pommes-Stäbchen in eine Schale mit Mayonnaise. »Zumindest kriegen sie es bestimmt hin zu sagen: ›Ich mag dich, du bist mein bester Kumpel.‹«

»Oder nach dem nächsten Dönerladen zu fragen«, sagte Thorne.

»Ich kann mir schon vorstellen, was sie in ihren Klöstern alles veranstalten, wenn sie literweise Freibier zur Verfügung haben. Vielleicht können sie nicht sprechen, weil sie den Mund voll haben …«

Hendricks war gut in Form, und die drei lachten viel. Er erzählte von einigen seiner Pathologen-Kollegen – »humorlose Vollidioten« – und von seinem Liebesleben – »toter als die Burschen auf meinem Seziertisch«. Offenbar spürte er, dass sich Thorne und Louise nach Gesellschaft und Unterhaltung sehnten, dass sie beide eine stressige Phase in ihrem Job durchmachten und dass die Lage zu Hause auch nicht viel besser war.

Als Louise auf die Toilette ging, fragte Hendricks Thorne, wie es ihm gehe. Über die Arbeit zu sprechen, war den ganzen Tag tabu gewesen, und es war klar, dass er kein Wort über Adam Chambers oder Alan Langford verlieren würde.

»Ich glaube, ich gehe ihr auf die Nerven«, sagte Thorne. Er blickte Hendricks an und sah, dass sein Freund ihm nicht ganz glaubte. »Wir gehen uns *gegenseitig* auf die Nerven.«

»Ihr solltet versuchen, mal rauszukommen«, sagte Hendricks. »Bei der ersten Gelegenheit.«

»Genau. Damit wir uns woanders auf die Nerven gehen können, wo es ein bisschen wärmer ist.«

»Es geht darum, eine schöne Zeit miteinander zu verbringen, das ist alles.«

»Vielleicht …«

»Und ihr solltet was wegen eurer Wohnsituation unternehmen. Das Ganze ein bisschen offizieller machen oder so.«

»Hast du deine Trauzeugenrede etwa schon aufgesetzt?«

»Ich sage nur, vielleicht sollte Lou ihre Wohnung loswerden. Oder ihr verkauft beide eure Wohnungen und sucht euch was Größeres.«

Sie hatten diese beiden Optionen in Erwägung gezogen, bevor Louise das Baby verloren hatte. Inzwischen war eine Veränderung ihrer Wohnsituation jedoch untrennbar mit der Schwangerschaft verbunden und stand deshalb nicht mehr zur Debatte.

»Das ist nur vorübergehend, Kumpel«, sagte Hendricks.

Thorne blickte auf und sah Louise von der Toilette zurückkommen. Sie wirkte müde und abwesend und schien keine Eile zu haben, wieder an den Tisch zurückzukehren. Mit einem Mal verstand Thorne die unbewusste Assoziation, die er in den vergangenen zwei Tagen gehabt hatte. Er stellte sich vor, wie Louise in ihrem silberfarbenen Renault Megane saß, den sie irgendwo geparkt hatte, und Rotz und Wasser heulte.

Er dachte: Es liegt an mir.

Etwas, das sie nicht umgehen konnte und womit sie sich abfinden musste.

Nur vorübergehend.

Hendricks beugte sich über den Tisch. Sagte: »Meine Trauzeugenrede wäre zum *Totlachen* …«

Nach dem Mittagessen gingen sie zurück auf den Markt, und während Hendricks und Louise Secondhand-Bekleidungsgeschäfte abklapperten und sich Retro-Möbel ansahen, ging Thorne auf der Suche nach gebrauchten CDs die Hauptstraße zurück zu Electric Ballroom.

Er stöberte ein paar Minuten herum, dann schickte er Anna Carpenter eine SMS: *Die Serie heißt* ›Lie to Me‹ *und der Schauspieler ist Tim Roth!*

Als er gerade die Titelliste auf einer Alison-Krauss-Compilation studierte, rief sie ihn an.

»Sie sind ein Genie«, sagte sie. »Das hat mich total verrückt gemacht.«

»Ich wollte es Ihnen eigentlich schon gestern sagen.«

»Übrigens, heute Abend gehe ich mit ein paar Freunden zu einem Pub-Quiz. Möchten Sie vielleicht mitkommen?«

»Ein Quiz?«

»Das wird ein Riesenspaß, und um ehrlich zu sein, könnten wir Sie gut im Team gebrauchen.«

Thorne trat einen Schritt zur Seite, damit ein anderer Kunde die Kiste mit Johnny-Cash-Raubkopien durchsehen konnte. »Klingt wesentlich amüsanter, als Papierkram zu erledigen, aber ich habe bis morgen noch einiges aufzuholen.«

»Kommen Sie schon! Für jeden im Siegerteam gibt's zwei Freibiere.«

»Ich wäre sowieso mies«, sagte Thorne. »Es sei denn, es ginge um Musik, Fußball oder obskure Fernsehserien.«

»So was kommt immer dran, und außerdem ist es doch nicht so schlimm, wenn man die Antworten nicht weiß. Es wird einfach ein lustiger Abend.«

»Lieber nicht.«

»Also gut, rufen Sie mich an, wenn Sie es sich doch noch anders überlegen.«

Thorne versprach, dass er das tun werde, und da er noch eine Viertelstunde Zeit hatte, bis er wieder mit Louise und Phil verabredet war, ging er zurück zu den CD-Regalen. Er fragte sich, warum ihn das Telefongespräch so nervös gemacht hatte und ob Anna tatsächlich so gut darin war, Lügen zu erkennen, wie sie glaubte.

Er hatte keinen Papierkram zu erledigen. Und den Namen des Schauspielers hatte er gegoogelt.

Wenn er freitags Lust darauf hatte, im Ort auszugehen, traf er sich mit Candela oder mit einem seiner anderen Mädchen. Doch der Samstagabend war in der Regel für die Jungs reserviert. Am Abend zuvor hatten er und ein paar Freunde eines von den Booten genommen, waren etwa eine Meile auf das ruhige Meer hinausgefahren und hatten dann Anker geworfen. Irgendjemand hatte eine ziemlich große Tüte Koks dabeigehabt, das die Party so richtig in Schwung brachte, und sie hatten ein paar Geschäfte gemacht und Rotwein getrunken, bis keiner mehr in der Lage gewesen war, vernünftig über irgendetwas zu sprechen.

Am Sonntagvormittag war deshalb wie so oft Ausschlafen angesagt. Nachdem er sich aus dem Bett gekämpft hatte, wankte er auf die Terrasse, um Tee zu trinken und einen der englischsprachigen Radiosender zu hören. Wenn er sich dann wieder einigermaßen wie ein Mensch fühlte, legte er sich an seinen Swimmingpool und schwitzte die Eskapaden des vergangenen Abends aus.

Er blätterte die englischsprachige Ausgabe des *El Sur* durch, eine kostenlose Zeitung, die einmal in der Woche zugestellt wurde. Auf der Titelseite wurde über den vereitelten Ausbruchsversuch eines inhaftierten ETA-Mitglieds berichtet, und in den Lokalnachrichten fanden sich einige bekannte Gesichter, doch er entdeckte nichts, was wirklich sein Interesse weckte. Später würde er in den Ort fahren, um sich die Überseeausgaben der *Mail on Sunday* und der *News of the World* zu besorgen. Er vermisste die Beilagen, genoss es jedoch, sich über aktuelle Sportereignisse zu informieren und Kreuzworträtsel zu lösen.

Er hatte auf sämtlichen Toiletten im Haus Kreuzworträtsel und Sudokus liegen, die ihn geistig auf Trapp hielten.

Der Wind machte das Zeitungslesen schwierig, deshalb griff er nach einem Taschenbuch, das bereits seit einigen Monaten neben seinem Bett lag. Er hatte es bei seinem letzten Ausflug nach Nordafrika am Flughafen gekauft. Es behauptete von sich, ein »düsterer Unterwelt-Thriller« zu sein, und versprach, »kein Blatt vor den Mund zu nehmen«. Das klang, als sei es genau das Richtige, um ihn von dem abzulenken, was in der wirklichen Welt passierte.

Er wollte wieder einmal lachen.

Mit den meisten Filmen war es genau dasselbe. Der ganze Macho-Müll, den dieser Typ, der mit Madonna liiert gewesen war, am Fließband produzierte: Gangster-Chic oder wie auch immer man dazu sagte.

Gangster-Shit hätte es schon eher getroffen.

Zugegeben, ganz unterhaltsam war das Zeug schon, wenn es das war, worauf man es abgesehen hatte, und es brachte ihn und seine Kumpels auf jeden Fall hin und wieder zum Lachen. Aber mit der Realität hatte es ungefähr genauso viel zu tun wie *Der Herr der* Scheiß-*Ringe* …

Das Buch war ziemlich genau so, wie er es erwartet hatte – elegante Anzüge und abgesägte Schrotflinten –, zumindest auf den wenigen Seiten, die er las, bevor die Worte zu verschwimmen begannen und er spürte, wie er langsam eindöste. Er klappte das Kopfende der Sonnenliege nach unten und zog sich das Handtuch über den Kopf. Im Radio lief ein alter Rolling-Stones-Song, und die Pumpe saugte schlürfend und klickend den Boden des Pools ab. Als er eine Stunde später wieder aufwachte, pochte sein Kopf.

Er blieb mit dem Handtuch über dem Kopf reglos liegen. Obwohl er sich nach etwas zu trinken sehnte, hatte er keine Lust, aufzustehen und in die Küche zu gehen oder auch nur die Hausangestellte zu rufen, die drinnen herumwerkelte. Hinter seinen geschlossenen Augenlidern war es heiß und weiß, sein Körper war schweißnass, und seine Sorgen verwandelten sich in Wut, als die Sonne am Himmel höherstieg. Wenn er darüber nachdachte, was gerade geschah und zu welchen Maßnahmen er gezwungen war, wurde er missmutig und gewaltbereit.

Ein Haufen Ärger wegen ein paar beschissenen Schnappschüssen …

Irgendjemand hatte ihn auf dem Kieker, daran bestand kein Zweifel, doch herauszufinden, wer, würde nicht ganz einfach werden. Er würde nicht nur versuchen müssen, die Dinge zu Hause in Großbritannien zu regeln, sondern auch vor Ort ein paar Hebel in Bewegung setzen. Es gab ein paar Leute, die ins Raster passten: ein Stadtrat, den er womöglich ein bisschen zu stark unter Druck gesetzt hatte; ein marokkanischer Lieferant, der glaubte, er werde zu schlecht bezahlt; ein neureicher Gebrauchtwagenhändler aus den Midlands, der vor sechs Monaten hier angekommen und in die Schranken verwiesen worden war, als er versucht hatte, den großen Macker zu markieren. Abgesehen von ihnen kamen noch mehr als nur ein paar andere infrage, die ihm möglicherweise seine Nähe zu ihren Frauen oder Freundinnen verübelten. Jeder von ihnen hätte die Fotos geschickt haben können, hätte Unruhe stiften können.

Selbstverständlich würde es helfen, wenn er die verdammten Fotos zu Gesicht bekäme. Dann könnte er sich wahrscheinlich eher zusammenreimen, wer ihm auf der Nase herumtanzte. So oder so, irgendwann würde er es schon herausfinden und die Sache regeln, aber bis es so weit war, ging es allein darum, Schadensbegrenzung zu betreiben.

Glücklicherweise war er darin schon immer gut gewesen.

Er gab seinem Buch noch eine Chance, da es jedoch nicht besser wurde, beschloss er, dass es zumindest schön schwer war, und schleuderte es mit aller Kraft gegen die Schiebetür. Es prallte gegen die Scheibe und fiel auf die Terrasse. Im Liegen beobachtete er, wie die Brise einige der verstreuten Seiten aufwirbelte und zum Wasser wehte.

Sie kauften Kuchen in einer Patisserie auf dem Camden Parkway und nahmen ihn mit in Thornes Wohnung. Louise kramte eine Teekanne hervor und goss Milch in eine Kanne, obwohl Thorne griesgrämig protestierte und sagte, dass heiße Suppe und getoasteter Teekuchen besser zu der Eiseskälte gepasst hätten.

Hendricks nannte Thorne einen verweichlichten Schlappschwanz aus dem Süden. Thorne ignorierte ihn. Louise störte sich nur an dem Wort »verweichlicht«.

Nachdem der Tee getrunken war und die Sonntagabend-Trübsal frühzeitig einsetzte, öffneten sie eine Flasche Wein. Draußen brach die Dämmerung an, und als die Unterhaltung ähnlich düster wurde, verkündigte Louise, dass sie ein Bad nehmen werde.

Thorne machte eine weitere Flasche auf. »Ich hätte in der Schule fleißiger sein sollen.«

»Du hättest was?«

»Die nötigen Qualifikationen erwerben sollen, um studieren zu können. Mir einen Job suchen sollen, bei dem ich mich nicht so oft so mies fühle.«

»An deiner Stelle würde ich mir deshalb nicht den Kopf zerbrechen«, sagte Hendricks. »Ich habe sowieso meine Zweifel, ob du dafür überhaupt schlau genug gewesen wärst.« Er lächelte und hob sein Glas. »Das ist ziemlich sicher das Einzige, wozu du geeignet bist.«

Das war ein Trick, den Hendricks bereits etliche Male eingesetzt hatte: Sticheleien, um Thornes schlechte Laune zu vertreiben. Meistens funktionierte es, doch an diesem Abend hatte Hendricks hart zu kämpfen, und das sagte ihm Thorne auch.

»Wer sagt, dass ich Witze mache?«, fragte Hendricks.

»Wahrscheinlich hast du recht«, sagte Thorne. »Andernfalls hätte ich nicht so lange durchgehalten.«

»Vielleicht müsstest du mal befördert werden.«

»Wozu?«

»Du warst schon Inspector, als ich noch Medizinstudent war.«

»Passt zu mir.«

»Was wäre denn so verkehrt an einem zusätzlichen Stern und einem besseren Parkplatz?«

»Nichts … wenn ich gerne den ganzen Tag auf meinem Arsch herumhocken würde. Und wenn ich gerne den Großteil meiner Zeit damit verbringen würde, Jesmond in seinen zu kriechen.«

»Das würde dich zumindest eine Zeit lang aus der Schusslinie bringen.«

»Da würde ich lieber Leichen waschen.«

»Das kann ich arrangieren«, sagte Hendricks. Er schenkte Thorne und sich nach, nickte in Richtung Badezimmer. »Sag mal, solltest du nicht da drin sein und ihr den Rücken schrubben, anstatt hier mit mir rumzuhocken und Scheiße zu labern?«

Thorne fabrizierte ein Lächeln, war in Gedanken jedoch bei der Begeisterung, vor der Anna Carpenter geradezu übersprudelte. Er hatte früher einmal genauso empfunden, hatte *wahrscheinlich* genauso empfunden, bis er vor der Leiche eines Kindes gestanden hatte. Bevor er beobachtet hatte, wie ein Mann gefoltert wurde, und nichts dagegen unternommen hatte. Vor einer Ewigkeit, bevor er gesehen hatte, wie ein Mörder aus dem Gerichtssaal schlenderte, um sich von den Medien feiern zu lassen.

»Warum holst du nicht wenigstens die Prüfungen nach?«, schlug Hendricks vor. »Vielleicht bringt dich das auf andere Gedanken.«

Fünf Minuten später erhob sich der Gerichtsmediziner und beklagte sich darüber, dass die Northern Line aufgrund von Wochenend-Schienenreparaturen noch langsamer sein würde als sonst. An der Wohnungstür zog er Thorne für ihre übliche unbeholfene Umarmung an sich heran und zwinkerte. »Mit ein bisschen Glück ist das Badewasser noch warm.«

Thorne ging zurück ins Wohnzimmer und leerte sein Glas. Dann suchte er in seinem Notizbuch nach einer Telefonnummer und wählte.

»Steve? Hier ist Tom Thorne.«

Stephen Keane war kein Mann vieler Worte, zumindest nicht Thornes Erfahrung nach. Allerdings kannte Thorne ihn noch nicht lange und hatte ihn noch nie unter auch nur annähernd normalen Umständen erlebt. Vielleicht war er sonst fürchterlich geschwätzig, doch seit seine Tochter ermordet worden war, hatte er nicht viel gesprochen.

Jetzt brauchte Andrea Keanes Vater ein paar Sekunden, um zwei Worte zu finden.

»Oh. Hallo.«

»Ich rufe nur an, weil … ich wissen wollte, wie es Ihnen geht. Ihnen *beiden*.«

»Wir kommen schon zurecht.«

»Tut mir leid, ich wollte eigentlich schon früher anrufen …«

»Rufen Sie an, weil Chambers im Radio war?«

»Haben Sie das gehört?«

»Ein Freund hat uns angerufen und es uns gesagt.«

»Das war eine Frechheit. Was soll ich sagen?« Thorne saß auf der Sofakante und schüttelte den Kopf. »Wenn wir das irgendwie hätten verhindern können, hätten wir es getan, das schwöre ich Ihnen. Sie sollten sich so was nicht anhören müssen.«

»Hören Sie, ich habe gerade zu tun, also ...«

»Kein Problem. Entschuldigen Sie, dass ich ... Überhaupt kein Problem.«

Es entstand eine Pause. Stimmen im Hintergrund an Keanes Ende der Leitung. Thornes Atem, der geräuschvoll den Kunststoff-Telefonhörer streifte.

»Was *wollen* Sie denn?«

»Wie ich schon sagte, ich wollte nur hören, wie es Ihnen geht.« Thorne rutschte auf den Boden hinunter. »Ich weiß nicht ... Ich dachte, das würde vielleicht helfen.«

»Mir helfen oder Ihnen, Mr Thorne?«

Howard Cook hielt die Autotür auf und wartete auf seine Frau, die langsam vom Restaurant auf den Wagen zuging. Dann nahm er behutsam ihren Arm und stützte sie, als sie sich hinunterbeugte und sich unter großen Anstrengungen auf dem Beifahrersitz niederließ.

»Rein mit dir, Schatz.«

Ihre Arthritis wurde stetig schlimmer, also hatten zumindest ein oder zwei Körnchen Wahrheit in dem gesteckt, was er dem Bullen gesagt hatte. Er wusste bereits seit einer Weile, dass Pat in absehbarer Zukunft wesentlich mehr Fürsorge benötigen würde. Was im Gefängnis passiert war, hatte seine Entscheidung womöglich beschleunigt, doch er hatte bereits zuvor darüber nachgedacht, in den Ruhestand zu gehen.

Genau genommen handelte es sich bei dem Restaurant um einen Pub, doch es gab dort gutes Essen, und da sie mit dem Auto in zehn Minuten dort waren, gönnten sie sich hier ein paar Mal im Monat ein Abendessen. Hin und wieder trafen sie sich da mit Freunden: mit einem Ehepaar, das Pat aus der Bibliothek kannte, oder mit einem seiner Gefängnisaufseher-Kollegen und dessen Frau. Einmal nahmen sie ihren ältesten Sohn und seine Freundin mit – bei einer der seltenen Gelegenheiten, als er sich zu einem Besuch bei ihnen herabgelassen hatte.

»Wie war dein Lamm, Schatz?«, fragte er.

»Sehr zart. Und dein Steak?«

»Wenn ich ehrlich bin, war es ein bisschen zu blutig für meinen Geschmack, aber sie sind so nett da drin, dass man nichts sagen möchte, nicht wahr? Und der Nachtisch war köstlich.«

»Lass uns nach Hause fahren, ja?«

Auf dem Rückweg über die schmalen, unbeleuchteten Straßen in die Ortschaft ließen sie das Radio wie immer ausgeschaltet. Miteinander zu plaudern, genügte ihnen völlig. In zweiunddreißig Ehejahren waren ihnen nie die Gesprächsthemen ausgegangen. Viele Leute beneideten sie darum und sagten ihnen, das sei das Geheimnis einer langen und glücklichen Ehe.

Das und zu wissen, wann man über gewisse Dinge *nicht* sprechen sollte.

Auf dem Nachhauseweg setzten sie die Unterhaltung fort, die sie im Pub bei Steak, Lamm und einer Flasche Rosé begonnen hatten. Sie sprachen über ihre Kinder, überlegten, wo sie dieses Jahr Urlaub machen könnten, und diskutierten darüber, was sie mit Pats Mutter machen sollten, die inzwischen fünfundachtzig Jahre alt war und kaum noch das Haus verlassen konnte. Sie sprachen über fast alles, nur nicht darüber, woher das Geld kommen würde, nachdem Cook einige Jahre zu früh aus heiterem Himmel in den Ruhestand gegangen war. Er war froh, dass seine Frau ihn gut genug kannte, um nicht nachzubohren. Als er ihr ein paar Tage zuvor seine Entscheidung mitgeteilt hatte, hatte er ihr klargemacht, dass er ganz und gar nicht erpicht darauf war, näher darauf einzugehen. Sie hatte genickt, besorgt, aber verständnisvoll, und er hatte sie in einer beruhigenden Umarmung an sich gezogen.

»Es ist alles unter Dach und Fach, Schatz, warum also noch darüber reden?«

Ob tatsächlich alles unter Dach und Fach war, würde sich noch zeigen, doch er ging davon aus, dass Boyle und sein Team nicht so schnell lockerlassen würden. Cook hatte ziemlich dick aufgetragen, als sie ihn sich das erste Mal vorgeknöpft hatten, da er nicht gewusst hatte, was er sonst hätte tun sollen. Er hatte dem Bullen aus London rotzfrech gesagt, er solle nach Herzenslust herumschnüffeln, aber jetzt lebte er in ständiger Angst davor, dass es an der Tür klopfte und ein lächelnder Andy Boyle dastand, wenn er sie öffnete.

»Gute Neuigkeiten, Howard. Allerdings nicht für Sie …«

Das Geld, das er für die ersten paar »Gefallen« kassiert hatte – für die Sache mit dem Handy und so weiter –, war längst weg, und es würde ganz bestimmt nichts mehr nachkommen, bevor sich die Wogen wieder geglättet hatten. Doch er konnte unmöglich wissen, wie vorsichtig die anderen Beteiligten gewesen waren. Ein Ausrutscher, und sie wären alle geliefert.

Als sie vor ihrem Haus hielten, sagte Pat, dass sie Tee aufsetzen werde, und Cook gab sich alle Mühe, sich zu beruhigen. Diese Leute wussten, was sie taten, natürlich wussten sie das, und sie machten ihre Hausaufgaben. Er hatte sich schon oft gefragt, ob sie ihn vielleicht sogar besser kannten, als seine Frau ihn kannte. Hatte sich gefragt, ob sie damals, als sie zum ersten Mal an ihn herangetreten waren, genau gewusst hatten, wie besorgt er darüber war, ob er sich mit seiner Rente über Wasser würde halten können.

Wie unwahrscheinlich es war, dass er ihr Angebot ablehnen würde.

»Da wären wir, Schatz …«

Großer Gott, jetzt wünschte er sich, er hätte abgelehnt. Damals hatte es für ihn nach einer Menge Geld für sehr wenig Arbeit und ein äußerst geringes Risiko geklungen. Ein paar Gefälligkeiten im Gefängnis und draußen, und eine Tüte voller Zehner im Kofferraum seines Wagens.

»Warte, ich helfe dir beim Aussteigen.«

Keine Rede davon, dass irgendjemand getötet werden würde. Kein Wort von blutüberströmten Zellenfußböden und selbst gebastelten Klingen, die es loszuwerden galt. Keine Chance für ihn, sich herauszuhalten.

Sie hatten ihn bereits damals in der Hand gehabt, oder etwa nicht?

Er stieg aus und ging ums Auto herum, um Pat die Wagentür zu öffnen. Sie streckte ihm eine Hand hin, und als er diese gerade ergreifen wollte, tauchten Scheinwerfer über der Hügelkuppe auf.

Der Wagen fuhr mit einem solch hohen Tempo, dass Cook sich nur ein paar Sekunden lang bewusst war, was gleich geschehen würde. Ihm blieb gerade noch genug Zeit, um die Hand seiner Frau einmal zu drücken, bevor er sie losließ. Bevor das Auto ihn und die geöffnete Tür erfasste und anschließend davonraste. Das Dröhnen seines Motors verklang, als Patricia Cooks Schreie lauter wurden.

Ein paar Minuten später kniete ein Nachbar neben der Leiche auf der Straße und verständigte den Notruf, während seine Ehefrau versuchte, die verstörte Frau im Auto zu beruhigen. Sobald ein Krankenwagen unterwegs war, wurde der Bereitschaftsdienst der Mordkommission informiert, die sofort einen Wagen losschickte. Binnen einer Stunde, nachdem der Pathologe seine Erstuntersuchung durchgeführt hatte und die Identität des Toten nachgewiesen war, wurde die zuständige Einheit des West Yorkshire Homicide and Major Inquiry Team kontaktiert. Der Name wurde in das Computersystem eingegeben, Details des Vorfalls wurden an den Leiter des Ermittlungsverfahrens weitergegeben, mit dem Howard Cook in enger Verbindung zu stehen schien. Nach zwei Stunden war der Zwischenfall in Kirkthorpe bereits mit einer Nummer versehen, und die nötigen Akten waren angelegt worden.

Eine zweite Morduntersuchung war eingeleitet worden.

Kurz vor 23:30 Uhr, auf der Fahrt von seinem Haus auf der anderen Seite von Wakefield zum Tatort, rief Andy Boyle Tom Thorne an.

Zwanzigstes Kapitel

»Es gibt so viel zu tun«, sagte sie. »Zu organisieren und so weiter. Ich hatte noch keine Gelegenheit, einkaufen zu gehen oder irgendwas zu kochen, und das Haus ist ein einziger Saustall. Ich wünschte, Sie hätten mich wenigstens Tee kochen lassen. Ich bräuchte nur schnell ans Ende der Straße zu sausen und Kuchen zu kaufen …«

Pat Cook hielt inne und verstummte, als erinnerte sie sich plötzlich an irgendetwas, dann drehte sie den Kopf, um die Frau zu betrachten, die neben ihr auf dem Sofa saß. Sie wirkte überrascht, die Polizistin vom örtlichen Revier zu sehen – die abkommandiert worden war, um über Nacht bei ihr zu bleiben, und ihr seitdem nicht von der Seite gewichen war –, und schüttelte den Kopf. Einen Moment lang schien sie zu überlegen, was die Frau und zwei weitere Polizisten in ihrem Wohnzimmer zu suchen hatten.

Zumindest einer dieser Polizisten war sich selbst nicht ganz sicher.

»Wir sind wunschlos glücklich«, sagte Thorne. »Wirklich.«

Es war Montagmittag, doch die Vorhänge an den großen Fenstern waren zugezogen, und das einzige Licht kämpfte sich hinter dem gefransten braunen Schirm einer Stehlampe hervor. Pat Cook trug einen gefütterten blauen Hausmantel und hielt etwas umklammert, das aussah wie das Oberteil eines Herren-Pyjamas. Sie sprach langsam, jeder Gedanke eine Anstrengung, wie jemand, der noch nicht ganz aufgewacht war.

»Haben Sie zufällig einen Blick auf den Wagen werfen können?«, fragte Andy Boyle, der in der Nähe der Tür stand. Als er und Thorne Jeremy Grover befragt hatten, hatte er eine ähnliche Position eingenommen. Thorne fragte sich, ob er das bewusst tat, ob es sich dabei um eine Art Machtspiel handelte. »Die Marke oder die Farbe?«

»Es war dunkel«, sagte Pat Cook. »Und es ging alles so schnell.«

»Nicht mal, als er davonfuhr? Haben Sie vielleicht das Kennzeichen gesehen?«

»Ich habe nicht auf das Auto geschaut, ich habe auf Howard geschaut. Er schien sich zu drehen und zu drehen. Als er dann endlich aufhörte, sah ich die Autotür neben ihm im Gras liegen.« Sie sah die Polizistin an. »Die Tür hat es ganz vom Wagen weggerissen, wussten Sie das?« Die Polizistin nickte, bestätigte wortlos, dass sie informiert war. »Sie lag völlig verbogen da, und ich dachte, dass es ein Haufen Arbeit sein würde, sie wieder ans Auto zu montieren. Lächerlich, wenn ich es mir jetzt überlege. Finden Sie nicht, dass das lächerlich ist?«

»Es ist nicht lächerlich«, sagte Thorne.

Er wusste aus Erfahrung, dass einem in Extremsituationen die seltsamsten Gedanken durch den Kopf schossen, und erinnerte sich an eine Frau, die mit einem Tranchiermesser auf ihren Mann losgegangen war und immer wieder damit anfing, dass sie ein fürchterlich schlechtes Gewissen habe, weil sie sein Lieblingshemd ruiniert hatte. An einen Vater, dessen kleiner Sohn den Schüssen aus einem vorbeifahrenden Auto zum Opfer gefallen war und der davon besessen war, den Fußball zu finden, den sein Sohn bei sich gehabt hatte. »Das war sein bester Ball«, hatte der Mann immer wieder gesagt. »Er wäre traurig, wenn der Ball verloren ginge.«

»Haben Sie wenigstens gesehen, ob ein oder zwei Leute in dem Auto saßen?«, fragte Boyle.

Thorne krempelte so unauffällig wie möglich seine Hemdsärmel hoch und lockerte seine Krawatte. In dem Zimmer war es viel zu heiß, doch keiner der Besucher hatte den Mut, eine Bemerkung zu machen.

»Ich habe gar nichts gesehen.«

Thorne ertappte sich dabei, dass er sich fragte, ob Cook für das Herunterdrehen der Heizung verantwortlich gewesen war; ob er derjenige gewesen war, der sich beklagt hatte, dass es zu stickig sei, und durchs Haus marschiert war, um den Thermostat einzustellen und Fenster aufzureißen. Einem Ehepaar, das sich bei solchen Dingen einig war, musste Thorne erst noch begegnen.

Boyle stellte noch ein paar weitere Fragen zu dem Zwischenfall, doch Thorne wusste, dass diese rein akademischer Natur waren. Das Auto war fast sicher gestohlen gewesen, und wenn es letztendlich auftauchte, würden sie von Glück reden können, wenn es ihnen überhaupt etwas auch nur annähernd Brauchbares lieferte. Selbst wenn sie das unerhörte Glück haben sollten, den Fahrer des Wagens zu schnappen, würde es ihnen in Anbetracht des bisherigen Verlaufs der Ermittlungen vermutlich nicht gelingen, denjenigen ausfindig zu machen, der ihn für den Mord an Howard Cook bezahlt hatte. Thorne war sich natürlich darüber im Klaren, wer letztendlich verantwortlich war, und er wusste aus verlässlicher Quelle, dass es sich dabei um einen Mann handelte, der sämtliche Eventualitäten berücksichtigte. Dazu zählten mit Sicherheit auch die Verhaftung und das Verhören der Leute, die er anheuerte.

»Es hat was mit seinem Job zu tun, nicht wahr?«, fragte Pat plötzlich. »Mit dem Geld.«

Boyle entfernte sich einen halben Schritt von der Tür. »Was ist damit?«

»Als ich ihn danach gefragt habe, und das war schon letztes Jahr, hat er gesagt, er würde einen Haufen Überstunden machen.« Sie schüttelte den Kopf über das, was sie augenscheinlich für eine vollkommen harmlose Lüge hielt. »Aber ich wusste über sein Kommen und Gehen genau Bescheid, weil ich immer für ihn gekocht habe, immer eine warme Mahlzeit für ihn fertig hatte, wissen Sie? Ich kannte seine Arbeitszeiten besser als er selbst, und er machte keine Überstunden.«

»Was war es dann Ihrer Meinung nach?«, erkundigte sich Thorne.

»Ich wusste, es … waren keine Überstunden.«

Thorne nickte. »Und woran ist es Ihnen aufgefallen?«

»Eigentlich an ein paar Kleinigkeiten. Er hat mir eines von diesen Muskelstimulationsgeräten gegen meine Arthritis gekauft und ein orthopädisches Bett, so eines, das rauf- und runterfährt. Und die sind nicht billig. Ich habe mich erkundigt. Als bei unserem Wagen die Inspektion fällig war, gab es nicht das übliche Gejammer, wissen Sie? Diese Werkstätten ziehen einem das letzte Hemd aus, nicht wahr? Die sind doch alle korrupt.«

Thorne und Boyle wechselten einen Blick. Da kein Zweifel daran bestand, dass sie den Tod ihres Mannes noch nicht ganz begriffen hatte, war sie sich der Ironie mit Sicherheit nicht bewusst.

»Dann haben Sie das Ganze also einfach akzeptiert? Sie haben nichts gesagt?«

»Um ehrlich zu sein, ich habe es so gut wie vergessen. Um finanzielle Angelegenheiten hat sich immer Howard gekümmert. Er wollte nicht, dass ich mir Sorgen mache.«

Darauf möchte ich wetten, dachte Thorne.

»Die Rechnungen wurden bezahlt, wir machten Urlaub. Alles lief normal weiter, wissen Sie?«

»Haben Sie ihn irgendwann einmal mit jemandem gesehen, der Ihnen verdächtig vorkam?«, fragte Boyle.

Pat Cook schien das ziemlich amüsant zu finden. »Er war Gefängnisaufseher, mein Lieber«, sagte sie. »Er hat acht Stunden am Tag mit einigen der verdächtigsten Burschen verbracht, die einem begegnen können.«

»Stimmt …«

Thorne fragte sich abermals, was Andy Boyle erwartete: *Oh, ja, wenn ich es mir recht überlege, da war ein Mann … Er sah ziemlich zwielichtig aus und hat sich vergewissert, dass niemand zusieht, bevor er Howard einen großen braunen Umschlag zugesteckt hat, der prallvoll mit Geld war. Komisch, damals habe ich mir eigentlich gar nichts dabei gedacht …*

»Und, was jetzt?«, fragte sie.

»Tja, wir werden tun, was wir können, um diejenigen, die für den Tod Ihres Mannes verantwortlich sind, zur Rechenschaft zu ziehen …« Das war der Anfang einer kleinen Ansprache, die Thorne bereits viele Male gehalten hatte und von der er wusste, dass sie überzeugend klang, doch er hielt inne, als er sah, wie Pat Cook den Kopf schüttelte.

»Nein, mein Lieber, ich meine, wegen Howard.« Sie faltete die Hände im Schoß. »Werden Sie ihn jetzt *endlich* in Ruhe lassen?«

Anschließend fuhr Andy Boyle sie zuerst nach Wakefield und dann in ein Industriegebiet südlich der Stadt, wo sein Team in mehreren miteinander verbundenen Gebäuden untergebracht war. Räumlichkeiten der Polizei waren selten schön, doch diese waren besonders trostlos und ließen Becke House im Vergleich geradezu bezaubernd erscheinen. Thorne fragte sich, ob die Polizei einen Exklusivvertrag mit denselben Leuten hatte, die auch Schlachthöfe und mehrgeschossige Parkhäuser entwarfen. Mussten diese Gebäude denn wirklich so scheußlich sein? Er bestand nicht auf Strohdächer oder kunstvoll integrierte Wasserspiele, aber, großer Gott … war der Job an sich nicht schon schlimm genug?

Es war sicher nicht von Vorteil, wenn diejenigen, die ihn ausübten, bereits beim Betreten ihrer Arbeitsstätte deprimiert waren.

Als sie hineingingen, machte Thorne diesbezüglich eine Bemerkung, doch sein Kollege aus Yorkshire sagte, er habe sich darüber noch nie ernsthaft Gedanken gemacht und würde sich ohnehin einen Dreck darum scheren. Thorne fragte ihn, ob er schon einmal etwas vom Sick-Building-Syndrom gehört habe, der sogenannten »gebäudebezogenen Krankheit«, aber Boyle schüttelte nur den Kopf, führte ihn in die Einsatzzentrale und gestikulierte in Richtung der zehn bis fünfzehn Männer und Frauen, die an unordentlichen Schreibtischen arbeiteten.

»*Kollegen*bezogene Krankheit trifft es schon eher«, spottete er. »Sie sollten mal hören, was dieser Haufen so alles vom Stapel lässt.«

Als Thorne vorgestellt wurde, merkte er, dass Boyle trotz seines griesgrämigen Getues nicht nur stolz auf seine Mitarbeiter war, sondern die meisten von ihnen sogar ziemlich gern mochte. Sicher lieber, als Thorne einige seiner Kollegen mochte, mit denen er zusammenarbeiten musste.

Außerdem fiel ihm wie schon öfter in ähnlichen Situationen auf, dass Polizisten, die einem Team zugeteilt waren, immer in bestimmte, klar erkennbare Kategorien zu fallen schienen. Es gab die Anpacker und die Jammerer. Es gab Speichellecker, Eigenbrötler und Schlägertypen. Thorne erkannte eine Yvonne Kitson und ein paar Dave Hollands, und nach ein paar schlechten Witzen und schlüpfrigen Bemerkungen war er in der Lage, den Samir Karim des Teams zu identifizieren. Nachdem er mit fast allen gesprochen hatte, war er sich nicht sicher, welcher von denen, die er kennengelernt hatte, am ehesten ihm selbst entsprach. Er fragte sich, ob Andy Boyle womöglich derjenige war, doch noch während er überlegte, wanderte sein Blick zu einem mürrischen Detective Sergeant, der ein wenig abseits von den anderen saß. Er hatte nur einen Grunzlaut von sich gegeben, als Thorne vorgestellt worden war, und sich dann wieder seinem Computerbildschirm zugewandt. Irgendwie wirkte er verstört.

Thorne unterhielt sich mit den Polizisten, die für die Untersuchung von Howard Cooks und Jeremy Grovers Finanzen zuständig waren, und erfuhr mehr oder weniger dasselbe, was er bereits von Andy Boyle gehört hatte. Die Bezahlung war fast sicher in bar erfolgt. Bislang waren keine belastenden Unterlagen aufgetaucht.

»Die Burschen sind nicht blöd«, merkte einer von ihnen an.

Thorne erinnerte sich, was Pat Cook zu ihm gesagt hatte, bevor sie gegangen waren – ihr Appell, was ihren Mann anbelangte. Er war ihrer Frage ausgewichen, um ihr nicht die schmerzhafte Wahrheit sagen zu müssen. Tatsache war nämlich, dass sie ihn nicht in Ruhe lassen würden, solange sie nicht etwas – *irgendetwas* – Besseres in der Hand hatten.

»Suchen Sie weiter«, sagte er zu den Polizisten.

Er hielt eine kurze Ansprache, in der er zusammenfasste, wie die Ermittlungen auf der Londoner Seite voranschritten. Was die Suche nach Alan Langford betraf, folgten sie vielversprechenden Hinweisen, waren aber trotzdem auf jegliche Hilfe angewiesen, die sie bekommen konnten. »Wenn wir eine Verurteilung erreichen möchten«, sagte er, »wird sich die Arbeit, die Sie hier machen, letzten Endes vermutlich als entscheidend erweisen.«

»Ergreifende Rede«, sagte Boyle, als Thorne fertig war. »Eines Tages werden Sie es in die Chefetage schaffen.«

»Nur über meine Leiche«, erwiderte Thorne.

»Apropos …« Boyle machte eine Kopfbewegung in Richtung eines großen Mannes in einem teuren Anzug, der auf sie zukam, und murmelte: »Wenn man vom Teufel spricht …« Dann lächelte er und stellte Thorne Detective Chief Inspector Roger Smiley vor.

Der DCI scheiterte kläglich, seinem Namen gerecht zu werden, als er Thorne die Hand schüttelte und ihm sagte, wie erfreut er über die gute Zusammenarbeit ihrer beiden Polizeieinheiten sei. Thorne gab sich alle Mühe, so zu tun, als höre er ihm zu, und bildete sich sofort eine Meinung über ihn. Derselbe Rang wie Brigstocke, aber vermutlich kein Brigstocke. Viel zu formell und glücklicherweise keine Kartentricks.

»Wir hoffen, dass es uns genauso wie euch unten im Süden gelingt, immer einen Schritt voraus zu sein«, sagte Smiley. »Habe ich recht, Andy?«

»Stimmt haargenau«, erwiderte Boyle, vermittelte dabei allerdings den Eindruck, als habe er nicht die leiseste Ahnung, was unter diesem Schritt zu verstehen war.

»Deshalb sind wir besonders stolz darauf, dass dieses Ermittlungsverfahren ein so gutes Beispiel für die CRISP-Initiative in Aktion ist.«

»Für *welche* Initiative?«, fragte Thorne.

Endlich lächelte Smiley. »Das ›Cross-Regional Information Sharing Project‹, überregionaler Informationsaustausch.«

»Ja, ein Paradebeispiel.« Nein, kein Brigstocke, beschloss Thorne. Zweifellos durch und durch ein echter Jesmond.

»Sie haben hier bestimmt noch eine Menge zu erledigen«, sagte Smiley. »Andy kann Ihnen ein Büro besorgen, wenn Sie eines brauchen.«

Thorne bedankte sich bei ihm und sagte, er habe nicht vor, allzu lange zu bleiben, doch ein Büro für ein oder zwei Stunden wäre schön. Nachdem Smiley gegangen war, drehte sich Thorne zu Andy Boyle. »*CRISP*? Sollte das ein Witz sein?«

»Sieht er etwa so aus?«

»Manchmal kommt es mir so vor, als würden sie sich diese lächerlichen Projekte ausdenken, damit sie zu den bescheuerten Initialen passen.«

»Ich habe neulich selber eins vorgeschlagen«, sagte Boyle. »Den National Unified Tactic Service. Ich habe ihm gesagt, auf diese Weise könnte er CRISPS und NUTS haben, Chips und Nüsse.«

Thorne lachte.

»Er hat keine Miene verzogen«, sagte Boyle.

Als es Abend wurde, hatte Thorne ein paar Stunden in einem winzigen Büro verbracht und alles durchgelesen, was das West-Yorkshire-Team nach der Ermordung von Paul Monahan und in den wenigen Stunden seit dem Mord an Howard Cook zusammengetragen hatte. Sämtliche Informationen im Zusammenhang mit den Ermittlungen würden von London aus über eine gemeinsame Datenbank zugänglich sein, doch Thorne hielt es für sinnvoll, das Material zu sichten, solange diejenigen, die es gesammelt hatten, zur Verfügung standen, um etwaige Fragen zu beantworten.

Wie sich herausstellte, war jedoch nichts dabei, was ihn beunruhigte oder seine Neugier weckte.

Beweismaterial zusammentragen nannten es manche, wenngleich Typen wie Jesmond oder Smiley vermutlich eine wesentlich kompliziertere Bezeichnung dafür hatten. Thornes Auffassung nach war bislang nicht viel dabei herausgekommen, was allerdings verständlich war, da ihnen das hötige Beweismaterial fehlte und sie keine genaue Vorstellung davon hatten, was zusammengetragen werden musste.

Alan Langford finden. Für Thorne reduzierte sich inzwischen alles auf diese simple Vorgabe.

Und seine Tochter ausfindig machen.

Er rief Louise an und hinterließ eine Nachricht für sie, um sie wissen zu lassen, dass er bald aufbrechen und rechtzeitig zu einem späten Abendessen zurück sein werde, falls der Zug keine Verspätung hatte. Er bot an, auf dem Rückweg von King's Cross irgendwo ein Curry mitzunehmen.

Er nahm sein Jackett und wollte gerade gehen, überlegte es sich dann aber noch einmal anders und kehrte an den Schreibtisch zurück. Er griff zum Hörer und wählte Donna Langfords Nummer.

»Was, zum Teufel, wollen Sie?«

»Wie stehen die Dinge bei Ihnen und Kate?«, fragte er.

»Als würde Sie das interessieren.«

»Anscheinend interessiert es mich, sonst würde ich nicht fragen.«

»Wir zoffen uns bis aufs Messer. Wir reden nicht mehr miteinander. Ich ziehe aus. Wann würden Sie den größten Ständer kriegen?«

»Sie sind albern, Donna.«

»Hören Sie, wir sind momentan nicht gerade wie die Turteltauben. Belassen wir's einfach dabei, ja?«

»Kate hat mit Ellies Verschwinden nichts zu tun«, sagte Thorne. »Das sollten Sie wissen.«

Es entstand eine Pause. »Warum haben Sie dann neulich mit den ollen Kamellen angefangen? Darüber geredet, was Kate vor zwanzig Jahren getan hat?«

»Ich wollte nur ein bisschen Bewegung in die Dinge bringen, verstehen Sie?«

»*Bewegung in die Dinge bringen?*«

»Ein paar Knöpfe drücken, um herauszufinden, was passiert ist. Das ist mein sogenannter ›Job‹.« Thorne zog ein Blatt Papier heran, griff nach einem Stift und begann zu kritzeln. »Ich wollte nicht für schlechte Stimmung zwischen Ihnen sorgen.«

»Jetzt verscheißern Sie mich aber so richtig«, sagte sie.

»Okay, mir war klar, dass es *vielleicht* für schlechte Stimmung sorgen würde, aber deshalb habe ich es nicht gemacht. Das wollte ich damit sagen.«

»Alles schön und gut, aber ich höre nicht, dass es Ihnen leidtut.«

Thorne war einer Entschuldigung bereits so nahe, wie er vorgehabt hatte. »Als Sie damit anfingen, müssen Sie doch gewusst haben, dass es irgendwann … böses Blut geben würde.«

»Ich habe gar nichts *angefangen*.«

»Egal, Sie wissen schon, was ich meine.« Thorne datierte die Angelegenheit auf das Eintreffen des ersten Fotos zurück, und obwohl er die Möglichkeit kurzzeitig in Erwägung gezogen hatte, glaubte er nicht, dass Donna Langford sich die Fotos selbst geschickt hatte. »Dann eben, seit diese Sache anfing …«

»Ich bin nie davon ausgegangen, dass alles glatt über die Bühne geht«, sagte sie. »Ich bin ja nicht blöd.«

»Bei zwei Toten kann man ganz sicher nicht von ›glatt über die Bühne gehen‹ sprechen, Donna.«

Thorne bekam das Schweigen zu hören, mit dem er gerechnet hatte. Der Zwischenfall in Kirkthorpe hatte es noch nicht in die Nachrichten geschafft. Donna wusste von dem Mord an dem Killer, den sie ein Jahrzehnt zuvor engagiert hatte, aber sie konnte unmöglich wissen, was dem Gefängnisaufseher zugestoßen war, der ein Komplize gewesen war. Er hörte, wie eine Zigarette angezündet wurde.

»Wer noch?«, fragte sie leise.

»Ich kann Ihnen keine Einzelheiten nennen, aber ich denke, ich darf Ihnen sagen, Ihr Exmann weiß, dass jemand nach ihm sucht.«

»Mein Gott …«

»Und deshalb möchte ich, dass Sie Anna Carpenter anrufen und ihr sagen, dass Sie sie nicht mehr beschäftigen.«

»Das ist ein freies Land, oder etwa nicht? Wenn ich sie bezahlen möchte und sie das Geld haben will …«

»Hören Sie, wir sind beide nicht mehr ganz grün hinter den Ohren, okay?« Thorne drückte den Stift fest aufs Papier und zeichnete immer und immer wieder dieselbe Figur nach. »Wir wissen beide ganz genau, wozu Alan Langford fähig ist, wenn er sich bedroht fühlt, wozu er bereits fähig *war*. Und aus verschiedenen Gründen hat keiner von uns beiden viel Mitspracherecht, ob er in die Sache reingezogen werden möchte oder nicht. Ich will ihn hinter Gitter bringen, und Sie wollen Ihre Tochter zurückhaben. Aber was auch immer Anna zu wollen glaubt, sie ist dem Ganzen nicht gewachsen. Sie ist kaum älter als Ihre Tochter, Herrgott noch mal.«

Das Seufzen war mit Rauch gefüllt. »Gut, ich rede mit ihr«, sagte Donna.

»Danke.«

Zehn Sekunden verstrichen, bevor Donna sagte: »Wie sind sie denn so? Die Leute, bei denen Ellie war.«

Thorne brauchte einen Moment, um zu begreifen, dass sie sich nach den Munros erkundigte. »Sie sind nett«, sagte er.

»Das ist gut.«

»Und sie sind genauso besorgt wie Sie.«

Sonst gab es nicht mehr viel zu besprechen, und nachdem Thorne gesagt hatte, dass er wieder anrufen werde, um sich zu erkundigen, wie das Gespräch mit Anna verlaufen sei, legte Donna auf. Er lehnte sich in seinem Stuhl zurück und dachte sich, dass er etwas zu trinken vertragen könne. Dachte, dass Kates und Donnas Beziehung solide genug war, um mit den Problemen fertig zu werden, die er zwischen ihnen verursacht hatte. Dass Kate trotz ihrer Vergangenheit die weitaus Geradlinigere der beiden war.

Er nahm das Blatt Papier in die Hand und starrte auf sein Gekritzel: ein Haus; ein Boot mit einer riesigen Sonne darüber; eine Frau, die in einem Auto saß. Dann knüllte er das Blatt zusammen und warf es auf dem Rückweg zur Einsatzzentrale in einen Papierkorb.

Er entdeckte Andy Boyle am Fotokopierer und fragte ihn, ob irgendjemand zur Verfügung stünde, um ihn zum Bahnhof zu fahren. Boyle sagte, dass er ihn selbst fahren werde. Dann fügte er hinzu: »Eigentlich wollte ich Sie fragen, was Sie später noch vorhaben.«

Thorne zögerte. Er war drauf und dran, ihm die Papierkram-Ausrede aufzutischen, die er am Tag zuvor bei Anna verwendet hatte, doch Boyle gab ihm keine Gelegenheit.

»Ich dachte mir, Sie möchten vielleicht einen Bissen essen.«

»Na ja … vielleicht können wir in der Nähe des Bahnhofs schnell was essen«, sagte Thorne.

»Ich meine nicht irgendwas Ausgefallenes. Ich habe einen großen Pott Eintopf im Kühlschrank, das ist alles.«

»Oh.« Thorne wurde bewusst, dass Boyle ihn soeben zu sich nach Hause eingeladen hatte. »Tja, vielen Dank, Andy, aber ich sollte mich lieber auf den Weg machen. Außerdem möchte ich nicht stören.«

»Sie stören nicht, mein Freund.« Boyle lehnte sich gegen den Fotokopierer. »Um ehrlich zu sein, könnte ich ein bisschen Gesellschaft gebrauchen, und der Eintopf muss auch gegessen werden.«

Thorne warf einen Blick auf Boyles Ehering. »Ach so. Ich hatte angenommen …«

Boyle betrachtete selbst bewundernd seinen Ring, als habe er ihn noch nie gesehen. »Sie ist vor ein paar Jahren gestorben.«

»Das tut mir leid.«

»Der Eintopf ist echt nicht übel, wenn ich so sagen darf.«

»Da bin ich mir sicher«, erwiderte Thorne.

»In den letzten Monaten hat sie mir beigebracht, wie man kocht.«

Einundzwanzigstes Kapitel

Boyle und Thorne fuhren eine belebte Hauptstraße hinunter, in der es von Geschäften wimmelte, die zum größten Teil noch geöffnet hatten, obwohl es bereits nach halb sieben war, sowie von Restaurants, die gerade damit anfingen, Abendessen zu servieren. Die Kundschaft und die Schilder ließen keinen Zweifel darüber aufkommen, dass es sich um ein überwiegend asiatisches Viertel handelte.

Als sie an einer Ampel standen, ließ Thorne das Fenster herunter und dachte an das Curry, das er hätte essen können.

Bald kamen sie in eine ruhigere Gegend und hielten vor Boyles bescheidenem Reihenhaus. »Die Stadt hatte in den letzten paar Jahren eine Menge um die Ohren«, sagte Boyle. »Ein paar von den Burschen, die für die Bombenanschläge in London verantwortlich waren, stammen von hier, deshalb standen Anti-Terror-Maßnahmen hoch im Kurs. Ehrenmorde, Sondereinsätze und so Sachen waren ein großes Thema in den Medien.« Er öffnete die Gartentür. »Mich persönlich interessiert es nicht die Bohne, *warum* jemand tötet. Für mich ist der Betreffende ein Arschloch, und ich werde ihn einlochen, basta.«

Thorne folgte Boyle auf dem schmalen Weg und dachte sich, dass das eine ebenso gute Arbeitsphilosophie war wie jede andere auch.

»Der letzte Zug geht ungefähr um zehn, glaube ich«, sagte Boyle. »Drin habe ich irgendwo einen Fahrplan.« Er lehnte sich gegen die Haustür, bis diese aufging. »Mag sein, dass ich bis dahin nicht mehr in der Lage bin, Sie zum Bahnhof zu fahren, aber es gibt jede Menge Taxis.«

»Kein Problem.«

»Tut mir leid wegen der Unordnung ...«

Der Eintopf war so gut, wie Boyle versprochen hatte, und Thorne achtete darauf, ihm das auch zu sagen. Das Lamm war mager und gut gewürzt, und das Ganze enthielt getrocknete Früchte – Aprikosen und in Scheiben geschnittene Mangos –, die Thorne noch nie in einem Eintopf gesehen hatte, die aber ausgezeichnet zu den Puy-Linsen passten. Sie aßen in der Küche und nahmen anschließend Bierdosen mit ins Wohnzimmer, das verhältnismäßig geräumig, aber unordentlich war: ein Stapel Papier auf einem niedrigen Tisch, ein Haufen Kleidungsstücke auf einem Stuhl, die sauber oder schmutzig gewesen sein mochten. Eine Zimmerecke wurde von einem riesigen Plasmafernseher beherrscht. DVDs waren darunter gestapelt und lagen davor auf dem Boden verstreut. Thorne sah Komplettsets der Fernsehserien *Only Fools and Horses* und *The Fast Show* und jede Menge Kricket: *England's Six of the Best*, *The Greatest Ashes Ever*, *Boycott on Batting*.

Andy Boyle hätte kein typischerer Vertreter seiner Heimat Yorkshire sein können, dachte Thorne.

»Wissen Sie, was mich so richtig freut?«, sagte Boyle. »Die Vorstellung, wie Jeremy Grover in seiner Zelle hockt und sich in die Hosen macht, wenn er hört, was Howard Cook zugestoßen ist.«

»Vorausgesetzt, er weiß es nicht bereits?«

»Stimmt, irgendwer kennt immer irgendwen, nicht wahr? Buschtrommeln.«

Davon gab es jede Menge, dachte Thorne.

»Vielleicht macht es den miesen Scheißkerl ein bisschen gesprächiger.«

»Oder es bewirkt genau das Gegenteil«, erwiderte Thorne.

Boyle zuckte mit den Schultern und stimmte ihm zu, dass das vermutlich die wahrscheinlichere Folge sei, dass es sich bei dem Mord an Cook womöglich in erster Linie um eine Warnung für Grover gehandelt hatte. »Verstehen Sie mich nicht falsch«, sagte er. »Seine Frau tut mir natürlich leid. Aber es fällt mir schwer, nicht zu denken, dass Cook sein Fett abbekommen hat.«

»Das ist ein *bisschen* hart, finde ich.«

»Vielleicht, aber er kannte das Risiko. Wenn man sich von solchem Abschaum schmieren lässt, muss man mit allem rechnen.« Boyle schüttelte den Kopf. »Cook war korrupt, und das kann ich überhaupt nicht leiden. Man sollte zumindest ein faires Spiel spielen, oder?«

Dieses Thema war eindeutig so etwas wie ein Steckenpferd von Boyle, deshalb nickte Thorne nur und sagte: »Stimmt.«

»Dasselbe gilt im Job. Für mich macht es keinen Unterschied, ob es um ein paar Pfund hier und da geht oder ob jemand kiloweise Koks mitgehen lässt – ein korrupter Bulle ist ein korrupter Bulle, und das braucht mir niemand zu sagen.« Er lächelte schelmisch. »Ich merke selbst, wer korrupt ist.«

»Meinen Sie?« Er dachte an Anna Carpenter und ihren eingebauten Lügendetektor. Hier war noch jemand, der glaubte, er habe einen Riecher für Unaufrichtigkeit.

»Oh, ja, mein Freund.« Boyle deutete auf Thorne. »*Sie* hatte ich bereits nach fünf Minuten durchschaut.«

»Ich bin ganz Ohr …«

Boyle machte eine Kunstpause. »Sie sind ein Wichser, aber Sie sind ein aufrichtiger Wichser.«

Thorne lachte und hielt seine Bierdose hoch, als Boyle ihm zuprostete.

Sie saßen eine halbe Minute lang schweigend da. Es war

beinahe der Punkt erreicht, dass Thorne fragen wollte, ob sie den Fernseher einschalten sollten.

»Sie war schon komisch, oder?«, sagte Boyle. »Cooks Alte.«

»Ich habe Leute schon seltsamer reagieren sehen«, erwiderte Thorne.

»Oh, ja, ich auch.« Boyle nahm einen großen Schluck Bier und machte es sich in seinem Sessel bequem. Er genoss es ganz offensichtlich, Geschichten auszutauschen. Oder vielleicht auch, sich einfach nur zu unterhalten. »Ein Kumpel von mir hat mal eine gescheuert bekommen, als er die Nachricht überbringen musste. Die Frau ist völlig ausgerastet und hat ihm eine ordentliche Ohrfeige verpasst, als wäre es seine Schuld gewesen.«

»Jeder reagiert anders«, sagte Thorne.

»Ja, genau, so ist es.«

Thorne hatte Menschen auf mehr verschiedene Arten und Weisen auf plötzlichen Tod reagieren sehen, als er zählen konnte. Er hatte erlebt, wie Leute über die schlechten Nachrichten gelacht hatten, als habe Thorne oder der jeweilige Polizist, den er begleitete, einen geistreichen Witz gemacht. Die meisten Menschen brauchten eine Weile, um es zu begreifen, aber er konnte sich an niemanden erinnern, der so *ruhig* gewesen war wie Pat Cook. Wie sie sich der Realität verschlossen hatte, war beinahe kindlich gewesen, als spielte sie ein Spiel.

»Selbst wenn man es ahnt, haut es einen um«, sagte Boyle.

Thorne nickte. Er spürte, welche Richtung Boyle einschlug.

»Wie bei meiner Anne. Ich meine, in den letzten paar Monaten haben wir *andauernd* darüber geredet … haben es geplant, weil Annie nichts unerledigt lassen wollte, wissen Sie? Aber dann, ganz am Ende, war es trotzdem …

schlimm.« Er nahm noch einen Schluck. »Man meint, man wäre darauf vorbereitet, aber man ist es nicht, das will ich damit sagen. Es fühlt sich trotzdem an, als würde die Welt stehen bleiben.«

»Muss hart für Sie gewesen sein«, sagte Thorne.

»Und ob.«

»Wie alt war ...?«

»Sie war zweiundvierzig.« Seine Finger beschäftigten sich mit der Sessellehne, fummelten an einem losen Faden herum, an einem Schmutzfleck oder an nichts. »Das ist kein Alter, oder?«

»Sie scheinen sich aber wacker zu schlagen, Andy«, sagte Thorne. »Ich bin sicher, sie wäre stolz auf Sie.«

»Sie wäre völlig *verblüfft.*«

»Ich habe das ernst gemeint.«

Boyle leerte seine Bierdose und zerdrückte sie. »Man macht irgendwie weiter, nicht wahr? Schließlich bleibt einem nichts anders übrig.«

Thorne fragte sich, wie die kommenden Wochen und Monate für Pat Cook werden würden. Einigen half es, wenn sie ihre gesamte Energie darauf verwendeten, denjenigen zu hassen, den sie für verantwortlich hielten. Anderen fiel es leichter, sich selbst die Schuld zu geben.

Ich hätte ihn niemals gehen lassen dürfen.

Ich hätte sie abholen sollen.

Hätte ich doch nur, hätte ich doch nur, hätte ich doch nur.

Er fragte sich außerdem, welchen Weg Andrea Keanes Eltern einschlagen würden, nachdem das Justizsystem entschieden hatte, dass Adam Chambers frei herumlaufen, frische Luft atmen und nach Belieben mit jedem über die junge Frau sprechen durfte, die sie verloren hatten. Zumindest hatte ihnen das Gesetz eine Zielscheibe gegeben; vielleicht würde ihnen das helfen.

»Möchten Sie noch eins?«, fragte Boyle und schwenkte die deformierte Dose.

»Ich habe die hier noch nicht ausgetrunken.«

»Stört es Sie, wenn ich mir noch eins hole?«

»Das ist Ihr Haus«, erwiderte Thorne. Er sah Boyle hinterher, als dieser auf die Küche zusteuerte, während er in Gedanken noch bei Andrea Keanes Eltern war und hoffte, dass das, was sich im Gerichtssaal abgespielt hatte, sie nicht langfristig völlig zerstören würde.

Er wusste jedoch, dass diese Hoffnung vermutlich vergebens war.

Ein Mord kostete viele Leben.

Obwohl Anna entgegen aller ihrer Instinkte besonders nett zu Frank gewesen war, hatte er es ihr nicht erlaubt, das Büro auch nur eine Minute vor halb sechs zu verlassen, sodass sie voll in den Berufsverkehr geriet. Sie hatte fast anderthalb Stunden gebraucht, um die acht Meilen von Victoria zu ihren Eltern nach Wimbledon zu fahren. Genug Zeit, um sich zu fragen, warum sie sich überhaupt die Mühe machte.

Und um Mut zu sammeln.

Nachdem sie vor dem Haus angehalten hatte, brauchte sie noch einmal fünf Minuten, bis sie sich bereit fühlte hineinzugehen. Sie blieb im Wagen sitzen und starrte auf ihr ehemaliges Zuhause: ein Haus mit vier Zimmern, einem ansehnlichen Garten und Blick über die Gemeindewiese, keine zehn Gehminuten vom All England Club entfernt.

»Das wird eines Tages alles dir gehören«, hatte ihr Freund Rob gesagt.

»Ich glaube, ich bin enterbt worden«, hatte Anna erwidert. Eigentlich hatte keiner von ihnen beiden gescherzt.

Jetzt wendete sich ihr Vater vom Kühlschrank ab und nahm die Milch mit zum Küchentisch, an dem Anna saß.

»Das muss so eine Art Urinstinkt sein«, sagte sie. »Jedes Mal, wenn ich hier bin, bekomme ich Lust auf Rice Krispies.«

Ihr Vater lächelte. »Ich achte immer darauf, dass ich welche im Haus habe.«

»Danke.«

»Ich frühstücke immer nur eine Scheibe Toast, und deine Mum …«

»Ja, ich weiß. *Wenn* sie Rice Krispies essen würde, dann sicher nicht mit Milch.« Anna blickte auf und sah den Gesichtsausdruck ihres Vaters. »Blöder Witz. Entschuldige …«

Sie fing an zu essen.

»Sie freut sich bestimmt, dass du gekommen bist.«

»Was?«

»Ich habe ihr gesagt, dass du kommst, und sie wird genau wissen wollen, wie es war, wenn du später wieder weg bist.«

»Wenn sie wieder nüchtern ist.«

»Sie wird mich fragen, worüber wir uns unterhalten haben.«

»Ob ich irgendwas über *sie* gesagt habe, meinst du.«

Ihr Vater suchte nach Worten, gab jedoch auf und wendete den Blick ab. Er griff nach einem Geschirrtuch, das über der Spüle lag, und fing an, die Arbeitsfläche zu wischen. Anna sah ihm dabei zu und dachte: *Dieser Blödsinn macht ihn älter. Das ist einfach lächerlich …*

Robert Carpenter war noch ein oder zwei Jahre von seinem sechzigsten Geburtstag entfernt und hatte Vollzeit für eine der größten Steuerkanzleien der Stadt gearbeitet. Seit seine Frau wieder damit begonnen hatte, stark zu trinken, ging er jedoch immer seltener ins Büro, und Anna war sich darüber im Klaren, dass die Geduld seines Arbeitgebers irgendwann an ihre Grenzen stoßen würde. Sie hatte deshalb täglich ein schlechtes Gewissen, obwohl sie ganz genau wusste, dass es nicht ihre Schuld war.

»Sie spricht schon über dich, weißt du.«

Anna ließ ihren Löffel fallen und lehnte sich abrupt in ihrem Stuhl zurück. Sie sah, dass ihr Vater erschrak, war aber zu wütend auf ihn, um darauf Rücksicht zu nehmen. »Du musst wirklich damit aufhören.«

»Womit?«

»In diesem albernen Flüsterton über sie zu sprechen, als wäre sie die Verrückte auf dem Dachboden.«

»Das war mir gar nicht bewusst.«

»Sie hat nicht den Verstand verloren – noch nicht. Sie ist einfach eine sture, bescheuerte alte Kuh.«

»Reg dich doch nicht so auf.«

»Eine sture, *besoffene* alte Kuh.«

»Bitte hör auf zu schreien.«

»Es ist mir egal, wenn sie mich hört. Wahrscheinlich lauscht sie sowieso. Das heißt, falls sie noch bei Bewusstsein ist.«

Ihr Vater wendete sich wieder dem Wischen zu, gab aber nach etwa einer halben Minute auf. Er warf das Geschirrtuch in die Spüle und setzte sich Anna gegenüber.

»Entschuldige«, sagte sie.

»Schon gut.« Er trug ein schickes Hemd, das er in seine Jeans gesteckt hatte. Als könne er es sich nicht erlauben, sich zu entspannen, dachte Anna. Oder es sich nicht leisten.

»Wie geht's ihr?«

»Ein bisschen besser, glaube ich. Wir waren letzte Woche ein paar Tage im Lake District. In einem netten Hotel. Schien ihr wirklich zu gefallen.«

»Ist sie nüchtern geblieben?«

Ein halbherziges Lächeln. »Mehr oder weniger.«

»Nimmt sie alle ihre Tabletten?«

»Ich glaube schon, aber ich kann sie nicht ununterbrochen beobachten, weißt du?«

»Ich weiß.« Anna beugte sich vor und tätschelte ihrem Vater den Arm. »Und du darfst dir keine Vorwürfe machen, wenn sie sich eine halbe Flasche Wodka reinschüttet, während du damit beschäftigt bist, den Lebensunterhalt zu verdienen. Dein Leben zu *leben*.«

Er sah ihr eine Weile beim Essen zu. Sie war beinahe fertig. »Du darfst dir auch keine Vorwürfe machen … für all das. Es ist nicht deine Schuld.«

Anna wollte zu schnell antworten, und ihr lief Milch am Kinn hinunter. Sie lachten beide, und sie nahm einen zweiten Anlauf. »Manchmal fühlt es sich allerdings so an.«

»Du warst nur eine Ausrede«, sagte er. »Die Ausrede, auf die sie gewartet hatte. So ist das bei Abhängigen.«

Anna sah ihn an.

»Ich habe ein paar Bücher darüber gelesen. Es ist immer einfacher für Abhängige, wenn sie behaupten können, jemand anderer hätte sie in den Alkoholismus getrieben oder was auch immer ihr Problem ist. Jemand anderen zu hassen ist einfacher, als sich selbst zu hassen.«

»Denkst du, sie *hasst* mich?«

»Nein, das war die falsche Formulierung …«

Anna nickte und aß die letzten Löffel. »Sie kommt nicht runter, oder?«

»Ich kann sie noch mal fragen«, sagte ihr Vater. »Kann versuchen, sie zu überreden.«

»Sie sollte nicht überredet werden müssen, Herrgott, ich bin ihre Tochter.« Sie lehnte sich zurück und kippte den Stuhl auf zwei Beine. »Und ich bin *glücklich*, weißt du?«

»Ich weiß«, sagte er. »Und was auch immer im Kopf deiner Mum vor sich geht, wie schlimm es auch werden mag, ich freue mich, dass es dir gut geht.«

»Na ja, so weit würde ich auch wieder nicht gehen. Ich kann kaum meine Miete bezahlen.«

»Brauchst du ein bisschen …?«

»Um Gottes willen, nein, ich wollte damit nur sagen … ich bin noch dabei, mich einzuarbeiten, das ist alles. Die Leute sind interessant, und der Job macht Spaß. Damals bei der Bank … Na ja, du weißt schon.«

Sie hielt inne, und sie gaben beide vor, nicht den schweren Schritten aus dem ersten Stock zu lauschen, der Tür, die lauter ins Schloss fiel, als sie es hätte tun sollen.

»Erzähl mir von dem Fall«, sagte er.

Anna nickte. »Bist du sicher? Ich meine, vielleicht ist er nur für mich interessant.«

»Das genügt mir«, erwiderte er. Dann beugte er sich über den Tisch, um die Schüssel seiner Tochter nochmals mit Rice Krispies aufzufüllen.

Andy Boyle gehörte zu jenen Trinkern, die immer weniger sagten, je mehr sie intus hatten. Er war nach wie vor redselig, neigte jedoch dazu, sich zu wiederholen, und die Schweigepausen zwischen seinen zunehmend undeutlichen und weitschweifenden Äußerungen wurden länger.

»Man muss würdigen, was man hat, will ich damit sagen, denn im einen Moment ist alles in Butter, und im nächsten ist man völlig am Arsch. Man lebt so vor sich hin, ist quietschvergnügt, dann geht man zum Arzt, weil man einen Knoten oder so bei sich entdeckt, und alles geht den Bach runter. Seien Sie also verdammt vorsichtig.«

»Das werde ich.«

»Ich will damit nur sagen …«

Thorne hörte zu, gab die passenden Laute von sich und warf jedes Mal, wenn Boyle nicht hersah oder für ein paar Sekunden die Augen schloss, einen Blick auf seine Uhr. Gegen Viertel nach neun fragte er schließlich, wo der Zugfahrplan sei, und erkundigte sich nach der Telefonnummer der örtlichen Taxizentrale. Boyle dirigierte ihn zu einer Schublade des Tischs im Flur, dann zu einer Schale in der Küche. Während Thorne blinzelnd die lächerlich kleine Schrift auf dem Fahrplan zu entziffern versuchte, griff Boyle nach einer weiteren Bierdose, die neben seinem Sessel stand – nach einer von mehreren, die er von seinem letzten Ausflug in die Küche mitgebracht hatte.

»Das soll wohl ein Witz sein.«

»Was?«

»Wissen Sie, wie lange dieser verdammte letzte Zug nach London braucht?« Thorne hatte zweimal hingesehen, um sich zu vergewissern, dass man bis St Pancras tatsächlich fast neun Stunden unterwegs war, wenn man um 22:10 Uhr von Wakefield losfuhr, wobei man in Sheffield umsteigen und dann in Derby viereinhalb Stunden auf einen Anschlusszug warten musste.

»Ich weiß, das ist lächerlich«, sagte Boyle.

»In dieser Zeit könnte ich zu Fuß nach Hause gehen.«

»Sehen Sie noch mal nach. Sie können auch einen Zug um Viertel vor sechs morgens nehmen, oder sogar noch früher, wenn es Ihnen nicht zu blöd ist, so zeitig aufzustehen. Dann würden Sie um halb neun an Ihrem Schreibtisch sitzen. Problem gelöst.«

Thorne fluchte ein oder zwei Minuten über die East Coast Mainline, über Richard Branson und über alle anderen, die es verdient zu haben schienen. Dann nahm er eine von Boyles Bierdosen und ging in den Flur, um Louise anzurufen.

»Das klingt, als wollte er von Anfang an, dass du über Nacht bleibst«, sagte Louise, nachdem Thorne ihr von den Zügen berichtet hatte. »Vielleicht bringt er dich im Schlaf um.«

»Kann sein, dass er noch seltsamere Pläne hat …«

»Womöglich war in dem Eintopf Schlafmittel.«

»Wie war dein Tag?«

»Tja, da du fragst, er hat damit angefangen, dass ich in Katzenkotze getreten bin, und von da an ging es nur noch bergab.«

»Oh, je.« Thorne hatte Elvis gefüttert, ehe er am Morgen aus dem Haus gegangen war – eine halbe Stunde, bevor Louise aufstehen musste. »Tut mir leid.«

»Ist nicht deine Schuld.«

»Und wie war's bei der Arbeit?«

»Ich musste mich mit dieser Zicke von Detective Sergeant herumärgern, die neu ins Team beordert wurde.« Jetzt waren ihrer Stimme die Frustrationen des Tages zu entnehmen. »Sie hat wieder Gift verspritzt, das Übliche eben.«

»Welche Art von Gift?«

»Spielt keine Rolle. Aber keine Sorge, die knöpfe ich mir schon noch vor.«

Thorne grunzte. Er wusste, dass sie das tun würde. »Also …«

»Klingt so, als hättest wenigstens du einen sinnvollen Tag gehabt.«

»Ich denke schon.« Thorne entfernte sich noch einen Schritt von der Wohnzimmertür. »Auch wenn die letzten Stunden eher was mit häuslicher Pflege zu tun hatten.«

»Deine gute Tat für dieses Jahr«, sagte Louise.

»Dann sehen wir uns vermutlich morgen Abend.«

»Eigentlich hatte ich vor, morgen in meine Wohnung zu fahren. Ich muss ein paar Dinge erledigen.«

»Oh, okay. Ich dachte nur, es wäre nett …«

»Wenn du willst, kannst du ja zu mir kommen.«

Mit einem Mal fühlte sich die Unterhaltung gestelzt und merkwürdig an. Vor allem deshalb, weil sie solche simplen Vereinbarungen schon hundertmal zuvor getroffen hatten.

»Dann mache ich das«, sagte Thorne.

»Vorausgesetzt natürlich, du überstehst die Nacht …«

Als Thorne das Wohnzimmer wieder betrat, war Boyle in seinem Sessel eingeschlafen. Thorne rüttelte ihn behutsam wach und empfahl ihm, ins Bett zu gehen, doch Boyle beharrte darauf, dass er in seinem Sessel bestens aufgehoben sei. Er tastete blind nach der Fernbedienung und schaltete den Fernseher ein. Dann riss er die Augen weit auf und griff nach unten zu seinem stark dezimierten Bierdosenvorrat.

»Recht haben Sie«, sagte er. »Also, wo waren wir stehen geblieben?«

Thorne rief das Taxiunternehmen an und bestellte ein Taxi für Viertel nach fünf am nächsten Morgen. Er sagte dem Mann in der Zentrale, er wisse, dass das irrsinnig früh sei, und bat ihn, dafür zu sorgen, dass das Taxi pünktlich komme. Dann sammelte er ein paar leere Dosen ein, trug sie in die Küche, schenkte sich ein Glas Wasser ein und sagte gute Nacht.

Als er auf der Suche nach einem freien Zimmer nach oben ging, hörte er Andy Boyle leise mit sich selbst reden.

Zweiundzwanzigstes Kapitel

Jeremy Grover lag auf seiner Pritsche und lauschte.

In der Stunde, nachdem abgeschlossen wurde, war im Trakt immer eine Menge Geplauder zu hören: Frühere Unterhaltungen wurden fortgesetzt, Neuigkeiten ausgetauscht. Hinter den Türen der Zellen entlang des Gangs wurden schmutzige Witze erzählt, Lieder gegrölt. Gerüchte wurden verbreitet, Schimpfwörter benutzt und Drohungen ausgesprochen.

Er lauschte, ob Howard Cooks Name fiel.

Ein paar von den Schwarzen hatten über Howard Cook gesprochen, als das Abendessen ausgegeben wurde, hatten sich in einer Ecke kaputtgelacht und vergnügt die Gefängnisaufseher angegrinst, die Dienst hatten. Grover hatte sie gehört, hatte den Namen aufgeschnappt und war zu ihnen hinübergegangen. Sie hatten ihm gesagt, dass es *große* Neuigkeiten gäbe, die verdammt witzig seien. Einer von ihnen hatte irgendetwas darüber gesagt, dass Cooks Ruhestand jetzt endgültig sei, doch ein fetter, hässlicher Aufseher namens Harris war hergekommen und hatte der Unterhaltung ein Ende gesetzt, bevor Grover irgendwelche Details herausfinden konnte.

Harris war ein Kumpel von Cook, und nach dem Gesichtsausdruck des Mistkerls zu schließen, hatte er ebenfalls etwas gehört.

Grover war nach dem Abendessen sofort aufgestanden, hatte sich zurück in seinen Trakt begeben und war in sein Bett gekrochen. War froh gewesen, allein zu sein, bis abgeschlossen wurde, da er Zeit zum Nachdenken brauchte. Hatte gehofft, das flaue Gefühl in seiner Magengegend würde sich legen. Er hatte das Handy aus seinem Versteck hervorgeholt und eine SMS an die übliche Nummer gesendet, in der er deutlich machte, dass er Informationen brauche. Dass er Instruktionen brauche.

Jetzt lag das Handy im Kissenbezug versteckt unter seinem Kopf. Ironischerweise handelte es sich um das Handy, das Howard Cook ihm gegeben hatte.

Grover war damals bewusst geworden, dass Cook Dreck am Stecken hatte. Dass sie letzten Endes auf derselben Seite standen. Diese Erkenntnis hatte ihn völlig überrascht. Hätte Grover raten sollen, bei wem es sich um einen korrupten Aufseher handelte, hätte er zuerst etliche andere Namen genannt – unter anderem diesen Fettsack Harris –, bevor er auf Howard Cook getippt hätte. Er nahm an, dass für die Aufseher dasselbe galt wie für die Häftlinge: Oft konnten diejenigen, die aussahen, als seien sie total durchgeknallt, keiner Fliege etwas zuleide tun, während andere, die den ganzen Tag brav in der Bibliothek hockten, einem den Kopf abrissen, wenn man sich über das Buch lustig machte, das sie lasen.

Trotzdem war er ziemlich geschockt gewesen, als er erfuhr, dass ein Paragrafenreiter wie Cook sich schmieren ließ.

Er erinnerte sich daran, wie es in jener Zelle abgelaufen war, an dem Abend, als er Monahan umgelegt hatte. Wie Cook in der Tür gestanden hatte und sich geräuspert hatte, als würde er nach Luft ringen, und die Hand ausgestreckt hatte. »Gib her«, hatte er gesagt, und Grover hatte ihm die zugespitzte Zahnbürste ausgehändigt. Zuvor hatte er noch das Blut an seiner Hose abgewischt, damit Cook nichts davon an seine Uniform bekam. Eine Sekunde lang hatten sie einander einfach nur angestarrt, und Grover konnte sich noch erinnern, wie verängstigt der Aufseher gewirkt hatte.

Sein Gesicht zeigte die Farbe von Haferbrei, und zunächst hatte er sogar Probleme gehabt, die Zahnbürste verschwinden zu lassen. Hatte seine Hosentasche nicht gefunden, weil seine Hand so stark zitterte.

Nach dem zu urteilen, was Grover jetzt hörte, hatte Cook allen Grund gehabt, sich zu fürchten.

»Das Arschloch ist hin, hat Reifenspuren am Kinn,

Howard Coo-ook, Howard Coo-ook …«

Das Lied tönte durch den Gang wie ein Fußball-Fangesang. Aggression und Überschwänglichkeit in gleichem Maß.

Als Grover das Vibrieren unter seiner Wange spürte, erschrak er, dann kramte er das Handy hastig hervor. Er kletterte von seiner Pritsche und stellte sich mit dem Rücken zur Wand neben die Tür.

Holte tief Luft.

»Warum die Panik?«

»Erzähl mir von Cook«, zischte Grover.

»Verdammte Scheiße, das ging ja schnell. Die sind noch nicht mal fertig damit, ihn zusammenzukratzen.«

»Ich verstehe das nicht.«

»Soll ich's dir erklären, Jeremy? In einfachen Worten oder was?«

»Er hätte niemals was gesagt.«

»Dieser Detective Inspector aus West Yorkshire hat ihn ziemlich in die Zange genommen, weißt du, und um auf Nummer sicher zu gehen …«

Grover flüsterte: »Moment« und presste das Ohr gegen die Zellentür. Noch herrschte eine Menge Lärm, sodass man ihn unmöglich sprechen hören konnte. »Dann soll ich also Schiss haben oder was?«

»Hast du Schiss?«

»Was ist mit der Kohle, die mir zusteht? Dafür, dass ich Monahan erledigt habe.«

»Das müssen wir noch ein bisschen verschieben, bis sich die Wogen geglättet haben, aber es gibt keinen Grund zur Sorge. Sie geht dorthin, wo du sie haben wolltest.«

Grover dachte an seinen Sohn und an die Frau, die ihn zur Welt gebracht hatte. Er konnte sich nicht sicher sein, ob die blöde Kuh nicht den Großteil des Geldes für Koks und Fusel verprassen würde, wenn sie es schließlich bekam, aber es würde den beiden das Leben bestimmt erleichtern.

»Scheint übrigens eine nette Schule zu sein, in die dein Sohn geht. Ein ziemlich guter Fußballer ist er auch. Du solltest stolz sein.«

Grover weigerte sich anzubeißen, da er genau verstand, was damit eigentlich gemeint war, doch es fiel ihm plötzlich schwerer zu atmen. Ein Gurt zog sich fester um seine Brust. »Also was ...?«

»Zieh einfach den Kopf ein.«

»Das mache ich immer.«

»Wir werden versuchen, es für dich da drin so angenehm wie möglich zu machen. Solange du dir darüber im Klaren bist, dass sich alles ganz schnell ändern kann.«

»Du brauchst dir keine Sorgen zu machen.«

»Das will ich hoffen. Ich kann mich nämlich erinnern, dass ich vor einiger Zeit ein ganz ähnliches Gespräch mit Paul Monahan hatte ...«

Grover sagte: »Hör zu, du kannst dich entspannen, okay?«, dann stellte er fest, dass er mit sich selbst sprach. Er verstaute das Handy wieder in seinem Versteck und legte sich hin.

Draußen sangen sie noch immer über Howard Cook – einfallsreiche Variationen über ein beliebtes Thema –, bis sich eine Stimme über die Kakophonie erhob, etwas über den Entzug von Privilegien schrie und ihnen empfahl, den Mund zu halten.

Scheiß-Harris.

Dreiundzwanzigstes Kapitel

Thorne fühlte sich wie eine wandelnde Leiche. Er versuchte, sich zu konzentrieren, aber sein Verstand war benommen und träge, und Russell Brigstocke hatte eindeutig schon lebendigere Einsatzbesprechungen abgehalten. Irgendetwas war nötig, um ein bisschen Schwung in die Sache zu bringen, beschloss Thorne.

»Also, gehen wir zu dem Zwischenfall in Kirkthorpe über«, sagte Brigstocke.

Vielleicht konnte Brigstocke einen der Detective Constables in zwei Teile sägen, dachte Thorne …

Thorne hatte den Wecker seines Handys gestellt, war kurz nach fünf Uhr morgens aufgewacht und hatte sich gefühlt, als habe er fast gar kein Auge zugemacht. Im Erdgeschoss hatte er Boyle schlafend vorgefunden, wie er ihn zurückgelassen hatte. Immerhin war er ansprechbar gewesen, sodass Thorne ihn fragen konnte, ob er sich saubere Socken und eine Unterhose von ihm ausleihen dürfe.

»Ich stecke sie morgen in eine Versandtasche«, hatte Thorne gesagt.

Boyle hatte gegrunzt und im Halbschlaf gemurmelt: »Danke für den Besuch.«

Da wie durch ein Wunder sowohl das Taxi als auch der Zug pünktlich waren, hatte Thorne es geschafft – wie von Boyle versprochen –, um halb neun im Becke House zu sein. Dort angekommen, war ihm gerade genug Zeit geblieben, um sich in der Kantine einen Tee und ein Sandwich mit

Schinkenspeck zu holen. Und um sich zu überlegen, wie er am besten auf die SMS reagieren solle, die ihm Anna Carpenter geschickt hatte, als der Zug gerade in den King's-Cross-Bahnhof einfuhr.

Was, zum Teufel, haben Sie zu Donna gesagt?

Jetzt saß er im hinteren Bereich der Einsatzzentrale, hinter etwa zwei Dutzend anderen, die sich auf Stühlen um zwei aneinandergeschobene Schreibtische versammelt hatten. Infolge der Fahrerflucht in West Yorkshire war das Team am Vortag um zehn weitere Polizisten verstärkt worden. Der Einsatz hatte über Nacht »an Bedeutung gewonnen« – ein praktischer und feinsinniger Euphemismus.

Mit anderen Worten: Es hatte weitere Tote gegeben.

»Das Auto, von dem Howard Cook am Sonntagabend überfahren und getötet wurde, ist gestern am späten Abend auf einem Feld zwischen Wakefield und Castleford gefunden worden, wo es in Brand gesteckt worden war.« Brigstocke richtete den Blick in den hinteren Teil des Raums und sah Thorne in die Augen.

Ein brennendes Auto. Hatte damit nicht alles angefangen?

»Wie Sie sich vorstellen können, war nicht mehr viel davon übrig«, fuhr Brigstocke fort. »Immerhin ließ sich noch feststellen, dass es sich um das fragliche Fahrzeug handelte. Es war am Sonntagvormittag auf einem Parkplatz in Wakefield gestohlen worden. Momentan wird es vor Ort von Kriminaltechnikern untersucht, aber ich glaube nicht, dass wir uns allzu große Hoffnungen machen sollten.«

Von einem der vorderen Stühle meldete sich Yvonne Kitson zu Wort: »Wenn der Fahrer des Autos der Meinung gewesen wäre, dass wir darin irgendwas Nützliches entdecken könnten, hätte er dafür gesorgt, dass wir es nicht so leicht finden.«

»Richtig«, erwiderte Brigstocke.

Hinter ihm war der Fall auf einem Whiteboard skizziert: eine Reihe von Namen und Bildern, die mit dicken schwarzen Filzstiftlinien miteinander verbunden waren. Auf der linken Seite befand sich ein Foto von Howard Cook, das seine Frau zur Verfügung gestellt hatte. Darüber hing eine Aufnahme von Paul Monahan und ganz oben ein Foto aus dem ursprünglichen Obduktionsbericht des ersten Opfers. Von den verkohlten Überresten, die vor mehr als zehn Jahren im Epping Forest aus Alan Langfords Jaguar geborgen worden waren.

Von einem Gesicht, das kaum als solches zu erkennen war. Von dem Rest, der lediglich die Form eines Körpers hatte.

In der Mitte der Tafel hing ein Foto von Alan Langford selbst – eine der vielen Aufnahmen aus den Akten, die allesamt mindestens ein Jahrzehnt alt waren. Von diesem Foto zeigten Pfeile auf die Bilder der Opfer sowie auf Kopien der neueren Aufnahmen von ihm, die seiner Exfrau zugeschickt worden waren. Auf der rechten Seite des Whiteboards hingen ein Foto von Donna Langford und eines von ihrer Tochter.

Während Brigstocke sprach, trat er hin und wieder zur Tafel und deutete auf das entsprechende Bild. Das war eine simple Gedächtnisstütze für die weniger kreativen Denker im Team. *Dieses* Mordopfer. *Jenes* vermisste Mädchen. *Dieser* zwielichtige Mistkerl, mit dem wir uns im Zusammenhang mit dem Tod *dieses* Mannes gerne unterhalten würden.

»Wir sind immer noch keinen Schritt weitergekommen, was die Identifizierung dieses armen Kerls betrifft.« Brigstocke deutete auf das oberste Foto. »Deshalb konzentrieren wir uns darauf, Langford mit den Morden an Howard Cook und an Paul Monahan in Verbindung zu bringen.«

Thorne war nicht zum ersten Mal erstaunt, wie Brigstocke es schaffte, so positiv zu klingen, wie gut er darin war, die Moral des Teams aufrechtzuerhalten. Selbst dann, wenn wie in diesem Fall »konzentrieren auf« leicht durch »nicht vorankommen mit« hätte ersetzt werden können.

»Was seinen Aufenthaltsort anbelangt«, fuhr Brigstocke fort, »hatten wir Glück und konnten seine Spur an die Südküste Spaniens verfolgen.«

Samir Karim hob die Hand. Brigstocke fragte ihn, was er wolle.

»Ich melde mich freiwillig, Chef.« Karim drehte sich zu denen um, die hinter ihm saßen. »Falls Sie nach Leuten suchen, die rüberfliegen und ihn zurückholen.«

»Ich werde es mir merken, Sam.«

»Es könnte nicht schaden, wenn ich meine Bräune ein bisschen auffrischen würde.«

Vereinzelte Lacher ertönten, andere Stimmen mischten sich ein, und weitere Hände wurden gehoben.

Brigstocke lächelte und sagte: »Ja, schon gut«, und wartete, bis wieder Ruhe einkehrte. »Ich habe Infoblätter für Sie alle und werde Detective Inspector Thorne später genauer unterrichten. Natürlich ist es gut möglich, dass sich die vermisste Tochter ebenfalls dort befindet ...«

Thorne betrachtete das Foto von Ellie Langford, bei dem es sich um eines von jenen handelte, die Donna ihm gezeigt hatte. Sie blickte darauf mehr als nur ein bisschen mürrisch drein, als verursache ein Lächeln körperliche Schmerzen.

»... wobei wir selbstverständlich auch weiterhin bei allen üblichen Stellen nachfragen werden, falls eine Leiche auftaucht.«

Thorne konnte nicht umhin, das Foto mit den Dutzenden Aufnahmen von Andrea Keane zu vergleichen, die er im Lauf der vergangenen acht Monate zu Gesicht bekommen hatte. Er konnte sich an keine einzige erinnern, auf der Andrea *nicht* lächelte. Ihr Alter war alles, was die beiden Mädchen gemein hatten. Manche Achtzehnjährige hatten offenbar weniger Gründe zu lächeln als andere.

Schließlich war Andreas Mutter nicht wegen Verabredung zum Mord an ihrem Vater im Gefängnis gewesen.

»Wir haben außerdem ein gutes Ergebnis, was die Fotos anbelangt, die Donna Langford zugeschickt bekommen hat«, sagte Brigstocke und tippte wieder auf die entsprechende Stelle auf dem Whiteboard. »Der Forensic Science Service konnte mit einigen brauchbaren Fingerabdrücken aufwarten, bei denen es sich definitiv nicht um die von Alan Langford handelt. Ich brauche Ihnen nicht zu sagen, dass es für uns enorm wichtig ist herauszufinden, *wer* die Fotos geschickt hat.«

Wieder wurde eine Hand gehoben. Einer der Neuzugänge. Brigstocke nickte.

»Wenn wir davon ausgehen, dass Langford, oder wie auch immer er sich jetzt nennt, da drüben bis über beide Ohren im Drogenhandel oder worin auch immer steckt, sollten wir dann nicht ein paar von den anderen Typen unter die Lupe nehmen, die dasselbe tun? Vielleicht hat einer von denen die Fotos geschickt.«

Die Frau, die neben ihm saß – ein weiteres neues Gesicht –, nickte zustimmend. »Stimmt. Das wäre doch für einen Geschäftskonkurrenten von ihm eine ziemlich clevere Methode, um ihn loszuwerden, oder? Fotos zu schicken, damit die Polizei aufmerksam wird …«

»Das ergibt keinen Sinn«, sagte Thorne. Die Frau drehte sich um und sah ihn an. Sie war jung, schwarz, ernst. »Zunächst einmal müsste dieser ›Geschäftskonkurrent‹ wissen, dass es sich tatsächlich um Langford handelt. Und selbst wenn er es wüsste … Sehen Sie sich die Fotos an.« Er machte eine Handbewegung in Richtung Whiteboard. »Er lächelt, hebt sein Glas, posiert für die Kamera. Er ist quietschfidel. Wer auch immer diese Fotos gemacht hat, Langford hält ihn zumindest für einen Freund.«

Die Frau schenkte Thorne ein schmales Lächeln und drehte sich wieder um. Brigstocke bedankte sich bei ihr und dem anderen Polizisten für ihre Beiträge und fing an zusammenzupacken. Doch im letzten Moment hatte die Frau – bei der Thorne bereits zu dem Schluss gekommen war, dass sie für Großes bestimmt war – noch einen Vorschlag.

»Ich dachte an Steuerflucht«, sagte sie.

Brigstocke sah sie an. Wartete.

»Da würde ich mir keine Mühe machen«, sagte Karim. »Das ist nämlich gesetzeswidrig, wissen Sie?«

»Ich meine es ernst. Wenn es tatsächlich so kompliziert ist, wie es klingt, Langford für diese Morde einzulochen, könnten wir doch versuchen, ihn wegen so was dranzukriegen.« Sie sprach laut und schnell. Sie war nervös, dachte Thorne, verbarg es aber gut. »Ganz egal, in welcher Branche er jetzt tätig ist, ich bin mir verdammt sicher, dass er seine Einnahmen nicht versteuert.«

Der Kollege neben ihr sagte. »So haben sie Al Capone auch erwischt.«

»Sehen Sie, ich will Alan Langford hierher zurückholen und wegen *Mordes* einbuchten«, sagte Brigstocke. »Wegen drei Morden, wenn möglich. Nichtsdestotrotz, wenn Sie mit dem Finanzamt Kontakt aufnehmen möchten, steht Ihnen das natürlich frei. Im Notfall gebe ich mich mit allem zufrieden, was wir ihm anlasten können.«

»Ich werde ein bisschen herumtelefonieren«, sagte Thorne. »Mal sehen, ob er irgendwelche Bücher aus der Bibliothek ausgeliehen hat, die überfällig sind.«

Fünfzehn Minuten später befand Thorne sich in Brigstockes Büro und las das Infoblatt, auf dem genau aufgeführt war, wie der Aufnahmeort der Langford-Fotos bestimmt worden war, während Brigstocke ihm zur Sicherheit noch detailliert Bericht erstattete.

»In Spanien muss jedes Boot offiziell registriert werden, und jeder Eigner – der *patrón de yate* – muss die entsprechende Qualifikation erwerben, um ein Boot fahren zu dürfen. Alle diese Informationen sind bei der örtlichen *Comandancia de Marina Mercante* gespeichert und werden den Behörden gemeldet, die diverse Steuern für private Wasserfahrzeuge erheben. Also …«

»Ich *kann* lesen«, sagte Thorne.

»In Ordnung.«

»Ich bin allerdings beeindruckt von Ihrer Aussprache …«

Er hatte jede Phase des Prozedere schwarz auf weiß vor sich. Die Übermittlung der Registrierungsnummer des Bootes an die zuständige Dienststelle in Madrid hatte im Handumdrehen den Namen seines Besitzers geliefert. Interpol hatte dann binnen Stunden in Zusammenarbeit mit der Guardia Civil den fraglichen Mann ausfindig gemacht, einen gewissen Señor Miguel Matellanes. Dieser hatte genaue Auskunft darüber geben können, wo er sich an dem fraglichen Tag aufgehalten hatte, und erklärt, dass er mit seiner Sechs-Meter-Jacht sonntagnachmittags immer in dem kleinen Hafen von Benalmádena Costa anlege. Hatte etwas von der besten *Pulpo a feira* an der Südküste gesagt.

»Ich gebe nur an«, erwiderte Brigstocke selbstzufrieden. »Ist lange her, dass ich das letzte Mal gute alte Routinearbeit verrichtet habe.«

»*Pulpo*-was?«

Brigstocke schnitt eine Grimasse. »Irgend so eine Art Tintenfisch …«

Thorne schüttelte den Kopf. »Aber das verrät uns nur, wo Langford an diesem Tag war«, sagte er. »Gut möglich, dass er hundert Meilen entfernt wohnt.«

»Aber es liefert uns zumindest einen Ausgangspunkt.« Brigstocke stand hinter Thorne, sah ihm über die Schulter, richtete den Blick auf das Infoblatt. »Die zuständigen Mitarbeiter der SOCA sind über alles informiert. Sie haben um drei einen Termin mit ihnen.«

»Hier oder dort?«

»Dort.«

»Gut«, sagte Thorne. »Die haben nämlich bessere Kekse.«

Brigstocke deutete auf das Infoblatt. »Anscheinend halten sie das für einen verdammt guten Ausgangspunkt. Zumindest besser als die Informationen, die Sie von Ihrem Kumpel Brand bekommen haben. Keiner der Namen hat irgendwohin geführt.«

»Das gehört wirklich zur besten Polizeiarbeit, die ich jemals miterleben durfte, Russell«, sagte Thorne und wedelte mit dem Blatt. »Mir ist schleierhaft, wie Sie das jemals noch toppen möchten.«

»Ja, schon gut.«

»Vielleicht können Sie sich ein paar Münzen aus dem Hintern pulen oder so ...«

Brigstocke ging zu seinem Schreibtisch hinüber. »Warum sind Sie eigentlich auf einmal so gut drauf? Als Sie reinkamen, sahen Sie richtig beschissen aus.«

»Ich bin früh aufgestanden.«

»Und haben Ihre miese Laune an der Neuen ausgelassen.«

»Sie ist *gut*«, sagte Thorne.

»Ich bin froh, dass Sie das so sehen. Falls Sie sie noch nicht vergrault haben, könnten wir sie nämlich behalten, wenn das alles vorbei ist.«

»Ich werde mit ihr reden«, erwiderte Thorne. »Werde ihr

meine charmante und witzige Seite zeigen. Um ehrlich zu sein, glaube ich, dass sie sich bereits ein bisschen in mich verknallt hat.«

»Sie sollten vielleicht erst ein wenig runterkommen …«

In der Viertelstunde, die seit dem Ende der Besprechung vergangen war, hatte Thorne sich drei Becher starken Kaffee einverleibt, und er fühlte sich fit und voller Elan. Kurz bevor er zu Brigstocke gekommen war, hatte er zwei Minuten gefunden, um Andy Boyle eine SMS zu schicken. Um sich bei ihm für seine Gastfreundschaft zu bedanken, um noch einmal von dem Eintopf zu schwärmen, und allem voran, um eine neue Abkürzung vorzuschlagen, die er an seinem Boss ausprobieren konnte. Eine Spezialeinheit für Auftragsmorde.

Sonderkommando zur Handhabung initiierter Tötungsdelikte.

Oder SHIT.

»Versuchen Sie, Ihre gute Laune noch eine Weile beizubehalten, ja?«, sagte Brigstocke. »Ich habe nämlich heute Morgen eine halbe Stunde mit unserem heißgeliebten Chief Superintendent telefoniert.«

Thornes Elan verflüchtigte sich im Handumdrehen. »Ich bin ganz Ohr«, sagte er.

»Jesmond hat dem Fall höchste Priorität eingeräumt, deshalb sind mehr Ressourcen ab jetzt kein Problem. Er ist ganz heiß.«

»Oh, Gott, steh uns bei.«

»Nachdem in letzter Zeit *gewisse*, im Fokus der Öffentlichkeit stehende Fälle zu unseren Ungunsten ausgegangen sind, möchte er sichergehen, dass dieser Fall das richtige Ende nimmt.« Brigstocke fuhr fort, redete Thorne einfach nieder, als dieser versuchte, ihn zu unterbrechen, und benutzte die Finger, um Anführungszeichen zu setzen. »Er hat mir gesagt, er möchte, dass wir uns ›nicht unterkriegen lassen‹, und dass ›kein Ergebnis‹ zu bekommen ›keine Option‹ mehr ist. So was in der Art.«

»Was ist denn aus ›kein Aufsehen erregen‹ geworden?« Thorne imitierte die Anführungszeichengebärden.

»Nachdem ein Gefängnisaufseher getötet wurde, ist das Schnee von gestern. Er geht davon aus, dass sich die Medien darauf stürzen werden ... und damit hat er wahrscheinlich recht.«

»Können wir die Medien denn nicht diskret darüber informieren, dass Cook geschmiert wurde?«

»Haben wir dafür schon Beweise?«

»Ich bitte Sie, Russell ...«

»Außerdem befürchtet Jesmond anscheinend, Langford könnte merken, dass wir ihn auf dem Kieker haben, wenn wir diese Information an die Presse weitergeben.«

Thorne wusste nicht, ob er lachen, weinen oder mit dem Kopf gegen die Wand schlagen solle. Deshalb begnügte er sich damit, lauter zu sprechen. »Ich glaube, die Tatsache, dass Langford in der vergangenen Woche zwei Männer hat umlegen lassen, deutet möglicherweise darauf hin, dass er es bereits weiß, meinen Sie nicht?«

Brigstocke hob die Hand, um zu signalisieren, dass er zwar zustimme, es aber nicht mochte, angeschrien zu werden. Thorne murmelte eine Entschuldigung.

»Wie läuft's mit Anna Carpenter?«, fragte Brigstocke.

»Was meinen Sie mit ›wie läuft's‹?«

Die Hand wurde abermals warnend gehoben. »Die ganze Sache ist ein bisschen ... ernster geworden. Jesmond ist jetzt noch erpichter darauf, dass wir die Fehler vertuschen, die wir vor zehn Jahren gemacht haben.«

»Welche ›Fehler‹?«

»Darüber haben wir doch schon gesprochen, Tom«, sagte Brigstocke. »Ich sage Ihnen nur, er will, dass wir mit *jedem* kooperieren, der Zugang zu diesen Informationen hat. Donna Langford, Miss Carpenter …«

»Hat er denn immer noch Angst, dass sie zu den Zeitungen rennen werden?«

»Niemand mag schlechte Presse, oder?«

Wie auch immer der Fall ausgehen mochte, Thorne hatte keine Ahnung, was Donna Langford letzten Endes tun würde, doch er konnte sich kaum vorstellen, dass Anna die Geschichte jemals verkaufen würde. »Ich habe bereits mit Donna gesprochen«, sagte er. »Habe sie gebeten, Anna zu sagen, dass sie sich ab jetzt aus der Sache raushalten soll.«

»Weil …?«

»Weil *ich* möchte, dass sie sich ab jetzt heraushält. Das Ganze geht inzwischen weit über das Ausspionieren untreuer Ehemänner hinaus.«

Brigstocke nickte. »Kein Platz für Amateure.«

»Von denen sind bereits zu viele involviert.«

»Okay, gut, ich gebe nur weiter, was Jesmond gesagt hat. Ich überlasse es Ihnen, sich zu überlegen, wie Sie am besten damit umgehen.«

Thorne sagte, dass er das tun werde, obwohl er in Wirklichkeit schon den ganzen Tag über kaum etwas anderes nachdachte.

Als Thorne wieder in seinem Büro war, räumte er seinen Schreibtisch auf und tauschte mit Yvonne Kitson Neuigkeiten aus. Sie fragte ihn, was er von der Neuen halte, und er erzählte ihr von dem Abend, den er bei Andy Boyle zu Hause verbracht hatte. Als er gerade zu seinem Termin bei der SOCA aufbrechen wollte, wurde ein Anruf von Julian Munro durchgestellt.

Einen Augenblick lang dachte Thorne, dass Munro womöglich irgendetwas eingefallen war; dass er anrief, weil er irgendeine entscheidende neue Information für ihn hatte.

»Ich wollte nur mal hören, wie es so läuft«, sagte Munro. »Wollte wissen, ob Sie irgendwelche Fortschritte gemacht haben.«

Thorne sah Kitson an und zog die Augenbrauen hoch. »Wir würden Sie selbstverständlich informieren, wenn es irgendwelche Neuigkeiten gäbe, Sir, aber Sie müssen wissen, dass wir tun, was wir können.«

»Okay«, sagte Munro. »Danke.« Dann räusperte er sich. »Und wie, denken Sie, stehen die Chancen? Ich meine, glauben Sie …?«

»Ich bin zuversichtlich«, erwiderte Thorne.

Normalerweise hätte er nichts so Optimistisches gesagt. Man versuchte natürlich immer, den Angehörigen gegenüber positiv zu klingen, musste aber trotzdem auf der Hut sein. Generell war es ebenso wenig ratsam zu sagen: »Keine Sorge, sie ist auf jeden Fall noch am Leben«, wie sich mit einem Finger quer über den Hals zu fahren und unheilvoll zu flüstern: »Mausetot, mein Freund, daran besteht kein Zweifel.«

Ich bin zuversichtlich …

Und das war Thorne tatsächlich. Ihm war bereits aufgefallen, dass er nicht so viel über Ellie Langford nachdachte, wie er in Anbetracht der Umstände erwartet hatte – eine Achtzehnjährige, die verschwunden war, ihre Pflegeeltern in Trauer, ihre leibliche Mutter verzweifelt. Eigentlich dachte er noch immer viel häufiger an Andrea Keane, das Mädchen, das er insgeheim längst für tot erklärt hatte.

Doch er glaubte zu wissen, warum.

Er war zu der Überzeugung gekommen, dass Donna Langford recht hatte und dass ihre Tochter von ihrem Exmann entführt worden war. Das war die einzige logische Erklärung für ihr plötzliches Verschwinden, zu dem es binnen weniger Wochen nach dem Eintreffen des ersten Fotos gekommen war. Und *wenn* dem so gewesen war, hatte Langford bestimmt Donna verletzen wollen und nicht Ellie. Er war ein Mann, der alles Nötige tun würde, um zu überleben und erfolgreich zu sein, der die Hinrichtung anderer anordnen konnte und der imstande war, so glaubte Thorne, sich hinzustellen und mitanzusehen, wie jemand bei lebendigem Leib verbrannte. Thorne war jedoch nicht überzeugt, dass er seiner eigenen Tochter absichtlich Schaden zufügen würde.

Er konnte nur hoffen, dass es sich bei diesem untypischen Anflug von Optimismus nicht nur um Anna Carpenters Naivität handelte, die auf ihn abzufärben begann.

Vierundzwanzigstes Kapitel

Das Londoner Hauptquartier der SOCA befand sich auf der Südseite der Themse in der Nähe der Vauxhall Bridge, einen Steinwurf von der M16 entfernt, in einem cremefarbenen Stein- und Glasgebäude mit Blick über das Wasser auf Millbank. Im Jahr 2000 hatte die IRA Raketen auf den Komplex abgefeuert, und es hielten sich hartnäckig Gerüchte über ein geheimes Tunnelsystem, das angeblich unter der Themse hindurch zu Whitehall führte.

Becke House war bei Weitem nicht so interessant, vermutete Thorne, aber wahrscheinlich wesentlich sicherer.

Auf dem Weg von der U-Bahn-Haltestelle Vauxhall zu dem Gebäude rief er Gary Brand an.

»Erinnern Sie sich noch an Trevor Jesmond?«

»Verdammte Scheiße, erzählen Sie mir jetzt nicht, dass Sie diesen Wichser immer noch an der Backe haben.«

»Leider schon.«

»Wundert mich, dass ihn noch niemand totgeprügelt oder ihm einen Schlagstock in den Hintern geschoben hat.«

»Ich habe schon darüber nachgedacht«, sagte Thorne, bevor er Brand von dem jüngsten Beispiel für Jesmonds widersprüchliches Denken berichtete und dabei einer Menge aufgestauter Aggressionen Luft machte. Obwohl Brigstocke in der Regel auf Thornes Seite war, tat es gut, mit jemandem vom Leder zu ziehen, der nicht diplomatisch zu sein brauchte.

»Ich habe das von dem Gefängnisaufseher gehört«, sagte Brand.

»Cook, ja …«

»Klingt so, als würde das Ganze jetzt so richtig scheußlich werden.«

»Wie Sie schon sagten, ein ›Wespennest‹.«

»Schlangengrube trifft es eher.«

Der Himmel präsentierte sich in einem verwaschenen Grau, doch die Sonne kämpfte sich stellenweise durch, und als Thorne am Albert Embankment entlangging, konnte er hinter der Lambeth Bridge die obere Hälfte des London Eye sehen, während etwa eine Meile entfernt, auf der anderen Seite des Flusses, die Türme von Westminster gerade noch zu erkennen waren. Die Spione hatten wirklich einen tollen Ausblick, dachte Thorne, wenn sie nicht gerade damit beschäftigt waren, für die Sicherheit der freien Welt zu sorgen. Oder wofür auch immer.

»Wo sind Sie denn gerade?«, fragte Brand. »Hört sich an, als wären Sie unterwegs.«

Thorne erzählte Brand von seinem Termin bei der SOCA. Brand sagte, er hoffe, Thorne sei darauf vorbereitet, herablassend behandelt zu werden, und fragte ihn, ob er mit einem der Namen, die er ihm genannt hatte, Glück gehabt habe. Thorne erwiderte, dass bislang keiner davon eine Verbindung zu Langford hergestellt habe.

»Tut mir leid«, sagte Brand. »Das war alles, womit ich auf die Schnelle aufwarten konnte. Möchten Sie, dass ich weitersuche?«

»Machen Sie sich keine Mühe«, erwiderte Thorne. »Ich hoffe, die Überflieger vom Organisierten Verbrechen haben was gefunden.«

»Bevor die mit irgendwas rausrücken, werden Sie ihnen allerdings die Füße küssen müssen.«

»Ich glaube, das hat mein Detective Chief Inspector bereits für mich getan.«

»Und, sehen wir uns später auf ein Bier?«, fragte Brand. »Klingt so, als könnten Sie eins vertragen.«

»Tut mir leid, ich bin heute Abend bei meiner Freundin.«

»Freundin?«

»Tun Sie nicht so überrascht.«

»Katalogbestellung aus Russland, oder was?«

»Nein, sie ist eine Kollegin.«

Brand lachte. Sagte: »Wenn das *so* ist, dann viel Glück.«

Fünf Minuten später hatte Thorne einen strengen Sicherheitscheck durchlaufen und legte der gelangweilt wirkenden Frau an dem großen Empfangsschalter seine Dienstmarke vor. An der Wand hinter ihr hing die riesige Abbildung einer Raubkatze – eines Jaguars, vielleicht, oder eines Pumas –, die mit ausgefahrenen Krallen und gefletschten Reißzähnen über einen stilisierten silberfarbenen Erdball sprang. Das Logo der SOCA sollte vermutlich symbolisieren, dass die Behörde kraftstrotzend und unerbittlich war, dass sie Zähne hatte, doch Thorne erinnerte es eher an die Zeichentrickserie *Thundercats* aus den Achtzigerjahren.

»Nehmen Sie bitte Platz«, sagte die Rezeptionistin.

Das Kissen des schwarzen Ledersofas senkte sich mit einem leisen Zischen unter Thorne, als er sich setzte, um in der Lobby zu warten, die einem Fünf-Sterne-Hotel alle Ehre gemacht hatte. Die Wirkung seiner morgendlichen Kaffee-Eskapaden hatte schon vor Stunden nachgelassen, und er fühlte sich inzwischen wieder schläfrig und sehnte sich nach einer heißen Dusche. Er vergewisserte sich, dass die Rezeptionistin mitbekam, wie er auf die Uhr sah, damit sie wusste, dass jemand zu spät kam und dass er nicht derjenige war. Er drehte sich um und betrachtete die Bilder, die an der Wand hinter ihm hingen – braune und beige Farbspritzer in wahllosen Mustern –, dann blätterte er ziellos in einer der Zeitschriften, die auf dem Glas-Couchtisch herumlagen.

Doch er musste ununterbrochen an etwas denken, was Gary Brand gesagt hatte. Die Formulierung ging Thorne immer wieder durch den Kopf, während er dasaß, wartete und versuchte, wach zu bleiben.

Schlangengrube trifft es eher.

Sie nahm den Zug von Waterloo und ging zu Fuß vom Bahnhof zur Wassermühle. Dort setzte sie sich auf eine der Bänke, von denen jede zum Gedenken an Menschen, die den Fluss oder den Ausblick darauf geliebt hatten, mit einer kleinen Plakette mit Inschrift versehen war, aß das Sandwich, das sie von zu Hause mitgebracht hatte, und beobachtete das Haus.

Der Platz eignete sich so gut wie jeder andere, um den Nachmittag dort zu verbringen.

Ursprünglich hatte Anna gezögert, ihr die Adresse zu geben, doch nachdem Donna sie darauf hingewiesen hatte, dass sie noch immer Klientin der Agentur sei und für dieses Privileg bezahle, hatte sie ihr gegeben, wonach sie verlangte. Dann hatte Donna getan, worum Thorne sie gebeten hatte, und Anna eröffnet, dass sie von jetzt an auf ihre Dienste verzichten werde.

Einfach war dieses Gespräch nicht gerade gewesen.

Das Haus war nicht so alt wie erwartet, nachdem sie es sich in den Kopf gesetzt hatte, dass die Munros in irgendeiner denkmalgeschützten Landhausvilla wohnten. Groß war es allerdings, mit einem ansehnlichen Vorgarten und einem Vordach mit Säulen. Um das Haus herum war viel Platz, und sie stellte sich vor, dass sich dahinter ein weitläufiger Garten befand, der sich in perfekten Streifen von der Terrasse weg erstreckte und an Felder grenzte oder zumindest einen Ausblick auf Felder bot.

Genau das hatte sie sich für Ellie gewünscht, während all der Jahre im Gefängnis.

Auf der Zufahrt stand ein Auto, ein Volvo, doch Donna wusste nicht, ob jemand zu Hause war. Sie aß ihr Sandwich auf und beobachtete weiterhin das Haus, in dem sie ein- oder zweimal eine Bewegung auszumachen glaubte. Einen Schatten, eine Silhouette, die hinter einem Fenster im ersten Stock vorbeihuschte. Sie ging davon aus, dass sowohl der Mann als auch die Frau arbeiteten. Wenn dem so war, würde bald einer von beiden nach Hause kommen, sie war sich jedoch nicht sicher, ob sie so lange warten wollte, ob sie sie überhaupt sehen wollte.

Was würde es schon helfen, sie zu sehen?

Alles, was mit Maggie und Julian Munro zu tun hatte, rief starke, widersprüchliche Emotionen in ihr hervor, die sie oft tagelang quälten. Die dafür sorgten, dass es ein Alptraum sein musste, mit ihr zusammenzuleben, und sie war immer wieder erstaunt darüber, dass Kate sie nicht schon längst in die Wüste geschickt hatte.

Sie war diesen Leuten dankbar, dass sie Ellie ein Zuhause gegeben hatten, hasste sie aber gleichzeitig dafür. Es freute sie, dass ihre kleine Tochter die Familie aus ihnen gemacht hatte, die sie sein wollten, doch sie nahm ihnen jeden Moment übel, den sie mit ihr verbracht hatten. Sie verstand ihren Kummer, und sie weidete sich daran, da er nicht so echt, so *begründet* war wie ihr eigener und es auch niemals sein würde.

Donna starrte auf das Haus der Munros, das auf seine Weise genauso schön und kalt war wie das, in dem sie einst gewohnt hatte, und stellte sich die Eheleute darin vor, wie sie in den frühen Morgenstunden vor Verzweiflung wach lagen. Er über einen glänzenden Küchentisch gebeugt, sie allein im Obergeschoss, wo sie in ihr Kopfkissen weinte, während die Kluft zwischen ihnen, die sich durch Ellies Abwesenheit aufgetan hatte, mit jedem Tag größer und dunkler wurde.

Ellie *Langford*, nicht *Munro*. Ihr Name.

Donna betrachtete das Haus, und die Säulen an beiden Seiten des Vordachs begannen zu verschwimmen, als sich ihre Augen mit Tränen füllten.

Alberne Kuh. Hör auf!

Die Fotos hatten geholfen, wenn auch nur ein bisschen. Zumindest wusste sie, wie Ellie jetzt aussah, hatte gesehen, inwieweit sich das Gesicht ihres kleinen Mädchens verändert hatte und inwieweit es gleich geblieben war. Doch viele andere Dinge beunruhigten sie.

Sie konnte sich nicht mehr daran erinnern, wie ihre Tochter roch.

Thorne fragte sich, wie schon viele Male zuvor, ob Männer irgendwann einmal aufhören würden, einander abzuschätzen wie Rüden, die um eine Hündin konkurrierten. In der Regel dauerte es nicht länger als einen Moment, doch es passierte fast immer, wenn Männer sich zum ersten Mal begegneten. Dabei wurden nicht nur Oberflächlichkeiten registriert – die Bekleidung, der Haarschnitt, der ungefähre Wert von Uhr und Schuhen –, oft reichte es bis hin zur Festigkeit des Händedrucks sowie jenen unbehaglichen Sekunden Blickkontakt und der simplen, dummen, *kindischen* Frage, ob man es mit dem anderen würde aufnehmen können, wenn es zu einer guten, altmodischen Schlägerei käme.

Er war zu dem Schluss gekommen, dass das Bedürfnis, sich auf diese Weise zu messen, vermutlich erst dann erlosch, wenn ein Mann damit aufhörte, die *Frauen* abzuschätzen, die ihm begegneten, und sich völlig andere, aber ebenso dumme Dinge zu fragen.

Es war lächerlich, daran bestand für Thorne kein Zweifel, doch es war andererseits ebenso natürlich wie zu atmen, und im Großen und Ganzen ziemlich harmlos. Zumindest für diejenigen, die wussten, wo die Grenze zu ziehen war. Bei der Einsatzbesprechung am Vormittag hatte er die neue Kollegin ein bisschen länger angesehen, als unbedingt nötig gewesen wäre. Jetzt musterte er die beiden Mitarbeiter der SOCA, die ihn begrüßten, als er im vierten Stock aus dem Aufzug trat, und ihn einen Korridor entlang zu einem Besprechungszimmer führten, das nach neuem Teppich und Wachspolitur roch.

»Kaffee ist unterwegs«, sagte einer der beiden.

»Kekse auch?«

»Ich werde sehen, was wir tun können …«

Sie nahmen an einem großen Konferenztisch aus hellem Holz Platz, auf dem ein Krug mit Wasser und ein halbes Dutzend Gläser standen. Außerdem lag vor jedem Stuhl ein Notizbuch. Der größere der beiden Agentur-Mitarbeiter, der sich als Nick Mullenger vorgestellt hatte, fing an, eine Sammlung von Fotos, Tabellen und vergrößerten Kartenausschnitten auf dem Tisch auszulegen. Er war Anfang dreißig, hatte dichtes, dunkles Haar, Aknenarben und eine Stimme, die geradezu perfekt für billig gemachte Radiowerbung klang. Sein Kollege hatte sich nicht die Mühe gemacht, höflichkeitshalber seinen Vornamen zu nennen, daher vermutete Thorne, dass er entweder unter Zeitdruck stand oder versuchte, rätselhafter zu wirken, als er in Wirklichkeit war. Silcox war kleiner als Thorne, aber ungefähr genauso alt. Wie Mullenger trug er Anzug und Krawatte, füllte seinen aber ein bisschen besser aus als sein Kollege. Er hatte weniger Haare als Mullenger und auch weniger zu sagen, und wenn er sprach, dann kaum lauter als im Flüsterton, als sei mit seinem Hals irgendetwas ganz und gar nicht in Ordnung. Er mochte eine starke Erkältung gehabt haben, vielleicht aber auch Krebs, daher verzichtete Thorne darauf nachzufragen.

»Also, Spanien«, sagte Mullenger. Er klang vergnügt, als wären sie eine Familie, die sich nach langer Diskussion endlich auf ein Reiseziel geeinigt hatte.

»Das war von Anfang an unsere Vermutung«, erwiderte Thorne. »Auch wenn es fast ein bisschen zu offensichtlich erschien.«

»Dafür gibt es einen guten Grund.«

»Drogen?«

»So ist es«, sagte Silcox.

Mullenger deutete auf eine der Karten. »Die Südküste von Spanien.« Er bewegte den Finger ein Stück. »Die Nordküste von Afrika …«

Thorne nickte und erinnerte sich daran, was Gary Brand über herablassende Behandlung gesagt hatte. Da Mullenger jedoch recht freundlich war, biss sich Thorne auf die Zunge und fragte sich, was der Mann vom Organisierten Verbrechen wohl noch alles für erklärenswert erachtete.

Notizbuch. Stift. Wasserkrug.

»Marokko ist nur vierzig Meilen entfernt«, sagte Mullenger. Er drehte die Handflächen nach oben, als sei keine weitere Erklärung nötig, gab dann aber doch eine zum Besten. »Alles fing mit ein paar Hippies an, die mit Fischerbooten Haschisch rüberbrachten, und jetzt ist das Ganze ein Millionen-Dollar-Geschäft.«

»Milliarden«, sagte Silcox.

»Früher scheuten altmodische Schurken wie Ihr Mr Langford vor dem Drogenhandel zurück, doch das war, bevor sie entdeckten, wie viel Geld sich damit verdienen lässt. Da heutzutage fast jedes Gramm Cannabis und Kokain, das in Großbritannien ankommt, den Weg über Spanien genommen hat, ist es der perfekte Ort, um ein Drogenimperium aufzubauen. Sie benutzen die Jachthäfen als Tarnung, und die Behörden haben weder genug Personal noch Lust, sämtliche Jachten zu durchsuchen.« Er lehnte sich in seinem Stuhl zurück. »Spanien ist ein Paradies für Drogenschmuggler.«

»Und das liegt nicht nur an den Stränden und der Sangria«, fügte Silcox hinzu.

Thorne zog eines der Fotos von Langford zu sich her. »Schaden tun sie aber nicht, nehme ich an.«

Mullenger lachte. »Nein, ganz bestimmt nicht.«

»Dann gehen Sie also davon aus, dass Langford dort dick im Geschäft ist?«

»Fast sicher«, sagte Mullenger. »Und es ist keine große Überraschung, dass er so reagiert hat, nachdem er über die Ermittlungen Bescheid weiß. So *brutal*, meine ich.«

»Das ist sein Stil, Dinge zu erledigen«, sagte Thorne.

»Das ist der Stil von ihnen *allen*, Dinge zu erledigen.«

Silcox klopfte mit einem Stift auf den Tisch. »Wie im Wilden Westen da drüben«, sagte er.

Mullenger nickte und griff nach einer Liste mit Fakten und Zahlen. »Da sind Briten, Iren, Russen, Albaner, was auch immer, die alle um eine größere Scheibe vom Kuchen kämpfen, deshalb geht es dort fast schon zu wie in einem Kriegsgebiet. Ende der Neunziger wurde eine Spezialeinheit gegründet, um die Lage in den Griff zu bekommen, und eine Zeit lang beruhigten sich die Dinge ein bisschen.«

»›Marbella Vice‹«, sagte Thorne. »Ich erinnere mich. Ich kenne ein paar Leute, die sich dorthin versetzen lassen wollten.«

»Genau, und ein oder zwei Jahre lang galt zwischen den Ortsansässigen das ungeschriebene Gesetz, dass sich alle ein bisschen zurückhalten sollten, um nicht noch mehr Aufmerksamkeit zu erregen. Sie beglichen ihre Rechnungen anderswo. Aber als die Kolumbianer anfingen, dort Drogengeld zu waschen, ging alles wieder los, und zwar so richtig, und jetzt kommt es jede zweite Woche zu einer Schießerei auf der Straße.«

»*Costa del Plomo*«, sagte Silcox.

Thorne sah Mullenger fragend an.

»Das ist der neue Spitzname für die Gegend«, erklärte Mullenger. »Spanisch für ›Blei‹.« Er formte die Hand zu einer Pistole. »Wegen …«

»Ich habe schon verstanden«, sagte Thorne.

Mullenger hatte den Anstand, verlegen zu wirken, doch Thorne bemerkte bei Silcox den Anflug eines hämischen Grinsens. Thorne starrte Silcox über den Tisch hinweg an, und dieser starrte mit einem unschuldigen Ausdruck in seinem teigigen Gesicht zurück.

»Wir arbeiten seit ein paar Jahren mit der Polizei in Südspanien zusammen«, sagte Mullenger. »Versuchen, ein paar von den kriminellen Netzen zu zerschlagen und so viele Flüchtlinge einzufangen wie möglich. Das ist allerdings kompliziert, da viele von den Leuten, die eigentlich auf unserer Seite sein sollten, in Wirklichkeit gar nicht auf unserer Seite sind, wenn Sie wissen, was ich meine.«

»Korruption an hoher Stelle?«

Silcox starrte ihn noch immer an. »An hoher Stelle, an niedriger Stelle.«

»Letztes Jahr wurden drei örtliche Bürgermeister und ein paar hochrangige Offiziere der Guardia Civil wegen Drogengeldwäsche angeklagt.« Mullenger zuckte mit den Schultern und nahm ein weiteres Blatt Papier in die Hand. »Wir machen einige Fortschritte, aber um Ihnen eine Vorstellung vom Ausmaß dessen zu vermitteln, was dort vor sich geht …« Er senkte den Blick und las von dem Blatt ab. »Im vergangenen Jahr führte die *Operación Captura* zur Verhaftung von einundvierzig Personen und der Beschlagnahmung von Geldern in der Höhe von vierhundert Millionen Euro sowie von über zwanzig Jachten und Privatflugzeugen, zweiundvierzig Autos und zweihundertfünfzig Häusern.«

»Ziemlich beeindruckend«, sagte Thorne.

Silcox lächelte. »Wir oder sie?«

»Und das waren nur die Zahlen für Marbella.« Mullenger legte seine Liste weg. »Also …«

Es klopfte an der Tür, und ein Mann brachte den Kaffee: eine Thermoskanne und drei Tassen auf einem Tablett. Mullenger spielte den Gastgeber, während Thorne aufstand und zum Fenster ging. Er war noch immer gereizt und unruhig und kam zu dem Schluss, dass sowohl er als auch das Duo, dem es übertragen worden war, ihn zu briefen, wesentlich besser dran gewesen wären, wenn er auf einem der Ausflugsboote, die er durchs Fenster zwei Stockwerke weiter unten auf dem Fluss fahren sah, ein Nickerchen gemacht hätte.

»Wir haben es geschafft, Ihnen Ihre Kekse zu besorgen«, sagte Mullenger.

Thorne ging zurück zum Tisch und nahm seinen Kaffee. »Ich hätte zumindest welche mit Schokolade erwartet«, sagte er. Er biss in einen Vollkornkeks und deutete auf einen der Notizzettel mit Signet. »Anscheinend haben Sie zu viel für Ihr schickes Logo ausgegeben.«

Mullenger zwang sich zu einem nasalen Lachen und sagte irgendetwas über Sparmaßnahmen, das weniger lustig war, als er selbst glaubte. Thorne aß einen Keks und tat so, als würde er ihm zuhören.

Dachte: *Thunder-Thunder-Thunder-Thundercats Ho!*

Mullenger deutete auf eine Stelle auf einer Karte im größeren Maßstab. »Ich glaube nicht, dass Langford tatsächlich dort tätig ist, wo diese Fotos entstanden sind. Das ist ein ziemlich kleiner Ort mit nicht allzu vielen Touristen.« Er nickte geistesabwesend. »Aber ich denke, dass er nicht allzu weit weg ist.«

»Er wickelt seine Geschäfte vermutlich irgendwo in der Nähe eines Jachthafens ab«, sagte Silcox. »Aber viele von den dicken Fischen wohnen lieber auf den Hügeln oder in einem der Golf-Resorts. An der ganzen Küste wird immer noch viel gebaut.«

»Wahrscheinlich hat er da auch seine Finger im Spiel«, sagte Thorne. »So hat er hier früher sein Geld verdient.«

»Diversifikation zahlt sich immer aus«, entgegnete Silcox.

Mullenger schenkte Thorne Kaffee nach und sprach darüber, wie am besten zu verfahren sei, falls Thorne selbst nach Spanien reisen sollte. Er schien zuversichtlich, dass der Mann, der früher Alan Langford geheißen hatte, den in Spanien stationierten Mitarbeitern der SOCA und den Drogenfahndern vor Ort bekannt war. Wenn Thorne mit ihnen zusammenarbeitete, bestünde seine Aufgabe einfach nur darin zu bestätigen, dass es sich bei dem betreffenden Kriminellen tatsächlich um Langford handelte, und dann etwas zu finden, wofür er verhaftet, nach Großbritannien zurückgebracht und dort vor Gericht gestellt werden konnte.

»Also ein Kinderspiel«, sagte Thorne.

»Wir werden Ihnen einen unserer Agenten in Málaga oder Marbella zuteilen«, sagte Mullenger. »Ist wahrscheinlich einfacher, wenn der Sie brieft, sobald Sie dort ankommen.«

Thorne stimmte in dem Wissen zu, dass sich seine Kontaktperson möglicherweise als Polizist, als Zollbeamter oder, Gott behüte, als Steuerfahnder entpuppen würde. Bei dem Versuch, ein britisches FBI ins Leben zu rufen, waren der National Criminal Intelligence Service und das National Crime Squad zur SOCA zusammengelegt worden, die zusätzlich durch Mitarbeiter des Finanzamts und der Einwanderungsbehörde verstärkt worden war. Thorne wusste, dass die »Agentur« Mitarbeiter in vielen verschiedenen Polizeieinheiten hatte und dass dieses Arrangement wechselseitig war. Er wusste außerdem, dass sie über weiterreichendere Befugnisse verfügte als ihre Pendants und dass sie – im Gegensatz zu normalen Polizisten wie er selbst – nicht an das Informationsfreiheitsgesetz gebunden war.

Sie mussten niemandem irgendetwas sagen.

»Wir haben da drüben ein paar spitzenmäßige Agenten«, sagte Mullenger. »Sie werden also mit guten Leuten zusammenarbeiten.«

Thorne lächelte. Um fair zu sein, es *handelte* sich bei der Behörde um eine Agentur, sodass diejenigen, die für sie arbeiteten, streng genommen »Agenten« waren. Doch Thorne sah, wie sehr Mullenger es genoss, dieses Wort zu benutzen, und vermutete, dass dieser sich dabei vorkam wie ein richtiger FBI-Mann. Thorne hatte beruflich regelmäßig mit Leuten zu tun, die ähnliche Neigungen hatten. Ein Detective Sergeant aus einem anderen Team war einmal in Quantico gewesen, wo sich die FBI-Akademie befand, und hatte es irgendwie geschafft, ein offizielles FBI-Schlüsselband zu ergattern, an das er stolz seine Metropolitan-Police-Marke und seinen Ausweis hängte. Auf dem Schlüsselband stand: *Fidelity, Bravery, Integrity*, »Treue, Mut, Rechtschaffenheit«.

Eigentlich hätte *Arschloch* genügt.

»Ich habe wirklich nicht vor, eine wunderbare Freundschaft zu ruinieren«, sagte Thorne, »aber wie stehen die Chancen, dass in diese Korruptionsaffäre, von der Sie gesprochen haben, auch ein paar von Ihren ›spitzenmäßigen Agenten‹ verwickelt sind?«

Silcox und Mullenger sahen einander an.

»Ich weiß schon«, sagte Thorne. »Sie reißen sich ein Bein aus wegen den Keksen, und dann komme ich und verderbe die gute Stimmung.« Er lächelte, dachte dabei aber daran, wie schnell die Morde an Monahan und Cook in Auftrag gegeben und ausgeführt worden waren. Dachte an den Informationsaustausch. An jene Buschtrommeln. »Nur, wenn ich Langford wäre, oder jemand *wie* Langford, wären das die ersten Leute, die ich schmieren würde, wissen Sie?«

Mullenger sammelte seine Fotos und Karten ein. »Das ist eine berechtigte Frage.«

»In jedem Korb sind faule Äpfel«, sagte sein Partner.

»Ganz richtig. Aber wer weiß das schon?«

»Man kann sich wegen solchen Sachen vor Sorge verrückt machen«, sagte Silcox. Seine Stimme war lauter als jemals zuvor an diesem Nachmittag. »Ich würde mir an Ihrer Stelle aber lieber Sorgen über Dinge machen, auf die Sie einen Einfluss haben, zum Beispiel, wie viele Shorts Sie einpacken sollen.«

Ein paar Minuten später begleiteten sie ihn forschen Schrittes zurück zum Aufzug und verabschiedeten sich routinemäßig. Ihm wurde die Hand geschüttelt, einmal fest und einmal weniger fest. Als sich die Aufzugtüren schlossen, warf Thorne den beiden einen letzten Blick zu.

Das Ganze fühlte sich nicht mehr ganz so kindisch an wie noch vor einer Dreiviertelstunde.

Thorne wusste, wenn es darauf ankäme, würde er mit Mullenger mit einem auf den Rücken gebundenen Arm fertig werden. Der kleinere Mann dagegen hatte die Art von Blick, der einen beunruhigte, und würde fast sicher mit unfairen Mitteln kämpfen.

Draußen schaltete er sein Handy wieder ein und sah, dass er eine weitere SMS von Anna Carpenter bekommen hatte: *Wir müssen uns noch über Donna unterhalten!*

Er sah auf die Uhr. Inzwischen lohnte es sich kaum mehr, noch einmal ins Büro zu gehen.

Und Vauxhall war nur zwei Haltestellen von Victoria entfernt.

Fünfundzwanzigstes Kapitel

Da Anna noch über eine halbe Stunde warten musste, bis sie nach Hause gehen durfte, freute sie sich sehr darüber, durch die Gegensprechanlage einem potentiellen Klienten antworten zu können. Wenn Frank sich an sein übliches Programm halten und den Mann auf die andere Straßenseite mitnehmen würde, um bei einem Drink über das Geschäftliche zu sprechen, standen die Chancen gut, dass er sie früher gehen lassen würde. Wie sich herausstellte, hatte der Mann an der Eingangstür kein Interesse daran, auf der Straße zu warten, und bestand darauf, im Büro mit Frank zu sprechen, deshalb drückte Anna etwas widerwillig auf den Türöffner und ließ ihn herein.

Nachdem Frank das schlimmste Durcheinander auf seinem Schreibtisch beseitigt hatte, öffnete er die Tür und bat seinen Besucher, Platz zu nehmen. Er entschuldigte sich sofort für die Unordnung, die er darauf schob, dass er zu hart an verschiedenen Fällen arbeite, um Zeit zum Aufräumen zu haben, und für Annas Fahrrad, das am Heizkörper lehnte.

Der Mann wirkte gleichgültig und schien möglichst schnell zur Sache kommen zu wollen.

Frank überreichte dem Mann eine Mappe mit laminierten Referenzen – die er zu einem großen Teil selbst verfasst hatte – und erzählte ein wenig über seine Agentur, während dieser blätterte. Erst dann stellte er Anna als seine Mitarbeiterin vor. Der Mann sah Anna zum ersten Mal an und nickte ein »Hallo«.

Anna lächelte und sagte: »Freut mich, Sie kennenzulernen.«

»Ich habe gehört, Sie sind auf Ehebruch spezialisiert«, sagte der Mann und widmete seine Aufmerksamkeit wieder Frank.

»Das ist nur eines von verschiedenen Gebieten …«

»Ein Freund von mir hat Sie beauftragt und gesagt, Sie wären sehr gut.«

»Oh … wer war das denn?«, erkundigte sich Frank. »Es ist immer schön, von einem weiteren zufriedenen Klienten zu hören.«

»Das möchte ich lieber nicht sagen.«

»Ich verstehe«, erwiderte Frank. »Und Sie können sich darauf verlassen, dass Diskretion ein wichtiger Bestandteil unserer Dienstleistungen ist.«

»Sexfallen, richtig?«

»Manche Leute nennen es so«, entgegnete Frank. »Wir betrachten es lieber als …«

»Ja oder nein?«

»Ja«, sagte Frank. »Auf jeden Fall.« Er warf Anna einen Blick zu, die sich Mühe gab, nicht allzu angewidert auf die Begeisterung in seinem Gesicht zu reagieren. Aus dem Auftrag, den er am Freitag erwähnt hatte, war nichts geworden. Wieder jemand aus einer langen Liste von Klienten, die sich schließlich umentschieden hatten, nachdem ihnen zu Ohren gekommen war, dass andere Agenturen einen besseren Service boten. »Damit können wir auf jeden Fall dienen.«

»Dann haben wir uns also verstanden. Und, was kostet das?«

»Das kommt ganz auf die Umstände an und so …« Frank wirkte plötzlich ein wenig verlegen. »Aber da wäre eine Sache, die mir nicht ganz klar ist.«

Der Mann sah Frank an, wartete.

Frank räusperte sich. »Wir sprechen von Ihrer Frau?«

»Freundin.«

»Gut, Freundin. Das ändert allerdings nichts an unserem Problem.«

»Das da wäre?«

Frank versuchte, sein Unbehagen mit einem Lachen zu überspielen, das jedoch gezwungen wirkte. »Na ja, normalerweise sind es die *Frauen*, die zu Agenturen wie der unseren kommen, verstehen Sie? Weil sie sich vergewissern möchten, dass ihre Männer nicht fremdgehen. Wir haben nämlich keine männlichen Mitarbeiter. Ich meine, da wäre natürlich *ich*, aber ich bin mir nicht sicher … Von mir wird sich vermutlich niemand in eine Falle locken lassen, also …«

»Das ist kein Problem«, sagte der Mann.

»Ich kann Ihnen nicht ganz folgen.«

Der Mann nickte in Annas Richtung. »Ich nehme an, normalerweise erledigt Ihre Mitarbeiterin da diese Art von Arbeit.«

Frank bestätigte das und sagte, dass Anna in dieser Hinsicht eine tadellose Bilanz vorzuweisen habe.

Der Mann drehte sich noch einmal zu Anna um, die errötete und den Blick abwendete. »Tja, dann dürfte es kein Problem geben.« Er sah Frank an und zog eine Augenbraue hoch. »*Sie* ist genau der Typ meiner Freundin.«

Franks Kinnlade klappte ein Stück nach unten, und seine Wangen erröteten, bis sie dieselbe Farbe wie einer seiner bevorzugten Rosé-Weine hatten. »Okay, ich habe verstanden. Dann … ist sie …«

»Bisexuell«, sagte der Mann. »Entweder das, oder ich habe eine Lesbe aus ihr gemacht, da bin ich mir nicht ganz sicher. Ich hatte gehofft, Sie könnten mir helfen, das herauszufinden.«

»Tja, ich will ehrlich zu Ihnen sein, das ist neu für mich,

aber ich sehe keinen Grund, warum wir den Auftrag nicht annehmen sollten.« Er nahm einen Stift und ein Blatt Papier zur Hand, um sich die nötigen Details zu notieren, doch der Mann bremste ihn.

»Ich möchte mich zuerst mit ihr allein unterhalten«, sagte er. »Mit … Anna, oder?«

»Ich bin mir nicht sicher …«

»Ein paar Details sind ein bisschen … pikant, wissen Sie?«

»Verstehe.«

»Es wäre einfacher, wenn wir das unter vier Augen besprechen könnten.«

»Schon gut, Frank«, sagte Anna. »Ich gehe mit ihm auf die andere Straßenseite.«

Der Mann bedankte sich bei ihr und versprach, dass es nicht lange dauern werde.

Frank stand schnell auf und war offenbar erleichtert, dass ihm ein unangenehmes Gespräch erspart blieb. Er sagte dem Mann, sie könnten später über den Preis sprechen und die verschiedenen Vorgehensweisen für ein solches Unterfangen durchgehen. Es gäbe keinen Grund zur Eile, sagte er, was ihn jedoch nicht davon abhielt, Anna anzuschnauzen, dass sie nicht trödeln solle, als sie bei der Tür stehen blieb und in ihrer Umhängetasche nach einem Lippenpflegestift kramte.

Der Mann durchbohrte Frank mit Blicken.

»Tja, das ist alles kostenpflichtige Zeit«, sagte Frank. »Hat doch keinen Sinn, dass Sie Ihr Geld verschwenden, oder?«

Anna begleitete den neuesten Klienten von F. A. Investigations die Treppe hinunter, ohne stehen zu bleiben und dem Lachen freien Lauf zu lassen, das sie mit Mühe unterdrückt hatte, bis sie sicher auf der Straße angekommen waren und die Tür hinter sich geschlossen hatten.

»Was, zum Teufel, sollte *das* denn?«

»Was?«

»Sie sind nicht ganz bei Trost, ist Ihnen das bewusst?«

»Ich nehme an, ich hätte ihm auch einfach meine Dienstmarke zeigen können«, sagte Thorne. »Ihm sagen können, dass ich mit Ihnen reden muss.«

Anna lachte abermals. »Franks Gesicht …«

»Aber dann hätte er irgendwann wissen wollen, was vor sich geht, und ich vermute, Sie haben ihm immer noch nicht von dem Fall erzählt.«

»Von welchen Fall?«, sagte Anna, und ihr Lachen verebbte.

»Genau, darüber müssen wir uns unterhalten.«

Da sie offenbar Schwierigkeiten hatte, so wütend zu klingen, wie sie es war, beobachtete sie mindestens zehn Sekunden lang den Verkehr, ehe sie antwortete. »Ich habe keinen Fall mehr, oder?«

»Nein.«

»Seit Sie Donna gesagt haben, dass sie mich feuern soll.«

»Gehen wir was trinken.«

Sie überquerten die Straße und betraten Franks Lieblingsbar. Thorne bestellte eine Cola Light für sich und ein Glas Wein für Anna, und sie setzten sich an einen Tisch am Fenster. Da es für diejenigen, die sich einen schnellen Drink auf dem Weg nach Hause oder mehrere langsame nach einem harten Arbeitstag genehmigen wollten, noch ein bisschen früh war, war es in der Bar ziemlich ruhig. Die gedämpfte, zögerliche Unterhaltung der beiden Gäste am Fenster trug wenig dazu bei, daran etwas zu ändern.

»Und was soll ich Frank sagen?«, wollte Anna wissen. »Wenn ich ohne seinen neuen Klienten ins Büro zurück komme.«

»Was Sie wollen«, erwiderte Thorne.

»Wirklich hilfreich.«

»Sagen Sie ihm, dass ich Ihre Zeit verschwendet habe. Dass ich ein Freak wäre oder so.«

»Ein *Kontroll*-Freak.«

»Hören Sie …«

Sie beugte sich zu ihm vor. »Warum, zum Teufel, denken alle, sie hätten das Recht, mein Leben zu bestimmen?«

»Ich denke das nicht.«

»Dass ich aus irgendeinem Grund nicht in der Lage wäre, selbst zu entscheiden, was für mich am besten ist.« Anna trank schnell, und ihr großes Glas Wein war mit zwei Schlucken halb leer. »Erst meine blöde, bescheuerte Mutter. Und jetzt Sie.«

»Hier geht's nicht darum, was für *Sie* am besten ist«, sagte Thorne. »Es geht darum, was für meinen Fall am besten ist. Ich muss einen Job erledigen, und, um ehrlich zu sein, Sie sind keine große Hilfe.«

Sie blinzelte langsam, trank einen weiteren Schluck.

»Tut mir leid, aber Tatsache ist … Sie sind eine Belastung.« Da Thorne richtig vermutet hatte, dass Anna schlecht reagieren würde, wenn sie sich bevormundet fühlte, hatte er sich für eine härtere Gangart entschieden, allerdings hatte er nicht damit gerechnet, dass sie so ein betroffenes Gesicht machen würde.

Und dass er sich dabei so schlecht fühlen würde.

»Oh, vielen Dank«, sagte sie.

»Sie haben doch selber gesagt, dass Sie noch dabei sind, sich einzuarbeiten.«

»Und …?«

»Und dazu gehört, dass man weiß, wann es Zeit wird, das Feld zu räumen und zuzugeben, dass man überfordert ist.«

»Was haben Sie zu Donna gesagt?«

»Ich habe überhaupt nichts gesagt.«

»Sie sind ein verdammter Lügner.« Sie leerte ihr Glas, stand auf, ohne ein Wort zu Thorne zu sagen, ging an die Bar und holte sich ein neues. Thorne beobachtete sie und wünschte sich, er hätte die Angelegenheit telefonisch geregelt.

Anna begann zu sprechen, bevor sie wieder auf ihrem Stuhl saß. »Donna hat gesagt, sie bräuchte meine Dienste nicht mehr, weil die Polizei jetzt intensiv nach ihrem Exmann suchen würde oder irgend so einen Scheiß. Aber ich weiß verdammt genau, dass Sie sie dazu angestiftet haben.«

»Ich habe sie gebeten, mir einen Gefallen zu tun.«

»Weil ich eine ›Belastung‹ bin.«

»Weil die Sache *gefährlich* ist, meine Güte!« Thorne holte tief Luft und senkte die Stimme. »Sie sind nicht dumm, Anna. Sie wissen ganz genau, womit wir es zu tun haben.«

»Ich habe Ihnen doch gesagt, dass ich keine Angst habe, nachdem Monahan getötet wurde.«

»Richtig, und ich habe Ihnen gesagt, dass Sie Angst haben sollten. Und sich aus der Sache raushalten sollen, weil mir klar war, dass das noch längst nicht alles war.«

Anna verstand die Andeutung sofort. »Wer noch?«

Thorne erzählte ihr von Howard Cook, wobei er darauf achtete, nichts von den Blutflecken auf der Straße vor seinem Haus und von der verkohlten Gehirnmasse zu erwähnen, die an der zersplitterten Windschutzscheibe des ausgebrannten Wagens gefunden worden war. Er gab sich allerdings größte Mühe zu beschreiben, wie verzweifelt die Witwe des Mannes war.

»Das ist schrecklich«, sagte Anna schließlich. »Aber es macht eigentlich keinen Unterschied.«

»Was?«

»Dieser Mann, hinter dem Sie her sind, tötet nur Leute, die ihm schaden können, Zeugen und so. Er ...«

»Versuchen Sie jetzt nicht, es so klingen zu lassen, als wäre er *vernünftig*.« Thorne sprach in ruhigem, aber bestimmten Tonfall. »Er ist alles andere als vernünftig.«

»Er ist ein Geschäftsmann, oder?«

»Er hat Menschen getötet, Anna.«

»Aber es gibt keinen Grund, warum er jemals …«

»Sie dürfen nicht davon ausgehen, dass Sie wissen, wozu Typen wie Alan Langford bereit sind«, sagte Thorne. »Das ist eine Grundregel. Man darf *niemals* von etwas ausgehen.«

Anna lachte, doch es klang aggressiv wie eine Ohrfeige. »Sie gehen die ganze verdammte Zeit von irgendwas aus!« Sie stellte ihr Glas schwungvoll ab und verspritzte dabei Wein auf der Tischplatte. »Sie gehen davon aus, dass ich Angst habe und überfordert bin und dass ich alles vermassle. Sie gehen davon aus, dass Sie mir einfach Arbeit wegnehmen können, und dann sitzen Sie da wie irgendeine … *Autorität*, obwohl Sie genau die gleiche Null sind wie alle anderen.« Sie stand auf, schüttelte den Kopf und beugte sich dann vor, um mit einer Serviette den verschütteten Wein aufzutupfen, während sie mit der anderen Hand nach ihrer Tasche und ihrer Jacke tastete. »Und das Schlimmste von allem, das *Bescheuertste* von allem ist, Sie gehen davon aus, dass ich Sie genug mag, um Ihnen das durchgehen zu lassen.«

Thorne sah ihr hinterher, als sie ging, sich an einem Pärchen im Eingang vorbeischob, eine Lücke im Verkehr abwartete und dann über die Straße lief. Dabei schwang ihr Haar, und ihre Tasche prallte ihr gegen die Hüfte.

Auch wenn die Sache unangenehm gewesen war, Thorne nahm an, dass er erledigt hatte, wofür er gekommen war.

Sechsundzwanzigstes Kapitel

Louises Souterrain-Apartment in Pimlico unterschied sich stark von Thornes Wohnung in Kentish Town. Es war größer und moderner, hatte klare Linien und verfügte über eine Einrichtung, die weniger abgewohnt wirkte als Thornes zehn Jahre alte Ikea-Kollektion. Außerdem war es wesentlich unordentlicher als Thornes Wohnung, worüber sich niemand mehr wunderte als er selbst. Seit Louise regelmäßig bei ihm übernachtete, war er in dieser Hinsicht viel penibler geworden, was man von ihr nicht behaupten konnte. Thorne konnte es kaum fassen, dass es sich bei der schonungslos effizienten Detective Inspector der Entführungseinheit und der Frau, die einen großen, ausschließlich mit Plastiktüten vollgestopften Schrank besaß und in deren Badezimmer – wenngleich dieses besser roch als sein eigenes – es aussah wie nach einer Explosion in einer Kosmetikfabrik, um ein und dieselbe Person handelte.

Thorne hatte den Eindruck, dass sie anders aufeinander reagierten, wenn sie sich in Pimlico aufhielten, dass die Dynamik zwischen ihnen leicht verändert war. Vermutlich war es in der umgekehrten Situation genauso, doch in letzter Zeit schien sich Louise wesentlich wohler zu fühlen, wenn sie bei ihr waren; in jeder Hinsicht mehr zu Hause.

Oder es war ihm bislang einfach noch nie aufgefallen.

Nachdem sie sich inzwischen beide in ihrer eigenen Wohnung so wohlfühlten, fragte sich Thorne, ob die Idee, irgendwo anders zusammenzuziehen, jemals wieder zur Sprache kommen würde oder *sollte*. Sie hatten sich überlegt, eine Wohnung zu verkaufen und die andere zu vermieten, und sich dann, da Thorne noch Geld aus dem Verkauf des Hauses seines Vaters ein paar Jahre zuvor übrig hatte, weiter im Norden, in Hertfordshire vielleicht, eine gemeinsame Wohnung zu kaufen. Doch womöglich war der Zeitpunkt dafür verstrichen.

Louise kochte Nudeln, fügte einer Arrabbiata-Sauce von Sainsbury's, eine Dose Thunfisch und schwarze Oliven hinzu, und sie aßen an dem kleinen Tisch in der Küche.

»Ich wollte dir noch sagen, dass Elvis heute Morgen schon wieder gespuckt hat.«

»Scheiße«, sagte Thorne.

»Du musst mit ihr zum Tierarzt.«

»Hast du ihr viel Futter hingestellt?«

»Zwei Schalen Trockenfutter«, sagte Louise. »Für heute Abend und für morgen früh.«

»Wahrscheinlich hat sie sich nur irgendein Virus eingefangen.«

Thorne hatte die Katze vor vielen Jahren von einem Mordopfer geerbt, von einer Frau, die der Katze ihren Namen gegeben hatte, ohne sich darüber im Klaren zu sein, dass es sich um ein Weibchen handelte. Er wusste nicht genau, wie alt Elvis war, aber sie musste an die zwölf oder dreizehn Jahre alt sein, und obwohl sie nie eine dicke Katze gewesen war, hatte Thorne festgestellt, als er sie vor ein oder zwei Tagen hochgehoben hatte, dass sie sich dünner anfühlte als sonst.

»Wenn bei der Arbeit nicht noch irgendwas reinkommt, gehe ich am Wochenende mit ihr hin«, sagte er.

Sie aßen weiter. Louise erzählte Thorne, dass sie den Müll nach draußen gebracht habe, bevor sie am Morgen seine Wohnung verlassen hatte, und dass er fast keine Milch mehr habe. Thorne sagte Louise, wie gut das Essen schmecke, und dachte, dass sich Paare, die seit ein oder zwei Jahren zusammen waren, nun einmal über solche Dinge unterhielten: über Müllbeutel und Katzenkotze.

Er versuchte, sich einzureden, dass es noch viel schlimmer sein könnte.

Nachdem sie die Teller abgeräumt hatten, nahmen sie ihre Weingläser mit ins Wohnzimmer. Im Fernsehen wurde ein Champions-League-Spiel übertragen, das Thorne sich gerne angesehen hätte, doch er sagte nichts, als Louise ihren Heimvorteil nutzte und eine CD irgendeiner Sängerin aus dem Südwesten Englands auflegte, die sich offenbar für Dusty Springfield hielt. Thorne machte es sich auf dem Sofa bequem, doch als Louise kam und sich ihm gegenüber auf den passenden Schemel setzte, war klar, dass sie über mehr als den Müll sprechen wollte.

»Nur mal angenommen ...«, sagte sie. »Was würdest du dazu sagen, wenn ich meinen Job kündigen würde?«

Thorne lehnte sich zurück und blies die Wangen auf. »Donnerwetter.«

»Ich habe gesagt, ›nur mal angenommen‹.«

»Wie kommst du denn darauf?«

»Ich glaube, wir müssen irgendwas unternehmen.«

»*Wir?*«

»Irgendwas ändern, meine ich.«

»Aber dir gefällt dein Job bei der Polizei«, sagte Thorne. »Zumindest besser als mir. Vielleicht wirst du noch dieses Jahr zur Detective Chief Inspector befördert.«

»Ich denke, mein Job hatte womöglich was damit zu tun, dass ich das Baby verloren habe.«

»Das kannst du doch nicht wissen.«

»Ich bin mir jedenfalls verdammt sicher, dass er nicht gerade *geholfen* hat. Du weißt doch, wie stressig er ist ...«

Thorne erkannte etwas in ihrer Stimme: Wut, Dringlichkeit. Er nickte nur und trank einen Schluck.

»Und er hat wahrscheinlich auch was damit zu tun, dass ich nicht noch mal schwanger geworden bin.«

»Tja, wenn wir vielleicht ein bisschen häufiger *Sex* hätten ...«

»Genau, wenn dieser Scheißjob uns nicht beide so auslaugen würde und wenn unsere Schichten nicht dafür sorgen würden, dass wir die meiste Zeit wie zwei verdammte Schiffe in der Nacht sind.«

Thorne konnte dagegen nicht viel einwenden. Er lehnte sich zurück. Die Südwestengland-Dusty sang sich in Rage, beklagte sich darüber, dass ihr Geliebter betrunken und untreu sei.

»Mir kommt das nur ein bisschen ... radikal vor«, sagte Thorne.

»Wir müssen irgendwas tun, Tom. Wenn das mit uns irgendwo hinführen soll.«

»*Hinführen?*«

»Vielleicht müssen wir beide unseren Job kündigen.«

»*Was?*«

Sie hatten schon einmal darüber gesprochen, über ihre Phantasie-Zukunft. Damals war allerdings das Baby unterwegs gewesen.

»Willst du wirklich einfach nur dasitzen und mir weismachen, dass alles in Ordnung ist?«

»Du bist doch diejenige, die zu allem eine Meinung hat.«

»Das ist ein Teil des Problems.«

»Jeder hat Höhen und Tiefen oder wie auch immer, aber du tust so, als wäre alles im Eimer.«

»Ich versuche nur, realistisch zu sein.«

»Du bist albern«, sagte Thorne, »und melodramatisch.«

Louise schüttelte den Kopf und lachte, nur ein Mal, verärgert. »Das ist wieder mal typisch.«

»Was ist typisch?« Thorne hatte darauf geachtet, alles Erforderliche auf die erforderliche Art und Weise zu sagen, um zu verhindern, dass Louise die Fassung verlor. Jetzt lief er Gefahr, selbst die Fassung zu verlieren.

Sie schluckte einen Mund voll Wein und schüttelte abermals den Kopf. »Wenn es um die Arbeit geht, tust du alles, um das richtige Ergebnis zu bekommen. Du strengst dich besonders an, gehst auf volles Risiko. Du *übertreibst* es. Wenn es um andere geht, um das Leben und die Probleme anderer, tust du alles Nötige, ohne auch nur ein Mal nachzudenken. Aber was dein eigenes Leben betrifft, *unser* Leben, ist es eine andere Geschichte.«

»Das ist nicht fair, Lou …«

»Was uns anbelangt, gehst du den Weg des geringsten Widerstands und unternimmst so wenig wie möglich. Es kommt mir so vor, als würde dir dein Job deine ganze Energie rauben, und wenn es um persönliche Dinge geht, um *das* hier, mogelst du dich durch und findest dich mit allem ab, ganz egal, wie schlecht es ist.« Sie saß auf der Kante des Hockers und presste die Knie gegen seine Schienbeine. »Tja, ich glaube, du machst es genau verkehrt herum. Vermutlich hast du die falschen Prioritäten, und falls es dich auch nur ein bisschen interessiert, wie es mit uns beiden weitergeht, musst du dir überlegen, was dir wichtiger ist. Was du willst.« Sie leerte ihr Glas, sah ihn an. »Und?«

Thorne starrte auf den Teppich, wünschte sich in diesem Moment nichts mehr, als die Musik auszumachen. Als die nervtötende CD der Möchtegern-Dusty herauszunehmen und sie gegen die Wand zu werfen.

Die Türklingel ersparte ihm die Mühe.

Louise fluchte und stand auf, ging zum CD-Player und schaltete ihn aus. »Wenn das die blöde Kuh von oben ist, dann kann sie mich mal. Das war niemals laut genug, um sie zu stören.« Sie sah Thorne an, als wartete sie darauf, dass er aufstand und zur Tür ging.

»*Ich* gehe nicht«, sagte er. »Sie ist deine verdammte Nachbarin …«

Er schaltete den Film aus und machte mit derselben Fernbedienung das gedimmte Licht wieder heller. Das verschaffte ihm jedes Mal wieder einen Kick. Als sein Heimkino installiert worden war, hatte er darauf geachtet, dass es über alle Schikanen verfügte, und es war jeden Penny wert. Da er große Satellitenschüsseln besaß, konnte er sich jederzeit Premiership-Fußball, die BBC-Nachrichten und alles Mögliche andere ansehen. Meistens schaute er sich jedoch Spielfilme an. Er verfügte inzwischen über eine recht umfangreiche Sammlung: Kriegsfilme, Western und sämtliche Dick-und-Doof-Filme sowie eine beachtliche Porno-Sammlung, auf die Candela und er gelegentlich zurückgriffen.

Damit die Sache spannend blieb.

Er hatte das Heimkino im Keller einbauen lassen, im kühlsten Raum des ganzen Hauses. An den Abenden, an denen er nicht ausging oder Gäste zu Besuch hatte, begab er sich meistens nach unten und machte es sich bei kräftig aufgedrehter Lautstärke in Shorts und T-Shirt bequem, bis ihm die Augen zufielen. In der Regel ging er dann ins Bett, doch hin und wieder nickte er ein und wachte erst um drei oder vier Uhr morgens bei noch immer hellem Bildschirm und zischenden Lautsprechern schweißgebadet wieder auf. Manchmal konnte er sich dann für einen kurzen Augenblick nicht mehr erinnern, wo er war.

In welcher Zeit, in welchem Land.

Sobald er wieder ganz zu sich gekommen war, trottete er langsam durch seine Villa in die Küche, nahm eine Flasche Mineralwasser aus dem Kühlschrank und ging ins Bett. Alles in allem zufrieden damit, wie sich die Dinge entwickelt hatten.

Bis jetzt …

Eigentlich konnte er den Ärger nicht gebrauchen, ganz zu schweigen davon, dass er gerne darauf verzichtet hätte, so viel Geld auszugeben. Die Vorsichtsmaßnahmen, die er ergriffen hatte, um sicherzugehen, dass ihm die Situation nicht ernsthaft schaden konnte, waren nicht billig gewesen. Er hatte Leute beauftragt, die ziemlich viel Geld kosteten, und dazu kam noch das, was er ohnehin jedes Jahr blechen musste, nur um seine Informanten bei Laune zu halten.

Allerdings ging es nicht ausschließlich ums Geld. Er hatte sich dieses Leben *verdient*, und abgesehen von dem einen oder anderen kleinen Problem war es bis vor Kurzem auch verhältnismäßig stressfrei gewesen. Schließlich wurde er nicht jünger, und er hatte darauf gezählt, dass alles so bleiben würde, wie es war, bis er eines Tages ins Gras beißen würde. Golf und Boote und ein bisschen Nachtleben. Partys und vögeln, bis er keinen mehr hochbekam, und als Sahnehäubchen hin und wieder ein Geschäft.

Wer hätte das nicht gewollt? Wer hätte nicht alles getan, um sich das zu erhalten?

Er nahm die Fernbedienung in die Hand, dimmte das Licht und schaltete den Film wieder ein.

Aber er konnte diesen Bullen einfach nicht aus seinen Gedanken verbannen. Denjenigen, der den Eindruck gemacht hatte, als würde es ihm Spaß machen, ein bisschen nachzubohren …

Er sah auf die Uhr. Auf dem Bildschirm lagen Stan und Ollie schlafend im Bett, und eine Feder schwebte zwischen ihnen hin und her, während sie abwechselnd schnarchten.

Großbritannien war eine Stunde hinterher. Schon bald würde es losgehen.

Und mit ein bisschen Glück wäre die Sache dann endgültig erledigt.

Siebenundzwanzigstes Kapitel

Thorne hatte die Stimmen gehört und war bereits auf den Beinen, als Louise mit Anna Carpenter zurück ins Wohnzimmer kam. Louise lächelte und sagte irgendetwas von einem Drink, doch sobald sich ihr Blick mit dem von Thorne traf, starrte sie ihn eisern an. Sagte: »Besuch.«

»Ja«, erwiderte Thorne.

»Ich setze mal Wasser auf.«

Sie ging mit aufeinandergepressten Lippen in Richtung Küche, und ihre Kiefermuskeln arbeiteten. Thorne legte ihr die Hand auf den Arm, als sie an ihm vorbeiging, und hoffte, ihre Verärgerung sei nur darauf zurückzuführen, dass sie bei einem wichtigen Gespräch unterbrochen worden waren.

»Das war anscheinend kein besonders guter Zeitpunkt, um vorbeizuschauen«, sagte Anna und versuchte zu lächeln. Sie stand mitten im Zimmer, trat von einem Fuß auf den anderen. Sie hatte weder ihre Jacke ausgezogen noch ihre Tasche abgestellt.

»Woher haben Sie diese Adresse?« Thorne ging einen Schritt auf sie zu.

»Sehen Sie, es tut mir leid …«

»Und erzählen Sie mir jetzt nicht, Sie haben sie von Ihrer Freundin bei der Zulassungsstelle.«

»Von Ihrem Chief Superintendent«, sagte Anna.

»*Was?*«

»Er hat mir letzte Woche seine Nummer gegeben und gesagt, dass ich ihn anrufen soll, wenn ich irgendwas brauche, also ...«

Thorne hatte sich bereits umgedreht, ging zur Küche und sagte Louise, sie solle sich nicht die Mühe mit dem Kaffee machen. Als sie den Mund öffnete, um zu antworten, sagte er ihr, er werde nicht lange weg sein. Dann senkte er die Stimme und fügte hinzu, dass sie ihre Unterhaltung fortsetzen könnten, wenn er wieder da sei.

Er ging zurück ins Wohnzimmer und nahm seine Lederjacke, die über der Sessellehne lag.

Anna rückte den Trageriemen ihrer Umhängetasche zurecht.

»Machen wir einen Spaziergang«, sagte er.

Anna musste sich ein bisschen beeilen, um Thorne einzuholen, dann lief sie im Gleichschritt mit ihm und gab sich Mühe, nicht zurückzufallen. »Wohin gehen wir?«

Thorne war nicht in der Lage, diese Frage zu beantworten, da er nicht den blassesten Schimmer hatte.

»Okay, wie wär's mit *warum*?« Sie drehte sich zu ihm und sah ihn an. »Ich nehme an, Sie wollten mich nicht vor Ihrer Freundin anschreien.«

Thorne sagte wieder nichts, um nicht zu lange über seine Beweggründe nachdenken zu müssen, weshalb er aus der Wohnung hinauswollte. Weshalb er Anna aus der Wohnung hinaushaben wollte.

»Tut mir leid, ich kenne ihren Namen nicht«, sagte Anna.

»Erzählen Sie mir von Jesmond.«

Im Gehen berichtete Anna Thorne, dass sein Superintendent sie einen Tag nach ihrem Besuch bei Thorne im Becke House angerufen hatte. Jesmond sei überaus freundlich gewesen, sagte sie, und erpicht darauf, sie wissen zu lassen, dass er und sein Team alles tun würden, um sie zu unterstützen.

»Ich möchte *wetten*, dass er erpicht darauf war«, erwiderte Thorne.

Jesmond hatte Anna gesagt, sie solle nicht zögern, ihn zu kontaktieren, falls sie irgendwelche Fragen habe oder falls er ihr auf irgendeine Weise helfen könne. Sie erklärte Thorne, dass sie früher am Abend bereits bei seiner Wohnung in Kentish Town gewesen sei und dass sie Jesmond angerufen habe, weil sie nicht gewusst habe, wo sie Thorne sonst finden könne. Jesmond habe sie ein paar Minuten später zurückgerufen und ihr die Adresse gegeben, unter der Thorne sich für den Abend abgemeldet hatte. Anna sagte, Jesmond habe sich gefreut, ihr weiterhelfen zu können.

Thorne fluchte und steigerte das Tempo.

»Ich wusste nicht, was ich sonst hätte tun sollen.«

»Warum haben Sie nicht einfach *mich* angerufen?«

»Ich wollte unbedingt mit Ihnen persönlich sprechen«, sagte sie. »Es gibt da ein paar Dinge, die ich Ihnen sagen muss …«

Thorne sah sie zum ersten Mal richtig an, seit sie die Wohnung verlassen hatten. Er bemerkte die Röte auf ihren Wangen, als sie an einer Straßenlaterne vorbeigingen, und beobachtete, wie sie den Tragegurt ihrer Umhängetasche zurechtrückte, damit er nicht abrutschte. Er ging etwas langsamer.

Sie blies die Wangen auf und nickte dankbar.

»Dann schießen Sie los«, sagte Thorne.

Sie ließ sich ein paar Sekunden Zeit, zuckte mit den Schultern, zögerte noch ein paar Sekunden, dann sagte sie: »Eigentlich … wollte ich mich nur entschuldigen. In der Bar habe ich ein paar Sachen gesagt, die wahrscheinlich nicht in Ordnung waren. Ich meine, ich war stinksauer, aber das ist keine Entschuldigung. Als ich sagte, Sie wären eine Null … Ich weiß wirklich nicht, was das sollte …«

Thorne starrte geradeaus.

»Die meiste Zeit waren Sie nämlich echt nett zu mir, was die Sache noch schlimmer macht. Schließlich hätten Sie mich nicht zu Monahan oder zu Donna mitnehmen müssen, und ich weiß, dass ich eine Nervensäge war.« Sie hielt inne. Inzwischen schlenderten sie nur noch dahin. »Sie können mir auch widersprechen, wissen Sie?«

»Ich *kann*, aber ich werde nicht.«

»Jedenfalls tut es mir leid. Und …«

Thorne nickte. »Ich habe auch ein paar Dinge gesagt, die ich nicht unbedingt so gemeint habe, also …«

»Schon okay, ich weiß, was Sie damit erreichen wollten«, sagte sie.

»Gut.«

»Aber das ist genau der Punkt. Was mir nämlich am meisten leidtut, ist, dass ich nicht auf Sie hören werde.«

Thorne blieb stehen. »*Was?*«

»Ich habe nachgedacht und bin zu dem Schluss gekommen, dass ich die Sache durchziehen werde.« Als sie sah, wie Thorne nach Worten rang, beantwortete sie die Frage, von der sie glaubte, dass er sie stellen wollte. »Weil ich bei der Stange bleiben muss. Ich darf nicht jedes Mal, wenn es schwierig wird, einfach klein beigeben, da sich sonst alle bestätigt fühlen, die mich für verrückt halten, weil ich mich überhaupt auf so was eingelassen habe. Also, tut mir leid, und danke, dass Sie sich Sorgen machen, aber ich werfe nicht das Handtuch. Ich habe bereits mit Donna gesprochen.«

»Ah, Herrgott noch mal …« Thorne setzte sich wieder in Bewegung.

Sie kamen am Chelsea College of Arts vorbei und bogen dann nach links zum Fluss ab. Als sie an Häusern vorbeigingen, die dem ähnelten, in dem Louise wohnte, warf Thorne einen Blick in die Souterrainwohnungen und sah Leute, die aßen oder fernsahen.

»Das mache ich auch immer«, sagte Anna. »Wenn man Glück hat, sieht man jemanden, der nackt herumläuft.«

Sie überquerten die Straße bei Millbank und gingen zu den Riverside Walk Gardens hinunter. Das Licht, von dem die zentrale Skulptur von unten angestrahlt wurde, ergoss sich auch über die Grasstufen des Parks und ließ eine Reihe von Metallbänken funkeln, die unmittelbar vor der Ufermauer standen. Thorne steuerte auf eine der Bänke zu, deren Sitzfläche nach einem Platzregen etwa eine Stunde zuvor noch feucht war. Anna reichte ihm ein Päckchen Taschentücher. Thorne lächelte und wischte die Bank ab.

»Was?«

»Ich musste gerade an neulich im Park denken«, sagte Thorne. »Als Sie dem Typen die Taschentücher gaben.«

Sie setzten sich hin.

»Ich gehe Auseinandersetzungen nicht aus dem Weg.« Anna zuckte mit den Schultern. »Das war schon immer mein Problem.«

Thorne nickte und sagte: »Alan Langford ist aber nicht nur irgend so ein Typ, der seinen Hund auf einen Fußweg kacken lässt.«

»Das weiß ich.«

Eine Frau joggte vorbei, keuchend und mit rotem Gesicht, einen iPod am Gürtel befestigt.

»Wem will sie was vormachen?«, fragte Anna.

»Jesmond versucht übrigens nur, Sie bei Laune zu halten.« Thorne drehte sich ihr zu und sah sie an. »Darüber sollten Sie sich im Klaren sein. Er macht sich in die Hosen, dass Sie zu den Zeitungen gehen und jemandem erzählen könnten, wie wir die ursprünglichen Ermittlungen vermasselt haben.«

»Warum sollte ich das tun?«

»Gesunder Menschenverstand ist nicht gerade seine Stärke. Mir fällt da übrigens noch jemand ein, bei dem das genauso ist.«

»Bekomme ich jetzt schon wieder eine Lektion?«

Thorne ließ ein paar Sekunden verstreichen, wartete, bis der Anflug von Verärgerung und Ungeduld wieder ein wenig verebbte. »Geht's Ihnen eigentlich darum, Ihrer Mutter irgendwas zu beweisen? Bei Ihrer Weigerung, Vernunft walten zu lassen?«

»Nein.« Anna wendete den Blick ab, beobachtete die Joggerin dabei, wie sie ein paar Sekunden lang auf der Stelle lief, ehe sie umdrehte und denselben Weg zurückkam.

»Na ja, nicht *nur* darum.«

»Sie müssen niemandem etwas beweisen.«

»Ich weiß.«

»Weder sich selbst noch Ihrer Mutter.«

»Es geht darum, etwas zu spüren. Etwas zu bewirken oder so. Mein Gott, warum klinge ich eigentlich immer so bescheuert, wenn ich mit Ihnen rede?«

»Ich werde Ihnen jetzt nicht sagen, dass Sie sich irren oder dumm sind, weil Sie sich das wünschen. Wahrscheinlich habe ich mir das auch irgendwann mal gewünscht.«

Sie sah ihn an. »Sie sagten doch, Sie waren nicht … abgehärtet. Neulich, als …«

»Das bin ich nicht«, erwiderte Thorne. »Das nicht.«

Anna wartete.

Thorne beschloss, es mit einer anderen Strategie zu versuchen. »Okay, vergessen Sie, wie gefährlich diese Geschichte ist. Vergessen Sie, dass Langford bereits drei Menschen hat umbringen lassen. *Mindestens* drei. Vergessen Sie, dass er ohne Frage bereit ist, alles Erforderliche zu tun, um sich das Leben zu erhalten, das er sich aufgebaut hat. Ich habe mich bemüht, Ihnen das klarzumachen, aber es hat offensichtlich nicht funktioniert.«

Anna lächelte. »Gut. Ich habe es bereits vergessen.«

Thorne sah sie streng an, um ihr zu verstehen zu geben, dass er es ernst meinte. »Hören Sie, ob Sie versuchen, Männer zu überführen, die ihre Ehefrau betrügen, oder ob Sie versuchen, Donna Langfords Tochter zu finden, Sie wühlen dabei im Kummer anderer Leute herum, und das lässt sich nicht einfach abwaschen. Haben Sie mich verstanden?«

Sie nickte.

»Wenn es um einen Mord geht, wenn ich nach jemandem fahnde, dann *muss* ich abschalten. Das, was geschehen ist, widert mich an, aber ich kann es mir nicht leisten, irgendwelche Empfindungen demjenigen gegenüber zu haben, den ich schnappen muss. Ich kann es mir nicht erlauben, denjenigen, hinter dem ich her bin, zu hassen. Ich meine, ich mag ihn natürlich nicht, aber ich muss zumindest versuchen, ihn zu verstehen, damit ich ihn erwische. Danach ist es eine andere Sache ...« Seine Stimme war leiser geworden, und er sah, dass Anna Mühe hatte, ihn trotz des Windes, der über das Wasser wehte, zu verstehen. Er räusperte sich. »Danach, im Verhörraum, im Gerichtssaal oder wo auch immer, bin ich ... hasserfüllt.« Er sah die Verwirrung in Annas Gesicht und schüttelte den Kopf. »Das ist nicht das richtige Wort. Ich weiß nicht, ob es *überhaupt* ein Wort dafür gibt. Ich bin ... voller Hass ...«

Er umklammerte die Kante der Bank fest mit den Fingern, dann ließ er sie wieder los, als er kleine Klumpen von getrocknetem Kaugummi spürte.

»Es gibt da einen Mann namens Adam Chambers. Der Fall, an dem ich davor gearbeitet habe.«

»Ich weiß«, sagte Anna. »Ich habe mich eingelesen.«

Thorne nickte. »Schon allein der Gedanke, dass er frei ist, oder Langford, oder ein Dutzend anderer, die frei herumlaufen, weil sie Glück hatten oder weil irgendjemand Mist gebaut hat ... Ich stelle mir vor, dass sie im Pub sitzen, dass sie fernsehen wie die Leute in den Wohnungen, an denen wir gerade vorbeigegangen sind, dass sie *schlafen*. Mir fallen die Dinge ein, die sie getan haben, und ich bin voll davon. Bis über beide Ohren voller Hass.« Er rang sich ein halbherziges Lächeln ab, dann unterstrich er es mit einem wenig überzeugenden Lachen. »Und das hasse ich.«

Sie starrten beide eine halbe Minute lang vor sich hin, die Beine ausgestreckt, die Hände in den Jackentaschen vergraben. Es wurde kälter, und Regen lag in der Luft.

»Sehen Sie, ich sage ja nicht, dass ich Sie auf Schritt und Tritt begleiten will oder so«, sagte Anna.

»Das ist eine Erleichterung.«

Sie rutschte ein Stück näher zu ihm hin. »Im Ernst, ich erwarte keinen Pass, mit dem ich Zugang zu allen Bereichen habe, und kein Versprechen, dass ich dabei sein darf, wenn es zu einer Verhaftung kommt.«

»Gut, das würden Sie nämlich auch nicht bekommen.«

»Halten Sie mich einfach auf dem Laufenden, ja?«

Thorne drehte sich zu ihr. Er sah, dass das das größte Zugeständnis war, zu dem sie bereit war.

»Ich würde lieber von Ihnen erfahren, was sich tut, als von Jesmond.«

»Verständlich«, sagte Thorne.

»Ich habe das Gefühl, von Ihrem Boss würde ich nicht die ganze Wahrheit erfahren. Er klingt irgendwie ein bisschen schleimig.«

Thorne sagte: »Mehr als nur ein bisschen« und blickte auf den Fluss hinaus. Zumindest in einer Hinsicht zeigte sie ein bemerkenswert gutes Urteilsvermögen. Trotzdem fühlte er sich mit der Situation unwohl.

Vielleicht war er es einfach nicht gewohnt, so viel von sich preiszugeben.

Er starrte auf das veränderliche, schwarze Wasser, auf die

Lichter, die sich in beide Richtungen unter der Vauxhall Bridge hindurchbewegten, und fragte sich zum zweiten Mal an diesem Tag, ob das Leben an Bord eines dieser Boote einfacher wäre. Er könnte das Gesicht in den Wind drehen und seinen Kopf völlig entleeren. Dieser Gedanke war jetzt ebenso fehl am Platz wie zuvor, als er aus dem Besprechungszimmer bei der SOCA nach unten geblickt hatte, nicht zuletzt deshalb, weil Thorne alles andere als ein Naturtalent war, was Wasser anbelangte. Das hatte er bereits als Achtjähriger bei einem Makrelen-Angelausflug mit seinem Vater gelernt, als er sich zehn Minuten nach der Abfahrt im Hafen von Brixham übergeben musste. Seit damals sorgte alles, was über einen Mühlteich hinausging, dafür, dass sein Magen revoltierte und er sich nach festem Boden unter den Füßen sehnte. Trotzdem liebte er die *Vorstellung*, auf einem Boot davonzutreiben, auch wenn sich die Realität immer als große Enttäuschung erwies.

Wie so viele andere Dinge in seinem Leben war diese Vorstellung nur auf dem Papier gut.

Er ließ den Kopf in den Nacken fallen und spürte die ersten Tropfen Nieselregen im Gesicht, doch das Gefühl war nicht unangenehm.

»Wahrscheinlich sollten wir aufbrechen«, sagte Anna.

»Ja.«

»Ich sollte Sie zurückgehen lassen zu … Tut mir leid, aber ich weiß ihren Namen immer noch nicht.«

Wie so viele andere Dinge …

»Louise«, sagte Thorne.

Auf dem Rückweg plauderten sie unbeschwert und ließen sich Zeit, als die Straßen schmaler und ruhiger wurden. Sie diskutierten über Fußball, und es stellte sich heraus, dass Anna eine heimliche »*Match of the Day*«-Zuschauerin war. Wie viel zu viele Londoner war sie eine Anhängerin von

Manchester United, doch Thorne versuchte, diesen Umstand auf die leichte Schulter zu nehmen.

»Könnte schlimmer sein«, sagte er zu ihr. »Könnte auch Chelsea sein.«

Als sie Louises Straße erreichten, wurden sie noch langsamer und gingen mit einem Bruchteil des Tempos zur Wohnung zurück, mit dem sie sie verlassen hatten.

»Tut mir leid, dass ich so ein Alptraum bin«, sagte Anna.

»Ich kann das schon verkraften«, erwiderte Thorne.

Nach der Hälfte der Straße brauste ein Pizzaservice-Motorroller an ihnen vorbei, dessen Motor surrte wie ein Schwarm wütender Wespen.

»Verdammter Föhn auf Rädern«, sagte Thorne spontan. Diese Formulierung hatte sein Vater immer benutzt.

Anna lachte. »Pizza klingt allerdings gut. Mein Magen glaubt, mir wäre die Kehle durchgeschnitten worden.«

Inzwischen regnete es wesentlich stärker, doch sie waren höchstens noch eine halbe Minute von Louises Wohnung entfernt. Thorne zog in Erwägung, sie hereinzubitten und ihr etwas zu kochen. »Soll ich Ihnen ein Taxi rufen?«, fragte er.

»Nicht nötig. Ich kann die U-Bahn nehmen.«

Thorne beobachtete, wie der Motorroller das Ende der Straße erreichte, umdrehte und auf demselben Weg zurückfuhr. Er streckte instinktiv die Hand nach Anna aus. »Sind Sie sicher?« Er behielt den Motorroller mit einem Auge im Blick. Zunächst hatte er angenommen, dass der Fahrer nach einer Adresse suchte, doch er hielt nicht nach Hausnummern Ausschau.

»Wirklich, das ist kein Problem.«

Thorne spürte ein Kribbeln im Nacken, das sich ausbreitete. »Gehen wir rein.«

Der Motorroller bremste ab und geriet ein wenig ins Wackeln, als er sich langsam dem Gehsteig näherte. Thorne legte Anna eine Hand auf den Rücken und schob sie an.

»*Was?*«, sagte sie.

Der Mann auf dem Motorroller, dessen Gesicht hinter einem schwarz getönten Visier verborgen war, lenkte jetzt mit einer Hand, und ohne sehen zu müssen, was er in der anderen Hand hielt, die vom Tank verdeckt war, drängte Thorne Anna vorwärts. »*Los!*«

Der Fahrer hob seine Pistole, und Anna schrie auf, nahm Thornes Hand und sagte ihm, er solle aufpassen. Thorne legte das letzte Stück mit ihr zurück, indem er sie halb schob, halb zog, bis sie auf einer Höhe mit dem niedrigen Geländer waren, das entlang der Gebäudefassade verlief. Louises Tür befand sich noch drei Meter unter ihnen, als der erste Schuss abgefeuert wurde.

Nur ein Knall, nicht lauter als eine Fehlzündung des Motorrollers.

Anna rief: »Mein Gott!«, dann sagte sie Thornes Namen, während der Motorroller beschleunigte. Wieder ein paar Sekunden lang Wespen-Gesumme, das inzwischen beinahe auf einer Höhe mit ihnen war. Es war keine Zeit mehr, um das letzte Stück zu den Stufen zurückzulegen, die vom Gehsteig nach unten führten, und letzten Endes konnte Thorne nicht mehr tun, als sich gegen Anna zu pressen, sie mit dem Rücken gegen das Geländer zu drücken und zu spüren, wie seine Arme und Beine zu zittern begannen und ihm Regentropfen am Hals hinunterliefen.

Er hörte, wie abermals sein Name gerufen wurde, drehte sich um und sah, dass sich die Pistole ein zweites Mal hob.

Dritter Teil

Bleiküste

Achtundzwanzigstes Kapitel

Kurz bevor das Flugzeug zum Anflug auf Málaga ansetzte, geriet es in ein Luftloch und sackte plötzlich ab. Thorne setzte sich ruckartig auf und öffnete die Augen. Der Gesichtsausdruck seiner Sitznachbarin verriet ihm, dass er geräuschvoll nach Luft geschnappt haben musste, und er schämte sich, da er wusste – weil er es irgendwo gelesen hatte –, dass Flugzeuge, wenn sie für den Bruchteil einer Sekunde absackten, nur wenige Fuß an Höhe verloren, was im Ganzen gesehen unbedeutend war.

Er murmelte eine Entschuldigung und lächelte die Frau an. Sie nickte und widmete sich wieder ihrer Zeitschrift.

Thorne schloss abermals die Augen und wartete, bis die Turbulenzen nachließen, obwohl er genau wusste, dass seine Übelkeit, der pochende, pulsierende Knoten in seinem Magen, nichts damit zu tun hatte. Er hatte nicht geschlafen, doch bei den Bildern und Gesprächsfetzen, an die er sich erinnerte, hätte es sich ebenso um Bruchstücke eines Alptraums handeln können.

Acht Wochen waren seit den Schüssen vergangen.

Bevor der Mann auf dem Motorroller noch einmal feuern konnte, waren Thorne und Anna bereits gemeinsam über das Metallgeländer gehechtet und hart auf den Stufen gelandet. Da Thorne einen stechenden Schmerz in der Schulter spürte und Mühe hatte, sich zu bewegen, vermutete er, dass sein Schlüsselbein gebrochen war. Undeutlich nahm er den Motorenlärm wahr, das schrille Dröhnen, als der Roller beschleunigte und davonfuhr. Hörte Anna neben sich stöhnen, spürte die kalte, feuchte Treppenstufe im Gesicht, nahm wahr, dass Louise die Tür öffnete und schrie, als sie das Blut sah.

Acht Wochen …

Zwei seit der Beerdigung.

Thorne hatte sich angestarrt gefühlt oder zumindest beobachtet. In der Kirche, vor der Kirche und vor allem anschließend im Haus der Carpenters in Wimbledon. Wahrscheinlich hatte er sich jedoch alles nur eingebildet, und ganz sicher hatte niemand etwas gesagt. Keiner von denen, die jedes Recht dazu gehabt hätten, weit mehr zu tun, als den Polizisten anzustarren, der den Arm zwei Wochen lang in einer Schlinge getragen hatte, während die junge Frau, die sie von der Agende anstrahlte, in einem Notarztwagen verblutet war.

Ich gehe Auseinandersetzungen nicht aus dem Weg. Das war schon immer mein Problem.

Die einzige Person, die ihn tatsächlich anstarrte, war Frank Anderson, der Thorne als den Mann wiedererkannte, der in sein Büro gekommen war und eine Lügengeschichte über seine untreue Freundin aufgetischt hatte. Doch selbst Anderson widerstand der Versuchung, etwas zu sagen, während Thorne gegen das Bedürfnis ankämpfte, mit ein paar von den Dingen herauszuplatzen, die sich bei *ihm* angestaut hatten. Nichtsdestotrotz ließ er seiner Phantasie freien Lauf, als er in der Kirche stand und die Schuppen auf Andersons Kragen anstarrte. Er stellte sich vor, wie er ihn an den Haaren packte, ihn mit dem Gesicht gegen die Kirchenbank rammte und eine Erklärung für die Art und Weise, wie er Anna behandelt hatte, von ihm forderte. Für die Dinge, die er von ihr verlangt hatte.

Weißt du eigentlich, wie sehr sie das gehasst hat, du rückgratloser Saftarsch? Wie sie sich dabei gefühlt hat? Hast du auch nur die leiseste Ahnung?

Stattdessen stand Thorne da, sang »*How Great Thou Art*« und lauschte der bewegenden Totenrede ihrer älteren Schwester, von der er nichts gewusst hatte. Er unterhielt sich später im Haus mit ihr und erfuhr, dass sie eine erfolgreiche Anwältin war. Thorne fragte sich, ob Anna versucht hatte, mit ihr zu konkurrieren oder sich von ihr zu unterscheiden, indem sie ihren verhassten Job bei der Bank annahm – genauso, wie sie versucht hatte, es ihrer Mutter recht zu machen. Er rügte sich selbst für seine Gedanken. Welches Recht hatte er, irgendein Urteil zu fällen, irgendwelche voreiligen Schlüsse zu ziehen, was Anna durch den Kopf gegangen war?

Beim Verlassen der Kirche entdeckte er Donna vor sich. Im Freien, wo sich die Trauergäste leise unterhielten und sich Zigaretten anzündeten, nickten sie sich zu, doch sie schien es eilig zu haben wegzukommen, und Thorne war froh, dass ihm das Gespräch erspart blieb. Der unbeholfene Tanz um Schuld und Verantwortlichkeit.

Im Haus der Carpenters stürzte er ein Bier hinunter und holte sich ein weiteres. Schließlich war er in keiner offiziellen Funktion da und konnte sich deshalb ein oder zwei Drinks genehmigen. Genau genommen hätte er allen Grund gehabt, sich volllaufen zu lassen und sich zum Narren zu machen.

Das Wetter war schön, und Thorne unterhielt sich draußen im Garten mit Annas Freunden Rob und Angie. Die beiden saßen auf einer niedrigen Mauer und balancierten Teller mit kaltem Schinken und Salat auf dem Schoß.

»Sie hat Sie beide erwähnt«, sagte Thorne. »Hat erzählt, wie viel Spaß Sie immer miteinander hatten.«

Rob nickte und schob seinen Krautsalat hin und her.

»Sie hat auch von Ihnen gesprochen«, erwiderte Angie.

Anschließend gab es nicht mehr viel zu sagen. Wäre jemand Älterer gestorben, jemand, dessen Tod nicht völlig unerwartet gekommen wäre, hätte einer von ihnen womöglich gesagt: »Das war ein schöner Gottesdienst, nicht wahr?« oder eine lustige Anekdote erzählt. Doch das Ganze war einfach zu tragisch für irgendetwas in dieser Art, für wohltuende Lügen, und deshalb richteten sie stattdessen ihre gesamte Energie darauf, sich zusammenzureißen.

Thorne beobachtete Annas Eltern schon den ganzen Tag. Die Hand des Mannes befand sich fast jedes Mal auf ihrem Arm, wenn Thorne die beiden erblickte: als sie aus dem glänzenden Daimler stiegen; als sie die Kirche betraten; als sie in der Küche und im Wohnzimmer zwischen ihren Freunden und Verwandten hindurchgingen, mit glasigem Blick, als könnten sie nicht ganz glauben, dass sie überhaupt imstande waren, einen Fuß vor den anderen zu setzen.

Sich aufrecht zu halten und die Fassung zu bewahren. Zu sprechen, ohne in Tränen auszubrechen.

Die beiden hatten Thorne vor der Kirche flüchtig begrüßt, doch im Haus, als er zwischen dem Buffettisch und der Wohnzimmertür herumstand, bekam er endlich die Chance, sich mit ihnen zu unterhalten. Da Thorne im Krankenhaus gewesen war, hatten sich in den Tagen nach den Schüssen Kollegen von ihm um Robert und Sylvia Carpenter gekümmert. Obwohl er sich sicher war, dass sie genau wussten, wer er war, nutzte er die Gelegenheit, sich vorzustellen.

»Sie sind also derjenige, der dabei war«, sagte Sylvia Carpenter. »Derjenige, der sich das Schlüsselbein gebrochen hat.«

Thorne schluckte. Sagte, er sei derjenige.

Derjenige, dem es nicht gelungen ist, meine Tochter zu beschützen.

Derjenige, auf den sie es eigentlich abgesehen hatten. Derjenige, der in diesem Sarg liegen sollte.

»Wie geht es Ihnen jetzt?«, erkundigte sich Sylvia. Sie streckte eine Hand nach ihm aus. »Das verheilt manchmal ziemlich schlecht. Ein Cousin von mir hatte alle möglichen Probleme.«

Thorne starrte sie an. Falls es ihre Absicht war, höhnisch oder sarkastisch zu sein, war es weder in ihrer Stimme noch in ihrem Blick zu erkennen. Ganz im Gegenteil, ihr Gesichtsausdruck verriet beinahe manische Sorge.

»Klavikulafraktur.« Sie sprach das Wort langsam aus, betonte jede Silbe. Ihre Hand war noch immer ausgestreckt, und ihre Finger zitterten wenige Zentimeter vor Thornes Brust. »Das ist der richtige Begriff dafür.«

»Sylvia ...« Robert Carpenter legte seiner Frau behutsam eine Hand auf den Arm. Sie drehte langsam den Kopf, um ihn anzusehen, dann wandte sie sich abrupt ab, ging am Buffettisch entlang und starrte die Teller mit Käse und Aufschnitt an.

Die beiden Männer sahen ihr nach, dann drehte sich Robert Carpenter wieder zu Thorne um. Er sah ein paar Sekunden lang auf seine Schuhe hinunter, ehe er den Blick hob. »Das hat sie sehr tief getroffen«, sagte er.

»Selbstverständlich«, entgegnete Thorne.

»Ich meine, es hat uns natürlich alle getroffen.«

Thorne konnte darauf nichts erwidern, war sich der Unangemessenheit der Plattitüden bewusst, die möglicherweise von ihm erwartet wurden und die er in zahllosen ähnlichen Situationen auch tatsächlich von sich gegeben hatte. Als er Annas Vater ansah, kam es ihm in den Sinn, dass sich der Einfluss amerikanischer Fernsehserien in den letzten Jahren in die Sprache der Beileidsbekundung ebenso eingeschlichen hatte wie in sämtliche andere Bereiche.

Mein Beileid für Ihren Verlust.

Jenes letzte Wort ging Thorne durch und durch, da es die Möglichkeit andeutete, dass der Mensch, den man verloren hatte, womöglich eines Tages wieder gefunden werden würde. Man verlor Schlüssel und Handys, Brillen und Geldbörsen und Telefonnummern. Aber diejenigen, die ihren Angehörigen durch einen gewaltsamen Tod entrissen wurden, waren *weg* – schlicht und einfach und schrecklich –, aber sie waren keinesfalls *verloren*.

Thorne und alle anderen Gäste hatten sich unter Robert Carpenters Dach versammelt, um Annas Abwesenheit zu betrauern.

»Hat sie zu Ihnen gesagt, sie wäre nicht der Liebling ihrer Mutter gewesen?«, fragte Robert plötzlich.

»Nein«, erwiderte Thorne.

»Das hat sie nämlich immer geglaubt. Das Dumme ist, dass sie es war.« Er schüttelte den Kopf und sprach noch leiser. »Das war sie wirklich …«

Thorne fragte sich, was Anna ihm im Lauf der Zeit wohl noch alles erzählt hätte.

»Ich nehme an, es gibt keine Neuigkeiten?«

»Wie bitte?«, fragte Thorne.

»Ihre Kollegen waren alle sehr zuvorkommend und haben uns auf dem Laufenden gehalten. Aber ich habe seit über einer Woche nichts mehr gehört, deshalb …«

»Wir tun, was wir können.«

»Natürlich, das ist mir schon klar.«

Thorne war nach den Schüssen zwei Wochen zu Hause geblieben – Pflichturlaub infolge eines Zwischenfalls mit Schusswaffengebrauch, auch wenn er sich diese Pause nicht aufgrund der Schwere seiner Verletzungen verdient hatte. Demnächst würden auch noch Therapiestunden folgen, wobei schon allein der Gedanke daran bei Thorne Grausen hervorrief. Und ihm noch ein paar weitere Dinge ins Gedächtnis rief, die man verlieren konnte.

Sein Tagebuch.

Seine Orientierung auf dem Weg zum Therapeuten.

Seinen Lebenswillen.

Während seiner zwei arbeitsfreien Wochen hatte Thorne sich über die Fortschritte bei den Ermittlungen auf dem Laufenden gehalten: hatte ein halbes Dutzend Mal am Tag mit Brigstocke, Holland und Kitson gesprochen; hatte Gary Brand angerufen, um sich zu erkundigen, ob eine seiner Kontaktpersonen irgendetwas gehört habe. Hatte den Überblick behalten. Daher war er sich des Mangels an Zeugen, des eisigen Schweigens als Reaktion auf zahlreiche Aufrufe an die Bevölkerung und des Fehlens jeglichen forensischen Beweismaterials an dem abgestellten Motorroller schmerzlich bewusst. Er war mit jedem Rückschlag und jeder Sackgasse bei der Suche nach dem Schützen bestens vertraut.

»Sie hat mir von dem Fall erzählt, an dem sie arbeitete«, sagte Robert Carpenter. »Von diesem Mann, den alle für tot gehalten hatten.«

»Ja.«

»Sie war richtig begeistert. Ich habe ihr gesagt, wie sehr es mir gefällt, sie so zu sehen.« Er hielt inne, und das Lächeln verschwand aus seinem Gesicht. »Er hat das getan, nehme ich an?«

Hat versucht, Sie zu töten, und stattdessen meine Tochter getötet.

Hätte etwas organisieren sollen, das ein bisschen effizienter ist als eine Pistole, die nachts von einem fahrenden Motorroller abgefeuert wird.

»Davon gehen wir aus«, sagte Thorne. »Oder, dass er zumindest jemanden dafür bezahlt hat.«

Annas Vater betrachtete wieder seine Füße und hob alle

paar Sekunden den Blick, um andere im Raum anzusehen. »Tja, ich sollte besser mal …«

»Danke«, sagte Thorne.

Er war sich nicht sicher, wofür er sich bei dem Mann bedankte. Für dessen Gastfreundlichkeit? Für die Tatsache, dass er ihn nicht gegen die Wand geschubst und ihm voller Trauer und Wut ins Gesicht geschrien hatte?

Für Anna?

Thorne verbrachte noch ungefähr eine halbe Stunde damit, zwischen Küche, Wohnzimmer und Garten hin und her zu wandern. Er ertappte Rob und Angie dabei, wie sie ihn ansahen, und gab sich alle Mühe zu lächeln. Dann betrachtete er die Sammlung von Familienfotos auf einer Kommode: Anna und ihre Schwester im Urlaub irgendwo im Süden; die ganze Familie bei Annas Schulabschluss; Anna und ihre Mutter, Haltung und Gesichtsausdruck der beiden beinahe identisch. Als er den Arm ausstreckte, um sich am Buffettisch noch etwas zu essen zu nehmen, auf das er eigentlich gar keinen Appetit hatte, schmerzte sein Schlüsselbein. Er spürte, wie sich der Schmerz in seiner Schulter ausbreitete, und er spürte abermals ihr Gewicht, wie vor sechs Wochen, als sie zusammen am Fuß der Steinstufen gelegen hatten.

Spürte ihren röchelnden, flachen Atem an seiner Brust und ihr Blut, das ihm durch die Finger sickerte.

Er sprach an diesem Tag noch einmal mit Robert Carpenter, als dieser sich an der Haustür von den Trauergästen verabschiedete. Annas Vater bedankte sich, ließ gefasst eine letzte Litanei von Beileidsbekundungen über sich ergehen, nahm Hände in die seinen. Thorne rang nach den richtigen Worten, sagte, er sei froh, gekommen zu sein, murmelte irgendetwas davon, wie gut das Essen gewesen sei, und platzte schließlich heraus: »Sie hat mir erzählt, Sie mögen Bluegrass-Musik.«

Robert Carpenter lächelte und nickte, dann reichte er Thorne ein Taschentuch.

»Der Captain hat die Gurt-Lampen eingeschaltet, also …«

Thorne stopfte seine Zeitung in die Tasche hinten am Sitz seines Vordermanns und presste die Knie fest gegen die Lehne, um den egoistischen Mistkerl daran zu erinnern, diese in die aufrechte Position zu bringen. Die Frau neben ihm sagte irgendetwas, nachdem sie offenbar beschlossen hatte, dass es wenige Minuten vor der Landung ungefährlich war, eine Unterhaltung zu beginnen.

»Wie bitte?«

»Urlaub?«

»Nicht wirklich«, erwiderte Thorne.

Die Frau nickte und sagte: »Sieht so aus, als könnten Sie welchen gebrauchen.«

Thorne schloss abermals die Augen und öffnete sie erst wieder, als die Räder des Flugzeugs mit einem Kreischen auf der Landebahn aufsetzten.

Als er am Gepäckförderband wartete, spürte er erneut das Pochen in seinem Schlüsselbein und stellte sich einen Mann mit nacktem Oberkörper vor, der ein Bierglas hob. Der lächelnd in die Sonne blinzelte. Würde ihm das Lächeln jetzt immer noch so leichtfallen, fragte sich Thorne, nach allem, was er getan hatte, um seinen Platz an der Sonne zu behalten?

Vermutlich schon …

Von dem Augenblick an, als Thorne den Dienst wieder aufgenommen hatte, hatte er Brigstocke bearbeitet, war sogar demütig zu Jesmond gegangen und hatte darum gebettelt, grünes Licht für die Reise nach Spanien zu bekommen. Zunächst war er auf Widerstand gestoßen, da es immer noch kaum mehr echte Beweise gab als an dem Abend, als Anna getötet worden war. Inzwischen waren drei Menschen gestorben. Vier, wenn man die nicht identifizierte Leiche von vor zehn Jahren mitrechnete. Aber sie hatten noch immer nichts gegen den Mann in der Hand, von dem sie wussten, dass er für alle diese Morde verantwortlich war.

Letzten Endes hatte Thorne das Okay bekommen – in erster Linie aus Mitgefühl, vermutete er. Doch das spielte keine Rolle. Er war bereit, jedes Angebot anzunehmen, wenn er dadurch die Gelegenheit bekam, an Alan Langford heranzukommen. Er würde sein Bestes geben. Er würde Langford ausfindig machen, abwarten und darauf hoffen, dass ihn seine Kollegen zu Hause in London mit allem versorgten, was nötig war, um diesen Scheißkerl in Handschellen zurückzubringen.

»Ich hasse es, wie der Captain in *Starsky und Hutch* zu klingen«, hatte Brigstocke gesagt. »Aber ich kann Ihnen nur zwei Wochen bewilligen.«

Holland hatte Thorne zum Luton Airport gefahren. »Wir werden uns den Arsch aufreißen«, hatte er gesagt. »Darauf können Sie sich verlassen.«

Als sie vor dem Terminal hielten, hatte Thorne gesagt: »Finden Sie heraus, wer in dem Jaguar war, Dave. Er ist der Schlüssel zu der ganzen Sache.«

Thornes Koffer tauchte früh auf. Er betrachtete das als ein gutes Omen.

Er schnappte sich den Koffer, zog ihn schnell durch die automatischen Türen, holte seine Sonnenbrille aus seiner Reisetasche und trat hinaus in die spanische Aprilsonne.

Voller Hass.

Neunundzwanzigstes Kapitel

Weniger »spitzenmäßig«, fand Thorne, sondern eher »lau«.

Binnen weniger Minuten, nachdem Thorne Detective Inspector Peter – »nennen Sie mich Pete« – Fraser kennengelernt hatte, war er überzeugt davon, dass der Agent, der ihm von Silcox und Mullenger als Führer und Kontaktperson zugeteilt worden war, vermutlich nicht gerade zu den besten Leuten der SOCA gehörte.

»Willkommen im Irrenhaus«, sagte Fraser, als sie zum Flughafenparkplatz gingen. Er grinste und senkte den Kopf, um Thorne über seine Panoramasonnenbrille hinweg einen Blick zuzuwerfen. »Nach dem, was mir zu Ohren gekommen ist, sollten Sie eigentlich ziemlich gut reinpassen.«

Er war nicht viel größer als Thorne, schien aber wesentlich besser in Form zu sein. Sein Haar hatte die Art von blonden Strähnen, die Louise »Vogelscheiße-Strähnchen« nannte, während seine dreiviertellangen Shorts, seine Perlen-Halskette und sein lachsfarbenes Hemd ihn eher wie einen unbedeutenden Drogendealer aussehen ließen als wie einen wichtigen Geheimagenten. Vielleicht war das jedoch beabsichtigt, dachte Thorne. Er stellte sich seine eigene, konservativere Shorts-Kollektion vor, die er sich ein paar Tage zuvor von seinem Warmwetterzuschuss in Form von Marks-&-Spencer-Gutscheinen gekauft hatte. Er nahm an, dass jeder, der ein Auge für solche Dinge besaß, ihn sofort als das identifizieren würde, was er war. Er kam jedoch zu dem Schluss, dass ihm das ziemlich egal war

»Guten Flug gehabt?«, fragte Fraser.

»Ich bin mit easyJet geflogen«, entgegnete Thorne.

Sie saßen ein paar Minuten in Frasers Punto und warteten, bis die Klimaanlage zu kühlen begann, ehe sie losfuhren. Als Thorne dem ungezwungenen Geplauder des Agenten lauschte, fragte er sich, ob er ihm nicht trotz seines ersten Eindrucks eine zweite Chance geben sollte. War ihm Andy Boyle zunächst nicht auch unsympathisch gewesen? Hatte er Anna Carpenter etwa nicht für eine Nervensäge gehalten, als sie ihm zum ersten Mal auf die Pelle gerückt war?

Vielleicht würde Fraser ihn ebenfalls überraschen.

Der Mann vom Organisierten Verbrechen beobachtete ihn, als er seine klebrigen Handflächen vor die Belüftungsdüsen hielt. »Das ist noch *kühl*, mein Freund«, sagte Fraser. »Sie sollten mal im August herkommen. Ich verspreche Ihnen, Sie würden schwitzen wie ein Vergewaltiger.«

Vielleicht auch nicht ...

Auf der Straße, die vom Flughafen wegführte, staute sich der Verkehr. Alle paar hundert Meter verengten Baustellen die Fahrbahn. Der Mittelstreifen bestand aus einer anscheinend endlosen Reihe von Palmen, und während der ersten zwanzig Minuten schlängelte sich die Straße langsam durch dicht bebaute Vororte von Málaga, eingepfercht zwischen trostlosen Wohnblöcken und Einkaufszentren, Möbelhäusern, Baumärkten und Restaurants, wobei genauso viele englische Schilder zu sehen waren wie spanische.

Fraser nahm einen Anruf entgegen und teilte seinem Gesprächspartner in zunehmend affektiert klingendem Londoner Dialekt mit, dass Thorne neben ihm im Auto säße. Er sagte, sein Mitfahrer habe mit der Hitze zu kämpfen, und lachte über die Antwort, die er darauf bekam. Dann murmelte er seine Zustimmung zu ein paar Dingen und versprach, später zurückzurufen. Nachdem er aufgelegt hatte, schaltete er das Radio ein und suchte einen englischsprachigen Sender. Irgendein bei Radio Essex ausgemusterter Moderator kündigte stolz eine Sendung mit Nonstop-Hits aus den Achtzigern an.

Spandau Ballet wurde von Kajagoogoo abgelöst.

»Sie sollten sich wahrscheinlich ein oder zwei Tage Zeit nehmen, um sich einzugewöhnen.«

»Ich brauche keine ein oder zwei Tage«, erwiderte Thorne.

Fraser zuckte mit den Schultern. »Ich wollte damit nur sagen, dass Sie sich vielleicht erst mal ein bisschen akklimatisieren möchten. Heute steht sowieso nicht viel auf dem Programm.«

»Haben Sie noch was für mich, das ich lesen kann?«

»Oh, ja, das besprechen wir alles heute beim Abendessen. Aber Sie wissen ja, mit Geduld und Spucke und so weiter …«

»Bei Alan Langford ist weit mehr als das nötig«, sagte Thorne.

Fraser sah ihn an und legte einen Finger an die Lippen. »*Wenn* er derjenige ist, für den wir ihn halten, und Sie den Namen zu laut sagen, können wir gleich mit Zipfelmützen herumlaufen.«

Thorne nickte. Wie Brigstocke richtig vermutet hatte, ging die SOCA davon aus, dass es sich bei dem Mann, der seit geraumer Zeit beobachtet wurde, um Alan Langford handelte. Seit den Schüssen waren häppchenweise Informationen über ihn nach London gefaxt worden. Details über das neue Leben, das sich Langford in Spanien eingerichtet hatte. Über einige seiner netten neuen Freunde und weniger netten Geschäftspartner.

Sein neuer Name.

Der Verkehr hatte sich wieder entspannt, und obwohl sich in der Ferne Torremolino auftürmte, war die Aussicht auf die Küste – die eine Kurve nach Südwesten Richtung Gibraltar beschrieb – spektakulär. Links von ihnen glitzerte das Meer und brandete mit Wellen, die weitaus größer waren, als Thorne erwartet hatte, auf die Strände.

»Schön, nicht wahr?«, fragte Fraser.

»Sieht zumindest schön aus«, entgegnete Thorne.

Fünf Minuten später ordnete sich Fraser auf die rechte Spur ein, und Thorne sah das Schild der Ausfahrt.

Benalmádena.

»Wo die Fotos gemacht wurden«, sagte Thorne.

Fraser nickte und sagte: »Scheint mir zum Mittagessen ebenso gut geeignet zu sein wie jeder andere Ort. Haben Sie Hunger?«

Thorne war es leichtgefallen, der Verlockung des easyJet-Catering an Bord zu widerstehen. Doch selbst wenn ihn im Flugzeug irgendetwas angesprochen hätte, wäre es für ihn nicht zu rechtfertigen gewesen, für eine Tasse Kaffee und ein Sandwich seine Spesen für zwei Wochen zu verbraten.

»Ich könnte schon was essen«, erwiderte er.

Sie entschieden sich für ein kleines, unmittelbar am Strand zwischen mehreren Geschäften und Bars gelegenes Restaurant, in dem Gäste an großen umgedrehten Fässern standen und sich Tapas teilten. Fraser sagte Thorne, dass er den Gastgeber spielen werde, und nachdem er ein kleines Bier hinuntergekippt und ein zweites geordert hatte, bestellte er für sie beide in fließendem Spanisch das Essen. Thorne ließ ihn machen. Zum einen hatte er nichts dagegen – zumindest vorerst nicht –, den Agenten seine Spielchen spielen zu lassen, zum anderen war er ein wenig erleichtert, dass es ihm erspart geblieben war, seine eigene Ignoranz demonstrieren zu müssen.

Während sie auf das Essen warteten, beobachtete Thorne einen alten Mann, der ganz in der Nähe einen großen Tintenfisch aus einem Bottich mit kochendem Wasser hervorholte. Er schnitt mit einer großen Schere Stücke davon ab, legte sie auf einen Holzteller neben wächsern wirkende Tomatenscheiben und beträufelte das Ganze mit Olivenöl, nachdem er es zuvor mit reichlich Salz und Paprika bestreut hatte.

Pulpo a feira.

Der Grund, weshalb das Boot auf dem Foto in Benalmádena gewesen war. Der entscheidende Hinweis, der ihnen dabei geholfen hatte, Alan Langford ausfindig zu machen. Falls sie ihn tatsächlich ausfindig gemacht hatten …

Thorne nickte in Richtung des alten Mannes. »Können wir davon was probieren?«

»Dazu gibt's noch jede Menge Gelegenheiten, glauben Sie mir.« Fraser bemerkte, dass Thorne ihn beobachtete, als er sein zweites Bier austrank, und sagte: »Das ist nicht mal ein Drittel von einem Pint.« Er zwinkerte. »Außerdem muss man sich doch anpassen, oder? Muss authentisch wirken.«

Thorne zuckte mit den Schultern und widmete sich wieder seinem Mineralwasser.

»Denken Sie bloß nicht, das wäre hier keine Schufterei«, sagte Fraser. »Sie können mir glauben, ich wäre lieber in Tottenham.«

»Genau.«

»Ungelogen. Ich sage Ihnen, hier geht's drunter und drüber.« Er tippte mit einem Finger auf das Fass und zählte eine vorhersehbare Liste von kriminellen Vereinigungen auf. »Wir haben die Albaner, die Russen, die Iren, die Briten … und die Einheimischen sind auch nicht gerade Waisenknaben. Waffenschmuggel, ein Lasterleben, wie man es sich kaum vorstellen kann, und Immobilienbetrug im Multi-Millionen-Pfund-Bereich in jedem Urlaubsort. Von den bewaffneten Räubern hier könnten die Burschen bei uns zu Hause noch das eine oder andere lernen, und von den Drogen brauche ich Ihnen ja nichts zu erzählen.«

Er tat es nicht, fuhr aber trotzdem fort. Thorne bekam

mehr oder weniger dieselbe Lektion zu hören, die er schon von Silcox und Mullenger erteilt bekommen hatte, doch er saß da und hörte höflich zu. Er war bereits zu dem Schluss gekommen, dass es sich bei der Rolle der »Unschuld im Ausland« um eine nützliche Tarnung handelte.

Fraser deutete aufs Meer. »Afrika ist nur neunzig Meilen von der Küste entfernt und damit so nah, dass man fast hinüberschwimmen kann. Die meisten ertrinken, aber wir haben schon ein paar mit Schwimmwesten erwischt, die mit allem Möglichen vollgestopft waren.«

»Großer Gott.«

»Ich schwöre.«

Thorne glaubte ihm aufs Wort. Er war sich darüber im Klaren, dass manche Leute vor nichts zurückschreckten, um an Drogengeld zu kommen, und er konnte nicht umhin, sich zu fragen, ob einige von denjenigen, die auf solche Weise ihr Leben riskierten, womöglich für Alan Langford arbeiteten. Ihm war bekannt, dass diejenigen, die in der Hierarchie weiter unten standen, ihre Kuriere und Dealer auf den Straßen britischer Städte rekrutierten: Kleinkriminelle, die in Nottingham oder Sheffield vor weniger exklusiven Nachtclubs Koks verkauften und die Gelegenheit, umsonst ein Flugticket zu bekommen und ein paar Monate in der Sonne verbringen zu können, beim Schopf packten. Die sich nicht darüber wundern würden, gefragt zu werden, ob sie gute Schwimmer seien.

Das Essen kam, und sie fingen beide an, mit großem Appetit zu essen. Dünne, knusprige Shrimp-Tortillas und feurige Padrón-Peperoni. Frittierte Anchovis und riesige Venusmuscheln mit Zitrone und Salz.

Etwa hundert Meter entfernt, an einer Straßenecke, sah Thorne ein Burger-King-Schild. Er schlürfte eine weitere Venusmuschel und nickte in die Richtung des Schildes. »Warum, zum Teufel, sollte irgendjemand dort hingehen wollen, wenn es das hier gibt?«

»Um ehrlich zu sein, das einheimische Essen hängt einem irgendwann zum Hals raus«, sagte Fraser. »Manchmal sehnt man sich einfach nach einem ordentlichen Burger.«

»Genau, nach einem anständigen Kebab zu Hause in Tottenham, zum Beispiel.«

Fraser setzte seine Sonnenbrille ab und starrte ihn an. Er war sich offensichtlich nicht sicher, ob Thorne ihn auf den Arm nahm, und trotz des Lächelns, das schließlich auf Frasers Lippen erschien, sah Thorne, dass Nennen-Sie-mich-Pete – was auch immer er sonst sein mochte – ganz bestimmt kein Weichling war. Sobald er die Sonnenbrille wieder aufgesetzt hatte, sah Thorne weg, und Fraser folgte seinem Blick zum Strand, wo zwei Frauen oben ohne dastanden.

Fraser grinste. »Okay, vergessen Sie, was ich über Tottenham gesagt habe …«

Sie teilten sich die Rechnung, Thorne verstaute die Quittung für seine Hälfte in seiner Geldbörse, und sie gingen langsam zurück zum Auto. Nachdem Fraser mit seinen Sprachkenntnissen angegeben hatte, war er jetzt darauf erpicht, den allwissenden Touristenführer zu spielen. Er zeigte Thorne den Turm der Ortschaft, der aus dem vierzehnten Jahrhundert stammte, und die Überreste ihrer uralten Uferbefestigungen. Thorne täuschte erfolgreich Interesse vor, interessierte sich in Wirklichkeit jedoch viel mehr für die vertraute, zur Küste hin abfallende Hügel-Silhouette, die er von den Fotos wiedererkannte, die Donna Langford zugeschickt worden waren.

Fraser deutete auf eine Bar mit dem Namen Hemingway. »Sie wissen schon, der Schriftsteller? Er hat all dieses spanische Zeug geliebt – Meeresfrüchte und Stierkämpfe und so weiter. Jemals einen Stierkampf gesehen, Tom?«

Thorne verneinte.

»Dann sollten Sie nach Ronda fahren«, verkündete Fraser. »Unbedingt.«

»Was, in Wales?«

Fraser zögerte abermals, da er sich auch diesmal nicht sicher war, ob Thorne ihn auf den Arm nahm. »Das ist eine alte Ortschaft oben in den Bergen. Alle schwärmen davon.«

»Dann waren Sie also noch nicht dort?«

»Ich hatte keine Zeit, aber es soll toll sein. Angeblich befindet sich dort die älteste Stierkampfarena von ganz Spanien. Orson Welles war verrückt danach. Es heißt, er hat seine Asche dort verstreuen lassen. Wissen Sie, der Fettsack, der Reklame für Sherry gemacht hat?«

»Ja, ich weiß.«

»Ehrlich, Sie sollten hinfahren.«

»Ich bin nicht hier, um auf Besichtigungstour zu gehen«, erwiderte Thorne.

Fraser zuckte mit den Schultern. »Sehen Sie, wie ich schon im Auto versucht habe, Ihnen zu erklären: So schnell wird sich nichts tun. So ist das hier immer. Ich will damit nur sagen, dass Sie sich nicht wundern sollen, wenn Sie ein bisschen Zeit zur Verfügung haben, okay?«

Thorne fixierte ihn. »Ich hoffe wirklich, dass es dazu nicht kommen wird.«

Falls Fraser die Botschaft verstanden hatte, ließ er sich nichts anmerken. »Sie warten doch sowieso darauf, dass zu Hause was passiert, oder? Selbst wenn er Ihr Mann ist, haben Sie bislang einen feuchten Dreck gegen ihn in der Hand, also … Wo wollen Sie …?«

Thorne war bereits vom Bürgersteig getreten und ging zurück zum Strand.

Fraser folgte ihm und deutete in Richtung der Straße, in der sie den Punto geparkt hatten. »Wir stehen da oben.«

»Ich suche nach der Stelle, wo die Fotos gemacht wurden.«

»Was bringt das denn?«

Thorne hatte darauf keine Antwort parat, ging aber trotzdem weiter. Hinter sich hörte er Fraser sagen: »Ich warte im Auto.«

Nach zehn Minuten war Thorne ohne Erfolg den ganzen Strand abgegangen. Die Silhouette der Hügel blieb vor ihm, doch es war unmöglich, die Stelle, nach der er suchte, genau zu lokalisieren. Von dem halben Dutzend Restaurants und Strandbars wäre jedes und jede als der Ort infrage gekommen, an dem Langford für die Fotos posiert hatte.

Thorne blieb stehen, atmete die Seeluft ein und blickte über die kleine Bucht zu den Hügeln. Obwohl Langford nicht aus freien Stücken ins Exil gegangen war, lag für Thorne auf der Hand, warum es ihm hier gefiel. Das war an dem Haifischlächeln zu erkennen, das er für die Kamera aufgesetzt hatte, und an dem erhobenen Glas, mit dem er seinem neuen Leben zuprostete.

Genieße es, so lange du noch kannst, dachte Thorne.

Schwitzend ging er zurück zur Straße und kickte am Randstein den Sand von seinen Schuhen. Er kaufte sich ein Eis in einem Café in der Nähe des Restaurants, in dem sie zu Mittag gegessen hatten, und schlenderte dann vorbei am Turm zum Parkplatz. Fraser wartete mit laufendem Motor und trommelte ungeduldig mit den Fingern aufs Lenkrad.

Thorne stieg ein. »Entschuldigung, dass ich Sie habe warten lassen, Peter.«

Fraser legte mit einem Ruck den Rückwärtsgang ein. »Pete«, sagte er.

Kate aß mit einer Freundin in der Stadt zu Mittag, und das passte Donna hervorragend. Zwischen ihnen lief es wieder wesentlich besser als in den vergangenen Wochen, sie gingen sich aber noch immer nach Möglichkeit aus dem Weg, aßen meistens jede für sich allein und sprachen manchmal ein oder zwei Tage überhaupt nicht miteinander.

Und sie hatten sich seit fast zwei Monaten nicht mehr berührt.

Donna trank in der Küche Tee und blätterte eine Zeitschrift durch, ohne dabei auch nur ein einziges Wort aufzunehmen. Alle paar Minuten warf sie einen Blick in den Flur. Sie schaltete das Radio ein und eine Minute später wieder aus, weil sie Angst hatte, sie könnte das Klingeln des Telefons überhören.

Es war auf jeden Fall besser, dass Kate nicht zu Hause war, beschloss sie. Es würde nur zum Streit kommen, wenn sie mithören würde, oder zumindest missbilligende Blicke geben.

Über Geheimniskrämerei musste *sie* sich gerade beklagen.

Das Problem war, dass sie beide alberne, sture Zicken waren. Das und die Tatsache, dass sie hinter Gittern beide gelernt hatten – *gemeinsam* gelernt hatten –, dass man niemals auch nur ein Stück nachgab.

Sie schrien sich kaum noch an seit dem großen Krach, als Thorne selbstherrlich hereinspaziert war und die Bombe hatte platzen lassen. Als herausgekommen war, dass Kate sich nach ihrer Entlassung mit Ellie getroffen hatte. Donna war anschließend ein oder zwei Tage lang völlig außer sich gewesen, hatte vor Wut gekocht wie seit vielen Jahren nicht mehr. Vermutlich seit Alan nicht mehr. Doch dann hatte sie die Veränderung bei Kate bemerkt, und ihr Zorn auf ihre Lebensgefährtin hatte sich langsam gelegt. Donna hatte nicht mehr das Bedürfnis gehabt, Kate wehzutun, als ihr bewusst wurde, dass diese völlig am Boden zerstört war.

Thorne hatte ihr Kates Vergangenheit ins Gesicht geschleudert wie gezuckertes kochendes Wasser. Einen »Schreckschuss« nannte man das im Gefängnis, und dieser sollte Spuren hinterlassen. Er hatte abfällige Bemerkungen gemacht, *Anschuldigungen*, und Kate wirkte seitdem misstrauisch und reserviert. Donna hatte sie noch nie so erlebt. Kates Furchtlosigkeit hatte zu den Eigenschaften gehört, die Donna an ihr gefallen hatten, als sie sich kennenlernten, ihre »Komme, was wolle«-Einstellung, der man unmöglich widerstehen konnte.

Sie vermisste das. Sie vermisste *sie*. Und sie hoffte, der Tag werde kommen, an dem sie in der Lage sein würde, ihr das zu sagen und ihr zu verzeihen, dass sie gelogen hatte, was Ellie anbelangte. Ihre Wut auf Kate war beißender Verbitterung gewichen, gepaart mit etwas, das beinahe an Mitleid grenzte.

Ihr Zorn schlummerte allerdings noch immer in ihr. Ein paar Tage zuvor hatte sich eine Frau im Supermarkt an der Kasse vor Donna gedrängelt, als existiere sie nicht. Die dreiste Kuh hatte ihre acht oder neun Jahre alte Tochter bei sich gehabt, und die kleine Göre hatte Donna mit dem selben sturen Gesichtsausdruck angesehen wie ihre Mutter. Dann hatte sie gelächelt, als wolle sie wissen, was Donna dagegen unternehmen werde.

Das hatte nicht geholfen.

Donna hatte sich gezwungen wegzusehen und dann so lange tief durchgeatmet, bis sie sich sicher war, dass sie nicht schreien und die Frau mit ihrem perfekt geschminkten Gesicht auf das Förderband rammen würde.

Manchmal musste man dieses eine Stück eben doch nachgeben, um sich vor sich selbst zu schützen.

Sie dachte gerade darüber nach, dass es nichts gab, auf das sie nicht verzichtet hätte, um Ellie zu retten, um ihre

Tochter zurückzubekommen, als das Telefon klingelte. Sie stellte ihre Tasse zu schnell ab und verschüttete Tee auf der Arbeitsplatte, dann ging sie in den Flur und betete, dass es sich um den Anruf handelte, den sie aus Spanien erwartete.

Dreißigstes Kapitel

Fünfzehn Minuten westlich von Benalmádena bog Fraser von der Hauptstraße ab, und sie fuhren in die Hügel hinauf.

»Ich fahre Sie erst mal zu Ihrem Hotel«, sagte Fraser. »Dann können wir uns später treffen und den Ball ins Rollen bringen.«

»Wo wohne ich denn?«, fragte Thorne.

»In einer hübschen Pension. Essen machen sie dort allerdings keines, Sie werden sich also was zum Frühstücken suchen müssen, aber davon abgesehen ...«

»*Wo?*«

»In Mijas«, sagte Fraser. »Mijas Pueblo, im Gegensatz zu Mijas Costa. Das ist wirklich eine wunderschöne Stadt. Echtes altes Spanien, wissen Sie?«

»Wie weit noch?«

»Eine Viertelstunde oder so. Ist eine schöne Strecke.«

»Ich dachte, ich würde in Málaga wohnen.«

Fraser warf ihm einen Blick zu.

»Dort wohnen Sie doch, oder?«

»Wir dachten, Sie wären lieber irgendwo, wo es ruhiger ist. Ein bisschen weniger auffällig ...«

»Wäre schön, wenn man mich vorher gefragt hätte.«

»Sehen Sie, Sie sind nicht weiter als eine halbe Stunde von all den Orten entfernt, für die wir uns interessieren. Puerto Banús, Torremolinos, Málaga, mindestens zwei von den Golf-Resorts, bei denen unser Mann seine Finger im Spiel hat. Glauben Sie mir, es ist ein guter Standort, Sie brauchen sich also nicht ausgeschlossen zu fühlen oder so.«

»Wer hat gesagt, dass ich das tue?«

»Egal, Sie werden vermutlich froh sein, dort zu wohnen, wo sich nicht alles um englisches Frühstück und Premiership-Fußball-Liveübertragungen dreht.«

»Beides nicht verkehrt«, erwiderte Thorne.

»Sie sind Spurs-Anhänger, stimmt's?«

Thorne hielt Frasers Blick eine Sekunde länger, als er es sonst getan hätte, und nahm zur Kenntnis, dass der Agent seine Hausaufgaben gemacht hatte. Allerdings nicht lange genug, um ihm das Gefühl zu vermitteln, er habe irgendwelche Punkte erzielt.

»Für wen sind Sie?«

»Manchester United, mein Freund, für wen sonst?«

»Sie sind Londoner.«

Fraser nickte, als sei das völlig selbstverständlich. »Einfach die beste Mannschaft.«

Thorne blinzelte und erinnerte sich daran, wie er und Anna bei Regen vom Fluss zurückgegangen waren. Wie sie ihre Sympathien offenbart, Lobeshymnen auf Wayne Rooney gesungen und gelacht hatte, als er immer aufgebrachter wurde.

»Sie sind doch nur neidisch, weil Ihr Haufen nie irgendwas gewinnt.«

»Zumindest wohnen die Leute, die meinen ›Haufen‹ unterstützen, in der Stadt, wo er spielt.«

»Gut. Wir gehen auf jeden Fall zum nächsten United-Spurs-Spiel. Ich wette einen Zehner drauf, dass wir euch wegschießen.«

»Nur noch fünf Minuten«, sagte Fraser.

Die Straße war Thorne nicht besonders steil vorgekommen, als er jedoch in einer Kurve nach rechts blickte, sah er das Meer weit unter ihnen. Die Landschaft fiel auf beiden Seiten sanft ab, zunächst felsig und mit vereinzelten Bäumen, dann immer grüner, Senke um Senke, als sie sich der Küste näherte. Sie kamen an mehreren Schildern vorbei, die vor Stieren auf der Straße warnten, und dann entdeckte Thorne eine Weide mit acht oder neun von ihnen: Sie waren groß und schwarz und sahen aus, als könnten sie mit Leichtigkeit den Zaun durchbrechen und es mit einem Punto aufnehmen.

»Wessen Asche ist in Mijas verstreut worden?«, fragte Thorne.

»Wie bitte?«

»Die von Ronald McDonald? Die von dem Typen aus der Meister-Proper-Werbung?«

»Echt witzig«, sagte Fraser. Er lachte, doch es klang einstudiert.

Thornes prustendes Lachen als Antwort darauf war echt, als er sich vorstellte, wie Fraser von einem der Stiere, an denen sie gerade vorbeigefahren waren, auf die Hörner genommen wurde. Wie dieser die Panoramasonnenbrille in den Boden trampelte und wie die Perlen von der Zuhälter-Halskette abgerissen wurden.

Olé …

Die Hauptstraße war kurz vor dem Ortsbeginn von Mijas gesperrt, und ein Polizist auf einem Motorrad verwies sie mit einem Winken auf eine Umleitung, die bergab und in einem Bogen in den neueren Teil der Stadt führte. Thorne erkundigte sich, was los sei, und Fraser entgegnete, dass er keine Ahnung habe. Da eine Flotte von Touristenbussen sämtliche vorhandenen Parkplätze belegte, blieb ihnen nichts anderes übrig, als den Wagen in einem trostlosen mehrgeschossigen Parkhaus abzustellen. Dann folgte Thorne Fraser zu der Ansammlung von weißen Häusern weit über ihnen. Er schleppte seinen Koffer eine lange, steile Treppe hinauf und durch ein Labyrinth von Kopfsteinpflasterstraßen, bis sie schließlich auf dem Hauptplatz herauskamen.

»Nett hier, oder?«, sagte Fraser.

Thorne nickte und genoss es, ein oder zwei Minuten einfach nur dazustehen und die Umgebung auf sich wirken zu lassen. Er schwitzte und brauchte die Zeit, um wieder zu Atem zu kommen. Ein großer, überdachter Lebensmittelmarkt nahm den größten Teil des Platzes ein, und Menschen strömten in Scharen durch unzählige Reihen von Verkaufsständen, die Obst und Gemüse, Fisch, getrocknetes Fleisch und Käse verkauften. An einer Seite des Platzes erstreckte sich eine große und genauso überfüllte Bar, und diejenigen, die nicht einkauften, schienen sich damit zu begnügen herumzustehen, sich zu unterhalten und zu trinken. Ein paar Leute tanzten unbefangen zu etwas, das wie Live-Musik klang, obwohl Thorne weit und breit keine Musiker entdeckte.

»Markttag«, sagte Fraser, als hätte Thorne eine Erklärung gebraucht. »Das ist ein glücklicher Zufall.«

Thorne sah ihn an.

»Ich weiß nicht, vielleicht möchten Sie ja ein bisschen Obst oder so …«

Trotz der großen Anzahl von Reisebussen, die sie unten am Parkplatz gesehen hatten, hörte Thorne keine andere Sprache als Spanisch. Ein oder zwei Leute hantierten mit Fotoapparaten, doch sie waren an keinem geschmacklosen Souvenirladen vorbeigekommen, und der Ort hatte nichts von einer typischen Touristenfalle. Da auch keine Fußballtrikots getragen wurden, ging Thorne davon aus, dass nicht allzu viele Briten anwesend waren, und unabhängig davon, was er auf der Herfahrt zu Fraser gesagt hatte, war er darüber nicht unglücklich.

Diejenigen, für die er sich interessierte, waren nicht nach Spanien gekommen, um Kastagnetten zu kaufen und sich einen Sonnenbrand zu holen.

»Lassen Sie mich Ihnen mal helfen.«

Wenngleich Thorne fand, dass Frasers Angebot, ihm seinen Koffer abzunehmen, etwas spät kam, nahm er es dankbar an. Die Rollen des Koffers polterten über das Kopfsteinpflaster, als sie sich den Weg durch die Menge bahnten, den Platz überquerten und auf der gegenüberliegenden Seite eine weitere kurze Treppe hinaufgingen. Sie bogen um drei oder vier Ecken, dann, nach etwa fünfzig Metern, blieb Fraser vor einer Flügeltür aus dunklem Holz hinter einem Spalier stehen, an dem Efeu und Bougainvilleen hochrankten. Er drückte gegen die Tür und schüttelte den Kopf. Sagte: »Keine Sorge.«

Thorne beobachtete, wie Fraser den Knopf der Sprechanlage betätigte und sich dann vorbeugte, um mit der Frau am anderen Ende eine Unterhaltung auf Spanisch zu beginnen. Thorne hörte, dass mehrmals sein Name fiel.

Als Fraser fertig war, blickte er auf. »Siesta.« Er zwinkerte. »Spanisches Joga. Aber keine Sorge.« Aus der Sprechanlage ertönte ein Summen, und Fraser drückte die Tür auf.

Thorne folgte ihm in einen winzigen und schwach beleuchteten Empfangsbereich, hinter dem eine Treppe zu erahnen war. Die Pension war wie ausgestorben, und Thornes Stimme hallte leicht wider, als er fragte: »Wo sind sie?«

»Keine Ahnung, aber das macht nichts. Hier, bitte …«

Ein Umschlag, auf dem Thornes Name und eine Zimmernummer standen, lag abholbereit an der Rezeption. Thorne schüttelte ihn und hörte darin einen Schlüssel klimpern. Er nickte und ging in Richtung Treppe. Ein automatisches Licht schaltete sich ein.

»Sie sollten sich ein Beispiel an den Einheimischen nehmen«, sagte Fraser. »Versuchen Sie, sich für ein paar Stunden aufs Ohr zu hauen.«

»Und was machen Sie?«

»Oh, ich muss zurück ins Büro. Bericht erstatten, dass ich Sie unversehrt hier abgeliefert habe.«

»Hatten wir mit Heckenschützen gerechnet?«

Fraser sah auf die Uhr. »Drei Stunden? Was meinen Sie dazu?« Ohne Thornes Antwort abzuwarten, ging er zur Eingangstür und sagte: »Dann hole ich Sie um halb acht ab.«

Thorne erklomm ein paar Stufen, dann stellte er seinen Koffer ab und drehte sich um. »Was ist mit den Gaunern? Halten die sich auch an die Siesta? Andere Länder, andere Sitten und so weiter?«

»Ja, ich denke schon«, entgegnete Fraser. »Aber vermutlich machen sie beim Schlafen nur ein Auge zu …«

Das Zimmer befand sich im zweiten Stock. Als Thorne die Stufen erklomm, gingen weitere Lichter an. Die Einrichtung war ziemlich schlicht: zwei aneinandergeschobene Einzelbetten, ein kleines Badezimmer, ein tragbarer Fernseher, Metall-Fensterläden vor bis zum Boden reichenden Fenstern und ein Balkon, der etwas zu klein war, als dass man ihn hätte betreten können. Thorne nahm an, dass das Zimmer seinen Zweck erfüllen würde. Außerdem war er nicht in der Stimmung, sich darüber Gedanken zu machen.

Er öffnete die Fensterläden, dann packte er schnell aus und stellte überrascht fest, dass sich in der Kommode unter dem Fernseher eine Minibar befand. Da ein Bier nur drei Euro kostete, verbesserte sich seine Laune ein wenig. Er machte eine Flasche auf und sah auf seinem Handy nach, ob neue Nachrichten eingegangen waren.

Nichts.

Er stellte seinen Handy-Wecker auf Viertel nach sechs und stieg unter die Dusche. Aus dem Duschkopf plätscherte das übliche Hotel-Getröpfel, doch das Wasser war zumindest heiß, und es fühlte sich gut an, den getrockneten

Schweiß abzuwaschen. Anschließend wickelte er sich ein Hotel-Handtuch um die Hüften, stellte die Klimaanlage höher und legte sich aufs Bett. Er drehte sich auf die Seite und betrachtete die graue Tüllgardine, die sich vor dem Fenster sanft bewegte.

Das Nächste, was er wahrnahm, war, dass er auf dem Bett herumtastete, um ans Telefon zu gehen.

»Hallo? *Hallo?*«

Thorne warf einen Blick auf das kleine Display und hatte Mühe, klar zu sehen. Es handelte sich nicht um einen Anruf. Es war Viertel nach sechs, und er hatte nur den Alarm ausgeschaltet.

Einunddreißigstes Kapitel

Fraser traf zwanzig Minuten später als versprochen mit einem Guardia-Civil-Officer in Zivil namens Samarez ein, um Thorne abzuholen. Der Spanier murmelte eine Begrüßung und ließ sich dann ein Stück zurückfallen, als sie vom Hotel weggingen. Sein Gesichtsausdruck war unverbindlich, als Fraser erklärte, sie beide hätten in den letzten Monaten zusammengearbeitet. Samarez sei ein »super Typ« und ein »klasse Polizist«, aber vor allem ein »echter Spaßvogel«, sobald man ihn besser kennengelernt hatte.

»Das sind ja tolle Aussichten«, sagte Thorne.

Nach Samarez' Reaktion zu schließen, war er nicht so sprachbegabt wie Fraser und neigte nur den Kopf ein wenig zur Seite, als Thorne sich umdrehte, um ihn anzusehen. Er war größer als Thorne und Fraser, hatte sehr kurz geschnittenes, dunkles Haar und einen Anflug von Bartstoppeln, der erahnen ließ, dass er sich vermutlich mehrmals täglich rasieren musste. Er wirkte nicht wie jemand, der viel lächelte, doch das lag womöglich daran, dass er mit Fraser zusammenarbeitete. Vielleicht, dachte Thorne, hatte er auch einfach nur schlechte Zähne.

»Später müssen wir noch ein paar Dinge durchgehen«, sagte Fraser. »Aber es kann bestimmt nicht schaden, wenn wir uns erst ein bisschen besser kennenlernen, oder?«

Thorne und Samarez zuckten einstimmig mit den Schultern.

»Ein paar Biere sind bestimmt keine schlechte Idee,

wenn wir zusammenarbeiten sollen. Die drei Musketiere, was?«

Ein paar Gehminuten vom Marktplatz entfernt entdeckten sie ein Restaurant. Thorne bestellte dieses Mal selbst – oder tat zumindest seine Wahl kund –, dann lehnte er sich zurück und ließ Fraser reden. Er fragte sich, ob der Kellner Frasers geschwätzige Kumpelhaftigkeit genauso unangenehm fand wie er selbst und ob der Mann vom Organisierten Verbrechen Spanisch ebenfalls mit gekünsteltem Cockney-Dialekt sprach.

Sie saßen in der Nähe einer großen, geöffneten Doppeltür, und Thorne war froh, dass er eine Jacke mitgenommen hatte. Er zog sie an und blickte sich im Restaurant um. »Nicht viel los hier«, stellte er fest.

Es war bereits nach acht Uhr, aber der Raum war beinahe leer. Abgesehen von einem Mann mit einer Zeitung, der ein paar Tische entfernt saß, sowie einem älteren Paar, das sich in der Nähe der Küche leise unterhielt, hatten sie das Restaurant für sich allein.

»Die Einheimischen essen erst viel später«, sagte Fraser. »Bescheuert, wenn Sie mich fragen. Mir ist klar, dass sich die meisten von ihnen nachmittags aufs Ohr legen, aber trotzdem. Das ist schlecht für die Verdauung, von der schlanken Linie ganz zu schweigen.« Er grinste und fasste sich an die kleine Fettrolle, die über seinen Gürtel hing. »Das kommt nur von ein paar San Miguels zu viel, mein Freund. Keine Sorge, das werde ich leicht wieder los.«

Bei ein paar weiteren Bieren sprachen sie – oder zumindest Fraser – über Job und Familie. Über die Vor- und Nachteile, im Ausland zu arbeiten. Mit Samarez sprach Fraser die meiste Zeit Spanisch, und Samarez nickte, während er zuhörte, den Blick auf Thorne gerichtet, bis er sich zu Fraser hinüberbeugte, um selbst etwas zu sagen.

Noch immer keine Spur von seinen Zähnen.

Da Thorne Hunger hatte und möglichst bald zu den Themen kommen wollte, über die sie sprechen mussten, aß er schnell, als sein Essen gebracht wurde. *Huevos estrellados con morcilla, chorizo y patatas.* Thorne hatte zwei der vier Zutaten erkannt, die englische Übersetzung auf der Speisekarte hatte ihm den Rest verraten.

»Das sind alles traditionelle spanische Zutaten«, sagte Samarez. »Aber im Grunde genommen ist es nichts anderes als ein englisches Frühstück, das Sie alle so lieben.«

Thorne blickte hoch und hörte für ein paar Sekunden auf zu kauen. Bis zu diesem Moment hatte er angenommen, dass Samarez so gut wie kein Englisch sprach. Er lächelte, gab sich Mühe, seine Überraschung zu verbergen, und schluckte. Dann sagte er, sie hätten wohl gewusst, dass er kommen würde, und fragte sich insgeheim, worüber sich Fraser und Samarez zuvor unterhalten hatten.

»Schmeckt's?«

Thorne bejahte.

»Das darf echt nicht wahr sein«, sagte Fraser. »Wie viele Spanier kommen nach London und bestellen Paella?«

»*Ich,* zum Beispiel«, sagte Samarez. »Nichts für ungut, aber manchmal ist es echt nicht ganz einfach, dort was zu finden, was schmeckt.«

Trotz der Sache mit der Sprache, bei der es sich fast sicher nur um einen harmlosen Spaß gehandelt hatte, fing Thorne an, sich für seinen Kollegen von der Guardia Civil zu erwärmen. Er hatte eine trockene Art, die ihm gefiel. Womöglich war es Wunschdenken, doch Thorne hatte den Eindruck, dass Samarez Fraser für einen ebensolchen Idioten hielt wie er selbst.

Als der Kaffee gebracht wurde, rückten sie mit ihren Stühlen etwas näher an den Tisch. Senkten ihre Stimmen. Samarez holte einen großen Umschlag aus seiner Aktentasche und legte für Thorne eine Reihe Fotos auf den Tisch, nachdem sie Platz geschaffen hatten.

Eine Alan-Langford-Galerie.

»Also, es sieht so aus, als wären wir alle an einem Mann namens David Mackenzie interessiert.« Samarez deutete auf ein paar von den Fotos. »Wobei wir inzwischen wissen, dass er früher Alan Langford hieß.«

Thorne starrte auf die etwa zwölf Fotos vor ihm: Langford/Mackenzie, wie er mit einem anderen Mann die Straße entlangging; wie er vor einem Restaurant rauchte; wie er am Steuer eines silberfarbenen Range Rover telefonierte. Die meisten Aufnahmen sahen aus, als seien sie mit einem Teleobjektiv gemacht worden, einige sogar aus der Luft über dem Grundstück einer Luxusvilla. Zu den Ermittlungen in Spanien gehörte offenbar auch Überwachung aus dem Helikopter.

»Schönes Haus.« Samarez deutete auf ein Foto von Langford an seinem Swimmingpool. Er lag auf einer Sonnenliege, zwei Finger träge zu dem Fotografen hoch über ihm gehoben. »Oben in den Hügeln über Puerto Banús. Ich hoffe, dass ich es eines Tages von innen sehen werde.«

Fraser lachte. »Bislang haben wir noch keine Einladung bekommen.«

»Wissen Sie, wie es hier bei uns läuft?«, fragte Samarez Thorne.

Thorne brauchte nicht noch eine Version der Costa-del-Sol-Einführung, die er bereits zweimal bekommen hatte. Er nickte und sagte: »Ich kann mir vorstellen, was er vorhat.«

»Es gibt nicht vieles, in das Mr Mackenzie *nicht* verwickelt ist«, sagte Samarez. »Er ist seit einigen Jahren ziemlich dick im Geschäft. Er hat sich mit etlichen einflussreichen Leuten angefreundet, und falls er sich irgendwelche

Feinde gemacht hat, sind diese ziemlich schnell wieder von der Bildfläche verschwunden.«

Thorne zog eine Augenbraue hoch, doch Samarez schüttelte den Kopf.

»Wir können ihm nichts nachweisen«, sagte er. »In den letzten Jahren haben wir ihn immer wieder observiert. Wir haben seine Handy-Telefonate überwacht, aber er weiß ganz offensichtlich, dass wir ihn im Visier haben, also wickelt er alle seine Geschäfte über eine sichere Verbindung ab, auf die wir keinen Zugriff haben.«

»Irgendwann wird er sich sicher einen Ausrutscher erlauben«, sagte Thorne.

Samarez beugte sich noch weiter zu Thorne vor. »Er ist einen Tick besser als die meisten anderen in seiner Branche, verstehen Sie?« Auf seinem Gesicht erschien plötzlich ein Lächeln, doch das war kalt, wölfisch. »Wir haben es hier mit einem Mann zu tun, der *extrem* vorsichtig ist.«

Noch etwas, das Thorne nicht gesagt zu bekommen brauchte.

»Der Mistkerl hat sich bislang keinen einzigen Fehler erlaubt«, sagte Fraser, »und er begibt sich *nie* in die Schusslinie. Er ist immer der stille Teilhaber, ganz egal, um welche Art von Geschäft es sich handelt. Drogen, ein halbes Dutzend Clubs und Restaurants zwischen Marbella und Málaga, und er hat seine Finger bei einigen der großen Golf-Resorts und bewachten Wohnanlagen im Spiel, von denen einige noch im Bau sind.«

»Alles ziemlich mysteriös.« Samarez riss die Augen sarkastisch auf. »Ich weiß nicht, wie er es macht, aber die Baufirmen, die diese Aufträge bekommen, haben nie das beste Gebot abgegeben.«

»Vielleicht hat er einfach nur Glück«, erwiderte Thorne ebenso spöttisch.

Samarez schüttelte den Kopf. »Das ist etwas, das Mackenzie sicher nicht hat, weil er nicht an Glück glaubt. Er legt sich immer erst dann fest, nachdem er alles sehr sorgfältig abgewogen hat. Es spielt keine Rolle, welcher Profit für ihn rausspringen könnte – wenn die Sache ein hohes Risiko birgt, steigt er erst gar nicht ein.«

Fraser nickte. »Ich weiß ganz sicher, dass er ›nein‹ zur Finanzierung von ein paar Banden gesagt hat, die sich hier auf bewaffnete Raubüberfälle spezialisiert haben, weil sie nicht vorsichtig genug sind. Er denkt weit voraus, unser Mr Mackenzie. Plant in die Zukunft, weil er im Lauf der Jahre gesehen hat, dass viele, die es auf schnelles Geld abgesehen hatten, auf die Schnauze geflogen sind und teuer dafür bezahlt haben.« Er winkte einer Bedienung, bestellte noch einmal Kaffee und wartete, bis sie wieder gegangen war. »Er weiß definitiv, wie man die Daumenschrauben ansetzt, wenn es sein muss, und offensichtlich haben eine Menge Leute Angst vor ihm. Was brauchbare Beweise anbelangt, ist er unterm Strich allerdings blitzsauber.«

»Das ist Ihr Problem, Mr Thorne«, sagte Samarez.

»Eines von meinen Problemen.«

»Ja, natürlich. Sie müssen zunächst einmal beweisen, dass es sich bei Mackenzie und Langford um ein und denselben Mann handelt.«

»Das kann doch nicht allzu schwierig sein, oder?«

Samarez sammelte die Fotos wieder ein und holte einen zweiten Packen aus seiner Tasche. Vier oder fünf verschiedene Frauen, manche allein, andere mit Langford vor Clubs oder kuschelnd am Pool. »Er verkehrt mit mehreren Frauen, hat aber nur eine halb-feste Freundin.« Er deutete auf ein Foto von einer großen blonden Frau im roten Bikini. »Das ist diejenige, die wir möglicherweise für Ihre Zwecke benutzen können.«

Thorne zog eine Serie von drei Fotos auf dem Tisch zu sich heran und betrachtete sie. Langford im Auto mit einer anderen Frau: jung, dunkelhaarig. Dasselbe Mädchen beim Aussteigen. Langford und das Mädchen auf dem Weg zur Eingangstür seiner Villa, seine Hand auf ihrem Rücken.

»Attraktiv«, sagte Fraser.

»Das ist seine Tochter«, erwiderte Thorne. »Das ist Ellie.«

Fraser zuckte mit den Schultern, da er offenbar glaubte, das habe keinen Einfluss auf sein Urteil.

Samarez nickte. »Die Mutter hat eine Privatdetektivin engagiert, um sie zu finden, richtig? Miss ... Carpenter?«

»Anna«, sagte Thorne. Er blickte auf, sah Samarez verständnisvoll nicken, mitfühlend nicken. Der Spanier war offensichtlich umfassend gebrieft worden.

Fraser starrte die Fotos nach wie vor mit mehr als rein beruflichem Interesse an, bis Samarez sie wieder einpackte. Dann ließ er die Rechnung bringen. »Gehen wir noch irgendwo anders hin?«

»Ich muss morgen früh raus«, sagte Samarez.

»Tom?«

Thorne schüttelte den Kopf, ohne sich die Mühe zu machen aufzublicken. Er war in Gedanken bei dem Telefongespräch, das er gleich am nächsten Morgen mit Donna führen würde. Wären die Dinge anders gelaufen, hätte er den Anruf gerne Anna überlassen. Doch trotz des Ziehens im Bauch, das er bei dem Gedanken daran spürte, freute er sich darauf, Donna die Neuigkeiten übermitteln und ihren Verdacht bestätigen zu können, dass Ellie von Langford entführt worden war. Die Aussicht darauf, ihre erste Frage zu beantworten, war allerdings weniger erfreulich.

Was würde er sagen, wenn sie ihn fragte – womit er fest rechnete –, was er dagegen unternehmen wolle?

»Sieht also so aus, als würde ich allein trinken«, sagte Fraser.

Thorne vermutete, dass er daran gewöhnt war.

Wieder im Hotel angekommen, rief Thorne Louise an. Sie klang, als sei sie gerade aufgewacht. Thorne warf einen Blick auf die Uhr, sah, dass es noch nicht einmal Viertel nach zehn war, also Viertel nach neun in Großbritannien, entschuldigte sich aber trotzdem und sagte, es sei ihm nicht bewusst gewesen, dass es schon so spät sei.

»Schon okay, ich habe auf deinen Anruf gewartet.«

»Wie läuft's?«

»Ich war mit Elvis beim Tierarzt.«

»Was hat sie denn?«

»Keine Ahnung, aber sie macht keinen guten Eindruck. Sie ist nicht mal aufgestanden, als ich reinkam, und sie hatte sich wieder fürchterlich erbrochen. Am Maul hatte sie sogar Blut, also ...«

»Scheiße.«

»Ich habe sie über Nacht dort gelassen, aber der Tierarzt war nicht sehr zuversichtlich.« Nach ein paar Augenblicken des Schweigens sagte sie: »Bist du noch dran?«

»Tut mir leid, dass du das am Hals hast.«

»Schon gut. Wie war dein Tag?«

»Na ja, ziemlich lang. Fliegen ist echt nervig.«

»Dann lasse ich dich jetzt wieder«, sagte sie. »Die Roaming-Gebühren sind sowieso eine Abzocke.«

Sie wussten beide, dass die Kosten für Telefonate nach Hause von der Metropolitan Police nicht erstattet wurden, daher war das ein praktischer Vorwand, wenn sie sich nicht viel zu sagen hatten. Thorne versprach, sich am nächsten Tag wieder zu melden, um sich zu erkundigen, wie es der Katze gehe. Louise sagte ihm, sie werde sich um alles kümmern, so oder so, und wünschte ihm eine gute Nacht.

Thorne legte sich aufs Bett und suchte nach irgendetwas Sehenswertem im Fernsehen, doch die einzige englischsprachige Sendung war ein BBC-World-Finanzreport. Dann fand er einen Kanal, auf dem Hardcore-Pornofilme liefen. Der Bildschirm war viergeteilt, und in jedem Viertel wurde ein anderer Trailer gezeigt, um jeden Geschmack zu bedienen. Eine Stimme aus dem Off sprach wie ein Schnellfeuer, und es wurde eine Telefonnummer eingeblendet, falls man einen der Filme mieten wollte. Sosehr Thorne sich auch bemühte, er konnte sich nicht zusammenreimen, weshalb irgendjemand Bedarf haben sollte, zusätzlich etwas zu bezahlen.

Er war zu müde, um auch nur flüchtigen Nutzen aus der kostenlosen Unterhaltung zu ziehen. Doch nachdem er das Licht ausgeschaltet hatte, fand er es wesentlich schwieriger einzuschlafen als noch ein paar Stunden zuvor.

Zweiunddreißigstes Kapitel

Fast vierzig Jahre lang, seit seiner protzigen Eröffnung, waren die Wichtigen, die Superreichen und die Showbiz-Elite in den Jachthafen-Komplex von Puerto Banús geströmt. Heutzutage war die Wahrscheinlichkeit größer, dass man auf den Straßen in der Umgebung betrunkene männliche und weibliche Teilnehmer von Junggesellenabschieden antraf, und die Huren waren inzwischen gegenüber den Millionären in der Überzahl ... zumindest knapp. Doch der Jachthafen selbst war noch immer das beeindruckendste Beispiel für unverhohlenen Wohlstand, das Thorne jemals gesehen hatte.

Über fünfhundert Jachten lagen dort vor Anker. Reihe um Reihe von blendend weißen Sunseeker-Jachten, viele davon mit kleineren Beibooten oder Jet-Skis im Schlepptau und ein paar von der Größe kleiner Kreuzfahrtschiffe samt Hubschrauberlandeplatz, Fitnessraum und Swimmingpool.

»So lebt die andere Hälfte«, sagte Fraser.

»*Hälfte?*«

Sie gingen den ganzen Jachthafen entlang und wieder zurück. Fraser zeigte Thorne die Jacht des saudi-arabischen Königs. Sagte: »Ein bisschen zu viel des Guten.«

Thorne fragte sich, was wohl *deutlich* zu viel des Guten sein mochte. Ein diamantenbesetzter Toilettenpapierhalter? Pandafellkissen?

Die entlang des Jachthafens geparkten Autos waren ebenso luxuriös wie die Geschäfte in den angrenzenden Straßen.

Zwar hatte es den Anschein, als könnte man nirgendwo etwas so Elementares wie Bootszubehör kaufen, dafür herrschte jedoch kein Mangel an Designerläden, in denen bedürftige Kunden Handtaschen für vierstellige Beträge, Stereoanlagen für fünfstellige Beträge und Sonnenbrillen, die mehr kosteten als Thornes monatliche Hypothekentilgung, erstehen konnten.

Die Villen und Wohnungen im Angebot von SuperSmart Homes spiegelten den Lebensstil derer wider, die sich nicht mit Hypotheken zu plagen brauchten. Die vermutlich bar bezahlen konnten und es sicher zu schätzen wussten, von jemandem durch eine Immobilie geführt zu werden, die so perfekt renoviert und so gut ausgestattet war wie Candela Bernal.

»Mir ist es ziemlich egal, ob sich eine Frau die Titten hat machen lassen«, sagte Fraser. »Stört mich nicht.«

»Danke für die Info«, entgegnete Thorne.

Sie saßen gegenüber von dem Maklerbüro, für das Langfords Freundin arbeitete, im Auto und warteten darauf, dass sie zur Arbeit erschien. Fraser hielt das Foto von Candela Bernal im Bikini hoch, das er zuvor eingehend betrachtet hatte. »Ich meine, die Leute stänkern dauern über plastische Chirurgie, aber wenn man es sich genau überlegt, ist das auch nichts anderes, als eine Sonnenbrille zu tragen.«

Thorne dachte darüber nach.

»Das verstehe ich nicht.« Samarez beugte sich vom Rücksitz vor. »Soll das heißen, wenn eine Frau sich die Brüste vergrößern lässt, verbessert das ihr Sehvermögen?«

»Nein, stellen Sie sich doch nicht so dumm an, ich …« Fraser sah Thornes Gesichtsausdruck und begriff, dass Samarez ihn auf den Arm nahm. »Ach, ihr könnt mich mal.«

»Sie werden bald eine Brille brauchen, wenn Sie nicht aufpassen.« Thorne riss ihm das Foto aus der Hand und richtete den Blick wieder auf die andere Straßenseite. SuperSmart

Homes befand sich zwischen Tod's und Versace. Das Schaufenster war voller Exposés für Häuser wie dem, in dem David Mackenzie wohnte und in einem anderen Leben gewohnt hatte, als er noch Alan Langford hieß.

Wie dem, das er einst mit der Frau geteilt hatte, die ihn ermorden lassen wollte.

Thorne dachte an das Telefongespräch zurück, das er am frühen Morgen mit Donna Langford geführt hatte. Er hatte ihr erzählt, dass er Ellie gesehen habe, oder zumindest Fotos von ihr, und dass es ihr allem Anschein nach gut gehe. Die Neuigkeiten hatten nicht die Reaktion hervorgerufen, mit der Thorne gerechnet hatte. Ihre Erleichterung war zu spüren gewesen, hatte allerdings erstaunlich verhalten gewirkt, und das Trommelfeuer von Fragen, von *Forderungen*, war ausgeblieben.

»Es geht ihr gut, Donna«, hatte Thorne noch einmal gesagt.

Ein paar Sekunden Stillschweigen. Dann: »Ihr Verdienst ist das nicht …«

»Also ich habe kein Problem mit plastischer Chirurgie«, sagte Fraser. »Mehr wollte ich damit nicht sagen. Ich meine, ich bräuchte *dringend* eine Penisverkleinerung, aber wenn etwas gemacht werden muss, dann …«

»Da ist sie«, sagte Thorne.

»Halb elf«, sagte Fraser nach einem Blick auf die Uhr. »So einen Job hätte ich auch gern.«

Sie beobachteten, wie Candela Bernal aus einem weißen Mini-Cabrio stieg, auf den Bürgersteig trat und ihr langes blondes Haar zu einem Pferdeschwanz band. Sie war Anfang zwanzig, und für einen kurzen Moment empfand Thorne einen Anflug von Mitgefühl für sie. Wegen des Lebens, in das sie hineingeraten war. Wegen der Probleme, von denen er wusste, dass sie noch auf sie zukommen würden.

Samarez hatte am Morgen erklärt, wie sie mit Hilfe von David Mackenzies Freundin dessen wahre Identität nachweisen wollten. Dass er hoffe, ihre schlechten Gewohnheiten würden ihnen als Druckmittel genügen, um für ihre Kooperation zu sorgen. »Ich bin mir sicher, wir können sie überreden«, hatte er gesagt.

»Sie wird sicher Angst haben.«

Samarez stimmte zu, versicherte Thorne jedoch, dass sie so oder so eine Menge zu verlieren habe. »Wir haben für morgen alles vorbereitet«, hatte er gesagt.

Jetzt unterhielt sie sich vor Tod's mit einer anderen Frau. Ihr Lächeln erinnerte Thorne an das von jemand anderem, und ihm fiel wieder ein, weshalb er hier war.

Sein Mitgefühl verflüchtigte sich schnell.

Nachdem Candela ihre Unterhaltung beendet hatte, ging sie zu der Tür von SuperSmart Homes. Unter dem Firmenschild hing ein Banner im Schaufenster: *Paraíso de los sentidos.*

Paradies für die Sinne.

»Mein lieber Schwan«, sagte Fraser. »Kein Wunder, dass Langford auf den meisten von diesen Fotos grinst.«

Samarez nickte, da er nicht in der Lage war, ihm zu widersprechen.

»Ein Grund mehr, diesen Scheißkerl zu hassen.«

Thorne schwieg und beobachtete, wie die junge Frau in dem Laden verschwand.

Er hatte bereits jede Menge Gründe.

»Lass dich nicht unter Druck setzen, Dave.«

Langford blickte auf und lächelte den Mann an, der jeden Moment ungefähr neunzig Pfund ärmer sein würde. »Wichser.«

Glaubst du etwa, *das* wäre Druck?

Er schniefte und beugte sich wieder über den Ball. Er hatte drei Putts, um das Match am sechzehnten Loch für sich zu entscheiden.

Er brauchte nur zwei.

»Gewonnen, Kumpel …«

Langford schüttelte seinem Freund die Hand und steckte dankbar den Hundert-Euro-Schein ein. Er würde sich davon später im Club irgendeine anständige Flasche kaufen. Und ein wenig herumschnüffeln, wenn er schon dort war.

Ein wenig Feedback einholen.

Der große Schritt, den er ein paar Monate zuvor hatte tun müssen – *müssen*, weniger wollen –, war gründlich in die Hose gegangen, und inzwischen waren die Schwierigkeiten ein Stück näher an ihn herangerückt. Inzwischen klopften sie fast schon an seine verdammte Tür. Nicht, dass er es so weit würde kommen lassen, selbstverständlich nicht, aber um das Ganze bereits im Keim zu ersticken, um die Situation wieder einigermaßen unter Kontrolle zu bringen, würde es zumindest helfen, den Mann, der ihm auf die Pelle rückte, besser einschätzen zu können.

Den Mann, der es offenbar genoss, auf verlorenem Posten zu kämpfen, und jetzt einen sehr guten Grund hatte, die Sache persönlich zu nehmen.

»Bleibst du noch auf einen Schluck?«

Sein Freund – ein fetter Bauunternehmer, der auf dem Golfplatz weniger geschickt darin war, den einfachsten Weg zu nehmen, als dort, wo es wirklich zählte – hievte seine Schläger hinten auf seinen Golfcaddie und stieg ein.

Langford kletterte ebenfalls in seinen Caddie. »Geht leider nicht«, sagte er. »Bin zum Mittagessen verabredet.«

Sie fuhren los in Richtung Clubhaus.

Er hatte die Entwicklungen zu Hause in Großbritannien über die üblichen Kanäle überwacht und deshalb gewusst, dass Thorne für ungefähr eine Woche hierherkam. Da es nicht infrage kam, so kurz, nachdem es beim letzten Mal schiefgegangen war, noch einmal zu versuchen, ihn aus dem Weg zu räumen, hatte er nichts unternehmen können, um ihn aufzuhalten. Einen Bullen umzulegen war etwas, das nur ein Idiot ohne guten Grund tat, und erst recht dann, wenn der fragliche Bulle wusste, dass es jemand auf ihn abgesehen hatte. Es war etwas, das man *überhaupt nicht* tat, es sei denn, man wollte, dass in absehbarer Zukunft Scheiße auf einen hereinprasselte, deshalb hatte Langford es sich ganz genau überlegt, ehe er grünes Licht gegeben hatte. Vor Thorne hatte er das nur ein einziges Mal getan, als ihm nichts anderes übrig geblieben war. Doch für einen Geschäftsmann, der so gewissenhaft und weitsichtig war, wie er es sich zu sein rühmte, war es der letzte aller letzten Auswege.

Jetzt musste er sich dank eines nutzlosen Trottels, der nicht schießen konnte, noch einmal das Hirn zermartern. Musste die Situation neu abwägen und abermals Fäden ziehen. Vor allem aber musste er Ruhe bewahren.

»Die hundert Euro«, sagte der fette Bauunternehmer. »Verdoppeln, oder wir sind quitt. Wer als Erster beim Clubhaus ist.«

»Tja, dass du nicht Tiger Woods bist, wissen wir bereits«, erwiderte Langford. »Aber jetzt hältst du dich anscheinend auch noch für Lewis Hamilton.«

»Du hast die Wahl, Kumpel.«

Langford trat aufs Pedal.

Sie beobachteten das Maklerbüro schon über eine Stunde, als Candela Bernal wieder herauskam. Fraser startete den Wagen, um bereit zu sein, ihr zu folgen, doch anstatt zu ihrem Mini zu gehen, wandte sich die junge Frau in ihre Richtung und ging dann den ganzen Weg bis ans andere Ende des Jachthafens, über die Straße und an den Strand.

»Manche haben's gut«, sagte Fraser. »Eine Tasse Kaffee, eine Stunde mit den anderen Mädels quatschen und dann vor dem Mittagessen kurz baden gehen.« Sie stiegen alle drei aus dem Punto aus. »Ich glaube, ich habe den falschen Job.«

Thorne warf Samarez einen Blick zu und sagte zu Fraser, dass er ihm nicht widersprechen könne.

Da Samarez für die Aufgaben des folgenden Tages Thorne zugeteilt war, fuhr er mit seinem eigenen Auto nach Málaga zurück, um sich zu vergewissern, dass alles ordnungsgemäß vorbereitet war. Thorne und Fraser folgten Candela an den Strand und bezogen etwa zehn Meter vom Wasser entfernt in einer Bar Stellung. Fraser bestellte eine Flasche Mineralwasser. »Ich will nicht mehr schief von Ihnen angeschaut werden«, sagte er.

Zunächst war es bewölkt gewesen, doch die Hitze hatte die Wolken schnell aufgelöst, und Thorne schwitzte bereits wieder. Fraser trug eine andere Kombination aus Shorts und knalligem Hemd, während Thorne – obwohl er seine Jacke im Auto gelassen hatte – sich mit Polohemd und Chinohosen noch immer overdressed vorkam. Beim Packen hatte Louise gemeint, er würde vermutlich nicht mehr als eine lange Hose brauchen, doch er hatte nicht auf sie gehört.

Jedes Mal, wenn er sich ausmalte, vor Alan Langford zu stehen, trug er keine Shorts.

»Sie haben gestern Abend nicht viel erzählt«, sagte Fraser. »Über Ihre Lebensumstände zu Hause.«

Nennen-Sie-mich-Pete dagegen hatte während des Abendessens ununterbrochen über seine Frau und seine drei Kinder geschwatzt; über das Haus, das sie vielleicht eines Tages in Estepona kaufen würden, falls sie nicht alles für Klamotten verprasste, bevor es so weit war. »Vielleicht kann mir diese spanische Tussi, die wir morgen beschatten, ja ein paar Immobilientipps geben«, hatte er gesagt.

Samarez hatte gelächelt und erwidert: »Ich nehme an, da werden Sie ein paar Überstunden mehr machen müssen.«

Das Inventar am Strand war ebenso luxuriös wie alles andere in Puerto Banús, und nachdem Candela aus ihrem dünnen Kleid und ihren Sandalen geschlüpft war, machte sie es sich auf einer dick gepolsterten Rattan-Sonnenliege bequem. Sie zog ihr Bikini-Oberteil aus und legte sich mit einer Zeitschrift auf den Bauch. Allein ihr zuzusehen, machte Thorne müde.

Er schloss für ein paar Sekunden die Augen und genoss das Gefühl der Sonne auf seiner Haut, das Donnern und Rauschen der Wellen. Er erinnerte sich daran, dass die Frau im Flugzeug zu ihm gesagt hatte, er hätte einen Urlaub nötig, und kam zu dem Schluss, dass sie vermutlich recht gehabt hatte. Das letzte Mal war er im Ausland gewesen, als er mit Louise im Jahr zuvor nach Griechenland geflogen war. Wo sie das Baby gezeugt hatten, das sie dann im dritten Schwangerschaftsmonat verloren hatte.

Seitdem hatten sie nicht mehr über einen Urlaub gesprochen.

»Ich habe das ernst gemeint, was ich über falsche Titten gesagt habe.« Fraser putzte die Gläser seiner Sonnenbrille, setzte sie wieder auf und fuhr fort, Candela genüsslich anzustarren. »Die stören mich wirklich nicht.«

»Ich bin sicher, sie würde sich darüber freuen«, entgegnete Thorne, ohne sich die Mühe zu machen, die Augen zu öffnen.

Fraser sah zu ihm hinüber. »Kommen Sie schon, es kann doch nicht sein, dass Sie *so* wenig Interesse haben. Ich sehe keinen Ehering, also nehme ich an, dieser Alptraum ist Ihnen erspart geblieben.«

»Sie sollten Detektiv werden.«

»Freundin? *Freund?*«

»Eines von beiden«, erwiderte Thorne.

Nach etwa fünfzehn Minuten ging ein Kellner mit einem Glas Wein und einem Salat zu der Sonnenliege. Candela setzte sich auf und verdeckte mit einem Arm ihre Brüste, als er das Tablett auf einem niedrigen Tisch abstellte. Sie holte Geld aus ihrer Handtasche, und er nickte lächelnd, sichtlich erfreut, dass sie ihm sagte, er dürfe das Wechselgeld behalten.

»Anscheinend sind Sie ziemlich scharf auf unseren Freund David Mackenzie«, sagte Fraser.

Thorne sah ihn an.

»Das wundert mich nicht.«

»Nein?«

»Wenn auf mich jemand ballern würde, wäre ich auch nicht gerade begeistert.«

»*Ballern?*«

»Ich will damit nur sagen …«

»Eine junge Frau ist dabei ums Leben gekommen«, sagte Thorne.

»Ja.« Fraser nickte und machte das, was er offensichtlich für eine angemessene Pause hielt. »Dann kannten Sie sie also ein bisschen besser?«

Thorne dachte an die Röte in Sylvia Carpenters Gesicht, als sie von seiner kaputten Schulter gesprochen hatte, und an das Zittern ihrer Hand, als sie diese zu seiner Brust ausgestreckt hatte.

»Ja, ich kannte sie besser.«

Thorne wendete sich ab und beobachtete, wie Candela in ihrem Essen herumstocherte, den Rest auf das Tablett stellte und dann dem Kellner winkte, der ihr kurz darauf ein zweites Glas Wein brachte. Nach weiteren zehn Minuten stand sie auf und zog ihr Bikini-Oberteil wieder an, dann ging sie vorsichtig über den heißen Sand und bis zur Taille ins Meer. Sie stand dem Strand zugewandt da, blickte fast direkt in Thornes Richtung und breitete die Arme weit aus. Jedes Mal, wenn eine der großen Wellen gegen ihren Rücken rollte, hüpfte sie hoch und stieß einen begeisterten Schrei aus.

Sie wirkte, als habe sie keine einzige Sorge auf der Welt.

Thorne dachte: Das wird sich bald ändern.

Dreiunddreißigstes Kapitel

Da die Straße nach Mijas Pueblo noch immer gesperrt war, setzte Fraser Thorne kurz nach halb sechs am Parkplatz ab. Er selbst wohnte wie die meisten Mitarbeiter der SOCA in einem Wohnblock in Málaga, wobei er Thorne sagte, er werde sich irgendwann etwas weitaus Besseres suchen, wenn alles so lief, wie er es sich vorstellte.

»Wenn ich hier einen festen Job ergattern kann, können meine Frau und meine Kinder auf Dauer herkommen. Man bekommt ein hübsches Haus, Privatunterricht für die Kinder, eine spitzenmäßige Krankenversicherung – das volle Programm. Dagegen kann die Metropolitan Police nicht anstinken, das sage ich Ihnen.«

Er versprach Thorne, ihn am nächsten Morgen um neun Uhr abzuholen.

»Ich möchte mir einen Leihwagen nehmen«, sagte Thorne.

»Nicht nötig, mein Freund. Ich kutschiere Sie gerne durch die Gegend.«

»Ich würde lieber selbst auf mich aufpassen.«

Fraser schien sich unbehaglich zu fühlen.

»Wo liegt das Problem?«

»Na ja, eigentlich soll ich …«

»Mich im Auge behalten?«

»Das ist ein gemeinsamer Einsatz, das ist alles. Ich meine, genau genommen ist die Metropolitan Police hier nicht zuständig.«

»Was soll ich denn in meiner Freizeit machen? Wenn

ich mir die tollen Orte ansehen möchte, von denen Sie mir dauernd erzählen, kann ich doch nicht erwarten, dass Sie mich rumchauffieren.«

»Okay, ich werde sehen, was ich organisieren kann.«

»Ich kann mich selber darum kümmern, Peter«, sagte Thorne. »Ich bin ein großer Junge.«

Fraser tastete unbewusst nach seinem Handy, das er am Gürtel trug. Bevor er wegfuhr, sagte er Thorne, dass es eine gute Idee wäre, wenn er am nächsten Tag etwas Schickes anziehen würde. Wenn er sich kleiden würde, als hätte er Geld.

Thorne ging hinauf in den neueren Teil der Stadt und sah sofort, weshalb der Verkehr umgeleitet wurde. Ein Volksfest war in vollem Gange. Entlang der Hauptstraße waren Verkaufsbuden aufgebaut, und im Park stand ein riesiges Karussell. Auf den ersten Blick wirkte alles genauso wie die Jahrmärkte, die Thorne von zu Hause gewöhnt war. Dieselbe kitschige Ansammlung von alten Fahrgeschäften und windigen Verkaufsbuden wie die, zu der er als Jugendlicher im Finsbury Park gegangen war. Wo seine Freunde und er billigen Apfelwein getrunken und vergeblich versucht hatten, Mädchen kennenzulernen. Dann sah er, dass die Budenbesitzer nicht nur Zuckerwatte und kandierte Äpfel verkauften, sondern auch schaurige mexikanische Ringer-Masken und kleine Gitarren, und dass sich die Leute tatsächlich zu *amüsieren* schienen. Obwohl jeder Stand, an dem er vorbeikam, ein verblüffendes Sortiment von Messern verkaufte, hatte es nicht den Anschein, als sei die Wahrscheinlichkeit, dass jemand erstochen wurde, höher als sonst.

Er sah zu, wie sich drei verschiedene Musikzüge in hübsch dekorierten Uniformen am Rand des Parks versammelten. Dutzende Männer, Frauen und Kinder stellten sich in Reihen auf, und die Spannreifen der Trommeln und das polierte Messing der Blasinstrumente funkelten in der Sonne.

Thorne kaufte sich eine Flasche Mineralwasser und setzte sich eine Weile hin. Dann, als die Musik begann und die Musikgruppen sich in Bewegung setzten, fiel er in Gleichschritt und folgte dem ersten Zug, als dieser sich den Weg zum Marktplatz bahnte.

Auf der Plaza de la Constitución herrschte noch regeres Treiben als am Vortag. Hunderte Menschen tanzten im Schatten des riesigen Sonnensegels über den Platz, und vor der Bar standen die Leute in vier oder fünf Reihen. Die Gruppe auf der Bühne hörte auf zu spielen, als sich der Zug auf den Platz schlängelte. Ihre schnellen Lieder zum Mitsingen wurden von den Trommeln und den Blasinstrumenten des Musikzugs abgelöst, dessen Ankunft mit stürmischem Applaus begrüßt wurde.

Thorne stellte sich für ein Bier an und suchte sich dann einen freien Stuhl vor einer der Bars, ein Dutzend Stufen vom Platz entfernt. Er erhob seine Stimme über den Lärm, um einen Mann am nächsten Tisch zu fragen, was eigentlich los sei.

Der Mann hatte zunächst Schwierigkeiten, ihn zu hören, dann, ihn zu verstehen. »*Feria*«, sagte er schließlich und deutete auf ein Plakat im Fenster der Bar. Thorne ging hin, um es sich anzusehen.

Feria Virgen de la Peña.

Er nahm an, dass *feria* für »Fest« oder »Festival« stand. Bedeutete *peña* womöglich *pain*, »Schmerz«?

Das Plakat zeigte eine Statue der Jungfrau. Außerdem waren einige Details zu den laufenden Feierlichkeiten abgedruckt, die Thorne jedoch nicht verstand. Am Datum bestand allerdings kein Zweifel. Thorne war genau zum größten Fest des Jahres in Mijas angekommen, das vier Tage dauerte.

Er nahm sich noch ein Bier mit an seinen Tisch. Als er

durch die Bar ging, fiel ihm ein Mann auf, der eine spanische Zeitung las. Denselben Mann hatte er am Abend zuvor im Restaurant gesehen, als er mit Samarez und Fraser den Fall besprochen hatte. Mijas war kein besonders großer Ort, aber Thorne bezweifelte trotzdem, dass es sich um einen Zufall handelte. Als ihm der Mann einen Blick zuwarf, hob Thorne sein Glas.

Grüßen Sie Alan von mir ...

Als er sich fünf Minuten später noch einmal umdrehte, war der Mann verschwunden.

Thorne sah und hörte zu und ließ eine Stunde verstreichen. Die Bands spielten überwiegend traditionelle spanische Lieder, wenngleich eine von ihnen aus Gründen, die Thorne sich nicht erklären konnte, kurz die Titelmelodie von *Familie Feuerstein* anstimmte. Den größten Jubel löste eine bewegende Interpretation von »Y Viva España« aus. Vermutlich in Unkenntnis des derben englischen Textes dieses Lieds stimmte die Menge lautstark mit ein, und Männer umarmten sich jedes Mal ungeniert, wenn sich der Refrain wiederholte. Frauen in gepunkteten Kleidern im Flamenco-Stil, deren leuchtende Violett- und Pinktöne auf die Blumen in ihrem Haar abgestimmt waren, gingen durch die Menge. Sie trugen hohe Stöckelschuhe in passenden Farben, und Thorne war erstaunt, mit welcher Leichtigkeit sie sich über das grobe Kopfsteinpflaster bewegten und dabei Nelken aus Körben verteilten, die gegen ihre Hüften prallten.

»Möchten Sie etwas essen, Sir?«

Thorne blickte zu dem Kellner auf und fragte sich, ob man es ihm wirklich *so* deutlich ansah, dass er Engländer war. Vermutlich schon, dachte er und beschloss, dass es vermutlich keine schlechte Idee sei, früh zu Abend zu essen und anschließend früh ins Bett zu gehen.

Donna befand sich in der Küche, als sie den Schlüssel in der Eingangstür hörte. Sie rannte in den Flur und begann zu sprechen, noch bevor Kate ihren Mantel aufgeknöpft hatte.

»Ellie ist in Spanien«, sagte sie. »Alan hat sie.«

»Bist du sicher?«

Donna nickte mit einem dümmlichen Grinsen. »Es geht ihr gut.«

Kate sagte: »Gott sei Dank« und ging einen Schritt auf Donna zu, um sie in die Arme zu nehmen. »Das hattest du immer vermutet, stimmt's?«

Donna drückte sie, dann trat sie zur Seite. Das Lächeln war noch immer da, fing jedoch an, ein wenig zu beben. »Das hatte *ich* vermutet, aber eine Zeit lang war ich mir nicht sicher, was in *deinem* Kopf vorgeht.«

»Ich habe nie geglaubt, dass sie tot ist«, erwiderte Kate. »Ehrlich.«

Donna nahm Kate ihren Mantel ab und hängte ihn sorgfältig auf. »Ich war mir nicht sicher, ob ich dir glauben soll.« Sie zupfte ein paar vereinzelte Haare von den Ärmeln. »Das kannst du mir wohl kaum verübeln.«

»Nein.«

Ein paar Sekunden später, als Kate den Blick hob, hatte Donna sich bereits umgedreht und war auf dem Weg zurück in die Küche. Kate folgte ihr und setzte sich. Donna schaltete den Wasserkocher ein.

»Und, was wirst du jetzt tun?«

»Was soll das heißen?«, fauchte Donna.

»Nichts … Mein Gott, Don.«

»Was *kann* ich schon tun?«

Kate zuckte mit den Schultern. »Du wirst auf weitere Neuigkeiten warten müssen, nehme ich an.«

»Wahrscheinlich.«

Als der Tee fertig war, trug Donna die Becher zum Tisch

und setzte sich. Das Lächeln war zurückgekehrt, und ihre Laune verbesserte sich wieder, während sich Kates Vorsicht, eine Reaktion darauf, um ein bis zwei Stufen steigerte.

»Wenn Ellie zurückkommt, wird alles richtig gut werden, weißt du?« Donna nickte durch den Dampf, der von ihrem Tee aufstieg. »Wir drei können zusammenleben, und das wird toll, das weiß ich genau. Hier oder irgendwo anders, wie auch immer. Ist das okay für dich?«

»Was immer du willst.«

»Ich muss wissen, dass ich dabei auf dich zählen kann«, sagte Donna. »Ich möchte dir wieder vertrauen, weil …«

»Wir sollten ausgehen«, sagte Kate mit plötzlicher Begeisterung. Verzweiflung. »Wir sollten ausgehen und feiern.«

»Ich bin müde.«

»Dann nur schnell was trinken. Komm schon …«

»Was hast du zu Ellie gesagt?«

Kate stieß einen tiefen Seufzer aus. »Bitte, lass uns nicht wieder damit anfangen. Nicht jetzt.«

»An diesem Tag im Café.« Donna saß ganz ruhig da und blies in ihren Tee. »Erzähl es mir einfach.«

»Ich habe nichts Schlechtes gesagt, okay?« Kate beugte sich vor und streckte die Arme über den Tisch aus, doch Donna löste die Hände nicht von ihrem Becher. »Bei meinem Leben, Don. Bei *Ellies* Leben …«

Es hatte genug zu sehen gegeben, aber es war trotzdem ein etwas seltsames Gefühl gewesen, allein zu essen, und Thorne hatte sich gewünscht, er hätte etwas zu lesen dabeigehabt. Irgendetwas, das ihn ein bisschen weniger bemitleidenswert hätte aussehen lassen. Vor seinem Abflug war er noch einmal in den Sexshop gegangen, in dem er Dennis Bethell getroffen hatte, und sich einen der Thriller gekauft, die er sich angesehen hatte. Bislang hatte er ihn noch nicht einmal aufgeschlagen, doch er hatte sich dagegen entschieden, zum Hotel zurückzugehen, um ihn zu holen.

Als er mit dem Essen fertig war, hatte er sich etwas weniger unwohl gefühlt.

Nach dem Abendessen hatte er sich dann mit dem Rest seines Bieres auf halbe Höhe der Treppe gesetzt. Die vielfarbigen Lichterketten, die jetzt über jeder Straße leuchteten und zwischen Balkonen gespannt waren, auf denen sich Familien sammelten, um die Menschenmenge unter ihnen zu betrachten, waren ihm zuvor gar nicht aufgefallen.

Mit einem Tusch setzte eine der Bands zu »La Bamba« an.

Bevor Thornes Essen gebracht worden war, hatte ihm der Kellner Oliven serviert, und er hatte sich daran erinnert, wie Anna in der Bar in Victoria einen ganzen Teller davon verschlungen hatte. Sie hätte es hier toll gefunden, dachte er jetzt. Wäre völlig begeistert von der Vorstellung gewesen, dass sie gemeinsam an dem Fall arbeiteten. Sie hätte im Flugzeug ununterbrochen geplappert und Witze über getrennte Zimmer gemacht.

Sie hätte getanzt und um einiges weniger englisch gewirkt als er.

Sie hätte Nennen-Sie-mich-Pete für einen Vollidioten gehalten.

Er hörte – oder vielmehr spürte – sein Handy klingeln und hielt den Atem an, als er einen Blick auf das Display warf. Er hatte vergessen, Louise anzurufen.

»Mein Gott, tut mir echt leid, Lou. Ich war pausenlos beschäftigt.«

»Schon gut«, entgegnete sie.

Thorne schwieg und fragte sich, warum Leute »gut« sagten, wenn es alles andere als das war. Warum Louise und er dieses Wort in letzter Zeit so häufig benutzten.

»Klingt laut bei dir.«

»Hier ist irgend so ein Festival«, sagte er.

»Elvis hatte einen Magentumor.«

»Oh, Scheiße. Was hat der Tierarzt gesagt?«

Louise erwiderte irgendetwas, doch Thorne hatte Probleme, sie zu verstehen. Er hielt sich sein freies Ohr mit der Hand zu und wiederholte die Frage.

»Der Tierarzt hat sie heute Nachmittag eingeschläfert.« Als sie lauter sprach, klang sie mit einem Mal sowohl wütend als auch deprimiert. »Er hat gemeint, es wäre das Beste.«

Thorne holte tief Luft. Ein kleines Stück von ihm entfernt begann ein Mädchen vergnügt zu kreischen, als ein Mann es hochhob und im Kreis schwenkte.

»Was war denn das?«

»Entschuldige, hier sind überall Leute, es ist ...«

»Das hat keinen Zweck«, sagte Louise. »Kannst du mich von irgendwo zurückrufen, wo es ruhiger ist?«

Nachdem Thorne aufgelegt hatte, blieb er noch eine Weile sitzen. Ihm war plötzlich kalt, und als die Minuten verstrichen, überkam ihn eine Woge der Einsamkeit, die kein spannendes Buch und keine Gesellschaft hätten lindern können. Er hob sein Glas, ließ die Hand aber wieder sinken, als er spürte, wie plötzlich ein Schluchzen in seinem Hals aufstieg. Und dann noch eines. Er senkte den Kopf und ließ ihm freien Lauf, wenngleich es wegen der Trommeln und der schmetternden Trompeten selbst für ihn kaum hörbar war.

»Alles in Ordnung mit Ihnen?«

Er blickte auf und sah eine füllige Frau in einem rot gepunkteten Kleid vor sich stehen. Sie lächelte und wiederholte ihre Frage.

Er nickte.

Die Frau streckte die Hand aus und reichte Thorne eine Nelke. Dann beugte sie sich zu ihm hinunter und küsste ihn auf die Wange.

Kurz nach zwei Uhr morgens weckte ihn ein Geknalle, das klang, als würde draußen Krieg herrschen.

Die Explosionen ließen die Scheiben in den Fensterrahmen erzittern, und für ein paar Sekunden war Thorne ernsthaft beunruhigt, bis er durch eine Lücke in den Fensterläden die roten und grünen Blitze sah und das klagende Pfeifen hörte, mit dem die Feuerwerkskörper zu Boden fielen. Zwischen jedem Krachen und Zischen hörte er irgendwo in der Nähe die Trompeten, doch die fröhliche Musik von vorher war von etwas wesentlich Langsamerem und insgesamt deutlich Unheilvollerem abgelöst worden. Eine fallende Melodie in Moll, die von der Straße ertönte und auf seiner Haut kribbelte.

Sie klang nach Elend.

Thorne schloss die Augen und lag aufgewühlt und schwitzend da. Die Laken klebten ihm an der Brust, und jede Explosion war unerwartet und schrecklich wie ein neuer Stich in sein Herz.

Nur ein Knall, nicht lauter als eine Fehlzündung des Motorrollers.

Vierunddreißigstes Kapitel

Candela hatte schon mehr als genug Leuten von dieser Art Immobilien gezeigt, um zu wissen, dass es keine gute Idee war, allzu neugierig zu sein. Viele ihrer Kunden stellten sich als »Geschäftsmänner« vor, und falls der Engländer ebenfalls beschloss, sich als ein solcher vorzustellen, war sie viel zu clever, um irgendwelche Fragen zu stellen.

Viel cleverer, als die meisten Leute ihr zutrauten.

Er wirkte irgendwie aggressiver als sein Begleiter, fand sie. Wie jemand, der nicht lange fackeln würde, andere auf jede erdenkliche Art und Weise in die Mangel zu nehmen, um zu bekommen, was er wollte. Wahrscheinlich konnte er auch ziemlich ausfallend werden. Sie fragte sich, ob der große Spanier sein Bodyguard war. Er lächelte nie und sagte auch nicht viel, aber ihr war klar, dass solche Typen selten ihrer Persönlichkeit oder ihrer Intelligenz wegen engagiert wurden.

Nicht, dass sie sich selbst irgendwelchen Illusionen hingegeben hätte. Sie wusste genau, warum David sich mit *ihr* umgab.

Eigentlich war es Candela ziemlich egal, was die beiden taten. Es war ihr grundsätzlich egal, was ihre Interessenten taten. Provision war Provision, und obwohl gut für sie gesorgt wurde, gefiel es ihr, dass sie ihr eigenes Geld verdiente. Diese Sache würde dafür sorgen, dass sie sich lange Zeit mit Dolce & Gabbana ausstatten konnte.

»Hier ist das Hauptschlafzimmer«, sagte sie. Sie wartete

darauf, dass ihr die beiden Männer durch die Tür folgten. »Sehr schön, wie Sie sehen. Der Ausblick ist atemberaubend, genau wie in den anderen Zimmern.« Sie lächelte und korrigierte sich. »*Aus* den anderen Zimmern.«

Der Spanier nickte.

»Toll«, sagte der Engländer.

Bei dem Wohnhaus handelte es sich um einen Neubau, und das Penthouse war die eindrucksvollste und teuerste Wohnung in dem Objekt. Drei Schlafzimmer, drei Bäder und ein riesiger Wohnbereich, mit privatem Sicherheitsdienst und Mitbenutzung des Fitnessraums sowie des Swimmingpools.

»Die ganze Wohnung ist toll.«

Candela lächelte und war zufrieden, wie sich die Dinge zu entwickeln schienen. »Wenn Sie möchten, können Sie das Mobiliar behalten, das sich bereits hier befindet, aber das kostet natürlich ein bisschen extra.«

»Natürlich.«

»Oder Sie können die Wohnung leer kaufen und sich die Einrichtung selbst aussuchen. Vielleicht möchte Ihre Frau das in die Hand nehmen …«

»Ich werde sie fragen.«

»Frauen suchen sich ihre Sachen gerne selber aus.« Sie fummelte an einem Knopf ihrer Bluse herum. »Ich weiß zumindest, dass *ich* das gerne mache.«

Der Engländer blätterte noch einmal die Broschüre durch, die sie ihm gegeben hatte, dann ging er zu dem riesigen Fenster hinüber. »Wir müssen allerdings noch über den Preis reden.«

»Wir können darüber reden«, erwiderte Candela lachend. »Aber nicht allzu lang. Es gibt bereits eine Warteliste, und drei Gebote wurden abgelehnt.« Sie ging zu ihm hinüber und stellte sich dicht neben ihn. »Bei schönem Wetter kann man fast bis nach Afrika sehen, und so was ist nicht billig. Diese Wohnanlage ist außerdem ideal gelegen, weil man von hier aus sämtliche Ziele an der Küste leicht erreicht, und sie befindet sich in Autobahn- und Flughafennähe. Wie heißt es in England so schön? Lage, Lage, Lage?«

»So ähnlich.«

»Gibt es nicht sogar eine Fernsehsendung, die so heißt? Die habe ich gesehen, als ich in London war.«

»Sie waren schon mal in London?«

»Natürlich. Ich war letztes Jahr mit einem Freund dort.«

»Das war vermutlich Dave Mackenzie, oder?«

Candela spürte, wie ihr die Farbe aus dem Gesicht wich, und trat schnell einen Schritt vom Fenster weg. »Nein.« Sie schüttelte den Kopf. »Nicht ... Warum fragen Sie mich danach?«

»Ich dachte, wir wären Freunde«, sagte der Engländer.

Dann ging der Spanier auf sie zu und griff in seine Tasche. Sie spürte, wie Panik in ihr aufstieg und Besitz von ihr ergriff. In den zwei Jahren, seit sie diesen Job machte, hatte sie etliche Horrorgeschichten gehört. Die meisten Maklerbüros beschäftigten ein paar junge Frauen wie sie. Junge Frauen, die eine Immobilie angemessen präsentieren und gleichzeitig ein gewisses Extra andeuten konnten ... vorausgesetzt, man wurde sich schnell einig. Das machte sie zu wertvollen Angestellten, aber auch zu einer leichten Beute für den einen oder anderen Verrückten.

Sie gab sich Mühe, die Beherrschung zu bewahren, und schaffte es sogar zu lächeln. Dann geriet sie jedoch in noch größere Panik, als sie sah, wonach der Spanier gegriffen hatte.

Russell Brigstocke streckte den Kopf durch die Tür des kleinen Büros, das sich Holland und Kitson teilten, während Thorne weg war.

»Er hat wieder angerufen«, sagte Brigstocke. »Gleich heute Morgen.«

Holland sah zu Kitson hinüber und hob resigniert die Hände. »Meine Güte, wir drehen schließlich nicht Däumchen.«

»Ich weiß.«

»Wir tun, was wir können«, sagte Kitson.

Holland seufzte. »Wir *haben* getan, was wir können.«

»Ich wollte Ihnen nur Bescheid sagen«, erwiderte Brigstocke, bevor er wieder ging.

Die beiden hatten seit Thornes Abreise auf Hochtouren gearbeitet und die Vermisstenmeldungen von vor zehn Jahren, die sie bereits im Februar durchgegangen waren, geprüft und nochmals geprüft. Sie hatten Überstunden gemacht, hatten über Vermisstenlisten gebrütet und sie mit dem Obduktionsbericht der Leiche in dem Jaguar verglichen; hatten viele ausschließen können, waren aber allen nachgegangen, die auch nur entfernt infrage kamen, darunter auch einige, die bei der vorhergehenden Suche außer Acht gelassen worden waren.

Am Tag zuvor waren sie zu einer Art Ergebnis gekommen, allerdings nicht zu einem, das Thorne interessieren würde.

Selbstverständlich hatten sie sich nicht mit Leichenfunden befasst, da sie aber zufällig auf einen einfachen Schreibfehler aufmerksam geworden waren, war es ihnen gelungen, einen vermissten Junkie – der eine Woche nach dem Barbecue im Epping Forest vermisst gemeldet worden war – mit einer bis dahin unidentifizierten Leiche, die in einem Park in Kingston gefunden worden war, in Verbindung zu bringen. Bei dem »keltischen Ring«, der unter den persönlichen Gegenständen der Leiche aufgelistet war, handelte es sich in Wirklichkeit um eine Tätowierung, die in der Rubrik »Erkennungsmerkmale« der ursprünglichen Vermisstenmeldung beschrieben wurde. Somit waren sie in der Lage gewesen, der Kingston-Leiche einen Namen zu geben, und konnten jetzt die nächsten Angehörigen informieren. Bislang hatte Holland die Mutter des Toten allerdings noch nicht angerufen.

»Kommen Sie schon, Dave, es ist doch nicht so, als wüsste sie noch nicht, dass er tot ist.«

»Stimmt, aber es ist auch nicht so, als gäbe es ein Grab, das sie besuchen könnte, oder?« Obwohl Holland mit der fraglichen Leichenhalle und dem zuständigen Gerichtsmediziner Kontakt aufgenommen hatte, war es ihm bislang nicht gelungen herauszufinden, was aus dem Leichnam geworden war. »Das sind nicht gerade gute Neuigkeiten.«

»Es ist zumindest ein Abschluss.«

»Es ist die Hölle.«

Trotzdem ging Holland inzwischen davon aus, dass die Mutter des toten Junkies einen wesentlich besseren »Abschluss« bekommen würde als Robert und Sylvia Carpenter. Dass Thorne mit leeren Händen aus Spanien zurückkehren würde – von ein oder zwei Flaschen aus dem Duty-free-Shop einmal abgesehen.

Ein paar Minuten, nachdem Brigstocke gegangen war, sagte Kitson: »Man kann schließlich nicht behaupten, Sie hätten ihn im Stich gelassen.«

Holland blickte auf.

»Thorne.«

»Dieses Gefühl habe ich auch nicht.«

Hollands Tonfall war schärfer gewesen, als er beabsichtigt hatte, und Kitson schien gekränkt zu sein. »Doch, das haben Sie …«

Holland sah, dass es keinen Sinn hatte, es weiterhin abzustreiten. Kitson kannte ihn gut genug. Er hatte an etlichen Fällen mitgearbeitet, bei denen solide Polizeiarbeit einfach nicht zu dem Ergebnis geführt hatte, das sich alle wünschten. Das gehörte zum Job, und der Frust war zwangsläufig nur von kurzer Dauer. Wenn es sich allerdings um einen von *Thornes* Fällen handelte, war der Druck immer größer. Und wenn es nicht so lief, wie es laufen sollte, fühlte sich Holland jedes Mal wie ein Schuljunge, der bei einem entscheidenden Fußballmatch den Elfmeter in letzter Minute verschossen hatte.

»Keine Sorge, das macht er mit jedem irgendwann mal«, sagte Kitson.

»Das ist immerhin ein Trost, nehme ich an.«

»Für Sie ist es allerdings härter.«

»Warum?«

Sie lächelte. »Na ja, er ist doch so was wie eine Vaterfigur für Sie.«

»Blödsinn«, sagte Holland und wandte sich wieder seinem Computerbildschirm zu. Trat erneut an. Machte sich bereit dafür, den Ball über die Latte zu schießen …

Selbstverständlich waren Thorne *alle* Fälle enorm wichtig, und jeder verstand, wie sehr ihm das Adam-Chambers-Urteil zugesetzt hatte. Vielleicht lag es daran, dass ihm dieser Fall besonders ans Herzen gewachsen war. Doch was auch immer der Grund sein mochte, Holland wusste, wie dringend Thorne irgendetwas Stichhaltiges brauchte, das er Alan Langford anhängen konnte. Und wie unwichtig alles andere inzwischen war.

Seit dem Tod von Anna Carpenter war der Fall zu einer persönlichen Angelegenheit geworden.

»Sie dürfen diesen Anruf wirklich nicht mehr länger rausschieben, Dave.«

Holland blickte auf und sah Kitson mit dem Bericht über den Junkie wedeln, der nicht mehr als vermisst galt. Er nickte, da ihm sehr wohl bewusst war, dass er sich bereits zu lange davor gedrückt hatte. Vielleicht hat sie recht, dachte er. Einen Angehörigen zu vermissen und nicht zu wissen, ob man hoffen oder trauern soll, war vermutlich das Schlimmste, was einem passieren konnte. Die Gewissheit musste deshalb eine gute Neuigkeit sein.

Holland griff zum Hörer.

Er wünschte nur, er hätte irgendetwas für Thorne gehabt.

Fünfunddreißigstes Kapitel

Candela Bernal nahm sich fast eine Minute Zeit, um die Ausweise zu begutachten, die Thorne und Samarez vorzeigten. Gerade lange genug, dachte Thorne, um ihre Gedanken zu sammeln und sich zu beruhigen.

Dann ließ sie sich auf einem schokoladenbraunen Barcelona-Sessel nieder. »Wie dumm von mir«, sagte sie. »Ich hätte wissen müssen, wer Sie sind, schließlich sind sich Bullen und Kriminelle sehr ähnlich.«

Thorne setzte sich ihr gegenüber. »Finden Sie?«

»Wir möchten uns mit Ihnen über David Mackenzie unterhalten«, sagte Samarez.

Thorne hatte den Eindruck, dass die junge Frau in den paar Sekunden, die sie sich Zeit ließ, ehe sie antwortete, abzuwägen versuchte, ob es irgendeinen Sinn hatte zu behaupten, diesen Namen noch nie gehört zu haben. Der Ausdruck auf *seinem* Gesicht machte ihr die Entscheidung offensichtlich leicht. Sagte ihr, dass es reine Zeitverschwendung wäre, wenn sie anfangen würde zu lügen.

»Okay, wir können uns unterhalten, aber ich weiß nichts, also …«

»Sie wissen *nichts*?«, sagte Samarez. Er nickte langsam und trat hinter ihren Sessel. Setzte sich auf den Rand eines Beistelltischs, sodass Candela sich zwischen ihm und Thorne befand. »Sie wissen zum Beispiel nicht, dass David Mackenzie nicht der wirkliche Name dieses Mannes ist?«

Sie schüttelte den Kopf. »Ich verstehe nicht ganz.«

»Sie wissen nicht, woher all das Geld kommt, das er für Sie ausgibt?«

Dieses Mal war ihr Kopfschütteln theatralischer, dafür aber wesentlich weniger überzeugend.

»Spielt keine Rolle«, sagte Thorne. »Mir ist ziemlich egal, ob Sie lügen oder nicht, weil wir nicht darauf angewiesen sind, dass Sie uns irgendwas erzählen.«

Zunächst zeichnete sich Erleichterung auf Candelas Gesicht ab, dann Panik. »Und *was* dann?«

Was sie von ihr verlangen würden, war ziemlich simpel, barg jedoch auf jeden Fall einige Risiken. Und der Umstand, dass sie und Langford sich immer bei ihm zu Hause trafen und nicht bei ihr, erschwerte die Sache zusätzlich. Möglicherweise handelte es sich dabei um eine Vorsichtsmaßnahme, vielleicht bevorzugte Langford aber auch einfach ein großes Schlafzimmer, wenn es zur Sache ging. Auf jeden Fall hatte er in den acht Monaten, seit er mit Candela zusammen war, nicht ein Mal einen Fuß in ihre Wohnung gesetzt, obwohl er die Miete bezahlte.

»Wir möchten, dass Sie etwas für uns besorgen«, sagte Samarez. »Und keine Angst, wir meinen damit nicht irgendwelche geheimen Dokumente oder so. Sie müssen nicht Mr Mackenzies Safe aufbrechen.« Er lächelte und beugte sich zu ihr vor. »Nur eine … Tasse vielleicht?« Er zuckte mit den Schultern, als handle es sich um eine Lappalie. »Irgendwas in der Art. Nichts, was ein Problem für Sie wäre. Ein Glas oder einen Löffel. Irgendwas, das er in Ihrer Gegenwart berührt hat.«

»Etwas mit einem Fingerabdruck«, fügte Thorne hinzu.

»Heutzutage lassen sich Fingerabdrücke sogar von menschlicher Haut abnehmen«, sagte Samarez. »Aber solche Umstände möchten wir Ihnen nicht machen.«

Candela fauchte ihn auf Spanisch an. Als Thorne sah, wie

Samarez mit gespielter Betroffenheit keuchend einatmete, brauchte er kein Wörterbuch, um zu wissen, dass sie ihn aufs Übelste beschimpft hatte.

»Können Sie das für uns tun?«, fragte Thorne.

Sie drehte sich zu ihm, schob ihr Haar über die Schultern nach hinten. »Warum sollte ich?«

»Weil wir Sie so nett darum bitten?«

Sie stand auf und sagte Thorne, dass er nicht witzig sei, dass sie jetzt gehen werde und dass sie sie nicht aufhalten könnten. Sie beobachtete jedoch, wie Samarez einen Stapel Fotos aus seiner Aktentasche holte und diese auf dem Couchtisch auslegte. Dann setzte sie sich langsam wieder hin.

»Die wurden vor drei Tagen im ›Shades‹-Nightclub in Puerto Banús gemacht.« Samarez deutete auf ein Foto, auf dem zu sehen war, wie Candela sich am Rand der Tanzfläche mit einem Mann unterhielt. »Schickes Kleid, Miss Bernal.«

Candela starrte auf den Boden.

»Hatten Sie einen schönen Abend?« Er wartete, bekam jedoch keine Antwort. »Tja, er wird Ihnen bestimmt im Gedächtnis bleiben, da Sie dem Mann später zweihundert Euro für zwei Gramm Kokain gegeben haben. Ich weiß das alles, weil dieser Mann ein verdeckter Ermittler ist.«

Sie murmelte erneut etwas auf Spanisch.

»Wir haben noch weitere Fotos sowie eine Sprachaufzeichnung von der Transaktion.«

»Ein Glück für uns, dass sich Bullen und Kriminelle so ähnlich sind«, sagte Thorne.

Als Candela schließlich den Kopf hob, versuchte sie zu lächeln, doch ihre Panik war deutlich an ihren Mundwinkeln abzulesen und zeigte sich in ihrem Blick, der zwischen Thorne und Samarez hin und her huschte. Letztendlich nickte sie langsam.

Samarez tat dasselbe. »Sehr gut.«

»Sie werden mich schützen müssen.«

»Ja, selbstverständlich«, sagte Samarez.

Er und Thorne waren bereit, Candela zumindest einen Teil des Schutzes zuzusichern, den sie erwartungsgemäß verlangte. Es war kein Wunder, dass sie Angst vor Langford hatte. Und sie waren erfreut, dass sie keine Spur von Loyalität dem Mann gegenüber zeigte, den sie verraten sollte.

Als die junge Frau zuvor von ihrer Reise nach London erzählt hatte, hatte Thorne Samarez einen Blick zugeworfen. Samarez hatte kaum merklich den Kopf geschüttelt. Die Guardia Civil hätte gewusst, wenn Langford nach Großbritannien gereist wäre. Noch wichtiger war, Candela hatte gesagt mit »*einem* Freund«. Es lag auf der Hand, dass Langford nicht der Einzige war, der mehrere Partner hatte, und dass sie aus ihrer Beziehung ebenso Profit schlug wie er.

Wenn sie in ihn verliebt gewesen wäre, hätten sie womöglich ein größeres Problem gehabt.

»Wann sehen Sie David Mackenzie das nächste Mal?«, fragte Samarez.

Sie beugte sich vor und sagte leise etwas auf Spanisch zu ihm. Er schüttelte den Kopf, da er im Vorfeld mit Thorne vereinbart hatte, dass jegliche Konversation auf Englisch zu erfolgen habe, doch Candela ignorierte ihn, redete schnell und klang dabei zunehmend verzweifelt, bis er ihr mit einer Handbewegung zu verstehen gab, dass sie den Mund halten solle.

»Auf Englisch«, sagte er bestimmt. »Also, wann sehen Sie ihn das nächste Mal?«

Sie griff nach unten in ihre Handtasche und holte eine Schachtel Zigaretten hervor. In einer Immobilie des Maklerbüros zu rauchen verstieß vermutlich gegen die Vorschriften, doch Thorne war sich darüber im Klaren, dass es jetzt

Candela Bernals geringstes Problem war, ob sie ihren Job behielt oder nicht.

»Heute Abend«, sagte sie.

Im Aufzug auf dem Weg nach unten fragte Thorne Samarez, was die junge Frau zu ihm gesagt hatte.

»Sie hat mir Geld angeboten«, erwiderte Samarez.

»Und anschließend?«, fragte Thorne. »Nachdem Sie den Kopf geschüttelt haben, hat sie doch noch was gesagt.«

»Sie hat mir alles Mögliche angeboten ...«

Am Nachmittag war Thorne wieder in Mijas. Auf den Straßen war genauso viel los wie am Abend zuvor, doch zum Glück herrschte etwas weniger Lärm. Man sah noch immer viele Menschen in seltsamen Outfits herumlaufen. Manche trugen aufwändige Masken, andere waren als Riesen verkleidet und trugen Köpfe aus Pappmaschee und übergroße Stiefel. Auf dem Hauptplatz war irgendein Wettkampf im Gange. Vor einer Bühne hatte sich eine begeisterte und lautstarke Menschenmenge versammelt, um aus einem halben Dutzend Paaren in traditioneller Kluft eines auszuwählen.

Thorne stand neben einem Mann mittleren Alters, der mit Liverpooler Akzent sprach. »Ist das so was Ähnliches wie die Fernsehshow *Mr and Mrs*?«, fragte er.

Der Mann lachte und beschrieb die Krönung des *Feria*-Königspaars so detailliert, dass Thorne sich schon nach wenigen Minuten wünschte, er hätte sich nicht die Mühe gemacht zu fragen. Anschließend präsentierte ihm der Mann – der, wie sich herausstellte, nicht nur in der Ortschaft wohnhaft war, sondern sich auch für sein umfangreiches regionales Wissen rühmte – noch eine Kurzfassung der Geschichte der *Feria*: berichtete von der ursprünglichen Sichtung der Jungfrau durch zwei Hirtenjungen und erzählte, dass ihr Schrein 1548 von Mönchen in die Felsen oberhalb der Ortschaft gehauen worden sei.

»Daher stammt der Name«, sagte er. »›Jungfrau des Felsens.‹ Eigentlich ziemlich lustig, weil das viele Leute falsch verstehen. Sie denken, *›peña‹* würde ›Schmerz‹ bedeuten, aber in Wirklichkeit bedeutet es ›Felsen‹. Oder ›Kliff‹, wenn man es ganz genau nimmt.«

»Wenn schon, denn schon«, sagte Thorne.

Der Mann zeigte Thorne, wo sich der Schrein befand, und Thorne nutzte die Gelegenheit zu entkommen, indem er einer Gruppe japanischer Touristen auf einem kurvenreichen, sanft ansteigenden Weg den Hang hinauffolgte, bis er die Höhle erreichte. Sie war erwartungsgemäß klein und überfüllt. Der Eingang wurde von Leuten blockiert, die Fotos machten, doch Thorne konnte erkennen, dass Kerzen Schatten an die Felswände und auf die Statue der Jungfrau warfen, die – wie Thorne aus verlässlicher Quelle von seinem allwissenden Liverpooler Fremdenführer erfahren hatte – später durch die Ortschaft getragen werden würde.

Da Thorne nicht den Wunsch verspürte, die Höhle zu betreten, ging er zu einem kleinen Holzgeländer hinüber, an dem ein paar Leute mit Videokameras standen. Er zwängte sich neben ein junges Pärchen mit zwei lärmenden Kindern und blickte ins Tal hinunter.

»Hör auf, Luke!«

»Nicht da raufklettern, Hannah, das ist richtig alt …«

Er dachte über die Vergangenheit nach, sowohl über die jüngere als auch über die weit zurückliegende. Was man sich bewahrte und womit man abzuschließen versuchte. Er fragte sich, ob Alan Langford genauso viel über seine Vergangenheit nachdachte wie über seine Zukunft. Thorne wusste, wie sorgfältig Langford seine Schachzüge plante und dass er stets versuchte vorherzusehen, was auf ihn zukommen könnte. Doch sobald diese Dinge eingetreten und zu einem Teil seiner Geschichte geworden waren, blieben sie ihm dann ebenso lange im Bewusstsein wie jenen, deren Leben er ruiniert hatte?

Neben Thorne zerrte die Mutter eines ihrer Kinder vom Geländer und verabreichte ihm einen Klaps aufs Bein.

Wie sorgfältig Langford seine Schachzüge plante …

Was hatten Donna und Fraser zu ihm gesagt?

Alan hat nie halbe Sachen gemacht. Er hat alles von vorn bis hinten durchgeplant, alles durchdacht …

Er denkt weit voraus, unser Mr Mackenzie. Plant in die Zukunft …

Thorne entfernte sich von dem Pärchen und seinen Kindern, holte sein Handy hervor und rief Holland an. »Werfen Sie einen Blick in die ursprünglichen Aufzeichnungen zu dem Fall und sehen Sie nach, wann Donna sich zum ersten Mal mit Monahan getroffen hat.«

»Was?«

»Das Datum«, sagte Thorne.

Holland brauchte nur eine halbe Minute. »Vor Gericht hat sie gesagt, dass sie sich nicht an das genaue Datum erinnern kann, aber dass es in der letzten Juniwoche war.«

»Gut, und derjenige, der in dem Jaguar saß, wurde Ende November umgebracht.«

»Ja …«

»Fünf Monate später.«

»Ich kann Ihnen nicht ganz folgen«, sagte Holland. »Das wissen wir doch bereits.«

»Was ist, wenn Langford schon früh herausfand, was Donna vorhatte? Wir wissen zwar nicht, wann er den Wink bekommen hat, aber wenn es unmittelbar nach diesem Treffen war, hat er sich denjenigen, der am Schluss in dem Auto gelandet ist, vielleicht sofort geschnappt. Jemanden, den er loswerden wollte. Ich meine, er konnte ja nicht wissen, dass Donna die Nerven verlieren und die Sache immer wieder verschieben würde, oder?«

»Vermutlich nicht.«

»Falls Langford die ganze Zeit gewusst hat, wer seinen Platz in dem Auto einnehmen würde, hat er den armen Kerl womöglich monatelang festgehalten, ihn irgendwo eingesperrt und darauf gewartet, dass Donna das Startsignal gibt.« Je länger Thorne über seine Theorie nachdachte und sprach, desto mehr Sinn ergab sie. Desto offensichtlicher erschien sie ihm. »Bislang haben wir nur nach Leuten gesucht, die ein paar Wochen vor oder nach dem Mord vermisst gemeldet wurden«, sagte er. »Wir haben nicht weit genug zurückgeschaut.«

Er trug Holland auf, sich sämtliche Vermisstenmeldungen ab Anfang Juni vor zehn Jahren zu besorgen und sie sofort mit Kitson durchzuarbeiten.

»Bevor Sie auflegen«, sagte Holland, »möchte der Detective Chief Inspector Sie noch kurz sprechen.«

Als Brigstocke ans Telefon kam, fasste Thorne zusammen, was er soeben mit Holland besprochen hatte. Erklärte ihm, dass der Zeitrahmen passe; dass Langford clever genug und *kaltblütig* genug sei. Brigstocke klang zufrieden, doch Thorne hörte noch etwas anderes aus seiner Stimme heraus – eine Begeisterung, die erzwungen klang.

»Was wollten Sie mir eigentlich sagen, Russell?«

»Adam Chambers«, entgegnete Brigstocke.

Thorne verkrampfte sich und begann, den Hügel wieder hinunterzugehen. »Ich hoffe, Sie erzählen mir, dass er von einem Bus überfahren wurde.«

»Es wurde irgend so eine bescheuerte Kampagne gestartet, um seinen guten Ruf wiederherzustellen.«

»*Was?*«

»Die Presse hat Wind davon bekommen, und jetzt ist auch noch irgend so ein Abgeordneten-Arschloch mit ins Boot gesprungen. Die Sache ist in allen Medien.«

Holland und Kitson brachten den Rest des Tages damit zu, die erforderlichen Anrufe zu tätigen, diverse Computerrecherchen durchzuführen und die relevanten Vermisstenlisten zusammenzusuchen, um noch einmal aufs Neue mit dem Ausschlussverfahren beginnen zu können. Sie arbeiteten bis spät in den Abend hinein, brüteten über unzähligen Berichten, beobachteten, wie eine Schicht von der nächsten abgelöst wurde, und aßen Pizza, telefonisch bestellt und bis an die Tür geliefert.

Thorne rief zweimal an und bekam von Kitson gesagt, dass er keine Hilfe sei.

Die Suchparameter blieben mehr oder weniger dieselben: Sie suchten nach vermissten Männern kaukasischer Abstammung mit einer Größe von ungefähr einem Meter dreiundachtzig. Mit dem Alter des Opfers war es etwas komplizierter. Zum Zeitpunkt der Obduktion hatte es keinen Grund zu der Annahme gegeben, dass es sich bei der Leiche im Wagen um irgendjemand anderen als den Mann handelte, den Donna Langford als ihren Ehemann identifiziert hatte, und deshalb auch keinen Grund, das Alter des Opfers durch die Untersuchung von Knochenbruchstücken oder Gewebeproben genau zu bestimmen. Deshalb hatte Phil Hendricks abermals die Proben untersucht, die er bei der Obduktion zehn Jahre zuvor genommen hatte. Er war in der Lage gewesen, eindeutig nachzuweisen, dass das Opfer nicht mit Drogen betaubt worden war, doch die von den Flammen verursachten Schäden hatten eine genaue Bestimmung des Alters unmöglich gemacht.

»Zwischen zwanzig und fünfzig Jahre alt«, hatte Hendricks Holland gesagt. »Aber selbst das ist nur geschätzt, und stellen Sie sicher, dass Sie-wissen-schon-wer sich darüber im Klaren ist.«

Thorne musste zwanzig Minuten Finanzberichterstattung aus Fernost auf BBC World über sich ergehen lassen, bis endlich die Nachrichten begannen.

Es war der zweite Bericht.

Thorne war geschockt zu erfahren, dass es sich bei dem Abgeordneten, den Brigstocke erwähnt hatte, um eine Frau handelte – jung, seriös und mit einem gut geschnittenen Hosenanzug bekleidet. Sie stand vor dem Scotland-Yard-Gebäude, und das unverwechselbare Logo drehte sich langsam hinter ihr, während sie die Ziele der Kampagne erläuterte.

»Ja, Adam Chambers ist in den Augen des Gesetzes unschuldig«, sagte sie. »Aber das genügt nicht. Der Umstand, dass er fälschlicherweise eines so schrecklichen Verbrechens angeklagt wurde, hat ihn traumatisiert, und es ist extrem schwierig für ihn, sein Leben wieder aufzubauen. Mr Chambers ist ebenso sehr ein Opfer – wie sich herausgestellt hat, ist er sogar das *einzige* Opfer dieses chaotischen Ermittlungsverfahrens.«

Thorne saß auf der Bettkante, dicht vor dem kleinen Bildschirm. »Schwachsinn«, sagte er.

»Was wünschen Sie sich jetzt?«, fragte der Interviewer.

Die Frau drehte sich halb zu dem Gebäude hinter ihr um und ließ ihren Tonfall gekonnt zwischen Besorgnis und Empörung schwanken. »Allerwenigstens hat Adam Chambers eine offizielle Entschuldigung verdient, aber ich werde mich dafür starkmachen, dass ein unabhängiges Ermittlungsverfahren in die Wege geleitet wird.«

»Haben Sie eine Botschaft an die Eltern von Andrea Keane?«

Jetzt war die Besorgnis noch deutlicher in dem eingeübten Nicken und dem Senken der Stimme zu erkennen. »Ich habe aufrichtiges Mitleid mit den bedauernswerten Eltern des vermissten Mädchens. Und ich kann Ihnen versichern, dass Adam Chambers genauso empfindet. Aber … in seinem Namen, im Namen aller, die an die Gerechtigkeit glauben, fordere ich, dass diejenigen, die eine so lächerliche und kostspielige strafrechtliche Verfolgung genehmigt haben, zur Rechenschaft gezogen werden.«

»Können Sie uns sagen, wie Adam Chambers mit der Situation zurechtkommt?«

Im Hintergrund sah Thorne einen Sicherheitsbeamten von Scotland Yard stehen, der sein Maschinengewehr auf der Hüfte aufgestützt hatte. Thorne beugte sich vor, um ein Bier aus der Minibar zu nehmen, schlug die Tür wieder zu und hörte, wie die verbliebenen Flaschen darin klirrten.

Dann stellte er sich vor, wie der Sicherheitsbeamte zielte und seine eigene Botschaft übermittelte.

Sechsunddreißigstes Kapitel

Thorne wachte mit einer Idee auf.

Er rief Yvonne Kitson an und bat sie, Langfords Akte hervorzukramen, die Liste seiner Blutsverwandten durchzugehen und die Geburtsdaten und Telefonnummern aller herauszusuchen, die noch lebten. Als Kitson eine Viertelstunde später zurückrief, kritzelte er die Informationen auf ein Stück Hotelpapier.

»Tut mir leid wegen dieser Chambers-Geschichte«, sagte Kitson. »Das muss sich wie ein Schlag ins Gesicht anfühlen.«

»Das geht vorüber«, erwiderte Thorne.

Dann rief er Samarez an.

Er gab dem Guardia-Civil-Officer die maßgeblichen Daten und Nummern durch und erklärte ihm, wonach er suchte. Samarez sagte, er würde Verbindungsdaten überprüfen und sich im Lauf des Tages bei ihm melden.

»Ich weiß, dass Mackenzie und Langford ein und dieselbe Person sind«, sagte Thorne, »und mir ist klar, dass das vor Gericht wahrscheinlich nicht anerkannt wird. Aber bis wir einen Fingerabdruck als Beweis haben, muss das reichen.«

Samarez sagte ihm, dass sie nicht allzu lange auf den Fingerabdruck-Abgleich würden warten müssen. »Candela hat sich gestern Abend mit Mackenzie in einem Nachtclub getroffen. Sie hat ihm gesagt, sie hätte Kopfschmerzen, und ist mit Mackenzies Champagnerglas in der Handtasche früh gegangen. Also mit etwas Glück …«

»Hoffentlich war sie vorsichtig.«

»Sie ist nicht dumm.«

»Langford aber auch nicht«, sagte Thorne.

Sie unterhielten sich ein paar Minuten darüber, wie die Ermittlungen am besten fortgesetzt werden sollten, und redeten dabei beide um die Tatsache herum, dass diese ohne irgendwelche neuen Informationen, entweder in Spanien oder aus Großbritannien, aller Wahrscheinlichkeit nach nirgendwohin führen würden. Samarez sagte, dass er für den Rest des Tages mit anderen Fällen beschäftigt sei und dass sich Fraser krankgemeldet habe. Er fragte Thorne, welche Pläne er habe, und Thorne entgegnete, dass er keine Ahnung habe.

»Sie sollten rauf nach Ronda fahren«, riet ihm Samarez. »Es ist wirklich sehr schön dort.«

»Das habe ich mir sagen lassen.«

»Würde Ihnen vermutlich guttun, ein paar Stunden abzuschalten.«

Aus Samarez' Mund klang der Vorschlag weniger wie ein Versuch, Thorne aus dem Weg zu schaffen, als er aus dem Mund von Fraser geklungen hatte. Thorne fragte sich, ob Samarez möglicherweise recht hatte. Es gab tatsächlich nichts Sinnvolles zu tun, während sie darauf warteten, dass die Kriminaltechniker von dem Glas, das Candela Bernal ihnen geliefert hatte, einen Fingerabdruck abnahmen. Dass sie das Ergebnis einscannten und zum Abgleich nach London schickten. Ein Ausflug würde dafür sorgen, dass die Zeit etwas schneller verging, und ihn womöglich eine Weile von Langford ablenken.

Von Anna Carpenter und Andrea Keane.

»Mal sehen, ob mir danach ist«, sagte er.

Er verließ das Hotel und suchte sich ein Café. Dort trank er zwei Tassen Milchkaffee und machte kurzen Prozess mit

Rühreiern, Bratkartoffeln und Chorizo. Dann ging er hinunter ins Geschäftsviertel der Ortschaft, um seinen Leihwagen abzuholen.

Die Begeisterung in Thornes Stimme war deutlich zu erkennen gewesen, als er am Nachmittag zuvor angerufen hatte. Sein Tonfall war immer ein wenig höher, wenn er in Fahrt war, und er sprach schneller. Alles, was er vorgebracht hatte, ergab einen Sinn, und Holland und Kitson hatten sich ihrer Aufgabe mit vollem Einsatz gewidmet. Holland konnte sich allerdings nicht des Gefühls erwehren, dass die gesteigerte Hoffnung letzten Endes nur zu gesteigerter Enttäuschung führen würde.

Der Elfmeter, von dem das Schicksal es wollte, dass er ihn verschießen würde, hatte zusätzlich an Bedeutung gewonnen.

So weit zurückzugehen, wie Thorne es verlangt hatte, hatte schließlich acht weitere Kandidaten geliefert. Nachdem Holland und Kitson sich vergewissert hatten, dass jeder von ihnen nach wie vor vermisst wurde, waren sie am Morgen zur Arbeit erschienen, um mit dem mühseligen Prozess zu beginnen, die nächsten Angehörigen zu kontaktieren, Termine zu vereinbaren und nach Möglichkeit die Abholung von DNA-Proben zu arrangieren. Wie bei der Liste, die sie bereits im Februar abgearbeitet hatten, waren die meisten Geschichten simpel, aber trotzdem schrecklich. Genau wie die möglichen Gründe für das spurlose Verschwinden dieser Personen und für die Lücken, die sie im Leben anderer Menschen hinterlassen hatten.

Drogen. Missbrauch. Geisteskrankheit.

Oder nichts von alledem.

Ein Fall, der eindeutig der letzten Kategorie zuzuordnen war, fiel Holland im Lauf des Vormittags ins Auge. Für einen kurzen Moment hatte er dabei das Gefühl, als habe er doch seine Elfmeter-Fußballschuhe an. Nachdem Kitson und er mit Brigstocke gesprochen hatten, beschlossen sie, dass sie Thorne noch nichts erzählen würden, bevor sie sich ganz sicher waren, dass es tatsächlich einen Grund gab, in Aufregung zu geraten. Doch alle waren sich einig, dass es vielversprechend aussah; dass sie diesem Fall ihre gesamte Aufmerksamkeit widmen sollten.

Finden Sie heraus, wer in dem Jaguar war, Dave. Er ist der Schlüssel zu der ganzen Sache.

Holland hatte den Eindruck, als sei er aus dem Stapel von Akten aufgetaucht wie eine von Brigstockes Zauberkarten.

In dem Leihwagen war es stickig und roch nach Plastik, als Thorne ihn abholte, aber nachdem die Klimaanlage zehn Minuten gelaufen war, erwies sich die Fahrt hinauf in die Berge als ziemlich angenehm, wenngleich sie ihm volle Konzentration abverlangte und wenig Zeit ließ, um die Landschaft wahrzunehmen. Die Straße war wesentlich steiler als diejenige, die nach Mijas hinaufführte, mit beängstigenden Abhängen zu seiner Linken und zahlreichen Haarnadelkurven. Thorne war erstaunt, Schilder zu sehen, die vor Schnee warnten und in Anbetracht der Hitze nicht nur fehl am Platz wirkten, sondern ihm auch zu denken gaben, wie, in aller Welt, die Strecke bergauf – und erst recht bergab – bei winterlichen Straßenverhältnissen zu bewältigen war. Wenn man dann noch das Risiko von Felsrutschen und die eine oder andere verirrte Ziege einkalkulierte, dachte er, grenzte es beinahe an ein Wunder, dass überhaupt jemand heil hinauf- oder herunterkam.

Er brauchte fast eine Stunde bis nach Ronda und war bereits wenige Minuten, nachdem er das Auto geparkt und begonnen hatte, in Richtung Zentrum der »weißen Stadt«

zu gehen, außer Atem. Er blieb auf einer der Brücken stehen und blickte in die Schlucht hinunter, die der Fluss gegraben hatte und über der die Stadt thronte. Die Aussicht war zweifellos spektakulär, und Thorne gab sich damit zufrieden, seine Atemlosigkeit auf den Umstand zu schieben, dass er sich mehrere hundert Meter über dem Meeresspiegel befand, anstatt seine überschüssigen Pfunde dafür verantwortlich zu machen.

Das üppige Frühstück war womöglich ein Fehler gewesen, dachte er.

Er besorgte sich bei einer Touristeninformation einen Stadtplan und bahnte sich mit dessen Hilfe den Weg vorbei an Reihen von kleinen Läden und skurrilen Museen zu der historischen Stierkampfarena, die Fraser erwähnt hatte. Es waren deutlich weniger Touristen unterwegs als in Mijas, was Thorne der *Feria* zuschrieb. Außerdem herrschte in dieser Stadt eine andere Atmosphäre, eine beinahe ehrfurchtsvolle Stimmung, und es war zweifellos ruhiger hier.

Er zahlte vier Euro und ging durch ein Drehkreuz in die leere Stierkampfarena. Der Sandboden fiel zur Mitte hin ganz leicht ab und war härter, als er erwartet hatte. Auf der anderen Seite machte ein Pärchen Fotos, aber trotz der Anwesenheit der beiden wirkte die Arena seltsam kalt und unheimlich. In ihr schien eine Vergangenheit nachzuhallen, die dafür sorgte, dass Thorne sich unwohl fühlte. Er fragte sich, wie viele Tiere hier schon gestorben waren … und wie viele Menschen. Wie viel Blut im Lauf von zweihundertfünfzig Jahren in dem Boden unter seinen Füßen versickert war.

Wenn man in der Mitte der Arena stand und auf die verschrammten weißen Tore blickte, konnte man sich gut die Hitze und das Grölen der Menge vorstellen. Thorne konnte beinahe das kupferige Adrenalin im Mund derjenigen schmecken, die darauf warteten, den Stieren entgegenzutreten. Er versuchte, die Entfernung zwischen Mitte und Rand zu schätzen, und fragte sich, ob er es dorthin schaffen würde, wenn er vor einem angreifenden Stier fliehen müsste. Er hielt sich noch immer für einigermaßen schnell, wenn es sein musste, zumindest über kurze Strecken.

Er kam zu dem Schluss, dass er nicht einmal die Hälfte schaffen würde.

Dann schlenderte er ein paar Minuten durch das Museum der Stierkampfarena, zeigte dabei aber nur flüchtiges Interesse an den alten Fotos und den an den Wänden befestigten Stierschädeln. Er betrachtete kurz die hinter Glas präsentierten, traditionellen Lichtkleider und fragte sich, weshalb antike Bekleidung immer so klein wirkte, ehe er hinüber zu einer Bar am Rand des Hauptplatzes ging.

Er winkte, um einen Kellner auf sich aufmerksam zu machen, und wurde ignoriert.

Auf dem Tisch lagen einige Handzettel, die andere Sehenswürdigkeiten der Stadt anpriesen. Es herrschte ganz sicher kein Mangel an Museen, aber eine Ausstellung schien grausiger und blutrünstiger als die andere zu sein.

Die Geschichte der Jagd.

Folter während der spanischen Inquisition.

Fünfhundert Jahre Todesstrafe.

Als Thorne die Fotos verschiedener Ausstellungsstücke betrachtete, war er sich nicht mehr sicher, ob Ronda tatsächlich so »schön« war, wie alle behaupteten.

Inzwischen war es heißer geworden, und Thorne drehte sich noch einmal zu dem Kellner um. In der Bar herrschte reger Betrieb. Er ließ den Blick über die anderen Gäste wandern, da er fast damit rechnete, den Mann mit der Zeitung zu entdecken, den er schon zweimal gesehen hatte. Doch als er hörte, wie ein Stuhl zurückgeschoben wurde, wirbelte er herum und sah eine noch vertrautere Gestalt.

Thorne konnte nur zusehen, als Alan Langford sich lässig auf den Stuhl ihm gegenüber fallen ließ.

Siebenunddreißigstes Kapitel

»Darf ich?« Langford hob die Hand, und binnen Sekunden erschien ein Kellner am Tisch. Langford sah Thorne an. »Was möchten Sie?«

Thorne schwieg.

Ich möchte dir ein Glas so fest ins Gesicht rammen, dass es keine Rolle mehr spielt, wie du dich nennst, weil dich niemand mehr erkennen wird. Ich möchte es drehen und drücken und spüren, wie es dein Fleisch zerfetzt, und ich möchte dich schreien hören. Ich möchte, dass du meinen Namen sagst, genau wie sie es getan hat …

»Ich habe Lust auf ein Bier«, sagte Langford. »Und zwar nicht auf so ein beschissenes kleines.« Er bestellte auf Spanisch zwei Biere, dann lehnte er sich zurück, sah Thorne an und schüttelte lächelnd den Kopf, als seien sie zwei alte Freunde, die sich wegen irgendetwas in die Haare bekommen hatten, das so belanglos war, dass sie sich beide gar nicht mehr genau daran erinnern konnten.

Ich möchte ihr Blut mit deinem wegwaschen.

Als die Biere kamen, trank Langford seine Flasche mit einem Schluck halb aus, dann lehnte er sich wieder zurück und fing an, das Etikett methodisch von dem Glas abzuzupfen. »Hier gibt es nichts für Sie«, sagte er. »Das sollten Sie wissen.«

Thorne griff nach seiner Flasche. Er hatte kein Bedürfnis, mit diesem Mann zu trinken, doch sein Mund war plötzlich trocken, und seine Zunge fühlte sich klebrig an. Er hoffte, das Bier werde das Zittern in seinen Beinen lindern und ihm dabei helfen, das Bedürfnis zu unterdrücken, genau das zu tun, was er sich soeben vorgestellt hatte.

»*Sie* sind hier«, sagte er.

»Stimmt. Ich bin hier und kümmere mich um meine eigenen Angelegenheiten.«

»Und wir wissen alle, worum es sich dabei handelt.«

»Hören Sie, ich weiß nicht, was Sie zu wissen *glauben*, aber das Einzige, was Sie in Spanien bekommen, ist ein Sonnenbrand. Was ich damit sagen will, ist: Warum ziehen Sie nicht einfach wieder Leine und ersparen uns allen eine Menge Ärger?«

Langfords Haar war grauer als auf den Fotos, und zu viel Sonne hatte sein Gesicht faltig und ledrig gemacht. Thorne sah außerdem, dass er trotz seiner Großspurigkeit alles andere als entspannt war. Sein Lächeln zeigte nur Zähne, die zu groß für seinen Mund waren und zu weiß.

»Für jemanden, der sich nur um seine eigenen Angelegenheiten kümmert, wirken Sie aber ziemlich nervös«, sagte Thorne.

»Ich bin *verärgert*.«

»Tja, dann mache ich meine Sache wohl richtig.«

Die Zähne blitzten abermals auf. »Das ist aber ein ziemlicher Aufwand, finden Sie nicht? Den ganzen Weg hierherzukommen und den Steuerzahler weiß Gott wie viel zu kosten, nur um einen Geschäftsmann im Ruhestand zu kontrollieren.«

»Sie sind aber nicht wirklich im Ruhestand, habe ich recht? Und ich tue mehr, als nur zu kontrollieren.«

Langford blies die Wangen auf und atmete dann langsam aus. »Ein Mann findet heraus, dass seine Frau plant, ihn umlegen zu lassen, also denkt er sich, es wäre vielleicht eine gute Idee, woanders noch einmal neu anzufangen. Ende der

Geschichte. Ich kann mir nicht vorstellen, dass die Staatsanwaltschaft sich dafür nach zehn Jahren besonders interessieren wird, Sie vielleicht?«

»Die sind ziemlich scharf auf Leute, die Leichen hinterlassen.«

»Na ja, natürlich sind sie das, aber ich habe davon keine Ahnung.«

»Sie haben keine Ahnung, wie es dazu kam, dass ein Mann in Ihrem Auto verbrannt ist?«

»Ich dachte, Sie hätten den Mann erwischt, der das getan hat«, sagte Langford. »Sitzt er nicht im Gefängnis?«

»Er *saß*«, erwiderte Thorne. »Bis er vor ein paar Monaten in seiner Zelle aufgeschlitzt wurde.«

»Gefährliches Pflaster, Gefängnisse.«

»Dann wurde der Gefängnisaufseher, der bei seiner Ermordung die Finger im Spiel hatte, von einem Auto überfahren.«

»Scheußlich.«

»Kann man wohl sagen. Aber davon wissen Sie auch nichts, richtig?«

»Ich bin hier drüben ein bisschen ab vom Schuss«, sagte Langford. »Es sei denn, es steht im Sportteil ...«

Er ließ die Hand zu seiner Taille sinken und griff träge unter sein Leinenhemd, um sich zu kratzen. Thorne konnte einen Blick auf die Narbe werfen, die Donna erwähnt hatte, blass auf dem gebräunten Bauch.

»Im Ruhestand zu sein, wird doch bestimmt irgendwann langweilig, oder?«, sagte Thorne. »Wie viel Golf können Sie spielen? Wie viele Bahnen können Sie in Ihrem Pool schwimmen?«

»Sie klingen neidisch, mein Freund.«

»Ich will damit nur sagen, dass das absolut verständlich ist. In Übung bleiben zu wollen, meine ich.«

»Ich will nur ein schönes, ruhiges Leben.«

»Klar wollen Sie das, aber hin und wieder muss man eben etwas dafür tun, damit es schön und ruhig *bleibt*.«

Langford zupfte noch immer an dem Etikett seiner Bierflasche herum, rollte die Fetzen zwischen den Fingern zu Kügelchen und warf sie in den Aschenbecher. Er schüttelte den Kopf, und sein Blick schweifte ab, als habe er im Gespräch kurzzeitig den Faden verloren.

Vier oder fünf abgemagerte, verwilderte Katzen schnupperten in der Nähe der Tische herum, miauten nach etwas zu fressen und rauften sich dann um die Essenreste, die in ihre Richtung geworfen wurden. Langford streckte die Hand nach einer von ihnen aus und machte Kussgeräusche, um sie anzulocken, dann gab er auf. Er drehte sich wieder zu Thorne um, sagte: »Diese kleinen Mistdinger sind argwöhnischer als Sie.« Dann: »Wovon haben wir gerade gesprochen?«

»Howard Cook und Paul Monahan.«

Noch ein Kopfschütteln.

»Die Namen lassen es nicht klingeln, Alan?«

»David.«

»Und?«

»Tut mir leid«, sagte Langford. »Sind das Fußballer?« Er lehnte sich zurück und trank sein Bier aus, dann schnippte er mit den Fingern, als sei ihm soeben wieder eingefallen, worüber sie sich unterhielten. »Moment mal, was ist mit der Leiche im Auto, von der Sie gesprochen haben?« Während er den Blick auf Thorne gerichtet hielt, hob er seine leere Flasche hoch, um dem Kellner zu signalisieren, dass er noch ein Bier wollte. »Ich nehme an, für die haben Sie immer noch keinen Namen.«

»Wir arbeiten daran.«

»Na dann, viel Glück!«

»Danke.«

»Das meine ich ernst.«

»Keine Sorge, Sie sind der Erste, der erfährt, wie wir vorankommen.«

Als das Pärchen am Nachbartisch aufstand und ging, beugte sich Langford hinüber und nahm einen der Teller. Er warf die übrig gebliebenen Fett- und Knorpelstücke eines nach dem anderen den Katzen hin, die sich sofort auf die Happen stürzten und sich gegenseitig anfauchten.

»Was ist mit Anna Carpenter?«, fragte Thorne.

»Was soll mit ihr sein?«

»Dann kennen Sie also *ihren* Namen?«

Langford kniff die Augen zusammen, als habe er den Namen schon irgendwann einmal gehört, wisse aber nicht mehr, wo. Als sei es ihm fast gelungen, die Frau einzuordnen. Schließlich schüttelte er abermals den Kopf und gab sich geschlagen. »Das ist nicht diese Tennisspielerin, oder?«

Ich könnte das Ganze jetzt beenden, dachte Thorne. Könnte einen Schlussstrich ziehen und wieder nach Hause fliegen. Ich könnte über den Tisch greifen und das schmutzige Messer benutzen.

Es beenden.

Dieses verdammte Scheißspiel.

Meine verdammte Scheißkarriere.

»Wissen Sie, ich bekomme dauernd von allen Seiten zu hören, wie gut Sie darin sind, Sachen durchzuplanen«, sagte Thorne. »Die Risiken abzuwägen. Donna hat mir erzählt …«

»Sie sollten kein Wort von dem glauben, was Ihnen diese blöde Schlampe erzählt.«

»Ja, ganz genau, ich glaube nämlich, dass sie sich täuscht. Ich glaube, dass alle Sie völlig überschätzen, weil Sie jede Menge Fehler machen. Einen haben Sie auf jeden Fall gemacht, als Sie Ellie entführt haben.«

»Sie haben echt keinen blassen Schimmer, wovon Sie reden, stimmt's?«

»Ich habe Fotos von ihr gesehen.«

»Ach ja?«

»Und Sie haben einen *großen* Fehler mit der jungen Frau gemacht. Mit Anna Carpenter.«

Wenn Thornes Worte – die Art und Weise, wie er sprach – irgendeine Wirkung auf Langford hatten, wusste dieser das gut zu verbergen. Er blinzelte nicht ein Mal. Thorne öffnete unter dem Tisch langsam die Fäuste, doch er konnte es nicht ertragen, Langford in dem Glauben gehen zu lassen, dass er gewonnen habe. Dass er überhaupt Punkte erzielt habe.

»Oh, und bei der Auswahl der Leute, die Sie engagieren, haben Sie auch keinen besonders guten Riecher«, fügte Thorne hinzu.

Langford schniefte. »Tatsächlich?«

»Tatsächlich«, sagte Thorne. »Derjenige, von dem Sie mich beschatten lassen, hat sich ziemlich dumm dabei angestellt, nicht entdeckt zu werden.«

»Tja, danke für den Tipp, aber auch auf die Gefahr hin, dass ich mich wiederhole, Sie haben keinen blassen Schimmer, wovon Sie reden.«

»Genau.«

»Ehrlich.« Langford schüttelte den Kopf. »Ich brauche Sie nicht beschatten zu lassen.«

Thorne gab sich Mühe, sich nicht anmerken zu lassen, dass er den Eindruck hatte, Langford habe das erste Mal, seit er sich zu ihm gesetzt hatte, die Wahrheit gesagt. Er stand schnell auf, entfernte sich vom Tisch und beobachtete, wie die Katzen in alle Richtungen auseinanderstoben. Dann drehte er sich zu Langford um. »Sie lagen übrigens falsch«, sagte er. »Ich bin mehr als argwöhnisch. Ich weiß *genau*, wie gefährlich Sie sind.«

Langford sah ihn eine Weile an. Er hob lächelnd die Hände, als kapituliere er, dann winkte er herablassend mit einer Hand. »Vergessen Sie die Rechnung, ich kümmere mich darum.«

Thorne trat rasch zurück an den Tisch. Er sammelte die Touristen-Handzettel ein und warf sie Langford in den Schoß. »Sehen Sie sich ein paar von diesen Ausstellungen an, wenn Sie Zeit haben«, sagte er. »Ich vermute allerdings, dass sie Ihnen ein bisschen zu zahm sind.«

Als Thorne auf halbem Weg zum Auto war, rief Samarez ihn an. »Ich habe die Informationen, die Sie wollten«, sagte er.

»Gut.« Ein paar Sekunden lang konnte Thorne sich nicht erinnern, worum er Samarez gebeten hatte.

»Ich habe Langfords Verbindungsprotokoll überprüft, und es gibt eine Übereinstimmung bei den Daten und Namen, die Sie mir gegeben haben.« Er sagte Thorne, welche. »In den letzten Jahren jedes Jahr am selben Tag. Ziemlich clever von Ihnen, Tom.«

Thorne murmelte ein »Danke« für die Informationen und das Kompliment, obwohl er noch immer Probleme hatte, seine Gedanken zu ordnen, da er nach dem Gespräch mit Langford seine Fassung noch immer nicht zurückerlangt hatte.

Dann sagte Samarez, als wolle er zeigen, wie clever *er* war: »Und, haben Sie beide nett miteinander geplaudert?«

»*Was?*«

Samarez lachte. »Er steht immer noch unter Beobachtung, also wurde er natürlich dabei gesehen, wie er sich mit Ihnen unterhalten hat.«

Das ergab einen Sinn, doch Thorne fragte sich, weshalb Samarez es nicht für nötig befunden hatte, ihn zu warnen, wenn die Guardia Civil gewusst hatte, dass Langford in Ronda oder auf dem Weg dorthin war. »Okay …«

»So viel zu Ihrem freien Tag zum Entspannen.«

»Ich habe den Eindruck, Ihre Männer sind besser darin, sich bedeckt zu halten, als seine«, sagte Thorne. Doch noch während er sprach, fiel ihm Langfords Reaktion auf seine Unterstellung ein, er würde ihn beschatten lassen.

Wenn Langford den Mann mit der Zeitung nicht engagiert hatte, wer dann?

»Und, worüber haben Sie gesprochen?«

»Über seinen Ruhestand«, sagte Thorne. »Über die Leute, die er hat umbringen lassen, solche Dinge. War alles ganz freundlich.«

»Also kein kurzes und schmerzloses Geständnis?«

»Ihm scheint das meiste entfallen zu sein.«

»Natürlich.«

»Zumindest streitet er nicht ab, wer er ist. Das ist immerhin schon etwas.«

»Das wussten Sie doch sowieso schon«, sagte Samarez.

Etwas zu wissen, war jedoch kein Beweis, und eine nicht nachweisbare Unterhaltung würde auch nicht viel wert sein. Doch der Fingerabdruck-Abgleich – falls und wenn er kam – würde Nägel mit Köpfen machen, und bis dahin hatten sie zumindest das Verbindungsprotokoll. Die Telefonate mit einem entscheidenden Anschluss an einem wichtigen Datum. Schwarz auf weiß.

»Den Trick mit den Daten und den Telefonnummern muss ich mir merken«, sagte Samarez. »Haben Sie den schon mal ausprobiert?«

»Nein, aber ich werde ihn ganz bestimmt wieder ausprobieren.«

Thorne war dankbar, dass es auch in einer unsicheren und überwiegend unfairen Welt einige Dinge gab, auf die man sich verlassen konnte. Politiker logen, britische Züge blieben liegen, Deutschland gewann Elfmeterschießen.

Und ein altmodischer Londoner Verbrecher gratulierte immer seiner Mutter zum Geburtstag.

Ihm blieb nichts anderes übrig, als die Fahrt nach unten langsam anzugehen. Als er die scharfen Kurven nahm und an der gefährlichen Böschung entlangfuhr, die nur ein kleines Stück neben seiner Beifahrerseite abfiel, war er in Gedanken nicht dort, wo er hätte sein sollen. Auf einigen der steileren Streckenabschnitte traten seine Fingerknöchel am Lenkrad weiß hervor, während er sich alle Mühe gab, sich zu konzentrieren und Langfords gespielt unschuldiges Grinsen zu vergessen, als Thorne Annas Namen erwähnt hatte.

Irgendein Idiot in einem Mercedes hing ihm seit ein oder zwei Meilen an der Stoßstange. Thorne tippte bei jeder Gelegenheit das Bremspedal an, ignorierte jedes Hupen und fixierte den Fahrer mit finsterem Blick, als dieser schließlich die Chance ergriff, ihn zu überholen.

Das ist nicht diese Tennisspielerin, oder?

Er war noch einige Meilen von der Küste entfernt, als sein Handy auf dem Beifahrersitz klingelte. Auf jeder anderen Straße, zu jedem anderen Zeitpunkt, hätte er nicht gezögert und den Anruf entgegengenommen. Jetzt ließ er das Handy klingeln, lauschte dem Signalton, als eine Mitteilung einging, und wartete fünf Minuten, bis er die Möglichkeit hatte, rechts anzuhalten.

Thorne sah, dass es sich bei dem Anrufer um Dave Holland gehandelt hatte, und rief ihn sofort zurück, ohne vorher dessen Nachricht abzuhören. Als er ins Tal hinunterblickte, während er darauf wartete, dass die Verbindung aufgebaut wurde, sah er die saftigen Rasenflächen eines Golfplatzes, die sich von den Braun- und Grautönen der Umgebung abhoben, grüne Farbkleckse in der ansonsten ausgedörrten Landschaft.

Kitson ging an Hollands Telefon. »Dave ist gerade kurz rausgegangen, Tom.«

»Ich hoffe, ihr habt gute Neuigkeiten, Yvonne. Das war bislang kein guter Tag.«

»Sind die Temperaturen etwa unter zwanzig Grad gesunken?«

»Sagen wir mal so: Ich bin drauf und dran, dem nächsten armen Kerl, der mich schräg anschaut, eine reinzuhauen.«

»Wenn du dich anschließend besser fühlst, solltest du das tun.«

»Also, was gibt's?«

»Chris Talbot«, erwiderte Kitson. »Fünfunddreißig Jahre, etwa vier Monate vor dem Leichenfund im Epping Forest vermisst gemeldet. Richtige Größe, mehr oder weniger dieselbe Statur. Seine Frau – Exfrau, oder wie auch immer – wohnt in Nottingham, deshalb fahren Dave und ich gleich morgen früh rauf. Es sieht gut aus, Tom.«

Nach Thornes Meinung sah es besser als gut aus. »Könnt ihr nicht schon heute Abend hinfahren?«

»Das wollten wir eigentlich, aber sie kommt erst morgen nach Hause.«

»Tja, dann ruf mich bitte an, sobald ihr mit ihr gesprochen habt.«

»Warte mal, das Beste habe ich dir noch gar nicht erzählt. Erinnerst du dich noch, als wir uns darüber unterhalten haben, dass das Opfer jemand sein muss, den Langford aus dem Weg schaffen wollte? An die ›Zwei Fliegen mit einer Klappe‹-Theorie?«

»Ich bin ganz Ohr …«

»Chris Talbot war Polizist«, sagte Kitson. »Organisiertes Verbrechen.«

Achtunddreißigstes Kapitel

Nach Anbruch der Dunkelheit war der Hauch von Optimismus, den Thorne nach dem Gespräch mit Kitson gespürt hatte, wieder verflogen. Als er in seinem Hotelzimmer saß und der inzwischen vertraute Klang von Trompeten und Applaus vom Stadtplatz an sein Ohr drang, fühlte er sich ruhelos und seltsam isoliert. Er konnte sich nicht entscheiden, ob ihm Betätigung oder Gesellschaft fehlte.

Er zappte sich durch die Fernsehkanäle, doch es war noch zu früh, um sich von Pornografie ablenken zu lassen. Deshalb nahm er seinen Thriller vom Nachttisch, las die ersten paar Seiten und legte ihn dann wieder weg.

Der fiktionale Detective war einfach *viel* zu jämmerlich.

Er rief Samarez an und fragte ihn, ob er mit ihm zu Abend essen wolle. Samarez wohnte eine gute Stunde entfernt auf der anderen Seite von Málaga und sagte, es sei zu umständlich für ihn, zu Thorne zu kommen. Außerdem koche seine Frau. Thorne erwiderte, dass das nach einem wesentlich attraktiveren Angebot klinge.

Dann rief er Phil Hendricks an.

»Hast du schon meinen Sombrero gekauft?«, wollte Hendricks wissen. »Ich möchte einen richtig großen, protzigen, okay? Außerdem möchte ich eins von diesen Stierkampf-Plakaten mit meinem Namen darauf.«

»Überhaupt kein Problem. Ich habe hier schließlich nichts zu tun.«

»Lass einfach ›*El Magnífico*‹ draufschreiben.«

»Ich dachte eher an ›*El Schwulo*‹«, entgegnete Thorne.

»Ja, das tut's auch.«

Das Gespräch heiterte Thorne auf, allerdings nur ein wenig. »Ich bin hier total überfordert, Phil.«

»Das sind doch nur Spanier, Herrgott noch mal.«

»Ich meine doch nicht *Spanien*, du Idiot. Der Fall. Langford …«

Thorne erzählte ihm von seinem Treffen in Ronda. Er war es gewöhnt, dass Kriminelle ihm die Stirn boten. Manchmal war das die einzige Option, die ihnen noch blieb. Doch Langford hatte völlig selbstsicher und entspannt gewirkt – sogar dann, als Thorne seine Gefühle über den Mord an Anna Carpenter deutlich gemacht hatte.

Thorne war derjenige gewesen, der aufgewühlt gegangen war.

»Übermütig ist gut«, sagte Hendricks. »Die Übermütigen bauen irgendwann Scheiße.«

»Solange ich nicht als Erster Scheiße baue.«

»Es kann nicht schaden, ein bisschen … nervös zu sein, okay?«

»Selbst *wenn* sich herausstellt, dass dieser vermisste Polizist unsere mysteriöse Leiche ist, bin ich mir nicht sicher, ob uns das weiterbringt.«

»Keine Sorge, das wird schon klappen, mein Freund.«

»Hoffentlich.«

»Ich finde, du hättest dir das verdient.«

»Nach Adam Chambers, meinst du?«

»Hör mal, Tom. Langford ist derjenige, der überfordert ist, weil er dich nicht *kennt*. Wenn er dich kennen würde, käme er nicht auf die Idee, dass er dich verarschen kann und damit davonkommt.«

Thorne knurrte unverbindlich. Betete, dass sein Freund recht hatte.

»Hörst du mir zu?«

»Ja …«

»Es liegt nicht nur an dem Fall, oder?«

Die Musik wurde lauter, und eine Glocke begann zu läuten, unvermittelt und traurig, alle paar Minuten.

»Das ist doch lächerlich«, sagte Thorne. »Ich bin drei Stunden von zu Hause weg, aber es fühlt sich an, als wäre ich am anderen Ende der Welt. Als wäre ich Tausende von Meilen entfernt.«

»Es muss herzzerreißend sein, von mir getrennt zu sein«, entgegnete Hendricks. »Ich verstehe das schon.«

»Ja, ich weiß gar nicht, wie ich die Tage herumbringe.«

»Das mit Elvis tut mir übrigens leid.«

»Du hast mit Lou gesprochen …?«

»Nicht, dass das pelzige kleine Mistvieh jemals viel mit mir zu tun haben wollte.«

Thorne holte tief Luft und lächelte, als er sich daran erinnerte, wie die Katze Hendricks bei jeder Gelegenheit beharrlich gemieden hatte. »Sie hatte eine gute Menschenkenntnis.«

»Die Sache hat Lou ziemlich mitgenommen, also habe ich sie besucht.«

»Danke, Phil.«

»Keine Ursache.«

»Alles in Ordnung mit ihr?«

»Ich glaube nicht, dass es nur mit der Katze zu tun hatte, weißt du?«

Thorne murmelte abermals etwas, aber dieses Mal hakte Hendricks nicht nach. »Wie haben die Spurs gestern Abend gespielt?«

»Sie haben zu Hause eins zu zwei gegen Villa verloren«, entgegnete Hendricks schadenfroh. »Sieht so aus, als wären *sie* total überfordert.« Trompeten schmetterten, als wollten sie Hendricks' Scherz würdigen, den Thorne gerade ignoriert hatte. »Was ist das für ein Lärm?«

Thorne erzählte ihm von der *Feria*, von den Feierlichkeiten an dem großen Abend in der Ortschaft.

»Und warum, zum Teufel, hockst du dann herum und jammerst mir was vor?«

Nachdem Hendricks aufgelegt hatte, versuchte Thorne, Louise anzurufen. Sie ging weder in Kentish Town noch in Pimlico ans Telefon, und bei ihrem Handy schaltete sich sofort die Mailbox ein. Thorne hinterließ eine kurze Nachricht, sagte Louise, dass er sie vermisse.

Dann nahm er seine Jacke, verließ das Hotel und ging auf das Getöse zu.

Neununddreißigstes Kapitel

Sie brauchte nicht lange, um zu packen.

Candela Bernal fand es ein bisschen deprimierend, dass sie so wenig hatte, was sie unbedingt mitnehmen musste, so wenige Habseligkeiten, die sie nicht zurücklassen konnte, doch sie wusste, dass sie sich beeilen musste und dass das nicht der richtige Zeitpunkt war, um sentimental zu werden. Sie nahm vor allem Kleidungsstücke mit – die sie hastig in zwei Louis-Vuitton-Koffer stopfte –, ein paar alberne Kleinigkeiten, die sie seit ihrer Kindheit aufgehoben hatte, und ein halbes Dutzend Familienfotos. Den Schmuck, den David ihr geschenkt hatte, würde sie natürlich auch mitnehmen. Sie war vieles, aber dumm war sie nicht. Den Schmuck hatte sie sich schließlich verdient. Außerdem war sie sich darüber im Klaren, dass womöglich irgendwann der Zeitpunkt kommen würde, zu dem sie einen Teil davon verkaufen musste. Armreifen und ausgefallene Armbanduhren waren letzten Endes nur *Dinge*, die nicht dazu da waren, dass man an ihnen hing, sondern dass man sie bewunderte. Viel wichtiger war, dass sie selbst unversehrt blieb; unversehrt und gesund, vorausgesetzt, sie würde es irgendwann schaffen, mit dem Koksen aufzuhören.

Noch etwas, das sie von David hatte. Noch ein guter Grund, um das Weite zu suchen.

Sie hatten ihr versprochen, sie zu beschützen – dieses Tier Samarez und der englische Bulle –, doch Candela wusste, dass das nur Sprüche gewesen waren. Sie hatten gesagt, sie würden als Gegenleistung für ihre Kooperation auf sie aufpassen, doch sie hatte sehr deutlich gesehen, was sie von ihr hielten und dass es wichtigere Dinge gab, um die sie sich kümmern mussten, als die Freundin von irgendeinem Gangster. Als irgendeine Drogenschlampe. Sie waren wie die meisten Männer, die sie kannte, David Mackenzie eingeschlossen. Bereit, einem alles zu versprechen, einem zu sagen, was man hören wollte, bis sie hatten, worauf sie aus waren.

Nachdem sie fertig gepackt hatte, wartete sie mit einer Zigarette und ihrem dritten Glas Wein am Fenster. Sie blies Rauch gegen die Scheibe und starrte durch ihn hindurch auf die Lichter des Jachthafens weit unter ihr. An der Wohnung war nicht viel, was sie vermissen würde – ganz sicher nicht den »Mehr Schein als Sein«-Schwachsinn –, aber sie würde es bedauern, nicht mehr jeden Tag das Meer zu sehen und ihre Kolleginnen im Büro. Sie hatte ihnen gesagt, dass sie den üblichen Feierabenddrink heute würde ausfallen lassen müssen. Als sie gegangen war, hatte sie alle besonders lange umarmt und ihnen gesagt, Heuschnupfen sei der Grund dafür, dass ihr die Augen tränten.

Sie warf einen Blick auf die Uhr: Das Taxi hatte bereits ein paar Minuten Verspätung.

Sie hatte den Verkehr einkalkuliert, damit ihr mindestens eine Viertelstunde blieb, um den Zug von Málaga nach Córdoba zu erwischen, wo sie die Nacht bei einer alten Freundin verbringen wollte, die sie am Abend zuvor angerufen hatte. Nur *eine* Nacht, um ganz sicherzugehen, dann von dort aus weiter nach Norden – nach Toledo oder Madrid. Sie würde sich später, sobald sie unterwegs war, entscheiden, wobei irgendein kleinerer Ort die vermutlich bessere Idee wäre. In den Städten, in denen David Mackenzie häufig Geschäfte machte und wo es viele Leute gab, die scharf darauf waren, sich bei ihm einzuschleimen, kannte immer irgendjemand irgendjemanden.

Und sie wusste, dass er nach ihr suchen würde.

Als es klingelte, wandte sich Candela vom Fenster ab und ging zur Sprechanlage. Sie sprach kurz mit dem Taxifahrer, dann öffnete sie ihm die Haustür, damit er nach oben kommen und ihre Koffer holen konnte. Sie sah sich ein letztes Mal in der Wohnung um. Dachte sich, dass es womöglich sogar Spaß machen würde, neu anzufangen, sobald sich ihre Angst ein bisschen gelegt hatte.

Sie gab ohnehin schon viel zu lange vor, jemand zu sein, der sie nicht war.

Thorne brauchte eine Viertelstunde, um sich den Weg um den Stadtplatz zu bahnen. Schließlich fand er einen freien Platz auf einer Treppe, die zu einer Bar hinaufführte. Auch von dort war die Sicht nicht gut, und er hatte sich noch nie besonders wohl gefühlt, wenn er zwischen anderen Menschen eingekeilt war. Auf der Hut vor Dieben, steckte er die Hände in die Hosentaschen.

Die Menge hielt einen Korridor frei, der gerade breit genug war, dass die Musikgruppen ihn passieren konnten. Diese erschienen in Abständen von nicht mehr als ein bis zwei Minuten, wobei die Musik jedes Zuges mit der des nächsten verschwamm, wenn die Gruppen in einen anderen Teil der Ortschaft weiterzogen. Die Uniformen waren noch spektakulärer als die, die Thorne zuvor gesehen hatte, doch die Musik wirkte an diesem Abend weniger feierlich. Die Trommler schlugen einen Rhythmus, der beinahe wie bei einem Begräbnis klang, und Thorne fühlte sich mehr als nur ein bisschen fehl am Platz. Wie ein Eindringling. Obwohl jedes Gesicht, das er sah, aufgeschlossen und glücklich wirkte, als die Zuschauer sich bemühten, einen ersten Blick auf die Jungfrau zu erhaschen, kam ihm die ganze Angelegenheit langsam richtig *unheimlich* vor. Dieses Gefühl hatte er auch bei fast allen anderen religiösen Zeremonien, bei denen etwas gepriesen wurde, das jenseits einfacher menschlicher Erfahrung lag. Einmal hatte er in einer Ortschaft in Cotswold beunruhigt bei einem Morris-Tanz zugesehen, der ihm wild und aggressiv erschienen war. Der schwitzende Vortänzer, mit seinem schwarz bemalten Gesicht und einem Hut, der ausgesehen hatte wie eine Scheibe verschimmelter Käse, hatte die Zuschauer wütend angestarrt.

Als die Menge plötzlich zu applaudieren begann, blickte Thorne nach links und sah, wie die Statue wankend ihre langsame Reise den Hügel hinunter zum Platz begann. Das Ritual, das hier zelebriert wurde, ging weit über das Klappern mit Stöcken und das Winken mit Taschentüchern hinaus.

Thorne hatte die Statue oben in der Höhle nicht richtig zu Gesicht bekommen, doch von dort, wo er jetzt stand, hatte es den Anschein, als sei der gesamte Schrein entfernt worden. Das Ausmaß der Plattform war gewaltig – sechs mal drei Meter, vorsichtig geschätzt –, und ihr Gewicht ließ sich daran ablesen, dass etwa fünfzig Männer nötig waren, um sie auf den Schultern zu tragen.

Thorne sah nur ein kleines Stück entfernt eine Hand winken und beobachtete, wie sich der Liverpooler, den er am Nachmittag zuvor kennengelernt hatte, den Weg zu ihm bahnte. Der Mann war sichtlich erfreut, Thorne zu sehen, und begann zu schwärmen, welch großes Glück sie hätten, hier zu sein.

»Das muss man sehen, um es zu glauben … Ein einmaliges Erlebnis … ein echtes Privileg …« Und so weiter.

Erpicht darauf, Informationen weiterzugeben, erzählte er Thorne, dass es sich bei den Männern, die die Statue trugen – und die allesamt mit makellos weißen Hosen bekleidet waren –, ausnahmslos um örtliche Polizisten handle. Er redete weiter, während Thorne zusah, wie sich das riesige Standbild den Hügel hinunterbewegte, und sich vorstellte, dass in den nächsten Tagen jedes Verbrechen in der Ortschaft von Polizisten mit deutlicher Schlagseite untersucht werden würde.

»Haben Sie Lust auf ein Bier?« Der Liverpooler stand inzwischen an Thorne gepresst da und schrie ihm ins Ohr. Dann, als sei sein Vorschlag nicht klar genug gewesen, machte er die allbekannte Trink-Geste.

Thorne hatte große Lust auf ein Bier, war jedoch nicht gerade scharf darauf, noch weiter ein Ohr abgekaut oder vielmehr angespuckt zu bekommen. Er sagte: »Nein, danke«, und bahnte sich den Weg durch die Menge zu der Ecke des Platzes am Fuß des Hügels.

Zwanzig Minuten später, nachdem die Statue und die etwa hundert Einheimischen, die ihr folgten, Thorne passiert hatten, trat er auf die Straße und schloss sich der Prozession an.

Candela drückte ihre Zigarette aus und leerte ihr Weinglas. Anschließend trug sie ihr Gepäck zur Tür und öffnete sie.

»Nur zwei Koffer«, sagte sie.

Dann blickte sie auf, wich hastig einen Schritt von der Tür zurück und stolperte dabei über einen der Koffer.

»Willst du verreisen, Schätzchen?«

Unmittelbar hinter der Plattform, auf der die Statue stand, trug eine Gruppe von Männern mittleren Alters Stangen, an deren Enden prunkvolle Kreuze befestigt waren. Ihnen folgten die Büßer, von denen einige barfuß gingen oder eine Augenbinde trugen. Sie hielten Kerzen, die in provisorischen

Haltern aus Alufolie steckten, damit ihnen kein heißes Wachs auf die Hände tropfte. Thorne bewegte sich langsam mit allen anderen voran und kam sich noch mehr wie ein Eindringling vor, als er sanft, aber bestimmt von jemandem zur Seite geschubst wurde, der das Recht auf einen Platz vor ihm in der Prozession beanspruchte. Trotzdem hatte er das Bedürfnis zu folgen, wenn auch nur, um zu sehen, was als Nächstes geschehen würde.

Er fühlte sich noch immer unwohl in seiner Haut, doch das Spektakel war hypnotisierend, die Hingabe seltsam bewegend. Der Liverpooler nickte ihm von den Stufen der Bar zu, und Thorne nickte zurück.

Die riesige Plattform schwankte hin und her, da sich die Träger in einer choreografierten Schaukelbewegung fortbewegten, von der Thorne vermutete, dass sie ihnen das Vorankommen erleichterte. Alle paar Minuten drehte sich einer der Männer um und läutete die vorn an der Plattform angebrachte Glocke, woraufhin die Plattform abgestellt wurde. Es war nicht klar, ob das zum Ritual gehörte oder ob es dabei einfach darum ging, den Trägern eine Verschnaufpause zu ermöglichen, doch es gab Thorne die Gelegenheit, sich den Weg durch die Menge zu bahnen und näher an die Statue heranzukommen.

Er holte sein Handy hervor und versuchte, sich in eine gute Position zu bringen, um ein paar Fotos zu machen. Er dachte, Louise würde sie vielleicht gerne sehen.

Die Plattform war voller Blumen: Girlanden aus pinkfarbenen Rosen, mit denen der verzierte Kandelaber geschmückt war, der sich hinauf zu der Statue schlängelte. Letztere stand unter einem silberfarbenen, mit Blumen bedeckten Baldachin, um dessen Stützen weitere Girlanden rankten.

Die Jungfrau lächelte.

Sie war ungefähr einen Meter fünfzig groß und hatte das Gesicht einer Puppe. Ihre Lippen waren leuchtend rot, als seien sie frisch geschminkt worden, doch die blasse Haut ihrer Wangen schälte sich stellenweise ein wenig, und es waren Risse an ihren Händen zu erkennen, die ein Zepter hielten und ein noch puppenhafteres Kleinkind wiegten. Ihr langes braunes Haar, das ihr in Locken über die Schultern fiel, wirkte jedoch zu modern, und Thorne fand, dass die Perücke unter der riesigen goldfarbenen Krone irgendwie fehl am Platz war.

Ihr schlichter Gesichtsausdruck hatte dennoch etwas Überwältigendes.

Thorne steckte sein Handy wieder ein und beobachtete, wie die Glocke erneut geläutet wurde und die Männer die Plattform wieder auf ihre Schultern hievten.

Das Gesicht einer jungen Frau, vertrauensselig und zufrieden. Allerdings mit einem Blick, der verständnisvoll gesenkt war, vielleicht aber auch in Erwartung des Leids, das das Schicksal so vieler Menschen in diesem Leben war, und der Grausamkeit, die anderen widerfuhr.

Als die Plattform ihre Reise durch die Ortschaft fortsetzte und schwankend den Platz verließ, geriet die Statue ins Wackeln, doch Thorne hielt den Blick weiterhin auf ihr Gesicht gerichtet.

Auf das Gesicht von Andrea Keane und Anna Carpenter.

Irgendwo begann eine Musikgruppe zu spielen, die Thorne nicht sehen konnte, und diejenigen, die sich noch nicht in Bewegung gesetzt hatten, sangen mit. Thorne fröstelte mit einem Mal. Es handelte sich nicht um ein langsames Lied, doch die Stimmen klangen traurig, als hätten sich die Erwartungen der Jungfrau erfüllt.

In den wenigen schrecklichen Sekunden, bevor er Candela packte und ihr die Hände um den Hals legte, begriff sie, was vor sich ging. Ihr wurde bewusst, wie dumm es von ihr gewesen war, den Polizisten zu geben, wonach sie verlangt hatten. Wie naiv sie gewesen war zu glauben, sie könne sich einfach aus dem Staub machen.

Sein Gesicht war ausdruckslos, und er sagte kein Wort, als er sie mit dem Rücken gegen die Fensterscheibe drückte und in aller Ruhe eine Hand von ihrem Hals nahm, um sie zu dem Griff der Schiebetür auszustrecken. Ihr war klar, dass es keinen Sinn hatte, sich zu wehren.

Aber ihre Instinkte ließen sie trotzdem kämpfen.

Sie trat ihm gegen die Beine und bohrte ihm ihre Fingernägel in die Arme. Sie versuchte verzweifelt, den Kopf zu bewegen, um ihn zu beißen, doch dann hörte sie das Geräusch, mit dem sich die Schiebetür hinter ihr öffnete, und spürte, wie der Wind ins Zimmer wehte.

Ihre Blase versagte in dem Augenblick, als sie rückwärts auf den Balkon taumelte.

Ein Wirrwarr von Gedanken und Bildern in jenen letzten Momenten. Es war kalt, sie war erst zweiundzwanzig, und sie hatte Blut im Mund, weil sie sich die Zunge durchgebissen hatte. Sie dachte an ihre Mutter und sagte: »*Perdóname, Mama*«, in Gedanken oder vielleicht auch laut, als sie das Metallgeländer am Rücken spürte.

Dann kippte sie hinüber und stürzte in die Tiefe. Die Lichter des Jachthafens rasten auf sie zu, und der Wind fühlte sich an wie eiskaltes Wasser.

Sie schrie auf dem ganzen Weg nach unten.

Vierzigstes Kapitel

»Wir verfolgen diese Typen bis runter nach Texas …«

Es war schon spät, und Langford befand sich in seinem Kino-Zimmer, wo er in einem der Fernsehsessel lümmelte und die Lautstärke voll aufgedreht hatte. Er hatte hochwertige Lautsprecher installieren lassen und mochte es richtig laut, um jeden Faustschlag und Pistolenschuss im ganzen Körper zu spüren. Seiner Ansicht nach war *Erbarmungslos* der letzte große Western. Er konnte nicht mehr zählen, wie oft er ihn schon gesehen hatte, und jetzt ging es gerade auf die große Schießerei am Ende zu, seine absolute Lieblingsszene. In der es wie aus Kübeln schüttet und Clint Eastwood die Bar betritt, um wegen des Mordes an Morgan Freeman abzurechnen.

Er griff nach unten in die Kühlbox und nahm eine Flasche Mahou-Bier heraus. Er hatte einen ereignisreichen Tag hinter sich und schwitzte noch immer, fühlte sich noch immer abgehetzt.

Nach seiner Unterhaltung mit Thorne oben in Ronda hatte er sich noch ein paar Biere genehmigt, hatte den Nachmittag genossen und war ein bisschen angetrunken nach Hause gefahren. Darüber machte er sich keine allzu großen Sorgen. Er war in der Vergangenheit bereits zweimal angehalten worden, war jedoch beide Male weitergewunken worden, nachdem er den Namen eines hochrangigen örtlichen Polizisten erwähnt hatte.

Ein schönes, ruhiges Leben hatte er zu Thorne gesagt, und

dieser hatte recht gehabt mit dem, was er darauf erwidert hatte. Manchmal musste man eben das Nötige tun, damit es auch so blieb.

Manches ging über das Geschäftliche hinaus, verletzte einen an den unterschiedlichsten Stellen.

In der Bar lädt Eastwood sein Gewehr durch, und alle drehen sich um und sehen ihn an. Er sagt ihnen, dass er gekommen sei, um Little Bill zu töten, und dass er in der Vergangenheit bereits fast alles getötet hat, was geht und kriecht. Damit ist ihm ihre Aufmerksamkeit sicher.

Welche Antwort hatte Thorne von ihm erwartet, als er all die Namen herunterspulte? Monahan, der korrupte Gefängnisaufseher, und das Mädchen, in das Thorne ganz offensichtlich verknallt gewesen war. *In Ordnung, Kumpel, trinken wir aus, und dann können Sie mich in einen Flieger nach Hause setzen, damit ich die Suppe auslöffle?*

Wahrscheinlich hatte er es nur darauf abgesehen gehabt, seine Reaktion zu beobachten, eine Schwachstelle zu entdecken oder so etwas.

Tja, da konnte er lange warten, genau wie alle anderen auch.

Eastwood erschießt den Besitzer der Bar, doch Gene Hackman weiß, dass Eastwood nur noch eine Patrone übrig hat, und ist deshalb nicht besonders beunruhigt. Dann die klassische Ladehemmung, alles geht drunter und drüber, und nachdem Eastwood Hackman erschossen hat, holt er sich in aller Seelenruhe etwas zu trinken. Sagt, er habe immer Glück gehabt, wenn es darum gehe, andere zu töten. Eigentlich wollte Eastwood gar nicht in die Sache hineingezogen werden. Er hatte ebenfalls ein schönes, ruhiges Leben gehabt, oder etwa nicht?

Er hatte nicht damit angefangen …

Diese beschissenen Fotos waren an allem schuld und die rückgratlose Schwuchtel, die sie in die Post gesteckt hatte.

Schließlich reagierte er nur auf die Situation, in die er geraten war. Er hatte sie nicht provoziert, hatte den ganzen Ärger nicht verursacht. Aber jetzt prasselte es von allen Seiten auf ihn ein, und deshalb mussten etliche Leute aus der Welt geschafft werden.

Nur Hackman ist noch nicht ganz aus der Welt geschafft. Behauptet, er habe es nicht verdient zu sterben. Eastwood sagt ihm, es gehe nicht darum, ob er es »verdient« habe, bevor er ihn endgültig erledigt, aus nächster Nähe. Anschließend geht er langsam in den Regen hinaus, und alle Huren treten ebenfalls ins Freie, eine nach der anderen, Huren wie Candela, die mit der ganzen Sache angefangen haben. Sie stehen alle da und sehen zu, wie er davonreitet, sogar diejenige mit dem lädierten Gesicht.

Vom Feinsten.

Langford wartete, bis der Abspann zu Ende war, da er es für unhöflich hielt, vorher auszuschalten. Dann nahm er sich noch ein Bier und griff zur Fernbedienung, um sich die Szene noch einmal anzuschauen.

Einundvierzigstes Kapitel

Alison Hobbs, die früher Alison Talbot hieß, hatte vor drei Jahren wieder geheiratet. Sechs Monate, nachdem ihr erster Ehemann Chris offiziell für tot erklärt worden war. Als sie die Tür öffnete, spähte ein kleines Kind hinter ihren Beinen hervor, und ihr jetziger Ehemann wartete im Wohnzimmer auf Holland und Kitson.

Stuart Hobbs begrüßte sie mit einem festen Händedruck und einem gebührend ernsten Nicken.

Alison ging in die Küche, um Tee zu kochen, und ließ Holland und Kitson ein paar unbehagliche Minuten mit Small Talk überbrücken, während ihr Ehemann sich mit seinem kleinen Sohn auf dem Schoß abmühte. Die Fahrt von London war trotz der Geschwindigkeitskontrollen auf der M1 ziemlich gut gelaufen. Der kleine Junge hieß Gabriel und kam in das schwierige Alter von zwei Jahren. Das Ehepaar wartete auf einen Kostenvoranschlag zur Vergrößerung der Küche.

Alle schienen sich zu freuen, als der Tee fertig war.

»Es wäre wirklich eine Erlösung«, sagte Stuart Hobbs, »falls Sie Chris tatsächlich gefunden haben. Das Ganze ist für uns beide nicht einfach.«

Holland sagte, dass er das verstehen könne. »Aber wie ich schon am Telefon erklärt habe, können wir im Moment noch keine eindeutige Identifizierung vornehmen. Deshalb hoffen wir, dass Sie uns ein paar Fragen beantworten können, die uns womöglich weiterhelfen.«

Alison setzte sich neben ihren Mann. Er nahm ihre Hand. »Schießen Sie los«, sagte sie.

»Wussten Sie viel über das, woran Chris gearbeitet hat?«, fragte Kitson.

Sie schüttelte den Kopf. »Er hat kaum darüber gesprochen, und ich wollte es auch gar nicht wissen. Zumindest nicht mehr ab dem Zeitpunkt, als er Zivilfahnder wurde. Ich wusste, dass vieles der Geheimhaltung unterlag und dass sie ein paar richtig fiesen Typen auf den Fersen waren, aber er hat das nicht mit nach Hause genommen, wenn Sie wissen, was ich meine.«

»Vernünftig«, sagte Kitson.

Hobbs nahm seinen Sohn behutsam vom Schoß und beugte sich vor. »Ich dachte, es geht nur um … eine Identifizierung.«

»So ist es«, erwiderte Holland. Er hatte bereits versucht, Chris Talbots ehemaligen Detective Chief Inspector beim Organisierten Verbrechen anzurufen, wartete aber noch immer auf dessen Rückruf. Bislang hatte Alison Hobbs jedenfalls noch nichts gesagt, was darauf hingedeutet hätte, dass ihr früherer Ehemann vor zehn Jahren bei seiner Arbeit *nicht* mit Alan Langford in Kontakt gekommen war.

»Denken Sie, der Umstand, dass Chris Polizist war, spielt eine Rolle?«

»Ja, möglicherweise.«

»Hatte möglicherweise etwas damit zu tun, was passiert ist, meinen Sie?«

»Na ja, wie ich bereits sagte …«

Die Wohnzimmertür ging plötzlich auf, und ein Junge – zwölf oder dreizehn Jahre alt – mit schulterlangem Haar und einem »My Chemical Romance«-Sweatshirt kam herein. Er blieb stehen, als er sah, dass Besucher da waren, und trat verlegen von einem Fuß auf den anderen. »Mein *World of War-*

craft-Konto müsste wieder aufgefüllt werden«, sagte er, den Blick auf den Teppich gesenkt.

»Ich kümmere mich später darum«, entgegnete Hobbs.

Der Junge murmelte ein »Danke« und verschwand rasch wieder.

»Das war Jack«, sagte Alison.

Holland und Kitson nickten; die Rechnung war ziemlich einfach. Chris Talbots Sohn.

»Verdammte Computerspiele«, schimpfte Hobbs.

Es herrschte betretenes Schweigen, bis Alison aufstand, »oh« sagte, als habe sie sich soeben an etwas erinnert, und einen Karton holte, den Holland beim Betreten des Hauses am Fuß der Treppe hatte stehen sehen.

»Das habe ich vom Speicher geholt«, sagte sie. »Da sind ein paar von Chris' Sachen drin. Ich dachte mir, die helfen Ihnen vielleicht weiter.« Sie stellte den Karton vor Holland auf den Teppich, und er beugte sich hinunter, um einen Blick darauf zu werfen. »Es sind ein paar Fotos drin und verschiedene andere Sachen. Nicht besonders viel. Wenn man bedenkt …«

»Das ist toll«, sagte Kitson. »Danke.«

Holland hob die Klappen des Kartons an und gab sich Mühe, seine Frage möglichst beiläufig klingen zu lassen. »Sie wissen nicht zufällig, ob Chris eine Blinddarmoperation hatte?«, sagte er.

Alison wirkte überrascht, dann nickte sie langsam. »Ich glaube schon. Ich meine, er hatte eine Narbe, aber Sie sollten wahrscheinlich bei Chris' Mum nachfragen. Ich kann Ihnen ihre Nummer geben, aber wir haben mittlerweile nicht mehr viel miteinander zu tun.« Sie zuckte mit den Schultern, zwang sich zu einem Lächeln. »Sie war nicht gerade begeistert, als Stuart und ich geheiratet haben.«

Kitson sagte: »Das ist schwierig.«

Alison drückte die Hand ihres Mannes.

»Hatte er irgendwann eine Operation, bei der ihm Stifte ins Bein eingesetzt wurden?«, erkundigte sich Holland.

»Ja, Chris hat sich beim Rugbyspielen das Bein zertrümmert, der Idiot.« Alison lächelte. »Er war ziemlich gut. Hat ein paar Mal für die Auswahl der Metropolitan Police gespielt.«

Holland nickte beeindruckt. Er griff nach unten und fing an, in dem Karton zu wühlen, konnte es sich aber nicht verkneifen, Stuart Hobbs einen Blick zuzuwerfen.

»Ich spiele Fußball«, sagte Hobbs.

Holland blickte zu Alison auf und sah, ihr war bewusst, dass sie Chris Talbot gefunden hatten. Er hatte keine Ahnung, was sie noch für den Mann empfand, mit dem sie einst verheiratet gewesen war und von dem sie jetzt wusste, dass er tot war, doch die Woge von Mitgefühl, die ihn überkam, hatte nicht nur etwas mit ihrem Verlust zu tun. Er sah, dass die Frau einfach nicht wusste, wie sie reagieren sollte, da sie zehn Jahre später als Ehefrau und Witwe neben ihrem neuen Ehemann mit dem festen Händedruck saß.

Alison lachte leise, erinnerte sich. »Er hatte jede Menge Probleme mit Röntgengeräten an Flughäfen …«

»Heutzutage wäre das noch viel schlimmer«, sagte Hobbs.

Holland nahm das gerahmte Foto einer Rugbymannschaft aus dem Karton. Er suchte unten nach Chris Talbots Namen und fand ihn in der Mitte der zweiten Reihe. Er hatte die Arme weit oben vor der Brust verschränkt, und seine Ohren standen ab. Holland konnte keine große Ähnlichkeit mit dem Jungen feststellen, den er ein paar Minuten zuvor gesehen hatte.

Kitson sagte irgendetwas über Jack und DNA, doch Holland hörte ihr nicht mehr zu.

Er starrte auf das Foto.

Das übernächste Gesicht neben Chris Talbot war ein Gesicht, das Holland wiedererkannte.

Zehn Minuten später gingen er und Kitson zurück zum Auto.

»Wir müssen Thorne benachrichtigen«, sagte Kitson.

Holland hob die Hand. Er hatte bereits sein Handy hervorgeholt und lauschte einer Nachricht. »Sonia Murray«, sagte er. »Ich soll sie dringend zurückrufen.« Er schüttelte den Kopf, da er den Namen nicht einordnen konnte.

»Ich habe ihren Namen irgendwo gelesen«, sagte Kitson.

Dann erinnerte sich Holland an eine attraktive Schwarze und an das Trommelfeuer von Schimpfwörtern.

Sonia Murray war die Polizei-Kontaktbeamtin im Gefängnis von Wakefield.

Zweiundvierzigstes Kapitel

Thornes Laune war schon schlecht gewesen, bevor er den Anruf von Fraser bekam …

Es war ihm gelungen, eine Ausgabe der *Daily Mail* vom Vortag zu ergattern, und nachdem er seine Wut hinuntergeschluckt hatte – er hatte nur nach einem Bericht über das Spiel zwischen den Spurs und Villa gesucht –, hatte er die Zeitung mit in ein Café genommen, um sie beim Frühstück zu lesen. Der Spielbericht war kurz und wenig informativ gewesen, was vermutlich daran lag, dass es keine Gelegenheit für Kommentare über illegale Einwanderer oder Sozialschmarotzer gab, doch beim Durchblättern der Zeitung war Thorne auf einen doppelseitigen Artikel gestoßen, den Adam Chambers' Freundin geschrieben hatte.

Natalie Bennett war wegen des Versuchs der Justizbehinderung angeklagt worden. Obwohl kaum Zweifel daran bestanden, dass sie gelogen hatte, war die Anklage jedoch nach dem Freispruch für ihren Freund fallen gelassen worden. In dem Artikel mit der Überschrift »Retten, was zu retten ist« beschrieb sie mit bewegenden Worten ihre Bemühungen, ihr Leben nach dem Trauma, das sie und Adam erlitten hatten, wiederaufzubauen. Außerdem war ein Foto von ihr abgedruckt, auf dem sie tapfer lächelte.

Wenn Thorne zu diesem Zeitpunkt sein Frühstück bereits serviert worden wäre, hätte er sich vermutlich auf den Tisch übergeben.

Noch beunruhigender war, dass Bennett erwähnte, sie

und Chambers würden derzeit an einem Buch arbeiten, das die entsetzlichen Versäumnisse der polizeilichen Ermittlungen »ans Licht der Öffentlichkeit bringen« und das ganze Ausmaß ihres Leids enthüllen werde. Thorne las weiter, da er glaubte, es könne nicht mehr schlimmer werden, bis er erfuhr, dass sie dabei von Nick Maier unterstützt wurden, einem Schmierfink-Journalisten und Autor wahrer Kriminalfälle. Thorne hatte in der Vergangenheit mit Maier zu tun gehabt, und bei der Vorstellung, dass dieser in irgendeiner Weise davon profitieren würde, was Andrea Keane zugestoßen war, drehte sich ihm der Magen erneut um.

Nachdem er die Zeitung beiseitegeworfen hatte, war ihm der Appetit fast völlig vergangen, und der Anruf von Fraser hatte seinem Hunger endgültig den Garaus gemacht.

Jetzt tappte er vorsichtig an einem Tatort umher, nämlich in der Wohnung von Candela Bernal, die am Abend zuvor in den Tod gestürzt war.

»Schon viele Springer gesehen?«, fragte Fraser.

»Sie ist nicht gesprungen, *Peter*.«

»Ich meine ja nur. Die setzen vorher ihre Brille ab, wussten Sie das? Das habe ich in einer alten Folge von *Inspector Morse* gesehen.«

»Sie war keine Brillenträgerin«, sagte Thorne, »und sie ist nicht *gesprungen*, verdammt.«

»Ich weiß, okay? Ich betreibe doch bloß Konversation, Herrgott ...«

Die Schiebetür, die auf den Balkon führte, stand offen, und draußen waren weitere Polizisten bei der Arbeit. Am Geländer war eine blaue Abdeckplane befestigt, die im Wind flatterte und knallte.

»Warum hat hier niemand Wache geschoben?«, fragte Thorne. »Wir hatten ihr doch Personenschutz versprochen.«

Fraser hob die Hände. »Ich habe damit nichts zu tun, mein Freund.«

»Tja, *irgendjemand* hat Mist gebaut«, sagte Thorne. Er dachte darüber nach, was Silcox und Mullenger ihm in London erzählt hatten. »Oder weggesehen.«

»Kommen Sie schon, wir konnten doch nicht ahnen, dass es so schnell geht.«

»Das *konnten* wir nicht?« Thorne ärgerte sich genauso über sich selbst wie über Fraser und dessen Kollegen. »Wahrscheinlich hat Langford den Braten gerochen, als sie ihm gesagt hat, dass sie früher nach Hause geht. Vielleicht hat er sogar gesehen, wie sie das Champagnerglas in ihre Handtasche gesteckt hat.«

»Hören Sie, nichts von alledem war meine Idee, okay?«

Thorne entfernte sich, doch Fraser folgte ihm mit ein oder zwei Schritten Abstand, die Hände beleidigt in den Taschen seines Plastikoveralls vergraben. Thorne stieg über einen Mitarbeiter der örtlichen Spurensicherung, der, auf allen vieren, am Teppich schabte. Dieser murmelte irgendetwas auf Spanisch, bei dem es sich aller Wahrscheinlichkeit nach nicht um »Guten Morgen, wie geht es Ihnen?« handelte, als Thorne zu den beiden Koffern hinüberging, die in der Nähe der Tür standen.

»Sie wollte sich aus dem Staub machen«, sagte Thorne.

»Sieht ganz danach aus.« Fraser trat neben ihn und nickte in Richtung Tür. »Kein Anzeichen für gewaltsames Eindringen, also kannte sie ihn vielleicht.«

»Sie sollten bei sämtlichen örtlichen Taxiunternehmen nachfragen.«

»Hätte sie nicht einfach ihr eigenes Auto genommen?«

»Zu leicht aufzuspüren«, sagte Thorne. »Sie hat sicher gewusst, dass Langford einflussreiche Freunde hat. Unter anderem bei der Polizei.«

»Mir ist nicht ganz klar, was Sie damit andeuten möchten«, sagte Fraser.

»Ich *deute* gar nichts an.«

»Ein oder zwei von den Jungs vor Ort mögen ein bisschen zwielichtig sein, schön und gut, aber …«

Thorne hörte ihm bereits nicht mehr zu. Er starrte auf einen kleinen Beistelltisch mit Glasplatte neben dem Sofa, auf dem ein Weinglas und eine Bierflasche ohne Etikett standen. Im Aschenbecher lagen zwischen Zigarettenkippen mit Lippenstiftabdrücken dunkle Kügelchen aus zusammengerolltem Papier.

»Langford hat es selber getan«, sagte Thorne.

»Wie bitte?«

»Er hat sie getötet.«

»Niemals«, widersprach Fraser. »Sie haben doch selbst gesagt, dass er sich nicht die Finger schmutzig macht.«

»Schmutzig« war das richtige Wort, um den Schauplatz auf der Straße zu beschreiben, siebzehn Stockwerke weiter unten. Als Thorne sich dort eingefunden hatte, war der Bereich bereits abgesperrt worden und von der Öffentlichkeit nicht mehr einzusehen gewesen, doch die Aufräumarbeiten waren längst noch nicht abgeschlossen. Sie konnten von Glück reden, wenn von Candela Bernal genug für eine Obduktion übrig war.

»Er ist verunsichert«, sagte Thorne. »Seine Freundin legt ihn rein, und das nimmt er persönlich. Nachdem bereits die Sache mit mir in die Hose gegangen ist, ist er so in Fahrt, dass er es diesmal selber in die Hand nimmt.«

»Das kann ich mir nicht vorstellen.«

Thorne zog Fraser zu dem kleinen Tisch und deutete darauf. »Er hat mit ihr was getrunken, okay? Oder sich selber ein Bier geholt und sich hingesetzt, nachdem er sie umgebracht hat.«

»Mein Gott …«

Thorne erinnerte sich an das Entsetzen im Gesicht der jungen Frau, als sie sie zur Rede gestellt hatten, und an das, was sie über Polizisten und Kriminelle gesagt hatte. Wie schwierig es sei, die einen von den anderen zu unterscheiden. Letzten Endes hatte sie kaum eine Wahl gehabt, aber sie hatte sich trotzdem für die falsche Seite entschieden. »Sorgen Sie dafür, dass von dieser Flasche Fingerabdrücke abgenommen werden«, sagte er. »Und vergleichen Sie sie mit den Abdrücken auf dem Glas, das Candela uns besorgt hat.«

»Spielt doch keine Rolle, wenn hier ohnehin alles voll ist mit seinen Fingerabdrücken«, sagte Fraser. »Das ist schließlich die Wohnung seiner Freundin.«

»Aber er war nie hier, erinnern Sie sich?«

»Ja, aber die einzige Person, die das bestätigen kann, ist die junge Frau, und die ist jetzt eine Bodenpizza, also was soll's?«

Auf dem Balkon ertönte plötzlich Gelächter.

»Die Spanier sind in dieser Richtung noch krasser drauf als wir«, sagte Fraser. »Sie sollten mal ihre Witze hören.«

»Kümmern Sie sich einfach um die Fingerabdrücke.« Thorne drehte sich um und öffnete den Reißverschluss seines Overalls, während er zügig zur Tür ging.

»Wo wollen Sie hin?«, fragte Fraser, der wieder zwei Schritte hinter ihm war.

»Ich mache noch ein bisschen Sightseeing«, erwiderte Thorne.

Die Villa befand sich am Rand eines der zahllosen Golf-Resorts, die am Fuß der Sierra Blanca gebaut worden waren, und sie war exklusiver als die meisten anderen. Vom höchsten Punkt einer kurvenreichen Straße aus sah Thorne keine unmittelbar angrenzenden Anwesen, und obwohl er dem

Zaun nicht länger gefolgt war, nahm er an, dass das Grundstück ziemlich groß war. Groß genug, um darauf herumzuspazieren und sich wohl in seiner Haut zu fühlen.

Wie schwierig das ansonsten auch sein mochte.

Am Ende der Zufahrt befand sich ein stabiles Metalltor, und soweit Thorne sich an die Luftaufnahmen erinnern konnte, die Samarez ihm gezeigt hatte, war das Haus ungefähr vierhundert Meter vom Tor entfernt. Thorne entdeckte keine Überwachungskameras, aber es war ihm ohnehin ziemlich egal, ob er gesehen wurde.

Er klingelte und wartete. Klingelte noch einmal, trat dann zurück und ging ein paar Meter am Zaun entlang. Dicht gepflanzte Tannen versperrten die Sicht, deshalb kehrte er zum Tor zurück und wischte sich mit den Handballen den Schweiß aus den Augen. Er drückte noch einmal auf den Klingelknopf, dann beugte er sich zur Sprechanlage hinunter, die in einem Betonpfeiler installiert war. Er hatte keine Ahnung, ob ihm jemand zuhörte.

»Sie haben noch einen Fehler gemacht, Alan«, sagte er. Abgesehen von dem Summen der Stromleitungen über ihm und dem Zirpen von Zikaden war nichts zu hören. »Ihren letzten …«

Er drehte sich um, als er das Geräusch eines sich nähernden Fahrzeugs hörte, und sah einen weißen VW Golf um eine scharfe Kurve kommen, die zur Villa führte. Der Wagen wurde langsamer, als der Fahrer ihn entdeckte, dann blieb er ganz stehen. Thorne ging vorsichtig ein paar Schritte auf das Auto zu und erkannte den Mann, der ihn an seinen ersten beiden Abenden in Mijas beobachtet hatte. Den Mann, der vielleicht, vielleicht aber auch nicht, für Alan Langford arbeitete.

Thorne und der Fahrer sahen sich etwa zehn Sekunden lang in die Augen, bevor Thorne schnell auf den Wagen zuging. Der Kies spritzte auf, als der Fahrer den Golf hastig wendete. Thorne rannte los, hatte jedoch keine Chance, ihn einzuholen. Er notierte sich in Gedanken das Kennzeichen und wiederholte es, als der Golf um die Ecke verschwand und sein Handy klingelte.

Es war Holland.

»Wie ist es in Nottingham gelaufen, Dave?«

»Chris Talbot ist definitiv unser Mann«, sagte Holland. »Oder besser gesagt, *war* unser Mann. Aber hören Sie, es gibt da ein Foto, das Sie unbedingt sehen müssen.« Er erzählte Thorne von dem Rugby-Mannschaftsfoto, von dem Mann, dessen Gesicht er wiedererkannt hatte.

Thorne spürte, wie ihm eine Schweißperle oder vielleicht auch ein Insekt den Nacken hinunterlief. Das Kennzeichen des Golfs hatte er bereits vergessen. »Das ist nicht *so* abwegig, oder? Wenn man bedenkt, um welche Mannschaft es sich handelt.« Er machte sich auf den Rückweg zu seinem Auto.

»Nein, wenn das alles wäre, nicht, aber Sonia Murray hat aus Wakefield angerufen. Sie haben letzte Woche bei einer Routinedurchsuchung Jeremy Grovers Zelle auf den Kopf gestellt und ein Mobiltelefon gefunden.«

»Letzte *Woche*? Und warum erfahren wir das erst jetzt?«

Holland erklärte Thorne das Standard-Prozedere in Staatsgefängnissen, wie Murray es ihm erklärt hatte. Das Handy war umgehend an die Sicherheitsabteilung des Gefängnisses übergeben worden, für den Fall, dass sich darauf irgendwelche Fotos von Aufsehern oder Schlüsseln befanden, und von dort war es an eine externe Technikabteilung geschickt worden. Die Techniker hatten der SIM-Karte verschiedene Daten entlockt, darunter die Telefonnummern sämtlicher eingegangener und ausgegangener Anrufe, und diese Informationen anschließend an Murray weitergegeben.

»Wenn Murray nicht am Ball geblieben wäre, hätten wir womöglich nie davon erfahren«, sagte Holland. »Aber sie dachte, wir würden uns vielleicht für die Anrufe interessieren, die in den letzten Tagen vor dem Mord an Monahan mit dem Handy getätigt und angenommen wurden. Und *an* dem Tag …«

»Haben Sie sie überprüft?«

»Eine Nummer ist mehrfach aufgetaucht.«

»Wessen Nummer?«

Holland sagte es ihm. Derselbe Mann, den er auf dem Foto in Alison Hobbs' Haus gesehen hatte. Ein Handy, das unter dem Namen seiner Frau registriert war.

»Grover hat an dem Tag, an dem er Monahan getötet hat, eine SMS an diese Nummer gesendet«, sagte Holland. »Und er wurde ein paar Stunden später zurückgerufen. Dasselbe passierte am Tag nach dem Mord an Cook.«

Thorne kam bei seinem Wagen an und lehnte sich ein paar Sekunden lang gegen die Tür.

»Da haben Sie Ihre Buschtrommeln«, sagte Holland.

Thorne öffnete die Tür und stieg ein. Dann schaltete er die Klimaanlage an und wartete auf kühle Luft. Er ging in Gedanken noch einmal die Unterhaltungen von vor zwei Monaten durch. Setzte die Puzzleteile zusammen.

»Sir? Tom …?«

»Wir benutzen ihn, um Langford zu schnappen«, sagte Thorne. Er dachte laut, war sich jedoch darüber im Klaren, dass das ihre beste Möglichkeit war. Ihre einzige Möglichkeit. »Wir können ihn benutzen, aber dazu müssen wir ihn zuerst *hierher*bringen, verstanden?«

»Und wie machen wir das?«

»Kinderspiel«, sagte Thorne.

Plötzlich wusste er genau, was zu tun war. Und er wusste, wer der richtige Mann dafür war.

Dreiundvierzigstes Kapitel

»Herrgott noch mal, trink dein Bier«, sagte Langford. »Und entspann dich, ja?«

Das Klirren von Gläsern, oder vielleicht auch von Flaschen, dann irgendein schnelles Ticken im Hintergrund.

»Ich verstehe nicht, wie du so ruhig sein kannst. Wir sitzen in der Scheiße.«

»Das sehe ich anders.«

»Wie kannst du nur so …?«

»Sich reinzusteigern, bringt gar nichts.«

»Die legen Grover so richtig die Daumenschrauben an.«

»Alles lässt sich regeln. Vorausgesetzt, du warst vorsichtig.«

»Klar war ich das.«

»Also, dann gibt's kein Problem.«

»Thorne wird nicht lockerlassen, das sage ich dir.«

»Letzten Endes wird ihm nichts anderes übrig bleiben. Hoffnungslose Fälle zu verfolgen, das geht denen in der Chefetage immer irgendwann auf die Eier. Tja, das müsstest *du* eigentlich wissen.«

»Du hättest die Kleine nicht umlegen dürfen.«

Zehn Sekunden lang war nur das Ticken zu hören, dann das Schaben eines Stuhls auf Fliesen.

»Du schwitzt ja wie ein Schwein, Kumpel«, sagte Langford lachend. »Zieh doch dein Hemd aus und spring in den Pool.«

»Schon okay.«

Ein lautes Räuspern …

»Wenn er sein Hemd auszieht, sehen wir alt aus«, sagte Samarez.

Thorne zuckte mit den Schultern. »Nicht so alt, wie *er* aussehen wird.«

Sie saßen hinten in einem Kleinbus mit verdunkelten Scheiben und dem Namen einer Sanitärfirma auf der Seite, der in einer kleinen Querstraße in etwa hundert Meter Entfernung vom Tor, aber mit freier Sicht auf Letzteres geparkt war. Die Unterhaltung in der Villa war laut und deutlich zu hören, wobei die Stimme des Mannes mit dem Mikrofon nur unmerklich klarer war als die von Langford. Er war angehalten worden, so dicht wie möglich heranzugehen.

»Das Mikrofon ist aber recht gut«, hatte Thorne ihm erklärt, als er verkabelt wurde. »Sie brauchen sich also nicht auf seinen Schoß zu setzen …«

Oben bei der Villa sagte Langford seinem Besucher, wie warm der Pool sei. »Wie eine Badewanne«, sagte er.

Der andere Mann entgegnete, er schwimme nicht gerne.

»Wir haben nicht besprochen, was wir tun, wenn das Ganze nicht … funktioniert«, sagte Samarez.

»Verdammt, ich wusste, wir haben irgendwas vergessen«, erwiderte Thorne. Er tat so, als würde er ein paar Sekunden darüber nachdenken. Als wäre es ihm *nicht* egal. »Ich schlage vor, wir bleiben einfach hier sitzen und hören zu, wie er verprügelt wird.«

»Tja, eine Zeit lang vielleicht.« Samarez hatte Kopfhörer auf, während Thorne vor dem kleinen Lautsprecher saß, der neben dem Empfangsgerät auf dem Tisch stand.

Neben ihm rutschte Andy Boyle auf seinem Klappstuhl hin und her. »Er übertreibt es ein bisschen, wenn Sie mich fragen.«

»Schon möglich«, erwiderte Thorne.

Sie hörten noch eine Weile zu.

»Woher wissen wir eigentlich, dass dieser Wichser nicht irgendwelche Zettel schreibt?«, fragte Boyle. »›Sag nichts‹ oder so.«

Thorne schüttelte den Kopf. »Er sitzt richtig tief in der Scheiße, und das ist seine einzige Chance, um nicht ganz darin zu versinken.«

»Hoffentlich haben Sie recht.«

Thorne hatte den Mann aus Yorkshire zwei Tage zuvor vom Flughafen abgeholt. Boyle hatte ihm die Hand geschüttelt und gesagt, es sei um einiges wärmer als in Wakefield.

»Danke für Ihre Hilfe, Andy«, hatte Thorne gesagt.

Boyle hatte einen Blick auf den Mann geworfen, den er mitgebracht hatte. »Ist mir ein echtes *Vergnügen*, mein Freund.« Ohne Thornes Hand loszulassen, hatte Boyle sich vorgebeugt und Thorne zugeflüstert: »Das mit der Kleinen tut mir echt leid.«

»Ich weiß …«

Dann, als sei es ihm peinlich gewesen, dass er zu viel von seinem weichen Kern offenbart hatte, ohne auch nur einen Tropfen getrunken zu haben, war Boyle einen Schritt zurückgetreten und hatte vorwurfsvoll auf Thorne gedeutet. »Oh, und Sie haben mir meine Unterhosen nicht zurückgeschickt …«

Mit Boyles Reisebegleitung – dem Mann in Plastikhandschellen – hatte Thorne erst ein paar Stunden später gesprochen, als er sich dazu bereit fühlte. Erst nachdem er, Boyle und Samarez eine Gelegenheit gehabt hatten, die Köpfe zusammenzustecken, während sie Gary Brand etwa eine Stunde lang in einer Zelle der Guardia Civil schmoren ließen.

»Nicht ganz so clever wie Ihr Boss«, hatte Thorne gesagt. »Ziemlich unvorsichtig, die Sache mit dem Handy, aber ich nehme an, irgendjemand hat Sie reingelegt.«

Brand schwitzte in seinem grauen Anzug. Sie hatten ihm bewusst keine Gelegenheit gegeben, sich etwas anderes anzuziehen. Sie wollten, dass ihm heiß und bange war. Ein paar Sekunden lang sagte er nichts, dann lehnte er sich zurück und verschränkte die Arme. »Cook war ein Arschloch«, sagte er. »Ein *gieriges* Arschloch. Als wäre er nicht ohnehin gut genug bezahlt worden.«

»Er hat das Handy reingeschmuggelt.«

Brand nickte. »Er sollte Grover jede Woche ein neues Handy geben und das alte entsorgen, aber er hat sich noch ein paar Pfund dazuverdient, indem er es jedes Mal an andere Häftlinge verkauft hat. Also ...«

»Sein Personal kann man sich nicht immer aussuchen«, sagte Thorne.

Im Lauf der Woche, die es gedauert hatte, um Brands Überstellung nach Spanien zu arrangieren, war Thorne sich über alles klar geworden. Über Brands Täuschungsmanöver. Über das Ausmaß seiner eigenen Dummheit.

»Allerdings ist Langford vermutlich auch nicht der einfachste Arbeitgeber, oder?«

»Er war nicht mein *Arbeitgeber*«, sagte Brand.

Thorne lächelte verbittert. »Tja, vielleicht nicht im Sinn von Urlaubsanspruch und Kündigungsschutz, aber in jeder Hinsicht, die eine Rolle gespielt hat, waren Sie sein *Eigentum*.«

Inzwischen war klar, dass Brand bereits während der ursprünglichen Untersuchung und vermutlich sogar schon eine Weile davor für Langford gearbeitet und sich bei Beginn des neuen Ermittlungsverfahrens abermals geschickt in Thornes Vertrauen eingeschlichen hatte. Brand war am Abend des Chambers-Urteils im Oak aufgetaucht und Thorne »zufällig« über den Weg gelaufen. Von da an hatte er Thornes Vertrauen durch eine Reihe von Gesprächen aufrechterhalten – die dieser zu einem großen Teil selbst initiiert hatte – und ihn mit nutzlosen Namen gefüttert. Er hatte überzeugend einen Polizisten gespielt – einen *Freund* –, der ebenso daran interessiert war wie Thorne, Langford hinter Gitter zu bringen, während er in Wirklichkeit damit beschäftigt gewesen war, die Vorbereitungen für die Ermordung von Monahan und Cook zu treffen.

Und von Anna Carpenter.

»Unterhalten wir uns doch ein bisschen über Detective Constable Chris Talbot, ja?«

»Das hier ist kein offizielles Verhör.«

»Nur ein Plausch.«

»Also ist nichts davon vor Gericht gültig.«

»Bis dahin haben wir noch jede Menge Zeit«, sagte Thorne. »Also, war es Ihre Idee, Talbot zu nehmen?« Er beobachtete, wie Brand überlegte.

Brand war sich bereits darüber im Klaren, dass er einer Anklage wegen Bestechlichkeit nicht aus dem Weg gehen konnte, doch er war auf der Hut und achtete darauf, nichts zu sagen, was ihm zusätzlich eine Anklage wegen Beihilfe zum Mord einbringen konnte.

»Wir wissen, dass Sie ihn kannten.«

»Gut, ich kannte ihn. Und …?«

»Und ich vermute, dass er Ihrem Kumpel Alan zu nahe gekommen ist. Vielleicht hat er aber auch herausgefunden, dass *Sie* Langford nahestehen.«

»Ich habe mit vielen Leuten Rugby gespielt, okay?«

»So oder so war er der perfekte Kandidat, um Langfords Platz einzunehmen. Sie brauchten eine Leiche, *und* Sie wollten Talbot aus dem Weg schaffen. Womöglich waren

Sie sogar dabei, als er ins Auto gesetzt und bei lebendigem Leib verbrannt wurde.«

»Das ist doch Blödsinn.«

»Gut möglich, dass Sie dabei waren.«

»Das war ich nicht …«

»Gut möglich, dass Sie auch Monahan aufgespießt oder den Schuss abgefeuert haben, der Anna Carpenter getötet hat.«

Brand verkrampfte sich sichtlich, als Annas Name fiel, als sei ihm bewusst, dass sie sich auf extrem gefährliches Terrain begaben. »Davon wusste ich nichts.«

»Tatsächlich?«

»Ich schwöre …«

»Sie sind ein verlogenes Arschloch.« Thorne beugte sich abrupt vor. »Nennen Sie mir den Namen des Schützen, dann werde ich *vielleicht* nicht über den Tisch klettern und Ihnen den Kopf abreißen.«

Brand hielt Thornes Blick stand, allerdings nicht lange. »Wir müssen uns darüber unterhalten, wie dieser Deal laufen soll«, sagte er.

»Sie kommen in den Knast«, erwiderte Thorne. »*So* wird es laufen. Selbst wenn Sie es schaffen, dass Langford mit erhobenen Händen aus seiner Villa marschiert, ein halbes Dutzend Morde gesteht und uns anfleht, ihn einzubuchten, kommen Sie in den Knast. Die Frage ist nur, in *welchen* Knast. Wenn Sie die Sache nicht vergeigen, landen Sie womöglich nicht in einem Trakt mit einigen von den Leuten, die Sie hinter Gitter gebracht haben. Mit Männern, die sauer auf Sie sind und jede Menge Zeit haben, um eine Zahnbürste schön scharf zu machen.«

»Wie lang?«

»Das habe nicht ich zu entscheiden, aber wenn Sie im falschen Bau landen, spielt das keine große Rolle, oder?«

Thorne lehnte sich wieder zurück und ließ Brand einen Moment Zeit, um das zu verdauen. »Sie können von Glück reden, dass Sie *überhaupt* was tun können, um sich das Leben ein bisschen zu erleichtern, und Sie können Gift darauf nehmen, dass das nur daran liegt, dass ich Langford noch mehr will als Sie.«

»Erwarten Sie bloß nicht, dass ich Ihnen dankbar bin.«

»Sie sollten vor allem vorsichtig sein«, sagte Thorne. »Wenn Sie nicht mitspielen, werde ich nämlich nicht zögern, Sie den Wölfen vorzuwerfen.« In Brands Augen war zum ersten Mal ein Aufflackern von Panik zu erkennen. »Keine Sorge, Gary. Wie Sie schon gesagt haben, das ist kein offizielles Verhör.«

Nur ein Plausch …

Langford erzählte Brand über ein paar von den Bauprojekten, an denen er beteiligt war, und Brand sagte sehr wenig. Thorne stellte sich vor, wie er dasaß und nickte, sich bemühte, entspannt zu wirken, sich fragte, wie er Langford dazu bringen konnte, irgendetwas zuzugeben, und auf eine Chance lauerte. Brand war instruiert worden, dass er unter keinen Umständen etwas erzwingen solle, um nicht den Anschein zu erwecken, dass es sich um eine Falle handelte, doch ihm gingen offensichtlich die Ideen aus.

»Und, was ist mit Grover?«, fragte Brand.

Im Kleinbus sahen sich Thorne, Boyle und Samarez an.

»Was soll mit ihm sein?«

»Soll ich irgendwas organisieren?«

»Ich werde uns noch Bier organisieren …«

Samarez stöhnte frustriert auf, während Thorne gegen die Seitenwand des Kleinbusses trat.

»Langford ist verdammt gerissen«, stellte Boyle fest. »Meinen Sie, er hat den Braten gerochen?«

Thorne wusste, dass das durchaus möglich war. Da Brand Langford noch nie zuvor in Spanien besucht hatte, war dieser unter Umständen argwöhnisch geworden, vor allem deshalb, weil Brand so sehr darauf »gedrängt« hatte, diese Reise zu unternehmen. Sie hatten Brand in der verfügbaren Zeit so gründlich wie möglich gebrieft. Er war instruiert worden, über Candela Bernal zu sprechen und zu erwähnen, dass sich die Beweise gegen Grover häuften, der unter dem Druck von Andy Boyle letztendlich einzubrechen drohe, doch selbst das würde möglicherweise nicht ausreichen, um Langford aus der Reserve zu locken. Thorne rief sich den Mann in Erinnerung, der sich in der Bar in Ronda an seinen Tisch gesetzt hatte. Er war zweifellos selbstsicher gewesen, und Thorne fragte sich, ob das womöglich nicht nur auf die Macht zurückzuführen war, die er besaß, sondern auch auf das Vertrauen in seine Fähigkeit, Gefahr rechtzeitig zu wittern.

»Ja, kann sein«, sagte Thorne.

Die Beweise, die Brand bereits geliefert hatte, reichten aus, um Langford zu verhaften und für einen Strafprozess nach Großbritannien zu überstellen, doch ohne ein Geständnis auf Tonband konnte Thorne sich nicht auf eine Verurteilung verlassen. Er wusste besser als jeder andere, dass selbst die stichhaltigste Anklage auseinanderfallen und jeder halbwegs fähige Anwalt die Geschworenen davon überzeugen konnte, dass Brand nur ein korrupter Polizist sei, der versucht habe, seine Haut zu retten. Es war durchaus möglich, dass Langford wieder zurück in Spanien sein würde, noch bevor seine Sonnenbräune angefangen hatte zu verblassen.

Thorne durfte das auf gar keinen Fall zulassen. Das war er sich und zu vielen anderen schuldig.

»Hier, bitte, Kumpel«, sagte Langford. »Ein schönes Kühles.«

»Danke.«

»Bist du sicher, dass du nicht eine Runde schwimmen willst?«

Gary Brand war Thornes einzige Chance.

Vierundvierzigstes Kapitel

Langford trank sein Bier in kleinen Schlucken und fragte sich, was Brand im Schilde führte. Er brüstete sich gerne damit, wittern zu können, wenn irgendwas im Busch war. Jetzt war er sich zwar nicht ganz sicher, was vor sich ging, doch irgendetwas war auf jeden Fall faul.

Er musste auf der Hut sein.

»Was ist denn aus der Kleinen geworden, mit der du was hattest?«

»Ich habe mit vielen was.«

»Ja, aber eine war doch was Besonderes, oder?«

»Ich habe ihr den Laufpass gegeben«, sagte Langford.

Im schlimmsten Fall hatte dieses Arschloch ihn verpfiffen, um seine Haut zu retten, und trug ein Mikrofon. Die ganze Scheiße von wegen, er würde nicht gern schwimmen. Doch damit umzugehen, würde gelinde gesagt knifflig werden. Ganz egal, wie die Sache ausging, er musste die Konsequenzen bedenken, und bis dahin musste er nur aufpassen, dass er nicht ausrastete und seine fünf Sinne beisammenhatte. Vorerst konnte er nicht viel tun, außer sich von der besten Seite zu zeigen und abzuwarten, wie sich die Dinge entwickelten.

Was blieb ihm anderes übrig? Dem falschen kleinen Scheißkerl auf der Stelle das Hemd vom Leib zu reißen?

Wenn er falschlag, riskierte er, jemanden zu verlieren, der seit mehr als zehn Jahren eine verlässliche Informationsquelle war. Brand war äußerst nützlich, keine Frage, und

Langford wollte es sich nicht unbedingt mit ihm verscherzen, indem er sich benahm wie ein paranoider Spinner. Wenn er allerdings richtiglag, würde die Angelegenheit womöglich ein wenig komplizierter werden. Er hatte sich in die eigene Tasche gelogen und geglaubt, er könne die Ruhe bewahren und die Sache regeln wie Clint Eastwood. Das hätte ihm schon damals klar werden müssen, als er den bescheuerten Idioten verprügelt hatte, der im Club seinen richtigen Namen benutzte. Er war noch immer dazu fähig, die Beherrschung zu verlieren, genau wie jeder andere auch … genau wie bei seinem letzten Treffen mit Candela … und wenn er tatsächlich herausfinden sollte, dass Brand ihn zum Narren hielt, konnte es durchaus passieren, dass er dem Bastard eine Flasche ins Gesicht rammen oder ausprobieren würde, wie lange er unter Wasser bleiben konnte.

Es würde sich gut anfühlen, natürlich würde es das. Es würde sich *verdient* anfühlen. Wenn ihre Unterhaltung jedoch tatsächlich überwacht wurde, wenn sein neuer Freund aus Ronda mithörte, wäre es womöglich nicht unbedingt das Schlaueste, was er jemals getan hatte.

Er musste auf der Hut sein, ganz einfach.

Ihm hatte schon immer diese Szene aus *Der Pate* gefallen, in der es heißt, man solle seine Freunde nahe bei sich halten, aber seine Feinde noch näher. Das hat der Typ, den Pacino spielt, von seinem alten Herrn beigebracht bekommen. In dem Film gab es natürlich jede Menge gute Szenen, aber diese traf den Nagel auf den Kopf.

Falls Brand also kein Freund mehr war, musste Langford ihn so nah wie möglich bei sich halten.

»Wie lang hast du vor zu bleiben, Gary?«

»Ich fliege morgen wieder zurück«, sagte Brand. »Kurzaufenthalt.«

»Das ist gut. Ich nehme an, du kannst dich nicht einfach

nach Spanien abseilen, ohne dass deine Bosse misstrauisch werden, oder?«

»Ich hatte noch ein bisschen Urlaub übrig, also …«

»Glück gehabt.«

Brand nahm einen langen Zug Bier. Dann noch einen, um die Flasche zu leeren.

»Bist du in einem anständigen Hotel abgestiegen?«

Brand schluckte schnell. »In einem Schuppen in Málaga. In der Altstadt.«

»Wie heißt es?«

»Das Hotel?«

»Ja, ich habe dort schon in einigen Hotels gewohnt. Vielleicht kann ich dir ein paar ordentliche Restaurants empfehlen.«

»Es ist eins von diesen Boutique-Hotels«, sagte Brand. »Gehört zu einer Kette, glaube ich. ›Room Mate‹ oder so ähnlich. Ganz nett.«

Kein langes Zögern. Gut gebrieft oder sauber, es war schwer, den Unterschied zu erkennen …

Ein Mädchen kam aus dem Haus und betrat die Veranda. Sie trug einen dünnen blauen Sarong über ihrem Bikini und machte eine mürrische Miene. Brand drehte sich um und sah sie an.

»Erinnerst du dich an Ellie?«, fragte Langford.

»Na klar.«

»Als du sie das letzte Mal gesehen hast, war sie … wie alt, sieben oder acht?«

Brand sagte Hallo. Das Mädchen murmelte eine Antwort.

»Geh und hol uns noch zwei Biere«, sagte Langford. »Braves Mädchen. Weißt du was, bring gleich vier, ja? Ich nehme an, das wird noch ein ziemliches Saufgelage.« Er deutete auf Brand. »Hast du Hunger, Kumpel? Wir könnten uns ein Sandwich machen oder so …«

»Ich habe im Flieger gegessen«, erwiderte Brand.

Das Mädchen drehte sich um und verschwand ohne ein weiteres Wort im Haus. Langford sah ihr nach, dann grinste er Brand an.

»Sie ist erwachsen geworden«, sagte Brand.

»Sie sieht aus, wie ihre Mutter in dem Alter ausgesehen hat, echt unglaublich.«

Brand nickte. Langford trank seine Bierflasche aus. Beide betrachteten mindestens eine Minute lang den Swimmingpool.

»Hör mal ... wir müssen uns wirklich darüber unterhalten, wie es weitergehen soll«, sagte Brand. »Diese Polizei-Kontaktbeamtin, Murray ... sie geht immer mehr auf Schmusekurs mit Andy Boyle, und es sieht langsam so aus, als hätten sie einiges gegen Grover in der Hand, weißt du? Ohne Howard Cook wird es natürlich schwieriger, in Wakefield was zu organisieren, aber ...«

Langford schnitt ihm das Wort ab. »Ich hätte dich natürlich gerne hier einquartiert, aber ich glaube nicht, dass das eine gute Idee wäre.«

Brand nahm sich ein paar Sekunden Zeit, und Langford erkannte die Enttäuschung in seinem Gesicht, die genauso offensichtlich war wie die Schweißflecken unter seinen Achseln. Inzwischen hatte er kaum noch Zweifel, was gespielt wurde; noch weniger Zweifel hatte er, dass es einfacher werden würde, Brand loszuwerden, als es bei Candela gewesen war.

Noch jemand, um den er sich gerne selbst kümmern wollte.

»Das Hotel ist schon okay, ehrlich.«

Langford nickte und machte eine Kopfbewegung in Richtung Haus. »Einige von den Einheimischen wundern sich sowieso schon darüber, dass ich mit einem Mädchen zusammenwohne, das jung genug ist, um meine Tochter zu sein. Das Letzte, was ich brauche, ist, dass sie denken, ich werde jetzt auch noch schwul!« Er lachte noch einmal, lauter. »Also sollten wir wahrscheinlich nicht zu viel Zeit miteinander verbringen.«

»Nein.«

»Vor allem jetzt, wo es hier von Bullen wimmelt.«

Fünfundvierzigstes Kapitel

Vor allem jetzt, wo es hier von Bullen wimmelt.

Im Kleinbus schnaubte Thorne vor Wut. Für ein oder zwei Sekunden dachte er, Langford habe den Braten gerochen und mache sich über ihn lustig. Dachte, seine letzte Bemerkung sei für ihn bestimmt gewesen. Er warf Samarez und Boyle einen Blick zu und sah, dass es ihnen ähnlich erging.

»Und, was tun wir jetzt?«, fragte Thorne.

»Es gibt nicht viel, was wir tun *können*«, erwiderte Samarez. »Dann sitzen wir die Sache eben aus.«

»Gut.« Boyle hob das untere Ende seines T-Shirts an, um sich damit Luft zuzufächeln, und präsentierte dabei eine üppige Speckrolle seines blassen Bierbauchs. »Mal sehen, ob uns Langford liefert, was wir wollen, bevor wir hier drin verschmoren.«

Brand war in einem Taxi bei der Villa angekommen, das ein Guardia-Civil-Officer gefahren hatte, doch Thorne und die anderen beiden waren zu diesem Zeitpunkt längst in Position gewesen. Inzwischen harrten sie bereits seit fast zwei Stunden in dem heißen und stickigen Kleinbus aus. Als Beobachter hatte Boyle es nicht für nötig befunden, etwas auch nur annähernd Formelles anzuziehen, während Thorne sich verpflichtet gefühlt hatte, sich für einen solchen Einsatz nicht allzu leger zu kleiden. Er schwitzte in seinen Khakihosen und seinem kurzärmligen Hemd und atmete warme Luft ein, die nach Schweiß schmeckte. Samarez trug ein ähnliches Outfit und wirkte auch nicht viel glücklicher.

»Vielleicht sollten wir ihn einfach verhaften«, schlug Samarez vor. »Und ihn mit dem konfrontieren, was uns Brand gesagt hat.«

»Ihn wegen was verhaften?«

»Irgendwas fällt uns schon ein.«

»Er weiß, dass Brand kein verlässlicher Zeuge ist«, sagte Thorne. »Und außerdem, egal, was Brand sagt, Langford weiß, dass wir nichts Konkretes gegen ihn in der Hand haben, um ihm irgendeine von den großen Sachen anhängen zu können.«

Sie lauschten noch ein paar Minuten. Brand sagte abermals, wie sehr ihn die Entwicklungen zu Hause beunruhigen würden und dass er Anweisungen von Langford brauche. Langford ignorierte ihn, weigerte sich anzubeißen und erzählte stattdessen von irgendeinem Film, den er gesehen hatte. Sagte Brand, er müsse sich *unbedingt* die DVD besorgen, wenn er wieder zu Hause sei.

»Ich glaube, das können wir vergessen«, sagte Boyle. »Er hat noch nicht mal zugegeben, dass er weiß, wer Grover *ist*, und wir sind meilenweit davon entfernt, ihm den Mord an Anna Carpenter anhängen zu können.«

»Wir brauchen nur einen einzigen Ausrutscher«, sagte Samarez.

Thorne trank einen großen Schluck aus einer bereits warmen Wasserflasche. Sein Hemd klebte ihm am Rücken, und er konnte inzwischen seinen eigenen Schweiß riechen.

Ein Ausrutscher …

Mit Ihrem Spürsinn ist es nicht weit her, was?

Die ersten Worte, die Anna jemals zu ihm gesagt hatte.

Das Funkgerät, das neben dem Lautsprecher lag, krächzte, und Samarez griff danach. Er unterhielt sich kurz auf Spanisch, dann sagte er zu den anderen: »Ein Auto kommt.«

Sie warteten und beobachteten das Tor, da sie wussten, dass jedes Fahrzeug, das den Guardia-Civil-Streifenwagen am Fuß des Hügels passierte, nur auf dem Weg zu Langfords Villa sein konnte. Nach ungefähr einer Minute hielt ein weißer VW Golf vor dem Tor.

»Ich kenne dieses Auto«, sagte Thorne.

Den Fahrer erkannte er ebenfalls, doch er hatte keine freie Sicht auf die Frau, die neben ihm saß. Dann ging die Beifahrertür auf. Die Frau stieg aus und trat auf das Tor zu.

»Donna …«

Samarez wirkte verwirrt. »Seine *Frau*?«

»Was will die denn hier?«, fragte Boyle.

Sie hörten ein leises Summen aus dem Lautsprecher: Das Mikrofon übertrug das Klingeln. Langford sagte: »Bin gleich wieder da«, dann war nur noch Brands Atmen zu hören.

Thorne wurde bewusst, dass der Mann, der ihn beobachtet hatte, für Donna arbeitete. Sie hatte einen neuen Detektiv engagiert. Vermutlich hatte er Fraser und Samarez ebenfalls beschattet. Nachdem er Langfords Villa ausfindig gemacht hatte, hatte er seine Auftraggeberin informiert.

»Oh, mein Gott«, sagte Thorne. »Sie ist wegen ihrer Tochter hier.«

Es war eine kurze Unterhaltung zu hören, dann herrschte Stille, bis Langford an den Pool zurückkehrte und Donna wieder in den Wagen stieg.

»Meine Exfrau«, sagte Langford zu Brand. »Warum bin ich eigentlich auf einmal so beliebt?«

»*Was?*«

Thorne sah zu, als das Tor langsam aufschwang.

»Du solltest am besten verschwinden, Gary«, sagte Langford. »Sie könnte dich erkennen. Das möchtest du doch nicht, oder?«

»Was, zum Teufel, will sie denn?«

»Tja, ich glaube nicht, dass sie auf einen Tee und Kekse vorbeigekommen ist, du etwa?«

Im Kleinbus war Brands rasselnde Atmung und das scharfe Kratzen seines Stuhls auf den Fliesen zu hören. Als er sich vom Pool entfernte und ins Haus ging, flüsterte er ins Mikrofon: »Das geht völlig in die Hose.«

»Was Sie nicht sagen«, spottete Boyle.

Der Golf fuhr die Zufahrt hinauf und verschwand aus dem Blickfeld, als Langford irgendwo im Haus Ellies Namen rief. Thorne eilte zum Heck des Kleinbusses.

»Wo wollen Sie hin?«, fragte Samarez.

Thorne war bereits dabei, die Türen zu öffnen. »Das könnte alles sehr schnell sehr scheußlich werden«, sagte er.

»Was ist mit Brand?«

»Mir egal.« Thorne sprang hinaus, dann sagte er schnell: »Langford ist im Moment unberechenbar, und wenn Donna da ist, um Ellie zu holen, kann ich mir kaum vorstellen, dass er sie ihr einfach aushändigen wird, Sie etwa?«

»Wir haben noch nicht genug«, sagte Samarez.

Boyle schüttelte den Kopf. »Wir haben *überhaupt* nichts.«

»Hören Sie weiter mit«, sagte Thorne und schlug eine der Türen zu. »Vielleicht wird er jetzt unvorsichtig, weil er andere Sorgen hat.«

Er schlug die andere Tür zu, bevor Boyle und Samarez widersprechen konnten, und sprintete in Richtung Tor. Dort angekommen, blieb er kurz stehen, um sich zu vergewissern, dass der Golf außer Sichtweite war, dann schlüpfte er hinein, ehe es mit einem Scheppern ins Schloss fiel.

Er wartete zehn Sekunden, fünfzehn, die Hände auf den Knien abgestützt und keuchend. Sein Mund war trocken, und sein Speichel schmeckte kupferig.

Als wartete er darauf, einem Stier entgegenzutreten.

Dann, noch immer außer Atem, lief Thorne den Hügel hinauf in Richtung Haus.

Sechsundvierzigstes Kapitel

Thorne brauchte drei oder vier Minuten, um zum Haus zu gelangen, doch es fühlte sich wesentlich länger an. Der Golf war davor geparkt, und Thorne hätte dem Mann auf dem Fahrersitz gerne gesagt, was er von ihm hielt, doch dafür war keine Zeit. Er begnügte sich mit einem finsteren Blick, als er an dem Auto vorbeiging, und genoss den panischen Gesichtsausdruck des Privatdetektivs.

Die Eingangstür der Villa stand offen, und Thorne hörte von drinnen Geschrei. Er betrat den großen Eingangsbereich mit Gewölbedecke. Weißer Marmor, so weit das Auge reichte, eingetopfte Palmen, deren Wedel beinahe das Glasdach streiften, und zu seiner Rechten eine geschwungene Treppe, die nach oben führte. Er ging unter ihr hindurch, wobei sich seine Atmung und sein Puls wieder ein bisschen verlangsamten, und folgte einem gefliesten Korridor auf die andere Seite der Villa, in Richtung der wütenden Schreie, die von den geschmackvoll tapezierten Wänden widerhallten.

»Tja, du hast deine beschissene Zeit verschwendet …«

»Mein Gott, was hat er nur getan?«

»Was *er* getan hat?«

»Bitte …«

»Du bist tatsächlich eine blöde Kuh, habe ich recht?«

Kurz bevor der Korridor endete, kam Thorne an einer Tür vorbei, die nur angelehnt war. Er drückte sie auf und sah Gary Brand dasitzen und eine Zeitschrift durchblättern, als befände er sich im Wartezimmer einer Arztpraxis. Brand sah erschrocken auf und öffnete den Mund, um etwas zu sagen.

Thorne legte einen Finger an die Lippen, als irgendwo in der Nähe ein Glas zersplitterte.

»Du bist doch nicht mehr ganz dicht, Schätzchen.«

»Sag ihr einfach, dass sie gehen soll …«

Brand wollte aufstehen, doch Thorne drückte ihn wieder auf seinen Stuhl. Sagte ihm leise, aber bestimmt, dass er den Mund halten und sich nicht von der Stelle rühren solle. Dann trat er wieder hinaus auf den Korridor, ging ein paar Schritte und spähte um die Ecke.

»Du hast doch gehört, was sie gesagt hat.«

»Ich gehe nirgendwohin.«

»Vielleicht sollte ich die Polizei rufen …«

Thorne war jetzt an einem großen, offenen Wohnzimmer angekommen. Hinter dem L-förmigen Sofa standen ein Billardtisch und ein weißer Flügel. Auf der gegenüberliegenden Seite befand sich etwas, das wie eine gut bestückte Bar aussah, mit Reihen von glänzenden Flaschen, über denen gerahmte alte Filmplakate an der Wand hingen.

Das dreckige Dutzend. Agenten sterben einsam. Charlie staubt Millionen ab.

Aus dem Raum führte eine Doppelschiebetür direkt nach draußen zum Pool, und Thorne hatte von seiner Warte aus freie Sicht auf das Geschehen.

Langford saß auf der Kante einer Sonnenliege, Ellie stand hinter ihm. Ein kleines Stück entfernt, auf der anderen Seite eines Glastischs, stand Donna, die Hände zu Fäusten geballt und den Blick auf die rechte Hand ihrer Tochter gerichtet, die auf Langfords Schulter lag.

»Ich musste mich echt beherrschen, nicht laut zu lachen, als dieser Bulle mir vorgeworfen hat, ich hätte sie ›entführt‹«, sagte Langford. Er blickte zu Ellie auf. »Sie konnte es kaum erwarten hierherzukommen. Stimmt's, Kleines?«

»Ich habe die ganze Zeit davon *geträumt*.« Ellie drückte die Schulter ihres Vaters, während sie ihrer Mutter die Worte hinspuckte. »Ich musste nur warten, bis ich achtzehn bin, damit sich niemand die Mühe macht herumzuspionieren.«

»Ich habe zehn Jahre lang nur an dich gedacht«, sagte Donna.

»Oh, ich habe auch an dich gedacht. Allerdings nicht so wie du an mich.«

»An dem Tag, als ich dich das letzte Mal gesehen habe, vor der Gerichtsverhandlung, hast du Rotz und Wasser geheult und die Polizei angefleht, mich nicht mitzunehmen.« Donnas Stimme klang schwach und brüchig. »Du hast dich geweigert, meinen Arm loszulassen.«

»Ich war ein Kind«, entgegnete Ellie. »Ich war dumm.«

»Nein …«

»Mir war nicht klar, was du getan hattest. Was du versucht hattest. Ich wusste nicht, was für ein Scheusal du bist.«

»Aber das habe ich doch für *dich* getan.«

»Du hast versucht, meinen *Vater* umzubringen!«

»Für *uns*.«

»Du hast überhaupt nicht an *mich* gedacht, wie ich mich dabei fühlen würde.«

»Du warst *alles*, woran ich gedacht habe, das schwöre ich. All die Jahre …«

»Komisch«, sagte Langford. »Ich habe gedacht, du wärst viel zu sehr damit beschäftigt gewesen, eine Muschileckerin zu werden, um dich einen Scheißdreck darum zu kümmern.«

Selbst von seiner Warte sah Thorne den Hass in Donnas Gesicht.

»Wann hast du sie kontaktiert?«

Langford überlegte. »Ungefähr anderthalb Jahre, nachdem ich hierhergekommen bin. Sobald ich mich niedergelassen hatte. Ich habe ihr Bescheid gegeben, habe ein paar Freunde Ausschau halten lassen und ihr hin und wieder ein bisschen Geld zukommen lassen, wenn sie welches gebraucht hat. Wir haben ziemlich früh angefangen, Pläne zu schmieden, dass du hierherkommst, oder, Kleines?«

Ellie nickte.

Donna schüttelte den Kopf, als versuchte sie zu begreifen, was sie hörte. »Ich verstehe das nicht«, sagte sie. Als sie Ellie ansah, hatte es den Anschein, als sei Donna das Kind. »Ich verstehe das nicht …«

Thorne hatte genug gesehen und gehört. Er trat aus seinem Versteck und beobachtete, wie Langford auf die Bewegung aufmerksam wurde, ihn fixierte … und schließlich lächelte.

»Dachte ich's mir doch, dass Sie hier irgendwo herumlungern«, sagte Langford.

Donna und Ellie starrten Thorne an – die Tochter sah durch ihn hindurch, die Mutter wurde kreidebleich.

Langford breitete die Arme aus. »Kommen Sie und leisten Sie uns Gesellschaft bei unserer fröhlichen Familien-Wiedervereinigung.«

Thorne ging zu Donna hinüber.

»Vorsicht, Glassplitter«, sagte Langford. Er nickte in Richtung der grünen Scherben am Rand des Pools, die Überreste einer Bierflasche. »Meine Ex hat randaliert.«

»Ich verstehe das nicht«, sagte Donna abermals. »Was ist mit den Fotos? Irgendjemand hat mir diese Fotos geschickt …«

»Du bist echt noch blöder, als ich dachte«, fauchte Ellie.

Thorne hatte es sich bereits zusammengereimt, doch Donna brauchte ein paar Sekunden.

»Du?«

Langford blickte zu seiner Tochter auf. »*Was?*«

»Das wollte ich dir noch erklären …«

»*Du* hast die Fotos geschickt?«

Ellie nickte, öffnete abermals den Mund, um etwas zu sagen.

»Ist dir klar, was du getan hast?« Langford schob ihre Hand von seiner Schulter. »Wie viele Scheißprobleme du damit ausgelöst hast? Wie viel du mich damit *gekostet* hast?«

»Welche Probleme meinen Sie denn, Alan?«

Langford drehte sich langsam um und starrte Thorne wütend an. Er sagte nichts, doch die Röte in seinem Gesicht war trotz seiner Bräune deutlich zu erkennen.

Donna sah ihre Tochter noch immer an. »Warum?«

Ellie schniefte und sprach, als habe sie jemand nach der Uhrzeit gefragt. »Damit du erfährst, dass du für den Mord an jemandem im Gefängnis gesessen hast, der gar nicht tot ist. Damit du erfährst, wie toll sein Leben ist, während du deines total vermurkst hast. Ich wollte, dass du *leidest*.«

Es war deutlich zu erkennen, dass Ellie ihr Ziel erreicht hatte. Donna taumelte einen Schritt nach vorn und musste sich vorbeugen und am Tisch abstützen, um nicht hinzufallen.

Thorne ging zu ihr und legte ihr die Hand auf den Arm. Sagte: »Ich glaube, es wird Zeit zu gehen.«

»Ja, kümmere dich um deinen eigenen Kram, Mum«, sagte Ellie.

Thorne starrte sie an und sah, wie das höhnische Grinsen von demselben mürrischen Schmollmund abgelöst wurde, den er auf den Fotos von Ellie als jungem Mädchen gesehen hatte.

Sie neigte den Kopf zur Seite. »Was ist?«, fragte sie herausfordernd.

Donna schob behutsam Thornes Hand von ihrem Arm.

Sie wirkte noch immer verwirrt, orientierungslos. »Aber die Fotos wurden in London abgeschickt.«

»Meine Güte, ich habe immer noch *Freunde* in London.« Ellie nickte abschätzig in Thornes Richtung. »Ich hätte gedacht, unser Sherlock Holmes hier wäre in der Lage, sich das zusammenzureimen.«

»Aber es war, als wärst du … *entführt* worden. Du bist einfach verschwunden.«

»Sauberer Neuanfang«, sagte Langford. Er gab sich Mühe, ruhig zu klingen, war nach Ellies Eingeständnis aber noch immer sichtlich durcheinander. »Das ist die beste Methode. So habe ich es auch gemacht.«

»Außerdem wollte *er* nicht, dass hier irgendjemand herumschnüffelt«, sagte Thorne. »Deshalb ist ihr Pass zu Hause geblieben, deshalb hat er sie still und heimlich aus dem Land geschafft.«

Langford grinste höhnisch. »Was? Wollen Sie mir jetzt vielleicht Menschenhandel anhängen?«

»Wenn es sein muss.«

»Nur zu«, sagte Langford, plötzlich aggressiv. »Das wird bestimmt ein Spaß.«

»Warum haben Sie nicht wenigstens ihre Pflegeeltern wissen lassen, dass es Ihnen gut geht?«, fragte Thorne.

Die junge Frau schien sich mehr Gedanken über ein paar vereinzelte Haarsträhnen zu machen, die der Wind aus ihrer Frisur gelöst hatte, als über die Zerstörung, die sie beiläufig anrichtete.

Thorne gab sich Mühe, die Abscheu aus seiner Stimme herauszuhalten, da er ihr die Genugtuung nicht gönnte. »Können Sie sich vorstellen, was sie durchgemacht haben?«

Ellie zuckte mit den Schultern. »Nicht, dass Sie das was angehen würde, aber ich hätte es Maggie und Julian schon irgendwann gesagt.« Sie sprach die beiden Namen spöttisch aus wie ein schlechter Komiker, der sich über jemanden lustig macht. »Keine Sorge, sie werden es überleben. Sie haben ja ihren heißgeliebten Sam. Ich war sowieso nur noch zweite Wahl, nachdem er geboren war.«

Thorne erkannte, wie gefühllos das hübsche dunkelhaarige Mädchen war. Kalt und hart wie Stein. Dass sie die Fotos geschickt hatte, war lediglich ein Teil des Ganzen. Den Munros zu verheimlichen, dass sie wohlauf war, hatte ihr nur dazu gedient, ihre Mutter zu quälen, und sie hatte Spaß daran gehabt, Donna in dem Glauben zu lassen, sie sei tot. Thorne beobachtete, wie sie ihr Haar hinter die Ohren strich, und erkannte, dass Ellie Langford zwar das Aussehen ihrer Mutter geerbt hatte, aber alles andere – alles, was ihren Charakter ausmachte – von ihrem Vater.

Donna starrte auf den Boden und murmelte etwas.

»Du musst lauter sprechen, Schätzchen«, sagte Langford.

»Du hast ja keine Ahnung«, sagte Donna. Sie hob den Kopf und sah ihre Tochter an. Flehend. »Wie es war mit *ihm*. Was er getan hat, was er von mir verlangt hat, wie ich mich dabei gefühlt habe. Was hatte ich denn für eine Wahl?«

»Meine Güte, das schon wieder«, sagte Langford.

Donna taumelte auf Ellie zu, und für einen Augenblick löste Panik die Langeweile in deren Gesicht ab. »*Das* war er!«, schrie Donna. Sie streckte den Arm aus, um ihr die rosafarbene Narbe auf ihrem Handrücken zu zeigen. »Schau, was er mir angetan hat …«

Ellie hatte sich bereits wieder gefangen. Sie zuckte mit den Schultern. »Diese Nummer hat schon vor Gericht nicht gezogen, also probier sie nicht auch noch bei mir aus, okay?«

Donna ließ den Arm sinken, drehte den Kopf und starrte auf den Pool. Sie wirkte kraftlos und verzweifelt.

Thorne ging einen Schritt auf sie zu. »Kommen Sie jetzt, Donna.«

Sie bewegte sich nicht.

»Mein Gott, sie kapiert echt gar nichts, oder?« Die Stimme des Mädchens war mit einem Mal lauter, schrill und voller Verachtung. »Als hätte ich mich nicht klar genug ausgedrückt, als ich mit ihrer ›Freundin‹ gesprochen habe.« Ihre Abscheu war offensichtlich. »Ich habe ihr gesagt, dass ich diese Schlampe nie wiedersehen will, dass sie von mir aus im Knast verrecken kann. Ich habe ihr gesagt, dass ich keine Mutter mehr *habe*.«

Für ein paar Sekunden herrschte Stille, abgesehen von dem Poolreiniger, der saugend über den Boden des Swimmingpools kroch und am Ende seines langen Schlauchs tickende und schlürfende Geräusche ausstieß. Donna wendete sich schließlich von ihrer Tochter ab und ging schwankend auf die Schiebetür zu, als sei sie ein wenig betrunken.

»Ich brauche was zu trinken«, sagte sie. »Wasser …«

Thorne sah ihr hinterher, als sie im Haus verschwand. In seiner Brust rang Mitgefühl mit Schuldbewusstsein, nachdem ihm klar geworden war, was Kate ihr verschwiegen hatte … und warum. Sie hatte sich einer harmlosen Lüge bedient – eines einfachen und gut gemeinten Schweigens –, um das zu schützen, was Donna mehr als alles andere am Herzen lag.

Er wusste besser als die meisten, dass Liebe ebenso viel Schaden anrichten konnte wie Hass.

»Und, was machen wir jetzt?«, fragte Langford. »Haben Sie Lust, ein bisschen zu plantschen, Mr Thorne?«

Thorne sagte nichts. Er hatte nicht vor, sich von Langford ködern zu lassen, und außerdem war er zu sehr damit beschäftigt, sich zu fragen, ob sich aus der Sache mit dem Menschenschmuggel womöglich etwas machen ließ. Ob es irgendetwas gab, wofür er die Tochter verhaften konnte.

»Ich frage mich, wo Ihr Kumpel Gary abgeblieben ist«,

sagte Langford. »Wahrscheinlich ist er drin, damit Donna ihn nicht sieht, und schmollt. Nicht dass das noch eine große Rolle spielen würde.« Er beobachtete, wie Ellie sich in aller Ruhe auf eine Sonnenliege legte, dann deutete er auf seine Ohren. »Und, haben Sie irgendwas Interessantes gehört?«

»Nur Schwachsinn und Angeberei«, erwiderte Thorne. »Von jemandem, dem die Zeit davonläuft.«

Langford legte sich wieder auf seine Sonnenliege. »Ja, der Druck ist echt krass.« Er griff nach einem Taschenbuch, das auf einem kleinen Tisch lag, dann sagte er, als habe er fast vergessen, dass Thorne da war: »Sie finden ja selber raus.«

Thorne stand da, spürte Hass in sich aufsteigen und das Blut in seinen Adern pochen. Dann sah er, wie Langford einen Blick zur Tür warf und sich abrupt aufsetzte. Er hörte Ellie sagen: »Dad …?«

Donna kam mit einer Pistole in der Hand langsam auf sie zu. Sie hatte die Augen weit aufgerissen, und ihr Blick war starr nach vorn gerichtet. Als sie sprach, klang ihre Stimme tief und monoton, beinahe roboterhaft. »Alte Gewohnheiten, was, Alan? Du hast schon immer mit einem von denen neben dem Bett geschlafen. Hast schon immer vorausgedacht.«

Langford erhob sich vorsichtig von seiner Liege und ging rückwärts, die Arme in ihre Richtung ausgestreckt. Ellie stand ebenfalls auf und näherte sich ihrem Vater. Thorne rührte sich nicht von der Stelle.

»Das ist eine dumme Idee, Donna«, sagte Thorne. »Geben Sie mir die Pistole.«

Er war sich nicht sicher, ob sie ihn gehört hatte. Ob die Stimme, von der sie sich lenken ließ, womöglich zu laut war. Sie umklammerte mit beiden Händen zitternd den Griff der Pistole und streckte die Arme noch ein Stück weiter vor, während sie nach wie vor auf Langford zielte.

»Er hat recht, das ist eine dumme Idee«, sagte Langford. Er ging einen Schritt auf Ellie zu, und für einen Augenblick glaubte Thorne, er wolle seine Tochter als Schutzschild benutzen. Während die Zeit stillzustehen schien, konnte er nicht umhin, sich zu fragen, welcher von den beiden einen größeren Verlust für den Genpool darstellen würde. »Was hat das für einen Sinn, Donna?«

»Ich gebe Ellie, was sie sich gewünscht hat«, erwiderte Donna. »Sie hat sich gewünscht, dass ich den Rest meines Lebens hinter Gittern verbringe, und wie es dazu kommt, ist egal. Eigentlich ist es so am besten.«

»Ich habe das nicht so gemeint!«, schrie Ellie.

»Sie hat *nichts* davon so gemeint.« Langford machte einen vorsichtigen Schritt auf seine Exfrau zu. »Das mit den Fotos war doch nur ein Spaß, das ist alles, Schätzchen. Nur ein Spaß, um Himmels willen.«

Donna nickte langsam und sagte: »Nicht lustig«, dann schoss sie Langford in die Brust.

Die Zeit hatte sich selbst eingeholt und raste weiter, bevor das Dröhnen in Thornes Ohren abgeklungen war. Ellie schrie und hörte auch dann nicht auf zu schreien, als Donna die Pistole sinken ließ. Langford taumelte zwei Schritte zurück und fiel neben dem Pool zuerst auf ein Knie, dann auf die Seite. Thorne hörte Samarez rufen: »Bewaffnete Polizei! Lassen Sie die Pistole fallen!« und sah, dass Donna der Aufforderung folgte. Ihr Gesichtsausdruck war so ruhig wie das Wasser im Pool, als ihr die Waffe aus der Hand glitt und scheppernd auf dem Boden aufschlug.

Nur ein Knall …

Samarez, Boyle und Thorne rannten auf Donna zu, während Ellie zu Langford eilte und neben seinem Kopf auf die Knie fiel. Er bewegte sich noch, versuchte, sich aufzurichten, ehe er wieder zusammenbrach. Nachdem Donna Handschellen angelegt worden waren, ging Samarez ins Wohnzimmer und holte sein Handy hervor.

»Unternimmt endlich jemand was?«, schrie Ellie.

Thorne hörte Samarez schnell sprechen, als dieser einen Krankenwagen rief oder, weit wichtiger, seine Frau wissen ließ, dass er sich zum Abendessen verspäten werde. Gary Brand stand neben dem Flügel und fragte: »Was, zum Teufel, ist passiert?«, als Boyle Donna ins Haus führte. Sie murmelte ein »Danke« und bedachte Thorne im Vorbeigehen mit einem flüchtigen Lächeln, ohne ihn dabei anzusehen.

Ellie Langford hob den Kopf ihres Vaters an und bettete ihn auf ihren Schoß. Sie entfernte einen grünen Glassplitter von seinem Hals und presste die Finger auf die Wunde, aus der Blut zu sprudeln begann. Allerdings nicht so viel Blut wie aus seiner Brust, das sich dunkel und schimmernd auf den cremefarbenen Fliesen verteilte und zum Rand des Pools lief.

Thorne ging langsam auf die beiden zu, und während das Mädchen ihn wild beschimpfte und an seinem Hemd zerrte, beugte er sich vor und beobachtete, wie die ersten Tropfen von Alan Langfords Blut über den Rand rannen, ins Wasser fielen und versanken.

Jeder von ihnen löste sich auf dem Weg nach unten ein wenig auf.

Und inmitten des Schluchzens und des Stöhnens und des Geschreis aus dem Haus war der Poolreiniger zu hören, der noch immer tickend und schlürfend seine Arbeit verrichtete.

Vierter Teil

Mit Fug und Recht

Siebenundvierzigstes Kapitel

Auch wenn die Schaukel noch genauso rostig war und das Tor noch immer kein Netz hatte, fühlte sich der kleine Park in Seven Sisters an diesem Tag ein bisschen wie ein Ort an, an dem man tatsächlich spazieren gehen oder sich eine Weile hinsetzen wollte. Das Wetter trug natürlich auch dazu bei. Ein paar Sonnenstrahlen und vereinzelte Gruppen von Narzissen ließen immer alles besser *aussehen*, ganz gleich, wie schlecht es einem ging.

»Ich werde auf sie warten, wissen Sie?«, sagte Kate.

Sie und Thorne saßen auf derselben Bank, für die Donna, Anna und er sich drei Monate zuvor entschieden hatten. An dem Tag, als Anna den Hundebesitzer zur Rede gestellt hatte. Thorne wollte nicht einmal eine Vermutung wagen, wann Donna wieder die Gelegenheit haben würde, sich hier hinzusetzen. Sie befand sich in Untersuchungshaft im Holloway-Gefängnis und wartete darauf, dass ihr wegen fahrlässiger Tötung von Alan Langford der Prozess gemacht wurde.

»Da werden Sie womöglich eine Weile warten müssen«, sagte er.

»Das ist schon okay«, erwiderte Kate. »Das ist das Mindeste, was ich tun kann.«

»Sie sollten keine Schuldgefühle haben.«

»Sollte ich nicht?«

»Nichts von alledem ist Ihre Schuld.«

»Wenn ich es ihr gesagt hätte, wäre es nie so weit gekommen.« Sie lehnte sich zurück. Über dem Ausschnitt ihres schwarzen T-Shirts war ein Teil ihrer Tätowierung zu sehen: die ersten Buchstaben von Donnas Namen. »Wenn ich ihr gesagt hätte, was für ein Miststück ihre Tochter ist.«

»Sie wäre am Boden zerstört gewesen«, sagte Thorne. »Und sie hätte Sie dafür gehasst.«

»Wenn ich ehrlich bin, hatte ich davor am meisten Angst. Ich rede mir nach wie vor ein, dass ich den Mund gehalten habe, um sie zu schützen, aber in Wirklichkeit habe ich versucht, uns beide zu schützen.«

»Daran ist nichts verkehrt«, sagte Thorne.

Drei Jungen kamen von der anderen Seite des Parks auf die Rasenfläche gelaufen. Einer von ihnen schoss einen Ball hoch in die Luft, und sie fluchten wie wild, als sie sich darüber stritten, wer ins Tor gehen solle.

»Ihre Freundin wäre vielleicht auch noch am Leben«, sagte Kate.

Thorne schwieg. Er wollte niemand anderem die Schuld dafür geben als sich selbst. Anna war *seine* Wunde, die er selbst lecken musste.

»Das hat Donna ziemlich zugesetzt. Sie mochte sie sehr.«

»Es gab allen Grund, sie zu mögen.«

Kate sah ihn an. »Sie beide standen sich nahe, oder?«

»Wir waren befreundet, mehr nicht.«

»Und das hat Ihnen genügt?«

»Ja, ich denke schon. Ich weiß es nicht.« Thorne sah zu, wie die Jungen Fußball spielten, zwei im Arsenal-Trikot, einer mit bloßem Oberkörper. »Ich kannte sie nicht lange genug, als dass mehr zwischen uns hätte sein können. Das war alles nur … albern.«

»Sie hätten es ihr sagen sollen.«

Thorne schüttelte den Kopf.

»Es ist immer das Beste, ehrlich zu sein, glauben Sie mir.«

»Mag sein«, entgegnete Thorne. Was auch immer er für Anna empfunden haben mochte – und abgesehen von ein paar Phantasien waren seine Gefühle niemals sexueller Natur gewesen –, es hatte sich dabei um Symptome von etwas anderem gehandelt. Es wurde Zeit, dass er ehrlich zu sich *selbst* war … und zu Louise. »Und, was werden Sie tun?«, fragte er. »Während Sie warten?«

Kate zuckte mit den Schultern, lächelte. Sie wirkte viel älter als beim letzten Mal, als Thorne sie gesehen hatte, und sie würde noch um einiges altern, bevor Donna und sie wieder zusammen sein konnten. »Sie besuchen. Ihr klarmachen, dass ich nirgendwohin gehe.«

»Das weiß sie«, sagte Thorne. Daran glaubte er, aber er glaubte auch, dass das Gefängnis genau der Ort war, an dem Donna jetzt sein wollte. Es war der einzige Ort, an dem sie das Gefühl hatte, wirklich hinzugehören.

»Haben Sie Lust, was trinken zu gehen?«

»Wann?«

»Jetzt? Im Pub, oder ich hätte drin eine Flasche.«

Thorne warf einen Blick auf die Uhr und sagte, er müsse sich wieder auf den Weg machen. Kate entgegnete, das sei kein Problem, da sie selbst einiges zu erledigen habe. Es lag auf der Hand, dass sie genau wusste, was er noch vorhatte. Die Anklage gegen Donna war in Vorbereitung, und dafür mussten alle, die am Tatort gewesen waren, ihre Aussage zu Protokoll geben. Thorne selbst war der Hauptbelastungszeuge.

Er würde natürlich nicht lügen, was das Tötungsdelikt anbelangte, aber er würde sich auch nicht zurückhalten, wenn es darum ging zu beschreiben, wie Donna von ihrem Exmann und ihrer Tochter provoziert worden war; wenn er die psychologische Folter schilderte, die sie dazu getrieben hatte, den Abzug zu betätigen.

Es ist immer das Beste, ehrlich zu sein …

»Wie wär's heute Abend?«, fragte Kate.

»Tut mir leid, da kann ich nicht«, sagte Thorne. Andy Boyle war aus Wakefield gekommen, und Thorne hatte ihm versprochen, mit ihm etwas trinken zu gehen. Höchstwahrscheinlich stand ihm ein ziemliches Saufgelage bevor. »Ich rufe Sie an, vielleicht können wir für nächste Woche was ausmachen.«

»Schon in Ordnung«, sagte Kate. »Ich weiß, Sie haben viel zu tun.«

Sie blieben noch ein paar Minuten sitzen, dann standen sie auf und gaben einander die Hand.

»Ich wollte mich eigentlich entschuldigen«, sagte Thorne. »Für damals, als ich darauf herumgeritten bin, was Sie vor zwanzig Jahren getan haben.«

Kate nickte mit sichtlichem Unbehagen.

»Sie sagten, ich wäre nicht ganz dicht, und Sie hatten recht.«

»Sie haben nur Ihren Job gemacht.«

»Ich hätte das nicht alles ausbuddeln sollen.«

»Ich habe das schließlich nicht *vergessen*«, sagte Kate. »Es ist das Erste, woran ich denke, wenn ich morgens die Augen aufmache.« Sie entfernte sich einen Schritt, dann blieb sie stehen. »Inzwischen vielleicht das Zweite …«

Thorne war auf halbem Weg zurück nach Colindale, als sein Handy klingelte. Brigstocke sagte ihm, er sei in Jesmonds Büro, und schlug vor, Thorne solle sich überlegen, ob er nicht lieber anhalten wolle, falls er nicht mit Freisprechanlage telefoniere. Thorne lachte und erwiderte, das klänge nach einer wichtigen Angelegenheit. Dann meldete sich Jesmond zu Wort. Seine Stimme klang blechern über die Freisprecheinrichtung, doch die Ernsthaftigkeit seines Tonfalls war klar und deutlich zu erkennen, als er Thorne berichtete, dass Andrea Keane am Abend zuvor um halb elf in ein Polizeirevier in Brighton spaziert war.

Achtundvierzigstes Kapitel

»Wo waren Sie denn, Andrea? Ich meine … für den größten Teil eines *Jahres*?«

Sie saßen in einem der Besprechungszimmer im Becke House. Es handelte sich nicht um eine offizielle Befragung, wenngleich Jesmond ernsthaft in Erwägung zog, sie wegen Verschwendung von Polizei-Arbeitszeit zu verklagen.

»Dann würden wir vielleicht nicht ganz so dumm dastehen«, hatte er gesagt.

Der Chief Superintendent hatte einiges gesagt, seit Andrea Keane wiederaufgetaucht war, an das Thorne sich noch eine Weile erinnern würde. Sein Favorit war: »Tja, die gute Nachricht lautet, sie ist am Leben. Hip, hip, hurra. Die schlechte Nachricht lautet, wir sind am Arsch. Jeder von uns, aber vor allem *Sie* …«

»Andrea …?«

Sie saß Thorne am Tisch gegenüber und hielt die Hand ihres Vaters. Mit dem Mädchen auf den Fotos, die nach ihrem Verschwinden zehn Monate zuvor überall verbreitet worden waren, hatte sie nur noch wenig Ähnlichkeit. Sie hatte mindestens fünf Kilo abgenommen, und ihr Haar war kurz geschnitten und schwarz gefärbt. Sie wirkte verängstigt.

»Haben Sie eine Ahnung, welcher Aufwand die Suche nach Ihnen bedeutete?«, fragte Thorne. »Von den Kosten ganz zu schweigen …«

»Tut mir leid.« Sie sah ihren Vater an. Er drückte ihre Hand. »Ich weiß nicht, was ich sonst sagen soll.«

»Sagen Sie uns einfach die Wahrheit.«

Jesmond räusperte sich. Er saß neben Thorne, allerdings nicht nahe genug, um mit ihm Händchen halten zu können. »Lassen Sie sich Zeit, Miss Keane. Ich weiß, dass das schwierig für Sie ist.«

Thorne konnte sich einen Seitenblick nicht verkneifen. Er hätte sich am liebsten über den Tisch gebeugt und Andrea und ihren Vater wissen lassen, was sein mitfühlender Chief Superintendent tatsächlich dachte. Vielleicht hätte er ein paar von den feinfühligeren Äußerungen seines Vorgesetzten weitergeben sollen:

»Okay, wir haben den Prozess verloren, aber da sie noch lebt, haben wir auch unsere moralische Überlegenheit verloren.«

»Was geht hier vor sich? Warum, zum Teufel, können die Toten nicht tot bleiben?«

Thorne sagte jedoch nichts, hauptsächlich deshalb, weil er Jesmonds Frustration tief in seinem Inneren teilte. Er war nicht enttäuscht, dass Andrea noch am Leben war, das auf keinen Fall: Stephen Keanes Gesichtsausdruck genügte, um jeden aufzumuntern, der auch nur über einen Funken Menschlichkeit verfügte. Trotzdem empfand Thorne Ekel beim Gedanken an den Triumph, den Adam Chambers und seine mächtigen Freunde vermutlich in diesem Moment feierten. An den selbstgefälligen Unsinn, der in den nächsten Tagen in den Zeitungen stehen würde. An das schockierende letzte Kapitel in Nick Maiers widerlicher Enthüllungsstory.

»Ich war eine Zeit lang in Brighton«, sagte Andrea. »Bei Sarah. Anschließend bin ich ein paar Mal umgezogen.«

»Sie haben bei Sarah Jackson gewohnt?«

Andrea nickte.

Thorne seufzte und sah Jesmond an. »Wir haben sie befragt. *Zweimal.*«

»Sie ist meine Freundin, also hat sie gelogen.«

»Sie hat für ihre Vorstellung einen Oscar verdient.«

»Bekommt sie jetzt Schwierigkeiten?«

»Vielleicht«, entgegnete Thorne. Er beobachtete, wie Andrea langsam nickte und versuchte, die Tränen zurückzuhalten, die sich in ihren Augen sammelten. »Was haben Sie gemacht? Wovon haben Sie gelebt?«

»Ich bin nur die ersten paar Monate bei Sarah geblieben, bis sich die Wogen geglättet hatten. Sie hat mir geholfen, einen Putzjob zu finden, bar auf die Hand bezahlt, sodass ich ihr was dafür geben konnte, dass sie mich bei sich hat wohnen lassen. Dass sie mich versteckt hat.«

»Sie können sich das gar nicht vorstellen«, sagte Stephen Keane.

»Nein, das kann ich nicht.«

»Was sie durchgemacht hat.«

Thorne nickte. »Sie müssen uns sagen, *warum*, Andrea.«

»Ja, ich weiß.« Ihre Stimme war plötzlich sehr leise. Wie die eines Kindes.

»Schon gut, Kleines.« Stephen Keane beugte sich zu seiner Tochter hinüber, um ihr etwas zuzuflüstern und abermals ihre Hand zu drücken. »Du kannst es ruhig erzählen.«

Andrea sprach schnell, als sei sie nur auf diese Weise in der Lage, ihre Geschichte über die Lippen zu bringen. Sie richtete den Blick starr auf die Tischkante und hielt sich mit der Hand, die nicht von der ihres Vaters umklammert wurde, an der Lehne des Plastikstuhls fest, auf dem sie saß. »An dem Abend bin ich nach dem Training mit zu ihm gegangen ... zu Adam. Wir haben was getrunken, haben uns über andere Leute im Kurs unterhalten, haben einfach geplaudert, wissen Sie?« Sie holte tief Luft, dann fuhr sie fort: »Ich stand auf ihn, wenn ich ehrlich bin. Er war durchtrainiert und schien total nett zu sein. Ich wusste, dass er eine

Freundin hatte, aber er hat gesagt, es würde nicht besonders gut laufen zwischen ihnen, deshalb hatte ich kein allzu schlechtes Gewissen … Wie ich schon gesagt habe, wir haben ein bisschen was getrunken und Musik gehört. Er hat so getan, als wüsste er eine Menge über Wein, hat am Korken geschnuppert, nachdem er die Flasche aufgemacht hatte, und so. Mir war klar, dass er Mist erzählt, aber das war mir ziemlich egal. Dann hat er den Arm um mich gelegt, und ich habe ihn gewähren lassen. Ich *wollte*, dass er es tut.«

Sie blickte zu Thorne auf, dann drehte sie den Kopf und sah ihren Vater an, der lächelte, nickte und sagte: »Schon okay.«

»Wir haben uns ein paar Minuten lang geküsst, und dann waren seine Hände plötzlich überall.« Sie nahm ihre Hand von der Stuhllehne, während sie sprach, und ließ sie von ihrer Brust in ihren Schoß wandern. »Sie waren überall, wissen Sie … seine Finger. Ich habe ihm gesagt, dass ich nach Hause will, weil ich am nächsten Tag früh aufstehen muss, aber in Wirklichkeit hatte ich auf einmal das Gefühl, dass ich einen großen Fehler gemacht hatte, dass ich Mist gebaut hatte, obwohl er gesäuselt und mir gesagt hat, wie toll es werden würde. Wie lange er … könnte. Ich habe ihm gesagt, dass er aufhören soll.« Sie blickte abermals auf, und ihre Stimme klang plötzlich wieder kräftig. »Ich habe ihm *gesagt*, dass er aufhören soll, und ich war *nicht* betrunken. Ich hatte nur zwei Gläser getrunken, und ich war … *nicht* betrunken. Aber er war echt kräftig, wissen Sie? Er hat auch im Unterricht immer eine Show abgezogen, beim Bankdrücken und so, hat ein paar von den Mädels als Gewichte benutzt, also konnte ich nichts machen, als er anfing, grob zu werden. Er hat ununterbrochen auf mich eingeredet … während er an mir rumgefummelt hat, hat gesagt, er wüsste, wie sehr ich es will, dass seine Freundin auch immer so getan hätte, als würde sie es nicht mögen, wenn er grob ist, aber dass *sie* ein verlogenes Miststück wäre. Ich habe einfach die Augen zugemacht, bis es vorbei war, habe versucht, keinen Ton von mir zu geben, aber … er hat mir wehgetan.

Er hat mir wehgetan …

Dann habe ich mich angezogen, und er hat mir dabei zugesehen und gemeint, es hätte keinen Sinn, wenn ich es irgendjemandem erzählen würde, weil ich freiwillig mit ihm nach Hause gegangen wäre und was getrunken hätte und mir niemand glauben würde, dass ich ihn nicht darum angefleht hätte.«

Sie hielt inne, und Jesmond sagte irgendetwas darüber, wie diskret Vergehen dieser Art inzwischen gehandhabt würden. Doch Thorne hörte ihm nicht richtig zu und Andrea Keane ebenso wenig.

»Als ich ging«, sagte sie und sah Thorne an, »saß er einfach da und hat an seinen Fingern geschnüffelt, genauso wie davor an dem Korken. *Genüsslich*. Als wäre ich eine … Flasche, die er aufgemacht hatte.«

Ihr Vater stöhnte neben ihr auf.

»Ich konnte nicht nach Hause gehen, ich konnte es eine Zeit lang nicht ertragen, irgendjemanden zu sehen, also habe ich Sarah angerufen, und sie ist gekommen, um mich abzuholen. Ich hatte nicht vor, so lange wegzubleiben. Ich will damit sagen, ich hatte keine Pläne oder so, aber als ich erfuhr, dass alle nach mir suchen, wurde es immer schwieriger zurückzukommen. Dann habe ich gehört, dass er verhaftet wurde, also …«

Sie blickte auf, und es war klar, dass sie fertig war. Jetzt rannen ihrem Vater Tränen übers Gesicht. Jesmond griff in die Tasche, um ihm ein Taschentuch zu reichen, wurde jedoch ignoriert.

»Also, warum jetzt?«, fragte Thorne. »Warum sind Sie jetzt zurückgekommen?«

»Weil er freigesprochen wurde. Weil er aus dem Gerichtssaal marschiert ist, als könnte er kein Wässerchen trüben, und ich ihn im Fernsehen und in den Zeitungen gesehen habe. Das hat sich angefühlt, als würde er mir alles noch mal antun. Als würde er es *allen* antun.«

»Was, wenn er nicht freigesprochen worden wäre? Hätten Sie einfach mitangesehen, wenn er wegen Mordes hinter Gitter gekommen wäre?«

»Ohne zu zögern«, sagte sie. »Selbst wenn das bedeutet hätte, dass ich für immer wegbleiben muss. Es hätte sich allein dafür gelohnt zu wissen, dass er für *irgendwas* bestraft wird.«

»Was ist mit Ihren Eltern? Warum haben Sie nicht wenigstens ihnen gesagt, dass es Ihnen gut geht?« Thorne blinzelte, als er sich daran erinnerte, dass er Ellie Langford ein paar Wochen zuvor fast genau dieselbe Frage gestellt hatte.

»Ich hätte mich schon noch bei ihnen gemeldet«, sagte Andrea. »Und sie hätten mich verstanden.« Sie sah ihren Vater an. »Sie hätten es für sich behalten.«

Stephen Keane nickte, lehnte sich zurück und wischte sich das Gesicht ab. »So das wär's.«

»Gut«, sagte Jesmond. »Danke …«

Als der Chief Superintendent darüber sprach, dass Aussagen zu Protokoll genommen werden müssten, zeichneten sich in seinem aufgedunsenen Gesicht Mitgefühl und Entschlossenheit in gleichem Maß ab. Doch Thorne wusste, wie geschickt Jesmond war, wenn es darum ging, anderen Leuten das zu zeigen, was sie sehen wollten. In Wirklichkeit empfand er nichts als pure Erleichterung.

Thorne empfand etwas viel Düstereres.

Neunundvierzigstes Kapitel

Thorne und Kitson saßen in einem Zivilfahrzeug vor einem Haus in Cricklewood. Die Straße war ruhig und von blühenden Eichen gesäumt. Adam Chambers war erst ein paar Wochen zuvor dort eingezogen, und Thorne fragte sich, wie viel einige Verleger und Boulevardblatt-Herausgeber zu den Hypothekenzahlungen beitrugen.

»Worauf wartest du?«, fragte Kitson. Sie bekam keine Antwort. »Komm schon, wir wissen doch, dass er da drin ist.«

»Wir haben keine Eile.«

»Ach ja? Den ganzen Weg hierher bist du mit ungefähr sechzig Meilen in der Stunde gefahren …«

Thorne starrte auf das Haus. Er versuchte, seine Gedanken zu ordnen, sie aufzugliedern, doch das war unmöglich. Ein paar Monate zuvor war Andrea Keane zuerst zu Ellie Langford geworden, dann zu Candela Bernal, und jetzt, sosehr er sich auch bemühte, professionell zu sein und etwas anderes vorzutäuschen, verschwammen alle Opfer zu einem. Zu einer jungen Frau, die nicht dafür geschaffen war, in einer Bank zu arbeiten, die zu viel redete und alberne Witze erzählte und die völlig recht gehabt hatte, als sie ihn eine Null genannt hatte.

Es hatte keinen Sinn, sich etwas vorzumachen.

Was er gleich tun würde, tat er ebenso sehr für Anna wie für Andrea.

Er stieg aus dem Wagen und schlug die Tür zu. Ein paar Sekunden später tat Kitson dasselbe. Die Sonne zwängte sich durch eine Lücke zwischen den Wolken, als sie auf Adam Chambers' Haustür zugingen.

»Er wird sich wünschen, er hätte sie getötet«, sagte Thorne.

Danksagung

Ich bin vielen Menschen außerordentlich dankbar, die mitgeholfen haben, dass dieses Buch viel besser wurde, als es ohne sie geworden wäre …

Der Beitrag und die Unterstützung von allen bei Little, Brown, vor allem natürlich von dem einzigartigen David Shelley, waren wie immer von unschätzbarem Wert. Außerdem wird das »Inventar«, das meine Agentin Sarah Lutyens nach wie vor zur Verfügung stellt, mit jedem Buch noch besser.

Es gibt mindestens eine Buchhandlung, in der ich immer auf Lager sein werde!

Worte des Dankes ziehen gegenüber großzügigen Geschenken und kalter, harter Währung vermutlich den Kürzeren, gebühren aber dennoch Wendy Lee, Peter Cooks und Viktoria Jones. Und den beiden Menschen, deren Namen ich nicht herausgefunden habe: dem zwielichtigen Mann, der mir in einer Bar in Mijas meinen Hut abkaufen wollte und der durchaus Alan Langford hätte sein können, sowie der jungen Frau am Strand von Puerto Banús, aus der Candela Bernal wurde.

Und natürlich Claire. Das versteht sich von selbst.

Während all die oben Genannten enorm zu dem Gelingen dieser Geschichte beigetragen haben, sind Fehler allein mein Werk. In diesem Zusammenhang möchte ich auf eine Sache hinweisen: Mir ist sehr wohl bewusst, dass die *Feria Virgen de la Peña* in Mijas Pueblo jedes Jahr im September und nicht im April stattfindet. Nachdem ich das Fest in all seiner hypnotisierenden und unheimlichen Pracht miterlebt habe, konnte ich es Tom Thorne nicht verwehren. Deshalb hoffe ich, dass all jene, die – schon jetzt – zu ihren grünen Stiften greifen, um mir wütende Briefe zu schreiben, es mir verzeihen werden, dass ich mir im Interesse der Geschichte Freiheiten mit dem Kalender erlaubt habe.

Um die ganze Welt des
GOLDMANN Verlages
kennenzulernen, besuchen Sie uns doch
im Internet unter:

www.goldmann-verlag.de

Dort können Sie
nach weiteren interessanten Büchern ***stöbern***,
Näheres über unsere ***Autoren*** erfahren,
in ***Leseproben*** blättern, alle ***Termine*** zu Lesungen und
Events finden und den ***Newsletter*** mit interessanten
Neuigkeiten, Gewinnspielen etc. abonnieren.

Ein ***Gesamtverzeichnis*** aller Goldmann Bücher finden
Sie dort ebenfalls.

Sehen Sie sich auch unsere ***Videos*** auf YouTube an und
werden Sie ein ***Facebook***-Fan des Goldmann Verlags!

www.goldmann-verlag.de
www.facebook.com/goldmannverlag

GOLDMANN
Lesen erleben